P. D. James

TOD
AN HEILIGER STÄTTE

Roman

Aus dem Englischen übersetzt
von Christa E. Seibicke

DROEMER

Originaltitel: Death in Holy Orders
Originalverlag: Faber and Faber, London

Für die Übersetzung des George-Herbert-Verses auf S. 484
danken Übersetzerin und Verlag Olaf Schenk.

Besuchen Sie uns im Internet:
www.droemer.de

Die Folie des Schutzumschlags sowie die Einschweißfolie
sind PE-Folien und biologisch abbaubar.
Dieses Buch wurde auf chlor- und säurefreiem Papier gedruckt.

Copyright © 2001 by P. D. James
Copyright © 2002 der deutschsprachigen Ausgabe bei
Droemersche Verlagsanstalt Th. Knaur Nachf., München
Alle Rechte vorbehalten. Das Werk darf – auch teilweise – nur mit
Genehmigung des Verlages wiedergegeben werden.
Umschlaggestaltung: ZERO Werbeagentur, München
Umschlagabbildung: AKG, Berlin
Satz: Ventura Publisher im Verlag
Druck und Bindung: Franz Spiegel Buch GmbH, Ulm
Printed in Germany
ISBN 3-426-19576-3

2 4 5 3 1

Für Rosemary Goad
Seit vierzig Jahren meine Lektorin und Freundin

Vorbemerkung

Wenn diese Mord- und Kriminalgeschichte in einem Priesterseminar der anglikanischen Kirche spielt, so ist das keineswegs als Abschreckung künftiger Priesteramtskandidaten zu verstehen, und ich würde auch nicht im Traum behaupten wollen, dass ein Gast, der in einer solchen Einrichtung Ruhe und geistige Erneuerung sucht, Gefahr läuft, einen dauerhaften Frieden zu finden, als ihm eigentlich vorschwebte. Darum lege ich besonderen Wert auf die Feststellung, dass St. Anselm kein wirkliches Priesterseminar aus Gegenwart oder Vergangenheit zum Vorbild hat und dass seine verschrobenen Patres, seine Kandidaten, das Personal und die Besucher frei erfunden sind und nur in der Phantasie der Autorin und ihrer Leser existieren.

Ich bin einer Reihe von Leuten zu Dank verpflichtet, die mir freundlicherweise ihr Wissen zur Verfügung gestellt haben. Etwaige Fehler theologischer oder anderer Provenienz habe ich allein zu verantworten. Besonders dankbar bin ich dem verstorbenen Erzbischof Lord Runcie, Reverend Dr. Jeremy Sheehy, Reverend Dr. Peter Groves, Dr. Ann Priston, OBE vom kriminaltechnischen Dienst, und meiner Sekretärin Mrs. Joyce McLennan, deren Hilfe bei diesem Roman weit über den Einsatz ihrer Computerkenntnisse hinausging.

P. D. James

I. Buch

Mörderischer Sand

1

*Die Idee stammt von Pater Martin. Er hat mir geraten auf-
zuschreiben, wie das war, als ich die Leiche fand. Ich fragte: »Sie
meinen, als ob ich einen Brief schreiben und alles einem Freund
mitteilen würde?«*

*Pater Martin sagte: »Schreiben Sie es nieder wie eine erfundene
Geschichte, als würden Sie neben sich stehen, das Geschehen beobachten und sich an das erinnern, was Sie taten, was Sie empfanden, als wäre all das jemand anderem widerfahren.«*

*Ich wusste, was er meinte, aber ich war nicht sicher, ob ich den rech-
ten Anfang finden würde. »Alles, was passiert ist, Pater«, sagte ich,
»oder nur den Spaziergang am Strand und wie ich Ronalds Leichnam entdeckte?«*

*»Was immer Sie erzählen möchten. Schreiben Sie über das Semi-
nar und über Ihr Leben hier, wenn Sie wollen! Ich denke, das könnte
Ihnen gut tun.«*

»Hat es Ihnen gut getan, Pater?«

*Ich weiß nicht, warum ich das gesagt habe, die Worte kamen mir
einfach so in den Sinn, und ich sprach sie aus. Eigentlich war die
Frage ja töricht und irgendwie auch ungehörig, aber er schien sie
mir nicht zu verübeln.*

*Nach einer Pause sagte er: »Nein, mir hat es nicht wirklich gehol-
fen, aber bei mir lag's ja auch schon sehr lange zurück. Ich könnte
mir vorstellen, dass es bei Ihnen anders ist.«*

*Ich nehme an, er dachte an den Krieg und an seine Gefangenschaft
bei den Japanern, an all die schrecklichen Dinge, die im Lager
passiert sind. Er spricht nie über den Krieg, aber warum sollte er
auch mit mir darüber reden? Ich glaube allerdings, er spricht mit
niemandem darüber, nicht einmal mit den anderen Patres.*

*Diese Unterhaltung fand vor zwei Tagen statt, als wir nach der
Abendandacht mitsammen den Kreuzgang durchquerten. Zur
Messe gehe ich nicht, nicht mehr seit Charlie tot ist, aber zur Abend-
andacht schon. Eigentlich mache ich das anstandshalber. Ich fände es*

nicht recht, im Seminar zu arbeiten, mich von den Patres bezahlen zu lassen, all ihre Gefälligkeiten anzunehmen und dann keinen Gottesdienst zu besuchen. Aber vielleicht bin ich da zu empfindlich. Mr. Gregory, der Griechischstunden gibt, bewohnt genauso ein Cottage wie ich, doch er geht nie zur Kirche, außer er will Musik hören. Ich werde von niemandem zum Kirchgang genötigt, sie haben nicht mal gefragt, warum ich nicht mehr zur Messe komme. Aber bemerkt haben sie es natürlich; sie merken alles.

Als ich wieder in meinem Cottage war, habe ich nachgedacht über das, was Pater Martin gesagt hat, und ob es nicht vielleicht eine gute Idee wäre. Das Schreiben ist mir nie schwer gefallen. In der Schule war ich gut im Aufsatz, und Miss Allison, unsere Englischlehrerin, war sogar der Meinung, ich hätte womöglich das Zeug dazu, Schriftstellerin zu werden. Aber ich wusste, dass sie sich irrte. Ich habe keine Phantasie, oder jedenfalls keine solche, wie ein Romancier sie braucht. Ich kann nichts erfinden. Ich kann nur über das schreiben, was ich sehe und tue und kenne – und manchmal über meine Gefühle, was nicht ganz so leicht ist. Und überhaupt wollte ich immer Krankenschwester werden, schon als Kind. Heute bin ich vierundsechzig und in Rente, aber hier in St. Anselm kann ich mich immer noch nützlich machen. Als Hausmutter behandele ich die leichteren Krankheitsfälle, und außerdem kümmere ich mich um die Wäsche. Keine schwere Arbeit, doch ich habe ein schwaches Herz und kann von Glück sagen, dass ich noch eine Beschäftigung habe. Die Patres tun alles, um mir die Arbeit zu erleichtern. Sogar einen Handwagen haben sie angeschafft, damit ich nicht in Versuchung komme, die schweren Wäschestapel zu schleppen. All das hätte ich wohl gleich eingangs erwähnen sollen. Ach, und ich habe noch nicht einmal meinen Namen genannt. Ich heiße Munroe, Margaret Munroe.

Ich glaube, ich weiß, warum Pater Martin meinte, es sei vielleicht hilfreich, wenn ich wieder anfinge zu schreiben. Er weiß, dass ich Charlie früher jede Woche einen langen Brief geschrieben habe. Außer Ruby Pilbeam ist er wohl der Einzige hier, der das weiß. Jede

Woche setzte ich mich hin und überlegte, was seit dem letzten Brief passiert war, erinnerte mich an unwichtige Kleinigkeiten, die aber für Charlie nicht unwichtig sein würden: an die Mahlzeiten, die ich eingenommen, die Witze, die ich gehört hatte, an Geschichten über die Studenten und an das Wetter. Man würde nicht glauben, dass es viel zu schreiben gab von so einem stillen Ort an einer abgelegenen Felsenküste, aber es war erstaunlich, was ich alles erzählenswert fand. Und ich weiß, dass Charlie viel Freude hatte an meinen Briefen. »Schreib mir nur fleißig, Mum«, sagte er immer, wenn er auf Urlaub kam. Und ich habe geschrieben.

Als er gefallen war, schickte mir die Armee seine ganze Habe, und das Bündel Briefe war auch dabei. Nicht alle, die ich geschrieben hatte, er hätte nicht jeden einzelnen aufheben können, aber ein paar von den längsten hatte er doch behalten. Ich ging damit auf die Landzunge hinaus und machte ein Feuer. Es war ein windiger Tag, wie häufig an der Ostküste, und die Flammen sprühten und prasselten und drehten sich mit dem Wind. Verkohlte Papierfetzen stiegen auf und umflatterten mein Gesicht wie schwarze Motten, und der Rauch stach mir in die Nase. Was mich gewundert hat, denn es war doch nur ein kleines Feuerchen. Aber was ich eigentlich sagen will, ist, dass ich weiß, warum Pater Martin mir zu dieser Art Tagebuch geraten hat. Er dachte, wenn ich wieder anfange zu schreiben – egal was –, würde mir das vielleicht helfen, ins Leben zurückzufinden. Er ist ein guter Mensch, womöglich gar ein Heiliger, aber es gibt so vieles, was er nicht versteht.

Es ist ein seltsames Gefühl, so eine Art Tagebuch zu schreiben, ohne dass ich weiß, wer, wenn überhaupt jemand, es je zu Gesicht bekommen wird. Und ich weiß nicht recht, ob ich für mich schreibe oder für einen imaginären Leser, für den alles, was mit St. Anselm zu tun hat, neu ist und fremd. In dem Fall sollte ich vielleicht etwas über das Seminar erzählen, sozusagen den Ort der Handlung beschreiben. Gegründet wurde es 1861 von einer frommen Dame namens Agnes Arbuthnot, die dafür Sorge tragen wollte, dass »in der anglikanischen Kirche allzeit fromme und gebildete junge Männer zu katholischen Priestern geweiht« würden. Ich habe das in Anführung gesetzt, weil dies genau ihre Worte waren. In der Kirche liegt eine Broschüre über Miss Arbuthnot aus, daher weiß ich es. Sie stiftete die Gebäude, den Grund und fast ihr gesamtes Mobiliar sowie genügend Geld – so meinte sie zumindest –, um dem Seminar immer während Unabhängigkeit zu garantieren. Aber das Geld reicht nie, und heute muss St. Anselm zum größten Teil von der Kirche finanziert werden. Ich weiß, dass Pater Sebastian und Pater Martin befürchten, die Kirche wolle das Seminar schließen. Über diese Sorge wird nie offen diskutiert, schon gar nicht mit dem Personal, auch wenn wir alle Bescheid wissen. In einer so kleinen und abgeschiedenen Gemeinschaft wie St. Anselm scheinen sich Neuigkeiten und Klatsch auch unausgesprochen zu verbreiten, gleichsam mit dem Wind.

Miss Arbuthnot stiftete nicht nur das Haus, sondern ließ dahinter auch noch den Kreuzgang mit den Unterkünften für die Studenten errichten sowie eine Reihe von Gästeappartements, die den nördlichen Flügel des Kreuzgangs mit der Kirche verbinden. Und für das Personal baute sie auf der Landzunge, etwa hundert Meter vom Haupthaus entfernt, vier im Halbkreis angeordnete Cottages, die sie nach den vier Evangelisten benannte. In St. Matthew, dem südlichsten, wohne ich. Ruby Pilbeam, die Köchin und Haushälterin, und ihr Mann, unser Faktotum, sind in St. Mark untergebracht. Mr. Gregory ist in St. Luke, und im nördlichsten Cottage, dem St. John, wohnt Eric Surtees, der Mr. Pilbeam zur Hand geht. Eric hält Schweine, aber nicht um St. Anselm mit Fleisch zu versorgen; das ist eher so ein Hobby von ihm. Bis auf ein paar Putzfrauen aus Reydon und Lowestoft, die stundenweise aushelfen, bilden wir vier das gesamte Personal, doch da wir nie mehr als zwanzig Kandidaten und nur vier Hauspatres haben, kommen wir gut zurecht. Keiner von uns wäre leicht zu ersetzen. Diese windumtoste, öde Landspitze ohne ein Dorf, ohne Pub und ohne Läden ist den meisten Leuten zu abgelegen. Mir gefällt es hier, aber selbst ich finde es bisweilen Furcht erregend und ein bisschen unheimlich. Das Meer höhlt die sandigen Klippen Jahr um Jahr stärker aus, und manchmal, wenn ich am Ufer stehe und aufs Meer hinausschaue, kann ich mir vorstellen, wie eine mächtige Flutwelle sich gischtschäumend aufbäumt und auf den Strand zurast, auf Türme und Zinnen niederdonnert, sich über die Kirche und die Cottages ergießt und uns alle hinwegspült. Das alte Dorf Ballard's Mere liegt seit Jahrhunderten auf dem Meeresgrund begraben, und die Leute sagen, manchmal, in stürmischen Nächten, könne man das ferne Geläut der Kirchenglocken von den versunkenen Türmen hören. Und was das Meer nicht verschlungen hat, wurde 1695 durch eine große Feuersbrunst zerstört. Von dem früheren Dorf ist nichts erhalten geblieben außer der mittelalterlichen Kirche, die Miss Arbuthnot restaurieren ließ und dem Seminar eingliederte, und den beiden verfallenen roten Ziegelsäulen vor dem Haus, den einzigen Relikten des elisabethanischen Herrenhauses, das einmal dort gestanden hat.

Doch nun sollte ich wohl endlich zu Ronald Treeves kommen, dem Jungen, der gestorben ist. Schließlich geht es ja hier um seinen Tod. Vor der gerichtlichen Untersuchung hat mich die Polizei vernommen und gefragt, wie gut ich ihn gekannt hätte. Ich kannte ihn wahrscheinlich besser als das übrige Personal, aber ich habe denen nicht viel erzählt. Einmal, weil es nicht viel zu sagen gab, und dann dachte ich auch, es stehe mir nicht zu, über die Seminaristen zu klatschen. Ich wusste, dass er nicht beliebt war, aber das habe ich der Polizei nicht gesagt. Sein Problem war, dass er nicht wirklich hierher passte, und ich glaube, er hat das auch gewusst. Zum einen war sein Vater Sir Alred Treeves Chef eines bedeutenden Rüstungskonzerns, und außerdem wies Ronald uns gern darauf hin, dass er der Sohn eines reichen Mannes war. Man sah es auch an seinen Sachen. Er fuhr einen Porsche, während die anderen Seminaristen sich mit billigen Autos begnügen – falls sie überhaupt eins haben. Und er prahlte mit seinen teuren Reisen zu fernen Zielen, die andere Studenten sich nicht leisten können, zumindest nicht in den Ferien.

In manch einem College hätte er sich mit seinem Reichtum vielleicht beliebt gemacht, aber nicht in St. Anselm. Irgendwo hat jeder Mensch eine snobistische Ader, da soll man sich nichts vormachen, aber hier geht es nicht um Geld. Und eigentlich auch nicht um die Herkunft, obwohl der Sohn eines Kuraten hier besser angesehen wäre als der eines Popstars. Ich glaube, was hier wirklich imponiert, ist Klugheit – Klugheit und gutes Aussehen und Witz. Man schätzt Menschen, die einen zum Lachen bringen. Ronald war nicht so klug, wie er zu sein glaubte, und er hat nie jemanden zum Lachen gebracht. Für die anderen war er ein Langweiler, und als er das merkte, wurde er natürlich noch langweiliger. Der Polizei habe ich von alledem nichts erzählt. Wozu auch? Jetzt, wo er tot ist. Oh, und ich glaube, er war auch ein bisschen ein Schnüffler, jedenfalls wollte er immer wissen, was los ist, hat dauernd Fragen gestellt. Von mir hat er nicht viel erfahren. Aber an manchen Abenden kam er plötzlich daher, setzte sich hin und erzählte, während ich strickte und zuhörte. Eigentlich sollten die Studenten das Personal nicht ohne Einladung zu Hause aufsuchen. Pater Sebastian achtet darauf, dass unsere Privatsphäre respektiert wird. Aber mich haben Ronalds Besuche nicht gestört. Rückblickend glaube ich, dass er einsam war. Andernfalls hätte er sich wohl nicht mit mir abgegeben. Und ich dachte auch an meinen Charlie, wenn er kam. Charlie war weder fad noch unbeliebt oder langweilig, aber wenn er je einsam gewesen wäre und sich irgendwo in Ruhe hätte unterhalten wollen, dann möchte ich gern glauben, dass er auch jemanden gefunden hätte, der ihn freundlich aufnahm.

Als die Polizei kam, fragten sie mich als Erstes, warum ich Ronald am Strand gesucht hätte. Was natürlich gar nicht stimmte. Etwa zwei Mal die Woche mache ich nach dem Mittagessen einen ausgedehnten Spaziergang, und als ich an dem Tag losging, wusste ich nicht einmal, dass Ronald vermisst wurde. Und wenn, dann hätte ich ihn nicht zuerst am Strand gesucht. Schwer zu sagen, was einem an dieser verlassenen Küste so alles zustoßen könnte. Wenn man nicht über die Buhnen klettert oder sich zu nahe an die Klippen

*wagt, ist es einigermaßen sicher, und vor diesen beiden Gefahren
wird auf Hinweistafeln gewarnt. Allen neuen Studenten wird eingeschärft, wie riskant es ist, allein hinauszuschwimmen oder zu
dicht am Rande der Klippen entlangzulaufen.*

*Zu Zeiten von Miss Arbuthnot hatte das Haus noch einen direkten
Zugang zum Strand, aber die gefräßige See hat dem ein Ende gemacht. Jetzt müssen wir etwa eine halbe Meile südwärts bis zu der
einzigen Stelle gehen, an der die Klippen niedrig sind und fest genug, um ein halbes Dutzend wackeliger Holzstufen nebst Geländer zu tragen. Jenseits davon lauert die Finsternis von Ballard's
Mere, einem von Bäumen umstandenen Strandsee, der nur durch
eine schmale Kiesbank vom offenen Meer getrennt ist. Manchmal
mache ich auf meinen Spaziergängen hier kehrt, aber an dem Tag
stieg ich die kleine Treppe zum Strand hinunter und wandte mich
nordwärts.*

*Nachdem es die Nacht durch geregnet hatte, war der Tag frisch und
klar, mit blauem Himmel, jagenden Wolken und hohem Seegang.
Ich umrundete ein kleines Kap, und vor mir dehnte sich der verlassene Strand mit seinen schmalen Kieselriffen und den dunklen Kon-
turen der alten, algenverkrusteten Buhnen, die halb verfallen ins
Meer hinausragten. Und dann, etwa dreißig Meter voraus, entdeckte ich etwas am Fuß der Klippen, das aussah wie ein schwarzes
Bündel. Ich eilte hin und fand eine ordentlich gefaltete Soutane und
daneben eine braune Kutte, auch die sorgsam zusammengelegt.
Nur wenige Schritte weiter war offenbar eine Klippe eingestürzt,
denn auf dem Strand türmten sich große, kompakte Sandklumpen,
Grasbüschel und Geröll. Ich wusste gleich, was passiert war. Ich
glaube, ich stieß einen kleinen Schrei aus, und dann begann ich mit
bloßen Händen den Sand wegzuscharren. Ich wusste, dass darunter ein Leichnam begraben sein musste, aber es war unmöglich auszumachen, wo genau. Ich erinnere mich an den körnigen Sand
unter meinen Nägeln und daran, wie langsam ich voranzukommen
schien, bis ich schließlich wie im Zorn die Klumpen wegschleuderte
und den Sand so hoch aufwirbelte, dass er mir wie mit Nadeln ins*

Gesicht stach und in den Augen brannte. Dann bemerkte ich, etwa dreißig Meter meerwärts, ein scharfkantiges Holzstück. Das holte ich mir als Werkzeug. Nach ein paar Minuten stieß ich damit auf etwas Weiches, kniete nieder und grub abermals mit den Händen. Und dann sah ich, auf was ich gestoßen war: zwei sandverkrustete Gesäßhälften in beigem Kordsamt.

Danach konnte ich nicht weiter. Mein Herz klopfte wie wild, und ich hatte keine Kraft mehr. Ich hatte das dunkle Gefühl, den, der dort lag, gedemütigt zu haben, und die beiden entblößten Pobacken kamen mir irgendwie lächerlich, ja fast unanständig vor. Ich wusste, dass er tot sein musste und dass all meine fieberhafte Hektik vergebens gewesen war. Ich hätte ihn nicht mehr retten können, und jetzt brachte ich es nicht über mich, allein weiterzumachen, ihn Stück für Stück freizulegen, selbst wenn ich die Kraft dazu gehabt hätte. Ich musste Hilfe holen, das Seminar alarmieren. Ich glaube, ich wusste schon, wessen Leichnam es war, aber plötzlich fiel mir ein, dass die braunen Kutten der Kandidaten ja alle mit Namensschildchen versehen sind. Also schlug ich den Kragen hoch und las den Namen.

Ich erinnere mich, wie ich auf dem festen Sandstreifen zwischen den Kiesbänken den Strand entlangstolperte und mich irgendwie die kleine Treppe hochschleppte. Oben lief ich über die Klippenstraße zum Seminar zurück. Es war nur eine halbe Meile bis dorthin, aber mir kam der Weg endlos vor, und das Haus schien sich mit jedem mühsamen Schritt weiter zu entfernen. Mein Herz begann zu hämmern, und meine Beine fühlten sich an, als ob die Knochen sich auflösen wollten. Und dann hörte ich den Wagen. Als ich mich umdrehte, sah ich ihn von der Zufahrt her einbiegen und über die unbefestigte Straße längs der Klippen auf mich zusteuern. Ich stellte mich mitten auf den Weg, winkte mit beiden Armen, und der Wagen hielt. Am Steuer erkannte ich Mr. Gregory.

Ich kann mich nicht erinnern, wie ich es ihm beibrachte. Aber ich sehe mich noch dort stehen, sandverkrustet, mit windzerzaustem Haar und mit fahrigen Händen zum Meer deuten. Er sagte *gar nichts, sondern öffnete nur die Beifahrertür, und ich stieg ein. Vernünftigerweise wären wir wohl gleich weitergefahren zum Seminar, doch stattdessen wendete er, und wir stiegen an der Stelle aus, wo die Treppe zum Strand hinunterführt. Im Nachhinein habe ich mich gefragt, ob er mir nicht glaubte und sich erst mit eigenen Augen überzeugen wollte, bevor er Hilfe holte. Wie wir zum Strand kamen, erinnere ich mich nicht; ich sehe uns erst wieder beide neben Ronalds Leichnam stehen. Immer noch schweigend kniete Mr. Gregory sich in den Sand und fing an, mit beiden Händen zu graben. Er trug Lederhandschuhe, was ihm die Arbeit erleichterte. Wortlos schaufelten wir den Sand beiseite und arbeiteten uns fieberhaft bis zum Kopf des Toten vor.*

Über den Kordsamthosen trug Ronald nur ein graues Hemd. Wir legten seinen Hinterkopf frei. Es war, als grabe man ein Tier aus, einen toten Hund oder eine Katze. Der Sand, der in den tieferen Schichten noch feucht war, klebte in Ronalds strohblonden Haaren, und als ich versuchte, ihn herauszureiben, spürte ich ihn kalt und körnig an den Handflächen.

Mr. Gregory sagte streng: »Rühren Sie ihn nicht an!« Und ich zog meine Hände so rasch zurück, als hätte ich mich verbrannt. Dann sagte er ganz ruhig: »Wir lassen ihn lieber genauso liegen, wie wir ihn gefunden haben. Seine Identität steht ja zweifelsfrei fest.«

Ich wusste, dass er tot war, aber trotzdem dachte ich, dass wir ihn umdrehen sollten, denn ich hatte die verrückte Idee, wir könnten es doch noch mit Mund-zu-Mund-Beatmung versuchen. Ich weiß, dass das unsinnig war, aber ich hatte einfach das Gefühl, wir müssten irgendwas tun. Doch Mr. Gregory zog seinen linken Handschuh aus und legte zwei Finger an Ronalds Hals. »Er ist tot«, sagte er, »natürlich ist er tot. Wir können nichts mehr für ihn tun.«

Einen Augenblick lang knieten wir beide stumm rechts und links von Ronald. Es muss ausgesehen haben, als beteten wir, und ich hätte auch ein Gebet für ihn gesprochen, nur konnte ich mich nicht auf die rechten Worte besinnen. Und dann kam die Sonne heraus, und auf einmal wirkte die Szene ganz unwirklich, so als posierten wir beide für ein Farbfoto. Alles war leuchtend hell und klar umrissen. Die Sandkörner in Ronalds Haaren glitzerten wie Lichtpünktchen. Mr. Gregory sagte: »Wir müssen Hilfe holen, die Polizei rufen. Macht es Ihnen etwas aus, hier bei ihm zu warten? Es dauert nicht lange. Sie können auch mitkommen, wenn Ihnen das lieber ist, aber es wäre wohl besser, wenn einer von uns hier bliebe.«

»Gehen Sie nur!«, sagte ich. »Mit dem Wagen sind Sie schneller. Mir macht es nichts aus zu warten.«

Ich sah ihm nach, als er, so rasch es ging, durch den groben Strandkies auf die Lagune zulief, dann das kleine Kap umrundete und aus meinem Gesichtsfeld verschwand. Eine Minute später hörte ich Motorengeräusch und wusste, er war auf dem Weg zum Seminar. Ich rutschte von dem Sandhaufen herunter und setzte mich ein Stück weit von der Leiche entfernt auf die Steine, grub die Fersen in den Kies und verlagerte so lange das Gewicht, bis ich es halbwegs bequem hatte. Die untere Kiesschicht war noch feucht vom nächtlichen Regen, und klamme Kälte drang durch meine Baumwollhosen. Ich schlang die Arme um die Knie und blickte hinaus aufs Meer.

Und während ich dort saß, dachte ich zum ersten Mal seit Jahren wieder an Mike. Er kam ums Leben, als sein Motorrad auf der A1 ins Schleudern geriet und gegen einen Baum prallte. Da waren wir noch keine zwei Wochen von der Hochzeitsreise zurück und kannten uns nicht einmal ein Jahr. Ich war schockiert und fassungslos über seinen Tod, aber richtig um ihn getrauert habe ich nicht. Damals hielt ich das, was ich empfand, für Trauer, doch heute weiß ich es besser. Ich war verliebt in Mike, aber geliebt habe ich ihn nicht. Liebe muss wachsen, sie kommt erst, wenn man miteinander lebt und füreinander sorgt, und diese Zeit war uns nicht vergönnt. Als er tot war, wusste ich, dass ich von nun an die verwitwete Margaret Munroe sein würde, aber ich fühlte mich immer noch wie Margaret Parker, ledig, einundzwanzig Jahre alt, seit kurzem staatlich geprüfte Krankenschwester. Als ich merkte, dass ich schwanger war, erschien mir auch das ganz unwirklich. Und als das Baby zur Welt kam, schien es nichts mit Mike und unserer kurzen gemeinsamen Zeit zu tun zu haben und mit mir auch nicht. Die Gefühlsbindung stellte sich erst später ein und war vielleicht gerade deshalb umso stärker. Als Charlie starb, trauerte ich um sie beide, aber an Mikes Gesicht kann ich mich immer noch nicht genau erinnern.

Mir war bewusst, dass hinter mir Ronalds Leichnam lag, aber es war doch leichter, nicht direkt neben ihm zu sitzen. Es gibt Menschen, die bei der Totenwache in der Gegenwart des Verstorbenen etwas Tröstliches finden, aber mir ging es nicht so, nicht mit Ronald. Alles, was ich empfand, war tiefe Trauer. Nicht um diesen armen Jungen, nicht einmal um Charlie oder Mike oder gar um mich, sondern eine allgemeine Traurigkeit, die alles um mich her zu durchdringen schien, die frische Brise auf meiner Wange, den Himmel und die paar aufgetürmten Wolken, die fast bedächtig über den blauen Horizont segelten, ja sogar das Meer. Unwillkürlich gedachte ich all der Menschen, die an dieser Küste gelebt hatten und gestorben waren, und der Gebeine, die eine Meile tief unter den Wellen in den weiten Friedhöfen des Meeres ruhen. Ihnen und denen, die sie liebten, muss ihr Leben damals kostbar gewesen sein, aber nun waren sie tot, und es war gerade so, als ob sie nie existiert hätten. In hundert Jahren wird sich auch niemand mehr an Charlie, Mike oder mich erinnern. Unser aller Leben ist so unbedeutend wie ein einzelnes Sandkorn. Über diesen Gedanken wurde mein Kopf ganz leer, bis ich nicht einmal mehr Trauer empfand. Ich schaute einfach hinaus aufs Meer, und mit der Erkenntnis, dass am Ende nichts wirklich zählt und dass alles, was uns bleibt, die Freuden oder Leiden des Augenblicks sind, kam ein großer Friede über mich.

Ich habe wohl wie in Trance dort gesessen, denn ich hörte und sah so lange nichts von den drei Männern, die sich näherten, bis vernehmliche Schritte über den Kies knirschten und sie fast vor mir standen. Pater Sebastian und Mr. Gregory stapften nebeneinander her. Pater Sebastian hatte sich zum Schutz gegen den Wind fest in seine schwarze Kutte gehüllt. Beide hielten den Kopf gesenkt und marschierten so stramm daher wie zwei Soldaten. Pater Martin war ein ganzes Stück hinter ihnen und stolperte mühsam über Kies und Geröll. Ich weiß noch, dass ich dachte, es sei nicht nett von den beiden anderen, nicht auf ihn zu warten.

Es war mir peinlich, dass sie mich im Sitzen überraschten. Als ich aufstand, fragte Pater Sebastian: »Alles in Ordnung, Margaret?«

Ich sagte: »Ja, Pater«, und ging beiseite, als die drei vor den Leichnam traten.

Pater Sebastian schlug das Kreuz, und dann sagte er: »Das ist eine Katastrophe.«

Ich dachte gleich, dass das nicht gerade der passende Ausdruck war, aber ich wusste auch, dass Pater Sebastian in dem Moment nicht nur an Ronald Treeves dachte, sondern an das Seminar.

Er bückte sich und legte seine Hand an Ronalds Hals, aber Mr. Gregory sagte ziemlich heftig: »Natürlich ist er tot! Und wir sollten die Leiche lieber nicht berühren.«

Pater Martin stand etwas abseits. Ich sah, wie er die Lippen bewegte, und ich glaube, er hat gebetet.

Pater Sebastian sagte: »Wenn Sie so gut sein wollen, ins Seminar zurückzufahren und dort auf die Polizei zu warten, Gregory, dann bleiben Pater Martin und ich hier. Margaret nehmen Sie besser mit. Das war ein arger Schock für sie. Seien Sie so lieb und bringen Sie sie zu Mrs. Pilbeam. Wenn sie ihr erklären, was passiert ist, wird sie Margaret einen Tee kochen und sich um sie kümmern. Aber die beiden sollen nichts verlauten lassen, ehe ich das Seminar informiert habe. Falls die Polizei mit Margaret sprechen will, vertrösten Sie sie auf später.«

Es ist komisch, aber ich erinnere mich, dass ich ein bisschen irritiert war, weil er zu Mr. Gregory gesprochen hatte, als ob ich gar nicht da wäre. Und eigentlich wollte ich auch nicht zu Ruby Pilbeam. Ich mag Ruby, die immer hilfsbereit, aber nie aufdringlich ist, doch jetzt wollte ich einfach nur nach Hause.

Pater Sebastian kam, legte mir die Hand auf die Schulter und sagte:

»Sie waren sehr tapfer, danke, Margaret! Gehen Sie jetzt mit
Mr. Gregory! Ich komme nachher zu Ihnen. Aber erst einmal werden Pater Martin und ich bei Ronald wachen.«
Es war das erste Mal, dass einer den Namen des Jungen ausgespro-
chen hatte.
Im Wagen schwieg Mr. Gregory zunächst, dann sagte er: »Ein
merkwürdiger Tod. Ich frage mich, was der Leichenbeschauer davon
halten wird – oder, wenn's hart auf hart kommt, die Polizei.«
»Bestimmt war's ein Unfall«, sagte ich.
»Aber ein sehr merkwürdiger, finden Sie nicht?« Und als ich nicht
antwortete, fuhr er fort: »Das ist sicher nicht der erste Leichnam,
den Sie gesehen haben. Sie sind wohl mit dem Tod vertraut.«
»Ich bin gelernte Krankenschwester, Mr. Gregory.«
Ich dachte an die erste Leiche, die ich vor so vielen Jahren als acht-
zehnjährige Schwesternschülerin gesehen, die erste, die ich aufge-
bahrt hatte. Damals ging es in der Krankenpflege noch anders zu als
heute. Wir bahrten die Toten noch selber auf; schweigend und in
aller Ehrfurcht geschah das und hinter schützenden Wandschirmen.
Meine erste Stationsschwester kam immer dazu und betete mit uns,
ehe wir anfingen. Sie pflegte zu sagen, dass dies der letzte Dienst sei,
den wir unseren Patienten erweisen könnten. Aber davon wollte ich
Mr. Gregory nichts erzählen.
»Der Anblick einer Leiche«, sagte er, »bietet jedes Mal die tröstliche
Gewissheit, dass wir vielleicht wie Menschen leben, aber wie die
Tiere sterben. Ich persönlich empfinde das als Erleichterung. Denn
etwas Entsetzlicheres als das ewige Leben kann ich mir nicht vorstellen.«
Auch jetzt schwieg ich. Nicht, dass ich etwas gegen ihn hätte: Wir
haben bloß kaum Kontakt miteinander. Ruby Pilbeam putzt einmal
die Woche sein Cottage und besorgt seine Wäsche. Das ist eine pri-
vate Abmachung zwischen den beiden. Aber er und ich, wir standen
nie auf nachbarlichem Fuß, und ich war nicht in der Stimmung,
jetzt damit anzufangen.
Der Wagen bog zwischen den beiden Ziegelsäulen westwärts ab

und hielt auf dem Hof. Während er mir mit meinem Gurt half,
sagte Mr. Gregory: »Ich komme noch rasch mit zu Mrs. Pilbeam.
Fall sie nicht da sein sollte, nehme ich Sie mit zu mir. Wir können
jetzt beide einen Drink vertragen.«

Aber Ruby war zu Hause, worüber ich dann doch froh war.
Mr. Gregory erklärte ihr ganz kurz, was geschehen war, und sagte
dann: »Pater Martin und Pater Sebastian sind noch bei der Leiche,
und die Polizei wird auch bald eintreffen. Bitte sprechen Sie mit
niemandem darüber, bis Pater Sebastian zurück ist. Er wird dann
das ganze Seminar informieren.«

Als er fort war, machte Ruby mir wirklich einen Tee – heiß und
stark war der und sehr wohltuend. Sie umsorgte mich ganz rüh-
rend, aber was genau sie gesagt oder getan hat, daran erinnere ich
mich nicht mehr. Ich habe nicht viel gesprochen, aber das erwartete
sie auch gar nicht. Sie behandelte mich wie eine Kranke, setzte mich
in einen Sessel vor dem Kamin, schaltete zwei Strahler des Elektro-
öfchens ein, für den Fall, dass ich noch unter Schock stand und vielleicht fror, und sie schloss die Vorhänge, damit ich mich, wie sie es
ausdrückte, »richtig schön ausruhen« könne.

Es dauerte wohl eine Stunde, bis die Polizei eintraf, ein ziemlich junger Sergeant mit walisischem Akzent. Er war geduldig und freundlich, und ich antwortete ganz gefasst auf seine Fragen. Auch wenn ich
nicht viel zu berichten hatte. Er wollte wissen, wie gut ich Ronald
gekannt, wann ich ihn zuletzt gesehen hätte und ob er in jüngster
Zeit depressiv gewesen sei. Ich sagte, das letzte Mal gesehen hätte
ich ihn am Abend zuvor, auf dem Weg zu Mr. Gregorys Cottage,
vermutlich zu seiner Griechischstunde. Das Trimester hatte eben erst
begonnen, und ich war ihm bis dahin noch nicht begegnet. Ich hatte
den Eindruck, dass der Sergeant – ich glaube, er hieß Jones oder
Evans, auf jeden Fall hatte er einen walisischen Namen –, also mir
war so, als tue es ihm Leid, gefragt zu haben, ob Ronald depressiv
gewesen sei. Jedenfalls sagte er, der Fall scheine recht eindeutig, stellte
Ruby noch einmal die gleichen Fragen wie mir und ließ uns dann
allein.

Als das Seminar sich vor der Fünf-Uhr-Andacht in der Bibliothek versammelte, teilte Pater Sebastian allen mit, dass Ronald tot war. Die meisten Studenten ahnten da schon, dass etwas Schlimmes passiert war. Polizeiautos und Leichenwagen fahren schließlich nicht unbemerkt vor. Ich ging nicht mit in die Bibliothek, und so habe ich auch Pater Sebastians Ansprache nicht gehört. Ich wollte zu dem Zeitpunkt nur noch eins: allein sein. Aber am späteren Abend brachte mir Raphael Arbuthnot, der Studentensprecher, ein kleines Usambaraveilchen mit den besten Wünschen aller Kandidaten. Einer von ihnen muss nach Pakefield oder Lowestoft gefahren sein, um es zu kaufen. Als er mir den Blumentopf überreichte, beugte Raphael sich nieder und küsste mich auf die Wange. »Es tut mir so Leid, Margaret«, sagte er. Was man in einem solchen Augenblick eben sagt, doch es klang nicht wie ein Gemeinplatz. Es hörte sich eher an wie eine Entschuldigung.

Zwei Nächte später begannen die Albträume. Bis dahin hatte ich nie unter bösen Träumen zu leiden, nicht einmal als junge Lernschwester nach meiner ersten Begegnung mit dem Tod. Die Träume sind schrecklich, und jetzt sitze ich jeden Abend bis spätnachts vor dem Fernseher und fürchte mich vor dem Moment, da die Müdigkeit mich ins Bett treibt. Es ist immer der gleiche Traum. Ronald Treeves steht neben meinem Bett. Er ist nackt, nasser Sand klebt auf seiner Haut, seinem Gesicht und in seinem blonden Haar. Nur die Augen sind frei, und die schauen mich so vorwurfsvoll an, als wollten sie fragen, warum ich nicht mehr getan hätte, um ihn zu retten. Ich weiß, dass ich nichts hätte tun können. Ich weiß, dass er längst tot war, als ich ihn fand. Aber trotzdem erscheint er mir Nacht für Nacht mit diesem vorwurfsvoll anklagenden Blick, und der nasse Sand löst sich klumpenweise von seinem unansehnlichen, schwammig aufgedunsenen Gesicht.

Vielleicht wird er mich jetzt, wo ich alles aufgeschrieben habe, in Ruhe lassen. Ich halte mich nicht für überspannt, doch irgendetwas an Ronalds Tod ist sonderbar, etwas, woran ich mich erinnern sollte, aber es rumort nur immerfort in meinem Kopf herum, ohne dass ich es zu fassen kriege. Trotzdem, etwas sagt mir, dass der Tod von Ronald Treeves kein Ende war, sondern ein Anfang.

2

Der Anruf für Dalgliesh kam um zehn Uhr vierzig, kurz bevor er von einer Sitzung des Ausschusses zur Integrationsförderung in sein Büro zurückkehrte. Das Treffen hatte – wie immer bei solchen Gremien – länger gedauert als vorgesehen, und ihm blieben nur noch fünfzig Minuten, bis er mit dem Polizeichef im Büro des Innenministers im Unterhaus zu erscheinen hatte. Gerade noch genügend Zeit für einen Kaffee und um ein paar Telefonate zu erledigen. Aber er saß kaum am Schreibtisch, als seine Assistentin den Kopf zur Tür hereinsteckte.

»Mr. Harkness bittet Sie, noch rasch in seinem Büro vorbeizuschauen. Sir Alred Treeves ist bei ihm.«

Was hatte das nun zu bedeuten? Sir Alred wollte natürlich etwas, wie eigentlich alle, die einen leitenden Beamten des Yard aufsuchten. Und was Sir Alred wollte, das setzte er auch durch. Man brachte es nicht bis zum Vorstand eines der erfolgreichsten multinationalen Konzerne ohne ein instinktives Gespür für die diffizile Klaviatur der Macht – im Kleinen wie im Großen. Wie alle, die mit offenen Ohren im einundzwanzigsten Jahrhundert angekommen waren, kannte natürlich auch Dalgliesh Sir Alreds Ruf. Der Mann galt als fairer, ja großzügiger Chef eines leistungsstarken Stabes, als Mäzen, der aus seinem Treuhandvermögen freigebig für karitative Zwecke spendete, und als renommierter Sammler zeitgenössischer europäischer Kunst. Vorzüge, die freilich von Voreingenommenen leicht umgemünzt werden konnten; dann erschien Treeves als einer, der Versager unnachsichtig schasste, sich werbeträchtig als Förderer medienwirksamer Belange in

Szene setzte und als Investor auf langfristige Kapitalerträge spekulierte. Selbst sein Ruf als herrischer Choleriker war ambivalent. Da er seine Grobheiten willkürlich und ohne Ansehen der Person austeilte und die Mächtigen ebenso darunter zu leiden hatten wie die Schwachen, bewunderte man ihn letztlich als aufrechten Verfechter des Gleichheitsprinzips.

Als Dalgliesh mit dem Lift in den siebenten Stock hinauffuhr, erwartete er sich zwar nicht viel Gutes, aber seine Neugier war geweckt. Zumindest würde die Unterredung relativ kurz ausfallen, denn um pünktlich im Innenministerium zu sein, würde er um Viertel nach elf aufbrechen müssen. Und wenn es um Prioritäten ging, war dem Innenminister selbst einem Sir Alred Treeves gegenüber der Vorrang sicher.

Der stellvertretende Polizeichef und Sir Alred standen neben dem Schreibtisch, und als Dalgliesh eintrat, wandten beide sich nach ihm um. Wie oft bei Prominenten, die man bislang nur aus den Medien kannte, war auch bei Treeves der erste Eindruck gewöhnungsbedürftig. Er war stämmiger als im Fernsehen, seine Gesichtszüge waren weniger scharf konturiert, ja, die ganze Erscheinung wirkte nicht so markig und attraktiv wie am Bildschirm. Dafür kam der Eindruck des Machtmenschen, der seine Position sichtlich genoss, in natura noch stärker zum Tragen. Sir Alred hatte die Eigenheit, sich wie ein wohlhabender Landwirt zu kleiden: Außer bei hochoffiziellen Anlässen trug er stets gut geschnittene Tweedanzüge. Und wirklich hatte er etwas Bodenständiges an sich mit den breiten Schultern, den leicht geröteten Wangen, der vorspringenden Nase und dem ungebärdigen Haar, das kein Friseur zu bändigen vermochte. Es war sehr dunkel, fast schwarz mit einer silbernen Strähne in der Mitte, von der Stirn nach hinten gekämmt. Bei einem Mann, der mehr Wert auf sein Äußeres legte, wäre Dalgliesh womöglich der Verdacht gekommen, diese Strähne könnte gefärbt sein.

Als Dalgliesh vor ihm stand, musterte Treeves ihn ganz unverhohlen unter buschigen Brauen.

»Ich glaube, die Herren kennen sich«, sagte Harkness.

Sie gaben sich die Hand. Sir Alreds Hand war kühl und kräftig, aber er zog sie gleich wieder zurück, wie um zu unterstreichen, dass dieser Händedruck nur eine Formalität gewesen sei. »Wir sind uns einmal begegnet, ja«, sagte er. »Ende der achtziger Jahre, bei einer Tagung des Innenministeriums, nicht wahr? Über strategische Maßnahmen zur Sanierung von Großstädten. Ich weiß nicht, wie ich da hineingeraten bin.«

»Ihr Konzern hat eines der Projekte im Rahmen der Initiative zur Stadterneuerung mit einer großzügigen Spende bedacht. Ich glaube, Sie wollten sich persönlich davon überzeugen, dass das Geld auch sinnvoll verwendet wurde.«

»Richtig, ja. Die Chancen standen allerdings ziemlich schlecht. Junge Menschen wollen eine gut bezahlte Arbeit, für die es sich lohnt, morgens aufzustehen, und keine Ausbildung für Berufe, die es gar nicht gibt.«

Dalgliesh erinnerte sich an den Anlass. Es war die übliche perfekt inszenierte PR-Aktion gewesen. Von den teilnehmenden hohen Beamten oder Ministern hatte sich kaum einer viel davon versprochen, und es war auch kaum etwas dabei herausgekommen. Treeves hatte eine Reihe sachdienlicher Fragen gestellt, die Antworten skeptisch kommentiert und war noch vor dem Resümee des Innenministers gegangen. Warum hatte er sich überhaupt die Mühe gemacht zu kommen, und warum hatte er für das Projekt gespendet? Vielleicht war auch das eine PR-Aktion gewesen.

Harkness deutete zerstreut auf die schwarzen Drehsessel vor dem Fenster und murmelte etwas von Kaffee.

»Nein, danke, nicht für mich«, sagte Treeves schroff und in einem Ton, als hätte man ihm ein esoterisches und um drei viertel elf am Vormittag ganz indiskutables Getränk angeboten.

Sie setzten sich mit der drohenden Wachsamkeit dreier Mafiabosse, die zusammengekommen sind, um ihr jeweiliges Territorium zu verteidigen. Treeves sah auf seine Uhr. Sicher hatte er für diese Unterredung einen Sondertermin erhalten. Er war vielleicht sogar eigenmächtig erschienen, ohne vorherige Anmeldung und ohne sein Anliegen bekannt zu geben. Damit war er natürlich im Vorteil. Er war einfach von der Überzeugung ausgegangen, dass der stellvertretende Polizeichef Zeit für ihn finden würde, und er hatte Recht behalten.

Jetzt sagte er: »Vor zehn Tagen kam mein älterer Sohn Ronald – übrigens ein Adoptivkind – bei einem Klippeneinsturz in Suffolk ums Leben. Sandrutsch wäre der treffendere Ausdruck. Die Klippen südlich von Lowestoft werden schon seit dem siebzehnten Jahrhundert vom Meer ausgehöhlt. Der Junge ist unter dem Sand erstickt. Ronald studierte im Priesterseminar St. Anselm am Ballard's Mere, einer altanglikanischen Einrichtung mit Weihrauch und Glockengeläut.« Er wandte sich an Dalgliesh. »Sie kennen sich doch in diesen Kreisen aus, oder? War Ihr Vater nicht Pastor?«

Und woher, fragte sich Dalgliesh, wusste Sir Alred nun das wieder? Wahrscheinlich hatte er es irgendwann gehört, sich dunkel daran erinnert und jetzt einen seiner Lakaien beauftragt, es zu recherchieren, bevor er sich zu dieser Unterredung aufmachte. Ein Mann wie er informierte sich prinzipiell so umfassend wie möglich über die Leute, mit denen er zu tun hatte. Wenn dabei Nachteiliges ans Licht kam, umso besser, und im Übrigen war jedes persönliche Detail, über das er ohne Wissen der Gegenseite verfügte, ein willkommenes und potenziell nützliches Machtinstrument.

»Ja, er war anglikanischer Pfarrer in Norfolk«, sagte Dalgliesh.

»Ihr Sohn studierte Theologie, um Geistlicher zu werden?«, fragte Harkness.

»Meines Wissens taugt das, was man ihn in St. Anselm lehrt, zu keinem anderen Beruf.«

Dalgliesh sagte: »Über den Toten in Suffolk stand etwas im Polizeibericht, aber ich erinnere mich nicht, dass eine gerichtliche Untersuchung erwähnt wurde.«

»Kein Wunder. Der Fall wurde sehr diskret behandelt. Tod durch Unfall. Dabei hätte man die Möglichkeit einer Straftat offen lassen sollen. Und wenn der Rektor und die Mehrzahl des Kollegiums nicht dagesessen hätten wie eine Phalanx schwarzgewandeter Leibwächter, dann hätte der Gerichtsmediziner wahrscheinlich auch den Mut gehabt, sich eine eigene Meinung zu bilden.«

»Sie waren dabei, Sir Alred?«

»Nein, aber mein Anwalt. Ich war in China, zu schwierigen Vertragsverhandlungen in Peking. Zur Einäscherung war ich wieder hier. Wir haben den Leichnam nach London überführen lassen. St. Anselm hat irgendeinen Gedenkgottesdienst – ich glaube, es nannte sich Requiem – ausgerichtet, aber weder meine Frau noch ich haben daran teilgenommen. Ich habe mich dort nie wohl gefühlt. Gleich nach der gerichtlichen Untersuchung habe ich dafür gesorgt, dass mein Chauffeur und ein zweiter Fahrer Ronalds Porsche zurückholten, und das Seminar händigte ihnen seine Kleidung, seine Brieftasche und die Armbanduhr aus. Norris, mein Chauffeur, brachte das Paket mit. Viel war nicht drin. Die Studenten sind gehalten, nicht mehr als das Nötigste an Kleidung mitzubringen, einen Anzug, zwei Paar Jeans nebst Hemden und Pullovern, Schuhe und die schwarze Soutane, die die Seminaristen zu tragen haben. Ronald hatte natürlich auch ein paar Bücher, aber die habe ich St. Anselm für die Bibliothek überlassen. Schon merkwürdig, wie rasch man ein Menschenleben aufräumen kann. Tja, und dann bekam ich vorgestern das da.«

Sir Alred holte in aller Ruhe seine Brieftasche heraus und

entnahm ihr ein Blatt Papier, das er Dalgliesh reichte. Der überflog es und gab es dem stellvertretenden Polizeichef.

Harkness las laut vor: »Warum stellen Sie keine Nachforschungen über den Tod Ihres Sohnes an? Kein Mensch glaubt wirklich an einen Unfall. Aber diese Pfaffen werden ihrem guten Namen zuliebe alles vertuschen. In diesem Seminar geschieht so manches, was endlich mal an die Öffentlichkeit gehörte. Wollen Sie die Schuldigen ungestraft davonkommen lassen?«

Treeves sagte: »Für mich grenzt das hart an eine Mordanklage.«

Harkness gab Dalgliesh den Brief zurück. »Aber ohne Beweise«, sagte er, »ohne ein mögliches Motiv und ohne die Nennung eines Verdächtigen könnte genauso gut ein Witzbold dahinter stecken, oder? Vielleicht jemand, der dem Seminar schaden will?«

Dalgliesh wollte Treeves den anonymen Brief zurückgeben, doch der winkte unwirsch ab. »Natürlich«, sagte er. »ist das eine Möglichkeit, und ich nehme an, Sie werden sie nicht ausschließen. Ich persönlich nehme die Sache allerdings ernster. Natürlich ist der Wisch auf einem Computer erstellt worden, also keine Chance auf das notorische verrutschte *e*, das ständig in Kriminalromanen herumgeistert. Und nach Fingerspuren brauchen Sie auch nicht zu suchen, das habe ich bereits veranlasst. Natürlich vertraulich. Ergebnis negativ. Aber ich hatte auch nichts anderes erwartet. Im Übrigen würde ich sagen, wir haben es mit einem gebildeten Schreiberling zu tun; er – oder sie – ist sattelfest in Orthographie und Interpunktion. Und in diesem unterbelichteten Zeitalter würde ich da eher auf jemanden in mittleren Jahren tippen als auf einen jungen Menschen.«

»Und so formuliert, dass Sie höchstwahrscheinlich darauf reagieren werden.«

»Woraus schließen Sie das?«

»Nun, Sie sind hier, Sir, oder?«

Harkness fragte: »Sie sagten, Ihr Sohn sei ein Adoptivkind. Aus welchen Verhältnissen stammt er denn?«

»Aus gar keinen. Seine Mutter war bei seiner Geburt vierzehn, sein Vater ein Jahr älter. Gezeugt wurde er an einer Säule in der Westway-Unterführung. Er war weiß, gesund und neugeboren – ein Wunschprodukt auf dem Adoptionsmarkt. Freiheraus gesagt: Wir hatten Glück, dass wir ihn bekamen. Aber warum fragen Sie?«

»Sie sagten, Sie betrachten dieses anonyme Schreiben als Mordanklage. Da drängt sich mir die Frage auf, wer eventuell von seinem Tod profitieren würde.«

»Jeder Tod ist für irgendjemanden von Vorteil. In diesem Fall ist der einzige Nutznießer mein zweiter Sohn Marcus, dessen Treuhandvermögen sich bei Erreichen seines dreißigsten Lebensjahres nun vergrößern wird. Und auch sein Erbe wird eines Tages größer ausfallen als andernfalls zu erwarten gewesen wäre. Doch da er zur fraglichen Zeit in der Schule war, können wir ihn ausschließen.«

»Ronald hatte Ihnen nicht geschrieben oder davon gesprochen, dass er deprimiert sei oder unglücklich?«

»Mir gegenüber nicht, nein, aber ich bin vermutlich der Letzte, dem er sich anvertraut hätte. Doch ich glaube, wir verstehen einander nicht richtig. Ich bin nicht hier, um mich verhören zu lassen oder mich an Ihren Ermittlungen zu beteiligen. Das wenige, was ich weiß, habe ich Ihnen mitgeteilt. Jetzt möchte ich, dass *Sie* weitermachen.«

Harkness sah Dalgliesh an. »Das ist natürlich Sache der Polizei von Suffolk. Eine kompetente Truppe.«

»Daran zweifle ich nicht. Ich nehme an, sie werden vom Polizeiinspektor Ihrer Majestät überprüft und bekommen einmal jährlich ihre Kompetenz bescheinigt. Aber Suffolk war bereits an der ursprünglichen Untersuchung beteiligt. Und jetzt möchte ich, dass Sie übernehmen. Genauer gesagt, ich wünsche, dass Commander Dalgliesh übernimmt.«

Harkness sah Dalgliesh an und wollte offenbar Einspruch erheben, besann sich dann aber eines Besseren.

Dalgliesh sagte: »Bei mir steht nächste Woche ein kurzer Urlaub an, und ich habe vor, etwa eine Woche in Suffolk zu verbringen. Ich kenne St. Anselm. Ich könnte mal mit der Kommunalpolizei reden und mit den Patres im Seminar, um festzustellen, ob ein Prima-facie-Fall vorliegt, der weitere Ermittlungen rechtfertigt. Aber nachdem der Befund der Gerichtsmedizin vorliegt und Ihr Sohn bereits eingeäschert wurde, halte ich es für höchst unwahrscheinlich, dass jetzt noch neue Erkenntnisse ans Licht kommen.«

Harkness hatte seine Stimme wieder gefunden. »Eine ganz unübliche Vorgehensweise.«

Treeves erhob sich. »Sie mag unüblich sein, aber mir erscheint sie völlig plausibel. Ich wünsche Diskretion, darum will ich mich nicht wieder an die Behörden vor Ort wenden. Die Lokalpresse hat schon genug Staub aufgewirbelt, als der Fall bekannt wurde. Ich will keine Schlagzeilen in den Boulevardblättern, die insinuieren, dass es bei Ronalds Tod nicht mit rechten Dingen zugegangen sei.«

»Aber Sie glauben das doch auch?«, warf Harkness ein.

»Ja, natürlich. Ronalds Tod war entweder ein Unfall, Selbstmord oder Mord. Das Erste ist unwahrscheinlich, das Zweite scheidet aus, bleibt also nur die dritte Möglichkeit. Sie werden sich natürlich mit mir in Verbindung setzen, wenn Sie zu einem Schluss gekommen sind.«

»Waren Sie eigentlich glücklich mit der Berufswahl Ihres Sohnes, Sir Alred?«, fragte Harkness. Und nach einer kleinen Pause setzte er hinzu: »Oder, sagen wir, mit seiner Berufung.«

Etwas in seiner Stimme, ein schaler Kompromiss zwischen taktvoller Erkundung und Verhörston, verriet, dass er für seine Frage keine gute Aufnahme erwartete, und er tat recht daran. Sir Alreds Stimme war ruhig, enthielt aber eine unmissverständliche Warnung. »Was soll das heißen, bitte?«

Nachdem er sich einmal vorgewagt hatte, mochte sich Harkness nicht einschüchtern lassen. »Ich habe mich nur gefragt, ob Ihr Sohn etwas auf dem Herzen hatte, einen besonderen Grund zur Sorge.«

Sir Alred sah ostentativ nach der Uhr. »Sie wollen auf Selbstmord hinaus. Ich dachte, ich hätte mich deutlich ausgedrückt. Selbstmord scheidet aus. Warum zum Teufel hätte er sich umbringen sollen? Er hatte doch erreicht, was er wollte.«

Dalgliesh sagte ruhig: »Aber wenn es nun nicht das war, was Sie wollten?«

»Natürlich war's das nicht! Ein Beruf ohne Zukunft. Wenn die Mitgliederzahlen weiter so schrumpfen wie bisher, dann ist die anglikanische Kirche in zwanzig Jahren am Ende. Oder sie wird zu einer exzentrischen Sekte, die sich dem Erhalt alten Aberglaubens und historischer Kirchen widmet – sofern der Staat die dann nicht schon als Nationaldenkmäler übernommen hat. Kann sein, dass die Menschen sich die Illusion eines überirdischen Waltens erhalten wollen. Im Großen und Ganzen glauben sie zweifellos an Gott, und der Gedanke, dass mit dem Tod alles vorbei sein könnte, ist nicht angenehm. Aber sie haben aufgehört, an den Himmel zu glauben, und sie haben keine Angst mehr vor der Hölle, also werden sie auch nicht wieder anfangen zur Kirche zu gehen. Roland war intelligent, er hatte eine gute Schulbildung, und die Welt stand ihm offen. Er war nicht dumm. Er hätte etwas aus seinem Leben machen können. Er kannte meine Einstellung, und zwischen uns war das Thema abgeschlossen. Er hätte seinen Kopf bestimmt nicht unter ein paar Tonnen Sand gesteckt, nur um mir eins auszuwischen.«

Treeves nickte Harkness und Dalgliesh kurz zu. Die Unterredung war beendet. Dalgliesh fuhr mit ihm im Lift hinunter und begleitete ihn dann hinaus zu seinem Mercedes, der just in dem Moment vorgefahren war. Das Timing war so perfekt, wie Dalgliesh es erwartet hatte.

Er hatte sich schon abgewandt, als er gebieterisch zurückbeordert wurde.

Sir Alred steckte den Kopf aus dem Wagenfenster und sagte: »Ich nehme an, Sie haben auch schon an die Möglichkeit gedacht, dass man Ronald anderswo getötet und seinen Leichnam später an den Strand geschafft hat?«

»Man kann, glaube ich, davon ausgehen, Sir Alred, dass darauf auch die Polizei in Suffolk gekommen ist.«

»Ich weiß nicht, ob ich Ihre Zuversicht teile. Jedenfalls ist es ein Hinweis, den Sie im Auge behalten sollten.«

Schon im Begriff, seinem Chauffeur, der reg- und ausdruckslos wie eine Statue am Steuer saß, den Befehl zur Abfahrt zu geben, setzte er, wie einem spontanen Einfall folgend, hinzu: »Da wäre noch eine Frage, die mich fasziniert. Ist mir übrigens in der Kirche eingefallen. Von Zeit zu Zeit zeige ich mich dort, beim jährlichen City-Gottesdienst, Sie wissen schon. Meine Frage betrifft das Glaubensbekenntnis.«

Dalgliesh war geübt darin, sich etwaige Überraschung nicht anmerken zu lassen. Er fragte mit ernster Miene: »Um welches, Sir Alred?«

»Gibt es denn mehr als eins?«

»Drei, um genau zu sein.«

»Großer Gott! Gut, nehmen Sie eins davon. Der Inhalt ist doch wohl mehr oder minder gleich. Wie sind sie entstanden? Ich meine, wer hat sie verfasst?«

Dalglieshs Neugier war geweckt, und er war versucht zu fragen, ob Sir Alred seine Frage auch mit seinem Sohn diskutiert habe, aber er hielt sich klug zurück. »Ich denke, ein Theologe könnte Ihnen da eher weiterhelfen als ich, Sir Alred.«

»Sie sind doch ein Pfarrerssohn, oder? Ich dachte, da kennen Sie sich aus. Ich habe nicht die Zeit, mich überall durchzufragen.«

Dalgliesh versetzte sich im Geiste zurück in das Arbeitszimmer seines Vaters im Pfarrhaus von Norfolk. Er rief sich in Erinnerung, was er gelernt oder beim Schmökern in Väterchens Bibliothek aufgeschnappt hatte, Worte, die er heute selten benutzte, die sich aber wohl seit der Kindheit in seinem Kopf festgesetzt hatten. Er sagte: »Das Nizäische Glaubensbekenntnis wurde im vierten Jahrhundert auf dem Konzil von Nizäa formuliert.« Unvermutet fiel ihm auch das Datum ein. »Ich glaube, es war im Jahre 325. Kaiser Konstantin hatte das Konzil einberufen, um die Glaubenslehre der Kirche festzuschreiben und der arianischen Ketzerei Herr zu werden.«

»Warum aktualisiert die Kirche es nicht? Wir orientieren uns mit unserem Verständnis von Medizin, Naturwissenschaft oder dem Wesen des Universums doch auch nicht mehr am vierten Jahrhundert. Genauso wenig wie ich, wenn es um die Belange meiner Firmen geht. Warum auf das Jahr 325 zurückblicken, wenn es um unser Gottesverständnis geht?«

»Ihnen wäre ein Glaubensbekenntnis für das einundzwanzigste Jahrhundert lieber?«, erkundigte sich Dalgliesh, und er war versucht zu fragen, ob Sir Alred vorhabe, eines zu verfassen. Stattdessen sagte er: »Ich bezweifle, dass ein neues Konzil angesichts der geteilten Christenheit zu einem Konsens kommen würde. Die Kirche vertritt gewiss die Ansicht, dass die Bischöfe in Nizäa von göttlicher Eingebung geleitet waren.«

»Es war doch ein reines Männerkonzil, oder? Einflussreicher Männer, die ihre jeweiligen Programme, ihre Vorurteile und Rivalitäten einbrachten. Im Wesentlichen ging es um Macht: Wer bekommt sie, wer tritt sie ab. Sie haben in genügend Ausschüssen gesessen, Sie wissen, wie das funktioniert. Ist Ihnen je einer untergekommen, der von göttlicher Eingebung inspiriert war?«

»Die Arbeitskreise im Innenministerium zugegebenermaßen nicht«, sagte Dalgliesh. »Haben Sie vor, an den Erzbischof zu schreiben oder vielleicht an den Papst?«

Sir Alred warf ihm einen misstrauischen Blick zu, entschied

aber offenbar, diese Frotzelei, so es denn eine war, zu ignorieren oder auf sie einzugehen. »Dazu habe ich keine Zeit«, sagte er. »Außerdem liegt das ein bisschen außerhalb meines Reviers. Trotzdem ein interessantes Problem. Man sollte meinen, dass auch die Kirche darauf gestoßen wäre. Also, Sie benachrichtigen mich, falls sich in St. Anselm irgendwas ergibt. Ich bin die nächsten zehn Tage außer Landes, aber es hat keine Eile. Wenn der Junge ermordet wurde, dann weiß ich, was ich zu tun habe. Wenn er sich umgebracht hat – nun, dann ist das seine Sache, aber wissen möchte ich auch das.«

Er nickte und zog seinen Kopf abrupt zurück. »Also dann, Norris«, sagte er zu seinem Fahrer, »zurück ins Büro!«

Der Wagen rauschte davon. Dalgliesh sah ihm noch einen Moment nach. Bei Sir Alred wusste man auf den ersten Blick, woran man war. Aber war das nicht eine zu optimistische, ja anmaßende Einschätzung? Der Mann war wohl doch komplexer in seiner Mischung aus Naivität und Finesse, aus Arroganz und dieser breit gefächerten Neugier, mit der er sich auf die abwegigsten Themen stürzte und ihnen im Nu kraft seines persönlichen Interesses Relevanz verlieh. Dalgliesh war nach wie vor verwirrt. Dass man bei Ronald Treeves so ohne weiteres auf Tod durch Unfall erkannt hatte, war, wenn auch überraschend, zumindest barmherzig gewesen. Gab es noch einen anderen, womöglich heikleren Grund als väterliche Sorge für Sir Alreds Drängen auf weitere Ermittlungen?

Dalgliesh kehrte zurück in den siebten Stock. Harkness schaute aus dem Fenster. Ohne sich umzudrehen, sagte er: »Ein außergewöhnlicher Mann. Hatte er sonst noch was zu sagen?«

»Er würde gern das Nizäische Glaubensbekenntnis umschreiben.«

»Ein absurder Einfall.«

»Aber vermutlich weniger schädlich für die menschliche Rasse als die meisten seiner sonstigen Unternehmungen.«

»Ich meinte sein Ansinnen, die Zeit eines leitenden Beamten

zu beanspruchen, nur um den traurigen Fall seines Sohnes wieder aufzurollen. Aber er wird keine Ruhe geben. Wollen Sie sich mit Suffolk absprechen, oder soll ich das übernehmen?«

»Wir sollten das so behutsam wie möglich angehen. Peter Jackson wurde letztes Jahr als stellvertretender Polizeichef nach Suffolk versetzt. Ich werde mich mit ihm in Verbindung setzen. Ich kenne mich ein bisschen aus in St. Anselm. Als Kind habe ich drei Jahre lang die Sommerferien dort verbracht. Ich glaube zwar nicht, dass vom damaligen Kollegium noch jemand dort ist, aber bei meiner Vorgeschichte werden auch die heutigen Patres mein Erscheinen nicht gar so überraschend finden.«

»Glauben Sie? Die Patres mögen ein weltabgeschiedenes Leben führen, aber ich bezweifle, dass sie so naiv sind. Ein Commander der Londoner Polizeizentrale, der sich für den Unfalltod eines Studenten interessiert? Aber es bleibt uns wohl kaum eine andere Wahl. Treeves wird keine Ruhe geben, und wir können schwerlich ein paar Sergeants in fremdem Revier herumschnüffeln lassen. Aber wenn an diesem Tod etwas Dubioses ist, wird Suffolk den Fall übernehmen müssen, ob das Treeves nun passt oder nicht. Und die Hoffnung, dass die dann im Geheimen ermitteln können, die kann er sich abschminken. Eins kann man Mord nicht absprechen: Ist er einmal bekannt geworden, stehen wir alle auf der gleichen Stufe. Daran kann selbst ein Treeves nicht drehen. Aber es ist doch merkwürdig, oder? Ich meine, dass er sich so ins Zeug legt, es zu seinem persönlichen Anliegen macht. Wenn er den Fall aus der Presse raushalten will, warum ihn dann wieder aufrollen? Und warum nimmt er diesen anonymen Brief so ernst? Er kriegt doch bestimmt jede Menge Post von Verrückten. Man sollte meinen, er hätte diesen Wisch genauso weggeworfen wie den übrigen Mist.«

Dalgliesh schwieg. Was immer der Absender auch für ein

Motiv gehabt haben mochte, ihm war der Brief nicht wie das Werk eines Geistesgestörten vorgekommen. Harkness trat noch dichter ans Fenster und starrte mit hochgezogenen Schultern hinaus, als sei ihm die vertraute Kulisse der Türme und Kuppeln auf einmal auf faszinierende Weise fremd.

Er sah sich nicht um und sagte: »Er zeigte kein Mitleid mit dem Jungen, oder? Und es kann nicht leicht für ihn gewesen sein – ich meine den Sohn. Erst wird er adoptiert, vermutlich weil Treeves und seine Frau glaubten, dass sie keine Kinder bekommen können, und dann wird sie doch schwanger, und ein leiblicher Sohn erscheint auf der Bildfläche. Das Original, dein eigen Fleisch und Blut, kein Kind, das einem von der Fürsorge zugeteilt wurde. Ist übrigens gar nicht so ungewöhnlich. Ich kenne auch einen Fall. Das adoptierte Kind hat immer das Gefühl, unter Vorspiegelung falscher Tatsachen in die Familie geraten zu sein.«

Harkness hatte mit kaum beherrschter Heftigkeit gesprochen. Einen Moment herrschte Schweigen, dann sagte Dalgliesh: »Das könnte der Grund sein, das oder Schuldgefühle. Er konnte den Jungen nicht lieben, solange der am Leben war, er kann jetzt, wo er tot ist, nicht einmal um ihn trauern, aber er kann dafür sorgen, dass ihm Gerechtigkeit widerfährt.«

Harkness wandte sich um und sagte schroff: »Was haben die Toten von Gerechtigkeit? Man sollte sich lieber auf Gerechtigkeit für die Lebenden konzentrieren. Aber Sie haben wahrscheinlich Recht. Tun Sie jedenfalls, was Sie können! Ich werde den Chef in Kenntnis setzen.«

Harkness und Dalgliesh nannten sich seit acht Jahren beim Vornamen, und doch hatten diese letzten Sätze geklungen, als würde Harkness einen Sergeant entlassen.

3

Die Akte für die Sitzung beim Innenminister lag auf seinem Schreibtisch bereit; die Anlagen waren sauber tabuliert. Seine Assistentin hatte wie immer effizient gearbeitet. Als er die Papiere in seine Aktentasche steckte und mit dem Lift nach unten fuhr, verscheuchte Dalgliesh die leidigen Tagesgeschäfte aus seinem Kopf und ließ seine Gedanken ungehindert vorausschweifen an die sturmumtoste Küste am Ballard's Mere.

Er würde also endlich zurückkehren. Warum, fragte er sich, war er nicht schon früher hingefahren? Seine Tante hatte an der Küste von East Anglia gelebt, zuerst in ihrem Cottage und dann in der umgebauten Mühle, und er hätte seine Besuche leicht mit einem Abstecher nach St. Anselm verbinden können. Hatte das instinktive Widerstreben, sich eine Enttäuschung einzuhandeln, ihn zurückgehalten, die Gewissheit, dass man an einen geliebten Ort immer als Urteilender zurückkehrt, belastet mit der traurigen Erbschaft der Jahre? Und er würde als Fremder zurückkehren. Bei seinem letzten Besuch war Pater Martin noch im Kollegium gewesen, aber der musste inzwischen schon lange im Ruhestand sein; er war jetzt sicher an die achtzig. Nur ungeteilte Erinnerungen würde er mitbringen nach St. Anselm. Und er würde uneingeladen kommen und als Polizeibeamter, um, kaum gerechtfertigt, einen Fall wieder aufzurollen, der dem Kollegium in St. Anselm sicher genug Kummer und Peinlichkeiten beschert hatte und den sie endlich überstanden zu haben glaubten. Trotzdem würde er nun dorthin zurückkehren, und er stellte fest, dass er sich auf einmal darauf freute.

Ohne auf das bürokratische Einerlei zwischen Broadway und Parliamentary Square zu achten, ging er die halbe Meile bis zum Innenministerium zu Fuß. Vor seinem inneren Auge entfaltete sich dabei eine beschaulichere, weniger hektische Szenerie: die bröckeligen, steil zum Strand hin abfallenden

Sandklippen, auf die der Regen trommelt, die eichenen Buhnen, halb zerstört von jahrhundertelanger Ebbe und Flut, aber immer noch dem Ansturm des Meeres trotzend, die Schotterstraße, die einst eine Meile landeinwärts verlief, jetzt aber dem Klippenrand gefährlich nahe gerückt war. Und endlich St. Anselm, die beiden verfallenen Tudorsäulen, die den Vorhof flankierten, das eisenbeschlagene Eichentor und an der Rückfront des imposanten viktorianischen Herrenhauses der fragile Kreuzgang, der den Westhof umschloss und dessen nördlicher Flügel direkt zu der mittelalterlichen Kirche führte, dem Gotteshaus der Gemeinschaft. Er erinnerte sich, dass die Studenten Soutanen getragen hatten, wenn sie im Seminar waren, und braune Kammgarnkutten mit Kapuzen zum Schutz gegen den Wind, der an dieser Küste beständig wehte. Er sah sie vor sich, wie sie im Chorhemd zur Abendandacht schritten und nacheinander ins Kirchengestühl einzogen, er roch die weihrauchgeschwängerte Luft, sah den Altar mit mehr Kerzen darauf, als sein anglikanischer Vater schicklich gefunden hätte, und über dem Altar das gerahmte Gemälde der Heiligen Familie von Rogier van der Weyden. Ob das wohl noch da war? Und war jener andere, unbekanntere, geheimnisumwitterte und eifersüchtig bewachte Schatz, war der St.-Anselm-Papyrus immer noch im Seminar versteckt?

Er hatte nur drei Sommerferien in St. Anselm verbracht. Sein Vater hatte die Pfarrstelle mit einem Pastor aus einer schwierigen innerstädtischen Gemeinde getauscht, damit der wenigstens vorübergehend in eine etwas ruhigere Umgebung kam. Aber Dalglieshs Eltern wollten ihren Sohn nicht für den Großteil der Sommerferien in einer Industriestadt einsperren, worauf man ihn einlud, mit den Neuankömmlingen im Pfarrhaus zu bleiben. Doch die Nachricht, dass Reverend Cuthbert Simpson und seine Frau vier Kinder unter acht Jahren hatten, darunter siebenjährige Zwillinge, schreckte Dalgliesh ab. Schon mit vierzehn sehnte er sich in den langen Ferien nach ein wenig Privatsphäre. Und darum nahm er die Einladung des Rektors von St. Anselm an, obwohl ihm peinlich bewusst war, dass seine Mutter es löblicher gefunden hätte, er wäre geblieben, um bei der Betreuung der Zwillinge zu helfen.

Das Seminar war halb leer gewesen, nur ein paar Studenten aus Übersee hatten sich entschlossen, über die Ferien zu bleiben. Sie und die Patres gaben sich alle Mühe, ihm den Aufenthalt angenehm zu gestalten. Auf einem extra kurz geschorenen Rasenstreifen stellten sie ein Krickettor auf und warfen ihm unermüdlich die Bälle zu. Er erinnerte sich, dass das Essen wesentlich besser schmeckte als in der Schulkantine, ja sogar besser als im Pfarrhaus, und auch sein Gästezimmer gefiel ihm, obwohl es keinen Seeblick hatte. Am meisten aber genoss er die einsamen Spaziergänge – südwärts nach Ballard's Mere oder gen Norden nach Lowestoft –, den freien Zugang zur Bibliothek, das allgemeine und doch nie bedrückende Schweigen, die Gewissheit, dass er jeden neuen Tag frei und ungehindert in Besitz nehmen konnte.

Und dann, während seines zweiten Besuchs, war an einem dritten August auf einmal Sadie da.

Pater Martin sagte: »Mrs. Millsons Enkelin wird bei ihr im Cottage wohnen. Ich glaube, sie ist ungefähr in deinem Alter, Adam. Vielleicht kommt ihr gut miteinander aus.« Mrs. Millson, die Köchin, war damals schon über sechzig gewesen und inzwischen sicher längst im Ruhestand.

Und mit Sadie war gut auszukommen. Sie war ein dünnes fünfzehnjähriges Mädchen mit feinen weizenblonden Haaren, die ihr schmales Gesicht umrahmten, und kleinen, auffallend graugrün gesprenkelten Augen, die ihn bei ihrer ersten Begegnung eindringlich und ablehnend musterten. Aber an den gemeinsamen Spaziergängen schien sie Gefallen zu finden, auch wenn sie kaum sprach und nur gelegentlich einen Stein auflas, um ihn ins Meer zu schleudern, oder plötzlich grimmig entschlossen davonstürmte und sich dann wartend nach ihm umwandte, ähnlich wie ein junger Hund, der einem Ball nachjagt.

Er erinnerte sich an einen Tag nach einem Gewitter. Der Himmel hatte schon aufgeklart, aber der Wind blies noch kräftig, und die hohen Wellen brandeten ebenso ungestüm gegen den Strand wie in der vergangenen Nacht. Sie hatten nebeneinander im Schutz einer Buhne gesessen und eine Flasche Limonade hin- und hergehen lassen. Er hatte ein Gedicht für sie geschrieben – seiner Erinnerung nach mehr ein Versuch, Eliot (sein damaliges Idol) zu imitieren, als ein Niederschlag echter Gefühle. Als sie es las, waren ihre kleinen Augen unter der gefurchten Stirn kaum noch sichtbar.

»Das hast du geschrieben?«

»Ja. Es ist für dich. Ein Gedicht.«

»Nein, es reimt sich ja nicht. Ein Junge in unserer Klasse, Billy Price, der schreibt Gedichte. Und die reimen sich immer.«

»Das ist eben eine andere Art von Gedicht«, erwiderte er empört.

»Nein, es ist keins. Bei einem Gedicht müssen sich die Wörter am Ende der Zeilen reimen. Sagt Billy Price.«

Später war er zu der Einsicht gelangt, dass Billy Price nicht ganz Unrecht hatte. Damals aber stand er auf, riss das Blatt in kleine Fetzen, die er in den nassen Sand warf, und wartete, bis die nächste Welle, die sich über dem Strand brach, sie mit sich fortspülte. Das ist also, dachte er, die hochgerühmte erotische Macht der Poesie. Doch Sadies weiblicher Verstand verfiel, um ans Ziel zu gelangen, auf einen weniger subtilen und eher atavistischen Trick. Sie sagte: »Ich wette, du traust dich keinen Kopfsprung von der Buhne runter.«

Billy Price, dachte er, der Gedichte schrieb, die sich am Zeilenende immer reimten, würde sich sicher auch trauen, einen Kopfsprung von der Buhne zu machen. Ohne ein Wort zu sagen, stand er auf und riss sich das Hemd vom Leib. Nur mit seinen Khakishorts bekleidet, balancierte er über die Buhne, blieb kurz stehen, kletterte über ein glitschiges Büschel Seealgen bis vor zum Rand und stürzte sich kopfüber in die aufgewühlten Fluten. Das Wasser war nicht so tief, wie er gedacht hatte, und bevor er wieder auftauchte, spürte er, wie die scharfen Steine am Grund ihm die Handflächen aufritzten. Die Nordsee war selbst im August noch kalt, aber der Kälteschock war rasch überwunden. Entsetzlich war erst, was dann folgte. Er fühlte sich wie in den Fängen einer unbezwinglichen Macht, als ob kräftige Hände ihn an den Schultern packten, hintenüber zwangen und unter Wasser drückten. Er versuchte prustend und spuckend dagegenzurudern, aber der Strand war plötzlich von einer gewaltigen Wasserwand verstellt, die über ihm zusammenstürzte. Er spürte, wie er hinabgesogen und dann hinauf ans Tageslicht geschleudert wurde. Angestrengt paddelte er auf die Buhne zu, die mit jeder Sekunde weiter zurückzuweichen schien.

Jetzt sah er Sadie oben stehen. Sie fuchtelte wild mit den Armen, und ihr Haar flatterte im Wind. Sie schrie ihm etwas zu, doch er hörte nichts als das Dröhnen in seinen Ohren. Er nahm alle Kraft zusammen, wartete, bis die nächste Welle nahte und anschwoll, und versuchte dann verzweifelt, sich von ihr tragen zu lassen, bevor der Gegensog ihm die wenigen Meter, die er gewonnen hatte, wieder raubte. Er ermahnte sich, nicht in Panik zu geraten, mit seinen Kräften hauszuhalten und jede Wellenbewegung landeinwärts zu nutzen. Und wirklich, einen qualvollen Meter um den anderen erobernd, schaffte er es und klammerte sich endlich keuchend an den Rand der Buhne. Es dauerte minutenlang, ehe er sich aufrichten konnte, aber Sadie reichte ihm die Hand hinunter und half ihm, sich hochzuziehen.

Sie saßen nebeneinander auf einem Kieselriff, und sie zog wortlos ihr Kleid aus und rubbelte ihm den Rücken ab. Als er trocken war, reichte sie ihm, immer noch stumm, sein

Hemd. Er entsann sich jetzt, dass der Anblick ihres Körpers mit den kleinen, knospenden Brüsten und den zarten rosa Spitzen kein Verlangen in ihm geweckt hatte, sondern ein Gefühl, das er jetzt als eine Mischung aus Zuneigung und Mitleid erkannte.

Dann sagte sie: »Magst du mit zum Strandsee gehen? Ich kenne einen Geheimplatz.«

Der Strandsee würde noch da sein, ein dunkles, stilles Gewässer, vom offenen Meer durch einen Kiesstreifen getrennt und mit seiner ölschillernden Oberfläche unergründliche Tiefen vorgaukelnd. Über die wandernde Kiesbarriere trafen das Brackwasser und das Salzmeer außer bei verheerenden Unwettern nie zusammen. An der Flutmarke ragten die Stämme schwarzversteinerter Bäume auf wie Totempfähle einer längst versunkenen Zivilisation. Ballard's Mere war ein weit bekanntes Refugium für Meeresvögel, die, in Bäumen und Büschen versteckt, ihre Nester bauten, aber nur wirklich passionierte Vogelkundler drangen bis zu diesem dunklen und unheimlichen Gewässer vor.

Sadies Geheimplatz war ein halb im Sand vergrabenes Schiffswrack auf dem Kiesstreifen zwischen Strandsee und offenem Meer gewesen. Ein paar halb verrottete Holzstufen führten noch hinunter in die Kajüte, und dort verbrachten sie den Rest des Nachmittags und alle folgenden Tage. Nur durch die Ritzen in den Planken drang etwas Licht herein, und sie sahen lachend zu, wie es ihre Körper streifte, und zeichneten die beweglichen Linien mit den Fingern nach. Er las meist oder schrieb oder lehnte sich stumm an die gewölbte Kajütenwand, während Sadie in dieser kleinen Welt ihre geordnete, wenn auch verschrobene Häuslichkeit zelebrierte. Die von ihrer Großmutter gestifteten Picknicks wurden sorgsam auf flachen Steinen ausgebreitet, und er musste die Speisen feierlich in Empfang nehmen und verzehren, wann sie es für richtig hielt. In Marmeladengläsern mit Brackwasser standen Schilf,

Gräser und unbekannte gummiblättrige Pflanzen, die in den Klippenspalten wuchsen. Gemeinsam suchten sie den Strand nach Steinen mit einem Loch darin ab, um die Kette zu verlängern, die sie an der Kabinenwand aufgehängt hatte.

Noch Jahre nach diesem Sommer hatte der Geruch von Teer und warm modernder Eiche, vermischt mit Seetang, eine starke erotische Wirkung auf ihn ausgeübt. Was wohl aus Sadie geworden sein mochte? Wahrscheinlich war sie verheiratet und mit einer goldblonden Kinderschar gesegnet – falls deren Väter bei Sadies Auswahlverfahren nicht vorzeitig ertrunken, durch Stromschlag getötet oder anderweitig entsorgt worden waren. Von dem Wrack war vermutlich nichts mehr übrig. Nach jahrzehntelanger Belagerung hatte das Meer seine Beute inzwischen sicher eingefordert. Und lange bevor die letzte Planke in der anstürmenden Flut verschwunden war, hatten Wind und Wasser bestimmt die Schnur der Kette durchgescheuert, so dass jene sorgsam gesammelten Steine in einem Haufen auf den Sand des Kajütenbodens gepurzelt waren.

4

Es war Donnerstag, der zwölfte Oktober, und Margaret Munroe schrieb den letzten Eintrag in ihr Tagebuch.

Wenn ich in diesen Aufzeichnungen zurückblättere bis zum Anfang, dann erscheint mir das meiste so belanglos, dass ich mich frage, warum ich weitermache. Die Einträge, die auf Ronald Treeves' Tod folgen, sind kaum mehr als Schilderungen meiner täglichen Pflichten, unterbrochen von Angaben zum Wetter. Nach der gerichtlichen Untersuchung und der Totenmesse hatte es manchmal den Anschein, als ob die Tragödie offiziell bereinigt worden und er nie hier gewesen wäre. Keiner der Studenten spricht von ihm, zumindest nicht mir gegenüber, und die Patres tun es auch nicht. Sein

Leichnam wurde nie nach St. Anselm zurückgebracht, nicht einmal für die Totenfeier. Sir Alred wollte, dass er in London eingeäschert wird, und so hat ihn dann ein Londoner Bestattungsunternehmen nach der gerichtlichen Untersuchung überführt. Pater John packte Ronalds Sachen zusammen, und Sir Alred schickte zwei Männer, die das Paket und den Porsche abholten. Meine bösen Träume verblassen allmählich, und ich wache nicht mehr schweißgebadet auf, weil im Schlaf diese sandverkrustete, augenlose Spukgestalt nach mir greift.

Pater Martin hat also Recht gehabt. Es hat mir geholfen, meine traurige Entdeckung in allen Einzelheiten niederzuschreiben, und ich werde auch damit fortfahren. Ich merke, dass ich mich auf den Moment am Ende des Tages freue, wenn ich den Abendbrottisch abräumen und mich mit diesem Heft an den Tisch setzen kann. Ich habe sonst keine Talente, aber der Umgang mit Wörtern macht mir Freude, ebenso wie das Nachdenken über die Vergangenheit und der Versuch, das, was mir im Leben widerfahren ist, von außen zu betrachten und einen Sinn darin zu erkennen.

Doch der heutige Eintrag wird weder belanglos sein noch alltäglich. Denn gestern war ein besonderer Tag. Etwas Wichtiges ist geschehen, und ich muss es hier festhalten, um meinen Bericht zu vervollständigen. Dabei weiß ich nicht einmal, ob es recht ist, darüber zu schreiben. Schließlich ist es nicht mein Geheimnis, und auch wenn außer mir niemand diesen Bericht lesen wird, kann ich mich des Gefühls nicht erwehren, dass es Dinge gibt, die man lieber nicht zu Papier bringen sollte. Solange Geheimnisse unausgesprochen und ungeschrieben bleiben, sind sie sicher im Gedächtnis verwahrt, aber wenn man sie niederschreibt, ist es, als lasse man sie frei und gebe ihnen die Macht, sich zu verbreiten wie Pollen in der Luft und in andere Köpfe einzudringen. Das klingt abstrus, aber es muss doch etwas Wahres dran sein, warum sonst habe ich so stark das Gefühl, dass ich jetzt aufhören sollte zu schreiben? Doch es wäre sinnlos, das Tagebuch weiterzuführen, wenn ich das Wichtigste auslassen würde. Und eigentlich besteht ja auch keine Gefahr, dass jemand diese

Seiten lesen wird, selbst wenn ich das Heft in eine unverschlossene Schublade lege. Ich bekomme so selten Besuch, und wer kommt, stöbert nicht in meinen Sachen herum. Aber vielleicht sollte ich doch etwas mehr auf Geheimhaltung achten. Morgen werde ich darüber nachdenken, aber jetzt will ich erst einmal schildern, was passiert ist, so vollständig, wie ich mich's getraue.

Das Merkwürdigste daran ist, dass mir die Geschichte ganz entfallen wäre, hätte Eric Surtees mir nicht vier von seinen selbst gezogenen Lauchstangen vorbeigebracht. Er weiß, wie gern ich dieses Gemüse mit einer Käsesauce zum Abendbrot esse, und er verschenkt oft Sachen aus seinem Garten. Nicht nur an mich, sondern auch an die Bewohner der anderen Cottages und natürlich ans Seminar. Bevor er kam, hatte ich noch einmal nachgelesen, wie ich das Auffinden von Rolands Leichnam beschrieben habe, und als ich den Lauch auswickelte, war mir jene Szene am Strand wieder ganz frisch im Gedächtnis. Und dann kam eins zum andern, und plötzlich erinnerte ich mich wieder. Alles stand mir so klar vor Augen wie eine Fotografie, und ich erinnerte mich an jede Geste, an jedes Wort, das gefallen war, kurz an jedes Detail, außer an die Namen – und ich bin mir nicht sicher, ob ich die je gekannt habe. Es ist zwölf Jahre her, doch es kam mir vor, als wäre es gestern gewesen.

Ich aß zu Abend und nahm das Geheimnis mit ins Bett. Heute Morgen war mir klar, dass ich es dem Menschen mitteilen musste, den es am meisten betrifft. Wenn das geschehen war, würde ich Stillschweigen bewahren. Aber zuerst musste ich mich vergewissern, dass meine Erinnerung mich nicht trog, und heute Nachmittag, als ich in Lowestoft einkaufen war, habe ich ein Telefongespräch geführt. Und dann, vor zwei Stunden, habe ich besagter Person mitgeteilt, was ich wusste. Es hat eigentlich nichts mit mir zu tun, und jetzt brauche ich auch nichts weiter zu unternehmen. Schließlich war es ganz leicht und einfach, so dass ich mir wohl keine Gedanken machen muss. Ich bin froh, dass ich es gesagt habe. Es wäre mir unangenehm gewesen, weiter mit meinem Wissen hier zu leben und es für mich zu behalten und mich dauernd fragen zu müssen, ob das rechtens ist. Die Sorge

*bin ich jetzt los. Trotzdem scheint es mir immer noch seltsam, dass ich
nie draufgekommen wäre und mich nicht erinnert hätte, wäre Eric
nicht mit diesen Lauchstangen gekommen.*

*Heute war ein anstrengender Tag, und ich bin sehr müde, vielleicht
zu müde, um schlafen zu können. Ich denke, ich werde mir noch den
Anfang der Abendnachrichten ansehen und dann zu Bett gehen.*

Sie klappte das Heft zu und legte es in die Schublade des
Sekretärs. Dann vertauschte sie ihre Brille mit der, die zum
Fernsehen bestimmt war, schaltete den Apparat ein und
machte es sich in dem hohen Ohrensessel bequem, die Fern-
bedienung griffbereit auf der Armlehne. Sie war neuerdings
ein bisschen schwerhörig. Bevor sie den Ton richtig eingestellt hatte und solange die Titelmelodie lief, schwoll der
Lärm erschreckend an. Wahrscheinlich würde sie im Sessel
einschlafen, aber sie war einfach zu erschöpft, um sich aufzu-
raffen und ins Bett zu gehen.

Sie war schon fast eingenickt, als sie einen kühleren Luftzug
spürte und, eher instinktiv als durch ein Geräusch, wahrnahm,
dass jemand das Zimmer betreten hatte. Jetzt rastete die Türklinke ein. Sie lugte über die Sessellehne, sah, wer gekommen
war, und sagte: »Ach, Sie sind's. Sie haben sich wohl gewundert, dass bei mir noch Licht brennt. Ich wollte gerade zu
Bett gehen.«

Die Gestalt trat hinter ihren Sessel, und Margaret reckte sich
und blickte in Erwartung einer Antwort nach oben. Da senkten sich die Hände nieder, kräftige Hände in gelben Gummi-
handschuhen. Sie pressten sich auf ihren Mund, hielten ihr die
Nase zu und drückten ihren Kopf gewaltsam gegen die Sessellehne.

Sie wusste, dass dies der Tod war, doch sie empfand keinerlei
Furcht, nur ungeheures Staunen und eine müde Ergebenheit.
Jede Gegenwehr wäre sinnlos gewesen, aber sie hatte auch gar
nicht den Wunsch, sich zu wehren, sie wollte nur leicht und

rasch und schmerzlos hinübergehen. Das Letzte, was ihre Sinne wahrnahmen, waren der kühle, glatte Handschuh auf ihrem Gesicht und der Latexgeruch in ihrer Nase. Ihr Herz tat noch einen letzten obligatorischen Schlag, dann stand es still.

5

Am Dienstag, den siebzehnten Oktober verließ Pater Martin um genau fünf Minuten vor zehn sein Turmstübchen auf der Südseite des Hauses, stieg die Wendeltreppe hinab und ging über den Korridor zum Arbeitszimmer von Pater Sebastian. Seit nunmehr fünfzehn Jahren trafen sich dienstags um zehn Uhr Vormittag die Hauspatres zu ihrer wöchentlichen Besprechung. Pater Sebastian trug seinen Bericht vor, Probleme und Schwierigkeiten wurden diskutiert, der Ablauf des Abendmahlsgottesdienstes am nächsten Sonntag und weiterer Messen der kommenden Woche wurde endgültig festgelegt, man entschied über die Einladungen an auswärtige Prediger und regelte etwaige kleinere Haushaltsangelegenheiten.
Im Anschluss an die Sitzung wurde der Studentensprecher zu einem Gespräch unter vier Augen mit Pater Sebastian gerufen. Seine Aufgabe war es, Meinungen, Beschwerden oder Anregungen der kleinen Studentenschaft vorzutragen sowie die Instruktionen und Informationen zu empfangen, die er auf Wunsch des Lehrkörpers an seine Mitseminaristen weitergeben sollte und wozu auch die Gottesdienstordnung für die folgende Woche gehörte. Darin erschöpfte sich die studentische Mitbestimmung. St. Anselm hielt noch an einer altmodischen Interpretation des *in statu pupillari* fest und achtete darauf, dass die Grenze zwischen Lehrern und Schülern akzeptiert wurde und bewahrt blieb. Gleichwohl war das Regime erstaunlich locker, besonders, was den Wochenendausgang betraf, vorausgesetzt, die Studenten verließen das Semi-

nar nicht vor der Fünf-Uhr-Andacht am Freitagabend und waren am Sonntag rechtzeitig zum Abendmahlsgottesdienst um zehn zurück.

Pater Sebastians Arbeitszimmer ging nach Osten auf den Vorhof hinaus und bot, zwischen den beiden Tudorsäulen hindurch, einen freien Blick aufs Meer. Für ein Büro war der Raum eigentlich viel zu groß, aber wie sein Vorgänger Pater Martin hatte auch Sebastian Morell sich geweigert, die Proportionen durch irgendeine Trennwand zu zerstören. Im Zimmer nebenan saß seine Teilzeitsekretärin, Miss Beatrice Ramsey. Sie arbeitete nur von Mittwoch bis Freitag, schaffte aber in diesen drei Tagen genauso viel, wie die meisten Sekretärinnen in fünfen erledigt hätten. Sie war eine Frau mittleren Alters von einschüchternder Rechtschaffenheit und Frömmigkeit, so dass Pater Martin in der ständigen Furcht lebte, ihm könne in ihrer Gegenwart ein Furz entschlüpfen. Pater Sebastian war sie bedingungslos ergeben, doch ganz ohne die sentimentalen Anwandlungen und peinlichen Demonstrationen, die alte Jungfern in ihrer Verehrung für einen Priester manchmal an den Tag legten. Vielmehr hatte es bei ihr den Anschein, als gelte ihr Respekt dem Amt und nicht der Person und als betrachte sie es als Teil ihrer Pflichten, ihn auf Vordermann zu halten.

Pater Sebastians Büro war nicht nur sehr geräumig, sondern es beherbergte auch einige der wertvollsten Stücke, die Agnes Arbuthnot dem Seminar vermacht hatte. Über dem gemauerten Kamin mit dem eingemeißelten Wahlspruch *Credo ut intelligam*, der die Theologie von St. Anselm prägte, hing ein großes Gemälde von Burne-Jones, auf dem sich ein paar überirdisch schöne Mädchen mit wallenden Locken in einem Obstgarten tummelten. Früher hatte das Bild im Refektorium gehangen, aber dann ließ Pater Sebastian es ohne Erklärung in sein Büro transferieren. Pater Martin war redlich bemüht gewesen, den Verdacht zu unterdrücken, dass dahinter nicht so sehr die Bewunderung des Rektors für das Gemälde stecke oder Hochachtung vor dem Künstler, sondern der Wunsch, sein Arbeitszimmer mit den wertvollen Besitztümern des Seminars zu schmücken und die Schätze ständig im Auge zu behalten.

Diesen Dienstag würden sie bei der Besprechung nur zu dritt sein: Pater Sebastian, Pater Martin und Pater Peregrine Glover. Pater John Betterton hatte sich wegen eines dringenden Zahnarzttermins in Halesworth entschuldigen lassen. Pater Peregrine, der Bibliothekar, kam nach wenigen Minuten dazu. Mit zweiundvierzig Jahren war er der jüngste der Hauspatres, aber Pater Martin kam er oft wie der älteste vor. Sein weiches, pausbäckiges Gesicht bekam durch die große runde Hornbrille etwas Eulenhaftes, und seinem vollen dunklen Haar fehlte zu den Ponyfransen nur noch die Tonsur, und er hätte als veritabler mittelalterlicher Klosterbruder durchgehen können. Wegen seines kindlich gütigen Gesichts wurden seine physischen Kräfte oft unterschätzt. Jedes Mal, wenn sie sich zum Schwimmen entkleideten, war Pater Martin überrascht, wenn er sah, was für trainierte Muskeln Pater Peregrine hatte. Er selbst schwamm inzwischen nur noch an ganz besonders heißen Tagen, und auch dann planschte er nur ängstlich und auf unsicheren Beinen im seichten Gewässer und beobachtete staunend, wie Pater Peregrine mit seinem wohlgeformten Körper geschmeidig wie ein Delfin in die Brandung stürzte. Bei den Dienstagsgesprächen meldete Pater Peregrine sich nur selten zu Wort, und wenn, dann eher mit einer sachlichen Bemerkung. Seine Meinung brachte er nur selten ein. Gehör fand er aber immer. Er war ein hochrangiger Akademiker, der in Cambridge ein naturwissenschaftliches Studium abgeschlossen und anschließend noch sein Examen in Theologie abgelegt hatte, bevor er sich für das anglikanische Priesteramt entschied. In St. Anselm unterrichtete er Kirchengeschichte, bisweilen unter irritierender Bezugnahme auf die Entwicklung naturwissenschaftlicher Theorien und Entdeckungen. Er schätzte seine Privatsphäre und bewohnte ein kleines ebenerdiges Zimmer auf der Rückseite des Gebäudes neben der Bibliothek, das aufzugeben er sich standhaft weigerte, vielleicht weil dieser hermetische und spartanisch eingerichtete Raum ihn an die Mönchszelle erinnerte, nach der er sich insgeheim sehnte. Sein Zimmer lag neben dem Hauswirtschaftsraum und der Waschküche, und sein einziger Kummer waren die Studenten, die nach zehn Uhr abends die etwas überalterten und entsprechend lauten Waschmaschinen benutzten.

Pater Martin stellte drei Stühle im Halbrund vor dem Fenster auf. Mit gesenktem Kopf hörten die Hauspatres im Stehen das übliche Gebet, das Pater Sebastian streng nach altem Ritus sprach.

»Leite uns, o Herr, in all unsrem Tun mit Deiner unerschöpflichen Güte und Barmherzigkeit und gewähre uns Deinen Beistand immerdar, auf dass wir in all unsren Werke von Anbeginn bis zur Vollendung Deinen heiligen Namen preisen und endlich kraft Deiner Gnade das ewige Leben erlangen – durch Jesum Christum unsren Herrn, Amen.«

Dann nahmen die drei, die Hände auf die Knie gestützt, auf den Stühlen Platz, und Pater Sebastian eröffnete das Gespräch.

»Als Erstes habe ich heute Morgen eine etwas irritierende Mitteilung zu machen. Ich erhielt einen Anruf von New Scotland Yard. Offenbar war Sir Alred mit dem Ergebnis der gerichtlichen Untersuchung nach Ronalds Tod nicht zufrieden und hat den Yard ersucht, neuerlich zu ermitteln. Ein Commander Adam Dalgliesh wird Freitag nach dem Mittagessen hier eintreffen. Ich habe ihm selbstverständlich alle notwendige Unterstützung zugesichert.«

Die Nachricht wurde schweigend aufgenommen. Pater Martin spürte, wie sich eine kalte Hand in seine Eingeweide krallte. Dann sagte er: »Aber der Leichnam ist bereits eingeäschert.

Die gerichtliche Untersuchung wurde ordnungsgemäß abgeschlossen. Selbst wenn Sir Alred damit nicht zufrieden ist, wüsste ich nicht, was die Polizei jetzt noch herausfinden könnte. Und wieso Scotland Yard? Warum ein Commander? Das scheint mir doch eine Vergeudung hochrangiger Arbeitskraft.« Pater Sebastian zeigte sein dünnlippig sardonisches Lächeln. »Ich denke, wir können davon ausgehen, dass Sir Alred sich an höchster Stelle beschwert hat. Männer wie er gehen immer gleich zum Schmied und nicht zum Schmiedchen. Er würde sich kaum an die Polizei von Suffolk wenden, um den Fall wieder aufrollen zu lassen, denn die hat ja schon die Voruntersuchungen geführt. Was nun die Wahl von Dalgliesh betrifft, so hatte der Commander offenbar ohnehin einen Kurzurlaub auf dem Lande geplant und kennt darüber hinaus St. Anselm von früher her. In Scotland Yard versucht man wahrscheinlich, Sir Alred tunlichst zu besänftigen, aber mit möglichst wenig Unannehmlichkeiten für uns und Aufwand für sie. Der Commander erwähnte übrigens Ihren Namen, Pater Martin.«

Pater Martin schwankte zwischen diffusen Ängsten und unverhohlener Freude. »Ich gehörte zum hiesigen Lehrkörper, als er drei Sommer lang die Ferien in St. Anselm verbrachte. Sein Vater war Pfarrer in Norfolk, aber ich weiß nicht mehr, in welcher Gemeinde. Adam war ein reizender Junge, intelligent und sensibel, wie ich fand. Ich weiß natürlich nicht, wie er heute ist, aber ich freue mich, ihn wieder zu sehen.«

»Reizende und sensible Jungen haben die Angewohnheit«, versetzte Pater Peregrine, »zu unsensiblen und alles andere als sympathischen Männern heranzuwachsen. Doch da wir uns wohl oder übel auf sein Kommen einstellen müssen, bin ich froh, dass wenigstens einer von uns seinem Besuch mit Freuden entgegensieht. Was Sir Alred sich von dieser Untersuchung verspricht, ist mir allerdings schleierhaft. Falls der Commander zu dem Schluss kommt, es könnte ein Verbrechen vorliegen – *foul play*, wie das in unserem Juristenjargon heißt –, dann ist doch sicher die hiesige Polizei dafür zuständig. Übrigens ein merkwürdiger Ausdruck, dieses *foul play*. Das altenglische *foul* mag in dem Kontext ja noch angehen, aber warum diese Metapher aus dem Sportvokabular? Wenn schon Bildsprache, dann wäre doch *foul act* oder *foul deed* viel näher liegend.«

Seine Amtsbrüder waren so sehr an Pater Peregrines semantische Logeleien gewöhnt, dass sie gar nicht erst auf seinen Diskurs eingingen. Doch Pater Martin zuckte zusammen, als diese unheilvolle Chiffre für ein Kapitalverbrechen laut ausgesprochen wurde, denn seit die Tragödie sich ereignet hatte, hatte niemand in St. Anselm es gewagt, den Begriff *foul play* in den Mund zu nehmen. Pater Sebastian ließ sich dadurch freilich nicht aus dem Konzept bringen.

»Das ist natürlich eine lächerliche Unterstellung. Wenn auch nur der leiseste Verdacht bestanden hätte, dass Ronalds Tod kein Unfall war, dann hätte die gerichtliche Untersuchung die entsprechenden Beweise erbracht.«

Doch es gab natürlich noch ein dritte Möglichkeit, eine, die sie alle beschäftigte. Ganz St. Anselm war erleichtert gewesen über den Befund *Unfalltod*. Trotzdem hatte Ronalds Ableben eine unheilvolle Wende für das Seminar bedeutet. Es war nicht der einzige Todesfall geblieben. Vielleicht, dachte Pater Martin, hatte Ronalds möglicher Suizid Margaret Munroes tödlichen Herzanfall in den Schatten gestellt. Mrs. Munroes Tod kam nicht unerwartet. Dr. Metcalf hatte die Patres schon früher gewarnt, dass es jederzeit mit ihr zu Ende gehen könne. Und sie hatte einen leichten Tod gehabt. Ruby Pilbeam hatte sie früh am Morgen gefunden, wie sie friedlich in ihrem Sessel lehnte. Und jetzt, nur fünf Tage später, war es, als hätte sie nie zu St. Anselm gehört. Ihre Schwester, von deren Existenz man erst erfuhr, als Pater Martin Margarets Papiere durchsah, hatte das Begräbnis organisiert, ihre Möbel und ihr persönliches Eigentum mit einem Lieferwagen abgeholt und das Seminar von der Beisetzungsfeier ausgeschlossen. Einzig Pater Martin hatte erkannt, wie sehr Ronalds Tod Margaret berührt hatte. Und manchmal dachte er, dass er als Einziger um sie trauere. Pater Sebastian sagte: »Dieses Wochenende sind alle Gästequartiere belegt. Außer Commander Dalgliesh kommt Emma Lavenham wie vereinbart aus Cambridge, um ihr dreitägiges Kolleg über die Dichter der metaphysischen Schule zu halten. Dann erwarten wir Inspektor Roger Yarwood aus Lowestoft. Er hat große Probleme, seit seine Ehe in die Brüche ging, und hofft, sich bei uns eine Woche zu erholen. Mit der Untersuchung im Fall Ronald Treeves hatte er natürlich nichts zu tun. Auch Clive Stannard kommt am Wochenende wieder, um seine Forschungen über das Leben der frühen Traktarianer fortzusetzen. Da die Gastquartiere schon alle vergeben sind, sollten wir ihm Peter Buckhursts Zimmer geben. Dr. Metcalf möchte, dass Peter vorläufig noch auf der Krankenstation bleibt. Dort hat er es warm und wird gut versorgt.«

»Ich bedaure«, sagte Pater Peregrine, »dass Stannard wiederkommt. Ich hatte gehofft, wir wären ihn los. Ein unmanierlicher junger Mann, und seine angeblichen Recherchen sind doch nur ein Vorwand. Ich habe ihn gefragt, inwieweit der Fall Gorham seiner Meinung nach dazu beigetragen hat, dass J. B. Mozley sich vom Traktarianismus distanzierte, und er hatte offensichtlich keine Ahnung, wovon die Rede war. Ich empfinde ihn als Störenfried in der Bibliothek – und ich glaube, den Kandidaten geht es genauso.«

»Sein Großvater war der Anwalt von St. Anselm, und er hat das Seminar großzügig unterstützt«, wandte Pater Sebastian ein. »Ich fände es sehr betrüblich, wenn ein Mitglied seiner Familie bei uns nicht willkommen wäre. Trotzdem gibt die Herkunft Stannard kaum das Recht, sich, wann immer es ihm gefällt, hier ein Gratiswochenende zu genehmigen. Die Arbeit des Seminars muss natürlich Vorrang haben. Wenn er sich noch mal ansagt, werden wir ihn taktvoll darauf hinweisen.«

»Und der fünfte Gast?«, fragte Pater Martin.

Pater Sebastians Versuch, seine Stimme zu beherrschen, gelang nicht so ganz. »Archidiakon Crampton hat mir telefonisch mitgeteilt, dass er am Samstag eintrifft und bis nach dem Sonntagsfrühstück bleiben wird.«

»Aber er war doch erst vor zwei Wochen hier!«, rief Pater Martin aufgebracht. »Er hat doch wohl nicht vor, hier Stammgast zu werden?«

»Ich fürchte, doch. Ronalds Tod hat die heikle Frage nach der Zukunft von St. Anselm wieder aufgeworfen. Wie Sie wissen, habe ich mich stets bemüht, Konfrontationen zu vermeiden, unsere Arbeit im Stillen fortzuführen und meinen bescheidenen Einfluss in Kirchenkreisen dafür einzusetzen, dass das Seminar nicht geschlossen wird.«

»Es spricht ja auch nichts für eine Schließung«, sagte Pater Martin, »nichts außer der Strategie der Kirchenleitung, die theologische Ausbildung des Landes auf drei zentrale Standorte zu konzentrieren. Wenn sie diesen Beschluss rigoros durchsetzen, dann wird St. Anselm geschlossen, aber das hätte dann nichts mit dem Wert unserer Ausbildung oder mit den Kandidaten, die wir heranbilden, zu tun.«

Pater Sebastian überging diese neuerliche Darlegung dessen, was ohnehin allen klar war. »Der Besuch des Archidiakons wirft natürlich noch ein anderes Problem auf«, sagte er. »Als er das letzte Mal hier war, hat Pater John einen Kurzurlaub genommen. Ich glaube nicht, dass er das noch einmal machen kann. Aber Cramptons Besuch muss zwangsläufig sehr unangenehm für ihn sein, und peinlich für uns übrige, wenn Pater John anwesend ist.«

Da hatte er zweifellos Recht, dachte Pater Martin. Pater John Betterton hatte ein paar Jahre im Gefängnis gesessen, ehe er nach St. Anselm kam. Er war verurteilt worden, weil er sich an zwei Ministranten der Kirche, der er als Geistlicher vorstand, vergangen hatte. Er hatte sich schuldig bekannt, aber da es nicht ernstlich um gravierenden sexuellen Missbrauch ging, sondern eher um Streicheln und andere Zärtlichkeiten, wäre eine Haftstrafe höchst unwahrscheinlich gewesen, hätte Archidiakon Crampton nicht alles darangesetzt, zusätzliches Belastungsmaterial beizubringen. Ehemalige Chorknaben, mittlerweile junge Männer, waren befragt worden, weitere Beweise tauchten auf, und die Polizei wurde alarmiert. Die ganze Affäre hatte Unmut und viel Leid verursacht, und die Aussicht, den Archidiakon und Pater John unter demselben Dach zu wissen, entsetzte Pater Martin. Jedes Mal, wenn er mit ansah, wie Pater John, der in St. Anselm mehr eine Zuflucht als einen Arbeitsplatz gefunden hatte, demütig, fast geduckt seinen Pflichten nachging, wie er die Kommunion empfing, aber nie austeilte, zerfloss er vor Mitleid. Der Archidiakon hatte offenbar nur getan, was er für seine Pflicht hielt, und vielleicht war es unfair zu vermuten, dass ihm die Pflicht in diesem Fall nicht unliebsam gewesen war. Und doch schien es unerklärlich, wie er einen Priester aus seinen Reihen so erbarmungslos verfolgen konnte – noch dazu einen, gegen den er keine persönliche Feindschaft hegte, ja den er persönlich kaum kannte.

»Ich frage mich«, sagte Pater Martin, »ob Crampton ganz – nun ja – bei sich war, als er Pater John verfolgte. Die ganze Affäre hatte etwas Irrationales.«

»Inwiefern nicht ganz bei sich?«, fragte Pater Sebastian scharf. »Er war nicht geisteskrank, sicher gab es nie irgendwelche Vermutungen …«

»Es war kurz nach dem Selbstmord seiner Frau«, sagte Pater Martin, »eine schwere Zeit für ihn.«

»Trauerzeiten sind immer schwer. Aber ich sehe nicht ein, wie eine persönliche Tragödie sein Urteil beeinflusst haben könnte, als es um die Sache mit Pater John ging. Auch ich

habe eine schwere Zeit durchgemacht, nachdem Veronica
ums Leben gekommen war.«

Pater Martin hatte Mühe, ein leises Lächeln zu unterdrücken.
Lady Veronica Morell war bei einer Fuchsjagd vom Pferd
gestürzt während eines ihrer regelmäßigen Besuche auf dem
Familiensitz, den sie nie wirklich verlassen hatte, und bei dem
Sport, den sie nie hatte aufgeben können noch wollen. Pater
Martin hegte den Verdacht, dass Pater Sebastian, wenn er seine Frau schon verlieren musste, es auf diese Weise noch am
ehesten verschmerzen konnte. »Meine Frau brach sich auf der
Jagd das Genick« hat ein gewisses Prestige, das »Meine Frau
starb an Lungenentzündung« nicht hat. Pater Sebastian hatte
keinerlei Neigung gezeigt, sich wieder zu verheiraten. Vielleicht wäre es ihm nach der Ehe mit der Tochter eines Earls,
auch wenn sie fünf Jahre älter gewesen war als er und mehr
als eine flüchtige Ähnlichkeit mit den von ihr so innig geliebten Tieren gehabt hatte, reizlos, ja sogar ein wenig erniedrigend vorgekommen, sich mit einer nicht ganz so illustren
Frau zu vermählen. Pater Martin, der einsah, dass solche
Gedanken unehrenhaft waren, sprach im Stillen ein rasches
Bußgebet.

Dabei hatte er Lady Veronica durchaus gemocht. Er erinnerte
sich ihrer langgliedrigen Gestalt, wie sie nach dem letzten
Gottesdienst, an dem sie teilgenommen hatte, mit großen
Schritten durch den Kreuzgang geeilt war und ihrem Mann
zugewiehert hatte: »Deine Predigt war zu lang, Seb. Die Hälfte davon hab' ich nicht verstanden und die Jungs bestimmt
auch nicht.« Für Lady Veronica waren die Studenten immer
die Jungs. Pater Martin hatte manchmal den Eindruck, dass
ihr Mann in ihren Augen einen Rennstall leitete.

Es fiel auf, dass der Rektor immer dann besonders entspannt
und gut aufgelegt war, wenn seine Frau im Seminar weilte.
Pater Martins Phantasie sperrte sich hartnäckig gegen die
Vorstellung von Pater Sebastian und Lady Veronica im Ehe-

bett, er hatte aber, wenn er sie zusammen sah, keinen Zweifel daran, dass sie einander von Herzen zugetan waren. Es war dies, so dachte er, eine weitere Manifestation der eigentümlichen Vielfalt des Ehestandes, den er, als lebenslanger Junggeselle, nie anders denn als faszinierter Beobachter kennen gelernt hatte. Vielleicht, dachte er, war große Zuneigung genauso viel wert wie Liebe, und obendrein dauerhafter.

Pater Sebastian sagte: »Wenn Raphael kommt, werde ich natürlich mit ihm über den Besuch des Archidiakons reden. Ihm liegt sehr viel an Pater John – ja, mitunter ist kaum vernünftig mit ihm zu reden, wenn es um den Pater geht. Es wäre nicht eben hilfreich, wenn er einen offenen Streit provozierte. Dem Seminar würde das nur schaden. Er wird lernen müssen, dass der Archidiakon sowohl Kurator von St. Anselm als auch unser Gast und mit dem Respekt zu behandeln ist, der einem Geistlichen gebührt.«

Pater Peregrine fragte: »Hat Inspector Yarwood nicht die Ermittlungen geleitet damals, als die erste Frau des Archidiakons sich das Leben nahm?«

Seine Amtsbrüder sahen ihn erstaunt an. Es war typisch für Pater Peregrine, dass er über eine solche Information verfügte. Manchmal hatte es den Anschein, als speichere sein Unterbewusstsein ein bunt gemischtes Sortiment von Fakten und Nachrichtenschnipseln, die er nach Belieben abrufen konnte.

»Sind Sie sicher?«, fragte Pater Sebastian. »Die Cramptons lebten damals im Norden von London. Er ist erst nach dem Tode seiner Frau nach Suffolk gezogen. Mithin wäre das seinerzeit ein Fall für die Metropolitan Police gewesen.«

»Man liest eben dergleichen«, versetzte Pater Peregrine gelassen. »Ich erinnere mich an den Bericht über die gerichtliche Untersuchung, und ich denke, Sie können nachlesen, dass ein Polizeibeamter namens Roger Yarwood als

Zeuge auftrat. Er war damals Sergeant bei der Metropolitan Police.«

Pater Sebastian runzelte die Stirn. »Das ist allerdings peinlich. Ich fürchte, wenn die beiden sich hier begegnen – was sich kaum vermeiden lässt –, wird das beim Archidiakon schmerzliche Erinnerungen wachrufen. Aber es ist nicht zu ändern. Yarwood braucht eine Ruhepause, um wieder zu Kräften zu kommen, und das Zimmer ist ihm bereits zugesagt. Vor drei Jahren, noch vor seiner Beförderung, hat er dem Seminar einen großen Dienst erwiesen, als er Streife ging und Pater Peregrine diesen parkenden Lkw rammte. Außerdem kommt er, wie Sie wissen, ziemlich regelmäßig zur Sonntagsmesse, und ich glaube, er findet dort Trost. Wenn seine Gegenwart beim Archidiakon betrübliche Erinnerungen weckt, dann wird der damit fertig werden müssen, so wie Pater John mit den seinen. Ich werde veranlassen, dass Emma in Ambrose untergebracht wird, gleich neben der Kirche, Commander Dalgliesh in Jerome, der Archidiakon in Augustine und Roger Yarwood in Gregory.«

Da steht uns aber ein unerfreuliches Wochenende bevor, dachte Pater Martin. Pater John würde sehr unter der Begegnung mit dem Archidiakon leiden, und auch Crampton würde sich schwerlich über das Wiedersehen freuen, obwohl es für ihn kaum unerwartet kommen dürfte; er musste wissen, dass Pater John in St. Anselm lebte. Und falls Pater Peregrine Recht hatte – was bisher ausnahmslos der Fall war –, würde das Zusammentreffen zwischen dem Archidiakon und Inspector Yarwood für beide Seiten peinlich sein. Raphael zu bändigen oder ihn vom Archidiakon fern zu halten dürfte schwierig werden; er war schließlich der Seminaristensprecher. Und dann war da noch Stannard. Abgesehen von den eventuell fragwürdigen Motiven seiner Besuche in St. Anselm hatte man es nie leicht mit ihm. Am heikelsten aber würde der Besuch von Adam Dalgliesh werden, der unnachgiebig all das

Leid wieder aufrühren würde, das sie hinter sich gelassen zu
haben glaubten und das er nun mit seinem erfahrenen und
skeptischen Blick durchleuchten würde.

Pater Sebastians Stimme schreckte ihn aus seinen Grübe-
leien auf. »Und jetzt, meine ich, ist es Zeit für unseren Kaffee.«

6

Raphael Arbuthnot trat ein und blieb mit der ihm eigenen
charmanten Selbstsicherheit wartend an der Türe stehen.
Anders als bei seinen Kommilitonen wirkte die schwarze Soutane mit der verdeckten Knopfleiste an ihm wie frisch vom
Schneider. Sie saß wie angegossen, und die dunkle Strenge
verlieh ihm im Kontrast zu seinem blassen Gesicht und dem
glänzenden Haar ein paradoxerweise zugleich hieratisches
und theatralisches Aussehen. War er allein mit Raphael,
konnte Pater Sebastian sich eines leichten Unbehagens
nie erwehren. Er war selbst ein gut aussehender Mann und
hatte gutes Aussehen bei anderen Männern und Schönheit
bei Frauen immer geschätzt – vielleicht überschätzt. Nur
bei seiner eigenen Frau war es darauf scheinbar nicht angekommen. Aber einen schönen Mann fand er irritierend,
ja sogar ein bisschen abstoßend. Junge Männer und englische ganz besonders sollten nicht aussehen wie ein etwas
zügelloser griechischer Gott. Nicht, dass Raphael irgendwie
androgyn gewirkt hätte, aber Pater Sebastian war sich stets
bewusst, dass seine Schönheit eher auf Männer wirkte als auf
Frauen, auch wenn sie nicht die Macht hatte, sein Herz zu
rühren.

Und wieder meldete sich die beharrlichste der vielen Sorgen,
die es ihm schwer machten, mit Raphael umzugehen, ohne
dass die alten Bedenken wach wurden. Wie ernst war es ihm

wirklich mit seiner Berufung? Und hatte das Seminar recht daran getan, ihn als Kandidaten aufzunehmen, wo er doch gewissermaßen schon zur Familie gehörte? St. Anselm war das einzige Zuhause, das er gekannt hatte, seit seine Mutter, die letzte Arbuthnot, ihn vor fünfundzwanzig Jahren dem Seminar aufgehalst hatte, einen zwei Wochen alten Säugling, ein illegitimes und unerwünschtes Kind. Wäre es nicht klüger, ja vielleicht sogar geboten gewesen, ihn zu ermuntern, sich anderswo umzusehen und sich in Cuddesdon zu bewerben oder im St. Stephen's House in Oxford? Raphael selbst hatte darauf bestanden, in St. Anselm zu studieren. Hatte da nicht die versteckte Drohung mitgeschwungen, dass er seine Ausbildung hier oder nirgendwo absolvieren würde? Vielleicht war das Seminar zu entgegenkommend gewesen in seinem Eifer, den letzten der Arbuthnots der Kirche zu erhalten. Jetzt war es jedenfalls zu spät, und Pater Sebastian fand es ärgerlich, dass diese fruchtlosen Sorgen um Raphael so oft dringlichere, wenn auch profane Angelegenheiten überlagerten. Entschlossen schob er sie beiseite und wandte sich den Seminargeschäften zu.

»Zunächst ein paar Kleinigkeiten, Raphael. Studenten, die darauf bestehen, direkt vor dem Seminar zu parken, müssen sich strenger an die Hausordnung halten. Wie Sie wissen, sehe ich nicht gern, wenn Autos und Motorräder hinter den Seminargebäuden abgestellt werden. Aber wenn ihr schon auf dem Westhof parken müsst, dann lasst wenigstens etwas Sorgfalt walten. Diese wilde Parkerei irritiert insbesondere Pater Peregrine. Und wenn die Studenten bitte darauf achten würden, nach der Komplet die Waschmaschinen nicht mehr zu benutzen. Der Krach stört Pater Peregrine. Im Übrigen habe ich jetzt, wo wir ohne Mrs. Munroe auskommen müssen, zugestimmt, dass das Bettzeug vorläufig nur alle vierzehn Tage gewechselt wird. Laken und Bezüge findet ihr in der Wäschekammer. Dort sollen die Studenten sich besorgen, was sie brauchen, und ihre Bettwäsche selber wechseln. Wir haben zwar schon wegen einer neuen Hilfe annonciert, aber das kann eine Weile dauern.«

»Ja, Pater. Ich werde das an meine Kommilitonen weitergeben.«

»Da wären noch zwei wichtigere Punkte. Diesen Freitag werden wir Besuch von einem Commander Dalgliesh von New Scotland Yard bekommen. Sir Alred Treeves ist anscheinend nicht zufrieden damit, wie die gerichtliche Untersuchung Ronalds Tod eingestuft hat, und hat den Yard gebeten, weitere Ermittlungen anzustellen. Ich weiß nicht, wie lange der Commander bei uns bleiben wird, wahrscheinlich aber nur übers Wochenende. Selbstverständlich werden wir mit ihm zusammenarbeiten. Das heißt seine Fragen rückhaltlos und ehrlich beantworten aber keine Vermutungen äußern.«

»Aber Ronald wurde eingeäschert, Pater. Auf was für Beweise kann der Commander da jetzt noch hoffen? Und das Ergebnis der gerichtlichen Untersuchung kann er doch gewiss nicht umstürzen?«

»Das wohl nicht. Ich denke, es geht mehr darum, Sir Alred davon zu überzeugen, dass der Tod seines Sohnes gründlich untersucht wurde.«

»Aber das ist lächerlich, Pater! Die Polizei von Suffolk war sehr gründlich. Was kann der Yard da noch Neues entdecken?«

»Sehr wenig, würde ich meinen. Aber wie dem auch sei, Commander Dalgliesh kommt und wird in Jerome untergebracht. Und wir erwarten noch andere Gäste. Inspector Yarwood kommt auf Erholungsurlaub. Er braucht Ruhe und Frieden, und ich nehme an, dass er einige Mahlzeiten auf seinem Zimmer einnehmen wird. Ferner kommt Mr. Stannard wieder, um seine Forschungen in der Bibliothek fortzusetzen. Und Archidiakon Crampton hat sich für einen Kurzbesuch angesagt. Er wird am Samstag eintreffen und hat vor, gleich nach dem Sonntagsfrühstück abzureisen. Ich habe ihn eingeladen, bei der Komplet am Samstagabend die Predigt zu halten. Wir werden nur eine kleine Gemeinde sein, aber das ist nicht zu ändern.«

»Wenn ich das gewusst hätte, Pater«, sagte Raphael, »dann hätte ich dafür gesorgt, dass ich am Wochenende nicht hier bin.«

»Das ist mir klar. Aber ich erwarte von Ihnen als Seminaristensprecher, dass Sie wenigstens bis nach der Komplet bleiben und ihm den Respekt entgegenbringen, mit dem Sie einen Gast, einen älteren Mann und Priester behandeln sollten.«

»Mit den ersten beiden habe ich kein Problem, Pater, aber das Dritte bleibt mir im Halse stecken. Wie kann er uns, wie kann er Pater John unter die Augen treten, nach dem, was er getan hat?«

»Ich denke, er wird, wie wir alle, seinen Trost in dem Glauben und der Gewissheit finden, dass er seinerzeit so gehandelt hat, wie er es für richtig hielt.«

Raphael lief rot an. »Wie kann er glauben, er sei im Recht gewesen!«, rief er aus. »Ein Priester, der einen anderen Priester ins Gefängnis hetzt? Was er getan hat, wäre eine Schande für jedermann. Für einen Geistlichen ist es abscheulich. Und noch dazu Pater John gegenüber – dem edelsten, gütigsten Menschen, den man sich denken kann.«

»Sie vergessen, Raphael, dass Pater John sich im Prozess schuldig bekannt hat.«

»Schuldig des Fehlverhaltens gegenüber zwei Ministranten. Er hat sie nicht vergewaltigt, nicht verführt und ihnen keinen körperlichen Schaden zugefügt. Gut, er bekannte sich schuldig, aber er wäre nicht ins Gefängnis gekommen, wenn Crampton es sich nicht zur Aufgabe gemacht hätte, in seiner Vergangenheit herumzuwühlen, diese drei Jugendlichen aufzutun und sie zu einer Zeugenaussage zu überreden. Was zum Teufel ging ihn das überhaupt an?«

»Er sah es als seine Aufgabe. Wir dürfen nicht vergessen, dass Pater John auch diese schwerwiegenderen Anklagen auf sich nahm.«

»Ja, natürlich! Er bekannte sich schuldig, weil er sich schuldig fühlte. Er entschuldigt sich ja schon dafür, dass er am Leben ist. Aber in der Hauptsache wollte er diese Jugendlichen davor bewahren, im Zeugenstand einen Meineid zu leisten. Das ist es, was er nicht ertragen konnte, den Schaden, den sie erleiden würden, den Schaden, den sie sich selbst zufügen würden, wenn sie vor Gericht gelogen hätten. Das wollte er ihnen ersparen, selbst um den Preis, dafür ins Gefängnis zu müssen.«

Pater Sebastian fragte scharf: »Hat er Ihnen das gesagt? Haben Sie mit ihm darüber gesprochen?«

»Eigentlich nicht, nicht direkt. Aber das ist die Wahrheit hinter der Geschichte, ich weiß es.«

Pater Sebastian fühlte sich nicht wohl in seiner Haut. Raphael mochte sehr wohl Recht haben. Er war selber schon zu dem gleichen Schluss gelangt. Aber diese delikate psychologische Wahrnehmung war ihm als Priester angemessen; aus dem Munde eines Studenten fand er sie irritierend. »Sie hatten kein Recht, Raphael, mit Pater John über diese Sache zu reden. Er hat seine Strafe verbüßt und sich uns angeschlossen, um hier zu leben und zu arbeiten. Die Vergangenheit liegt hinter ihm. Es ist bedauerlich, dass er dem Archidiakon wieder begegnen muss, aber es wird weder für ihn noch für sonst jemanden leichter, wenn Sie jetzt versuchen, sich einzumischen. Wir haben alle unsre dunklen Seiten. Pater John hat die seine mit sich und Gott abzumachen, oder mit sich und seinem Beichtvater. Es wäre geistliche Arroganz, wollten Sie sich da einmischen.«

Raphael hatte anscheinend kaum zugehört. Er sagte: »Und wir wissen doch, warum Crampton kommt, oder? Damit er herumschnüffeln und neues Belastungsmaterial gegen das

Seminar sammeln kann. Er will uns zur Schließung zwingen. Gleich als der Bischof ihn ins Kuratorium berief, hat er das deutlich gemacht.«

»Und wenn er unhöflich behandelt wird, dann liefert ihm das genau die Argumente, die er noch braucht. Ich habe St. Anselm am Leben erhalten, indem ich meinen bescheidenen Einfluss nutzte und unauffällig meiner Arbeit nachgegangen bin, aber nicht dadurch, mächtige Feinde zu reizen. Dies sind schwere Zeiten für das Seminar, und der Tod von Ronald Treeves war unserem Ansehen nicht gerade förderlich.« Pater Sebastian hielt kurz inne, bevor er die Frage stellte, die er bis jetzt vermieden hatte. »Sie haben Ronalds Tod doch gewiss untereinander diskutiert. Wie haben sich denn die Kandidaten dazu geäußert?«

Man sah Raphael an, dass ihm die Frage unangenehm war. Der Studentensprecher zögerte einen Moment mit der Antwort. »Ich denke, Pater, man war allgemein der Ansicht, dass Ronald sich umgebracht hat.«

»Aber warum? Hattet ihr auch dazu eine Meinung?«

Diesmal dauerte das Schweigen länger. Dann sagte Raphael: »Nein, Pater, ich glaube nicht.«

Pater Sebastian trat an seinen Schreibtisch und studierte ein Blatt Papier. In lebhafterem Ton sagte er: »Wie ich sehe, wird das Seminar dieses Wochenende ziemlich leer sein. Nur vier von euch bleiben hier. Können Sie mir erklären, warum so viele sich haben beurlauben lassen, noch dazu so früh im Trimester?«

»Drei Studenten haben ihr Volontariat in einer Gemeinde begonnen, Pater. Rupert wurde gebeten, in St. Margaret den Gottesdienst zu halten, und ich glaube, zwei Kommilitonen wollen seine Predigt hören. Richards Mutter feiert ihren fünfzigsten Geburtstag und außerdem auch noch ihre Silberhochzeit, und er hat dafür Sonderurlaub bekommen. Dann werden Sie sich erinnern, dass Toby Williams in seine erste eigene

Gemeinde eingeführt wird, und dabei werden ihm eine Reihe von Kommilitonen zur Seite stehen. Bleiben noch Henry, Stephen, Peter und ich. Ich hatte gehofft, mich nach der Komplet ebenfalls abmelden zu können. Tobys Amtseinsetzung werde ich zwar verpassen, aber bei seiner ersten Messe wäre ich doch gern dabei.«

Pater Sebastian studierte immer noch sein Papier. »Ja, das scheint zu stimmen. Und Sie können sich meinetwegen auch abmelden – nach der Predigt des Archidiakons. Aber haben Sie nicht am Sonntag nach der Messe eine Griechischstunde bei Mr. Gregory? Das sollten Sie vorher mit ihm klären.«

»Habe ich schon, Pater. Er kann mich am Montag einschieben.«

»Gut, dann wäre das, denke ich, alles für diese Woche, Raphael. Ach, und Sie können auch gleich Ihr Referat mitnehmen. Evelyn Waugh spricht in einem seiner Reisebücher von der Theologie als der Wissenschaft der Vereinfachung, durch die nebulöse und schwer fassbare Gedanken verständlich gemacht und präzisiert würden. Ihr Referat ist weder verständlich noch präzise, und Sie gebrauchen das Verb ›imitieren‹ falsch. Es ist nicht synonym mit konkurrieren.«

»Natürlich nicht, Pater. Ich kann Sie imitieren, aber ich darf nicht hoffen, mit Ihnen konkurrieren zu dürfen.«

Pater Sebastian wandte sich ab, um ein Lächeln zu verbergen. »Ich würde Ihnen dringend raten«, sagte er, »weder das eine noch das andere zu versuchen.«

Als die Tür sich hinter Raphael geschlossen hatte, lächelte der Rektor immer noch. Und dann fiel ihm ein, dass er Arbuthnot nicht das Versprechen abgenommen hatte, sich zu benehmen. Auf sein einmal gegebenes Wort hätte er sich verlassen können, aber Raphael hatte nichts versprochen. Es würde ein vertracktes Wochenende werden.

7

Dalgliesh verließ seine Wohnung hoch über der Themse vor Tagesanbruch. Das zum modernen Bürokomplex einer Finanzgesellschaft umgebaute Gebäude in Queenshythe war früher ein Lagerhaus gewesen, und in den großen, sparsam möblierten, holzverkleideten Räumen, die er im obersten Stockwerk bewohnte, schwebte noch flüchtig wie eine Erinnerung der Duft von Gewürzen und Spezereien. Als das Haus verkauft und saniert werden sollte, hatte Dalgliesh sich energisch allen Versuchen des künftigen Besitzers, seinen langfristigen Mietvertrag aufzukaufen, widersetzt, und endlich, nachdem er das letzte, aberwitzig hohe Angebot ausgeschlagen hatte, gaben sich die Makler geschlagen, und das oberste Stockwerk blieb intakt. Inzwischen hatte er auf Kosten der Firma einen unauffälligen separaten Eingang erhalten sowie einen gesicherten Privatlift. Dafür zahlte er jetzt mehr Miete, hatte aber einen längerfristigen Vertrag. Er hegte den Verdacht, dass die verfügbaren Räumlichkeiten für den Bedarf der Firma letztendlich mehr als ausreichend gewesen waren und dass die Anwesenheit eines höheren Polizeibeamten in der obersten Etage dem Nachtwächter ein beruhigendes, wenn auch trügerisches Gefühl der Sicherheit verlieh. Jedenfalls hatte er behalten, worauf er Wert legte: seine Privatsphäre, nächtens leere Räume unter sich und fast keine Lärmbelästigung bei Tage sowie einen weiten Ausblick auf das bunte Treiben auf der Themse, das sich unter ihm im Wechsel der Gezeiten entfaltete.

Auf dem Weg zur A 12 fuhr er ostwärts durch die City zur Whitechapel Road. Selbst um sieben Uhr morgens herrschte auf den Straßen schon Verkehr, und Büroangestellte kamen in kleinen Gruppen aus den U-Bahnhöfen. London schlief nie ganz, und Dalgliesh genoss diese frühmorgendliche Ruhe, die ersten Lebensregungen, die binnen Stunden eskalieren würden, und die relativ freie Fahrt durch noch unverstopfte Straßen. Als er die A 12 erreicht und die Tentakel der Eastern Avenue hinter sich gelassen hatte, war aus der ersten rosa Kerbe im Nachthimmel ein breites Band geworden, hell und klar, und die Felder und Hecken lagen in luzidem Grau, in dem Bäume und Sträucher mit der zarten Transparenz japanischer Aquarelle allmählich Kontur gewannen und frühherbstliche Pracht entfalteten. Es war, dachte er, eine gute Jahreszeit, um sich Bäume anzusehen. Nur im Frühling bereiteten sie einem mehr Freude. Jetzt waren sie noch nicht entlaubt, aber durch einen verblassenden Schleier von Grün, Gelb und Rot ahnte man bereits das dunkle Muster austreibender Äste und Zweige.

Während der Fahrt überdachte er den Zweck seiner Reise und analysierte die Gründe für seine – sicher unorthodoxe – Verbindung mit dem Tod eines unbekannten jungen Mannes, einem Todesfall, der bereits untersucht, durch die Gerichtsmedizin bewertet und so offiziell und endgültig ad acta gelegt worden war, wie die Einäscherung den Leichnam auf ein Häufchen Knochenasche reduziert hatte. Er hatte sich nicht spontan erboten, die Ermittlungen noch einmal aufzunehmen, wie überhaupt Impulshandlungen in seinem Berufsleben eher selten waren. Und er hatte auch nicht nur Sir Alred loswerden wollen, auch wenn dieser ein Mann war, den man in der Regel lieber von hinten als von vorne sah. Wieder fragte sich Dalgliesh, warum Treeves wohl so viel Aufhebens um den Tod eines Adoptivsohns machte, für den er keinerlei Zuneigung bekundet hatte, solange er noch am Leben war. Aber vielleicht war es vermessen von ihm, so zu denken. Sir Alred war schließlich ein Mensch, der streng darauf bedacht war, keine Gefühle zu zeigen. Möglicherweise hatte er weit mehr für seinen Sohn empfunden, als er preisgeben mochte. Oder war er einfach besessen von dem Anspruch, die Wahrheit zu ergründen, und sei sie noch so unangenehm, ungenießbar und schwer zu ermitteln? Wenn ja, dann wäre das ein Beweggrund, den Dalgliesh nachvollziehen konnte.

Er fuhr zügig durch und erreichte Lowestoft in weniger als drei Stunden. Jahrelang war er nicht mehr durch den Ort gefahren, seit er bei seinem letzten Besuch betroffen die deprimierende Atmosphäre von Armut und Verfall wahrgenommen hatte. Die Hotels an der Strandpromenade, wo in besseren Zeiten während der Sommerferien das gut situierte Bürgertum zu residieren pflegte, warben damals mit tristen Bingo-Abenden. Viele Geschäfte hatten dichtgemacht, und die Leute schlichen graugesichtig und mutlosen Schritts durch die Straßen. Aber jetzt ging es anscheinend wieder bergauf. Dächer waren erneuert worden und Häuser frisch gestrichen. Dalgliesh hatte das Gefühl, in eine Stadt zu kommen, die einigermaßen vertrauensvoll in die Zukunft blickte. Die Brücke, die zum Hafen hinunterführte, kannte er noch, und als er darüber fuhr, wurde ihm leichter ums Herz. Als Junge war er hier entlanggeradelt, um am Kai frisch gefangene Heringe zu kaufen. Er konnte sich noch an den Geruch erinnern, wenn die schillernden Fische aus den Körben in seinen Rucksack glitten, und daran, wie schwer der auf seine Schultern drückte, während er mit seinem Beitrag zum Abendbrot oder Frühstück der Patres nach St. Anselm zurückfuhr. Der vertraute scharfe Geruch von Salzwasser und Teer stieg ihm in die Nase, erinnerungsselig blickte er auf die Schiffe im Hafen und fragte sich, ob man wohl immer noch fangfrische Heringe direkt vom Kai weg kaufen könne. Aber selbst wenn, würde er nie wieder welche so aufgeregt und stolz nach St. Anselm bringen wie in jenen Knabentagen.

Das Polizeirevier hatte er sich eigentlich so vorgestellt wie zu Zeiten seiner Kindheit, also ein für Polizeizwecke umgebautes Einzel- oder Reihenhaus, dessen Bestimmung die blaue Lampe über dem Eingang anzeigte. Stattdessen stand er vor einem modernen Flachbau mit einer von dunkel getönten Fenstern durchbrochenen Fassade. Auf dem Dach prangte mächtig und eindrucksvoll ein Funkmast, an der Fahnenstange vor dem Haus flatterte der Union Jack.

Er wurde erwartet. Die junge Frau am Empfang mit dem charmanten Suffolkakzent begrüßte ihn so überschwänglich, als würde sein Kommen für sie die Krönung des Tages bedeuten.

»Sergeant Jones erwartet Sie, Sir. Ich läute kurz durch, dann kommt er sofort herunter.«

Sergeant Irfon Jones hatte ein hageres, fahles Gesicht, das sich, kaum gebräunt von Sonne und Wind, scharf abhob gegen sein fast schwarzes Haar. Gleich die ersten Begrüßungsworte verrieten seine geografische Herkunft.

»Mr. Dalgliesh, nicht wahr? Ich hatte Sie schon erwartet, Sir. Mr. Williams meinte, wir könnten sein Büro benutzen. Wenn Sie mir bitte folgen wollen? Er hat es bedauert, Sie zu verpassen, und der Chef ist auf einer ACPO-Sitzung in London, aber das wissen Sie ja. Wenn Sie sich bitte eintragen würden, Sir.«

Durch eine Seitentür mit Milchglasscheibe gelangten sie in einen engen Korridor. »Sie sind aber sehr fern der Heimat, Sergeant«, sagte Dalgliesh.

»Allerdings, Sir. Vierhundert Meilen, um genau zu sein. Ich habe ein Mädchen aus Lowestoft geheiratet, wissen Sie. Jenny ist ein Einzelkind, und ihrer Mutter geht's nicht so gut, da wollte meine Frau halt in der Nähe bleiben. Und ich habe mich bei der erstbesten Gelegenheit von Wales hierher versetzen lassen. Solange ich nur am Meer bin, fühle ich mich überall wohl.«

»Aber das hier ist ein ganz anderes Meer.«

»Auch eine ganz andere Küste, und trotzdem genauso gefährlich. Nicht, dass wir viele Todesfälle hätten. Der arme Junge ist der erste seit dreieinhalb Jahren. Es stehen auch überall

Warnschilder, und die Einheimischen wissen, wie gefährlich die Klippen sind. Sollten sie jedenfalls mittlerweile. Die Küste ist ja ziemlich abgelegen. Familien mit Kindern sind bei uns eher die Ausnahme. Hier herein, Sir. Mr. Williams hat seinen Schreibtisch für Sie geräumt. An wichtigem Beweismaterial dürfen Sie allerdings nicht viel erwarten. Trinken Sie einen Kaffee? Sehen Sie, es ist alles bereit. Ich brauche nur die Kaffeemaschine einzuschalten.«

Auf einem Tablett standen zwei Tassen, die Henkel sauber ausgerichtet, eine Kanne, eine Dose mit der Aufschrift »Kaffee«, ein Milchkrug und ein elektrischer Wasserkocher. Sergeant Jones ging rasch und geschickt, wenn auch ein bisschen pedantisch zu Werke, und der Kaffee schmeckte ausgezeichnet. Sie nahmen in zwei niedrigen Bürosesseln vor dem Fenster Platz.

Dalgliesh sagte: »Sie wurden, glaube ich, nach dem Unglück an den Strand gerufen. Was genau ist da passiert?«

»Ich war nicht als Erster dort. Das war Brian Miles, der Ortspolizist. Pater Sebastian rief aus dem College an, und Brian fuhr hin, so schnell es ging. Er brauchte nicht lange, nicht mehr als eine halbe Stunde. Als er ankam, waren nur zwei Personen bei der Leiche, Pater Sebastian und Pater Martin. Der arme Junge war tot, daran bestand kein Zweifel. Brian ist ein braver Kerl, und ihm war nicht wohl bei der Sache. Was nicht heißen soll, dass er Fremdeinwirkung vermutete, aber merkwürdig fand er's schon. Ich bin sein Vorgesetzter, also zog er mich hinzu. Ich war hier, als kurz vor drei sein Anruf kam, und weil Doc Mallinson – das ist unser Polizeiarzt – zufällig auch gerade auf dem Revier war, sind wir zusammen rausgefahren.«

Dalgliesh fragte: »Mit der Ambulanz?«

»Nein, nicht gleich. Ich glaube, in London hat der Coroner seine eigene Ambulanz, aber hier müssen wir ein städtisches Fahrzeug benutzen, wenn wir eine Leiche transportieren wollen. Der Wagen war aber gerade unterwegs, und so dauerte es vielleicht anderthalb Stunden, ehe wir den Jungen abholen konnten. Als wir ihn in die Leichenhalle brachten, besprach ich mich kurz mit dem Vertreter des Coroners, und der meinte, sein Chef würde ziemlich sicher die Gerichtsmedizin einschalten. Er ist ein sehr vorsichtiger Herr, unser Mr. Mellish. Tja, und so kam es zu der Entscheidung, die Todesursache zu untersuchen.«

»Was genau haben Sie am Schauplatz festgestellt?«

»Also, er war tot, Mr. Dalgliesh. Doc Mallinson hat das sofort bescheinigt. Aber dazu hätte es keinen Arzt gebraucht. Tot seit fünf bis sechs Stunden, meinte Doc Mallinson. Natürlich lag er noch zu einem gut Teil im Sand begraben, als wir hinkamen. Mr. Gregory und Mrs. Munroe hatten Körper und Kopf zwar ein Stück weit freigelegt, aber das Gesicht und die Arme waren nicht sichtbar. Pater Sebastian und Pater Martin blieben an der Unglücksstelle. Es gab zwar nichts, was sie hätten tun können, doch Pater Sebastian wollte unbedingt bleiben, bis wir den Leichnam ganz freigelegt hatten. Also gruben wir den armen Jungen aus, drehten ihn um, legten ihn auf eine Bahre, und Doc Mallinson untersuchte ihn. Nicht, dass wirklich etwas zu sehen gewesen wäre. Er war ganz mit Sand verkrustet, und er war tot. Das war eigentlich alles.«

»Hatte er äußere Verletzungen?«

»Soweit wir's sehen konnten, nein, Sir. Natürlich ist man bei solchen Unfällen immer ein bisschen skeptisch, oder? Ist ja logisch. Aber Doc Mallinson konnte keine Zeichen von Gewaltanwendung feststellen, nichts, was auf einen Schlag auf den Hinterkopf oder dergleichen hingewiesen hätte. Natürlich konnte man nicht wissen, was Doc Scargill bei der Obduktion feststellten würde. Doc Mallinson sagte, er könne nicht mehr tun als den ungefähren Todeszeitpunkt bestimmen, und ansonsten müssten wir die Autopsie abwarten. Aber nicht, dass Sie denken, wir hätten irgendeinen Verdacht auf

Fremdeinwirkung gehabt. Schien ein klarer Fall zu sein. Er hatte in den Klippen herumgebuddelt, war zu nahe an den überhängenden Felsvorsprung geraten, und der stürzte auf ihn nieder. So sah's aus, und das hat auch die gerichtliche Untersuchung ergeben.«

»Also ist Ihnen nichts Merkwürdiges oder Verdächtiges aufgefallen?«

»Also wenn, dann eher merkwürdig als verdächtig. Wie er dalag, das war schon irgendwie komisch – mit dem Kopf nach unten, wie ein Kaninchen oder ein Hund, der sich eingebuddelt hat.«

»Und bei dem Leichnam wurde nichts gefunden?«

»Seine Kleider lagen da, eine braune Kutte und ein langes, durchgeknöpftes schwarzes Gewand – eine Soutane, nicht wahr? Beides ordentlich zusammengefaltet.«

»Nichts, das hätte als Waffe dienen können?«

»Also, nur ein Rundholz. Das haben wir mit ausgegraben, als wir ihn freilegten. Es lag ziemlich nahe an seiner rechten Hand. Ich dachte, wir sollten es mit aufs Revier nehmen, für den Fall, dass es wichtig sein könnte, aber es wurde nicht groß beachtet. Ich hab's aber hier, falls Sie es sehen möchten, Sir. Ist mir schleierhaft, wieso es nach der gerichtlichen Untersuchung nicht weggeworfen wurde, denn wir haben nichts dran gefunden, kein Blut, keine Fingerabdrücke.«

Er trat an einen Schrank im Hintergrund und entnahm ihm einen in Plastikfolie verpackten Gegenstand. Es war ein etwa siebzig Zentimeter langes, helles Rundholz. Bei näherer Betrachtung erkannte Dalgliesh daran Spuren von allem Anschein nach blauer Farbe.

Sergeant Jones sagte: »Soweit ich's beurteilen kann, war das Holz nicht im Wasser, Sir. Er hat es vielleicht im Sand gefunden und aufgehoben, ohne sich viel dabei zu denken. Passiert ganz instinktiv, dass man am Strand irgendwas aufsammelt. Pater Sebastian meinte, es stammte vielleicht von einem alten

Badehäuschen gleich oberhalb der Treppe zum Strand, das das Seminar hat abreißen lassen. Pater Sebastian war wohl die alte blauweiße Hütte ein Dorn im Auge, und er dachte, eine aus schlichtem Naturholz würde besser aussehen. Also haben sie so eine hingesetzt. Darin ist auch das Gummiboot untergebracht, das sie zu Rettungszwecken in Bereitschaft halten. Das alte Häuschen war sowieso schon baufällig. Aber man hatte es nicht ganz abgetragen, ein paar modernde Planken lagen noch herum. Inzwischen sind die aber sicher auch nicht mehr da.«

»Was ist mit Fußspuren?«

»Nun, danach sucht man ja als Erstes. Die des Jungen waren von dem Sandsturz verschüttet, aber weiter oben am Strand haben wir eine einzelne unterbrochene Spur gefunden, die mit Sicherheit von ihm stammte, wir hatten ja seine Schuhe. Doch den größten Teil des Weges ist er übers Kiesbett gelaufen, und das hätte jeder andere auch tun können. Am Fundort war der Sand völlig zertrampelt. Kein Wunder, da Mrs. Munroe und Mr. Gregory und die beiden geistlichen Herren sich nicht darum gekümmert haben, wo sie hintreten.«

»Hat Sie persönlich der Befund der Gerichtsmedizin überrascht?«

»Doch, das kann man wohl sagen. Ein offener Wahrspruch, der eine mögliche Straftat nicht ausgeschlossen hätte, wäre irgendwie logischer gewesen. Mr. Mellish war bei der Geschworenenberatung dabei, das macht er gern, wenn der Fall ein bisschen kompliziert oder von öffentlichem Interesse ist, und die Geschworenen entschieden einstimmig, alle acht. Ein offener Wahrspruch ist natürlich nie befriedigend, und St. Anselm wird in dieser Gegend hoch geachtet. Die Patres leben sehr zurückgezogen, das will ich nicht leugnen, aber die Studenten predigen in den Kirchen ringsum, und sie tun einiges für die Gemeinde. Also, ich will nicht sagen, die Geschworenen hätten sich geirrt. Sie haben nun mal so entschieden.«

Dalgliesh sagte: »Sir Alred kann sich kaum über mangelnde Gründlichkeit bei den Ermittlungen beklagen. Ich wüsste nicht, was man noch mehr hätte tun können.«

»Ich auch nicht, Sir, und das hat auch der Coroner gesagt.«

Mehr war anscheinend nicht zu erfahren, und nachdem Dalgliesh Sergeant Jones für seine Hilfe gedankt hatte und für den Kaffee, verabschiedete er sich. Das Rundholz mit dem blauen Farbrest war mit einem Schild versehen und steckte in einer Plastikhülle. Dalgliesh nahm es mit, aber eher, weil der Sergeant das zu erwarten schien, als dass er sich etwas davon versprach.

Am anderen Ende des Parkplatzes stapelte ein Mann Pappkartons auf den Rücksitz eines Rovers. Als er sich umwandte, sah er Dalgliesh in den Jaguar steigen. Er starrte ihn einen Moment lang durchdringend an, dann schien er sich einen Ruck zu geben und kam auf ihn zu. Dalgliesh blickte in ein vorzeitig gealtertes Gesicht, gezeichnet von Schlafmangel oder großem Leid. Er hatte diesen Ausdruck schon zu oft gesehen, um ihn nicht zu kennen.

»Sie müssen Commander Adam Dalgliesh sein. Ted Williams sagte, Sie würden vorbeischauen. Inspektor Roger Yarwood, Sir. Ich bin krankgeschrieben und war hier, um ein paar von meinen Sachen abzuholen. Ich wollte Ihnen nur sagen, dass Sie mir in St. Anselm begegnen werden. Die Patres nehmen mich von Zeit zu Zeit bei sich auf. Es kommt billiger als ein Hotel, und die Gesellschaft ist angenehmer als in der hiesigen Klapsmühle, der gängigen Alternative. Ach, und das Essen ist auch besser.«

Der flüssige Wortschwall, in dem der Inspector das vorbrachte, klang wie eingelernt, und der Blick seiner dunklen Augen wirkte herausfordernd und beschämt zugleich. Dalgliesh war unangenehm berührt. Vielleicht war es töricht, aber er hatte angenommen, dass er der einzige Gast sein würde.

Als hätte er seine Gedanken erraten, sagte Yarwood: »Keine

Angst, ich werde mich Ihnen nach der Komplet nicht auf ein Bier andienen. Ich suche gerade Abstand vom Polizeiklatsch, und Sie vermutlich auch.«

Dalgliesh hatte ihm kaum die Hand gegeben, da wandte Yarwood sich auch schon mit einem raschen Nicken ab und kehrte eilig zu seinem Wagen zurück.

8

Dalgliesh hatte sich nach dem Mittagessen in St. Anselm angekündigt. Bevor er Lowestoft verließ, kaufte er in einem Feinkostgeschäft warme Brötchen, eine Portion Butter, eine grobe Leberpastete und eine halbe Flasche Wein. Wie immer, wenn er aufs Land fuhr, hatte er sich ein Glas und eine Thermoskanne Kaffee von zu Hause mitgebracht.

Als er aus der Stadt heraus war, fuhr er über Nebenstraßen, bis er auf einen zerfurchten, grasüberwachsenen Feldweg kam, eben breit genug für den Jaguar. Ein offenes Tor bot einen weiten Ausblick über die herbstlichen Felder, und hier parkte er, um zu picknicken. Doch zuerst stellte er sein Mobiltelefon ab. Als er ausgestiegen war, lehnte er sich an den Torpfosten und lauschte mit geschlossenen Augen dem Schweigen. Nach Momenten wie diesem sehnte er sich im hektischen Berufsalltag ebenso wie nach der Gewissheit, dass niemand auf der Welt wusste, wo er sich gerade befand, und dass kein Mensch ihn erreichen konnte. Leise, kaum wahrnehmbar trug die süß duftende Luft die vertrauten Landgeräusche an sein Ohr: das ferne Zwitschern eines unbekannten Vogels, das Säuseln des lauen Windes im hohen Gras, das Knacken eines Astes über ihm. Nach dem Essen machte er noch einen forschen Spaziergang, ehe er zum Wagen zurückkehrte und wieder auf die A 12 und Richtung Ballard's Mere fuhr.

Die Abzweigung kam ein bisschen früher als erwartet. Die

mächtige Esche stand noch, nur war sie jetzt über und über mit Efeu bewachsen und wirkte schon ziemlich morsch. Und zu seiner Linken sah er die beiden adretten Cottages mit den gepflegten Vorgärten. Die schmale Straße, kaum mehr als ein Feldweg, war etwas abgesunken, und die wuchernde Winterhecke oben auf dem Damm versperrte die Aussicht auf die Landspitze, so dass vom fernen St. Anselm nichts zu sehen war, außer, wann immer die Hecke sich lichtete, ein flüchtiger Blick auf die hohen Ziegelschornsteine und das südliche Kuppeldach. Doch als er die Klippen erreichte und auf dem Schotterweg längs der Küste nordwärts fuhr, kam es allmählich in Sicht, ein bizarres Bauwerk aus Ziegel- und Naturstein, das sich vor dem kräftiger werdenden Himmelsblau so leuchtend und unwirklich abhob wie ein Ausschneidemodell für Kinder. Es war, als komme das Gebäude auf ihn zu und beschwöre unaufhaltsam Jugendeindrücke und halb vergessene Stimmungsschwankungen zwischen Freude und Schmerz, Unsicherheit und strahlender Hoffnung. Äußerlich schien das Gebäude unverändert. Die beiden Säulen aus bröckelnden Tudorziegeln, in deren Spalten Gras- und Unkrautbüschel nisteten, bewachten immer noch den Eingang zum Vorhof, und als er sie passierte, erblickte er das Herrenhaus in all seiner ausgeklügelten Pracht.

In seiner Kindheit hatte es zum guten Ton gehört, viktorianische Architektur zu verachten, und auch er hatte das Haus mit der gebührenden, wenn auch halb schuldbewussten Geringschätzung betrachtet. Der Architekt hatte, vermutlich auf Betreiben des ursprünglichen Besitzers, alle modischen Details eingebracht: hohe Schornsteine, Erkerfenster, eine zentrale Kuppel, einen Südturm, eine zinnenbewehrte Fassade und ein gewaltiges Steinportal. Doch jetzt kam Dalgliesh das Resultat weniger monströs und unharmonisch vor als früher, und er fand, dass der Architekt mit seiner theatralischen Mischung aus romantisch verklärtem Mittelalter, Neugotik und pompösem viktorianischen Großbürgertum zumindest ein ausgewogenes Verhältnis und nicht unstimmige Proportionen erzielt hatte.

Man hatte ihn erwartet, nach ihm Ausschau gehalten. Noch bevor er die Wagentür geschlossen hatte, öffnete sich die Eingangstür, und eine gebrechliche Gestalt in einer schwarzen Soutane hinkte die drei Steinstufen herunter.

Er erkannte Pater Martin Petrie sofort. Aber er war doch mehr als erstaunt, den ehemaligen Rektor immer noch hier anzutreffen. Pater Martin musste mindestens achtzig sein, und doch stand vor ihm unverkennbar der Mann, den er als Junge verehrt und, ja, geliebt hatte. Es war paradox, wie sich die Zeit zurückzuspulen schien und ihm zugleich ihr unerbittlich zerstörerisches Wirken vor Augen führte. Über dem hageren, dürren Hals des Alten traten die Gesichtsknochen stärker hervor; die lange Haarsträhne über der Stirn, einst voll und braun, war jetzt silberweiß und so fein wie bei einem Säugling; der ausdrucksvolle Mund mit der vollen Unterlippe war nicht mehr so fest wie früher. Sie reichten einander die Hand. Dalgliesh war es, als halte er lose Knochen, überzogen von einem feinen Wildlederhandschuh zwischen den Fingern. Pater Martins Händedruck war gleichwohl immer noch kräftig. Die eingesunkenen Augen hatten sich ihr leuchtendes Grau bewahrt, und auch wenn das Hinken, ein Andenken an die Kriegsgefangenschaft, stärker geworden war, konnte er immer noch ohne Stock gehen. Und das unverändert sanfte Antlitz spiegelte nach wie vor die Würde einer durchgeistigten Persönlichkeit. Ein Blick in die Augen des Alten verriet Dalgliesh, dass Pater Martin ihn nicht nur als alten Freund willkommen hieß; vielmehr las er darin eine Mischung aus Besorgnis und Erleichterung. Er fragte sich aufs Neue und nicht ohne Schuldbewusstsein, wieso er sich all die Jahre vom Seminar fern gehalten hatte. Und jetzt, da er eher zufällig und jedenfalls nicht aus eigenem Antrieb zurückgekehrt war, fragte er sich zum ersten Mal, was genau ihn in St. Anselm erwartete.

Als er ihn ins Haus führte, sagte Pater Martin:»Deinen Wagen wirst du leider hinterm Haus parken müssen, auch wenn Pater Peregrine es nicht gern sieht, wenn dort Autos stehen. Aber das eilt nicht. Wir haben dich in deinem alten Appartement untergebracht, in Jerome.«

Sie betraten die geräumige Halle mit dem Boden aus gesprenkeltem Marmor und der breiten Eichentreppe, die zur Galerie und den Gästequartieren hinaufführte. Mit den vielfältigen Gerüchen von Weihrauch, Möbelpolitur, alten Büchern und Essensdünsten stürmte eine Flut von Erinnerungen auf Dalgliesh ein. Bis auf einen kleinen Anbau links vom Eingang schien sich nichts verändert zu haben. Durch die offene Tür konnte er einen Altar erkennen. Vielleicht ein Oratorium, dachte er. Die Holzfigur der Madonna mit dem Jesuskind im Arm stand noch am Fuß der Treppe, darunter brannte immer noch das rote Lämpchen, und den Sockel der Statue schmückte nach wie vor eine einzelne Vase mit Blumen. Er blieb stehen, um die Figur zu betrachten, und Pater Martin wartete geduldig neben ihm. Das Schnitzwerk war die – gute – Kopie einer Madonna mit Kind aus dem Victoria and Albert Museum. Der Name des Künstler war Dalgliesh entfallen, aber die Figur hatte nichts von der verhärmten Frömmigkeit, die solchen Darstellungen oft zu Eigen ist, war keine symbolische Verkörperung künftigen Leids. Mutter und Kind lachten, der Säugling streckte die rundlichen Ärmchen aus, und die Jungfrau, selbst noch ein halbes Kind, ergötzte sich an ihrem Sohn.

Als sie die Treppe hinaufstiegen, sagte Pater Martin:»Du wunderst dich sicher, dass ich noch immer hier bin. Offiziell bin ich natürlich längst im Ruhestand, aber das Seminar beschäftigt mich weiter als Aushilfslehrer für Pastoraltheologie. Pater Sebastian Morell ist seit fünfzehn Jahren unser Rektor. Du möchtest sicher gleich deine alten Lieblingsplätze aufsuchen, aber Pater Sebastian erwartet uns gewiss schon. Er wird das Auto gehört haben, tut er immer. Du weißt ja wohl noch, wo das Rektorat ist.«

Der Mann, der sich hinter seinem Schreibtisch erhob und vortrat, um sie zu begrüßen, unterschied sich sehr von dem sanftmütigen Pater Martin. Er war über einsachtzig groß und jünger, als Dalgliesh erwartet hatte. Das hellbraune, nur leicht angegraute Haar war zurückgekämmt und ließ die hohe, edle Stirn frei. Der energische Mund, die leichte Haken-nase und das lange Kinn prägten sein Gesicht, das sonst vielleicht eine zu konventionelle, wenn auch herbe Schön-heit ausgestrahlt hätte, und verliehen ihm Charakter. Am auffallendsten waren die Augen, deren klares, tiefes Blau Dal-gliesh so gar nicht mit dem durchdringenden Blick in Ein-klang bringen konnte, den er auf sich gerichtet fühlte. Es war das Gesicht eines Tatmenschen, das eher zu einem Soldaten gepasst hätte als zu einem Akademiker. Die gut geschnittene Soutane aus schwarzem Gabardine schien nicht das passende Gewand für einen Mann, der so viel Machtbewusstsein aus-strahlte.

Auch die Einrichtung des Zimmers war nicht stimmig. Der mit Computer und Drucker bestückte Schreibtisch wirkte dynamisch und modern, aber das holzgeschnitzte Kruzifix darüber hätte aus dem Mittelalter stammen können. An der Wand gegenüber hingen eine Reihe von »Vanity Fair«-Kari-katuren viktorianischer Prälaten, Backenbärtige und Glatt-rasierte, das Antlitz über Brustkreuz und Batistärmeln mal hager oder rosig feist, ausgezehrt oder lammfromm, aber stets voller Zuversicht. Zu beiden Seiten des gemauerten Ka-mins mit dem eingemeißelten Leitspruch hingen gerahm-te Drucke, Landschaften und Bilder von Personen, die ver-mutlich einen besonderen Platz im Gedächtnis des Besit-zers einnahmen. Ganz anders dagegen das Gemälde über dem Kamin: ein Burne-Jones in Öl, einer seiner »schönen romantischen Träume«, getaucht in des Malers berühmtes

Licht, das in der Natur weder zu Lande noch zu Wasser seinesgleichen fand. Vier bekränzte junge Frauen in langen braunen und rosaroten Gewändern aus geblümtem Musselin waren um einen Apfelbaum gruppiert. Eine saß da mit einem aufgeschlagenen Buch und einem Kätzchen auf dem rechten Arm; eine zweite hatte ihre Leier lässig beiseite gelegt und blickte sinnend in die Ferne; die dritte pflückte mit erhobenem Arm einen reifen Apfel, während die vierte mit schlanken, langfingrigen Händen ihre Schürze aufhielt, um die Frucht zu empfangen. An der Wand zu seiner Rechten entdeckte Dalgliesh noch ein Werk von Burne-Jones: ein hochbeiniges Sideboard auf Rollen mit zwei Fächern und zwei bemalten Paneelen, deren eines eine Frau beim Vogelfüttern zeigte, das andere ein Kind inmitten einer Lämmerherde. Er erinnerte sich sowohl an das Gemälde wie auch an das Sideboard, war aber ziemlich sicher, dass beide sich bei seinen früheren Besuchen im Refektorium befunden hatten. Die prächtigen Jugendstilwerke wollten so gar nicht zu der klerikalen Strenge des Raums passen.

Ein einladendes Lächeln huschte wie ein Muskelzucken über das Gesicht des Rektors.

»Adam Dalgliesh? Herzlich willkommen! Wie ich von Pater Martin hörte, sind Sie schon lange nicht mehr hier gewesen. Wir hätten uns allerdings einen erfreulicheren Anlass für Ihren Besuch gewünscht.«

»Ich auch, Pater«, sagte Dalgliesh. »Und ich hoffe, dass ich Ihnen nicht zu lange zur Last fallen werde.«

Pater Sebastian deutete auf die Sessel rechts und links vom Kamin, und Pater Martin zog sich einen der Stühle vom Tisch heran.

Als sie Platz genommen hatten, sagte Pater Sebastian: »Ich muss gestehen, dass der Anruf Ihres stellvertretenden Polizeichefs mich überrascht hat. Einen Commander der Metropolitan Police in die Provinz zu entsenden, damit er die

Ermittlungen der Ortspolizei in einem Fall überprüft, der zwar tragisch für alle persönlich Betroffenen, ansonsten aber doch kein großes Ereignis ist und der im Übrigen gerichtlich untersucht und offiziell abgeschlossen wurde – ist dieser Personalaufwand nicht ein bisschen arg kostspielig?« Er hielt inne und fügte dann hinzu: »Oder gar vorschriftswidrig?«

»Unkonventionell vielleicht, Pater, aber nicht vorschriftswidrig. Ich wollte ohnehin nach Suffolk, und da dachte man, wenn ich mich der Sache annehme, würde es Zeit sparen und vielleicht auch angenehmer fürs Seminar sein.«

»Es hat zumindest den Vorteil, dass wir Sie wieder einmal bei uns haben. Selbstverständlich werden wir Ihre Fragen offen beantworten. Sir Alred Treeves hatte nicht die Freundlichkeit, sich direkt an uns zu wenden. Den Gerichtstermin hat er nicht wahrgenommen – wie wir hörten, weilte er im Ausland –, aber er entsandte einen Anwalt, der seine Interessen vertrat. Soweit ich mich erinnere, hatte der Herr nichts zu beanstanden. Wir hatten überhaupt nur sehr wenig Kontakt mit Sir Alred und haben den Umgang mit ihm nie leicht gefunden. Er hat nie einen Hehl daraus gemacht, dass er mit der Berufswahl seines Sohnes – die er natürlich nicht als Berufung gelten ließ – wenig einverstanden war. Es ist schwer zu verstehen, warum er nun unbedingt diesen Fall wieder aufrollen lassen will. Es gibt doch nur drei Möglichkeiten. Dabei scheidet Mord von vornherein aus; Ronald hatte hier keine Feinde, und niemand hätte von seinem Tod profitiert. Selbstmord? Das ist natürlich ein erschreckender Gedanke, doch es gibt keine Anhaltspunkte, weder in seinem jüngsten Verhalten noch in seinem Allgemeinbetragen, die auf ein solches Ausmaß an Unglück schließen ließen. Bleibt also Tod durch Unfall. Ich hätte erwartet, dass dieser Wahrspruch Sir Alred einigermaßen erleichtern würde.«

»Denken Sie an den anonymen Brief, den der stellvertretende Polizeichef Ihnen gegenüber erwähnt hat«, sagte Dalgliesh. »Wenn Sir Alred den nicht bekommen hätte, wäre ich vermutlich jetzt nicht hier.«

Er nahm das Schreiben aus seiner Brieftasche und reichte es Pater Sebastian.

Der überflog es und sagte dann: »Offensichtlich auf einem Computer geschrieben. Wir arbeiten auch mit Computern – einen sehen Sie ja hier in meinem Büro.«

»Sie wüssten nicht vielleicht, wer das geschrieben haben könnte?«

Pater Sebastian hatte nur einen flüchtigen Blick auf den Brief geworfen, ehe er ihn mit verächtlicher Meine zurückgab. »Keine Ahnung. Wir haben zwar unsere Feinde, obwohl das vielleicht ein zu drastischer Begriff ist; sagen wir besser, dass es gewissen Leuten lieber wäre, wenn es unser Seminar nicht gäbe. Aber die bekämpfen uns aus ideologischen, theologischen oder finanziellen Gründen, da geht es um die Pfründe der Kirche. Ich kann nicht glauben, dass jemand aus diesen Reihen so tief sinken und ein solch verleumderisches Pamphlet fabrizieren würde. Wundert mich, dass Sir Alred es ernst genommen hat. Ein Mann in seiner Position hat doch sicher seine Erfahrung mit anonymen Mitteilungen. Natürlich werden wir Ihnen in jeder Weise behilflich sein. Sicher möchten Sie sich als Erstes die Stelle ansehen, an der Ronald starb. Bitte sehen Sie es mir nach, wenn ich Pater Martin bitte, Sie zu begleiten. Ich erwarte heute Nachmittag noch Besuch und muss mich überdies dringenden Geschäften widmen. Die Abendandacht ist um fünf, falls Sie teilnehmen möchten. Anschließend gibt es vor dem Essen hier bei mir einen kleinen Umtrunk. Wie Sie sich erinnern werden, schenken wir freitags zu den Mahlzeiten keinen Wein aus, aber wenn wir Gäste haben, ist es wohl angemessen, ihnen vor dem Essen einen Sherry anzubieten. Dieses Wochenende haben wir übrigens noch vier weitere Gäste: Archidiakon Crampton, einen Kurator des Seminars; Dr. Emma Lavenham, die einmal pro Trimester aus Cambridge herüberkommt, um die Studenten mit der literarischen Tradition unseres Landes vertraut zu machen; Dr. Clive Stannard, der unsere Bibliothek zu Forschungszwecken benutzt; und einen Beamten aus Ihren Reihen, Inspector Roger Yarwood von der hiesigen Polizei, der zurzeit krankheitshalber beurlaubt ist. Keiner der Herrschaften war hier, als Ronald starb. Falls Sie wissen möchten, wer zu dem Zeitpunkt im Seminar war, wird Pater Martin Ihnen eine Liste erstellen. Dürfen wir Sie zum Dinner erwarten?«

»Heute Abend nicht, da bitte ich, mich zu entschuldigen, Pater. Aber ich hoffe zur Komplet zurück zu sein.«

»Dann sehen wir uns also in der Kirche. Ich hoffe, Sie sind mit Ihrer Unterbringung zufrieden.«

Pater Sebastian erhob sich; offenbar war die Unterredung beendet.

9

Ich nehme an«, sagte Pater Martin, »du würdest dir auf dem Weg zu deiner Unterkunft gern die Kirche ansehen.«

Es war offensichtlich, dass er Dalglieshs Einverständnis, ja seine Begeisterung voraussetzte, und tatsächlich war Dalgliesh nicht abgeneigt. Die kleine Kirche barg ein paar Schätze, die wieder zu sehen er sich freute.

»Die Van-der-Weyden-Madonna ist doch noch über dem Altar?«, fragte er.

»Aber ja. Sie und das ›Weltgericht‹ sind unsere beiden Hauptattraktionen. Obwohl das vielleicht nicht ganz der passende Ausdruck ist. Ich wollte damit nicht sagen, dass wir auf kunstsinnige Besucher aus sind. Es kommen auch nicht viele zu uns, und wenn, dann nur mit Voranmeldung. Wir prahlen nicht mit unseren Schätzen.«

»Ist der van der Weyden versichert, Pater?«

»Nein, nach wie vor nicht. Wir können uns die Prämie nicht leisten, und wie Pater Sebastian einmal sagte, das Bild ist unersetzlich. Mit Geld könnte man kein gleichwertiges beschaffen. Aber wir haben unsere Vorsichtsmaßnahmen. Die abgeschiedene Lage kommt uns natürlich zugute, und neuerdings haben wir auch ein modernes Alarmsystem. Die Schalttafel befindet sich an der Innenseite der Tür, die vom Nordflügel des Kreuzgangs zum Altarraum führt, und die Alarmanlage sichert auch das Hauptportal. Ich glaube, die Anlage wurde lange nach deiner Zeit eingebaut. Der Bischof bestand darauf, dass wir die gebotenen Sicherheitsvorkehrungen treffen, wenn wir das Gemälde in der Kirche behalten wollen, und er hatte natürlich Recht damit.«

»Ich meine mich zu erinnern, dass die Kirche damals, als ich hier war, den ganzen Tag offen stand«, sagte Dalgliesh.

»Ja, stimmt, aber das war, bevor die Experten das Gemälde für echt erklärten. Mir tut es Leid, dass wir die Kirche abschließen müssen, noch dazu in einem Priesterseminar. Darum habe ich, als ich noch Rektor war, den kleinen Andachtsraum eingerichtet. Gleich links vom Eingang, du hast ihn wahrscheinlich beim Reinkommen gesehen. Die Kapelle kann nicht geweiht werden, weil sie Teil eines Profangebäudes ist, aber der Altar ist geweiht, und so haben die Studenten auch dann einen Ort für ihr stilles Gebet oder die Meditation, wenn die Kirche außerhalb der Gottesdienste verschlossen ist.«

Sie gingen durch die Garderobe im rückwärtigen Teil des Hauses, von wo eine Tür zum Nordflügel des Kreuzgangs führte. Eine Reihe von Kleiderhaken über einer langen Bank teilte den Raum. Unter jedem Haken befand sich ein Fach für Stiefel und Straßenschuhe. Die meisten Haken waren leer, nur an fünf der sechs hingen braune Kutten mit Kapuze. Diese waren den

Seminaristen sicher ebenso wie die schwarzen Soutanen, die sie im Haus trugen, von der imposanten Gründerin Agnes Arbuthnot verordnet worden, weil sie sich wohl daran erinnern konnte, wie ungestüm und bitterkalt die Ostwinde über diese ungeschützte Küste hinwegfegten. Rechts von der Garderobe sah man durch die halb offene Tür zum Hauswirtschaftsraum vier große Waschmaschinen und einen Trockner.

Dalgliesh und Pater Martin traten aus dem dämmrigen Gemäuer hinaus in den Kreuzgang, wo die frische Luft im sonnenbeschienenen, stillen Hof den schwachen, aber durchdringenden Geruch anglikanischer Gelehrsamkeit vertrieb. Wie schon damals als Kind fühlte Dalgliesh sich hier, wo statt backsteinverbrämter Viktoriana schlichter Naturstein vorherrschte, gleich wieder in die Vergangenheit zurückversetzt. Der Kreuzgang mit seinen zierlich schlanken Säulen war mit York-Stein ausgelegt und umgab drei Seiten des kopfsteingepflasterten Hofes. Dahinter führte eine Reihe identischer Eichentüren zu den zweistöckigen Stundentenunterkünften. Die vier Gästeappartements lagen zur Westfront des Hauptgebäudes hin, von der Kirchenmauer durch ein schmiedeeisernes Tor getrennt, hinter dem erst mit fahlem Gestrüpp überwuchertes Brachland sichtbar wurde und dahinter das satte Grün der Zuckerrübenfelder. Die ausgewachsene Kastanie im Hof zeigte bereits Spuren herbstlichen Verfalls. Am Fuß des knorrigen Stamms, von dem sich hie und da die Rinde wie Schorf löste, trieben zwar noch kleine Zweige aus, so grün und zart belaubt wie im ersten Frühling. Aber das Laub der ausladenden Äste in der Krone war gelb und braun, und die welken, verschrumpelten Blätter auf dem Kopfsteinpflaster lagen so trocken und brüchig zwischen den mahagoniglänzenden Kastanien wie mumifizierte Finger.

Manches an dieser vertrauten Szenerie war dennoch neu für Dalgliesh, darunter die Reihen schlichter, aber elegant geformter Terrakottatöpfe am Fuß der Säulen, die im Sommer gewiss ein schmuckes Bild abgegeben hatten. Doch nun waren die windschiefen Ranken der Geranien holzig geworden und die wenigen verbliebenen Blüten nur mehr ein klägliches Memento vergangener Pracht. Und auch die Fuchsie, die so kräftig an der Westseite des Hauses emporkletterte, war gewiss erst nach seiner Zeit gepflanzt worden. Sie stand noch in voller Blüte, aber die Blätter verfärbten sich schon, und die abgefallenen Blütenblättchen sprenkelten den Boden wie geronnenes Blut.

Pater Martin sagte: »Komm, wir gehen durch die Sakristei!« Er zog einen großen Schlüsselbund aus der Tasche seiner Soutane. »Es dauert leider ein Weilchen, bis ich den richtigen Schlüssel finde. Ich weiß, ich sollte sie inzwischen kennen, aber es sind gar so viele, und ich fürchte, an das neue Sicherheitssystem werde ich mich nie gewöhnen. Es ist so eingestellt, dass uns eine ganze Minute Zeit bleibt, um die vier Ziffern einzugeben, aber der Piepton ist so leise, dass ich ihn kaum noch hören kann. Pater Sebastian mag keine lauten Geräusche, schon gar nicht in der Kirche. Und wenn der Alarm ausgelöst wird, geht im Hauptgebäude ein schreckliches Gebimmel los.«

»Soll ich für Sie aufschließen, Pater?«

»Ach nein, danke, Adam. Nein, das schaffe ich schon. Und die Codezahl konnte ich mir schon immer ohne Schwierigkeiten merken, weil es die des Jahres ist, in dem Miss Arbuthnot das Seminar gegründet hat, 1861.«

Und das, dachte Dalgliesh, war eine Zahl, auf die auch ein potenzieller Eindringling leicht kommen konnte.

Die Sakristei war größer, als Dalgliesh sie in Erinnerung hatte, und diente offenbar nebenher auch als Garderobe und Büro. Links von der Tür zum Kirchenschiff war eine Reihe von Kleiderhaken angebracht. An einer anderen Wand hingen in raumhohen Einbauschränken die Priesterornate. Neben einer Anrichte, auf deren Resopalplatte ein elektrischer

Wasserkocher und eine Kaffeemaschine standen, lehnten neben einem kleinen Spülbecken mit Ablaufbrett zwei einfache Holzstühle. Zwei große Dosen mit weißer und eine kleine mit schwarzer Farbe sowie ein Marmeladenglas voller Pinsel waren ordentlich an der Wand aufgereiht. Rechts von der Tür stand unter einem der beiden Fenster ein großer Schreibtisch mit mehreren Fächern und einem silbernen Kreuz darauf. In der Wand darüber war ein Safe eingelassen. Als Pater Martin Dalglieshs Blick darauf ruhen sah, sagte er: »Den hat Pater Sebastian für unsere silbernen Kelche und Hostienteller aus dem siebzehnten Jahrhundert einbauen lassen. Erlesene Stücke, die Miss Arbuthnot dem Seminar vermacht hat. Weil sie so wertvoll sind, wurden sie früher in der Bank verwahrt, aber Pater Sebastian meinte, sie sollten auch benutzt werden, und da gebe ich ihm Recht.«

Neben dem Schreibtisch hing eine Reihe gerahmter Sepiafotografien, lauter alte Aufnahmen, die zum Teil offenbar noch aus der Gründungszeit des Seminars stammten. Dalgliesh, der sich für alte Fotos interessierte, betrachtete die Bilder aus der Nähe. Eines, dachte er, war mit Sicherheit eine Aufnahme von Miss Arbuthnot. Sie war eingerahmt von zwei Priestern in Soutane und Birett. Beide waren größer als sie, aber für Dalglieshs flüchtig prüfenden Blick bestand kein Zweifel daran, wer die dominante Persönlichkeit war. Weit davon entfernt, sich von der schwarzklerikalen Strenge ihrer Kustoden einschüchtern zu lassen, stand Miss Arbuthnot ganz entspannt da und hielt die Finger locker über den Falten ihres Rockes verschränkt. Sie war schlicht, aber teuer gekleidet, selbst auf dem Foto konnte man den Glanz der hochgeschlossenen Seidenbluse mit den Keulenärmeln erkennen und den kostbaren Stoff des Rockes. Sie trug keinen Schmuck, außer einer Kameenbrosche am Hals und einer Kette mit einem Kreuz. Ihr volles, hochfrisiertes Haar wirkte sehr blond, die weit auseinander stehenden Augen in dem herzförmigen Gesicht blickten den Betrachter unter geraden, dunklen Brauen unverwandt an. Dalgliesh fragte sich, wie sie wohl ausgesehen haben mochte, wenn auf diesem etwas einschüchternd ernsten Gesicht einmal ein Lachen erschien. Es war, dachte er, das Foto einer schönen Frau, die sich ihrer Schönheit nicht freute und die ihr Machtbedürfnis anderswo gestillt hatte.

Weihrauchduft und Kerzenrauch erinnerten ihn daran, dass sie in einer Kirche waren. Als sie durchs nördliche Seitenschiff schritten, sagte Pater Martin: »Du möchtest doch bestimmt das ›Weltgericht‹ sehen.«

Das »Weltgericht« konnte mittels eines Strahlers, der an eine Säule montiert war, illuminiert werden. Pater Martin hob den Arm, und im Nu wurde die düster verrätselte Szene lebendig. Sie standen vor einer virulenten Darstellung des Jüngsten Gerichts, einem halbmondförmigen Gemälde auf Holz von gut dreieinhalb Meter Durchmesser. Zuoberst thronte Christus in seiner Herrlichkeit und breitete die Hände mit den Wundmalen über das Drama zu seinen Füßen. Im Mittelpunkt stand offenkundig die Gestalt des Erzengels Michael. Er hielt ein mächtiges Schwert in der Rechten und in der Linken eine pendelnde Waage, mit der er die Seelen der Gerechten und Ungerechten wog. Links von ihm lauerte der Teufel mit schuppigem Schwanz und lüsternem Grinsen auf den Moment, da er seine Beute einfordern konnte. Die Tugendhaften erhoben die bleichen Hände im Gebet, die Verdammten bildeten eine wuselnde Masse dickwanstiger Hermaphroditen mit weit aufgerissenen Mündern. Neben ihnen schubste ein Trupp mit Mistgabeln und Ketten bewaffneter Unterteufel seine Opfer in den Rachen eines riesigen Fisches mit Zähnen wie Schwerter. Zur Linken war der Himmel als eine Art Hotel mit Zinnen und Türmchen dargestellt, vor dem ein Engel als Portier die nackten Seelen willkommen hieß. Sankt Peter im Pluviale und mit der Papstkrone auf dem Haupt empfing die Prominenz unter den Seligen. Alle waren nackt, trugen aber noch ihre Rangabzeichen: ein Kardinal seinen roten Hut, ein Bischof seine Mitra, König und Königin ihre Kronen. Dalgliesh fand diese mittelalterliche Himmelsvision wenig demokratisch. In den Mienen der Seligen las er ausnahmslos fromme Langeweile; die Verdammten wirkten entschieden lebendiger und zeigten eher Trotz als Reue, wenn sie mit den Füßen voran in den Fischrachen geworfen wurden. Einer – er war größer als die anderen – widersetzte sich gar seinem Schicksal und drehte dem heiligen Michael verächtlich eine lange Nase. Das »Weltgericht«, das ursprünglich einen exponierteren Platz eingenommen hatte, war dazu bestimmt gewesen, die Gläubigen des Mittelalters buchstäblich durch die Furcht vor der Hölle zu Tugendhaftigkeit und gesellschaftlicher Anpassung zu erziehen. Heute wurde das Bild von interessierten Gelehrten begutachtet oder von aufgeklärten Besuchern, über die die Höllenangst keine Gewalt mehr hatte und die den Himmel in dieser Welt suchten und nicht in der nächsten.

Während sie das Gemälde gemeinsam betrachteten, sagte Pater Martin: »Es ist schon ein außergewöhnliches ›Weltgericht‹, wahrscheinlich das beste hier zu Lande, trotzdem wünschte ich, wir könnten es anderswo ausstellen. Entstanden ist es wohl so um 1480. Ich weiß nicht, ob du das ›Weltgericht‹ in Wenhaston gesehen hast. Unseres gleicht dem so sehr, dass es vom selben Mönch aus Blythburgh gemalt worden sein muss. Aber während das von Wenhaston etliche Jahre der Witterung ausgesetzt war und restauriert werden musste, ist unseres weitgehend im Originalzustand erhalten. Wir hatten Glück. Das unsere wurde um 1930 in einer zweistöckigen Scheune bei Wisset entdeckt, wo man es als Raumteiler benutzte. Dort ist es wohl seit etwa 1800 im Trockenen gewesen.«

Pater Martin schaltete das Licht aus und plauderte fröhlich weiter. »Wir hatten auch einen sehr frühen einzeln stehenden Rundturm – du kennst vielleicht den in Bramfield –, aber der steht schon lange nicht mehr. Diesen Taufstein zierte ein Relief mit den sieben Sakramenten, aber wie du siehst, ist davon nur wenig erhalten geblieben. Nach der Legende wurde der Taufstein bei einem schlimmen Unwetter gegen Ende des achtzehnten Jahrhunderts an Land gespült. Aber wir wissen nicht, ob er ursprünglich hierher gehörte oder aus einer der im Meer versunkenen Kirchen stammt. Ja, viele Jahrhunderte sind in unserer Kirche vertreten – wie du siehst, haben wir auch noch vier Adelslogen aus dem siebzehnten Jahrhundert.«

Ungeachtet ihres Alters dachte Dalgliesh beim Anblick der Adelslogen wieder an die Viktorianer. Hier saßen der Gutsherr und die Seinen im eigenen Kirchengestühl, abgeschirmt von der übrigen Gemeinde und von der Kanzel aus kaum zu sehen. Er stellte sie sich beim Kirchgang vor und überlegte, ob sie wohl Kissen und Decken dabeihatten oder sich mit Brotzeit, Getränken und vielleicht sogar einem diskret verdeckten Buch versahen, um die Stunden der Enthaltsamkeit zu überbrücken und sich gegen die Monotonie der Predigt zu wappnen. Als Junge hatte er sich oft den Kopf darüber zerbrochen, was der Gutsherr wohl tat, falls er eine schwache Blase hatte. Wie schafften er oder auch die übrige Gemeinde es nur, die beiden Gottesdienste am Abendmahlssonntag durchzustehen, die langen Predigten, die gesprochene oder gesungene Litanei? War es vielleicht üblich, unter dem Sitz einen Nachttopf zu verstecken?

Und jetzt schritten sie durch den Mittelgang auf den Altar zu. Pater Martin trat an eine Säule hinter der Kanzel und betätigte einen Lichtschalter. Im Nu schien der dämmrige Kirchenraum in tiefer Dunkelheit zu versinken, indes gleichzeitig mit jähem theatralischem Effekt das Altarbild in leuchtenden Farben zum Leben erwachte. Für einen Moment war es, als lösten sich die Jungfrau Maria und der heilige Josef, die doch seit über fünfhundert Jahren in stiller Anbetung dort oben verharrten, von dem Holzgrund, auf den sie gemalt waren, und schwebten wie eine flackernde Vision in der unbewegten Luft. Maria war vor einem kunstvoll gewirkten goldbraunen Brokatteppich dargestellt, dessen reiche Pracht ihre Schlichtheit und Wehrlosigkeit betonte. Sie saß auf einem niederen Schemel und hielt den nackten Jesusknaben auf einem weißen Tuch in ihrem Schoß. Ihr Antlitz war ein blasses, vollendet geformtes Oval mit weichem Mund und schmaler Nase. Unter feingewölbten Brauen waren die Augen mit den schweren Lidern in staunender Ergebenheit auf das Kind gerichtet. Von der hohen, klaren Stirn fiel das rotbraune gewellte Haar über ihren blauen Mantel auf die zarten Hände und Finger, die einander im Gebet kaum berührten. Das Kind blickte zu ihr auf und reckte beide Arme wie in einer Vorausdeutung auf die Kreuzigung empor. Der rot gewandete Josef saß rechts im Bild, ein vorzeitig gealterter Wächter, der halb eingenickt war und sich schwer auf seinen Stock stützte.

Dalgliesh und Pater Martin verharrten einen Moment lang schweigend. Pater Martin sprach erst wieder, als er das Licht ausgeschaltet hatte, und Dalgliesh fragte sich, ob er prosaische Themen für pietätlos hielt, solange das Gemälde seinen Zauber ausstrahlte.

Jetzt sagte er: »Die Kunstexperten scheinen sich einig, dass es ein echter Rogier van der Weyden ist, entstanden vermutlich zwischen 1440 und 1445. Die beiden ursprünglich dazugehörigen Flügel waren wohl Heiligendarstellungen und den Porträts des Stifters nebst seiner Familie gewidmet.«

»Und was weiß man über die Herkunft des Bildes?«, fragte Dalgliesh.

»St. Anselm bekam es von Miss Arbuthnot geschenkt, ein Jahr nach unserer Gründung. Sie hatte es zum Altarbild bestimmt, und wir haben nie erwogen, ihm irgendeinen anderen Platz zu geben. Mein Vorgänger Pater Nicholas Warburg war es, der die Expertisen einholte. Er interessierte sich sehr für Malerei, insbesondere für die niederländische Renaissance, und er wollte unbedingt wissen, wie es um die Echtheit unseres Altarbildes bestellt war. In der Schenkungsurkunde von Miss Arbuthnot war lediglich vom Mittelteil eines Triptychons die Rede, einer Darstellung von Maria und Josef, die möglicherweise Rogier van der Weyden zuzuschreiben sei. Also ich finde ja, wir hätten es lieber dabei belassen sollen. Dann hätten wir uns an dem Altarbild erfreuen können, ohne ständig um seine Sicherheit bangen zu müssen.«

»Und wie kam Miss Arbuthnot an das Bild?«

»Oh, sie hat es gekauft. Eine adelige Familie veräußerte einige Kunstschätze, um ihr Landgut zu sanieren. So was in der Art. Ich glaube nicht, dass Miss Arbuthnot sehr viel dafür bezahlt hat. Einmal war die Zuordnung nicht geklärt, und selbst wenn man die Echtheit hätte nachweisen können, war van der Weyden um 1860 längst nicht so bekannt und geschätzt wie heute, wo ein solches Kunstwerk natürlich eine große Verantwortung mit sich bringt. Ich weiß, dass der Archidiakon sich sehr dafür einsetzt, dass das Bild hier wegkommt.«

»Und wohin?«

»Vielleicht in eine Kathedrale, wo die Sicherheitsvorkehrungen besser sind. Vielleicht sogar in eine Galerie oder ein Museum. Ich glaube, er hat Pater Sebastian sogar schon nahe gelegt, es zu verkaufen.«

»Und den Erlös den Armen zu spenden?«, fragte Dalgliesh.

»Na ja, der Kirche halt. Im Übrigen argumentiert er damit, dass man das Bild einem größeren Publikum zugänglich machen müsse. Warum sollte ein abgelegenes kleines Priesterseminar neben all unseren anderen Privilegien auch noch ein solches Kleinod für sich beanspruchen?«

Dalgliesh, der den bitteren Unterton aus Pater Martins Stimme wohl heraushörte, sagte nichts, und als fürchte er, zu weit gegangen zu sein, fuhr der Pater nach einer Pause einlenkend fort: »Natürlich sind das lauter stichhaltige Argumente. Und vielleicht sollten wir sie in Betracht ziehen, aber es ist eben schwer, sich die Kirche ohne das Altarbild vorzustellen. Es war Miss Arbuthnots ausdrücklicher Wunsch, dass es hier über dem Altar hängt, und ich finde, wir sollten uns jedem Ansinnen, es von hier fortzubringen, aufs Energischste widersetzen. Vom ›Weltgericht‹ könnte ich mich notfalls gut und gerne trennen, aber nicht von diesem Bild.«

Als sie sich vom Altar abwandten, war Dalgliesh allerdings mit weltlicheren Überlegungen beschäftigt. Er hätte sich auch ohne Sir Alreds Hinweis auf die prekäre Situation des Seminars denken können, dass St. Anselm einer unsicheren Zukunft entgegensah. Denn welche Aussichten hatte langfristig ein Priesterseminar, dessen Ethos sich nicht immer mit der herrschenden Meinung der Kirche deckte, das nur ganze zwanzig Kandidaten ausbildete und obendrein an einem so abgelegenen und kaum erreichbaren Ort angesiedelt war? Selbst wenn es momentan um die Zukunft von St. Anselm gut bestellt war, so konnte sich das durch den rätselhaften Tod von Ronald Treeves mit einem Schlage ändern. Aber wenn das Seminar schließen musste, was würde dann aus dem van der Weyden werden und aus den anderen Kostbarkeiten, die Miss Arbuthnot ihm vermacht hatte, und was aus den Gebäuden? Eingedenk ihrer Fotografie fiel es schwer zu glauben, dass sie diese Möglichkeit nicht, und sei es noch so widerstrebend, vorausgesehen und Vorkehrungen dagegen getroffen hatte. Und immer wieder landete man bei der zentralen Frage: Wer profitiert davon? Gern hätte er Pater Martin danach gefragt, wäre ihm das nicht taktlos und, zumal hier in der Kirche, unschicklich erschienen. Aber früher oder später würde er um diese Frage nicht herumkommen.

10

Die vier Gästeappartements waren von Miss Arbuthnot nach den vier lateinischen Kirchenvätern benannt worden: Ambrosius, Augustinus, Hieronimus und Gregor dem Großen. Doch nach diesem theologischen Konzept und der Entscheidung, die vier Cottages fürs Personal nach den Evangelisten zu benennen, war ihre Inspiration offenbar ins Stocken geraten, so dass die Studentenunterkünfte im Kreuzgang weniger phantasievoll, aber dafür zweckmäßiger lediglich nummeriert würden. Pater Martin sagte: »Wenn du als Junge in den Ferien hier warst, hast du immer in Jerome gewohnt. Vielleicht erinnerst du dich. Heute ist das unser einziges Doppelappartement, das Bett dürfte also bequem sein. Es ist der zweite Eingang von der Kirche aus. Einen Schlüssel kann ich dir leider nicht geben. Wir hatten noch nie Schlüssel für die Gästezimmer. Bei uns kommt ja nichts weg. Aber falls du irgendwelche Unterlagen hast, die unter Verschluss gehören, dann kannst du die im Safe deponieren. Ich hoffe, du wirst dich hier wohl fühlen, Adam. Wie du siehst, sind die Appartements seit deinem letzten Besuch renoviert worden.«

Und wirklich: War das Wohnzimmer zuvor ein heimelig überladener Hort für alle möglichen Möbel gewesen, die aussahen wie Überbleibsel vom Flohmarkt, wirkte es nun so nüchtern und funktional wie eine moderne Studentenbude. Nichts hier war überflüssig; unverspielte, schnittige Moderne hatte den individuellen Stil von einst abgelöst. Vor dem Fenster, das nach Westen aufs überwucherte Brachland hinausging, stand ein Tisch mit Schubfächern, der auch als Schreibtisch dienen konnte; zwei Sessel waren rechts und links vom Gasofen gruppiert; ein niedriges Tischchen, ein Bücherbord und eine Anrichte mit Resopalplatte und darauf ein Tablett mit elektrischem Wasserkocher, Teekanne und zwei Tassen nebst Untertassen vervollständigten die Einrichtung.

Pater Martin sagte: »In der Anrichte ist ein kleiner Kühlschrank eingebaut, da wird Mrs. Pilbeam dir jeden Tag eine Flasche Milch reinstellen. Wenn du nach oben gehst, wirst du sehen, dass wir einen Teil des Schlafzimmers abgetrennt und eine Dusche eingebaut haben. Sicher erinnerst du dich noch, dass du früher, wenn du hier warst, durch den Kreuzgang zum Hauptgebäude gehen musstest, um dort eins der Bäder zu benutzen.«

Und Dalgliesh erinnerte sich. Es war ihm immer ein besonderes Vergnügen gewesen, im Bademantel, ein Handtuch um die Schultern, in die frische Morgenluft hinauszutreten, um entweder das Bad aufzusuchen oder die halbe Meile zum Strand hinunterzugehen und vor dem Frühstück eine Runde zu schwimmen. Die kleine moderne Dusche war dafür ein kümmerlicher Ersatz.

»Wenn's dir recht ist, warte ich hier auf dich, während du deine Sachen auspackst«, sagte Pater Martin. »Da wären noch zwei Dinge, die ich dir zeigen möchte.«

Das Schlafzimmer war ebenso einfach möbliert wie der Wohnraum unten. Ein Doppelbett aus Holz mit Nachttisch und Leselampe, ein Einbauschrank, ein weiteres Bücherbord und ein Sessel. Dalgliesh zog den Reißverschluss seiner Reisetasche auf und hängte den einen Anzug, den mitzubringen er sich verpflichtet gefühlt hatte, auf einen Bügel. Nachdem er sich rasch frisch gemacht hatte, ging er wieder hinunter zu Pater Martin, der am Fenster stand und auf die Landspitze hinaussah. Als Dalgliesh eintrat, zog er ein zusammengefaltetes Blatt Papier aus der Tasche seiner Kutte.

»Hier habe ich etwas«, sagte er, »das du hier gelassen hast, als du vierzehn warst. Ich habe es dir nicht nachgeschickt, weil ich nicht wusste, ob es dir unangenehm wäre, dass ich es gelesen habe. Aber ich hab's aufgehoben, und vielleicht möchtest du es jetzt wiederhaben. Es sind vier Verszeilen. Man könnte sie wohl ein Gedicht nennen.«

Eine Einschätzung, die Dalgliesh eher fragwürdig schien. Mit einem unterdrückten Seufzer nahm er das Blatt, das der Pater ihm hinhielt. Welche jugendliche Torheit, Peinlichkeit oder Prahlerei würde jetzt aus der Versenkung auftauchen und ihn in Verlegenheit stürzen? Die Handschrift, die ihm vertraut und doch fremd vorkam und die er trotz aller Sorgfalt ein bisschen stockend und unfertig fand, versetzte ihn nachdrücklicher in die Vergangenheit zurück, als es irgendeine alte Fotografie vermocht hätte, weil sie viel persönlicher war. Gleichwohl fiel es schwer zu glauben, dass die Knabenhand, die dieses Oktavblatt beschrieben hatte, dieselbe war, die es jetzt zwischen den Fingern hielt.

Still las er die Zeilen:

DER HINTERBLIEBENE

»Wieder ein schöner Tag«, so sprachst du wie von ungefähr
    mit matter Stimme, leerem Blick, rasch im Vorübergehn.
Du sagtest nicht: »Lass mich unter deine Jacke schlüpfen,
    von außen die Sonne, innen klirrkaltes Eiseswehn.«

Das Gedicht beschwor eine eng mit seiner Kindheit verknüpfte Erinnerung herauf: sein Vater, wie er am offenen Grab die Trauerfeier hielt, die schwarz glänzenden Erdklumpen, die sich neben dem grellgrünen künstlichen Rasen türmten, ein paar Kränze, der Wind, der das Chorhemd des Vaters blähte, Blumenduft. Ihm fiel ein, dass diese Verse nach dem Begräbnis eines Kindes entstanden waren. Er erinnerte sich auch, wie er sich mit dem Kompositum in der letzten Zeile geplagt hatte, das ihm zu gestelzt erschienen war, für das er aber keinen brauchbaren Ersatz hatte finden können.

»Ich fand diese Zeilen außergewöhnlich für einen Vierzehnjährigen«, sagte Pater Martin. »Und wenn du sie nicht wiederhaben möchtest, würde ich sie gern behalten.«

Dalgliesh nickte stumm und gab ihm das Blatt zurück. Pater

Martin faltete es mit nachgerade kindlicher Freude zusammen und steckte es wieder ein.

»Sie wollten mir aber noch etwas zeigen, Pater«, sagte Dalgliesh.

»Ja, richtig. Vielleicht können wir uns setzen?«

Wieder verschwand Pater Martins Hand in den Tiefen seiner Tasche, und diesmal förderte er etwas Zusammengerolltes und mit einem Gummiband Umwickeltes hervor, das aussah wie ein Schulheft. Er glättete es auf seinem Schoß, faltete gleichsam beschützend die Hände darüber und sagte: »Bevor wir an den Strand gehen, würde ich dich bitten, dies zu lesen. Der Inhalt erklärt sich von selbst. Die Frau, die das geschrieben hat, starb am Abend des letzten Eintrags an einem Herzanfall. Mag sein, dass es mit Ronalds Tod überhaupt nichts zu tun hat. Der Meinung ist jedenfalls Pater Sebastian, dem ich die Aufzeichnungen gezeigt habe. Er meint, man könne sie getrost ignorieren. Vielleicht haben sie wirklich nichts zu bedeuten, aber ich bin doch beunruhigt und hielt es für eine gute Idee, dir das Heft hier, wo wir ganz ungestört sind, zu zeigen. Die beiden Einträge, die ich dich bitten möchte zu lesen, sind der erste und der letzte.«

Er reichte Dalgliesh das Heft und wartete schweigend, bis der Commander zu Ende gelesen hatte. »Wie sind Sie an die Aufzeichnungen gekommen, Pater?«, fragte er.

»Ich habe danach gesucht und sie gefunden. Margaret Munroe wurde am Freitag, den dreizehnten Oktober morgens um Viertel nach sechs von Ruby Pilbeam tot in ihrem Cottage aufgefunden. Mrs. Pilbeam war auf dem Weg zum Seminar, und sie wunderte sich, dass in St. Matthew so früh schon Licht brannte. Als Dr. Metcalf – das ist der praktische Arzt, der St. Anselm betreut – den Totenschein ausgestellt hatte und der Leichnam weggebracht worden war, fiel mir ein, dass ich Margaret seinerzeit nahe gelegt hatte, aufzuschreiben, wie sie Ronald gefunden hat, und ich war neugierig, ob sie meinem

Rat gefolgt war. Auf ihrem Briefpapier in der Schublade eines kleinen Sekretärs fand ich dieses Heft. Sie hatte überhaupt nicht versucht, es zu verstecken.«

»Und Ihres Wissens hat sonst niemand Kenntnis von diesem Tagebuch?«

»Niemand außer Pater Sebastian. Ich bin sicher, dass Margaret sich nicht einmal Mrs. Pilbeam anvertraut hat, die ihr vom Personal am nächsten stand. Und nichts deutete darauf hin, dass das Cottage durchsucht worden war. Die Tote sah ganz friedlich aus, als ich hinzugerufen wurde. Sie saß einfach in ihrem Sessel und hielt ihr Strickzeug im Schoß.«

»Und Sie haben keine Ahnung, worauf sie hier anspielt?«

»Nein. Aber es muss etwas sein, das sie am Tag, als Ronald starb, gesehen oder gehört hat und das zusammen mit Eric Surtees' Lauchstangen eine Erinnerung wachrief. Eric ist so eine Art Faktotum bei uns, er geht Reg Pilbeam zur Hand. Aber das weißt du natürlich bereits aus dem Tagebuch. Ich kann mir nicht vorstellen, was Margaret gemeint haben könnte.«

»Kam ihr Tod unerwartet?«

»Eigentlich nicht. Sie hatte seit Jahren starke Herzbeschwerden. Dr. Metcalf und der Facharzt, den sie in Ipswich konsultierte, haben beide mit ihr über die Möglichkeit einer Herztransplantation gesprochen, aber sie weigerte sich hartnäckig gegen jedwede Operation. Die wenigen Spenderherzen, die zur Verfügung stünden, sollten für junge Menschen und für die Eltern kleiner Kinder verwandt werden, sagte sie. Ich glaube, Margarets Lebenswille war nicht mehr sehr stark, seit ihr Sohn umgekommen war. Das war nichts Pathologisches, sie hing nur nicht mehr genug am Leben, um dafür zu kämpfen.«

Dalgliesh sagte: »Wenn ich darf, würde ich das Tagebuch gern behalten. Mag sein, dass Pater Sebastian Recht hat und die Aufzeichnungen ganz belanglos sind. Aber wenn man die näheren Umstände von Ronald Treeves' Tod untersuchen will, ist dieses Tagebuch doch ein interessantes Dokument.«

Er legte das Heft in seine Aktentasche, machte sie zu und stellte das Kombinationsschloss ein. Sie saßen noch eine Weile schweigend beisammen. Dalgliesh war es, als stünden unausgesprochene Ängste im Raum, manch vager Verdacht und ein Gefühl der Beklommenheit. Ronald Treeves war eines rätselhaften Todes gestorben, und eine Woche später war die Frau, die seinen Leichnam gefunden und die wenig später ein Geheimnis entdeckt hatte, das ihr wichtig erschien, ebenfalls tot. Das mochte nur ein Zufall sein. Bislang gab es keine Indizien, die auf einen gewaltsamen Tod hindeuteten, und wie Pater Martin schreckte auch Dalgliesh davor zurück, einen solchen Verdacht zu äußern.

»Hat Sie das Ergebnis der gerichtlichen Untersuchung überrascht?«, fragte er.

»Ein bisschen schon. Ich hätte erwartet, dass die Jury für Todesursache unbekannt votiert. Aber der Gedanke, dass Ronald sich umgebracht haben könnte und noch dazu auf eine so grauenvolle Weise, ist so entsetzlich, dass sich alles in uns dagegen sträubt.«

»Was war er für ein Mensch? Ist er glücklich gewesen in St. Anselm?«

»Ich weiß nicht so recht, auch wenn ich mir nicht denken kann, dass er sich in einem anderen Priesterseminar wohler gefühlt hätte. Er war intelligent und überaus fleißig, aber der arme Junge hatte so gar keinen Charme. Und er war erstaunlich rechthaberisch für sein Alter. Ich würde sagen, er trug eine Mischung aus einer gewissen Unsicherheit und einem gerüttelt Maß an Selbstgefälligkeit zur Schau. Er hatte keine speziellen Freunde – nicht, dass enge Freundschaften bei uns gefördert würden –, und ich kann mir vorstellen, dass er einsam war. Aber nichts an seinem Studium oder in seinem Lebenswandel deutete auf ausweglose Verzweiflung hin oder darauf, dass er versucht war, der schweren Sünde des Selbstmords anheim zu fallen. Aber wenn er sich umgebracht hat,

dann trifft uns zumindest eine Mitschuld. Wir hätten erkennen müssen, dass er litt. Doch er ließ sich nichts anmerken.«
»Und hat man sich in St. Anselm über seine Berufung gefreut?«

Pater Martin ließ sich Zeit mit der Antwort. »Pater Sebastian schon, aber ich frage mich, ob er sich nicht von Ronalds Zeugnissen blenden ließ. Der Junge war nicht so klug, wie er selber glaubte, auch wenn er sehr intelligent war. Ich hatte meine Zweifel, was seine Berufung anging. Mir schien, dass Ronald alles daransetzte, seinen Vater zu beeindrucken. In dessen Welt konnte er sich nicht mit ihm messen, aber er konnte einen Beruf wählen, der keinen direkten Vergleich zuließ. Und für einen Priester stellt der Machtfaktor immer eine Versuchung dar, besonders in der katholischen Kirche. Nach seiner Weihe hätte er die Absolution erteilen dürfen. Das zumindest konnte sein Vater nicht. Ich habe das sonst noch niemandem gesagt, und ich könnte mich durchaus irren, aber als über seine Bewerbung befunden wurde, sah ich mich in einer schwierigen Position. Es ist nie leicht für einen Rektor, wenn sein Vorgänger noch mit im Kollegium sitzt. Und ich hätte es nicht richtig gefunden, mich in diesem Fall gegen Pater Sebastian zu stellen.«

Auch wenn er sich nicht erklären konnte, warum, Dalglieshs Unbehagen wuchs, als er Pater Martin sagen hörte: »Und nun wirst du sicher gern sehen wollen, wo er gestorben ist.«

11

Eric Surtees verließ das Cottage St. John durch die Hintertür und ging zwischen seinen gepflegten Gemüsebeeten zum Stall hinüber, um Zwiesprache mit seinen Schweinen zu halten. Lily, Marigold, Daisy und Myrtle trabten ihm quiekend entgegen und reckten die rosigen Rüssel, um seine Witterung aufzunehmen. Egal, wie er aufgelegt war, ein Besuch in seinem selbst gebauten Schweinestall mit dem eingezäunten Weidepferch tat ihm eigentlich immer gut. Aber als er sich heute bückte, um Myrtle den Rücken zu kratzen, konnte ihn nichts von der bangen Last, die bleischwer auf seine Schultern drückte, befreien. Seine Halbschwester Karen hatte sich zum Tee angesagt. Normalerweise kam sie jedes dritte Wochenende aus London, und diese beiden Tage behielt er, unabhängig vom Wetter, stets sonnig in Erinnerung, sie machten die Wochen dazwischen wärmer und heiterer. In den letzten vier Jahren hatte Karen sein Leben so verändert, dass er sich gar nicht mehr vorstellen konnte, ohne sie zu sein. Normalerweise hätte er sich über ihren Besuch an diesem Wochenende ganz besonders gefreut, denn sie war erst letzten Sonntag bei ihm gewesen. Aber er wusste, dass sie kam, weil sie etwas von ihm wollte, ihn um etwas bitten musste, das er ihr in der vorigen Woche verweigert hatte. Und irgendwie würde er die Kraft aufbringen müssen, wieder Nein zu sagen.

An den Zaun gelehnt, überdachte er die letzten vier Jahre. Sein und Karens Verhältnis hatte anfangs unter keinem günstigen Stern gestanden. Als sie sich kennen lernten, war er sechsundzwanzig gewesen, sie drei Jahre jünger, und bis Karen zehn Jahre alt war, hatten er und seine Mutter gar nichts von ihrer Existenz gewusst. Sein Vater, der als Vertreter für eine große Verlagsgruppe arbeitete, hatte erfolgreich ein Doppelleben geführt, bis ihm nach zehn Jahren die finanzielle und körperliche Belastung sowie der komplizierte Balanceakt zu viel geworden waren, worauf er sich ganz mit seiner Geliebten zusammentat und die Familie verließ. Weder Eric noch seine Mutter waren darüber besonders traurig gewesen. Sie genoss nichts mehr, als Grund zu Klagen zu haben, und nun hatte ihr Mann ihr einen geliefert, mit dem sie die letzten zehn Jahre ihres Lebens in seliger Entrüstung gegen ihn zu Felde ziehen konnte. Sie kämpfte, allerdings erfolglos, um das Haus in London, verlangte das Sorgerecht für das einzige

Kind (darum gab es keinen Streit) und führte eine lange und erbitterte Kampagne um die Einkommensverteilung. Eric hatte seinen Vater nie wieder gesehen.

Das dreistöckige Haus gehörte zu einer viktorianischen Häuserzeile nicht weit vom U-Bahnhof Oval. Als seine Mutter nach langer Krankheit an Alzheimer gestorben war, blieb er allein dort wohnen. Der Anwalt seines Vaters hatte ihn wissen lassen, dass er bis zum Tode des Vaters mietfreies Bleiberecht habe. Vor vier Jahren war sein Vater auf einer Dienstreise einem schweren Herzanfall erlegen, und Eric erfuhr, dass er das Haus zu gleichen Teilen ihm und seiner Halbschwester vermacht hatte.

Beim Begräbnis des Vaters hatte er sie dann zum ersten Mal gesehen. Die Angelegenheit, die kaum einen würdigeren Namen verdiente, war im North London Crematorium abgewickelt worden, und zwar ohne geistlichen Beistand, ja sogar ohne Trauergäste bis auf ihn und Karen sowie zwei Vertreter des Verlagskonzerns. Das Ganze war in wenigen Minuten erledigt. Als sie aus dem Krematorium kamen, hatte seine Halbschwester ohne jede Einleitung zu ihm gesagt: »Dad wollte es so. Er hatte es nie mit der Religion. Er wollte keine Blumen und keine Trauerfeier. Wir müssen über das Haus reden, aber nicht jetzt. Ich habe einen dringenden Termin im Büro. Es war gar nicht leicht, mich loszueisen.«

Sie hatte sich nicht erboten, ihn mitzunehmen, und so kehrte er allein in das leere Haus zurück. Aber am nächsten Tag war sie vorbeigekommen. Er erinnerte sich noch genau, wie er ihr aufgemacht hatte. Wie schon beim Begräbnis trug sie enge schwarze Lederhosen, einen ausgeleierten roten Pullover und hochhackige Stiefel. Ihre Stachelfrisur sah aus wie gegelt, und in ihrem linken Nasenflügel glitzerte ein Brillant. Sie fiel ziemlich aus dem Rahmen, aber Eric stellte zu seiner Überraschung fest, dass ihm ihr Aussehen gefiel. Schweigend begaben sie sich in das selten benutzte Vorderzimmer, und sie nahm erst mit prüfendem, dann abschätzigem Blick die Hinterlassenschaft seiner Mutter in Augenschein, die klobigen Möbel, die er nie ersetzt hatte, die staubigen Vorhänge, die mit dem Muster zur Straße hin aufgehängt waren, und den Haufen kitschiger Souvenirs, die seine Mutter von ihren Urlaubsreisen nach Spanien mitgebracht hatte.

»Wir müssen entscheiden, was mit dem Haus geschehen soll«, sagte sie. »Entweder wir verkaufen es und teilen uns den Erlös, oder wir vermieten. Wir könnten auch ein bisschen Geld reinstecken, es umbauen und drei Studiowohnungen draus machen. Das wäre nicht billig, aber Dad hat eine Lebensversicherung hinterlassen, und die würde ich reinbuttern, wenn ich dafür einen höheren Mietanteil kriege. Was hast du denn eigentlich für Pläne? Ich meine, willst du weiterhin hier wohnen?«

»Eigentlich möchte ich nicht in London bleiben«, sagte er. »Ich dachte gerade, wenn wir das Haus verkaufen, hätte ich das Geld, um mir irgendwo ein kleines Cottage zu kaufen. Vielleicht versuche ich's mit Gemüseanbau, irgendwas in der Richtung.«

»Dann wärst du schön dumm. Dazu bräuchte man mehr Startkapital, als du vermutlich kriegen wirst, und verdienen kann man mit einer Gärtnerei auch nichts, jedenfalls nicht in der Größenordnung, die dir vorschwebt. Aber wenn du hier wegwillst, dann möchtest du bestimmt verkaufen.«

Er dachte: Sie weiß, was sie will, und sie wird sich am Ende durchsetzen, ganz gleich, was ich sage. Aber im Grunde war es ihm ziemlich egal. Vor Staunen wie benommen, folgte er ihr von Zimmer zu Zimmer.

»Ich wär' nicht dagegen, es zu behalten, wenn es das ist, was du willst«, sagte er.

»Es geht nicht darum, was ich will, sondern was für uns beide am vernünftigsten ist. Der Immobilienmarkt steht gut im Moment, und die Preise werden vermutlich noch weiter steigen.

Wenn wir umbauen, würde das den Wert des Gebäudes als Einfamilienhaus natürlich mindern. Andererseits brächten die Mieten uns ein festes Einkommen.«

Und wie vorauszusehen, war es denn auch auf diese Lösung hinausgelaufen. Er wusste, dass sie ihn anfangs verachtet hatte, aber als sie dann zusammenarbeiteten, änderte sich ihre Meinung spürbar. Überrascht und hoch erfreut stellte sie fest, wie geschickt er mit seinen Händen war, wie viel Geld sie einsparten, weil er malern und tapezieren konnte, Regale anbringen und Schränke einbauen. Er hatte sich nie die Mühe gemacht, das Haus, das nur dem Namen nach sein Heim war, zu verschönern. Jetzt entdeckte er in sich ungeahnte und befriedigende Fähigkeiten. Für die Hauptarbeiten nahmen sie sich einen Klempner, einen Elektriker und einen Maurer, aber vieles machte Eric selber. So wurden sie zu unfreiwilligen Partnern. Samstags gingen sie einkaufen, klapperten die Läden nach Secondhand-Möbeln ab oder nach Sonderangeboten für Bettwäsche und Besteck und führten dann einander mit dem Stolz glücklicher Kinder ihre Schnäppchen vor. Er zeigte ihr, wie man mit einer Lötlampe umgeht, bestand darauf, Holzteile fachgerecht vorzubehandeln, ehe sie angestrichen wurden, obwohl sie das für einen unnötigen Aufwand hielt, verblüffte sie durch die hingebungsvolle Sorgfalt, mit der er die Einbauschränke für die Küche vermaß und montierte. Während der Arbeit plauderte Karen über ihr Leben, ihre Tätigkeit als freischaffende Journalistin, bei der sie sich langsam einen Namen machte, ihre Freude darüber, sich eine Autorenzeile erschrieben zu haben, den Klatsch und die Gehässigkeiten und Skandälchen der literarischen Welt, die sie am Rande miterlebte. Eine Welt, die ihm so fremd vorkam, dass er froh war, sich nicht auf sie einlassen zu müssen. Er träumte von einem Cottage, einem Gemüsegarten und manchmal von seiner heimlichen Passion, der Schweinezucht.

Und er konnte sich an den Tag erinnern – natürlich konnte er das! – , an dem sie ein Liebespaar geworden waren. Er hatte an einem der Südfenster Jalousien angebracht, und dann strichen sie gemeinsam die Wände mit Emulsionsfarbe. Sie arbeitete sehr engagiert und erklärte mittendrin, sie sei total verschwitzt und voller Farbe und würde jetzt duschen gehen. Dabei könne sie auch gleich das neu eingebaute Bad testen. Also hatte auch er eine Pause gemacht, sich im Schneidersitz an die letzte noch ungestrichene Wand gelehnt und zugesehen, wie das Licht, das durch die halb geöffneten Jalousien hereinfiel, ein Streifenmuster auf den farbbeklecksten Boden warf. Heitere Zufriedenheit stieg in ihm hoch.

Und dann war sie hereingekommen, nackt bis auf das Handtuch, das sie um die Hüften geschlungen hatte. Sie trug eine große Bademmatte über dem Arm. Die breitete sie auf dem Boden aus, kauerte sich darauf nieder und streckte ihm lachend die Arme entgegen. Wie in Trance hatte er sich vor sie hingekniet und geflüstert: »Aber das geht nicht, es geht nicht. Wir sind doch Bruder und Schwester.«

»Nur Halbgeschwister. Und das ist auch gut so, da bleibt's in der Familie.«

»Die Jalousie«, hatte er geflüstert, »es ist zu hell.«

Sie war aufgesprungen und hatte die Jalousie geschlossen. Jetzt war es fast dunkel im Zimmer. Als sie zu ihm zurückkam, nahm sie seinen Kopf zwischen ihre Brüste.

Für ihn war es das erste Mal gewesen, und es hatte sein Leben verändert. Er wusste, dass sie ihn nicht liebte, und er liebte sie damals auch noch nicht. Während dieser rauschhaften Umarmung und auch später, wenn sie miteinander schliefen, hatte er die Augen geschlossen und sich ganz seinen geheimen Phantasien hingegeben, romantisch, zärtlich, leidenschaftlich, schamlos. All die Wunschbilder, die in seinem Kopf herumgeisterten, wurden Wirklichkeit. Und eines Tages dann, als sie sich weniger unbequem im Bett liebten, hatte er die Augen aufgeschlagen und in die ihren geschaut und gewusst, dass es Liebe war.

Karen hatte für ihn die Stelle in St. Anselm gefunden. Sie war wegen einer Reportage in Ipswich gewesen und hatte sich dort zufällig die »East Anglian Daily News« gekauft. Wieder zurück in London, war sie noch am selben Abend ins Haus gekommen, wo er wegen der andauernden Umbauten inzwischen im Keller kampierte, und hatte die Zeitung mitgebracht. »Das wäre vielleicht was für dich. Ein Priesterseminar sucht eine Hilfskraft. Südlich von Lowestoft, das dürfte selbst dir einsam genug sein. Sie bieten ein Cottage, und anscheinend gibt's auch einen Garten, und sie würden dir wohl auch erlauben, Hühner zu halten, wenn du das willst.«

»Ich will keine Hühner, ich hätte lieber Schweine.«

»Gut, dann eben Schweine, wenn sie nicht zu sehr stinken. Verdienen würdest du nicht viel, aber von den Mieteinnahmen fürs Haus dürften für dich zweihundertfünfzig Pfund pro Woche rausspringen, davon könntest du wohl einiges auf die Seite legen. Na, wie findest du das?«

Er fand, es sei fast zu schön, um wahr zu sein.

»Kann sein«, sagte sie, »dass die eigentlich ein Ehepaar wollen, auch wenn das nicht in der Annonce steht. Aber wir sollten keine Zeit verlieren. Wenn du willst, fahre ich dich gleich morgen früh hin. Am besten, du rufst gleich an und bittest um einen Termin, die Telefonnummer ist angegeben.«

Am nächsten Tag fuhr sie ihn nach Suffolk. Sie ließ ihn vor dem Seminar aussteigen und sagte, sie würde in einer Stunde wiederkommen und auf ihn warten. Er hatte ein Vorstellungsgespräch mit Pater Sebastian Morell und Pater Martin Petrie. Eric hatte befürchtet, sie könnten vielleicht die Referenzen eines Pfarrers verlangen oder ihn fragen, ob er regelmäßig zur Kirche gehe, aber dann war von Religion überhaupt nicht die Rede gewesen.

Karen hatte gesagt: »Ein Zeugnis kannst du dir problemlos für deine Tätigkeit im Rathaus ausstellen lassen. Aber du solltest lieber dafür sorgen, dass sie deine handwerklichen Fähigkeiten kennen lernen. Die suchen nämlich keinen stumpfsinnigen Bürohengst. Ich habe einen Fotoapparat mitgebracht, und ich werde die Schränke, Regale und Einbauten, die du gemacht hast, aufnehmen. Dann kannst du ihnen die Bilder zeigen, denn du musst dich gut verkaufen, merk dir das!«

Doch er brauchte sich nicht zu verkaufen. Er hatte einfach ihre Fragen beantwortet und mit geradezu rührender Beflissenheit, die bewies, wie sehr er sich den Posten wünschte, seine Fotos vorgelegt. Sie hatten ihm das Cottage gezeigt. Es war größer, als er erwartet oder sich erträumt hatte, es lag etwa achtzig Meter hinter dem Hauptgebäude, mit freiem Blick aufs überwucherte Brachland, und es hatte einen kleinen, verwilderten Garten. Von den Schweinen hatte er nichts gesagt. Erst als er schon über einen Monat in St. Anselm war, rückte er damit heraus, und niemand erhob Einwände. Nur Pater Martin hatte ein bisschen ängstlich gefragt: »Sie werden doch nicht ausbrechen, Eric, oder?«, als ob er vorgehabt hätte, Schäferhunde zu züchten.

»Nein, Pater. Ich dachte, ich könnte einen Stall und einen Pferch für sie bauen. Natürlich werde ich Ihnen die Pläne zeigen, bevor ich das Holz kaufe.«

»Aber was ist mit dem Gestank?«, fragte Pater Sebastian. »Man sagt zwar, Schweine stinken nicht, aber ich kann sie in der Regel riechen, was vielleicht daran liegen mag, dass ich eine feinere Nase habe als die meisten Menschen.«

»Nein, sie werden nicht stinken, Pater. Schweine sind sehr saubere Geschöpfe.«

Und so hatte er sein Cottage, seinen Garten, seine Schweine, und einmal alle drei Wochen Karen. Er konnte sich kein zufriedeneres Leben denken.

In St. Anselm fand er den Frieden, nach dem er sein Leben lang gesucht hatte. Er verstand selbst nicht, warum diese Sehnsucht, Lärm, Streit und belastender Disharmonie zu entfliehen, so groß war, zumal sich sein Vater nie gewalttätig gegen ihn gezeigt hatte. Die meiste Zeit war er gar nicht da gewesen, und wenn er da war, äußerten sich die Zwistigkeiten zwischen seinen Eltern mehr in grummelnden Sticheleien als in lautstarken, offenen Auseinandersetzungen. Was er für anerzogene Schüchternheit hielt, hatte anscheinend von Kindheit an zu seinem Wesen gehört. Schon als er im Rathaus arbeitete – kaum ein besonders anregender oder herausfordernder Job –, hatte er sich von den sporadischen Kabbeleien und den kleinen Fehden fern gehalten, die manche Kollegen offenbar brauchten, ja regelrecht provozierten. Bis er Karen kennen und lieben lernte, war ihm keine Gesellschaft der Welt wünschenswerter erschienen als die eigene.

Und jetzt hatte er mit diesem Frieden, dieser Geborgenheit, seinem Garten und seinen Schweinen, einer Arbeit, die ihm Spaß machte und Anerkennung fand, und dank Karens regelmäßiger Besuche ein Leben gefunden, das wie maßgeschneidert für ihn war. Doch mit der Ernennung Archidiakon Cramptons zum Kurator war auf einmal alles anders geworden. Die Angst vor dem, was Karen von ihm verlangen würde, war harmlos im Vergleich zu dem Albdruck, der seit der Berufung des Archidiakons auf ihm lastete.

Vor dem Antrittsbesuch des Archidiakons hatte Pater Sebastian zu ihm gesagt: »Der Archidiakon wird vielleicht auch bei Ihnen vorbeischauen, Eric, irgendwann am Sonntag oder Montag. Der Bischof hat ihn zum Kurator ernannt, und ich nehme an, er wird es für nötig finden, gewisse Fragen zu stellen.«

Die Art, wie Pater Sebastian die letzten Worte betonte, hatte Eric stutzig gemacht.

»Fragen zu meiner Arbeit hier, Pater?«

»Zu deinen Vertragsbedingungen und überhaupt zu allem, was ihm in den Sinn kommt. Vielleicht wird er sich auch im Cottage umsehen wollen.«

Und das wollte er in der Tat. Montagmorgen kurz nach neun war er gekommen. Karen war ausnahmsweise Sonntagnacht

noch geblieben und um halb acht auf die letzte Minute losge-
fahren. Um zehn hatte sie einen Termin in London und war
bedenklich spät dran. Am Montagmorgen herrschte auf der A
12 immer schrecklich viel Verkehr, besonders Richtung London. In der Eile – und Karen war immer in Eile – hatte sie vergessen, dass ihr BH und ein Schlüpfer noch auf der Wäsche-
leine neben dem Cottage hingen. Sie waren das Erste, was der
Archidiakon sah, als er des Weges kam.
Ohne sich vorzustellen, sagte er: »Ich wusste nicht, dass Sie
Besuch haben.«
Eric riss die anstößigen Wäschestücke von der Leine und
stopfte sie in seine Tasche. Er wusste gleich, dass diese halb
verlegene, halb verstohlene Reaktion ein Fehler war.
»Meine Schwester ist am Wochenende hier gewesen, Pater«,
sagte er.
»Ich bin nicht Ihr Vater, und ich benutze diesen Titel nicht.
Sie können mich Archidiakon nennen.«
»Ja, Herr Archidiakon.«
Er war sehr groß, bestimmt über einsachtzig, hatte ein kanti-
ges Gesicht mit wachen, flinken Augen unter dichten, aber
wohlgeformten Brauen und trug einen Bart.
Schweigend gingen sie zum Schweinestall. Wenigstens, dach-
te Eric, würde er am Garten nichts zu beanstanden finden.
Die Schweine begrüßten sie mit viel lauterem Gequieke als ge-
wöhnlich. Der Archidiakon sagte: »Ich wusste gar nicht, dass
Sie Schweine halten. Versorgen Sie das Seminar mit Fleisch?«
»Manchmal, Herr Archidiakon. Aber in St. Anselm wird nicht
viel Schweinefleisch gegessen, und alles andere liefert der
Metzger aus Lowestoft. Ich halte nur Schweine. Ich habe
Pater Sebastian gefragt, ob ich darf, und er hat's erlaubt.«
»Wie viel von Ihrer Zeit nehmen die Tiere in Anspruch?«
»Nicht viel, Pat… Nicht viel, Herr Archidiakon.«
»Sie scheinen mir ungewöhnlich laut, aber sie stinken wenigs-
tens nicht.«

Darauf gab es nichts zu sagen. Der Archidiakon wandte sich zurück zum Haus, und Eric folgte ihm. Im Wohnzimmer wies er stumm auf einen der vier Binsenstühle am quadratischen Tisch. Der Archidiakon schien die Einladung nicht zur Kenntnis zu nehmen. Er stand mit dem Rücken zum Kamin und musterte den Raum: die beiden Sessel – der eine ein Schaukelstuhl, der andere ein Windsorstuhl mit gepolstertem Patchworkkissen –, das niedrige Bücherregal, das eine ganze Wand einnahm, und die Poster, die Karen mitgebracht und mit Posterstrips aufgehängt hatte.

Der Archidiakon sagte: »Ich nehme an, das Zeug, mit dem Sie diese Poster angebracht haben, beschädigt die Wände nicht?«

»Nein, das ist etwas ganz Spezielles. So ähnlich wie Kaugummi.«

Dann zog der Archidiakon abrupt einen Stuhl heran, setzte sich und bedeutete Eric, er möge ebenfalls Platz nehmen. Die Fragen, die nun folgten, waren nicht aggressiv, trotzdem fühlte Eric sich wie ein Verdächtiger, der eines noch ungenannten Verbrechens beschuldigt wird.

»Wie lange arbeiten Sie schon hier? Seit vier Jahren, nicht wahr?«

»Ja, Herr Archidiakon.«

»Und worin genau bestehen Ihre Aufgaben?«

Seine Aufgaben waren nie genau definiert worden. Eric sagte: »Ich bin eine Art Mädchen für alles. Ich mache sämtliche Reparaturen bis auf die elektrischen Leitungen, und ich halte die Außenbereiche sauber, das heißt, ich schrubbe den Kreuzgang, kehre den Vorhof und putze die Fenster. Für die Reinigung der Innenräume ist Mrs. Pilbeam zuständig, und dann kommt noch eine Frau aus Reydon, die geht ihr zur Hand.«

»Nicht gerade eine beschwerliche Arbeit. Der Garten scheint gut in Schuss. Haben Sie Spaß an Gartenarbeit?«

»O ja, sehr.«

»Aber der hier ist wohl kaum groß genug, um den Gemüse-
bedarf des Seminars zu decken.«

»Den ganzen nicht, nein, aber ich ernte doch weit mehr, als
ich für mich brauche, und das Übrige bringe ich Mrs. Pilbeam
in die Küche, und manchmal gebe ich auch den Leuten in den
anderen Cottages etwas ab.«

»Bezahlen die dafür?«

»O nein, Herr Archidiakon. Niemand zahlt.«

»Und was verdienen Sie mit diesen nicht sehr anstrengenden
Arbeiten?«

»Ich bekomme den Mindestlohn, berechnet für fünf Arbeits-
stunden täglich.«

Er sagte nicht, dass weder er noch das Seminar es mit der
Abrechnung der Stunden allzu genau nahmen. Manchmal war
er in weniger als fünf Stunden fertig, manchmal brauchte er
auch länger.

»Und zusätzlich wohnen Sie hier mietfrei. Aber Heizung,
Licht und natürlich Ihre Gemeindesteuer zahlen Sie doch
wohl selber?«

»Ich zahle die Gemeindesteuer.«

»Und was ist mit den Sonntagen?«

»Sonntags habe ich frei.«

»Ich dachte an die Kirche. Nehmen Sie hier am Gottesdienst
teil?«

Er ging manchmal zur Kirche, aber nur in die Abendandacht.
Dann setzte er sich ganz nach hinten und lauschte der Musik
und den getragenen Stimmen Pater Sebastians und Pater
Martins, deren Worte ihm fremd waren, aber wunderschön
anzuhören. Doch das konnte es nicht sein, was der Archidiakon meinte.

Er sagte: »Normalerweise gehe ich sonntags nicht zur Kirche.«

»Aber hat Pater Sebastian sich denn danach nicht erkundigt,
als er Sie einstellte?«

»Nein, Herr Archidiakon. Er hat mich gefragt, ob ich mit der Arbeit zurechtkommen würde.«

»Er hat Sie nicht gefragt, ob Sie Christ sind?«

Und hierauf hatte er immerhin eine Antwort parat. »Ich bin Christ, Herr Archidiakon. Ich wurde als Kind getauft. Irgendwo habe ich noch den Taufschein.« Er blickte vage um sich, als könne der Taufschein mit dem rührseligen Bildchen von Jesus, der die Kinder segnet, plötzlich irgendwo auftauchen. Der Archidiakon schwieg. Eric begriff, dass seine Antwort nicht zufriedenstellend gewesen war. Er überlegte, ob er ihm Kaffee anbieten solle, aber dafür war es um halb zehn gewiss noch zu früh. Das Schweigen zog sich in die Länge, und dann stand der Archidiakon auf.

»Ich sehe«, sagte er, »dass Sie hier ein sehr bequemes Leben haben, und Pater Sebastian scheint auch mit Ihnen zufrieden zu sein, aber nichts währet ewig, und sei es noch so angenehm. St. Anselm besteht nun seit hundertvierzig Jahren, aber die Kirche – wie die Welt überhaupt – hat sich in dieser Zeit grundlegend verändert. Ich würde Ihnen raten, wenn Sie von einer anderen Stelle hören, die Ihnen zusagt, dann denken Sie ernsthaft daran, sich zu bewerben!«

»Sie meinen, St. Anselm könnte geschlossen werden?«, fragte Eric.

Er spürte, dass der Archidiakon mehr verraten hatte als beabsichtigt.

»Das habe ich nicht gesagt. Und um solche Fragen brauchen Sie sich auch nicht zu kümmern. Ich mache Sie nur in Ihrem eigenen Interesse darauf aufmerksam, dass Sie nicht denken sollten, Sie hätten hier eine Lebensstellung, das ist alles.«

Und dann ging er. Eric stand in der Tür und sah ihm nach, wie er über die Landspitze aufs Seminar zuschritt. Seine Gefühle waren in Aufruhr. Sein Magen schlingerte, und er hatte einen gallebitteren Geschmack im Mund. Er, der in seinem Leben die großen Emotionen tunlichst gemieden hatte, erlebte heute zum zweiten Mal eine schier überwältigende physische Reaktion. Beim ersten Mal war es die Erkenntnis gewesen, dass er Karen liebte. Aber diesmal war die Empfindung anders, genauso stark, aber bedrohlicher. Und er wusste, dass das, was er zum ersten Mal in seinem Leben fühlte, Hass war – der Hass auf einen anderen Menschen.

12

Dalgliesh wartete in der Halle, während Pater Martin in sein Zimmer ging, um seine schwarze Kutte zu holen. Als er wiederkam, fragte Dalgliesh: »Sollen wir bis zu den Klippen mit dem Auto fahren?« Er selbst wäre lieber die ganze Strecke gelaufen, aber er wusste, dass der Fußmarsch am Strand entlang seinen Begleiter sehr anstrengen würde, und das nicht nur körperlich.

Pater Martin ging sichtlich erleichtert auf den Vorschlag ein. Keiner von beiden sprach, bis sie die Stelle erreichten, wo der Küstenpfad westwärts zur Straße nach Lowestoft abschwenkte. Vorsichtig lenkte Dalgliesh seinen Jaguar auf den Seitenstreifen und beugte sich dann zu Pater Martin hinüber, um ihm beim Öffnen des Gurts zu helfen. Er hielt ihm auch die Tür auf, und sie machten sich auf den Weg zum Strand.

Als der befestigte Weg endete, gingen sie zwischen hüfthohem Gestrüpp und Farndickicht über einen schmalen Sandpfad mit niedergetretenen Grasfurchen weiter. An den Stellen, wo die Büsche so hoch standen, dass sie sich von beiden Seiten über den Weg wölbten, tappten sie gleichsam durch einen dämmrigen Tunnel, in den die Meeresbrandung nur noch wie ein fernes, rhythmisches Seufzen hereindrang. An den Farnwedeln zeigten sich bereits die ersten spröden Goldspitzen, und es war, als ob sie mit jedem Schritt auf dem federnden Grund unverkennbar melancholische Herbstdüfte auslösten. Als sie aus dem Halbdunkel traten, lag Ballard's Mere vor ihnen, dessen düster glatter Spiegel nur durch ein gut fünfzig Meter breites Kiesband vom weiß schäumenden Meer getrennt wurde. Dalgliesh kam es so vor, als seien die schwarzen Baumstümpfe weniger geworden, die prähistorischen Denkmälern gleich den Strandsee bewachten. Er hielt Ausschau nach dem Schiffswrack, sah aber nur ein einziges schwarzes Rundholz in Form einer Haifischflosse aus dem glatten Sandstreifen herausragen.

Hier war der Zugang zum Strand so leicht, dass die halb mit Sand verwehten sechs Holzstufen und das einseitige Geländer fast überflüssig schienen. In einer kleinen Mulde oberhalb der Treppe stand eine ungestrichene Eichenhütte, rechteckig und größer als die üblichen Strandhäuschen. Daneben war unter einer Plane Holz gestapelt. Dalgliesh lüpfte einen Zipfel und sah einen ordentlich aufgeschichteten Haufen teils blau gestrichener Bretter und Balkenteile.

Pater Martin sagte: »Das sind die Reste unserer alten Badehütte. Sie war ganz ähnlich wie die bunten am Strand von Southwold, aber Pater Sebastian fand, als Einzelstück passe sie nicht hierher. Sie war auch schon ziemlich verfallen und ein rechter Schandfleck, also haben wir sie abgerissen. Pater Sebastian meinte, eine schlichte, ungestrichene Holzhütte würde besser aussehen. Dieser Strand ist so einsam, dass wir die Hütte kaum brauchen, wenn wir zum Baden herkommen, aber irgendeinen Ort zum Umkleiden sollte man wohl haben. Wir wollen ja unseren Ruf als Exzentriker nicht noch fördern. Außerdem ist in der Hütte auch unser kleines Rettungsboot untergebracht. Das Schwimmen an dieser Küste kann ja riskant sein.«

Dalgliesh hatte das Stück Holz aus der Asservatenkammer nicht mitgebracht, aber er zweifelte nicht daran, dass es von der alten Hütte stammte. Hatte Ronald Treeves es zufällig aufgehoben, wie man mitunter am Strand ein Stück Holz auflas, ohne eine besondere Absicht außer vielleicht der, es ins Meer zu werfen? Hatte er es hier gefunden oder weiter drüben auf dem Kiesstreifen? Hatte er mit ihm das überhängende Sandriff über seinem Kopf herunterschlagen wollen? Oder war noch jemand hier gewesen und hatte dieser jemand das Holzstück bei sich getragen? Aber Ronald Treeves war ein junger Mann gewesen, vermutlich gut in Form und kräftig. Wie hätte man ihn in diese mörderische Sandlawine zwingen können, ohne dass er einen einzigen Kratzer abbekam?

Die Flut ging zurück, und sie gelangten hinunter zu dem glatten, feuchten Sandstreifen, an dessen Saum sich die Wellen kräuselten. Sie mussten über zwei Buhnen klettern, die neu waren. Die dazwischen, an die Dalgliesh sich aus den Sommern seiner Kindheit erinnerte, waren jetzt nur mehr ein paar durch morsche Planken verbundene abgeflachte, tief im Sand versunkene Pfosten.

Pater Martin raffte seine Kutte, als er über das glitschig grüne Ende einer Buhne hinwegstieg, und sagte: »Diese neuen Buhnen hat die EU finanziert. Sie gehören zum Küstenschutzprogramm. An einigen Stellen haben sie auch den Strandverlauf geändert. Wahrscheinlich sind jetzt mehr Sandstrände da als in deiner Erinnerung.«

Sie waren etwa zweihundert Meter weit gegangen, als Pater Martin ruhig sagte: »Hier ist es«, und auf die Klippen zusteuerte. Dalgliesh sah ein Kreuz im Sand stecken, ein Provisorium aus zwei zusammengebundenen Treibholzstücken.

»Am Tag nachdem Ronald gefunden wurde, haben wir das Kreuz aufgestellt«, sagte Pater Martin. »Und bis jetzt hat es sich gehalten. Die Spaziergänger, die hier vorbeikommen, mochten wohl nicht daran rühren. Aber sehr lange wird es nicht stehen bleiben, denn wenn erst einmal die Winterstürme einsetzen, dann reichen die Wellen bis hier herauf.«

Über dem Kreuz leuchteten die Sandklippen in satten Terrakottatönen. An manchen Stellen sahen sie aus wie mit einem

Spaten abgetrennt. An den Kanten zitterten die Halme des schmalen Grasstreifens im sanften Lufthauch. Überall zeugten tiefe Risse und Spalten unter überhängenden Simsen von der starken Erosion an diesem Klippenabschnitt. Es wäre, dachte Dalgliesh, durchaus möglich, sich mit dem Kopf unter so einen Vorsprung zu legen und so lange mit einem Stock darin herumzustochern, bis eine halbe Tonne schwerer Sand auf einen niederdonnerte. Allerdings würde eine solche Verzweiflungstat eine ungeheure Willensanstrengung voraussetzen. Dalgliesh konnte sich kaum eine qualvollere Todesart vorstellen. Und falls Ronald Treeves sich wirklich hatte umbringen wollen, wäre es da nicht gnädiger gewesen, einfach ins Meer hinauszuschwimmen, bis Kälte und Erschöpfung ihm die Kräfte nahmen? Bislang war zwischen ihm und Pater Martin das Wort »Selbstmord« noch nicht gefallen, aber jetzt schien es ihm an der Zeit, es auszusprechen.

»Dieser Tod, Pater, sieht eher nach einem Selbstmord aus als nach einem Unfall. Aber wenn Ronald Treeves sich umbringen wollte, warum hat er dann nicht in den Fluten den Tod gesucht?«

»Das hätte Ronald nie getan. Er hatte Angst vor dem Meer, er konnte nicht mal schwimmen. Er ist nie mit den anderen zum Baden gegangen, und ich glaube, ich habe ihn auch nie am Strand spazieren gehen sehen. Das ist einer der Gründe, warum ich überrascht war, dass er sich für St. Anselm entschieden hatte und nicht für ein anderes Priesterseminar.« Und nach einer kleinen Pause fuhr er fort: »Ich hatte schon befürchtet, dass du einen Selbstmord für wahrscheinlicher halten würdest als einen Unfall. Für uns eine schreckliche Vorstellung. Wenn Ronald sich umgebracht hat, ohne dass wir seine verzweifelte Lage auch nur ahnten, dann hätten wir ihn schmählich im Stich gelassen. Aber ich kann eigentlich nicht glauben, dass er in der Absicht hier herunterkam, eine für ihn unverzeihliche Sünde zu begehen.«

Dalgliesh sagte: »Er hat Kutte und Soutane ausgezogen und ordentlich zusammengelegt. Hätte er das getan, wenn er nur die Klippen raufkraxeln wollte?«

»Vielleicht. Unsere langen Gewänder würden einen beim Klettern sehr behindern. Doch es war etwas besonders Ergreifendes an diesem Kleiderhäufchen. Er hatte seine Sachen so akkurat und mit den Ärmeln nach innen gefaltet – als ob er für eine Reise gepackt hätte. Er war eben ein gründlicher Junge.«

Aber warum, dachte Dalgliesh, hätte er auf die Klippen klettern sollen? Was hätte er dort suchen können? Diese bröckligen Sandbänke, die unter ihrer dünnen Geröllschicht in stetem Wandel begriffen waren, eigneten sich wohl kaum als Versteck. Zwar konnte man gelegentlich einen interessanten Fund machen, etwa ein Stück Bernstein oder menschliche Knochen, die aus den längst im Meer versunkenen Friedhöfen heraufgespült wurden. Aber falls Treeves etwas dergleichen entdeckt hatte, wo war es jetzt? Bei seiner Leiche hatte man nichts weiter gefunden als jenes Holzstück.

Schweigend traten sie den Rückweg an. Dalgliesh passte seine langen Schritte dem etwas unsicheren Gang des Paters an. Der alte Geistliche hatte sich fest in seine schwarze Kutte gewickelt und zum Schutz gegen den Wind den Kopf eingezogen. Dalgliesh war es, als ginge der wandelnde Tod neben ihm.

Als sie wieder im Wagen saßen, sagte Dalgliesh: »Ich würde gern mit der Hausangestellten sprechen, die Mrs. Munroes Leiche gefunden hat – eine Mrs. Pilbeam, nicht wahr? Und es wäre hilfreich, wenn ich mit dem Arzt reden könnte, aber dafür lässt sich wohl schwer eine Begründung finden. Und ich möchte keinen unnötigen Verdacht säen. Diese Todesfälle haben auch so schon genug Kummer verursacht.«

Pater Martin sagte: »Dr. Metcalf kommt heute Nachmittag

ohnehin zu uns. Einer der Studenten, Peter Buckhurst, ist Ende des letzten Trimesters an Drüsenfieber erkrankt. Seine Eltern sind im Ausland tätig, und so haben wir ihn während der Ferien hier behalten, damit er die richtige Pflege bekommt. Wenn Metcalf bei uns Visite macht und noch ein Stündchen Zeit hat bis zu seinem nächsten Termin, nutzt er meist die Gelegenheit, seine beiden Hunde auszuführen. Vielleicht können wir ihn abpassen.«

Und sie hatten Glück. Als sie zwischen den Säulen in den Hof einfuhren, sahen sie vor dem Haus einen Range Rover parken. Und als Dalgliesh und Pater Martin ausstiegen, trat Dr. George Metcalf mit seiner Tasche aus dem Haus. An der Treppe drehte er sich noch einmal um und winkte jemandem zu, den die beiden Männer unten im Hof nicht sehen konnten. Der Arzt entpuppte sich als hoch gewachsener Mann mit wettergegerbtem Gesicht, der nach Dalglieshs Schätzung nicht mehr weit von der Pensionierung entfernt war. Er ging zum Range Rover und wurde, kaum dass er die Tür öffnete, von lautem Gebell begrüßt. Zwei Dalmatiner sprangen heraus und stürzten sich auf ihn. Laut fluchend rief der Arzt sie zur Ordnung; dann holte er zwei große Schüsseln und eine Plastikflasche aus dem Kofferraum und goss Wasser in die Näpfe. Im Nu hörte man eifriges Schlabbern, und die Hunde bedankten sich schwanzwedelnd.

»Guten Tag, Pater«, rief der Arzt, als Dalgliesh und Pater Martin auf ihn zukamen. »Sie können ganz unbesorgt sein, Peter erholt sich gut. Er sollte allerdings jetzt ein bisschen mehr nach draußen gehen. Weniger Theologie und mehr frische Luft. Ich laufe rasch noch mit Ajax und Jasper runter zum Ballard's Mere. Sie sind hoffentlich gesund und munter?«

»Ja, mir geht's gut, danke George. Das ist übrigens Adam Dalgliesh aus London. Er wird ein paar Tage bei uns zu Gast sein.«

Der Arzt wandte sich Dalgliesh zu, und während sie sich die

Hände schüttelten, nickte er anerkennend, als sei er mit Dalglieshs körperlicher Verfassung zufrieden.

Dalgliesh sagte: »Ich hätte gern Mrs. Munroe besucht, während ich hier bin, aber ich kam zu spät. Ich hatte keine Ahnung, dass sie so krank war, doch Pater Martin sagte mir, ihr Tod sei nicht unerwartet gekommen.«

Der Arzt zog das Jackett aus, zog einen übergroßen Pullover aus dem Wagen und vertauschte seine Schuhe mit Wanderstiefeln. »Mich kann der Tod noch immer überraschen. Da denkt man, ein Patient überlebt die nächste Woche nicht, und der rappelt sich auf und macht noch ein Jahr später seine Sperenzien. Und wenn man nun denkt, dass er mindestens noch sechs Monate durchhalten wird, kommt man eines Tages hin und stellt fest, er hat sich über Nacht davongestohlen. Darum stelle ich meinen Patienten auch nie Prognosen darüber, wie lange sie noch zu leben haben. Mrs. Munroe aber wusste, dass es um ihr Herz sehr schlecht stand – sie war schließlich Krankenschwester –, und ihr Tod hat mich keineswegs überrascht. Sie hätte jederzeit sterben können. Das wussten wir beide.«

»Was bedeutet«, sagte Dalgliesh, »dass St. Anselm der Kummer erspart blieb, so kurz nach der ersten eine zweite Obduktion zu erleben.«

»Bei Gott! Die war wirklich nicht nötig. Ich habe sie regelmäßig besucht und bin noch am Tag, bevor sie starb, bei ihr gewesen. Es tut mir Leid, dass Sie sie nicht mehr angetroffen haben. War sie eine alte Bekannte? Wusste sie von Ihrem Besuch?«

»Nein«, sagte Dalgliesh, »sie wusste nicht, dass ich komme.«

»Schade! Mit dieser Vorfreude hätte sie vielleicht durchgehalten. Bei Herzpatienten weiß man nie. Aber bei den anderen eigentlich auch nicht, wenn man's recht bedenkt.«

Er nickte zum Abschied und schritt davon. Die Hunde sprangen auf und trotteten neben ihm her.

Pater Martin sagte: »Wenn du willst, können wir jetzt nachsehen, ob Mrs. Pilbeam zu Hause ist. Ich bringe dich nur bis zur Tür und stelle dich vor, dann lasse ich euch allein.«

13

In St. Mark stand die Verandatür weit offen, und das herein-strömende Licht ergoss sich über den rot gefliesten Boden und spielte auf den Blättern der Pflanzen, die in Terrakotta-kübeln auf niederen Stellagen rechts und links vom Eingang aufgereiht waren. Pater Martin hatte kaum die Hand nach dem Türklopfer ausgestreckt, als auch schon die Innentür auf-ging und Mrs. Pilbeam lächelnd beiseite trat, um sie hereinzu-bitten. Pater Martin stellte Dalgliesh kurz vor und ging dann wieder, nachdem er an der Tür kurz innegehalten hatte, als wisse er nicht recht, ob man noch einen Segensspruch von ihm erwarte.

Dalgliesh betrat das voll gestopfte kleine Wohnzimmer mit dem wohlig wehmütigen Gefühl, einen Schritt zurück in die eigene Kindheit zu tun. In Zimmern wie diesem hatte er als Junge gesessen, wenn seine Mutter ihre Besuche in der Gemeinde machte. Damals saß er mit baumelnden Beinen am Tisch, aß Fruitcake oder zu Weihnachten Mince Pies und lauschte der leisen, verhaltenen Stimme seiner Mutter. Alles in diesem Raum war ihm vertraut: der kleine eiser-ne Ofen mit dem verzierten Abzug, der quadratische Tisch in der Mitte mit der roten Chenilledecke und einer gro-ßen Schusterpalme im grünen Übertopf, die zwei Sessel – einer davon ein Schaukelstuhl – zu beiden Seiten des Ka-mins sowie die Nippes auf dem Sims, zwei glupschäugige Staffordshirehunde, eine kitschige Vase mit der Aufschrift »Grüße aus Southend«, dazu eine silbergerahmte Foto-sammlung. An den Wänden hingen viktorianische Drucke in zeitgenössischen Nussbaumrahmen: »Seemanns Heimkehr«,

»Großpapas Liebling«, eine Wiese mit einer blitzsauberen Kinderschar nebst Eltern beim Kirchgang. Durch das weit geöffnete Südfenster sah man auf die Landspitze hinaus, und auf dem schmalen Sims standen allerlei kleine Behälter mit Kakteen und Usambaraveilchen. Das Einzige, was nicht hierher passte, war der große Fernseher mit Videorekorder in der Ecke.

Ruby Pilbeam war eine kleine, mollige Frau mit offenem, windgebräuntem Gesicht und blonden, sorgsam frisierten Locken. Die geblümte Schürze, die sie eben noch über dem Rock getragen hatte, hängte sie jetzt an einen Haken hinter der Tür. Sie bot Dalgliesh den Schaukelstuhl an, und als sie ihm gegenüber Platz genommen hatte, war der Commander versucht, sich behaglich schaukelnd zurückzulehnen.

Als sie sah, dass er die Bilder anschaute, sagte Mrs. Pilbeam: »Die hat mir meine Großmutter vererbt. Ich bin mit diesen Bildern aufgewachsen. Reg findet sie ein bisschen kitschig, aber mir gefallen sie. So malt heutzutage keiner mehr.«

»Nein«, sagte Dalgliesh, »das ist wohl wahr.«

Die Augen, die in die seinen blickten, waren sanft, aber hellwach. Sir Alred Treeves hatte darauf bestanden, dass die Untersuchung diskret geführt würde, doch das war nicht gleichbedeutend mit Geheimhaltung. Mrs. Pilbeam hatte ebenso Anspruch auf die Wahrheit wie Pater Sebastian; zumindest sollte sie so viel wie nötig davon erfahren.

»Es geht um den Tod von Ronald Treeves«, sagte er. »Sein Vater war nicht in England, als die gerichtliche Untersuchung stattfand, und er hat mich gebeten, ein paar Nachforschungen anzustellen, damit er weiß, was vom Urteil der Jury zu halten ist.«

»Pater Sebastian hat uns schon gesagt, dass Sie kommen und uns Fragen stellen werden«, sagte Mrs. Pilbeam. »Ist ein bisschen eigenartig von Sir Alred, nicht? Man sollte meinen, er täte gut daran, die Sache ruhen zu lassen.«

Dalgliesh sah sie an. »Waren Sie mit dem Befund zufrieden, Mrs. Pilbeam?«

»Also, ich habe die Leiche nicht gefunden, und ich war auch nicht bei der Untersuchung, denn eigentlich hatte ich ja nichts damit zu tun. Aber ein bisschen merkwürdig war's schon. Schließlich weiß jeder, dass unsere Klippen gefährlich sind. Der arme Junge ist nun einmal tot, und ich weiß nicht, was sein Vater sich davon verspricht, alles wieder aufzurühren.«

Dalgliesh sagte: »Mit Mrs. Munroe kann ich ja nun nicht mehr reden, aber ich wüsste gern, ob sie Ihnen erzählt hat, wie das war, als sie den Leichnam fand. Pater Martin sagte mir, Sie waren befreundet.«

»Die arme Frau! Ja, wir waren wohl so was wie Freundinnen, obwohl Margaret nie einfach mal vorbeikam, ohne dass wir verabredet waren. Selbst nach dem Tod von ihrem Charlie hatte ich nie das Gefühl, dass wir uns wirklich näher kamen. Er war Hauptmann in der Army, und sie war so stolz auf ihn. Sie sagte, er habe sich nie etwas anderes gewünscht, als Soldat zu werden. Die IRA hat ihn auf dem Gewissen. Ich glaube, er hatte irgendeinen Geheimauftrag, und die haben ihn gefoltert, um herauszukriegen, was es war. Als die Nachricht kam, bin ich für eine Woche zu ihr gezogen. Pater Sebastian bat mich darum, aber ich hätte es auch von mir aus getan. Sie hat mich nicht dran gehindert, ich glaube, sie hat mich gar nicht bemerkt. Aber wenn ich ihr etwas zum Essen hinstellte, dann nahm sie ein paar Bissen. Ich war direkt froh, als sie mich plötzlich bat zu gehen. ›Es tut mir Leid, Ruby, dass ich so eine schlechte Gesellschafterin war‹, sagte sie. ›Sie waren sehr gut zu mir, aber nun gehen Sie bitte!‹ Also bin ich gegangen. Und all die Monate danach kam sie mir vor wie jemand, der Höllenqualen leidet und doch keinen Laut von sich geben kann. Ihre Augen wurden immer größer, aber ansonsten schien sie in sich zusammenzuschrumpfen. Mit der Zeit dachte ich, dass sie – nein, nicht drüber wegkam, das kann man ja nicht, oder, wenn's das eigene Kind ist? Aber ich hatte doch den Eindruck, dass sie wieder Interesse am Leben fand. Wir alle dachten das. Dann jedoch wurde das Belfaster Abkommen geschlossen, und diese Mörder kamen frei, das konnte sie nicht verkraften. Und ich glaube, sie war auch einsam. Ihr Herz hing an den Jungs – für Margaret blieben die Studenten immer ihre Jungs, die sie bemutterte, wenn sie krank waren. Aber ich glaube, seit Charlie tot war, hatten sie Hemmungen im Umgang mit ihr. Junge Menschen gehen dem Unglück aus dem Weg, und wer könnte es ihnen verdenken?«

Dalgliesh sagte: »Wenn sie erst einmal Priester sind, werden sie sich damit auseinander setzen müssen.«

»Ach, mit der Zeit werden sie das schon lernen. Es sind brave Jungen.«

»Haben Sie Ronald Treeves gemocht, Mrs. Pilbeam?«, fragte Dalgliesh.

Sie antwortete nicht gleich. »Es stand mir nicht zu, darüber nachzudenken«, sagte sie dann, »ob ich ihn mochte oder nicht. Eigentlich stand das keinem zu. In einer kleinen Gemeinschaft geht es nicht an, dass man Einzelne bevorzugt. Da war Pater Sebastian immer dagegen. Aber sehr beliebt war Ronald nicht, und ich glaube auch nicht, dass er sich hier heimisch gefühlt hat. Er war ein bisschen zu selbstgefällig und zu kritisch den anderen gegenüber. Normalerweise ist das ein Zeichen von Unsicherheit, nicht wahr? Und er hat uns nie vergessen lassen, dass er einen reichen Vater hatte.«

»Wissen Sie vielleicht, ob er sich mit Mrs. Munroe angefreundet hatte?«

»Mit Margaret? Ja, das könnte man wohl so sagen. Jedenfalls hat er sie recht oft besucht, soviel weiß ich. Die Studenten sollten eigentlich nur auf Einladung zu uns in die Cottages kommen, aber ich hatte das Gefühl, dass Ronald manchmal einfach so bei Margaret hereinschneite. Nicht, dass sie sich je darüber beklagt hätte. Ich kann mir allerdings nicht denken, worüber sie sich unterhalten haben. Aber vielleicht fanden sie es auch bloß schön, sich gegenseitig Gesellschaft zu leisten.«

»Hat Mrs. Munroe mit Ihnen darüber gesprochen, wie sie seine Leiche fand?«

»Nicht viel, und fragen mochte ich nicht. Bei der gerichtlichen Untersuchung ist natürlich alles zur Sprache gekommen, und ich hab's in der Zeitung gelesen, aber hingegangen bin ich nicht. Hier wurde über nichts anderes mehr geredet, außer wenn Pater Sebastian in Hörweite war. Er verabscheut Klatsch und Tratsch. Aber so oder so habe ich wohl alles mitbekommen – auch wenn es nicht eben viel war.«

»Hat sie Ihnen erzählt, dass sie alles aufgeschrieben hat?«

»Nein, das hab' ich nicht gewusst, aber wundern tut's mich nicht. Sie hatte es nämlich immer schon mit dem Schreiben, die Margaret. Als Charlie noch lebte, schrieb sie ihm jede Woche. Wenn ich sie besuchte, saß sie am Tisch und schrieb Seite um Seite. Aber dass sie auch über Ronald geschrieben hat, hat sie mir nie erzählt. Wie ist sie bloß darauf gekommen?«

»Mrs. Pilbeam, Sie haben sie doch nach ihrem Herzinfarkt gefunden, nicht wahr? Wie war das?«

»Also, wie ich kurz nach sechs rüber bin zum Seminar, da sah ich, dass bei ihr Licht brannte. Ich hatte seit ein paar Tagen nicht mehr mit ihr gesprochen und ein bisschen ein schlechtes Gewissen, weil ich dachte, ich hätte sie vernachlässigt. Und weil ich dachte, dass sie vielleicht Lust hätte, zum Abendessen vorbeizukommen und mit mir und Reg fernzusehen, bin ich rein. Und da saß sie tot in ihrem Sessel.«

»War die Tür nicht abgeschlossen, oder hatten Sie einen Schlüssel?«

»Nein, es war nicht abgeschlossen. Wir schließen hier eigentlich fast nie ab. Ich klopfte, und als keine Antwort kam, bin ich einfach reingegangen. Das machten wir immer so. Und dann habe ich sie gefunden. Ganz kalt saß sie da in ihrem Sessel, steif wie ein Brett und das Strickzeug im Schoß. Die eine Nadel hielt sie noch, in die nächste Masche geschoben, in der rechten Hand. Natürlich habe ich gleich Pater Sebastian gerufen, und der hat nach Dr. Metcalf telefoniert. Der Doktor hatte Margaret erst am Tag zuvor besucht. Sie hatte ein furchtbar schwaches Herz, daher konnte er den Totenschein bedenkenlos ausstellen. Im Grunde hatte sie einen schönen Tod. Wäre schön, wenn's uns allen so leicht gemacht würde.«

»Und Sie haben nichts Schriftliches gefunden, keine Briefe?«

»Nichts, was offen herumgelegen hätte, und natürlich habe ich nicht in ihren Sachen gewühlt. Wie käme ich dazu?«

»Natürlich würden Sie so was nicht tun, Mrs. Pilbeam. Ich wollte auch nur wissen, ob ein Manuskript, ein Brief oder sonst ein Schriftstück auf dem Tisch gelegen hat.«

»Nein, auf dem Tisch lag nichts. Etwas war allerdings doch merkwürdig. Sie kann nicht wirklich gestrickt haben.«

»Wie kommen Sie darauf?«

»Nun, sie strickte gerade einen Winterpullover für Pater Martin. Er hatte einen in einem Laden in Ipswich gesehen und ihr beschrieben, und sie dachte, sie könne ihm den gleichen zu Weihnachten stricken. Aber es war ein sehr kompliziertes Modell, eine Art Zopfmuster mit Ornamenten dazwischen, und sie sagte mir gleich, wie schwer das nachzustricken sei. Ohne die Strickanleitung hätte sie sich da nicht drangewagt. Ich habe oft zugesehen, und sie musste immer wieder in die Vorlage gucken. Außerdem hatte sie die falsche Brille auf, ihre Fernsehbrille. Für Handarbeiten setzte sie immer die mit dem Goldrand auf.«

»Und die Strickanleitung war nicht da?«

»Nein, sie hatte nur das Strickzeug im Schoß. Und sie hielt die Nadel ganz eigenartig. Sie strickte anders als ich, auf die kontinentale Art, so hat sie gesagt. Sah sehr komisch aus. Sie hielt die linke Nadel ganz steif und ging mit der anderen drüber. Ja, das kam mir gleich seltsam vor, als ich sie fand, dass sie ihr Strickzeug auf dem Schoß hatte, wo sie doch gar nicht gestrickt haben konnte ohne die richtige Brille.«

»Aber Sie haben mit niemandem darüber gesprochen?«

»Wozu? Es spielte ja nun keine Rolle mehr. War nur so eine Ungereimtheit. Wahrscheinlich fühlte sie sich nicht gut, griff nach ihrer Wolle und den Nadeln und vergaß die Strickanleitung, als sie sich in ihren Sessel setzte. Aber sie fehlt mir. Ein komisches Gefühl, an dem leeren Cottage vorbeizugehen, und es war, als sei sie über Nacht verschwunden. Sie hat nie über ihre Familie gesprochen, doch dann stellte sich heraus, das sie eine Schwester in Surbiton hatte. Die ließ die Leiche nach London überführen und einäschern, und sie und ihr Mann kamen her, um das Cottage auszuräumen. Nichts bringt die Familie so rasch auf den Plan wie ein toter Verwandter. Margaret hätte keine Totenmesse gewollt, aber Pater Sebastian hielt einen sehr schönen Gedenkgottesdienst in der Kirche, an dem wir alle beteiligt waren. Pater Sebastian meinte, ich würde vielleicht gern etwas aus den Paulusbriefen vorlesen, aber ich hab' ihm gesagt, dass ich lieber nur ein Gebet sprechen wolle. Irgendwie kann ich Paulus nicht ausstehen. In meinen Augen war der ein ziemlicher Unruhestifter. Da waren diese kleinen Christengemeinden, die sich brav um ihre eigenen Angelegenheiten kümmerten und im Großen und Ganzen auch ganz gut zurechtkamen. Wer ist schon vollkommen. Und dann platzt Paulus herein und fängt an rumzukommandieren und zu kritisieren. Oder er kanzelte sie mit einem seiner Briefe ab. Ich hätte einen solchen Brief nicht kriegen mögen, und das habe ich auch Pater Sebastian gesagt.«

»Und was hat er Ihnen geantwortet?«

»Dass Paulus zu den größten Religionslehrern der Welt gehört und dass wir ohne ihn gar keine Christen wären. Darauf ich: ›Aber irgendwas müssten wir ja doch sein, Pater‹, und dann hab' ich ihn gefragt, was wir seiner Meinung nach ohne

Paulus geworden wären. Ich glaube allerdings nicht, dass er's wusste. Er hat gesagt, er würde drüber nachdenken, aber falls er es getan hat, hat er mir nie erzählt, was dabei rausgekommen ist. Er sagte, ich würde Fragen stellen, die im Lehrplan der theologischen Fakultät von Cambridge nicht vorgesehen seien.«

Und das, dachte Dalgliesh, nachdem er den angebotenen Kuchen und Tee dankend abgelehnt und sich verabschiedet hatte, waren nicht die einzigen Fragen, die Mrs. Pilbeam aufgeworfen hatte.

14

Dr. Emma Lavenham kam später als erhofft aus ihrem College in Cambridge fort. Giles hatte mit Kollegen im Speisesaal zu Mittag gegessen und dann, während sie fertig packte, über Dinge gesprochen, die, wie er sagte, vor ihrer Abreise geregelt werden mussten. Sie spürte, dass er froh war, sie aufhalten zu können. Giles hatten ihre Ausflüge nach St. Anselm, wo sie pro Trimester eine dreitägige Gastvorlesung hielt, noch nie gepasst. Zwar sprach er sich nicht offen dagegen aus, wohl weil er ahnte, dass sie das als unverzeihliche Einmischung in ihr Privatleben ansehen würde, doch er kannte raffinierte Wege, sein Missfallen an dieser Tätigkeit auszudrücken, an der er keinen Anteil hatte und die in einer Einrichtung stattfand, für die er als erklärter Atheist wenig Respekt aufbrachte. Freilich konnte er sich kaum darüber beschweren, dass ihre Arbeit in Cambridge unter diesem Nebenjob litt.

Durch den späten Aufbruch kam sie in den schlimmsten Freitagabendverkehr, und die ständigen Staus machten sie böse auf Giles und seine Verzögerungstaktiken, aber auch auf sich selbst, weil sie sich nicht wirksamer zur Wehr setzte. Ende des letzten Trimesters hatte sie langsam erkannt, dass Giles nicht

nur immer besitzergreifender wurde, sondern auch ständig
mehr von ihrer Zeit und Zuneigung forderte. Jetzt, da er einen
Lehrstuhl an einer Universität im Norden in Aussicht hatte,
dachte er ans Heiraten, vielleicht, weil er glaubte, sie dadurch
am ehesten auch künftig an sich zu binden. Sie wusste, dass er
ganz genaue Vorstellungen davon hatte, wie eine Ehefrau sein
sollte. Unglücklicherweise schien sie seinen Anforderungen
zu entsprechen. Sie beschloss, dies und alle anderen Probleme
ihres Universitätslebens zumindest für die nächsten drei Tage
zu vergessen.

Die Zusammenarbeit mit dem Priesterseminar hatte vor drei
Jahren begonnen. Pater Sebastian hatte sie nach seiner bewährten Methode angeworben, indem er erst einmal bei seinen Bekannten in Cambridge die Fühler ausstreckte. Was
St. Anselm suchte, war ein vorzugsweise junger Dozent, der
zu Beginn jedes Trimesters drei Seminarsitzungen über »Das
dichterische Erbe des Anglikanismus« halten würde, jemand,
der einen Ruf hatte – oder dabei war, ihn sich zu schaffen –,
der Kontakt zu den jungen Kandidaten finden würde
und überdies mit dem Ethos von St. Anselm übereinstimmte.
Worin dieses Ethos bestand, das zu erklären hatte Pater
Sebastian nicht für nötig befunden. Die literarische Dozentur
ging, wie Pater Sebastian ihr erklärte, auf den ausdrücklichen
Wunsch der Gründerin des Seminars, Miss Arbuthnot, zurück. Sie war in diesen wie in anderen Dingen sehr stark von
ihren Oxforder Freunden aus der Hochkirche beeinflusst und
hatte es für wichtig gehalten, dass die frisch ordinierten anglikanischen Priester auch etwas über die literarische Tradition
wissen sollten, in der sie standen. Die damals achtundzwan-
zigjährige Emma, die erst seit kurzem an der Universität lehrte, war zu einem, wie Pater Sebastian es nannte, inoffiziellen
Gespräch eingeladen worden, bei dem man klären wollte, ob
sie für diese neun Tage im Jahr als Dozentin für St. Anselm in
Frage kam. Man bot ihr die Stelle an, und sie akzeptierte mit

der einzigen Bedingung ihrerseits, dass der Kanon der zu besprechenden Dichtungen weder zeitlich begrenzt noch auf anglikanische Autoren beschränkt sein dürfe. Sie hatte Pater Sebastian erklärt, dass sie gerne die Gedichte von Gerard Manley Hopkins durchnehmen und epochenübergreifend arbeiten wolle, um auch einen modernen Dichter wie T. S. Eliot einbeziehen zu können. Pater Sebastian, der offenbar überzeugt war, in ihr die Richtige für den Posten gefunden zu haben, schien bereit, ihr die Details zu überlassen. Außer dass er beim dritten ihrer Seminare aufgetaucht war und mit seiner stummen Gegenwart einigermaßen einschüchternd auf die Studenten gewirkt hatte, hatte er kein weiteres Interesse an dem Kurs bekundet.

Diese drei Tag in St. Anselm mit jeweils einem vorausgehenden Wochenende waren Emma wichtig geworden; sie erwartete sie stets mit Ungeduld und war noch nie enttäuscht worden. Ihre Arbeit in Cambridge verlief nicht ohne Spannungen und Probleme. Sie hatte ihren Lehrauftrag schon sehr früh bekommen – vielleicht zu früh, dachte sie manchmal. Es war nicht leicht, die Lehre, die ihr großen Spaß machte, mit der notwendigen Forschungsarbeit zu vereinbaren, mit den administrativen Pflichten und der Betreuung der Studenten, die mit ihren Problemen immer häufiger zunächst zu ihr kamen. Viele besuchten als Erste in ihrer Familie eine Universität und kamen mit einem Berg von Erwartungen und Ängsten. Manche, die ein gutes Abitur gemacht hatten, erschraken jetzt vor den langen Lektürelisten, andere litten unter Heimweh, genierten sich aber, das zuzugeben, und fühlten sich für dieses beängstigend neue Leben nicht ausreichend gerüstet. Lauter Belastungen, die zu meistern Giles' Ansprüche und ihr eigenes kompliziertes Gefühlsleben nicht eben erleichterten. Dagegen war es eine Wohltat, einzutauchen in die wunderbar klare Ordnung und friedliche Abgeschiedenheit von St. Anselm, wo sie mit intelligenten jungen Männern über ihre geliebten Dichter sprechen konnte, mit Studenten, die frei waren von dem Druck, wöchentlich ein Referat abzuliefern, frei von dem halb eingestandenen Wunsch, sich mit akzeptablen Meinungen bei ihr beliebt zu machen, und denen kein Examen drohte. Sie mochte die Kandidaten, und auch wenn sie gelegentliche romantische oder amouröse Annäherungsversuche generell abwehrte, wusste sie, dass sie bei den Seminaristen beliebt war, die es schön fanden, eine Frau in St. Anselm zu sehen, sich jedes Mal auf ihr Kommen freuten und sie als Verbündete betrachteten. Und nicht nur bei den Studenten war sie gern gesehen, auch von den Patres wurde sie stets freundschaftlich aufgenommen. Pater Sebastians ruhige, ein wenig förmliche Begrüßung konnte nicht verbergen, wie zufrieden er war, wieder einmal die richtige Wahl getroffen zu haben. Die anderen Patres zeigten ihre Freude über ihr Kommen ganz unverhohlen.

Während sie ihren Gastspielen in St. Anselm stets freudig entgegensah, trat sie ihre regelmäßigen Pflichtbesuche bei ihrem Vater immer nur schweren Herzens an. Als er seine Dozentur in Oxford aufgegeben hatte, war er nach London in eine Mietwohnung unweit der U-Bahn-Station Marylebone gezogen. Die roten Ziegelmauern erinnerten sie an die Farbe rohen Fleisches, und die schweren Möbel, die dunkel tapezierten Wände und die mit dichten Netzstores verhüllten Fenster schufen eine immer während düstere Atmosphäre, die ihr Vater anscheinend gar nicht wahrnahm. Henry Lavenham hatte spät geheiratet und seine Frau bald nach der Geburt der zweiten Tochter durch Brustkrebs verloren. Emma war damals erst drei Jahre alt gewesen, aber später kam es ihr vor, als hätte der Vater all die Liebe, die er für seine Frau empfand, auf das Neugeborene übertragen, verstärkt noch durch das Mitleid mit dem mutterlosen Kind und seiner Hilflosigkeit. Emma hatte immer gewusst, dass er sie weniger liebte. Sie war nicht böse oder eifersüchtig auf ihre Schwester gewesen, sondern hatte die mangelnde Vaterliebe durch Fleiß und Erfolg kompensiert. Zwei Attribute aus ihrer Jungmädchenzeit hatten sie nachhaltig geprägt: Schönheit und Begabung. Beides hatte sie als Belastung empfunden, wobei Erstere ein Rätsel, mitunter sogar eine Qual bedeutete und Letztere Erfolge forderte, die ihr so leicht zuflogen, dass sie kein Lob verdienten. Sie war sich ihrer Schönheit erst in der Pubertät bewusst geworden und stand von da an stundenlang vor dem Spiegel, um zu versuchen, diese erstaunlich überbewertete Gabe zu erfassen und zu deuten. Und schon damals ahnte sie, dass Schönheit im Gegensatz zu den Segnungen eines lediglich guten Aussehens oder Hübschseins eine gefährliche Gabe war, mit der man sich nicht eben viele Freunde machte.

Bis ihre Schwester Marianne elf Jahre alt war, hatte eine Schwester ihres Vaters die beiden Mädchen betreut, eine nüchtern kühle und gewissenhafte Frau bar aller mütterlichen Instinkte, die sich jedoch ihren verwandtschaftlichen Pflichten ohne Wenn und Aber stellte. Sie hatte die Kinder unsentimental, aber verlässlich erzogen, doch sobald ihr Marianne alt genug erschien, war sie zurückgekehrt in ihre Welt, in der sich alles um Hunde, Bridge und Auslandsreisen drehte. Die Mädchen hatten sie ohne Bedauern ziehen lassen.

Aber Marianne war längst tot, ein Betrunkener hatte sie an ihrem dreizehnten Geburtstag überfahren, und Emma war mit ihrem Vater allein geblieben. Wenn sie ihn besuchen kam, behandelte er sie mit so ausgesuchter Höflichkeit, dass es fast peinlich war. Sie fragte sich oft, ob sie deshalb nicht miteinander reden konnten und es vermieden, Gefühle zu zeigen; Entfremdung konnte sie das kaum nennen, da sie einander immer fremd gewesen waren. Oder rührte es daher, dass er es jetzt, mit über siebzig und leidend, erniedrigend und peinlich gefunden hätte, von ihr die Liebe zu fordern, die zu brauchen er nie zuvor signalisiert hatte.

Und nun war sie endlich fast am Ziel. Die schmale Küstenstraße war, außer an den Sommerwochenenden, kaum befahren, und heute Abend war Emma fast als Einzige unterwegs. Fahl, verschattet und ein bisschen unheimlich dehnte sich vor ihr die Fahrbahn im schwindenden Licht. Wie immer, wenn sie nach St. Anselm kam, hatte sie das Gefühl, auf eine zerbröckelnde Küste zuzusteuern, ungezähmt, geheimnisvoll und zeitlich wie räumlich entrückt.

Als sie nordwärts in den Weg nach St. Anselm einbog und die hohen Schornsteine des Haupthauses schwarz und drohend gegen den dunkelnden Himmel aufragten, sah sie etwa fünfzig Meter vor sich eine kleine Gestalt dahintrotten, in der sie Pater John Betterton erkannte.

Emma bremste neben ihm, ließ das Fenster herunter und fragte: »Kann ich Sie mitnehmen, Pater?«

Er blinzelte, als hätte er sie im Moment nicht gleich erkannt. Dann schenkte er ihr sein lieb vertrautes, kindliches Lächeln. »Emma! Danke, danke, Sie kommen wie gerufen. Ich habe einen Spaziergang um den Strandsee gemacht, und es war doch weiter, als ich gedacht hatte.«

Er trug einen schweren Tweedmantel und hatte einen Feldstecher umhängen. Als er einstieg, brachte er den fauligen Geruch des Brackwassers mit, der sich in den Tweed eingesogen hatte.

»Hatten Sie Glück bei der Vogelpirsch mit dem Fernglas, Pater?«

»Im Moment gibt's nicht viel zu sehen – nur die üblichen Standvögel.«

Sie versanken in trautes Schweigen. Dabei hatte es eine kurze Zeit gegeben, in der es Emma schwer gefallen war, unbefangen mit Pater John zu verkehren. Das war bei ihrem ersten Besuch vor drei Jahren gewesen, als Raphael ihr erzählt hatte, dass der Pater im Gefängnis gewesen war.

»Sie erfahren es ja doch«, hatte er gesagt, »wenn nicht hier, dann in Cambridge, und da sollen Sie es lieber von mir hören.

Pater John bekannte sich schuldig, zwei Jungen in seinem Chor missbraucht zu haben. Das Gericht gebrauchte diesen Ausdruck, aber ich bezweifle, dass es wirklich Missbrauch war. Er wurde zu drei Jahren Haft verurteilt.«

Emma hatte gesagt: »Ich kenne mich in der Rechtsprechung nicht gut aus, aber das scheint mir doch eine harte Strafe.«

»Es ging nicht nur um die beiden Jungs. Der Pastor einer Nachbargemeinde, Matthew Crampton, fühlte sich bemüßigt, weiteres Belastungsmaterial auszugraben, und er trieb drei junge Männer als Zeugen auf. Sie beschuldigten Pater John weit abscheulicherer Vergehen. Und sie behaupteten, weil er sie als Kinder missbraucht hätte, seien sie arbeitsunfähig, unglücklich, asozial und kriminell geworden. Sie haben gelogen, aber Pater John bekannte sich trotzdem schuldig. Er hatte seine Gründe.«

Auch wenn sie Raphaels Glauben an Pater Johns Unschuld nicht unbedingt teilte, empfand Emma großes Mitleid mit ihm. Er wirkte wie ein Mensch, der sich teilweise in seine eigene Welt zurückgezogen hatte, zum Schutz seiner anfälligen Persönlichkeit, als trage er etwas Zerbrechliches in sich, das bei jeder unbedachten Erschütterung entzweigehen könne. Er war immer höflich und freundlich, und sein geheimes Leid offenbarte sich ihr nur die wenigen Male, wenn sie ihm in die Augen sah und vor seinem Schmerz den Blick senken musste. Vielleicht litt er auch an der Bürde seiner Schuld. Manchmal wünschte sie immer noch, dass Raphael geschwiegen hätte. Sie konnte sich nicht vorstellen, was Pater John im Gefängnis durchgemacht hatte. Aber würde irgendein Mensch diese Hölle freiwillig auf sich nehmen? Und auch sein Leben in St. Anselm konnte nicht leicht sein. Er bewohnte im dritten Stock ein separates Appartement zusammen mit seiner unverheirateten Schwester, die man nachsichtigerweise als exzentrisch bezeichnen mochte. Auch wenn Emma sich die wenigen Male, die sie sie zusammen gesehen hatte, davon überzeugen konnte, dass er ihr innig zugetan war, empfand er vielleicht sogar diese Liebe eher als zusätzliche Bürde denn als Trost.

Jetzt fragte Emma sich, ob sie ihn auf den Tod von Ronald Treeves ansprechen solle. Sie hatte die kurzen Meldungen in der überregionalen Presse gelesen, und Raphael, der es sich aus irgendeinem Grund zur Aufgabe gemacht hatte, sie über St. Anselm auf dem Laufenden zu halten, hatte sie telefonisch benachrichtigt. Nach reiflicher Überlegung hatte sie Pater Sebastian einen kurzen und taktvoll formulierten Kondolenzbrief geschrieben, auf den sie eine noch knappere Antwort in seiner schönen Handschrift bekam. Es wäre nur natürlich gewesen, Pater John jetzt auf Ronald anzusprechen, aber irgendetwas hielt sie zurück. Sie spürte, dass ihm das Thema unangenehm, wenn nicht gar peinlich gewesen wäre.

Und jetzt war St. Anselm schon ganz nahe; die hohen Schornsteine, Kuppel, Turm und Zinnen schienen sich im Licht der untergehenden Sonne zusehends zu verdunkeln. Am Eingang verkündeten die beiden verfallenen Säulen des längst abgerissenen elisabethanischen Pförtnerhauses stumm ihre vieldeutige Botschaft als krude phallische Symbole, trotziges Bollwerk gegen den unaufhaltsam nahenden Feind oder unentwegte Mahner, die beharrlich vom unabwendbaren Niedergang des Hauses kündeten. Lag es daran, dass Pater John neben ihr saß, oder hatte der Gedanke an Ronald Treeves, der unter einer zentnerschweren Sandlast verröchelte, diese plötzliche Traurigkeit und Beklommenheit heraufbeschworen? Sie war noch nie anders als frohgestimmt nach St. Anselm gekommen, heute aber näherte sie sich dem Seminar mit einem Gefühl, das hart an Furcht grenzte.

Als sie vor dem Eingang hielten, öffnete sich die Tür, und im Lichtschein der Halle zeichnete sich Raphaels Silhouette ab. Er hatte offenbar nach ihr Ausschau gehalten. Unbeweglich, wie in Stein gemeißelt, blickte er in seiner dunklen Soutane auf sie herab. Emma erinnerte sich an ihre erste Begegnung. Einen Moment lang hatte sie ihn ungläubig angestarrt und dann laut über sich selbst gelacht, weil sie ihre Überraschung nicht verbergen konnte. Stephen Morby, ein Kommilitone von Raphael, der dabei war, hatte mitgelacht.

»Ist er nicht umwerfend? Wir waren mal in einem Pub in Reydon, und da kam eine Frau zu uns an den Tisch und sagte: ›Wo kommst du denn her? Bist du etwa vom Olymp runtergestiegen?‹ Am liebsten wäre ich auf den Tisch gesprungen, hätte mir das Hemd aufgerissen und gerufen: ›Schau mich an! Schau mich an!‹ Aber, null Chance.«

Er hatte das ohne eine Spur von Neid erzählt. Vielleicht ahnte er, dass Schönheit für einen Mann nur scheinbar eine Himmelsgabe war. Emma jedenfalls konnte Raphael nie ansehen, ohne dass ihr in abergläubischer Furcht die dreizehnte Fee bei Dornröschens Taufe einfiel. Es gab ihr auch zu denken, dass sie ihn zwar sehr gern anschaute, sexuell aber nicht im Geringsten auf ihn ansprach. Vielleicht wirkte er eher auf Männer als auf Frauen. Doch falls ihm eins der beiden Geschlechter zu Füßen lag, schien er sich dessen nicht bewusst zu sein. Sie erkannte an seinem ungezwungenen und selbstbewussten Auftreten, dass er um seine Schönheit wusste und auch, dass diese Schönheit ihm eine Sonderstellung zuwies. Er hielt sich einiges auf sein Aussehen zugute, aber seine Wirkung auf andere schien ihn kaum zu interessieren.

Jetzt strahlte er übers ganze Gesicht und kam ihr mit der ausgestreckten Rechten entgegen. In ihrer momentanen, von vagen abergläubischen Ängsten getrübten Stimmung erschien Emma die Geste eher wie eine Warnung als ein Willkommen. Pater John nickte ihr lächelnd zu und ging seiner Wege.

Raphael nahm Emma ihren Koffer und den Laptop ab. »Schön, dass Sie wieder da sind!«, sagte er. »Ich kann Ihnen kein angenehmes Wochenende versprechen, aber es könnte

interessant werden. Wir haben zwei Polizisten zu Gast – einer
ist sogar von Scotland Yard. Commander Dalgliesh ist hier,
um Nachforschungen über den Tod von Ronald Treeves anzustellen. Und dann ist noch jemand da, der, was mich betrifft,
noch weniger willkommen ist. Ich habe fest vor, ihm aus dem
Weg zu gehen, und das würde ich auch Ihnen raten: Archidiakon Matthew Crampton.«

15

Ein Besuch stand noch aus. Dalgliesh ging kurz zurück in sein
Appartement und trat dann durch das Eisentor zwischen Ambrose und der Flintsteinmauer der Kirche hinaus auf den
Weg, der nach etwa achtzig Metern zum Cottage St. John
führte. Der Tag ging zur Neige, und der Himmel war im
Westen von rosig leuchtenden Wolkenstreifen durchzogen.
Die auffrischende Brise ließ die schlanken, hohen Gräser am
Wegrand erschauern, dann fegte eine Böe über sie hinweg
und drückte sie zu Boden. Hinter Dalgliesh spielten Licht-
reflexe auf der Westfassade von St. Anselm, und die drei bewohnten Cottages leuchteten wie die hellen Vorposten einer
belagerten Festung, was die dunklen Umrisse des verwaisten
St. Matthew umso trauriger erscheinen ließ.
Mit dem schwindenden Licht verstärkte sich das Meeresrauschen, steigerte sich von sanft rhythmischem Seufzen zu
gedämpft tosender Brandung. Von seinen Besuchen aus Kin-
dertagen war Dalgliesh das Gefühl vertraut, dass die See im
erlöschenden Abendlicht mächtig anzuschwellen schien, als
wären Nacht und Dunkelheit ihre natürlichen Verbündeten.
Er hatte sich damals in Jerome oft ans Fenster gesetzt, auf das
dämmrige Brachland hinausgeschaut und sich einen Phanta-
siestrand vorgestellt, an dem, wenn die letzten bröckelnden
Sandburgen einstürzten, Kinderlachen und Rufe verstumm-

ten, die Liegestühle zusammengeklappt und weggeräumt waren, das Meer endlich wieder das Regiment übernahm und die Knochen ertrunkener Seeleute durch die Frachträume längst untergegangener Schiffe kegeln ließ.

Die Tür zu St. John stand offen, und in dem Abendlicht, das den Pfad bis hinunter zu dem schmucken Gartenpförtchen ausleuchtete, erkannte er deutlich die Holzverschalung des Schweinestalls zur Rechten, aus dem man gedämpftes Grunzen und Rumoren hörte. Er konnte die Tiere auch riechen, aber der Geruch war weder besonders stark noch unangenehm. Hinter dem Stall sah er nur mehr schemenhaft den Garten: gepflegte Beete mit undefinierbarem Staudengemüse, dazwischen ein paar Reihen hoher Pfähle, an denen die letzte Stangenbohnenernte heranreifte, und am Ende des Gartens die schimmernde Silhouette eines kleinen Gewächshauses.

Der Klang seiner Schritte lockte Eric Surtees an die Tür. Er schien erst zu zögern, aber dann trat er wortlos zur Seite und bat ihn mit einer linkischen Geste ins Haus. Dalgliesh wusste, dass Pater Sebastian das Personal auf seinen Besuch vorbereitet hatte, auch wenn er nicht abschätzen konnte, wie weit die Leute informiert waren. Hier hatte er das Gefühl, dass er erwartet wurde, aber nicht willkommen war.

»Mr. Surtees?«, sagte er. »Ich bin Commander Dalgliesh von der Metropolitan Police. Ich glaube, Pater Sebastian hat Ihnen gesagt, dass ich hier bin, um ein paar Fragen über den Tod von Ronald Treeves zu stellen. Sein Vater war nicht in England, als die gerichtliche Untersuchung stattfand, und er möchte verständlicherweise so viel wie möglich über die Umstände erfahren, die zum Tod seines Sohnes führten. Falls ich nicht störe, würde ich mich gern ein paar Minuten mit Ihnen unterhalten.«

Surtees nickte. »Geht in Ordnung. Wenn Sie mit in die Stube kommen wollen?«

Dalgliesh folgte ihm in das Zimmer rechts vom Flur. Der Kontrast zwischen Surtees' Cottage und Mrs. Pilbeams behaglichem Heim hätte größer nicht sein können. Obwohl ein Holztisch mit vier Stühlen in der Mitte stand, war das Zimmer eigentlich als Arbeitsraum eingerichtet. An der Wand gegenüber der Tür hingen eine Reihe blitzblanker Gartengeräte: Spaten, Heugabeln, Hacken, Heckenscheren und Sägen. Darunter waren in Holzcontainern Werkzeugkasten und kleinere Gerätschaften verwahrt. Vor dem Fenster stand eine Werkbank mit einer Leuchtstofflampe darüber. Durch die offene Küchentür drang ein starker, unangenehmer Geruch. Surtees kochte Schweinefutter für seine kleine Zucht.

Jetzt zog er einen Stuhl vor, der vernehmlich über die Steinfliesen schrappte. »Wenn Sie hier warten wollen, gehe ich mich schnell waschen. Ich hab' gerade die Schweine versorgt.«

Durch die offene Tür konnte Dalgliesh sehen, wie er sich am Spülbecken gründlich wusch und Wasser über Kopf und Gesicht klatschte. Es schien, als säubere er sich von mehr als nur äußerem Schmutz. Dann kam er, das Handtuch immer noch um den Hals, zurück und setzte sich Dalgliesh gegenüber, kerzengerade und mit dem angespannten Gesichtsausdruck eines Häftlings, der sich fürs Verhör wappnet. Plötzlich fragte er mit überlauter Stimme: »Möchten Sie einen Tee?«

»Wenn es nicht zu viel Mühe macht«, sagte Dalgliesh, der hoffte, dass Tee zu kochen Surtees die Befangenheit nehmen würde.

»Überhaupt nicht, ich nehme Teebeutel. Milch und Zucker?«

»Nur Milch.«

Er war in Minutenschnelle zurück und stellte zwei klobige Tassen auf den Tisch. Der Tee war stark und so heiß, dass beide ihn erst einmal stehen ließen. Dalgliesh hatte selten jemanden vernommen, der so stark den Eindruck vermittelte, er habe etwas zu verbergen. Aber was? Die Vorstellung, dieser schüchterne Jüngling – denn Surtees war kaum mehr als ein großer Junge – könne irgendein lebendes Wesen töten, war nachgerade lächerlich. Bestimmt wurden selbst seine Schweine nur in einem keimfreien, streng kontrollierten und staatlich genehmigten Schlachthof abgestochen. Nicht, dass Surtees die Kraft zu einer körperlichen Auseinandersetzung gefehlt hätte. Unter den kurzen Ärmeln seines karierten Hemdes wölbten sich stattliche Muskelstränge, und seine rauen Hände waren unverhältnismäßig groß, so dass sie aussahen wie aufgepfropft. Das zarte Gesicht war sonnen- und windgebräunt, aber aus dem offenen Kragen des groben Baumwollhemdes schimmerte ein Streifen Haut so weiß und weich wie die eines Babys.

Dalgliesh griff nach seiner Tasse und fragte: »Haben Sie schon immer Schweine gehalten oder erst, seit Sie angefangen haben, hier zu arbeiten? Das war vor vier Jahren, nicht wahr?«

»Erst seit ich in St. Anselm bin. Aber ich habe Schweine immer gemocht. Als ich diese Stelle bekam, sagte Pater Sebastian, ein halbes Dutzend dürfe ich halten, wenn sie nicht zu viel Lärm machen und nicht stinken. Schweine sind sehr reinliche Tiere. Die Leute denken ganz zu Unrecht, dass sie stinken.«

»Und den Stall haben Sie selbst gebaut? Es wundert mich, dass Sie Holz verwendet haben. Ich dachte, Schweine kriegen fast alles kaputt.«

»Das stimmt auch. Der Stall ist nur von außen mit Holz verkleidet. Pater Sebastian bestand darauf. Er hasst Beton. Hinter der Verschalung habe ich mit Ytong-Platten aufgemauert.«

Surtees hatte gewartet, bis Dalgliesh trank, bevor auch er nach seiner Tasse langte. Dalgliesh war überrascht, wie gut ihm der Tee schmeckte. »Ich weiß sehr wenig über Schweine«, sagte er, »aber sie sollen intelligent und gesellig sein.«

Surtees entspannte sich zusehends. »Ja, das sind sie. Schweine gehören zu den intelligentesten Tierarten überhaupt. Ich hab' sie schon immer gemocht.«

»Ein Glück für St. Anselm! Dank Ihnen bekommt das Seminar nun gut abgehangenes Schweinefleisch und Speck, der nicht nach Chemikalien riecht oder in der Pfanne diese unappetitliche, muffelnde Flüssigkeit absondert.«

»Eigentlich halte ich die Schweine nicht fürs Seminar, sondern – na ja, zur Gesellschaft eben. Natürlich müssen sie irgendwann geschlachtet werden, und das ist heutzutage ein Problem. Die Schlachthöfe müssen so viele EU-Auflagen erfüllen, und jedes Mal muss ein Tierarzt anwesend sein, weshalb einem die meisten Betriebe so ein paar einzelne Tiere gar nicht mehr abnehmen wollen. Dazu kommt noch das Transportproblem. Aber da hilft mir ein Bauer aus der Umgebung von Blythburgh, Mr. Harrison. Ich schicke meine Schweine zusammen mit seinen ins Schlachthaus. Und er lässt immer ein paar Hälften für den Eigenbedarf abhängen, so dass ich die Patres gelegentlich mit einem anständigen Braten versorgen kann. Sie essen ja nicht viel Schweinefleisch, aber den Schinken, den mögen sie. Pater Sebastian besteht darauf, ihn zu bezahlen, aber ich finde, sie sollten ihn umsonst bekommen.«

Dalgliesh wunderte sich nicht zum ersten Mal darüber, dass Menschen, die so aufrichtig an ihren Tieren hingen und sich mit solcher Hingabe um deren Wohl und Wehe kümmerten, sich gleichzeitig so leicht damit abfinden konnten, dass ihre Lieblinge irgendwann auf der Schlachtbank endeten. Doch nun war es an der Zeit, den Anlass seines Besuches zur Sprache zu bringen.

»Haben Sie Ronald Treeves gekannt?«, fragte er. »Ich meine, persönlich?«

»Nicht wirklich. Ich wusste, dass er einer der Kandidaten war, und ich bin ihm auch hin und wieder begegnet, aber richtig miteinander geredet haben wir nicht. Ich glaube, er war eher ein Einzelgänger. Wenn ich ihn gesehen habe, war er eigentlich immer allein.«

»Was geschah an dem Tag, an dem er starb? Waren Sie hier?«

»Ja, ich war hier, mit meiner Schwester. Übers Wochenende war sie zu Besuch. Wir haben Ronald an dem Samstag nicht gesehen, und dass er vermisst wurde, erfuhren wir erst, als Mrs. Pilbeam vorbeikam und fragte, ob er hier gewesen sei. Was wir verneinten. Dann hörten wir nichts weiter, bis ich gegen fünf rausging, um im Kreuzgang und auf dem Hof das Laub zusammenzurechen und die Steine abzuspritzen. Tags zuvor hatte es geregnet, und der Kreuzgang war ein bisschen schmutzig geworden. Normalerweise reinige ich ihn nach den Gottesdiensten, aber an dem Tag hatte Pater Sebastian mich nach der Messe gebeten, alles noch vor der Abendandacht abzuspritzen. Ich war gerade dabei, als Mr. Pilbeam mir sagte, man habe Ronald Treeves' Leiche gefunden. Etwas später, kurz vor der Andacht, rief Pater Sebastian uns in der Bibliothek zusammen und teilte uns mit, was passiert war.«

»Das muss für Sie alle ein großer Schock gewesen sein.«

Surtees senkte den Blick auf seine gefalteten Hände. Dann ließ er sie mit einem jähen Ruck unter dem Tisch verschwinden wie ein schuldbewusstes Kind und beugte sich vor. »Ja«, sagte er mit leiser Stimme. »Ein Schock. Das ist doch klar, oder?«

»Sie sind anscheinend der einzige Gärtner in St. Anselm. Bauen Sie für sich an oder für das Seminar?«

»Das Gemüse ist zum größten Teil für mich und für jeden, der was braucht. Fürs Seminar reicht es nicht, wenn alle Studenten hier sind. Ich könnte den Garten wohl vergrößern, aber das würde zu viel Zeit in Anspruch nehmen. Dafür, dass wir so nahe am Meer liegen, ist der Boden ziemlich gut. Meine Schwester nimmt meistens Gemüse mit nach London, wenn sie zurückfährt, und Miss Betterton freut sich auch

142

immer, wenn ich ihr was bringe. Sie kocht für sich und Pater John. Auch Mrs. Pilbeam kriegt was, für sich und Mr. Pilbeam.«

Dalgliesh sagte:»Mrs. Munroe hat ein Tagebuch hinterlassen, in dem sie erwähnt, dass Sie ihr freundlicherweise am elften Oktober, am Tag vor ihrem Tod, ein paar Stangen Lauch gebracht haben. Erinnern Sie sich daran?«

Nach einer Pause sagte Surtees:»Ich glaube, ja. Vielleicht. Ich erinnere mich nicht genau.«

»Aber so lange ist das doch noch nicht her?«, sagte Dalgliesh liebenswürdig.»Kaum mehr als eine Woche. Können Sie sich wirklich nicht erinnern?«

»Doch, ja. Ich hab' ihr gegen Abend eine Hand voll Lauch gebracht. Mrs. Munroe sagte immer, wie gern sie den mit einer Käsesauce zum Abendessen mag, also bin ich mit ein paar Stangen rüber zu St. Matthew.«

»Und was passierte dann?«

Ehrlich verblüfft blickte er auf.»Gar nichts. Nichts ist passiert. Ich meine, sie hat einfach danke gesagt und den Lauch mit reingenommen.«

»Sie sind nicht hineingegangen?«

»Nein. Sie hat mich nicht reingebeten, und ich hätte das auch gar nicht gewollt. Ich meine, Karen war hier, und da wollte ich gleich zurück. Sie ist bis Donnerstagmorgen geblieben. Eigentlich bin ich auf gut Glück rübergegangen. Ich dachte, Mrs. Munroe wäre vielleicht bei Mrs. Pilbeam. Wenn sie nicht daheim gewesen wäre, hätte ich den Lauch vor die Tür gelegt.«

»Aber sie war zu Hause. Sind Sie sicher, dass Sie nicht miteinander gesprochen haben, dass nichts geschah? Sie haben bloß den Lauch abgegeben?«

Er nickte.»Ich hab' ihn ihr gegeben und bin wieder gegangen.«

In dem Moment hörte Dalgliesh, wie draußen ein Auto vor-

143

fuhr. Surtees hatte es offenbar gleichzeitig mitbekommen. Sichtlich erleichtert schob er seinen Stuhl zurück und sagte: »Das wird Karen sein. Meine Schwester. Sie kommt zum Wochenende.«

Das Motorengeräusch war verstummt. Surtees eilte hinaus. Dalgliesh, der spürte, dass Eric unbedingt allein mit seiner Schwester sprechen, sie vorwarnen wollte, ging ihm ruhig nach und blieb in der offenen Haustür stehen.

Karen Surtees war aus dem Wagen gestiegen, und jetzt standen sie und ihr Bruder dicht beieinander und blickten zu Dalgliesh herüber. Die Frau drehte sich wortlos um und begann einen großen Rucksack und etliche Plastiktüten aus dem Auto zu hieven. Dann schlug sie die Tür zu, und die beiden kamen mit ihrem Gepäck zum Cottage.

Surtees sagte: »Karen, das ist Commander Dalgliesh von New Scotland Yard. Er ist wegen Ronald hier.«

Sie trug keine Kopfbedeckung, und ihr kurz geschnittenes dunkles Haar war punkig hochgestylt. Schwere goldene Ohrringe unterstrichen die Blässe ihres zartknochigen Gesichts. Ihre Augen unter den feingewölbten Brauen waren schmal und hatten eine dunkel schillernde Iris. Zusammen mit dem dick aufgetragenen, glänzenden Lippenrot auf ihrem Schmollmund ergab ihr Gesicht ein sorgsam komponiertes Ornament in Schwarzweißrot. Der feindselige Blick, mit dem sie Dalgliesh zunächst als unerwarteten und unerwünschten Besucher abgetan hatte, wandelte sich, als sie einander näher ins Auge fassten, wurde erst prüfend, dann argwöhnisch und wachsam.

Sie gingen zusammen in den Werkraum. Karen Surtees ließ ihren Rucksack auf den Tisch fallen. Sie nickte Dalgliesh kurz zu und sagte zu ihrem Bruder: »Die Fertiggerichte von M & S legst du am besten gleich ins Gefrierfach. Und im Auto ist noch eine Kiste Wein.«

Surtees sah von einem zum anderen, dann ging er hinaus. Das

Mädchen begann wortlos, Kleidungsstücke und ein Sortiment von Dosen und Büchsen aus dem Rucksack zu zerren. Dalgliesh sagte: »Sie sind jetzt natürlich nicht auf Besucher eingestellt, aber da ich schon mal hier bin, würde es Zeit sparen, wenn Sie mir ein paar Fragen beantworten.«

»Legen Sie los! Ich bin übrigens Karen Surtees, Erics Halbschwester. Sie sind ein bisschen spät dran, oder? Jetzt noch wegen Ronald Treeves zu ermitteln bringt wohl nicht mehr viel. Die gerichtliche Untersuchung hat Tod durch Unfall festgestellt. Und Sie können nicht mal mehr eine Leiche exhumieren. Sein Dad hat ihn in London einäschern lassen. Hat Ihnen das denn keiner gesagt? Und überhaupt verstehe ich nicht, was der Fall die Met angeht. Ich meine, ist dafür nicht die Polizei von Suffolk zuständig?«

»Eigentlich schon, aber Sir Alred interessiert sich natürlich dafür, wie sein Sohn ums Leben gekommen ist. Ich war sowieso auf dem Weg hierher, und da bat er mich eben, so viel wie möglich in Erfahrung zu bringen.«

»Hätte er wirklich wissen wollen, wie sein Sohn gestorben ist, dann wäre er zu dem Gerichtstermin gekommen. Wahrscheinlich hat er ein schlechtes Gewissen und macht jetzt auf besorgter Vater. Aber was juckt ihn eigentlich? Er behauptet doch nicht etwa, dass Ronald ermordet wurde?«

Es war sonderbar anzuhören, wie jemand das verhängnisvolle Wort so leichthin aussprach. »Nein, das glaube ich nicht.«

»Also, ich kann ihm nicht weiterhelfen. Ich habe seinen Sohn nur ein-, zweimal beim Spazierengehen getroffen, und dabei haben wir höchstens ›Guten Morgen‹ gesagt oder ›Schöner Tag heute‹, die üblichen nichts sagenden Floskeln eben.«

»Sie waren nicht befreundet?«

»Ich bin mit keinem der Studenten befreundet. Und wenn Sie bei ›befreundet‹ an das denken, was ich vermute, dann lassen Sie sich gesagt sein, dass ich hier runterkomme, um mich von London zu erholen und meinen Bruder zu besuchen, nicht um

145

die Kandidaten zu vögeln. Obwohl ihnen das, wenn man sie so sieht, nicht schaden würde.«

»Sie waren hier an dem Wochenende, als Ronald Treeves starb?«

»Ja, stimmt. Ich kam am Freitagabend, so ziemlich um die gleiche Zeit wie heute.«

»Und haben Sie ihn an dem Wochenende gesehen?«

»Nein, und Eric auch nicht. Dass er vermisst wurde, erfuhren wir erst, als die Pilbeam rüberkam und fragte, ob er hier gewesen sei. Wir sagten Nein, und das war's. Hören Sie, wenn Sie sonst noch was wissen wollen, hat es Zeit bis morgen? Ich würde jetzt gern auspacken, einen Tee trinken, mich ein wenig akklimatisieren, Sie verstehen? Die Fahrt von London hierher war mörderisch. Also wenn's Ihnen recht ist, dann lassen wir's für heute dabei. Ich kann Ihnen allerdings auch morgen nicht mehr sagen. Soweit es mich betraf, war er nur ein x-beliebiger Student.«

»Aber über seinen Tod müssen Sie sich doch eine Meinung gebildet haben, Sie beide. Bestimmt haben Sie darüber gesprochen?«

Surtees hatte die Lebensmittel verstaut und kam aus der Küche herein. Karen sah ihn an. »Natürlich haben wir darüber gesprochen«, sagte sie, »wir und sicher auch das ganze verdammte Seminar. Wenn Sie's genau wissen wollen, ich denke, dass es vielleicht Selbstmord war. Warum, weiß ich nicht, und es geht mich auch nichts an. Wie gesagt, ich kannte ihn kaum. Aber für einen Unfall war das schon sehr merkwürdig. Er muss doch gewusst haben, dass die Klippen gefährlich sind. Wir alle wissen das, es gibt schließlich genügend Warnschilder. Und was wollte er überhaupt am Strand?«

»Das«, sagte Dalgliesh, »ist eine der offenen Fragen.«

Er hatte sich für das Gespräch bedankt und wandte sich schon zum Gehen, als ihm noch etwas einfiel. »Der Lauch, den Sie Mrs. Munroe brachten«, sagte er zu Surtees, »wie war der

146

verpackt? Können Sie sich daran erinnern? Hatten Sie ihn in einer Tüte, oder trugen Sie ihn lose in der Hand?«

Surtees machte ein verdutztes Gesicht. »Ich kann mich nicht erinnern. Ich glaube, ich habe die Stangen in Zeitungspapier eingewickelt. Das mache ich normalerweise so mit Gemüse, zumindest mit größeren Sachen.«

»Wissen Sie noch, welche Zeitung Sie verwendet haben? Ich weiß, das ist nicht leicht.« Und als Surtees nicht antwortete, fuhr er fort: »War es ein Boulevardzeitung oder ein Amtsblatt? Welche Zeitung lesen Sie denn normalerweise?«

Da mischte sich Karen ein: »Es war eine Nummer der ›Sole Bay Weekly Gazette‹. Ich bin Journalistin, da achtet man auf Zeitungen.«

»Sie waren auch hier in der Küche?«

»Muss ich ja wohl, oder? Jedenfalls hab' ich gesehen, wie Eric den Lauch einwickelte. Er sagte, er würde ihn raufbringen zu Mrs. Munroe.«

»Sie erinnern sich nicht zufällig noch an das Datum der Zeitung?«

»Nein. Den Namen habe ich behalten, weil ich es, wie gesagt, gewohnt bin, auf Zeitungen zu achten. Eric hatte sie in der Mitte aufgeschlagen, und da war ein Bild von der Beerdigung eines hiesigen Bauern drin. Der hatte seine Lieblingsfärse im Trauerzug dabeihaben wollen, und so wurde das Tier mit Trauerflor an den Hörnern und um den Hals an sein Grab geführt. In die Kirche wird es wohl nicht reingedurft haben. Aber das Foto am Grab, so was lieben Bildredakteure.«

Dalgliesh wandte sich an Surtees: »Wann erscheint denn die ›Sole Bay Gazette‹?«

»Immer donnerstags. Ich lese sie normalerweise erst am Wochenende.«

»Dann war die Zeitung, die Sie zum Einwickeln benutzt haben, vermutlich von der Woche davor«, sagte Dalgliesh.

Und an Karen gewandt: »Vielen Dank, Sie haben mir sehr
geholfen.« Worauf sie ihm wieder diesen prüfenden Blick
zuwarf.
Die beiden folgten ihm zur Tür. Als er sich am Gartentor
noch einmal umwandte, sah er sie dicht beieinander stehen, so
als wollten sie sich vergewissern, dass er auch wirklich fort
war. Dann machten beide gleichzeitig kehrt und schlossen die
Tür hinter sich.

16

Nach einem ungestörten Abendessen in der »Crown« in
Southwold hatte Dalgliesh rechtzeitig zur Komplet wieder in
St. Anselm sein wollen. Aber das Essen schmeckte zu gut,
um es hastig zu verzehren, weshalb die Mahlzeit länger dauerte als geplant, und bis Dalgliesh zurück war und den Jaguar
geparkt hatte, war der Gottesdienst bereits im Gange. Er wartete in seinem Appartement, bis ein Lichtstrahl über den Hof
fiel und er sah, wie die kleine Gemeinde die Kirche durchs
Südportal verließ. Dann ging er hinunter und wartete vor
der Sakristei, bis endlich Pater Sebastian erschien, um abzu-
schließen.
»Könnten wir uns unterhalten, Pater?«, fragte Dalgliesh.
»Oder wäre es Ihnen lieber, wir verschieben es auf morgen?«
Er wusste, dass es in St. Anselm Brauch war, nach der Kom-
plet eine Schweigezeit zu halten, aber der Rektor antwortete:
»Wird es lange dauern, Commander?«
»Ich hoffe nicht, Pater.«
»Dann gleich, wenn's beliebt. Gehen wir in mein Arbeits-
zimmer?«
Dort angekommen, setzte der Rektor sich hinter seinen
Schreibtisch und bedeutete Dalgliesh, auf einem Stuhl davor
Platz zu nehmen. Dies würde keine trauliche Plauderei in

tiefen Sesseln am Kamin werden. Der Rektor hatte nicht die Absicht, das Gespräch zu eröffnen oder Dalgliesh zu fragen, welche Erkenntnisse er, wenn überhaupt, über Ronald Treeves' Tod gewonnen habe. Und auch wenn sein Schweigen nicht unfreundlich wirkte, vermittelte es doch den Eindruck, als fasse er sich nur mühsam in Geduld.

Dalgliesh sagte: »Pater Martin hat mir Mrs. Munroes Tagebuch gezeigt. Ronald Treeves scheint überraschend viel Zeit mit ihr verbracht zu haben, und dann war sie ja auch diejenige, die den Leichnam gefunden hat. Schon das verleiht jeder Bemerkung über ihn im Tagebuch Gewicht. Ich denke dabei besonders an den letzten Eintrag, den sie an ihrem Todestag schrieb. Sie haben das nicht ernst genommen, diese Einlassung, sie habe ein Geheimnis entdeckt und sei deswegen in Sorge?«

»Einlassung?«, wiederholte Pater Sebastian. »Wozu die juristische Wortwahl, Commander? Doch, ich habe das ernst genommen, schon weil es sie offenbar ernstlich belastete. Mir war nicht wohl dabei, dass wir ein intimes Tagebuch lasen, aber nachdem Pater Martin sie dazu angeregt hatte, es zu führen, interessierte ihn auch, was sie geschrieben hatte. Vielleicht war diese Neugier ganz natürlich, auch wenn es nach meinem Empfinden besser gewesen wäre, das Tagebuch ungelesen zu vernichten. Aber die Fakten sind doch wohl eindeutig. Margaret Munroe war eine intelligente, verständige Frau. Sie stieß auf etwas, das ihr arg zu schaffen machte, vertraute sich der Person an, die das ominöse Geheimnis betraf, und war's zufrieden. Was auch immer man ihr als Erklärung anbot, es beruhigte sie. Hätte ich angefangen herumzuschnüffeln, wäre nichts gewonnen, aber womöglich eine Menge Schaden angerichtet worden. Sie wollen mir doch nicht einreden, ich hätte das Seminar zusammenrufen und fragen sollen, ob jemand ein Geheimnis mit Mrs. Munroe teile! Da habe ich mich lieber an ihr geschriebenes Wort gehalten, wonach die Erklärung, die sie bekam, keine weiteren Schritte erforderte.«

»Ronald Treeves scheint so eine Art Einzelgänger gewesen zu sein, Pater«, sagte Dalgliesh. »Haben Sie ihn gemocht?«

Es war eine gefährlich provozierende Frage, aber Pater Sebastian ließ sich nicht beirren. Dalgliesh, der ihn beobachtete, schien es, als ob das gut geschnittene Gesicht sich ein wenig verhärtete, aber ganz sicher war er sich nicht.

Die Antwort des Rektors kam mit einiger Verzögerung, und man hätte einen leichten Tadel heraushören können, doch seine Stimme verriet keinerlei Groll. »In meinem Verhältnis zu den Kandidaten ist für Kategorien wie ›mögen‹ oder ›nicht mögen‹ kein Platz, und sie wären auch nicht schicklich. Bevorzugungen oder auch nur vermeintliche Günstlingswirtschaft sind in einer kleinen Gemeinschaft besonders gefährlich. Ronald Treeves war ein außerordentlich uncharmanter junger Mann, doch seit wann ist Charme eine christliche Tugend?«

»Aber Sie haben sich mit der Frage beschäftigt, ob er sich hier wohl gefühlt hat?«

»Es ist nicht Aufgabe von St. Anselm, persönliches Wohlbefinden zu fördern. Ich hätte mir Sorgen gemacht, wenn ich gedacht hätte, er sei unglücklich. Wir nehmen unsere seelsorgerische Verantwortung den Studenten gegenüber sehr ernst. Aber Ronald hat nie Hilfe gesucht und auch keinerlei Anzeichen dafür gegeben, dass er welche brauchte. Das entlastet mich zwar nicht unbedingt, aber seine Religion bedeutete Ronald sehr viel, und seine Berufung ging ihm über alles. Er hätte nicht im Mindesten bezweifelt, dass Selbstmord eine Todsünde ist. Und eine Kurzschlusshandlung scheidet aus: Es galt die halbe Meile bis zum Ballard's Mere zurückzulegen, und dann kam der lange Fußmarsch unten am Strand. Wenn er sich das Leben genommen haben sollte, dann nur, weil er sich in einer verzweifelten Lage befand. So etwas hätte ich bei jedem meiner Studenten merken müssen, und ich wusste von nichts.«

Dalgliesh sagte: »Wenn ein junger und gesunder Mensch Selbstmord begeht, stehen wir immer vor einem Rätsel. Jemand stirbt, und keiner weiß, warum. Vielleicht hätte es nicht einmal der Betroffene selbst erklären können.«

»Ich habe Sie nicht um Absolution gebeten, Commander«, sagte der Rektor. »Ich habe nur die Fakten dargelegt.«

Es entstand eine Pause. Dalglieshs nächste Frage war nicht minder krass, aber auch sie musste gestellt werden. Er überlegte wohl, ob er zu direkt, ja eventuell taktlos vorging, hatte aber den Eindruck, dass Pater Sebastian direkte Fragen begrüßte und taktvolles Lavieren verachten würde. Die beiden verstanden einander ohne Worte besser als im Dialog. »Ich habe mich gefragt«, sagte er, »wer wohl davon profitiert, wenn das Seminar geschlossen würde.«

»Ich zum Beispiel. Aber ich denke, Fragen dieser Art können unsere Anwälte besser beantworten. Stannard, Fox und Perronet haben das Seminar von Anbeginn vertreten, und Paul Perronet ist zur Zeit einer unserer Kuratoren. Die Kanzlei befindet sich in Norwich. Mr. Perronet könnte Ihnen zudem einiges über unsere Geschichte erzählen, falls Sie daran interessiert sind. Ich weiß, dass er gelegentlich auch am Samstagmorgen arbeitet. Soll ich Ihnen einen Termin machen? Ich könnte versuchen, ihn privat zu erreichen.«

»Damit wäre mir sehr geholfen, Pater.«

Der Rektor griff zum Telefon. Die Nummer brauchte er nicht nachzuschlagen. Nachdem er gewählt hatte, entstand eine kurze Pause, dann sagte er: »Paul? Hier Sebastian Morell. Ich rufe aus meinem Büro an. Commander Dalgliesh ist bei mir. Wir haben gestern Abend über seinen Besuch gesprochen – Sie erinnern sich? Er hat verschiedene Fragen, das Seminar betreffend, die er sich gern von Ihnen beantworten lassen möchte ... Ja, was immer er wissen will. Sie brauchen ihm nichts vorzuenthalten ... Das ist sehr nett von Ihnen, Paul. Ich übergebe.«

Wortlos reichte er Dalgliesh den Hörer. Eine tiefe Stimme sagte:»Hier Paul Perronet. Ich bin morgen Vormittag in meiner Kanzlei. Um zehn habe ich einen Termin, aber wenn Sie früher kommen könnten, sagen wir um neun, dann dürfte uns ausreichend Zeit bleiben. Ich werde ab acht Uhr dreißig hier sein. Pater Sebastian gibt Ihnen die Adresse. Wir sind ganz in der Nähe der Kathedrale ... Ganz recht. Also dann, bis morgen um neun!«

Als Dalgliesh wieder Platz genommen hatte, sagte der Rektor: »Wäre das dann alles für heute?«

»Es wäre mir lieb, wenn ich einen Blick in Margaret Munroes Personalakte werfen könnte, falls Sie die noch haben, Pater.«

»Wenn Margaret noch unter uns weilte, wäre die Akte natürlich streng vertraulich. Doch da sie tot ist, habe ich keine Bedenken. Miss Ramsey verwahrt sie nebenan in einem verschlossenen Aktenschrank. Ich hole sie Ihnen.«

Er ging hinaus, und Dalgliesh hörte, wie die Lade eines Metallschranks quietschend aufgezogen wurde. Gleich darauf war der Rektor wieder da und reichte ihm einen braunen Aktendeckel. Er fragte nicht, was Mrs. Munroes Akte mit Ronald Treeves' tragischem Tod zu tun haben könne, und Dalgliesh glaubte zu wissen, warum. Er erkannte in Pater Sebastian einen gewieften Taktiker, der eine Frage dann unterließ, wenn er mit einer unliebsamen Antwort rechnen musste. Er hatte Kooperationsbereitschaft zugesichert, und daran würde er sich halten, aber er würde sich jeden aufdringlichen und lästigen Wunsch Daglieshs merken, bis der geeignete Moment kam, ihm vorzuhalten, wie viel er mit welch magerer Begründung gefordert und wie wenig Nutzen er daraus gezogen hatte. Keiner schien talentierter darin als Morell, seine Gegner auf ein Terrain zu locken, das sie nicht angemessen würden verteidigen können.

»Möchten Sie die Akte mitnehmen, Commander?«, erkundigte er sich jetzt.

»Nur über Nacht, Pater. Morgen bekommen Sie sie zurück.«

»Ja, wenn im Moment nichts weiter anliegt, dann wünsche ich Ihnen eine gute Nacht.«

Er erhob sich und öffnete Dalgliesh die Tür. Was eine Höflichkeitsgeste hätte sein können, erinnerte Dalgliesh eher an einen Schulleiter, der sichergehen will, dass ein aufsässiger Elternteil sich endlich trollt.

Die Tür zum Südflügel des Kreuzgangs stand offen. Pilbeam hatte noch nicht seinen abendlichen Rundgang gemacht, bei dem er abschloss. Da nur die Niedrigwattleuchten im Kreuzgang brannten, lag der Hof größtenteils im Dunkeln. Lediglich aus zwei Studentenzimmern im Südflügel drang ein schwacher Lichtstrahl. Auf dem Weg zu seiner Unterkunft sah Dalgliesh vor der Tür zu Ambrose, dem benachbarten Appartement, einen Mann und eine Frau stehen. Dem jungen Mann war er beim Nachmittagstee vorgestellt worden, der hell schimmernde Kopf unter der Wandleuchte war unverkennbar. Die Frau wandte sich beim Klang seiner Schritte um, und als er vor seiner Tür stehen blieb, trafen sich ihre Blicke und hielten einander sekundenlang wie in beiderseitigem Staunen fest. Das Licht fiel auf ein Gesicht von auffallender, strenger Schönheit, und in Dalgliesh regte sich etwas, das er lange nicht mehr empfunden hatte: ein Gefühl wunderlicher spontaner Zuneigung.

»Ich glaube, sie kennen einander noch nicht«, sagte Raphael. »Emma, das ist Commander Dalgliesh, der den weiten Weg von Scotland Yard auf sich genommen hat, um uns darüber aufzuklären, wie Ronald ums Leben kam. Commander, darf ich Sie mit Dr. Emma Lavenham bekannt machen, die drei Mal im Jahr aus Cambridge herüberkommt, um uns die Kultur schmackhaft zu machen. Nachdem wir brav an der Komplet teilgenommen hatten, beschlossen wir, ganz unabhängig voneinander, einen kleinen Spaziergang zu machen und die Sterne zu betrachten. Bei den Klippen haben wir uns zufällig getroffen. Und jetzt wollte ich sie wie ein guter Gastgeber zurückbringen zu ihrem Appartement. Gute Nacht, Emma!«

Seine Stimme und Attitüde wirkten besitzergreifend, und Dalgliesh spürte das leichte Widerstreben der Frau gegen diese Vereinnahmung. »Ich hätte durchaus auch allein zurückgefunden«, sagte sie. »Trotzdem danke, Raphael.«

Einen Moment lang sah es so aus, als wolle er ihre Hand ergreifen, aber da hatte Emma sich schon mit einem knappen Gutenachtgruß, der für sie beide bestimmt schien, abgewandt, um rasch in ihrem Wohnzimmer zu verschwinden.

»Die Sterne waren übrigens eine Enttäuschung«, sagte Raphael. »Gute Nacht, Commander. Ich hoffe, Sie haben alles, was Sie brauchen.« Damit machte er kehrt und strebte raschen Schrittes über den kopfsteingepflasterten Hof seinem Zimmer im Nordflügel des Kreuzgangs zu.

Ohne dass er recht hätte erklären können, warum, war Dalgliesh irritiert. Dieser Raphael Arbuthnot war ein junger Spötter, dem sein blendendes Aussehen offenbar nicht gut bekam. Vermutlich ein Spross jener Lady Arbuthnot, die St. Anselm gegründet hatte. Und wenn ja, wie viel würde er wohl erben, falls das Seminar aufgelöst wurde?

Entschlossen setzte Dagliesh sich an den Schreibtisch und studierte Mrs. Munroes Akte. Blatt für Blatt ging er die Einträge durch. Sie war am ersten Mai 1994 vom Ashcombe House, einem Hospiz in der Nähe von Norwich, nach St. Anselm gekommen. Das Seminar hatte per Annonce in der »Church Times« und in der Lokalzeitung nach einer Frau gesucht, die sich um die Wäsche kümmern und im Übrigen der Hauswirtschafterin zur Hand gehen sollte. Bei Mrs. Munroe war kurz zuvor ein Herzleiden diagnostiziert worden, und in ihrem Bewerbungsschreiben stand, dass der Pflegedienst zu anstrengend für sie geworden und dass sie auf der Suche nach einer leichteren Arbeit sei. Die Oberin des Hospizes hatte ihr ein gutes, wenn auch nicht gerade überschwängliches Zeugnis ausgestellt: Mrs. Munroe hatte ihren Posten am ersten Juni 1988 angetreten, war pflichtbewusst und mit Leib und Seele Krankenschwester, auch wenn sie im persönlichen Umgang vielleicht ein bisschen zu reserviert blieb. Die Betreuung der Sterbenden sei in letzter Zeit sowohl physisch wie psychisch über ihre Kräfte gegangen, gleichwohl sei das Hospiz der Meinung, dass sie in leichteren Fällen durchaus noch als Krankenpflegerin einsatzfähig sei und auch die Betreuung der jungen Priesteramtskandidaten neben der Verantwortung für die Wäsche sehr gern übernehmen würde. Nachdem St. Anselm sie dann eingestellt hatte, war sie anscheinend nur noch selten aus dem Seminar herausgekommen. Die Akte wies nur einige wenige Urlaubsgesuche an Pater Sebastian auf, und sie schien ihre Ferien am liebsten in ihrem Cottage verbracht zu haben, wo sie dann auch ihr einziger Sohn, ein Armeeoffizier, besuchte. Der allgemeine Eindruck, den das Dossier vermittelte, war der einer pflichtbewussten, fleißigen und sehr zurückgezogen lebenden Frau, die, abgesehen von ihrem Sohn, nur wenige Interessen hatte. Aus einer Aktennotiz ging hervor, dass der Sohn achtzehn Monate nach ihrem Einzug in St. Anselm gefallen war.

Dalgliesh legte das Dossier in die Schreibtischschublade, duschte und ging zu Bett. Aber als er das Licht ausgeschaltet hatte, ließ ihn die Erinnerung an das aufreibende Tagesgeschäft keinen Schlaf finden. Wieder stand er mit Pater Martin am Strand. Im Geiste sah er die braune Kutte und die Soutane vor sich, die so akkurat gefaltet waren, als habe der Junge für eine Reise gepackt, und vielleicht hatte er es ja auch so gemeint. Oder hatte er sie wirklich nur abgelegt, um ein paar Meter unsicheren, mit Steinen durchsetzten und notdürftig mit Grassoden zusammengehaltenen rutschigen Sandes hochzuklettern? Und warum hätte er das probieren sollen?

Was versprach er sich davon, auf welche Entdeckungen hoffte er? An diesem Küstenstrich tauchten zwar von Zeit zu Zeit unter dem Sand oder in den Klippen Reste längst begrabener Skelette auf, die vor Generationen aus den Gräbern der untergegangenen Kirchhöfe vom Meeresboden emporgespült worden waren. Aber von den Zeugen am Tatort hatte keiner entsprechende Spuren gefunden. Und selbst wenn Treeves die glatte Rundung eines Schädels erspäht hatte oder einen Knochen, der aus dem Sand herausragte, warum hatte er dann erst Kutte und Soutane abgelegt, ehe er seinen Fund ausbuddelte? Dalgliesh maß dem sorgsam zusammengelegten Kleiderbündel eine tiefere Bedeutung bei. Symbolisierte es nicht den bewussten, fast feierlichen Abschied von Leben, Berufung, vielleicht gar Glauben?

Hin- und hergerissen zwischen Mitleid, Neugier und Vermutungen über diesen schrecklichen Tod, wandten Dalglieshs Gedanken sich wieder Margaret Munroes Tagebuch zu. Ihren letzten Eintrag hatte er so oft gelesen, dass er ihn auswendig hätte zitieren können. Sie war auf ein Geheimnis von solcher Brisanz gestoßen, dass sie nur indirekt darüber zu berichten wagte. Sie hatte mit der Person gesprochen, die am meisten davon betroffen war, und nur wenige Stunden später war sie tot. Auf Grund ihres Herzleidens war jederzeit mit ihrem Ableben zu rechnen gewesen, und die Aufregung, das Gefühl, sich mit den Konsequenzen ihrer Entdeckung auseinander setzen zu müssen, könnte ihren Tod beschleunigt haben. Aber dieser hätte auch irgendjemandem sehr gelegen kommen können. Und wie leicht wäre dieser Mord zu bewerkstelligen gewesen. Eine ältere Frau mit einem schwachen Herzen und allein stehend, ein Hausarzt, der sie regelmäßig besuchte und ohne Bedenken den Totenschein ausstellen würde. Und warum hielt sie, wenn sie ihre Fernsehbrille trug, ein Strickzeug im Schoß? Und gesetzt den Fall, sie hätte wirklich ferngesehen, wer hatte dann den Apparat

156

ausgeschaltet? Für all diese Ungereimtheiten ließ sich natürlich eine Erklärung finden. Es war spätabends, und sie war müde. Selbst wenn weitere Indizien auftauchten – und wo sollten die jetzt noch herkommen? –, bestand wenig Hoffnung, das Rätsel zu lösen. Wie Ronald Treeves war auch Mrs. Munroe eingeäschert worden. Dalgliesh fand, St. Anselm habe es seltsam eilig damit, sich seiner Toten zu entledigen. Doch das war unfair. Schließlich hatten sowohl Sir Alred als auch Mrs. Munroes Schwester das Seminar von ihren Plänen ausgeschlossen.

Er wünschte, er hätte Treeves' Leichnam mit eigenen Augen gesehen. Es war immer unbefriedigend, mit Beweismitteln aus zweiter Hand zu arbeiten, und Fotos vom Tatort existierten auch keine. Wenigstens waren die Zeugenaussagen einhellig gewesen, und sie alle deuteten auf Selbstmord hin. Aber warum? Für Treeves wäre es eine Sünde gewesen, sich umzubringen, eine Todsünde. Was konnte so entsetzlich für ihn gewesen sein, dass er dennoch diesen Ausweg wählte?

17

Wer irgendwo im Lande eine historische Stadt besucht, wird auf seinem Rundgang feststellen, dass die schmucksten Häuser im Zentrum unweigerlich von Anwaltskanzleien belegt sind. Messrs. Stannard, Fox & Perronet bildeten da keine Ausnahme. Die Kanzlei befand sich in einem eleganten georgianischen Haus gleich bei der Kathedrale, das durch einen schmalen Pflasterstreifen vom Gehsteig getrennt war. Die auf Glanz gebeizte Eingangstür mit dem Türklopfer in Form eines Löwenkopfes, der hell leuchtende Verputz, die blitzblanken Fenster mit den blütenweißen Tüllgardinen, die von keiner Luftverschmutzung wussten – alles spiegelte das fahle

Morgenlicht wider und zeugte von der Distinguiertheit und dem Wohlstand der exklusiven Sozietät. Im ebenerdigen Vorzimmer, das früher offenbar Teil eines größeren, wohlproportionierten Raumes gewesen war, blickte ein junges Mädchen mit frischem Teint von einer Illustrierten auf und begrüßte Dalgliesh mit gefälligem Norfolkakzent.

»Commander Dalgliesh, nicht wahr? Mr. Perronet erwartet Sie schon. Er lässt Sie bitten, gleich hinaufzukommen. Sein Büro ist im ersten Stock an der Straßenseite. Seine Assistentin kommt samstags nicht, wir sind heute nur zu zweit, aber wenn Sie mögen, mache ich Ihnen gern einen Kaffee.«

Dalgliesh lächelte ihr zu, lehnte den Kaffee dankend ab und stieg die Treppe hinauf, die von gerahmten Fotos ehemaliger Kanzleimitglieder gesäumt war.

Der Mann, der ihn an der Tür seines Büros erwartete und ihm entgegenkam, war älter, als seine Stimme am Telefon hatte vermuten lassen; Dalgliesh schätzte ihn auf Ende fünfzig. Er war über einsachtzig groß, hager und hatte ein ausgeprägtes Kinn, sanfte graue Augen hinter einer Hornbrille und blondes Haar, das in dünnen Strähnen über die hohe Stirn fiel. Eher das Gesicht eines Komikers als das eines Anwalts. Mr. Perronet war tadellos gekleidet. Sein dunkler Nadelstreifenanzug schien schon älter zu sein, stammte aber von einem erstklassigen Schneider. Der konservative Schnitt des Dreiteilers wurde aufgelockert durch das blau gestreifte Hemd und eine rosa Krawatte mit blauen Punkten. Es hatte den Anschein, als sei Perronet sich durchaus seiner leicht exzentrischen Physiognomie bewusst und gebe sich alle Mühe, diesen Zug zu kultivieren.

Der Raum, in den Dalgliesh geführt wurde, entsprach im Wesentlichen seinen Erwartungen. Der georgianische Schreibtisch war frei von Papierstößen und Aktenkörben. Das Ölporträt über dem eleganten Marmorkamin zeigte zweifellos einen der Gründerväter der Kanzlei, und die sorgfältig aufeinander abgestimmten Landschaftsaquarelle waren so gut, dass es Cotmans hätten sein können und wohl auch waren.

»Sie möchten keinen Kaffee? Sehr klug. Zu früh. Ich nehme meinen um elf, bei einem Spaziergang hinauf zur Kirche St. Peter Mancroft. So komme ich auch ein bisschen aus dem Büro hinaus. Dieser Stuhl ist hoffentlich nicht zu niedrig? Nein? Sonst nehmen Sie lieber den anderen. Pater Sebastian hat mich gebeten, Ihnen all Ihre Fragen bezüglich St. Anselm zu beantworten. Nun denn. Wäre dies eine offizielle polizeiliche Untersuchung, dann wäre ich natürlich über den Wunsch hinaus, Ihnen behilflich zu sein, auch dazu verpflichtet.«

Der sanfte Blick seiner grauen Augen war trügerisch, sie konnten durchaus auch scharf beobachten. Dalgliesh sagte: »Von einer offiziellen Untersuchung dürfte kaum die Rede sein. Ich bin hier in einer etwas unklaren Position. Pater Martin wird Ihnen ja berichtet haben, dass Sir Alred Treeves nicht ganz einverstanden ist mit dem Ergebnis der gerichtlichen Untersuchung zur Todesursache seines Sohnes. Daher hat er die Met ersucht zu ermitteln, ob eine Chance besteht, den Fall wieder aufzurollen. Ich hatte ohnehin eine Reise nach Suffolk geplant, und da ich außerdem einigermaßen mit St. Anselm vertraut bin, schien es angebracht und sinnvoll, dass ich mich darum kümmere. Sollten sich Hinweise auf eine Straftat ergeben, dann würde die Sache natürlich offiziell und ein Fall für die Polizei von Suffolk.«

»Soso, er sträubt sich gegen den Befund der Jury? Ich hätte gedacht, er wäre eher erleichtert darüber.«

»Ihm schien die Beweislage nicht eindeutig genug für einen Unfalltod.«

»Das mag wohl sein, aber es gab auch keine Indizien für einen anderen Hergang. Gut, vielleicht wäre ›Todesursache unbekannt‹ angemessener gewesen.«

»Gerade jetzt, wo St. Anselm sich in einer so schwierigen

Lage befindet, kam die Publicity den Patres sicher ungelegen«, sagte Dalgliesh.

»Ganz recht, aber die Tragödie wurde überaus diskret behandelt. Pater Sebastian ist in diesen Dingen sehr gewieft. Und St. Anselm hatte weiß Gott schon schlechtere Publicity. Da war 1923 der Homosexuellenskandal, als der Kirchenhistoriker des Seminars – ein gewisser Pater Cuthbert – sich leidenschaftlich in einen der Kandidaten verliebte und der Rektor die beiden in flagranti ertappte. Sie radelten auf Pater Cuthberts Tandem zum Hafen von Felixstowe und in die Freiheit. Vermutlich hatten sie zuvor ihre Soutanen mit viktorianischen Knickerbockers vertauscht. Eine, wie ich finde, charmante Vorstellung. Und 1932 kam es zu einem noch schwerwiegenderen Skandal, als der damalige Rektor zum römisch-katholischen Glauben konvertierte und die Hälfte des Lehrkörpers und ein Drittel der Ordinanden mitnahm. Damals muss Agnes Arbuthnot sich im Grabe umgedreht haben! Gleichwohl ist es richtig, dass auch diese jüngste Publicity zur Unzeit kommt, durchaus.«

»Waren Sie bei der gerichtlichen Untersuchung zugegen?«

»Ja, als Vertreter des Seminars. Unsere Kanzlei vertritt St. Anselm seit seiner Gründung. Miss Arbuthnot – wie die Familie Arbuthnot überhaupt – fühlte sich in London nicht wohl, und als ihr Vater später nach Suffolk zog und 1842 das Haus baute, übertrug er uns seine Rechtsangelegenheiten. Wir waren zwar nicht direkt in der Grafschaft ansässig, aber ich glaube, er wollte lieber eine ostenglische Kanzlei als unbedingt eine aus Suffolk. Miss Arbuthnot hat nach dem Tode ihres Vaters die Geschäftsbeziehung aufrechterhalten. Einer unserer Seniorpartner gehört traditionsgemäß dem Kuratorium des Seminars an. Das hat Miss Arbuthnot testamentarisch verfügt, verbunden mit der Auflage, dass es sich dabei um ein kommunizierendes Mitglied der anglikanischen Kirche handeln müsse. Amtierender Kurator bin ich. Wer weiß, was werden soll, falls in Zukunft all unsere Partner entweder römisch-katholisch sind oder Nonkonformisten oder schlicht Ungläubige. Vermutlich werden wir dann jemanden dazu bringen müssen, dass er konvertiert. Bislang hat sich freilich immer noch ein angemessen qualifizierter Anwärter gefunden.«

»Ihre Kanzlei hat eine lange Tradition, nicht wahr?«, sagte Dalgliesh.

»Sie wurde 1792 gegründet. Stannards sind zur Zeit keine vertreten. Der letzte Spross hat die akademische Laufbahn eingeschlagen; ich glaube, er lehrt an einer der neuen Universitäten. Aber ein junger Fox – besser gesagt eine junge Füchsin – wird demnächst bei uns eintreten: Priscilla Fox. Hat erst letztes Jahr ihre Zulassung bekommen, sehr viel versprechendes Talent. Ich halte viel von Kontinuität.«

Dalgliesh sagte: »Ich hörte von Pater Martin, dass der Tod des jungen Treeves die Schließung St. Anselms beschleunigen könnte. Sind Sie als Kurator auch dieser Ansicht?«

»Ja, leider. Beschleunigen, wohlgemerkt, nicht verursachen. Sie wissen wahrscheinlich, dass die Kirche dabei ist, ihre Priesterseminare zusammenzulegen und in einigen wenigen Zentren zu konzentrieren, und St. Anselm fiel schon immer aus dem Rahmen. Möglich, dass die Schließung jetzt rascher erfolgt, aber sie war ohnehin unvermeidbar. Dabei geht es nicht nur um Kirchenpolitik und Finanzen, nein, das Ethos von St. Anselm hat sich ganz einfach überlebt. Kritisiert wurde das Seminar schon immer – »elitär« nannte man es, »versnobt«, »zu weltabgeschieden«, sogar, dass die Studenten »zu wohl genährt« seien, wurde gerügt. Und der Wein ist in der Tat erstaunlich gut. Ich achte immer darauf, dass meine vierteljährlichen Besuche nicht in die Fastenzeit oder auf einen Freitag fallen. Allerdings haben die Patres ihre Weine zumeist geerbt, so dass sie das Seminar keinen Penny kosten. Vor fünf Jahren hat Kanonikus Cosgrove ihnen seinen Keller ver-

macht. Der alte Herr war ein Connaisseur. Mit seiner Hinterlassenschaft dürften die Patres bis zur Schließung auskommen.«

»Und wenn es so weit kommen sollte«, sagte Dalgliesh, »was
geschieht dann mit den Gebäuden, den Sachwerten?«

»Hat Ihnen Pater Sebastian das nicht gesagt?«

»Er sagte mir, dass er zu den Nutznießern zählen würde, hat
mich aber wegen der Details an Sie verwiesen.«

»Soso, nun denn.« Mr. Perronet erhob sich und öffnete einen
Schrank links vom Kamin. Mit einiger Mühe hievte er eine
große Kassette heraus, auf der mit weißer Farbe der Name
»Arbuthnot« stand.

»Wenn Sie sich für die Geschichte des Seminars interessieren,
was ich wohl voraussetzen darf, dann sollten wir vielleicht am
Anfang beginnen. Hier drin finden Sie alles. Ja, wirklich, Sie
können die Geschichte einer ganzen Familie in einer einzigen
schwarzen Blechkassette nachlesen. Ich fange einmal mit
Agnes Arbuthnots Vater an, mit Claude Arbuthnot, der 1859
starb. Er hatte eine Fabrik in der Nähe von Ipswich, in der
Knöpfe hergestellt wurden und Spangen – Knöpfe für diese
hohen Stiefeletten, wie sie die Damen seinerzeit trugen, sowie
Zierknöpfe, Gürtelspangen und dergleichen. Seine Geschäfte
gingen blendend, und er wurde ein steinreicher Mann. 1820
kam Agnes zur Welt, sein erstes Kind. Ihr folgten Edwin, der
1823 geboren wurde, und zwei Jahre später Clara. Mit ihr
brauchen wir uns nicht weiter zu befassen. Sie hat nie geheiratet und starb 1849 in Italien an Tuberkulose. Wurde in Rom
auf dem protestantischen Friedhof beigesetzt – natürlich in
bester Gesellschaft. Armer Keats! Aber so war das eben zu der
Zeit: Man pilgerte der Sonne entgegen, weil man sich vom
südlichen Klima Heilung versprach. Dabei waren oft genug
schon die Strapazen der weiten Reise tödlich. Schade, dass
sie nicht einfach nach Torquay gefahren ist, um sich zu erholen. Jedenfalls hätten wir Clara damit abgehakt. Das Haus

hat natürlich noch der alte Claude gebaut. Er hatte ein Vermögen verdient, und das wollte er auch zeigen. Nun denn, das Haus vermachte er Agnes, das Geld wurde zwischen ihr und Edwin aufgeteilt, und wegen dieser Aufteilung kam es dann wohl zu Differenzen. Aber Agnes hing an dem Haus, und im Gegensatz zu Edwin bewohnte sie es auch, also wurde es ihr zugesprochen. Hätte ihr streng protestantischer Vater gewusst, was sie damit machen würde, wäre sein Testament vermutlich anders ausgefallen. Aber man kann über sein Eigentum nun einmal nicht übers Grab hinaus bestimmen. Er hatte ihr das Haus vererbt, und dabei blieb es. Als sie ein Jahr nach seinem Tod eine Schulfreundin in Oxford besuchte, geriet sie unter den Einfluss der Oxford-Bewegung und fasste den Plan, St. Anselm zu gründen. Das Haus war ja vorhanden, aber sie baute den Kreuzgang an, restaurierte die Kirche, die sie in den Gebäudekomplex mit einbezog, und ließ auch die vier Cottages fürs Personal errichten.«

»Und was wurde aus Edwin?«, fragte Dalgliesh.

»Ein Forscher. Bis auf Claude waren die Männer bei den Arbuthnots anscheinend alle sehr reiselustig. Was Edwin angeht, so hat er an ein paar wichtigen Grabungen im Nahen Osten teilgenommen. Er kam nur selten nach England zurück und starb 1890 in Kairo.«

»War er es, der dem Seminar den St.-Anselm-Papyrus geschenkt hat?«

Jetzt wurden die Augen hinter der Hornbrille wachsam. Es dauerte einen Moment, ehe Perronet antwortete. »Sie wissen also davon. Das hat Pater Sebastian mir nicht gesagt.«

»Ich weiß nur sehr wenig. Mein Vater war in das Geheimnis eingeweiht, und obwohl er stets sehr diskret gewesen ist, habe ich hie und da einen Hinweis aufgeschnappt, wenn wir zusammen in St. Anselm waren. So ein Vierzehnjähriger ist hellhöriger und wissbegieriger, als die Erwachsenen glauben. Mein Vater hat mir ein wenig darüber erzählt, aber ich musste ihm versprechen, es für mich zu behalten. Und daran habe ich mich gehalten.«

»Gut, es war Pater Sebastians Wunsch, dass ich all Ihre Fragen beantworte, aber über den Papyrus kann ich Ihnen nicht viel sagen. Wahrscheinlich wissen Sie genauso viel darüber wie ich. Fest steht, dass Miss Arbuthnot ihn 1887 von ihrem Bruder bekam, der gewiss im Stande gewesen wäre, ihn zu fälschen oder fälschen zu lassen. Er war immer für einen Streich zu haben, und dieser hätte ihm besonders gefallen. Er war nämlich inbrünstiger Atheist. Das heißt, kann ein Atheist überhaupt inbrünstig sein? Egal, auf jeden Fall war er areligiös.«

»Was genau hat es denn mit dem Papyrus auf sich?«

»Angeblich handelt es sich um ein Schreiben des Pontius Pilatus an einen Wachoffizier mit Anweisungen zur Beseitigung eines gewissen Leichnams. Miss Arbuthnot hielt es für eine Fälschung, und die meisten Rektoren, die das Schriftstück seither zu sehen bekamen, waren der gleichen Meinung. Mir selbst wurde es nie gezeigt, aber meinem Vater und ich glaube auch dem alten Stannard. Für meinen Vater stand zweifelsfrei fest, dass es nicht echt war, aber er sagte auch, dass es sich im Falle einer Fälschung um eine bewundernswert professionelle Arbeit handele.«

»Sonderbar, dass Agnes Arbuthnot den Papyrus nicht vernichten ließ«, sagte Dalgliesh.

»Oh, das finde ich nicht. Nein, sonderbar würde ich das nicht nennen. Dazu gibt es auch eine Stellungnahme von Miss Arbuthnot hier unter den Dokumenten. Wenn Sie erlauben, werde ich sie Ihnen rasch sinngemäß wiedergeben. Miss Arbuthnot war der Meinung, wenn man den Papyrus vernichtete, würde ihr Bruder das publik machen, und just die Tatsache, dass das Schriftstück nicht mehr vorzuweisen sei, würde den Glauben an seine Echtheit bestärken. Denn dann könnte es niemand mehr als Fälschung entlarven. Also ordnete sie an, dass der jeweilige Rektor den Papyrus in Besitz nehmen und verwahren solle und erst auf dem Sterbebett an seinen Nachfolger weitergeben dürfe.«

»Was bedeutet«, sagte Dalgliesh, »dass er sich zur Zeit noch in Pater Martins Händen befindet.«

»Das ist richtig. Pater Martin wird ihn irgendwo in Verwahrung haben. Wo, weiß vermutlich nicht einmal Pater Sebastian. Falls Sie noch weitere Auskünfte über den Papyrus wünschen, sollten Sie sich an ihn wenden. Aber ich wüsste nicht, welche Rolle er beim Tode des jungen Treeves gespielt haben könnte.«

»Noch sehe ich da auch keinen Zusammenhang«, sagte Dalgliesh. »Aber wie ging es nach Edwin Arbuthnots Tod mit der Familie weiter?«

»Er hatte einen Sohn, Hugh, Jahrgang 1880, der 1916 in der Schlacht an der Somme fiel. Mein Großvater übrigens auch. Die Opfer der Weltkriege marschieren immer noch durch unsre Träume, nicht? Hugh Arbuthnot hinterließ zwei Söhne. Edwin, der ältere, Jahrgang 1903, hat nie geheiratet und starb 1979 in Alexandria. Der jüngere Sohn Claude, Jahrgang 1905, war der Großvater von Raphael Arbuthnot, der zur Zeit in St. Anselm studiert. Aber das wissen Sie natürlich. Raphael ist der Letzte der Arbuthnots.«

»Aber der Erbe ist er nicht?«, sagte Dalgliesh.

»Nein. Der Junge ist leider unehelich. Und Miss Arbuthnots Testament war diesbezüglich sehr präzise und detailliert. Ich glaube nicht, dass die teure Lady je ernsthaft mit der Schließung von St. Anselm gerechnet hat, aber mein Vorgänger, der die Familie seinerzeit juristisch betreute, drängte darauf, dass immerhin Vorkehrungen für diesen Fall getroffen wurden. Ganz zu Recht. Und entsprechend heißt es im Testament, dass der Grundbesitz und alle Sachwerte im Seminar und in der Kirche, die von Miss Arbuthnot gestiftet wurden und sich zum Zeitpunkt der Schließung in St. Anselm befinden, zu gleichen Teilen zwischen den direkten Nachkommen ihres Vaters aufgeteilt werden sollen, vorausgesetzt, sie sind legitim nach englischem Recht und kommunizierende Mitglieder der anglikanischen Kirche.«

»Das ist aber eine ungewöhnliche Formulierung«, meinte Dalgliesh, »›legitim nach englischem Recht‹.«

»Für die damalige Zeit eigentlich nicht. Miss Arbuthnot war eine typische Vertreterin ihrer Epoche und ihres Standes. Wenn es um ihr Vermögen ging, rechneten die Viktorianer immer mit der Möglichkeit, dass ein zweifelhafter Spross aus einer ungesetzlich im Ausland geschlossenen Verbindung Ansprüche geltend machen könnte. Es gibt da berühmt-berüchtigte Präzedenzfälle. Für den Fall, dass kein legitimer Familienerbe ausfindig gemacht werden kann, bestimmt das Testament weiter, dass Grundbesitz und Sachwerte wiederum zu gleichen Teilen zwischen den zum Zeitpunkt der Schließung im Seminar ansässigen Patres aufgeteilt werden sollen.«

»Demnach wären also die Nutznießer Pater Sebastian Morell, Pater Martin Petrie, Pater Peregrine Glover und Pater John Betterton. Das ist Raphael gegenüber ein bisschen hart, oder? Daran, dass er außerehelich geboren wurde, besteht wohl kein Zweifel?«

»Ihrer ersten Einlassung kann ich nicht widersprechen. Aber Pater Sebastian ist natürlich nicht entgangen, wie unfair die Testamentsbestimmungen in diesem Punkte sind. Vor zwei Jahren wurde erstmals ernsthaft über die Schließung des Seminars spekuliert, und damals konsultierte er mich dann auch in der Sache. Natürlich ist er nicht ganz glücklich mit den Klauseln des Testaments, und so schlug er vor, dass man, sollte St. Anselm wirklich geschlossen werden, zwischen den Begünstigten eine Vereinbarung treffen solle, die gewährleistet, dass Raphael nicht leer ausgeht. Normalerweise können Erbschaftsregelungen im Einvernehmen der Begünstigten natürlich modifiziert werden, aber hier liegt der Fall

komplizierter. Und ich sagte Pater Sebastian, dass ich ihm
seine Bitte um eine gerechtere Vermögensverteilung weder
rasch noch leicht würde beantworten können. Da ist zum Beispiel das enorm wertvolle Gemälde in der Kirche. Miss Arbuthnot stiftete es mit dem ausdrücklichen Wunsch, es solle
als Altargemälde dienen. Nehmen wir nun an, die Kirche
bleibt ein geweihtes Gotteshaus – soll das Bild dann entfernt
werden, oder sollte man eine Vereinbarung treffen, der zufol-
ge wer immer der Kirche vorsteht das Gemälde erwerben
kann? Der jüngst ernannte Kurator Archidiakon Crampton
hat sich dafür stark gemacht, das Bild schon jetzt zu entfernen
und es entweder an einem sichereren Ort unterzubringen
oder zu Gunsten der gesamten Diözese zu verkaufen. Er würde gern alle Schätze von St. Anselm abziehen. Ich habe ihm
gesagt, dass ich eine solch verfrühte Aktion bedauern würde,
aber es ist durchaus möglich, dass er sich trotzdem durchsetzt.
Er hat allerhand Einfluss, und der von ihm favorisierte Kurs
garantiert natürlich, dass von der Schließung des Seminars
eher die Kirche profitieren würde als ein paar Privatpersonen.
Ferner stellt sich das Problem, was aus den Gebäuden werden
soll. Ich gestehe, dass mir auf Anhieb nichts einfällt, wofür
man sie sinnvoll nutzen könnte, und vielleicht stehen sie in
zwanzig Jahren auch gar nicht mehr. Das Meer ist ja an dieser
Küste rapide auf dem Vormarsch. Und natürlich mindern die
Erosionsschäden den Wert der Gebäude schon jetzt ganz erheblich. Da ist das Inventar selbst ohne den Rogier van der
Weyden vermutlich wertvoller, insbesondere das Silber, die
Bücher und das Mobiliar.«
»Nicht zu vergessen der St.-Anselm-Papyrus«, sagte Dal-
gliesh. Und hatte wieder das Gefühl, sich mit dieser Anspie-
lung nicht beliebt zu machen.
Perronet sagte: »Höchstwahrscheinlich wird auch der an die
Begünstigten fallen. Was ein besonderes Problem aufwerfen
könnte. Aber wenn das Seminar geschlossen wird und es von

da an keinen Rektor mehr gibt, dann fällt auch der Papyrus unter die Erbmasse.«

»Aber ob echt oder nicht – er ist doch wohl sehr wertvoll, oder?«

»Für jemanden, dessen Streben sich nach Geld oder Macht richtet«, sagte Paul Perronet, »wäre er von beträchtlichem Wert, ja.«

Für jemanden wie Sir Alred Treeves, dachte Dalgliesh. Aber man konnte sich schwer vorstellen, dass Sir Alred seinen Adoptivsohn mit der Absicht ins Seminar eingeschleust haben sollte, den St.-Anselm-Papyrus in seinen Besitz zu bringen, falls er von der Existenz des Schriftstücks überhaupt wusste.

»Daran, dass Raphael unehelich ist, besteht also kein Zweifel?«, fragte er noch einmal.

»O nein, Commander, nicht der geringste. Seine Mutter machte während der Schwangerschaft keinen Hehl daraus, dass sie ledig war und auch nicht den Wunsch hatte zu heiraten. Den Namen des Vaters hat sie nie preisgegeben, auch wenn sie sich gehässig und verächtlich über ihn äußerte. Als das Kind geboren war, hat sie es buchstäblich dem Seminar aufgehalst. Dem Korb, in dem sie es bei den Patres abgab, lag ein Zettel bei, auf dem stand: ›Da Sie angeblich so auf christliche Nächstenliebe schwören, praktizieren Sie Ihr Steckenpferd doch einmal an diesem Bastard. Falls Sie Geld brauchen, wenden Sie sich an meinen Vater.‹ Die Notiz befindet sich auch hier unter den Papieren der Arbuthnots. Für eine Mutter war das ein außergewöhnlicher Schritt.«

In der Tat, dachte Dalgliesh. Es gab Frauen, die aus Not ihre Kinder aussetzten, sie manchmal sogar umbrachten. Aber wenn diese Frau, die gewiss nicht mittellos und ohne Freunde war, ihr Kind verstieß, so war das ein Akt kalkulierter Brutalität.

»Gleich darauf ging sie ins Ausland und unternahm in den nächsten zehn Jahren ausgedehnte Reisen durch Indien und den Fernen Osten. Ich glaube, die meiste Zeit in Gesellschaft einer befreundeten Ärztin, die Selbstmord beging, kurz bevor Clara Arbuthnot nach England zurückkehrte. Clara starb an Krebs, am dreißigsten April 1988 in Ashcombe House, einem Hospiz bei Norwich.«

»Ohne ihr Kind je wieder gesehen zu haben?«

»Sie hat den Jungen weder gesehen noch das geringste Interesse an ihm bekundet. Allerdings ist sie tragischerweise sehr jung gestorben. Vielleicht hätte sich sonst noch etwas geändert. Ihr Vater hatte erst mit über fünfzig geheiratet und war, als sein Enkel geboren wurde, ein alter Mann. Er wäre mit dem Kind nicht mehr fertig geworden und wollte es auch gar nicht haben. Aber er hat ihm einen kleinen Treuhandfonds eingerichtet. Und nach seinem Tod wurde der damalige Rektor von St. Anselm zum rechtmäßigen Vormund des Jungen ernannt. Das Seminar war praktisch Raphaels Zuhause. Und die Patres waren alles in allem sehr großzügig ihm gegenüber. Sie hielten es für richtig, ihn von klein auf in eine Internatsschule zu schicken, wo er mit anderen Jungen seines Alters zusammenkam, und ich glaube, das war eine kluge Entscheidung. Später ging er natürlich auf eine Public School, wo der Treuhandfonds gerade mal das Schulgeld deckte. Aber in den Ferien war er meist in St. Anselm.«

Das Telefon auf dem Schreibtisch klingelte. »Sally kündigt mir meinen nächsten Besucher an«, sagte Paul Perronet. »Benötigen Sie noch weitere Auskünfte, Commander?«

»Nein, vielen Dank. Ich weiß nicht, inwieweit diese Informationen für meine Ermittlungen relevant sind, aber ich bin froh, nun über einiges im Bilde zu sein. Und ich danke Ihnen, dass Sie mir so viel von Ihrer Zeit gewidmet haben.«

»Mir scheint«, sagte Perronet, »wir haben uns ziemlich weit vom Tode dieses armen Jungen entfernt. Sie werden mich doch sicher über das Ergebnis Ihrer Ermittlungen unterrichten. Als Kurator habe auch ich ein Interesse daran.«

Dalgliesh versprach es und verabschiedete sich. Draußen auf

169

der sonnenhellen Straße schlug er den Weg zur Pfarrkirche St. Peter Mancroft mit ihrem prächtigen, hoch aufragenden Turm ein. Schließlich war heute Samstag, und er hatte eigentlich dienstfrei. Wenigstens eine Stunde durfte er da seinen eigenen Interessen frönen.

Im Gehen dachte er nach über das, was er eben erfahren hatte. Ein sonderbarer Zufall, dass Clara Arbuthnot im selben Hospiz gestorben war, in dem Margaret Munroe als Schwester gearbeitet hatte. Nun, gar so sonderbar vielleicht auch wieder nicht. Miss Arbuthnot hatte vermutlich in ihrer Heimat sterben wollen, und die Stelle in St. Anselm war just dann in den Lokalzeitungen ausgeschrieben, als Mrs. Munroe sich nach einer neuen Arbeit umgesehen hatte. Aber die beiden Frauen konnten sich nicht gekannt haben. Er würde die Daten noch einmal überprüfen müssen, doch eigentlich vertraute er seinem Gedächtnis. Als Margaret Munroe ihre Stelle im Hospiz angetreten hatte, war Miss Arbuthnot bereits einen Monat tot.

Er hatte aber noch etwas anderes erfahren, was den Fall verkomplizierte. Wie auch immer Ronald Treeves ums Leben gekommen war, mit seinem Tode war die Auflösung des Seminars einen entscheidenden Schritt näher gerückt. Und wenn der Archidiakon sie durchsetzte, würden vier Mitglieder des Kollegiums mit einem Schlage sehr reich sein.

Dalgliesh hatte den Eindruck gehabt, dass man in St. Anselm froh wäre, wenn er möglichst lange fortbliebe, aber er hatte Pater Martin versprochen, zum Abendessen zurück zu sein. Nach einem zweistündigen Streifzug durch die Stadt fand er ein Restaurant, in dem weder die Karte noch das Ambiente touristisch aufgemotzt waren, und er verzehrte dort ein einfaches Mittagessen. Doch bevor er ins Seminar zurückfuhr, musste er noch etwas erledigen. Aus dem Telefonbuch des Restaurants suchte er sich die Verlagsanschrift der »Sole Bay Gazette« heraus. Den niedrigen Backsteinbau an einer Kreuzung vor der Stadt, in dem eine ganze Reihe von Lokalzeitungen und Illustrierten publiziert wurden, hätte man eher für eine Garage gehalten als für ein Verlagshaus. Die gewünschten alten Nummern der »Gazette« bekam Dalgliesh problemlos. Karen Surtees' Gedächtnis hatte sie nicht getrogen: Die Ausgabe der Woche vor Mrs. Munroes Tod enthielt tatsächlich ein Bild von einer mit Trauerflor geschmückten Färse am Grab ihres Eigentümers.

Dalgliesh, der auf dem Hof vor dem Verlag geparkt hatte, kehrte zu seinem Wagen zurück und studierte die Zeitung. Es war ein typisches Wochenblatt aus der Provinz, dessen Beschäftigung mit dem Gemeindeleben, mit ländlichen und kleinstädtischen Interessen eine erfrischende Abwechslung zu den sattsam bekannten Themen der überregionalen Presse bedeutete. Hier wurde aus den Dörfern über Whistrunden und Basare berichtet, über Dartswettbewerbe, Beerdigungen und die Treffen von Ortsgruppen und Vereinen. Auf einer Seite mit Hochzeitsfotos lächelten Braut und Bräutigam Kopf an Kopf in die Kamera, und im mehrseitigen Immobilienteil waren Häuser, Cottages und Bungalows abgebildet, die zum Verkauf standen. Allein vier Seiten waren Privatannoncen und anderen Anzeigen vorbehalten. Nur in zwei Meldungen kamen auch die weniger harmlosen Belange der Außenwelt zum Zuge. Zum einen waren sieben illegale Einwanderer in einer Scheune entdeckt worden, und es bestand der Verdacht, dass ein Schiffer aus der Umgebung sie ins Land geschmuggelt hatte. Zum anderen meldete die Polizei zwei Festnahmen im Zusammenhang mit einem Kokainfund, der den Verdacht nahe legte, dass es sich bei dem Dealer um einen Ortsansässigen handelte.

Dalgliesh faltete die Zeitung zusammen. Seine Hoffnung hatte sich nicht bestätigt. Falls irgendetwas in der »Gazette« Margaret Munroes Gedächtnis auf die Sprünge geholfen hatte, so hatte sie das Geheimnis mit ins Grab genommen.

18

Reverend Matthew Crampton, Archidiakon von Reydon, wählte die kürzeste Route für die Fahrt von seinem Pfarrhaus in Cressingfield südlich von Ipswich nach St. Anselm. Er fuhr mit dem angenehmen Gefühl Richtung A 12, dass er seine Pfarrei, seine Frau und sein Arbeitszimmer in bester Hut und Ordnung zurückgelassen hatte. Schon in seiner Jugend war er selten von zu Hause fortgegangen, ohne insgeheim damit zu rechnen, dass er vielleicht nicht wiederkommen würde. Er hatte sich deswegen nie ernsthaft gesorgt, aber der Gedanke war immer präsent, gleich den anderen uneingestandenen Ängsten, die sich wie schlafende Schlangen in seinem Hinterkopf eingenistet hatten. Mitunter kam es ihm so vor, als verbringe er das ganze Leben in der steten Erwartung seines Endes. Die kleinen täglichen Rituale, die das nach sich zog, hatten weder etwas mit krankhafter Obsession von der Sterblichkeit zu tun noch mit seinem Glauben, sondern waren eher ein Vermächtnis seiner Mutter, die in seiner Kindheit darauf bestanden hatte, dass er jeden Morgen frische Unterwäsche anzog, weil er just an diesem Tag überfahren werden und dann dem prüfenden Blick von Schwestern, Ärzten und Leichenbestatter als bedauernswertes Opfer mütterlicher Nachlässigkeit ausgesetzt sein könnte. Als Junge hatte er sich die Schlussszene manchmal ausgemalt: wie er auf einem Tisch im Leichenschauhaus lag und seine Mutter Trost und Erleichterung in der Gewissheit fand, dass er wenigstens in sauberen Unterhosen gestorben war.

Seine erste Ehe hatte er ebenso systematisch ad acta gelegt, wie er seinen Schreibtisch aufzuräumen pflegte. Und jene stumme Erscheinung auf dem Treppenabsatz oder die flüchtig am Fenster seines Arbeitszimmers vorbeihuschende Gestalt, der plötzliche Schock, wenn ein halb vergessenes Lachen an sein Ohr drang – all das war glücklicherweise so schwach, dass es sich leicht verdrängen ließ durch Gemeindepflichten, Arbeitsalltag und seine zweite Ehe. Die erste hatte er in einem dunklen Verlies seines Gedächtnisses versenkt und den Riegel vorgeschoben, freilich nicht, ohne zuvor fast feierlich das Urteil über sie gesprochen zu haben. Eins seiner Gemeindemitglieder, die Mutter eines Mädchens, das Legasthenikerin war und schwerhörig, hatte ihm beschrieben, wie die Behörde ihr Kind »durchgefieselt« habe, und er verstand, dass sie damit sagen wollte, man habe die Schwächen der Kleinen untersucht und geeignete Maßnahmen zu ihrer Förderung vereinbart. Genauso und mit der gleichen Autorität, wenn auch in ganz anderem Kontext, hatte er seine Ehe »durchgefieselt«. Das Ergebnis hatte er zwar nie schriftlich niedergelegt, aber im Geiste konnte er es sich so unbeteiligt vorbeten, als ginge es bei seiner ersten Frau um eine entfernte Bekannte; und von sich selbst sprach er dabei jedes Mal in der dritten Person. Diese kurze und endgültige Bilanz einer Ehe kannte er auswendig; und wann immer er sie sich ins Gedächtnis rief, erschien sie ihm in Kursivschrift.

Archidiakon Crampton heiratete seine erste Frau, kurz nachdem er seine Pfarrei in der Innenstadt übernahm. Barbara Hampton war zehn Jahre jünger als er, schön, eigensinnig und verhaltensgestört – Letzteres hatte ihre Familie stets geheim gehalten. Zunächst hatte sich alles ganz rosig angelassen. Er schätzte sich glücklich, der Gatte einer Frau zu sein, wie er sie schwerlich verdient hatte. Ihre Rührseligkeit nahm er für Herzensgüte; ihr ungezwungener Umgang mit Fremden, ihre Schönheit und Großzügigkeit machten sie in der Gemeinde sehr beliebt. Monatelang wurde das Problem entweder nicht erkannt oder totgeschwiegen. Und dann auf einmal sprachen Kirchenvorsteher und Gemeindemitglieder im Pfarrhaus vor, wenn sie fort war, und erzählten ihm ihre peinlichen Geschichten. Die heftigen Wutausbrüche, ihr Geschrei, die Beleidigungen, Szenen, von denen er geglaubt hatte, sie kämen nur in seinen vier Wänden vor, hatten auf die Gemeinde übergegriffen. Sie sträubte sich gegen jede Behandlung und behauptete, wenn einer krank sei, dann er. Sie begann mehr und immer öfter zu trinken.

An einem Nachmittag vier Jahre nach der Heirat musste er in der Gemeinde Krankenbesuche machen, und da sie sich nach dem Mittagessen, Müdigkeit vorschützend, zu Bett gelegt hatte, war er zuvor noch rasch hinaufgegangen, um nach ihr zu sehen. Von der Tür her hatte er den Eindruck, sie schlafe friedlich, und da er sie nicht wecken wollte, zog er sich still zurück. Als er am Abend heimkam, war sie tot. Sie hatte eine Überdosis Aspirin geschluckt. Die gerichtliche Untersuchung erkannte auf Selbstmord. Er machte sich Vorwürfe, weil er eine Frau geheiratet hatte, die zu jung für ihn war und nicht zur Pfarrersfrau taugte. Er fand sein Glück in einer zweiten und standesgemäßeren Ehe, doch er hörte nie auf, um seine erste Frau zu trauern.

So weit die Geschichte, wie er sie sich im Kopf zurechtgelegt hatte, aber inzwischen griff er immer seltener auf sie zurück. Er hatte sich binnen achtzehn Monaten wieder verheiratet. Ein unverheirateter Pfarrer, noch dazu einer, der auf tragische Weise zum Witwer geworden ist, wird von den Kupplern in der Gemeinde unweigerlich zum legitimen Opfer auserkoren. Ihm kam es jedenfalls so vor, als sei seine zweite Frau für ihn ausgesucht worden, ein Arrangement, dem er sich gern gefügt hatte.

Heute hatte er eine Aufgabe zu erfüllen, auf die er sich besonders freute, auch wenn er sich einredete, dass er nur seiner Pflicht nachkam: Es galt, Sebastian Morell davon zu überzeugen, dass St. Anselm geschlossen werden musste, und weitere Belege zu finden, die helfen würden, diesen Schritt so rasch zu vollziehen, wie er unumgänglich war. Er sagte sich – und glaubte –, dass St. Anselm, das kostspielig im Unterhalt war, weltabgeschieden und überprivilegiert und elitär mit seinen nur zwanzig handverlesenen Studenten, beispielgebend für alles stehe, was bei der anglikanischen Kirche im Argen lag. Er gab zu und gratulierte sich im Geiste zu dieser Aufrichtigkeit,

dass seine Abneigung gegen das Seminar auf dessen Leiter ab-
gefärbt hatte – warum in aller Welt ließ sich der Mann als
Rektor titulieren? – und dass diese Abneigung sehr persönlich
gefärbt war und weit über etwaige Differenzen in seelsorgerischen oder theologischen Fragen hinausging. Zum Teil, so
räumte er ein, handelte es sich dabei um Klassenkampf. Er sah
sich als den Aufsteiger, der sich Ordination und Beförderung
erkämpft hatte. In Wahrheit war sein Einsatz nicht allzu groß
gewesen. Während des Studiums hatten nicht unbeträchtliche
Stipendien ihm den Weg geebnet, und zudem hatte seine
Mutter ihr einziges Kind stets verwöhnt. Aber Morell war der
Sohn und Enkel von Bischöfen, und ein Ahnherr aus dem
achtzehnten Jahrhundert war einer der großen Fürstbischöfe
der englischen Hochkirche gewesen. Die Morells waren seit je
in Palästen zu Hause, und der Archidiakon wusste, dass sein
Widersacher den Einfluss seiner Familie und die eigenen
Kontakte nutzen würde, um die Mächtigen in Whitehall, an
den Universitäten und in der Kirche zu mobilisieren, und dass
er im Kampf um den Erhalt seines Lehnsgutes keinen Fuß-
breit nachgeben würde.

Und dann war da noch seine entsetzliche Gattin gewesen, dieses Pferdegesicht, von dem Gott allein wusste, warum Morell
sie geheiratet hatte. Lady Veronica war beim ersten Besuch
des Archidiakons, lange vor seiner Ernennung zum Kurator,
zugegen gewesen und hatte bei Tisch zu seiner Linken gesessen. Eine für beide nicht glückliche Konstellation. Gut, sie
war inzwischen tot. Wenigstens würde ihm dieses wiehernde,
abstoßende Aristokratenorgan erspart bleiben, zu dessen Ausbildung es jahrhundertelang gepflegter Arroganz und Ge-
fühlskälte bedurfte. Was hatten sie oder ihr Mann je von Armut und ihren demütigenden Entbehrungen erfahren, wann
hatten sie je mit der Gewalt und den hartnäckigen Problemen
einer kaputten Großstadtgemeinde leben müssen? Morell
hatte überhaupt nie ein Pfarramt versehen, abgesehen von den

175

zwei Jahren in einem mondänen Kurort. Und warum ein Mann von seinem Ruf und seinen intellektuellen Fähigkeiten sich mit der Leitung eines kleinen Priesterseminars am Ende der Welt zufrieden gab, das war, so vermutete der Archidiakon, nicht nur ihm ein Rätsel.

Trotzdem mochte es natürlich eine Erklärung dafür geben, und wenn, dann lag sie in den Bestimmungen von Miss Arbuthnots beklagenswertem Testament. Wie hatten die Rechtsberater ihr bloß eine solche Verfügung durchgehen lassen können? Natürlich hatte sie nicht gewusst, dass das Silber und die Gemälde, die sie St. Anselm vermacht hatte, in knapp hundertfünfzig Jahren eine solche Wertsteigerung erfahren würden. In den letzten Jahren hatte die Kirche St. Anselm regelmäßig unterstützt. Da war es nur recht und billig, dass, wenn das Seminar aufgelöst wurde, die Vermögenswerte an die Kirche und deren karitative Einrichtungen fielen. Es war undenkbar, dass Miss Arbuthnot vorgehabt hatte, Multimillionäre aus den vier Patres zu machen, die zum Zeitpunkt der Schließung zufällig im Seminar ansässig waren und zu denen ein achtzigjähriger Greis gehörte und ein rechtskräftig verurteilter Kinderschänder. Er würde persönlich dafür Sorge tragen, dass alle Wertgegenstände vor der offiziellen Schließung aus dem Seminar entfernt wurden. Sebastian Morell konnte diesen Abzug kaum verhindern, ohne dass er sich dem Vorwurf aussetzte, aus niederen Beweggründen zu handeln. Wahrscheinlich war seine fragwürdige Kampagne zum Erhalt von St. Anselm ohnehin nur ein listiges Manöver, um sein Interesse an den Schätzen zu kaschieren.

Die Fronten waren abgesteckt, und er war unterwegs zu einer, wie er zuversichtlich hoffte, entscheidenden Schlacht.

19

Pater Sebastian wusste, dass er sich irgendwann an diesem Wochenende einem Duell mit dem Archidiakon stellen musste, aber er wollte verhindern, dass es in der Kirche stattfand. Er war bereit, sogar begierig darauf, seinen Mann zu stehen, nur nicht vor dem Altar. Doch als der Archidiakon sagte, er würde sich jetzt gern den Rogier van der Weyden ansehen, da blieb Pater Sebastian nichts anderes übrig, als ihn zu begleiten. Einfach nur die Schlüssel auszuhändigen wäre ihm unhöflich erschienen, aber er tröstete sich mit dem Gedanken, dass es wahrscheinlich nur ein kurzer Besuch werden würde. Und woran konnte der Archidiakon in der Kirche schon Anstoß nehmen, außer vielleicht an den üppigen Weihrauchschwaden? Er nahm sich vor, gelassen zu bleiben und die Unterhaltung wenn möglich auf Belanglosigkeiten zu beschränken. Es musste doch möglich sein, dass zwei Priester in einem Gotteshaus ohne Bitterkeit miteinander sprachen.

Schweigend legten sie den Weg durch den Kreuzgang und die Sakristei zur Kirche zurück. Auch als Pater Sebastian den Spot eingeschaltet hatte, der den Rogier van der Weyden anstrahlte, fiel noch kein Wort, die beiden Männer verharrten nebeneinander vor dem Gemälde und betrachteten es stumm.

Pater Sebastian hatte noch nie die rechten Worte gefunden, um zu beschreiben, was diese plötzliche Offenbarung des Kunstwerks jedes Mal in ihm auslöste, und er versuchte nicht, sie jetzt zu finden. Es dauerte gut eine halbe Minute, bevor der Archidiakon sprach. Und dann dröhnte seine Stimme unnatürlich laut durch das stille Gewölbe.

»Es sollte wirklich nicht hier hängen. Haben Sie je ernsthaft an einen Wechsel gedacht?«

»Und wohin, Herr Archidiakon? Miss Arbuthnot übereignete dem Seminar das Gemälde mit der ausdrücklichen Weisung, es hier in der Kirche als Altarbild aufzuhängen.«

»Kaum ein sicherer Platz für eine solche Kostbarkeit. Was glauben Sie, ist es wert? Fünf Millionen? Acht? Zehn?«
»Ich habe keine Ahnung. Und was die Sicherheit angeht, so hängt das Altarbild seit über hundert Jahren hier. Wohin würden Sie es denn umquartieren wollen?«
»An einen sichereren Ort, irgendwohin, wo auch andere Menschen sich daran erfreuen könnten. Das Vernünftigste wäre – und ich habe das auch mit dem Bischof besprochen –, das Bild an ein Museum zu verkaufen, wo es auch der Öffentlichkeit zugänglich gemacht würde. Das Geld könnte die Kirche oder auch jede würdige Wohlfahrtseinrichtung gut gebrauchen. Das Gleiche gilt für die zwei kostbarsten Kelche unter Ihrem Abendmahlsgerät. Es schickt sich nicht, dass solche Wertgegenstände dem Privatgenuss von zwanzig Kandidaten vorbehalten bleiben.«
Pater Sebastian war versucht, einen Bibelvers zu zitieren – »Dieses Salböl hätte mögen teuer verkauft und den Armen gegeben werden« –, verzichtete aber wohlweislich darauf. Dennoch war seiner Stimme anzuhören, wie empört er war.
»Das Altarbild ist Eigentum des Seminars. Solange ich Rektor bin, wird es weder verkauft noch ausgelagert. Und das Silber verbleibt in unserem Safe im Altarraum und wird zu dem Zwecke benutzt, für den es geschaffen wurde.«
»Selbst um den Preis, dass die Kirche abgeschlossen werden muss und den Kandidaten der Zutritt verwehrt wird?«
»Sie haben Zugang, sie müssen sich lediglich den Schlüssel abholen.«
»Das Bedürfnis zu beten stellt sich mitunter ganz spontan ein, ohne dass man vorher daran gedacht hat, nach einem Schlüssel zu fragen.«
»Für solche Fälle haben wir die Kapelle.«
Der Archidiakon wandte sich ab, und Pater Sebastian ging und schaltete den Spot aus. Sein Begleiter sagte: »Wenn das Seminar geschlossen wird, muss das Bild sowieso fort. Ich

178

weiß nicht, was die Diözese mit St. Anselm vorhat – damit meine ich speziell das Gotteshaus. Um wieder als Pfarrkirche zu dienen, wäre St. Anselm selbst als Teil eines größeren Gemeindezusammenschlusses zu abgelegen. Wo wollten Sie hier Kirchgänger herkriegen? Es ist unwahrscheinlich, dass der Käufer des Hauses sich eine Privatkirche dazuwünscht, aber man kann nie wissen. Schwer zu sagen, wer als Interessent in Frage käme. St. Anselm liegt zu abgeschieden, ist im Unterhalt sehr teuer, beschwerlich zu erreichen und hat keinen direkten Zugang zum Meer. Als Hotel oder Pflegeheim wäre es wohl kaum geeignet. Und bei der rapide fortschreitenden Erosion an dieser Küste weiß man nicht, ob es in zwanzig Jahren überhaupt noch steht.«

Pater Sebastian wartete, bis er sicher sein konnte, seine Stimme in der Gewalt zu haben. »Sie reden, Herr Archidiakon, als ob die Entscheidung, St. Anselm zu schließen, bereits gefallen wäre. Ich ging eigentlich davon aus, dass man mich als Rektor an der Abstimmung beteiligen würde. Aber bislang hat mich niemand informiert, weder schriftlich noch mündlich.«

»Natürlich wird man Sie zu Rate ziehen. Man wird das Ganze langwierige Procedere Punkt für Punkt befolgen. Aber das Ende ist unvermeidlich, und das wissen Sie so gut wie ich. Die anglikanische Kirche ist dabei, ihre theologische Ausbildung zu zentralisieren und rationaler zu gestalten. Diese Reform ist längst überfällig. Und St. Anselm ist zu klein, zu abgelegen, zu kostspielig und zu elitär.«

»Elitär, Herr Archidiakon?«

»Ich habe das Wort bewusst gewählt. Wann haben Sie das letzte Mal einen Kandidaten aufgenommen, der auf einer staatlichen Schule war?«

»Stephen Morby kommt von einer staatlichen Schule. Unter unseren Studenten ist er vielleicht der intelligenteste.«

»Und vermutlich die große Ausnahme. Zweifellos hat er auch den Umweg über Oxford gemacht und konnte das erforderliche Einserexamen vorweisen. Und wann werden Sie eine Frau als Kandidatin zulassen? Oder ein weibliches Mitglied in Ihr Kollegium aufnehmen?«

»Bisher hat sich noch keine Frau beworben.«

»Genau! Weil Frauen wissen, wo sie unerwünscht sind.«

»Ich denke, die jüngste Geschichte würde das widerlegen, Herr Archidiakon. Wir haben keine Vorurteile. Die Kirche oder vielmehr die Synode hat Ihre Entscheidung getroffen. Aber St. Anselm ist zu klein, um weibliche Studenten integrieren zu können. Selbst die größeren Priesterseminare haben da Probleme. Und letztlich müssen die Seminaristen darunter leiden. Ich möchte keine christliche Einrichtung leiten, in der sich einige Mitglieder weigern, das Sakrament aus der Hand bestimmter Kollegen zu empfangen.«

»Und elitäres Denken ist nicht Ihr einziges Problem. Wenn die Kirche sich nicht den Bedürfnissen des einundzwanzigsten Jahrhunderts anpasst, wird sie untergehen. Ihre jungen Männer führen hier ein aberwitzig privilegiertes Leben, fernab von dem der Männer und Frauen, die sie eines Tages als Seelsorger betreuen sollen. Ich will den klassischen Fächern wie dem Studium des Griechischen und des Hebräischen ihre Bedeutung nicht absprechen, aber wir müssen auch das Angebot der neueren Disziplinen zur Kenntnis nehmen. Welche Unterweisung erhalten Ihre Studenten in Soziologie, Rassenintegration, interreligiöser Dialogbereitschaft?«

Pater Sebastian gelang es, seine Stimme ruhig zu halten, als er sagte: »Das Niveau unseres Seminars ist eines der höchsten im Lande. Unsere Prüfungsbilanzen belegen das einwandfrei. Und die Behauptung, unsere Studenten seien weltfremd oder würden nicht genügend auf ihr Seelsorgeramt draußen in der Welt vorbereitet, ist einfach haarsträubend. St. Anselm hat Priester in die unterprivilegiertesten und schwierigsten Regionen Englands und des Auslands entsandt. Denken Sie nur an Pater Donovan, der im East End an Typhus starb, weil er sich weigerte, seine Gemeinde im Stich zu lassen, oder an Pater Bruce, der in Afrika den Märtyrertod starb! Und die Liste könnte ich beliebig fortsetzen. Im Übrigen hat St. Anselm zwei der bedeutendsten Bischöfe des Jahrhunderts hervorgebracht.«

»Bedeutend für ihre Zeit, nicht für die unsere. Sie beschwören die Vergangenheit. Mir geht es um die Bedürfnisse der Gegenwart, vor allem um die der Jugend. Mit veralteten Bräuchen, einer vorsintflutlichen Liturgie und einer Kirche, die als anmaßend, langweilig, spießig, ja sogar rassistisch verschrien ist, werden wir niemanden zu unserem Glauben bekehren. Eine neue Zeit ist angebrochen, und in der ist für ein St. Anselm kein Platz mehr.«

»Was wollen Sie eigentlich?«, fragte Pater Sebastian. »Eine Kirche ohne jedes Mysterium und aller Gelehrsamkeit, Toleranz und Würde beraubt, die einmal die Tugenden des Anglikanismus waren? Eine Kirche, die sich nicht mehr in Demut vor dem unergründlichen Geheimnis und der unendlichen Liebe des Allmächtigen beugt? Gottesdienste mit banalen Schlagern, einer verflachten Liturgie und einem Abendmahl, das einem Kirmesumtrunk gleicht? Eine Kirche im Stil von Cool Britannia? So zelebriere ich meine Gottesdienste nicht. Verzeihen Sie, das ist nicht persönlich gemeint. Ihre Auffassung vom Priestertum ist zwar mit der meinen nicht vereinbar, aber es ist natürlich Ihr gutes Recht, bei Ihrer Ansicht zu bleiben.«

»Oh, ich glaube, das war sehr wohl eine persönliche Spitze. Aber ich will offen reden, Morell.«

»Das haben Sie bereits getan. Doch ist hier der geeignete Ort dafür?«

»St. Anselm wird geschlossen. In der Vergangenheit hat das Seminar gute Dienste geleistet, das sei Ihnen unbenommen, aber in der heutigen Zeit hat es sich überlebt. Ihr Unterricht ist gut, aber ist er besser als der in Chichester, Salisbury oder

Lincoln? Und dort musste man die Schließung auch akzeptieren.«

»St. Anselm wird nicht geschlossen. Nicht, solange ich lebe. Ich habe meine Beziehungen, Herr Archidiakon.«

»Oh, das ist uns bekannt. Und genau das ist es ja, wogegen ich mich wende – diesen Nepotismus, der durch Einflussnahme regiert, wo man mit den richtigen Leuten verkehrt, sich in den richtigen Kreisen bewegt und weiß, wo man zur rechten Zeit ein geneigtes Ohr findet. Das England, in dem diese Politik funktionierte, ist genauso überholt wie Ihr Seminar. Lady Veronicas Welt ist passé, Morell.«

Jetzt kam Pater Sebastians mühsam beherrschter Zorn doch noch zum Ausbruch. Vor Erregung konnte er kaum sprechen, und als er die Worte endlich herausbrachte, klang seine Stimme so hassverzerrt, dass er sie selbst kaum wieder erkannte. »Wie können Sie es wagen! Wie können Sie es wagen, den Namen meiner Frau auch nur in den Mund zu nehmen!«

Sie funkelten einander an wie zwei Boxer im Ring. Der Archidiakon fasste sich als Erster. »Entschuldigen Sie, ich habe mich vergessen. Die falschen Worte am falschen Ort. Wollen wir gehen?«

Er machte sogar Miene, die Hand auszustrecken, ließ es dann aber sein. Schweigend gingen sie zur Sakristei. Plötzlich hielt Pater Sebastian inne. »Da ist noch jemand außer uns«, sagte er. »Wir sind nicht allein.«

Ein paar Sekunden standen sie still und lauschten. Dann sagte der Archidiakon: »Ich höre nichts. Bis auf uns beide ist die Kirche sicher leer. Als wir kamen, war doch die Tür verschlossen und die Alarmanlage eingeschaltet. Nein, hier ist niemand.«

»Natürlich nicht. Wie sollte er auch hereingekommen sein? Es war nur so ein Gefühl von mir.«

Pater Sebastian schaltete die Alarmanlage wieder ein, schloss die Tür zur Sakristei hinter sich ab, und die beiden Männer gingen durch den Kreuzgang zurück. Der Archidiakon hatte sich entschuldigt, aber auf beiden Seiten waren Worte gefallen, die man nicht würde vergessen können. Pater Sebastian wusste das, und er war tief beschämt über seine Unbeherrschtheit. Sie hatten sich beide ins Unrecht gesetzt, aber ihn als den Gastgeber traf die größere Schuld. Und der Archidiakon hatte nur ausgesprochen, was auch andere dachten und sagten. Er spürte, wie ihn tiefe Niedergeschlagenheit überkam, begleitet von einem Gefühl, das ihm weniger vertraut, dafür aber stärker war als alle Unsicherheit und Sorge: Er hatte Angst.

20

An den Samstagen ging es beim Nachmittagstee in St. Anselm ganz zwanglos zu. Mrs. Pilbeam richtete alles dafür her und deckte im Aufenthaltsraum der Studenten im hinteren Teil des Hauses für diejenigen, die übers Wochenende im Seminar geblieben waren. Gewöhnlich war das nur ein kleiner Kreis, vor allem dann, wenn in nicht allzu großer Entfernung ein lohnendes Fußballspiel ausgetragen wurde.

Es war drei Uhr, und Emma Lavenham, Raphael Arbuthnot, Henry Bloxham sowie Stephen Morby saßen gemütlich in Mrs. Pilbeams Stube, die zwischen der Hauptküche und dem zum Südflügel des Kreuzgangs führenden Korridor lag. Von diesem Korridor ging auch eine steile Treppe in den Keller hinunter. Der Zutritt zur modern ausgestatteten Hauptküche mit den chromblitzenden Arbeitsplatten und dem modernen Herd mit den vier Backebenen war den Seminaristen untersagt. Aber wenn sie Tee kochte oder Kuchen und Scones buk, zog Mrs. Pilbeam ohnehin diese kleine Stube mit dem Gasofen und dem quadratischen Holztisch vor, die ihr tagsüber als Aufenthaltsraum zur Verfügung stand. Sie war anheimelnd und gemütlich, wenn auch fast ein bisschen schäbig im Vergleich zu der penibel aufgeräumten, aseptisch blitzenden Hauptküche. Der alte Kamin mit dem verzierten Abzug stand noch unverändert, und auch wenn die glühenden Kohlen jetzt aus Kunststoff waren und Gas als Brennstoff diente, schuf er doch allemal eine behagliche Atmosphäre.

Diese Stube war recht eigentlich Mrs. Pilbeams Reich. Auf dem Kaminsims waren ihre Schätze ausgestellt, zumeist Souvenirs, die ehemalige Studenten ihr aus den Ferien mitgebracht hatten: eine verzierte Teekanne, ein Sortiment Krüge und Tassen, ihre geliebten Porzellanhündchen und sogar eine grell herausgeputzte Tanzpuppe, deren dünne Beine vom Sims herabbaumelten.

Mrs. Pilbeam hatte drei Söhne, die jedoch inzwischen in alle Welt verstreut waren, und Emma ahnte, dass sie diese allwöchentliche Teestunde mit der Jugend ebenso genoss wie die Kandidaten die Abwechslung vom patriarchalisch strengen Reglement im Seminar. Und auch Emma ließ sich gern von der so erfrischend unsentimentalen Mrs. Pilbeam bemuttern. Allerdings fragte sie sich mitunter, ob es Pater Sebastian eigentlich recht war, dass sie an diesen zwanglosen Treffen teilnahm. Sie war überzeugt, dass er davon wusste; ihm entging kaum etwas von dem, was sich im Seminar abspielte.

Heute Nachmittag waren nur drei Studenten zu Mrs. Pilbeam gekommen. Der an Pfeifferschem Drüsenfieber erkrankte Peter Buckhurst befand sich zwar auf dem Wege der Besserung, musste aber doch noch das Zimmer hüten.

Emma hatte sich in die Kissen eines Korbstuhls rechts vom Kamin gekuschelt, und Raphael streckte ihr gegenüber seine langen Beine aus. Henry hatte auf einer Seite des Tisches einen Teil der Samstagsausgabe der »Times« aufgeschlagen, während Stephen am anderen Ende bei Mrs. Pilbeam Kochunterricht nahm. Seine nordenglische Mutter daheim in dem mustergültig geführten Reihenhaus, in dem er aufgewachsen war, hielt nichts davon, dass ein Sohn sich an der Hausarbeit beteiligte; das hatte schon ihre Mutter nicht für gut befunden und deren Mutter auch nicht. Aber während seines Studiums in Oxford hatte Stephen sich mit einer brillanten jungen Genforscherin verlobt, die nicht mehr so angepasst war, sondern stärker auf Gleichberechtigung pochte. Also versuchte er sich heute Nachmittag, von Mrs. Pilbeam ermuntert und von seinen Kommilitonen gelegentlich kritisiert, als Konditor und war eben dabei, Butter und Schmalz mit Mehl zu verrühren. »Nicht so, Stephen!«, protestierte Mrs. Pilbeam. »Halten Sie die Finger ganz locker, und jetzt hoch mit den Händen, damit die Mischung locker in die Schüssel tropfen kann. So wird der Teig schön luftig.«

»Aber ich komm mir dabei so blöd vor.«

»Du guckst auch ganz schön blöd aus der Wäsche«, sagte Henry. »Wenn deine Alison dich jetzt sehen könnte, würde sie sich's noch mal reiflich überlegen, ob sie's dir überlassen soll, die beiden superintelligenten Kinder zu zeugen, die ihr bestimmt geplant habt.«

»Nein, würde sie nicht«, sagte Stephen mit seligem Erinnerungslächeln.

»Die Farbe sieht immer noch komisch aus. Warum gehst du nicht in den Supermarkt? Die haben prima Fertigteig im Tiefkühlregal.«

»Aber es geht doch nichts über selbst gemachten Teig, Mr. Henry. Also rauben Sie ihm nicht den Mut! Sieht doch schon ganz gut aus. Und jetzt kaltes Wasser dazu. Nein, lassen Sie den Krug stehen! Sie müssen das Wasser löffelweise unter den Teig geben.«

»In meiner Bude in Oxford hatte ich ein richtig gutes Rezept für ein Hühnerfrikassee. Man kauft einfach eine Packung Hühnerklein im Supermarkt und gibt, wenn das Fleisch gut angebraten ist, eine Dose Pilzsuppe dazu. Man kann aber auch

Tomatensuppe nehmen oder irgendeine andere Sorte. Es schmeckt immer. Ist der Teig jetzt fertig, Mrs. P.?«

Mrs. Pilbeam spähte in die Rührschüssel, in der Stephen den Teig endlich zu einem prallen Klumpen zurechtgeknetet hatte. »Braten und Schmoren kommt nächste Woche dran. Ja, das sieht recht gut aus. Jetzt schlagen wir ihn in Frischhaltefolie ein, stellen ihn in den Kühlschrank und lassen ihn ruhen.«

»Wozu braucht er Ruhe? Wenn hier einer geschafft ist, dann ich! Kriegt er eigentlich immer diese Farbe? Sieht irgendwie schmuddelig aus.«

Raphael richtete sich in seinem Sessel auf und fragte: »Wo steckt eigentlich der Schnüffler?«

Henry antwortete, ohne den Blick von seiner Zeitung zu nehmen: »Der ist anscheinend erst zum Abendessen wieder da. Ich hab' ihn gleich nach dem Frühstück wegfahren sehen. Und ich muss sagen, ich war erleichtert, denn wohl fühlt man sich in seiner Gegenwart nicht gerade.«

»Was er wohl hier noch zu finden hofft?«, fragte Stephen.

»Eine Wiederaufnahme der gerichtlichen Untersuchung kann er nicht erreichen. Oder doch? Kann man mit einem eingeäscherten Leichnam ein zweites Mal vor Gericht ziehen?«

Henry blickte auf. »So ohne weiteres sicher nicht. Aber frag Dalgliesh, er ist der Kriminalist.« Und damit wandte er sich wieder der »Times« zu.

Stephen trat ans Spülbecken und wusch sich den Mehlstaub von den Händen. »Ich hab' ein bisschen ein schlechtes Gewissen wegen Ronald«, sagte er. »Sehr bemüht haben wir uns nicht gerade um ihn, oder?«

»Bemüht? Ja, hätten wir uns denn bemühen sollen? St. Anselm ist doch keine Vorschule.« Raphael sprach plötzlich mit hoher, näselnder Paukerstimme: ›Das ist der junge Treeves, Arbuthnot, er kommt in deinen Schlafsaal. Sei so gut und pass ein bisschen auf ihn auf, ja? Weihe ihn in alles ein!‹ Vielleicht glaubte Ronald, er wäre wieder in der Schule; das würde zumindest seine grässliche Angewohnheit erklären, überall Etiketten draufzupflastern. Namensschildchen an sämtliche Kleidungsstücke und pappige Aufkleber an alle übrigen Sachen. Was dachte er wohl von uns? Dass wir ihn beklauen würden?«

Henry sagte: »Ein plötzlicher Tod ruft immer die gleichen Reaktionen hervor: Schock, Trauer, Wut, Schuldgefühle. Über den Schock sind wir hinweg, getrauert haben wir nicht viel, und für Wut besteht kein Anlass. Bleiben die Schuldgefühle. Bei der nächsten Beichte werden wir eine monotone Einheitslitanei abliefern, und Pater Beeding wird es bald Leid werden, immer wieder den Namen Ronald Treeves zu hören.«

»Nehmen euch denn nicht die Patres von St. Anselm die Beichte ab?«, warf Emma, neugierig geworden, ein.

Henry lachte. »Guter Gott, nein! Wir sind vielleicht ein inzestuöser Verein, aber so inzestuös nun auch wieder nicht. Ein Priester aus Framlingham kommt zweimal im Trimester, um unsere Beichte zu hören.« Er hatte seine Zeitung ausgelesen und faltete sie jetzt ordentlich zusammen. »Apropos Ronald, hab' ich euch schon erzählt, dass ich ihn Freitagabend noch gesehen habe, bevor er starb?«

»Nein, hast du nicht«, sagte Raphael. »Wo denn?«

»Wie er aus dem Schweinestall kam.«

»Was hat er denn da gemacht?«

»Wie soll ich das wissen? Wahrscheinlich den Schweinen den Rücken gekrault. Aber er wirkte ganz geknickt, einen Moment hatte ich sogar den Eindruck, dass er weinte. Dann stolperte er an mir vorbei zur Landzunge. Ich glaube nicht, dass er mich gesehen hat.«

»Hast du der Polizei davon erzählt?«

»Nein, ich habe mit niemandem darüber gesprochen. Alles, was die Polizei mich gefragt hat – übrigens auf eine, wie ich

fand, himmelschreiend taktlose Art –, war, ob Ronald meiner
Ansicht nach einen Grund gehabt hätte, sich umzubringen.
Aber selbst wenn er verzweifelt war, als er an dem Abend aus
dem Schweinestall kam, steht das ja noch lange nicht dafür,
dass man den Kopf unter einen Zentner Sand steckt. Außerdem könnte ich mich auch geirrt haben. Er hätte mich zwar
beinahe angerempelt, aber es war dunkel. Womöglich bin
ich einer Einbildung aufgesessen. Eric hat wohl auch nichts
gesagt, sonst wäre das bei der gerichtlichen Untersuchung erwähnt worden. Und außerdem war Ronald später am Abend
noch bei Mr. Gregory, und dem ist er während seiner Griechischstunde ganz normal vorgekommen.«
»Aber du fandest es schon sonderbar, oder?«, meinte Stephen.
»In der Rückschau mehr als an dem Abend. Jetzt geht's mir
gar nicht mehr aus dem Kopf. Und Ronald geistert ja auch
ständig hier herum, oder? Manchmal scheint er jetzt präsenter
zu sein als zu Lebzeiten.«
Eine Pause trat ein. Emma hatte sich nicht mehr am Gespräch
beteiligt. Sie sah Henry an und wünschte sich wie schon oft,
dass sie einen Schlüssel zu seinem Wesen fände. Sie erinnerte
sich an ein Gespräch mit Raphael, kurz nachdem Henry ins
Seminar eingetreten war.
»Aus Henry werde ich nicht schlau, und Sie?«
»Ihr alle gebt mir Rätsel auf«, hatte sie geantwortet.
»Das ist gut. Wir wollen nicht durchschaubar sein. Außer-
dem sind Sie uns auch ein Rätsel. Aber Henry – was macht er
hier?«
»Vermutlich so ziemlich das Gleiche wie Sie.«
»Wenn ich eine halbe Million im Jahr sicher hätte und jede
Weihnachten für gute Führung noch mal 'nen Millionen-
bonus einstreichen könnte, dann würde ich das kaum für im
Höchstfall siebzehntausend per anno sausen lassen. Noch
dazu, wo man heutzutage nicht mal mehr ein anständiges
Pfarrhaus kriegt; die sind alle an Yuppiefamilien mit einem

Faible für viktorianische Architektur verscherbelt worden. Wir werden uns mit einer scheußlichen Doppelhaushälfte nebst Parkplatz für den gebrauchten Fiesta beschränken müssen. Erinnern Sie sich an die Geschichte vom reichen Jüngling im Matthäusevangelium, den Jesus fortschickte und der betrübt von dannen zog, weil er sich von seinen vielen Gütern nicht trennen konnte? In den kann ich mich gut hineinversetzen. Zum Glück bin ich arm und unehelich obendrein. Glauben Sie, Gott hat das extra so eingerichtet, dass wir nie mit Versuchungen konfrontiert werden, von denen er weiß, dass er uns nicht die Kraft verliehen hat, ihnen zu widerstehen?«

»Wenn Sie sich die Geschichte des zwanzigsten Jahrhunderts anschauen«, hatte Emma geantwortet, »dann werden Sie für diese These kaum Belege finden.«

»Vielleicht trage ich Sie Pater Sebastian vor, als Aufhänger für eine Predigt. Nein, wenn ich's mir recht überlege, lieber nicht.«

Raphaels Stimme holte Emma in die Gegenwart zurück. »In Ihrem Kurs war Ronald ganz schön lästig, oder?«, sagte er. »Wie fleißig er sich immer vorbereitet hat, damit er sich auch ja intelligente Fragen für Sie ausdenken konnte, und dauernd hat er brav mitgeschrieben. Wahrscheinlich hat er sich nützliche Zitate für künftige Predigten notiert. Nichts wirkt besser als ein Sack frommer Sprüche, um den kleinen Mann moralisch zu erbauen, besonders, wenn die Gemeinde nicht merkt, dass man sie nur zitiert.«

Emma sagte: »Manchmal habe ich mich wirklich gewundert, warum er in mein Seminar kam. Die Teilnahme ist doch freiwillig, oder?«

Raphael stieß ein heiseres Lachen aus, das halb amüsiert, halb ironisch klang und Emma durch und durch ging. »Ja, durchaus, meine Liebe. Nur dass ›freiwillig‹ hier bei uns nicht ganz das Gleiche bedeutet wie anderswo. Oder sagen wir, manche Gepflogenheiten sind statthafter als andere.«

»Oje! Und ich dachte, Sie kämen alle aus Freude an der Dichtung.«

»Tun wir ja auch«, sagte Stephen. »Das Problem ist, dass
wir nur zwanzig sind. Das bedeutet, wir stehen ständig unter
Aufsicht. Die Patres können nichts dafür, wir sind einfach zu
wenige. Darum hält die Kirche ja auch etwa sechzig Studenten
für die rechte Anzahl in einem Priesterseminar – und das
sehen die Oberen ganz richtig. Es ist schon was dran an dem,
was der Archidiakon sagt: St. Anselm ist zu klein.«

»Ach, der Archidiakon!«, rief Raphael verärgert. »Müssen wir
über den reden?«

»Schön, lassen wir den Archidiakon! Aber er ist schon eine
seltsame Mischung, oder? Zugegeben, die anglikanische Kirche setzt sich aus vier verschiedenen Glaubensrichtungen zusammen, aber zu welcher passt er? Er ist kein Jubelchrist,
sondern gehört eher zur Evangelistenbewegung, aber er be-
fürwortet die Priesterweihe für Frauen. Er sagt dauernd, dass
wir umdenken müssen, um im nächsten Jahrhundert noch
als Seelsorger zu taugen, doch er selber ist kaum das Vorbild
eines liberalen Theologen, und über Scheidung und Abtreibung ist mit ihm schon gar nicht zu reden.«

»Bei ihm schlägt das Viktorianische wieder durch«, sagte
Henry. »Wenn er hier ist, fühle ich mich wie in einem Roman
von Trollope, nur dass die Rollen vertauscht sind. Pater Sebastian müsste Archidiakon Grantly sein und Crampton den
Slope spielen.«

»Nein, nicht Slope«, sagte Stephen. »Slope war ein Heuchler.
Der Archidiakon ist wenigstens aufrichtig, und er meint es
ernst.«

»Na, und wenn schon!«, rief Raphael. »Hitler hat's auch ernst
gemeint. Genau wie Dschingis Khan. Tyrannen meinen es
alle ernst.«

»In seiner Pfarrei ist er kein Tyrann«, widersprach Stephen
sanft. »Ich glaube sogar, er ist ein guter Gemeindepfarrer. Ihr

wisst doch noch, dass ich letzte Ostern eine Woche dort im Praktikum war. Die Leute mögen ihn. Sie mögen sogar seine Predigten. Wie einer der Kirchenvorstände sagte: ›Er weiß, an was er glaubt, und das gibt er ohne Mätzchen an uns weiter. Und es gibt niemanden in dieser Gemeinde, dem es einmal schlecht ging oder der bedürftig war und der ihm heute nicht dankbar wäre.‹ Wir erleben ihn von seiner schlechtesten Seite; er ist ein ganz anderer Mensch hier in St. Anselm.«

Raphael sagte: »Er hat einen Amtsbruder verfolgt und hinter Gitter gebracht. Ist das christliche Nächstenliebe? Und er hasst Pater Sebastian; so viel zum Thema Brüderlichkeit. Und er hasst dieses Seminar und seine ganze Tradition. Er will, dass St. Anselm geschlossen wird.«

»Und Pater Sebastian tut alles, um das zu verhindern«, sagte Henry. »Ich weiß, auf wen ich setze.«

»Da wär ich nicht so sicher. Ronalds Tod war St. Anselm nicht gerade förderlich.«

»Die Kirche kann nicht ein ganzes Priesterseminar schließen, bloß weil dort ein einziger Student ums Leben gekommen ist. Und was den Archidiakon angeht, so verschwindet der Sonntagmorgen nach dem Frühstück wieder. Offenbar wird er in seiner Gemeinde gebraucht. Wir müssen also nur noch zwei Mahlzeiten durchhalten. Du solltest dich am Riemen reißen, Raphael!«

»Pater Sebastian hat mich schon ins Gebet genommen. Ich werde versuchen, ein Muster an Selbstbeherrschung abzugeben.«

»Und wenn dir das nicht gelingt, wirst du dich morgen vor seiner Abfahrt beim Archidiakon entschuldigen?«

»O nein«, sagte Raphael. »Ich habe das Gefühl, bei dem wird sich morgen niemand entschuldigen.«

Zehn Minuten später waren die Kandidaten zum Tee in ihren Aufenthaltsraum gegangen. Mrs. Pilbeam sagte: »Sie sehen müde aus, Miss. Bleiben Sie doch noch und essen Sie einen

Happen mit mir! Nun haben Sie sich's einmal bequem gemacht, und ruhiger ist es hier auch.«

»Sehr gern, Mrs. P., danke schön.«

Mrs. Pilbeam zog ein niedriges Tischchen neben Emmas Platz und stellte eine große Tasse Tee darauf und ein Scone mit Butter und Marmelade. Wie wohl das tat, dachte Emma, so friedlich mit einer Frau zusammenzusitzen, den Korbstuhl knarzen zu hören, während Mrs. Pilbeam sich zurechtsetzte, die warmen, buttertriefenden Scones zu riechen und die blaue Flamme im Kamin zu betrachten.

Es wäre ihr lieber gewesen, wenn man nicht über Ronald Treeves gesprochen hätte. Bisher war ihr nicht klar gewesen, wie sehr sein noch immer rätselhafter Tod das Seminar belastet hat. Und nicht nur der. Mrs. Munroe war eines natürlichen Todes gestorben, war friedlich und vielleicht sogar gern aus dem Leben geschieden, aber in so einer kleinen Gemeinschaft, wo jeder jeden kannte und man aneinander Anteil nahm, bedeutete auch ihr Tod einen schmerzlichen Verlust. Und Henry hatte Recht; man fühlte sich immer schuldig. Sie wünschte, sie hätte sich mit Ronald mehr Mühe gegeben, wäre netter und geduldiger gewesen. Die Vorstellung, wie er halb verzweifelt aus Surtees' Stall gestolpert kam, hatte sich in ihrem Kopf festgesetzt und wollte sich nicht verscheuchen lassen.

Und dann noch der Archidiakon. Raphaels Abneigung gegen ihn wurde langsam zwanghaft. Und es war mehr als Abneigung. In seiner Stimme hatte Hass mitgeschwungen, ein Gefühl, von dem sie geglaubt hatte, dass es in St. Anselm fremd sei. Emma wurde bewusst, wie viel Halt ihr diese Besuche in St. Anselm bisher gegeben hatten. Eine Zeile aus dem Gebetbuch kam ihr in den Sinn. »Der Friede dort ist nicht von dieser Welt.« Aber nun war der Friede zerstört, gebrochen durch das Bild eines Jungen, der mit offenem Mund nach Luft schnappte und im mörderischen Sand erstickte. Und St. Anselm stand nicht außerhalb der Welt. Wenn auch die Studenten Kandidaten und ihre Lehrer Priester waren, so blieben sie doch Männer. Das Seminar mochte sich in symbolhaft trotziger Isolation zwischen Meer und unbewohnter Landzunge behaupten, aber innerhalb seiner Mauern herrschte ein intensives, streng reglementiertes, klaustrophobisches Leben. Welche Emotionen in dieser Treibhausatmosphäre wohl ausgebrütet wurden?

Und Raphael, der ohne Mutter in dieser abgeschiedenen Welt aufgewachsen war, aus der es für ihn kein Entrinnen gab, bis auf die Abstecher in das ebenso strenge und männlich dominierte Leben einer Privatschule und eines Internats? Fühlte er sich wirklich berufen, oder zahlte er nur auf die einzige ihm zu Gebote stehende Weise eine alte Schuld zurück? Emma ertappte sich dabei, dass sie zum ersten Mal im stillen Kritik übte an den Patres. Sie hätten doch weiß Gott erkennen müssen, dass Raphael an einem andern Seminar besser aufgehoben gewesen wäre. Pater Sebastian und Pater Martin waren bisher in ihren Augen so weise und gütig gewesen, wie es in ihren Kreisen kaum vorstellbar war, unter Menschen, denen eine religiöse Gemeinschaft eher als moralisches Korsett galt denn als Quell der Erkenntnis und Offenbarung. Aber nun ließ sie der beunruhigende Gedanke nicht mehr los: Auch ein Priester war letzten Endes bloß ein Mensch.

Draußen braute sich ein Sturm zusammen. In unregelmäßigen Abständen hörte sie das gedämpfte Rauschen des Windes, das vom lauteren Rauschen der See kaum zu unterscheiden war.

Mrs. Pilbeam sagte: »Richtig losgehen wird's wohl erst gegen Morgen, aber ich denke, wir müssen uns auf eine unruhige Nacht gefasst machen.«

Schweigend tranken sie ihren Tee, und nach einer Weile sagte Mrs. Pilbeam: »Es sind brave Jungs, Miss, alle miteinander.«

»Ja«, antwortete Emma, »ich weiß.« Und es kam ihr vor, als sei sie diejenige, die der anderen Trost zusprach.

21

Pater Sebastian war kein Freund von Nachmittagstees. Kuchen aß er nicht, und Scones und Sandwiches verdarben ihm, wie er fand, nur den Appetit aufs Abendessen. Wenn Gäste da waren, sah er sich zwar genötigt, um vier zum Tee zu erscheinen, blieb aber normalerweise nur so lange, bis er seine zwei Tassen Earl Grey mit Zitrone getrunken und neu eingetroffene Besucher willkommen geheißen hatte. Diesen Samstag hatte er die Begrüßung Pater Martin überlassen, aber um zehn nach vier hielt er es doch für ein Gebot der Höflichkeit, sich unten zu zeigen. Er war allerdings erst auf halber Treppe, als ihm von unten der Archidiakon entgegengeeilt kam.

»Morell, ich muss Sie sprechen. In Ihrem Büro, bitte.«

Was denn nun schon wieder? dachte Pater Sebastian resigniert, als er hinter dem Archidiakon die Treppe wieder hinaufstieg. Crampton nahm zwei Stufen auf einmal und schien, oben angekommen, drauf und dran, gegen jede Anstandsregel einfach in Pater Sebastians Büro zu stürmen. Der Rektor blieb besonnen und bat ihn, am Kamin Platz zu nehmen, worauf der Archidiakon indes gar nicht reagierte. Die beiden Männer standen einander so dicht gegenüber, dass Pater Sebastian den leicht säuerlichen Atem des anderen roch. Er war gezwungen, Cramptons zornfunkelndem Blick standzuhalten und jedes unappetitliche Detail in seinem Gesicht wahrzunehmen: die beiden schwarzen Haare in seinem linken Nasenloch, die hochroten Flecke auf seinen Wangen und einen Krümel in seinem Mundwinkel, der anscheinend von einem gebutterten Scone stammte. Er wartete ab, bis der Archidiakon seine Beherrschung wiedergewann.

Als Crampton das Wort ergriff, hatte er sich zwar einigermaßen gefasst, aber der drohende Unterton in seiner Stimme war dennoch nicht zu überhören. »Was macht dieser Polizeibeamte hier? Wer hat ihn eingeladen?«

»Commander Dalgliesh? Ich dachte, ich hätte Ihnen erklärt ...«

»Nicht Dalgliesh! Yarwood. Roger Yarwood.«

Pater Sebastian entgegnete ruhig: »Mr. Yarwood ist Gast hier, genau wie Sie. Er ist Kriminalinspektor bei der Suffolker Polizei und verbringt hier einen einwöchigen Urlaub.«

»War das Ihre Idee, ihn einzuladen?«

»Er war schon einige Male bei uns, ein stets willkommener Gast. Zur Zeit ist er krankgeschrieben und hat bei uns angefragt, ob wir ihn für eine Woche aufnehmen könnten. Wir schätzen ihn und freuen uns über seinen Besuch.«

»Yarwood war der Polizeibeamte, der den Tod meiner Frau untersucht hat. Wollen Sie mir ernsthaft weismachen, Sie hätten das nicht gewusst?«

»Wie könnte ich, wie könnte einer von uns das erfahren haben, Herr Archidiakon? Er würde über so etwas nicht sprechen. Yarwood kommt hierher, um Abstand vom Dienst zu gewinnen. Ich kann mir vorstellen, dass es schmerzlich für Sie ist, ihn hier anzutreffen, und es tut mir Leid, dass es dazu gekommen ist. Gewiss beschwört seine Gegenwart sehr traurige Erinnerungen bei Ihnen herauf. Aber es ist nichts weiter als ein erstaunlicher Zufall. So etwas kommt alle Tage vor. Inspektor Yarwood wurde, glaube ich, vor fünf Jahren von London nach Suffolk versetzt. Das muss kurz nach dem Tod Ihrer Frau gewesen sein.«

Pater Sebastian vermied das Wort »Selbstmord«, aber er wusste, dass es auch unausgesprochen zwischen ihnen stand. In Kirchenkreisen hatte es sich zwangsläufig herumgesprochen, welch tragisches Ende die erste Frau des Archidiakons genommen hatte.

»Er muss selbstverständlich abreisen«, sagte Crampton. »Ich bin nicht bereit, mich heute Abend mit diesem Mann an einen Tisch zu setzen.«

Pater Sebastian schwankte zwischen aufrichtigem Mitleid, das sich gleichwohl in für ihn erträglichen Grenzen hielt, und einem mehr persönlich motivierten Gefühl. »Ich bin nicht bereit, ihn fortzuschicken. Er ist, wie gesagt, unser Gast. Unabhängig davon, was für Erinnerungen er bei Ihnen wachruft, wird es doch wohl möglich sein, dass zwei erwachsene Männer sich miteinander zu Tisch setzen, ohne einen Eklat heraufzubeschwören.«

»Eklat?«

»Der Ausdruck scheint mir treffend. Was bringt Sie eigentlich so in Rage, Herr Archidiakon? Yarwood hat damals schließlich nur seine Pflicht getan. Das war doch nichts Persönliches zwischen Ihnen.«

»Aber er hat es zu einer persönlichen Fehde gemacht, gleich als er zum ersten Mal das Pfarrhaus betrat. Dieser Mann hat mich nachgerade des Mordes bezichtigt. Er kam Tag für Tag. Sogar in der ersten Zeit, als ich noch ganz aufgewühlt war vor Trauer und Schmerz, hat er mich mit seinen Fragen gequält und bis ins Kleinste über meine Ehe ausgehorcht, sich nach intimen Einzelheiten erkundigt, die ihn nichts, aber auch gar nichts angingen. Nach Abschluss der gerichtlichen Untersuchung beschwerte ich mich bei seiner Dienststelle. Ich wäre sogar vor den Beschwerdeausschuss der Polizeidirektion gegangen, wenn ich mir etwas davon versprochen hätte, aber dort hätte man die Sache wohl gar nicht ernst genommen, und außerdem wollte ich allmählich Abstand gewinnen und die Tragödie hinter mir lassen. Aber die Met ging der Sache doch nach, und man räumte ein, dass Yarwood vielleicht übereifrig gehandelt habe.«

»Übereifrig?« Pater Sebastian griff auf eine seiner bewährten Beschwichtigungsfloskeln zurück. »Er glaubte vermutlich nur seine Pflicht zu tun.«

»Pflicht? Das hatte nichts mit Pflicht zu tun! Der Mann bildete sich ein, er könne auf meine Kosten einen Fall konstruieren und sich einen Namen machen. Wäre ja auch ein toller

Coup für ihn gewesen, oder? Stadtpfarrer des Mordes an der eigenen Frau beschuldigt. Wissen Sie, welchen Schaden solche Unterstellungen anrichten können, in der Diözese, in der Pfarrei? Der Mann hat mich gefoltert und sich geweidet an meiner Qual.«

Pater Sebastian fiel es schwer, diese Anschuldigung mit dem Yarwood in Einklang zu bringen, den er kannte. Aber er sah sich in einem heillosen Konflikt gefangen: Einerseits hatte er Mitleid mit dem Archidiakon, andererseits konnte er sich nicht entscheiden, ob er mit Yarwood reden sollte oder nicht, denn es erschien ihm bedenklich, einen Menschen unnötig zu beunruhigen, der physisch und psychisch wohl immer noch sehr angegriffen war. Trotzdem musste er einen Weg finden, das Wochenende durchzustehen, ohne Crampton noch mehr zu verärgern. All diese Probleme kulminierten kurioserweise in der vordringlichen Frage der Tischordnung. Die beiden Polizeibeamten konnte er nicht zusammensetzen; ihnen stand der Sinn gewiss nicht nach Fachsimpelei, und er wünschte sich weiß Gott keine Dienstgespräche an seiner Tafel. (Für Pater Sebastian war das Refektorium von St. Anselm immer nur »sein« Speisesaal oder »seine« Tafel.) Ferner konnte man weder Raphael noch Pater John schicklicherweise neben dem Archidiakon oder ihm gegenüber platzieren. Clive Stannard war selbst an seinen besten Tagen ein Langweiler; den durfte er weder Crampton noch Dalgliesh zumuten. Er wünschte, seine Frau wäre noch am Leben und stünde ihm zur Seite. Wenn Veronica noch lebte, wäre das alles gar nicht erst passiert. Er verspürte eine leichte Irritation darüber, dass sie ihn im Stich gelassen hatte.

In dem Moment klopfte es. Pater Sebastian, der in dieser peinlichen Situation froh über jede Unterbrechung war, rief »Herein!«, und Raphael betrat das Zimmer. Der Archidiakon gönnte ihm nur einen kurzen Blick und sagte zum Rektor: »Also, Sie bringen das in Ordnung, ja, Morell?« Dann ging er.

Auch wenn ihm die Unterbrechung sehr gelegen kam, war Pater Sebastian nicht gerade leutselig aufgelegt, und sein »Was gibt's, Raphael?« klang schroff.

»Es geht um Inspektor Yarwood, Pater. Er möchte lieber nicht mit uns zusammen essen und lässt fragen, ob es möglich wäre, dass man ihm eine Kleinigkeit aufs Zimmer bringt.«

»Ist er krank?«

»Ich glaube, er fühlt sich nicht besonders gut, aber von krank sein hat er nichts gesagt. Er hat den Archidiakon beim Tee gesehen und möchte ihm wohl nicht noch einmal begegnen. Er hat sich nicht einmal die Zeit genommen, einen Bissen zu essen, und da bin ich ihm nachgegangen, um zu fragen, ob alles in Ordnung sei mit ihm.«

»Und hat er Ihnen gesagt, warum er sich so aufgeregt hat?«

»Ja, Pater.«

»Er hatte kein Recht, das Ihnen oder sonst jemandem aus dem Seminar anzuvertrauen. Das war unprofessionell und unklug, und Sie hätten ihn daran hindern sollen.«

»Er hat nicht sehr viel erzählt, Pater, aber was er gesagt hat, war durchaus interessant.«

»Ganz gleich, was er gesagt hat, er hätte es für sich behalten sollen. Aber nun gut, gehen Sie zu Mrs. Pilbeam und bitten sie, ihm etwas zu essen zu machen! Eine Suppe und ein wenig Salat, irgend so was.«

»Ich glaube, mehr möchte er auch gar nicht, Pater. Er wolle allein sein, hat er gesagt.«

Pater Sebastian überlegte, ob er mit Yarwood reden solle, ließ den Gedanken aber fallen. Vielleicht war es das Beste, den Mann wunschgemäß allein zu lassen. Der Archidiakon würde morgen nach einem zeitigen Frühstück aufbrechen, da er rechtzeitig wieder in seiner Gemeinde sein wollte, um beim Abendmahlsgottestdienst um halb elf die Predigt zu halten. Er hatte angedeutet, dass eine wichtige Persönlichkeit an der

Messe teilnehmen werde. Mit etwas Glück würden er und Yarwood einander nicht noch einmal begegnen.

Müden Schrittes stieg der Rektor die Treppe hinab, um im Aufenthaltsraum der Studenten seine zwei Tassen Earl Grey zu trinken.

22

Das Refektorium lag nach Süden zu und hätte nach Größe und Stil fast eine Kopie der Bibliothek sein können. In beiden dominierten die gewölbte Decke und die gleiche Anzahl hoher, schmaler Fenster, auch wenn hier statt der bilderreichen Buntglasfenster zartgrün getönte Scheiben mit Weinlaub und Trauben bemalt waren. Zwischen den Fenstern hingen drei große Gemälde aus der Schule der Präraffaeliten, allesamt Geschenke der Gründerin. Auf dem ersten, einem Dante Gabriel Rossetti, saß ein Mädchen mit flammend rotem Haar am Fenster und las ein Buch, das man mit einiger Phantasie als frommes Werk auslegen mochte. Die drei dunkelhaarigen Mädchen auf dem zweiten Bild, einem Edward Burne-Jones, die umwogt von goldbrauner Seide unter einem Orangenbaum tanzten, waren dagegen eindeutig weltlich gesinnt, und das dritte und größte, ein William Holman Hunt, stellte eine mittelalterliche Szene dar: Vor einer Kapelle aus lehmverputztem Flechtwerk taufte ein Priester eine Schar keltischer Britannier. Die Bilder waren nicht gerade nach Emmas Geschmack, aber sie zweifelte nicht daran, dass sie im Erbe von St. Anselm einen führenden Platz einnahmen. Der Raum war offenbar ursprünglich das Speisezimmer der Arbuthnots gewesen, allerdings wohl eher für prunkvolle Galadiners bestimmt als für den trauten Familienkreis und auch nicht gerade nach praktischen Gesichtspunkten gestaltet. Selbst eine traditionelle viktorianische Großfamilie wäre sich in diesem Monument patriarchalischer Prachtentfaltung gewiss verloren und unbehaglich vorgekommen. In St. Anselm hatte man anscheinend nur wenige Veränderungen vorgenommen, um den Speisesaal entsprechend herzurichten. Der ovale, mit Schnitzwerk verzierte Eichentisch behauptete nach wie vor seinen Platz in der Mitte des Raumes, nur hatte man ihn um eine knapp zwei Meter lange Einlegeplatte aus schlichtem Holz verlängert. Die Stühle einschließlich des prunkvollen Armlehnstuhls für den Hausherrn waren augenscheinlich original, und statt über die gewohnte Durchreiche zur Küche wurden die Speisen von einer langen, weiß gedeckten Anrichte serviert.

Bei Tisch bediente Mrs. Pilbeam, unterstützt von zwei Kandidaten, ein Dienst, bei dem die Studenten sich reihum abwechselten. Die Pilbeams aßen die gleiche Kost, nur an dem Tisch in Mrs. Pilbeams Stube. Bei ihrem ersten Besuch hatte Emma fasziniert verfolgt, wie gut dieses ausgefallene System funktionierte. Mrs. Pilbeam schien instinktiv und auf die Minute genau zu wissen, wann der jeweilige Gang im Speisesaal beendet war, und erschien rechtzeitig, um den nächsten aufzutragen. Geklingelt wurde nicht, und Vorspeise sowie Hauptgang wurden schweigend eingenommen, während einer der Kandidaten an einem hohen Pult links von der Tür eine Tischlesung hielt. Auch dies eine Aufgabe, der die Studenten sich abwechselnd unterzogen.

Die Themenwahl blieb den Kandidaten überlassen, und die Texte mussten nicht unbedingt aus der Bibel oder sonst einem religiösen Werk stammen. Bei ihren Besuchen hatte Emma Henry Bloxham aus »Das Wüste Land« lesen hören, Stephen Morbys munteren Vortrag einer der Mr.-Mulliner-Geschichten von P. G. Wodehouse miterlebt und von Peter Buckhurst einen Auszug aus George und Weedon Grossmiths »Niemandstagebuch«. Der Vorteil dieses Brauchs bestand für

Emma darin, dass sie, abgesehen von der Anregung durch die
Lesungen und dem aufschlussreichen Einblick in die persönlichen Vorlieben der Studenten, Mrs. Pilbeams ausgezeichnete
Küche genießen konnte, ohne dabei Konversation machen
und sich abwechselnd ihren beiden Tischnachbarn widmen zu
müssen.

Mit Pater Sebastian in der Rolle des Hausherrn am Kopfende
der Tafel hatte das Dinner in St. Anselm ein durchaus formel-
les Gepräge. Aber nach der Lesung und den ersten beiden
Gängen schien das vorangegangene Schweigen die nun er-
laubte Unterhaltung zu befördern, die normalerweise zwanglos geführt wurde, während der Vorleser seine warm gehal-
tene Mahlzeit verzehrte und die Gesellschaft schließlich zum
Kaffee in den Aufenthaltsraum der Studenten wechselte oder
durch den Südausgang in den Hof hinaustrat. Häufig plauderte man weiter, bis es Zeit für die Komplet war. Nach der
Abendliturgie war es Brauch, dass die Kandidaten sich für eine
Schweigezeit auf ihre Zimmer zurückzogen.

Obwohl die Studenten bei Tisch üblicherweise den jeweils
nächsten freien Platz belegten, behielt sich Pater Sebastian die
Sitzordnung für Gäste und Personal vor. Heute hatte er den
Archidiakon zu seiner Linken platziert, neben Crampton saß
Emma mit Pater Martin als zweitem Tischherrn. Zur Rechten
Pater Sebastians wiederum saß Commander Dalgliesh, neben
ihm Pater Peregrine und dann Clive Stannard. George Gregory aß nur gelegentlich im Refektorium mit, aber heute
Abend war er anwesend und saß zwischen Stannard und Stephen Morby. Emma hatte erwartet, auch Inspektor Yarwood
anzutreffen, aber er kam nicht, und sein Ausbleiben wurde
auch von niemandem kommentiert. Pater John fehlte ebenfalls. Drei der vier Studenten hatten sich an ihren Platz begeben und standen wie die übrige Gesellschaft in Erwartung
des Tischgebets hinter ihrem Stuhl, als endlich Raphael erschien, der sich noch im Eintreten die Soutane zuknöpfte.

Mit einer gemurmelten Entschuldigung trat er ans Lesepult
und schlug das mitgebrachte Buch auf. Pater Sebastian sprach
ein lateinisches Tischgebet, und anschließend ließ man sich
unter vernehmlichem Stühlescharren zum ersten Gang nieder.

Emma war sich, als sie neben dem Archidiakon Platz nahm,
seiner körperlichen Nähe deutlich bewusst, und ihm erging es
umgekehrt wahrscheinlich genauso. Sie spürte instinktiv, dass
er ein Mann war, der mit einer starken, wenn auch unterdrückten Sexualität auf Frauen ansprach. Er war ebenso groß
wie Pater Sebastian, aber eher stämmig gebaut, mit breiten
Schultern, Stiernacken und ausgeprägten, nicht unschönen
Gesichtzügen. Sein Haar war fast schwarz, der Bart schon ein
wenig weiß gesprenkelt, und die Brauen über den tief liegenden Augen wirkten in ihrem wohl geformten Bogen fast wie
gezupft, was diesem sonst so dezidiert männlich, düster verschlossenen Antlitz unversehens eine feminine Note verlieh.
Pater Sebastian hatte ihn Emma kurz vor dem Essen vorgestellt, und er hatte ihr kraftvoll, aber ohne Herzlichkeit die
Hand gedrückt und sie dabei so überrascht und verwirrt angesehen, als sei sie ein Rätsel, das er noch vor dem letzten Gang
zu lösen habe.

Die Vorspeise war bereits aufgetragen: gebackene Aubergi-
nen und Paprika in Olivenöl. Rings um den Tisch erhob sich
gedämpftes Besteckgeklapper, während die Gesellschaft zu
essen begann, und als habe er nur auf dieses Signal gewartet,
ergriff Raphael das Wort. Als gelte es, eine Lesung in der
Kirche anzukündigen, sagte er: »Wir hören das erste Kapitel
aus Anthony Trollopes ›Barchester Towers‹.«

Emma, die die viktorianische Literatur schätzte, war mit dem
Roman vertraut, wunderte sich aber trotzdem, wieso Raphael
ausgerechnet ihn gewählt hatte. Es kam zwar mitunter vor,
dass die Kandidaten aus einem Roman vorlasen, aber es war
doch üblicher, einen in sich geschlossenen Text vorzustellen.

Raphael war ein guter Vorleser, und Emma ertappte sich dabei, wie sie fast übertrieben langsam aß, während sie sich im Geiste in den Schauplatz und die Handlung des Romans versenkte. St. Anselm bot den angemessenen Rahmen für eine Trollope-Lesung. Unter seinem hochgewölbten Dach konnte sie sich das bischöfliche Schlafgemach im Palast von Barchester vorstellen, und im Geiste sah sie den Archidiakon Grantly am Sterbebett seines Vaters sitzen, in der Gewissheit, dass er keine Aussicht mehr haben würde, seinem Vater als Bischof nachzufolgen, wenn der alte Mann noch bis zum Sturz der Regierung lebte, mit dem stündlich zu rechnen war. Es war eine eindrucksvolle Szene, in der dieser stolze und ehrgeizige Sohn auf die Knie fiel und Gott um Vergebung anflehte dafür, dass er seinem Vater einen raschen Tod wünschte.

Der Wind hatte seit dem frühen Abend stetig aufgefrischt. In immer kürzeren Abständen rüttelten gewaltige Böen mit ohrenbetäubendem Getöse an Fenstern und Türen, und jedes Mal, wenn der Sturm es besonders arg trieb und wie mit Kanonendonner gegen das Gemäuer wütete, unterbrach Raphael seine Lesung wie ein Lehrer, der wartet, bis in einer ungebärdigen Klasse wieder Ruhe einkehrt. In den Phasen, da der Wind sich legte, klang seine Stimme unnatürlich klar und gewichtig. Emma merkte, dass die dunkle Gestalt neben ihr völlig reglos geworden war. Sie blickte verstohlen auf die Hände des Archidiakons und sah, dass sie Messer und Gabel starr umklammert hielten. Als Henry, der mit der Weinkaraffe die Runde machte, ihm nachschenken wollte, presste der Archidiakon die Hand über sein Glas, bis die Knöchel weiß hervortraten und Emma schon fürchtete, es würde ihm unter den Fingern zerspringen. Seine Hand schien vor ihren Augen zu einer fast unheimlichen Pranke mit aufgestellten schwarzen Haaren auf den Fingerrücken anzuschwellen. Sie sah auch, dass Commander Dalgliesh, der ihr gegenübersaß, den Blick gehoben hatte und den Archidiakon einen Moment lang nachdenklich musterte. Emma konnte sich nicht vorstellen, dass die Spannung, die von ihrem Tischnachbarn ausging und sich so stark auf sie übertrug, nicht von der ganzen Tafel wahrgenommen wurde, aber bis auf Commander Dalgliesh schien niemand sie zu spüren. Gregory etwa aß schweigend, doch augenscheinlich mit Genuss. Bis Raphael mit seiner Lesung begann, schaute er kaum von seinem Teller auf. Aber dann sah er zuweilen mit heiter fragendem Blick zu ihm hin.

Raphael las weiter, während Mrs. Pilbeam und Henry den Tisch abräumten und dann das Hauptgericht auftrugen: ein Fleischragout mit Kartoffeln, Erbsen und Möhren. Der Archidiakon versuchte nun zwar, seine Erstarrung abzuschütteln, aber er aß fast nichts. Nach den warmen Speisen und bevor zum Nachtisch Obst, Käse und Kräcker gereicht wurden, schloss Raphael das Buch, holte sich seinen Teller von der Warmhalteplatte und nahm am unteren Ende des Tisches Platz. Als Emma in diesem Moment zufällig Pater Sebastian ansah, starrte er mit versteinerter Miene zu Raphael hinunter, der, so schien es Emma, hartnäckig jeden Augenkontakt verweigerte.

Niemand schien darauf aus, das Schweigen zu brechen, bis der Archidiakon sich einen Ruck gab und Emma in ein gestelztes Gespräch über ihre Beziehung zu St. Anselm verwickelte. Wann war sie als Dozentin berufen worden? Was genau lehrte sie? Fand sie die Studenten im Großen und Ganzen motiviert und aufnahmefähig? Welchen Zusammenhang sah sie persönlich zwischen der Unterweisung in englischer Lyrik, eligiöser Dichtung und dem theologischen Kanon? Sie wusste, dass er ihr die Befangenheit nehmen oder zumindest ein Gespräch in Gang bringen wollte, aber was er sagte, klang wie ein Verhör, und es war ihr peinlich, dass seine Fragen und ihre Antworten in dem Schweigen ringsum so unnatürlich laut klangen. Ihr Blick verirrte sich immer wieder zu Adam

Dalgliesh hinüber, zu dem dunklen Haupt, das sich nach rechts neigte, dem helleren des Rektors entgegen. Die beiden hatten anscheinend jede Menge Gesprächsstoff. Aber gewiss ging es dabei nicht um Ronalds Tod, nicht hier bei Tisch. Von Zeit zu Zeit spürte sie Dalglieshs Blick auf sich ruhen. Sie schaute ihm kurz in die Augen, aber sie wandte sich rasch ab, verärgert über ihre eigene Taktlosigkeit, und ertrug wieder die Neugier des Archidiakons.

Endlich wurde die Tafel aufgehoben, und man ging zum Kaffee hinüber in den Aufenthaltsraum, aber die Unterhaltung belebte sich auch durch den Szenenwechsel nicht. Man kam über einen Austausch halbherziger Platitüden nicht hinaus, und ging auseinander, lange bevor es Zeit war, sich für die Komplet zu versammeln. Emma verabschiedete sich als eine der Ersten. Trotz des Sturms hatte sie das Bedürfnis, sich vor dem Zubettgehen noch ein wenig Bewegung an der frischen Luft zu verschaffen, denn die Komplet würde sie sich heute Abend schenken. Zum ersten Mal, seit sie nach St. Anselm kam, drängte es sie mit Macht hinaus ins Freie. Doch als sie die Tür zum Kreuzgang aufstieß, traf sie eine Böe mit solcher Wucht, als hätte ihr jemand einen Schlag versetzt. Bald würde man sich in dem Sturm kaum noch aufrecht halten können. Nein, das war kein Abend für einen einsamen Spaziergang über die plötzlich so unwirtlich gewordene Landzunge. Sie fragte sich, was Adam Dalgliesh wohl machen würde? Wahrscheinlich betrachtete er es als Gebot der Höflichkeit, an der Komplet teilzunehmen. Sie dagegen würde sich in die Arbeit vergraben – darauf lief es letztlich immer hinaus – und dann zeitig schlafen gehen. Emma machte kehrt und ging durch den schwach erleuchteten Nordflügel des Kreuzgangs zurück in die Abgeschiedenheit von Ambrose.

23

Es war neun Uhr neunundzwanzig, und Raphael, der als Letzter die Sakristei betrat, fand dort nur noch Pater Sebastian vor. Der Rektor hatte seine Kutte ausgezogen und war dabei, den Ornat anzulegen. Raphael wollte rasch an ihm vorbei durch die Tür zur Kirche schlüpfen und hatte schon die Hand nach der Klinke ausgestreckt, als Pater Sebastian fragte: »Haben Sie dieses Kapitel von Trollope absichtlich ausgesucht, um den Archidiakon zu treffen?«

»Es ist ein Kapitel, das ich sehr bewundere, Pater. Wie dieser ehrsüchtige Mann am Bett seines Vaters niederkniet und mit seiner heimlichen Hoffnung ringt, dass der Bischof noch rechtzeitig sterben möge. Diese Szene gehört mit zum Eindrucksvollsten, was Trollope geschrieben hat. Ich dachte, wir alle würden sie zu schätzen wissen.«

»Es geht mir nicht um eine literarische Würdigung Trollopes. Sie haben meine Frage nicht beantwortet. Haben Sie dieses Kapitel ausgewählt, um den Archidiakon zu brüskieren?«

»Ja, Pater, Sie haben Recht«, sagte Raphael ruhig.

»Und der Grund dazu war vermutlich das, was Inspektor Yarwood Ihnen vor dem Essen erzählt hat.«

»Er war völlig aufgelöst. Der Archidiakon ist fast gewaltsam bei ihm eingedrungen und hat ihn zur Rede gestellt. Roger sind in der Aufregung ein paar Andeutungen entschlüpft, aber er sagte hinterher, das sei streng vertraulich gewesen und ich müsse versuchen, es zu vergessen.«

»Und Ihre Art, das zu tun, war, sich für Ihre Lesung ein Romankapitel auszusuchen, das nicht nur einen Gast dieses Hauses zutiefst verletzen, sondern ihm auch verraten musste, dass Inspektor Yarwood sich Ihnen anvertraut hat.«

»Der Archidiakon hätte an der Szene keinen Anstoß genommen, Pater, wenn das, was Roger mir erzählt hat, nicht wahr wäre.«

»Verstehe! Sie wollten Hamlet spielen. Sie haben Unfrieden gestiftet und meine Anweisungen, dass der Archidiakon als unser Gast mit Respekt zu behandeln sei, missachtet. Wir beide werden gründlich mit uns zu Rate gehen müssen. Ich habe darüber nachzudenken, ob ich Sie guten Gewissens zur Ordination empfehlen kann. Und Sie sollten sich überlegen, ob Sie wirklich für das Priesteramt geeignet sind.«

Es war das erste Mal, dass Pater Sebastian die Zweifel in Worte fasste, die er sich sonst kaum in Gedanken einzugestehen wagte. Er zwang sich, Raphael in die Augen zu sehen, während er auf eine Antwort wartete.

»Aber haben wir denn tatsächlich eine Wahl, Sie und ich, Pater?«, fragte Raphael gefasst.

Was Pater Sebastian überraschte, war weniger diese Antwort als der Ton, in dem sie vorgebracht wurde. Raphaels Stimme war gleichsam ein Echo dessen, was er auch in seinen Augen las. Nicht Trotz, nicht Aufbegehren gegen seine Autorität, nicht einmal der übliche Schuss ironischer Distanz, sondern etwas, das ihn sehr viel verstörender und schmerzlicher anmutete: ein Anflug von Trauer und Resignation, der zugleich auch ein Hilferuf war. Wortlos legte Pater Sebastian seinen Ornat an, wartete, bis Raphael ihm die Sakristeitür öffnete, und folgte ihm in das von Kerzen beleuchtete Schattendunkel des Kirchenschiffs.

24

Außer Crampton hatte sich Dalgliesh als Einziger der Gäste zur Komplet eingefunden. Er setzte sich etwa in die Mitte der rechten Bankreihe und sah zu, wie Henry Bloxham, angetan mit einem weißen Chorrock, erst die beiden Kerzen auf dem Altar entzündete und dann die lange Reihe der Wachslichter, die unter ihren Glasschirmen das Chorgestühl erhellten. Das

Südportal hatte Henry schon vor Dalglieshs Eintreffen entriegelt, und der Commander wartete nun auf das Knirschen
und Knarren in seinem Rücken, mit dem die mächtigen Tor-
flügel sich öffnen würden. Aber weder Emma noch jemand
vom Personal oder den Gästen erschien. Er saß ganz allein in
dem dämmrigen Kirchenschiff, das eine Ruhe und Sammlung
ausstrahlte, gegen die sich der stürmische Wind, der draußen
tobte, so fern ausnahm, als gehöre er in eine andere Welt. Als
Henry zum Schluss den Spot über dem Altarbild anmachte,
überstrahlte der van der Weyden das stille Gotteshaus mit far-
biger Helle. Henry beugte vor dem Altar das Knie und gesellte
sich vor der Sakristeitür zu den Wartenden, bis kurze Zeit später auch Pater Sebastian und Raphael erschienen. Fast lautlos
schritten die Gestalten in ihren weißen Chorröcken in gemes-
sener Würde zu ihren Plätzen, und der Rektor sprach in die
Stille hinein das erste Gebet.
»Gott der Allmächtige schenke uns eine ruhige Nacht und ein
friedliches Ende. Amen.«
Die im Stil des gregorianischen Chorgesangs vorgetragene
Liturgie verriet in ihrer harmonischen Vollendung den lang
vertrauten Umgang der Sänger mit ihren Texten. Dalgliesh
erhob sich und kniete nieder, wann immer die Zeremonie es
verlangte, und er sang auch die Antwortstrophen mit; er wollte durchaus nicht den Voyeur spielen. Und er war hier nicht
als Polizeibeamter, weshalb er den Gedanken an Ronald
Treeves und den Tod beiseite schob und sich ganz auf das
konzentrierte, was allein hier von ihm gefordert wurde: ein
empfängliches Herz.
Nach dem Schlussgebet, aber noch vor dem Segen erhob sich
der Archidiakon zu seiner Predigt. Er ging nicht vom Chorgestühl hinunter zur Kanzel oder ans Lesepult, sondern blieb
vor dem Altargitter stehen. Und das war auch gut so, dachte
Dalgliesh, denn sonst würde er zu einer Ein-Mann-Gemeinde
sprechen und noch dazu zu der Person, die ihm vermutlich als

Zuhörer am allerwenigsten willkommen war. Es war eine kurze Predigt, die keine sechs Minuten dauerte, aber sie war eindrucksvoll und so ruhig vorgetragen, als sei sich der Archidiakon bewusst, dass unangenehme Wahrheiten umso wirkungsvoller waren, je leiser sie daherkamen. Wie er so dastand, dunkel und bärtig, erinnerte er an einen alttestamentlichen Propheten. Und seine Zuhörer in den weißen Chorröcken, die den Blick nicht nach ihm wandten, saßen reglos wie in Stein gemeißelt in den Adelslogen.

Thema der Predigt war die Gefolgschaft Christi in der modernen Welt, und sie war ein Angriff auf fast alles, wofür St. Anselm seit über hundert Jahren gestanden hatte und was Pater Sebastian hochhielt und schätzte. Die Botschaft war eindeutig: Nur dann könne die Kirche überleben und den Bedürfnissen eines von Gewalt geprägten, unruhigen und zunehmend gottlosen Jahrhunderts gerecht werden, wenn sie sich wieder auf die Fundamente ihres Glaubens besinne. Modernes Jüngertum dürfe sich nicht an einer archaischen Sprache berauschen, und sei sie noch so schön, wenn diese Sprache das Wesen des Glaubens eher verschleiere denn bekräftige. Man hüte sich davor, Intelligenz und intellektuelle Leistungen allzu hoch zu bewerten, auf dass die Theologie nicht unversehens zu einem philosophischen Exerzitium zur Rechtfertigung von Skepsis und Zweifel verkomme. Nicht minder verfänglich sei es, allzu viel Aufhebens von Zeremonie, Ornat und den strittigen Punkten der Liturgie zu machen oder im besessenen Wettstreit um die glänzendste musikalische Darbietung den Gottesdienst zu einer Showveranstaltung verkommen zu lassen. Die Kirche sei keine soziale Einrichtung, in der die saturierte Mittelschicht ihre nostalgischen Sehnsüchte nach Ordnung und Harmonie stillen und der Illusion der Spiritualität frönen könne. Nur wenn sie sich wieder auf die Wahrheit des Evangeliums besinne, dürfe die Kirche darauf hoffen, den Ansprüchen der modernen Welt gerecht zu werden.

Als er mit seiner Predigt zu Ende war, kehrte der Archidiakon auf seinen Platz zurück, und Patres und Kandidaten knieten nieder, während Sebastian Morell den Segen sprach. Sobald die kleine Schar in der Sakristei verschwunden war, kam Henry zurück, um die Kerzen zu löschen und den Altarspot auszuschalten. Dann begleitete er Dalgliesh hinunter zum Südportal, wo er ihm eine gute Nacht wünschte und hinter ihm absperrte. Bis auf diesen kurzen Gruß wechselten die beiden kein Wort miteinander.

Als er hinter sich die schweren Eisenriegel einrasten hörte, hatte Dalgliesh das Gefühl, für immer aus einer Gemeinschaft ausgeschlossen zu werden, die er nie ganz verstanden oder akzeptiert hatte und die nun endgültig ihre Türen vor ihm versperrte. Im Schutze des Kreuzgangs, der die ärgsten Sturmböen abfing, lief er die wenigen Meter von der Kirche zum Gästeappartement Jerome, wo ihn sein Bett erwartete.

II. BUCH

DER TOD
DES ARCHIDIAKONS

1

Der Archidiakon hielt sich nach der Komplet nicht mehr lange auf. Schweigend zogen er und die Patres sich in der Sakristei um, und mit einem knappen »Gute Nacht« trat Crampton hinaus in den windumtosten Kreuzgang.

Auf dem Hof tobten die entfesselten Elemente. Nach einem kurzen Regenschauer wütete der steife Südost mit frischer Kraft in der mächtigen Kastanie, fuhr fauchend durch das Laub in der Krone und krümmte die starken Äste mit solcher Gewalt, dass sie sich mit der majestätischen Trance eines Totentanzes auf und nieder bogen. Schwächere Äste und Zweige brachen ab und trudelten über das Pflaster wie die übrig gebliebenen Stöckchen abgebrannter Feuerwerkskörper. Schon türmten sich die abgefallenen Blätter, die kreuz und quer über den Hof wirbelten, in klumpig feuchten Haufen vor der Sakristeitür und an der Mauer des Kreuzgangs auf.

Am Eingang zum Hauptgebäude kratzte der Archidiakon sich ein paar Blattgerippe von Sohle und Spitze seiner schwarzen Schuhe und ging durch den Garderobenraum in die Halle. Im Hause war es, ungeachtet des wütenden Sturms draußen, seltsam still. Er fragte sich, ob die vier Patres wohl noch in der Sakristei seien und sich vielleicht empört über seine Predigt austauschten. Die Kandidaten waren wohl bereits auf ihre Zimmer gegangen. Es war etwas Eigenartiges, ja fast Unheimliches um diese Stille und den leicht stechenden Geruch, der in der Luft lag.

Noch nicht einmal halb elf. Er war unruhig und hatte keine Lust, schon so früh schlafen zu gehen, aber der Spaziergang, nach dem ihm plötzlich der Sinn stand, schien bei der Dunkelheit und dem Sturm nicht ratsam, ja sogar gefährlich. Er wusste, dass in St. Anselm nach der Komplet eine Schweigezeit eingehalten wurde, und obwohl er wenig übrig hatte für diesen Brauch, wollte er sich auch nicht unbedingt dabei

ertappen lassen, wie er gegen ihn verstieß. Im Aufenthaltsraum der Studenten stand ein Fernseher, doch zum einen waren die Programme am Samstagabend nie besonders gut, und
zum anderen widerstrebte es ihm, die abendliche Stille des
Hauses zu stören. Aber vielleicht würde er dort auch etwas zu
lesen finden, und dagegen, dass er die Spätnachrichten auf
ITV anschaute, war gewiss nichts einzuwenden.
Doch als er die Tür öffnete, saß bereits jemand im Aufenthaltsraum. Der junge Mann, der ihm beim Mittagessen als
Clive Stannard vorgestellt worden war, sah sich einen Film an.
Als Crampton eintrat, wandte er sich um und schien ungern
gestört zu werden. Der Archidiakon blieb einen Moment
unschlüssig stehen, dann wünschte er knapp eine gute Nacht,
verließ das Haus durch die Tür neben der Kellertreppe und
kämpfte sich über den sturmumtosten Hof zurück bis zu
seinem Appartement Augustine.
Um zwanzig vor elf hatte er Pyjama und Bademantel angezogen und sich bettfertig gemacht. Er hatte ein Kapitel aus
dem Markusevangelium gelesen und seine gewohnten Gebete
gesprochen, dabei aber heute Abend nicht mehr als ein Exerzitium angelernter Frömmigkeit abgespult. Die Bibelverse
kannte er auswendig und sprach sie lautlos vor sich hin, als ließe sich dem Text durch Bedacht und sorgsame Konzentration
auf jedes einzelne Wort eine bislang nicht erkannte Bedeutung entlocken. Endlich zog er den Bademantel aus, vergewisserte sich, dass die Fenster gegen den Sturm gesichert waren,
und stieg ins Bett.
Vor Erinnerungen schützt man sich am besten durch Betrieb-
samkeit. Als der Archidiakon unbeweglich zwischen den straff
gespannten Laken lag und das Orgeln des Windes hörte, war
ihm klar, dass er heute Nacht nicht leicht würde einschlafen
können. Der hektische Tag mit seinen traumatischen Erleb-
nissen hatte ihn zu sehr aufgewühlt. Vielleicht hätte er doch
dem Sturm trotzen und einen Spaziergang machen sollen.

Beim Gedanken an seine Predigt empfand er eher Befriedigung denn Bedauern. Er hatte sie sorgfältig vorbereitet und ruhig, aber dennoch mit Leidenschaft und Autorität vorgetragen. Gewisse Dinge mussten gesagt werden, und das hatte er getan, und wenn er Sebastian Morell dadurch noch mehr gegen sich aufgebracht hatte, wenn Antipathie und Kränkung sich zur Feindschaft verhärtet hatten, so war das nicht zu ändern. Er war, sagte er sich, keineswegs darauf aus, sich unbeliebt zu machen; er legte sogar großen Wert darauf, sich mit Leuten, die er respektierte, gut zu stellen. Er war ehrgeizig und wusste, dass man eine Bischofsmitra nicht dadurch errang, dass man eine bedeutende Fraktion der Kirche gegen sich aufbrachte, selbst wenn deren Einfluss weniger groß war, als es früher einmal den Anschein hatte. Und Sebastian Morell war nicht mehr so einflussreich, wie er zu sein glaubte. In diesem Kampf war ihm der Sieg gewiss. Doch unabhängig davon gab es Prinzipienkämpfe, die ausgefochten werden mussten, wenn die anglikanische Kirche ihren Platz auch im neuen Millennium behaupten wollte. Die Schließung von St. Anselm war vielleicht nur ein kleines Scharmützel in diesem Krieg, aber eines, das zu gewinnen ihn mit Genugtuung erfüllen würde.

Bloß, was verunsicherte ihn dann so sehr an St. Anselm? Warum hatte er das Gefühl, dass das geistliche Leben an dieser windumtosten, verlassenen Küste intensiver gepflegt werden müsse als anderswo und dass er und seine ganze Vergangenheit hier vor den Richtstuhl kämen? Dabei hatte St. Anselm durchaus keine lange Tradition als fromme Andachtsstätte. Gewiss, die Kirche stammte aus dem Mittelalter, und vielleicht erklang in ihren stillen Mauern noch das Echo jahrhundertealten Chorgesangs, auch wenn er davon nie etwas vernommen hatte. Für ihn war eine Kirche ein funktionales Gebäude, in dem Gott gehuldigt, das aber nicht um seiner selbst willen verehrt wurde. St. Anselm war nur das Werk eines viktorianischen Blaustrumpfs mit zu viel Geld, zu wenig Vernunft und einem Faible für spitzenbesetzte Alben, Birette und ledige Priester. Wahrscheinlich war die Frau nicht ganz bei Trost gewesen. Einfach lächerlich, dass ein Seminar des einundzwanzigsten Jahrhunderts noch immer unter ihrem verderblichen Einfluss stand.

Während er durch heftiges Strampeln das einengende Bettzeug zu lockern versuchte, wünschte der Archidiakon plötzlich, Muriel wäre bei ihm, auf dass er sich ihrem wohlig handfesten Körper zuwenden und in ihren willfährigen Armen für eine kurze Weile Vergessen finden könnte. Aber selbst als er nur in Gedanken nach ihr griff, drängte sich gleich, wie so oft daheim im Ehebett, die Erinnerung an jenen anderen Körper dazwischen, den mit den zarten Kinderarmen, den spitzen Brüsten und dem Mund, der mit geöffneten Lippen forschend über seinen Leib wanderte. »Gefällt dir das? Und das? Und das?«

Ihrer beider Liebe war von Anfang an ein Fehler gewesen, eine unbesonnene Affäre mit so vorhersehbar katastrophalem Ausgang, dass er sich heute fragte, wie er nur einem solchen Selbstbetrug hatte aufsitzen können. Die Romanze hätte den Stoff für einen Groschenroman abgeben können, und ganz nach Art vieler Groschenromane hatte sie auch begonnen: auf einer Kreuzfahrt im Mittelmeer. Ein Amtskollege, der für eine Reise zu archäologischen und historischen Stätten in Italien und Kleinasien als Studienführer vorgesehen war, erkrankte in letzter Minute und schlug ihn als Ersatzmann vor. Er vermutete, dass der Veranstalter ihn nicht genommen hätte, wenn ein qualifizierterer Kandidat verfügbar gewesen wäre, aber dann hatte er sich überraschend erfolgreich geschlagen. Zum Glück waren bei dieser Reise keine archäologisch bewanderten Akademiker an Bord gewesen, und dank fleißiger Vorbereitung und mit Hilfe ausgezeichneter Reiseführer hatte er sich einen Wissensvorsprung vor den anderen Passagieren sichern können.

Zu denen zählte auch Barbara, die mit Mutter und Stiefvater eine Bildungsreise machte. Sie war die Jüngste an Bord,
und er war nicht der einzige Mann gewesen, der sich von
ihr bezaubern ließ. Trotz ihrer neunzehn Jahre kam sie ihm
eher wie ein Kind vor, ein Kind aus einer anderen Zeit.
Mit dem kohlschwarzen Bubikopf und dem langen Pony
über den riesengroßen blauen Augen, dem herzförmigen
Gesicht und den vollen Lippen, mit der knabenhaften Figur, die noch betont wurde durch die knappen Baumwoll-
hänger, die sie mit Vorliebe trug, hätte sie gut in die zwanzi-
ger Jahre gepasst. Die älteren Passagiere, die immerhin noch
die dreißiger Jahre erlebt hatten und das wilde Jahrzehnt
davor zumindest vom Hörensagen kannten, seufzten weh-
mütig und meinten, Barbara erinnere sie an die junge Clau-
dette Colbert. Er fand den Vergleich falsch. Sie hatte nichts
von einem raffinierten Filmstar, sie war unschuldig und fröhlich wie ein Kind und dabei so verletzlich, dass er seine sexu-
elle Begierde umdeuten konnte in liebende Fürsorge und
Beschützerinstinkte. Er konnte sein Glück nicht fassen, als sie
ausgerechnet ihn zu ihrem Favoriten erkor und sich fortan mit
besitzergreifender Hingabe an ihn hängte. Drei Monate später waren sie verheiratet. Er war neununddreißig, sie knapp
zwanzig.

Da sie auf einer Reihe von Schulen mit multikultureller und
liberal orthodoxer Ausrichtung erzogen worden war, wusste
sie nichts über die anglikanische Kirche, war aber lebhaft an
Auskünften und Unterweisung interessiert. Erst später begriff
er, dass für sie das Verhältnis zwischen Lehrer und Schülerin
ein hocherotisches war. Sie ließ sich gern bezwingen, und das
nicht nur körperlich. Aber keine ihrer Passionen hielt lange
vor, auch die für die Ehe nicht. Die Gemeinde, in der er
damals tätig war, hatte das geräumige viktorianische Pfarrhaus verkauft und auf dem Kirchengelände ein modernes
zweistöckiges Gebäude errichtet, das architektonisch völlig

217

reizlos, aber sparsam im Unterhalt war. Es war nicht das Heim, das sie sich erwartet hatte.

Extravagant war sie, eigenwillig und kapriziös, und er erkannte schon bald, dass er das genaue Gegenteil der Frau geheiratet hatte, die zu einem ehrgeizigen Priester der anglikanischen Kirche passte. Selbst die Lust am Sex wurde ihm rasch von Ängsten getrübt. Sie war immer dann besonders versessen darauf, wenn er übermüdet heimkam, oder an den seltenen Abenden, da sie Übernachtungsgäste hatten und ihm peinlich bewusst wurde, wie dünn die Schlafzimmerwände waren, sobald sie ihre Koseworte flüsterte, die so leicht in höhnische Schreie und laute Kommandos umschlagen konnten. Nach einer solchen Nacht erschien sie am nächsten Morgen im Negligé zum Frühstück, verschlafen, aber triumphierend, flirtete schamlos und streckte kokett die Arme, so dass die dünne Seide über ihrer Brust verrutschte.

Warum hatte sie ihn geheiratet? Aus Sicherheitsbedürfnis? Um von der Mutter und dem verhassten Stiefvater fortzukommen? Um verwöhnt, umsorgt, verhätschelt zu werden? Sich geborgen zu fühlen? Geliebt zu werden? Er fing an, ihre sprunghaften Launen zu fürchten, ihre kreischenden Wutausbrüche. Er versuchte, ihre Exzesse vor der Gemeinde geheim zu halten, aber schon bald liefen Gerüchte um, die auch ihm zu Ohren kamen. Mit brennender Scham und Verbitterung erinnerte er sich an den Besuch eines seiner Kirchenvorstände, der zufällig Arzt war. »Ihr Frau ist ja nicht meine Patientin, Herr Pfarrer, und ich möchte mich nicht einmischen, aber sie ist nicht ganz gesund. Ich glaube, Sie sollten sich um ärztliche Hilfe bemühen.« Aber als er ihr vorgeschlagen hatte, einen Psychiater aufzusuchen oder auch nur den Hausarzt, hatte sie schluchzend geklagt, er wolle sie loswerden, sie einsperren lassen.

Der Wind, der ein paar Minuten abgeflaut war, erhob sich abermals zu einem jaulenden Crescendo. Normalerweise fand er es schön, ihn vom sicheren Bett aus wüten zu hören. Aber heute Nacht fühlte er sich in diesem nüchternen kleinen Zimmer nicht geborgen, sondern eher wie ein Gefangener. Seit Barbaras Tod hatte er um Vergebung gebetet dafür, dass er sie geheiratet und ihr nicht genug Liebe und Verständnis entgegengebracht hatte. Dafür, ihr den Tod gewünscht zu haben, hatte er nie Vergebung gesucht. Und wenn er sich hier in diesem schmalen Bett plötzlich der qualvollen Vergangenheit stellte und die Riegel zu jenem dunklen Verlies zurückschob, in das er seine Ehe verbannt hatte, so tat er das nicht aus freien Stücken. Und auch die Bilder, die ihm durch den Kopf gingen, hatte er nicht willentlich heraufbeschworen. Irgendetwas – die traumatische Begegnung mit Yarwood, dieser Ort, St. Anselm – sorgte dafür, dass ihm keine andere Wahl blieb.

Im Halbschlaf verfiel er in eine Art Albtraum und fand sich in einem Verhörraum wieder, einem nüchternen Kabuff, modern und nichts sagend, das er jedoch gleich darauf als das Wohnzimmer seiner alten Pfarrei erkannte. Er saß zwischen Dalgliesh und Yarwood auf dem Sofa. Sie hatten ihm keine Handschellen angelegt, noch nicht, aber er wusste, dass er bereits für schuldig befunden und verurteilt war, dass sie alle erforderlichen Beweise in Händen hielten. In körnigen Bildern rollte das heimlich gefilmte Belastungsmaterial vor seinen Augen ab. Von Zeit zu Zeit sagte Dalgliesh: »Halt, stopp«, und dann hielt Yarwood den Film an, und sie konzentrierten sich in vorwurfsvollem Schweigen auf eine bestimmte Szene. All die kleinlichen Vergehen und Gefühlsrohheiten, aber auch das große Liebesversagen zogen an seinem Auge vorbei. Und nun waren sie endlich beim letzten Akt angelangt und blickten in das Herz der Finsternis.

Er saß nicht mehr eingezwängt zwischen seinen beiden Anklägern auf dem Sofa, sondern war auf die Leinwand gewechselt, um jede Bewegung, jedes Wort nachzuspielen und alle

Gefühle noch einmal zu durchleben, als wäre es das erste Mal. Es war ein trüber Spätnachmittag Mitte Oktober gewesen; seit zwei Tagen war ununterbrochen ein feiner Sprühregen gefallen und hatte sich wie ein Nebelschleier vom bleigrauen Himmel herabgesenkt. Zwei Stunden lang hatte er die Runde bei den Langzeitpatienten und ans Haus gefesselten Mitgliedern seiner Gemeinde gemacht und sich wie immer gewissenhaft bemüht, ihren individuellen und so leicht zu erratenden Bedürfnissen gerecht zu werden. Die blinde Mrs. Oliver hatte es gern, wenn er ihr ein Kapitel aus der Bibel vorlas und mit ihr betete; der alte Sam Posinger schlug jedes Mal, wenn er ihn besuchte, aufs Neue die Schlacht von El Alamein; Mrs. Poley lechzte in ihrem Rollstuhl nach dem neuesten Gemeindeklatsch; Carl Lomas, der nie einen Fuß in die St.-Botolph-Kirche gesetzt hatte, diskutierte trotzdem gen mit ihm über Theologie und die Fehler der anglikanischen Kirche. Mrs. Poley hatte sich mit seiner Hilfe mühsam in die Küche gequält und Tee gekocht. Dazu gab es aus einer Keksdose die Ingwerlebkuchen, die sie extra für ihn gebacken hatte. Bei seinem ersten Besuch vor vier Jahren war er so unbedacht gewesen, sie zu loben, und hatte sich damit selbst dazu verdammt, sie allwöchentlich zu essen, weil er es nicht über sich brachte einzugestehen, dass er keine Lebkuchen mochte. Aber der Tee war heiß und stark, und den hatte er gern getrunken, auch weil er ihn der Mühe enthob, zu Hause selber welchen zu machen.

Er parkte seinen Vauxhall Cavalier auf der Straße und ging über den betonierten Weg inmitten des schwammig durchnässten Rasens, auf dem welke Rosenblätter im ungemähten Gras zerfielen, zum Haus. Die Stille, die ihm entgegenschlug, erfüllte ihn wie jedes Mal mit bangen Ahnungen. Barbara war morgens nervös und schlecht gelaunt gewesen, und ihre Rastlosigkeit sowie der Umstand, dass sie sich nicht anziehen mochte, waren immer ein schlechtes Zeichen. Als sie sich mittags zu Tütensuppe und Salat niedersetzten, war sie immer noch im Negligé. Schon nach kurzer Zeit hatte sie ihren Teller weggeschoben und gesagt, sie sei zu müde zum Essen; sie werde sich wieder hinlegen und zu schlafen versuchen.

»Geh du nur zu deinen langweiligen alten Schäfchen«, hatte sie gesagt. »Die sind ja sowieso die Einzigen, für die du dich interessierst. Aber weck mich nicht, wenn du wiederkommst, ich will nichts von denen wissen. Ich will überhaupt gar nichts hören und sehen.«

Er hatte nicht geantwortet, sondern ihr nur halb zornig, halb hilflos nachgesehen, wie sie langsam die Treppe hinaufgestiegen war. Der seidene Gürtel ihres Morgenmantels schleifte hinter ihr her, und sie hatte den Kopf hängen lassen wie in verzweifelter Qual.

Als er dann heimkam und die Haustür hinter sich schloss, war er von bösen Vorahnungen geplagt. War sie noch im Bett, oder hatte sie nur gewartet, bis er fort war, um sich anzuziehen und einen ihrer verheerenden und demütigenden Streifzüge durch die Gemeinde anzutreten? Er musste es wissen. Leise stieg er die Treppe hinauf; falls sie doch schlief, wollte er sie auf keinen Fall wecken.

Die Tür zum Schlafzimmer war geschlossen. Vorsichtig drehte er den Türknauf. Der Raum lag im Halbdunkel; durch die nicht ganz zugezogenen Vorhänge vor dem einen hohen Fenster ging der Blick auf das struppige Rasengeviert und die dreieckigen Beete, die ihren Garten ausmachten, und auf die adretten, einförmigen Reihenhäuser dahinter. Er näherte sich dem Bett, und sobald seine Augen sich an das Zwielicht gewöhnt hatten, sah er sie deutlich. Sie lag auf der rechten Seite und hatte die Wange in die Hand geschmiegt. Der linke Arm war unter der Zudecke hervorgeschlüpft. Als er sich niederbeugte, hörte er ihren Atem, der langsam ging und schwer, der nach Wein roch und stärker noch und unangenehm süßlich nach Erbrochenem. Auf dem Nachttisch stand eine Flasche

Cabernet Sauvignon. Daneben lag ein umgekipptes Arzneifläschchen. Der Schraubverschluss war ein Stück weit zur Seite gerollt, und die Flasche war leer. Er erkannte sie wieder und
wusste, dass sie starke Schmerztabletten enthalten hatte.
Er sagte sich, dass sie schlafe, dass sie betrunken sei, dass man
sie nicht aufwecken dürfe. Fast instinktiv griff er nach der
Weinflasche, um zu prüfen, wie viel sie getrunken hatte, als
eine innere Stimme ihn laut und vernehmlich warnte, ja nichts
anzufassen. Unter dem Kissen lugte ein Taschentuch hervor.
Er nahm es, wischte damit die Flasche ab und ließ das Taschentuch anschließend aufs Bett fallen. Jeder dieser Hand-
griffe kam ihm ebenso selbstverständlich wie sinnlos vor.
Dann verließ er das Zimmer, schloss die Tür hinter sich und
ging zurück nach unten. Wieder sagte er sich: Sie schläft, sie
ist betrunken, und sie will bestimmt nicht, dass ich sie wecke.
Nach einer halben Stunde ging er in sein Arbeitszimmer,
stellte ruhig und gefasst die Unterlagen für die Sechs-Uhr-
Sitzung des Pfarrgemeinderats zusammen und verließ das
Haus.
An die Sitzung konnte er sich nicht mehr erinnern, aber er
wusste noch, dass er mit Melvyn Hopkins, einem der Kirchenvorstände, heimgefahren war. Er hatte Melvyn versprochen,
ihn einen Blick in den jüngsten Bericht des anglikanischen
Komitees zur sozialen Verantwortung werfen zu lassen, und
vorgeschlagen, Melvyn solle ihn ins Pfarrhaus begleiten. Von
hier an war die Bilderfolge wieder klar. Er hatte sich dafür entschuldigt, dass Barbara nicht da war, und Melvyn erzählt, sie
habe sich schon den ganzen Tag nicht wohl gefühlt. Wieder
war er hinaufgegangen ins Schlafzimmer, hatte leise die Tür
geöffnet und im Halbdunkel die reglose Gestalt gesehen, die
Weinflasche, das umgekippte Arzneifläschchen. Er trat ans
Bett. Diesmal hörte er keine keuchenden Atemstöße mehr,
und als er die Hand an ihre Wange legte, war sie kalt, und er
wusste, dass er eine Tote berührte. Und dann fiel ihm etwas

ein, Worte aus einer vergessenen Quelle, die er gehört oder gelesen hatte und deren Sinn ihn jetzt erschreckte: Es ist immer ratsam, jemanden bei sich zu haben, wenn man die Leiche findet.

Den Trauergottesdienst und die Einäscherung konnte er sich nicht wieder ins Gedächtnis rufen. Stattdessen sah er nur ein wogendes Durcheinander von Gesichtern – mitfühlenden, besorgten, ängstlichen –, die grotesk verzerrt aus dem Dunkel auf ihn zuschwebten. Und dann löste sich aus der Menge das eine gefürchtete Antlitz. Wieder saß er auf dem Sofa, aber diesmal mit Sergeant Yarwood und einem jungen Polizisten in Uniform, der nicht älter aussah als einer seiner Chorknaben und der während des ganzen Verhörs nicht einmal den Mund aufmachte.

»Und als Sie von den Krankenbesuchen in Ihrer Pfarrei zurückkehrten – nach Ihrer Aussage kurz nach fünf –, was genau haben Sie da gemacht, Sir?«

»Das sagte ich Ihnen bereits, Sergeant. Ich ging rauf ins Schlafzimmer, um nachzusehen, ob meine Frau noch schlief.«

»Brannte die Nachttischlampe, als Sie die Tür aufmachten?«

»Nein, sie war aus. Und die Vorhänge waren fast ganz zugezogen, so dass der Raum im Halbdunkel lag.«

»Haben Sie sich der Leiche genähert?«

»Auch das habe ich Ihnen bereits gesagt, Sergeant. Ich habe nur kurz reingeschaut, sah, dass meine Frau noch im Bett lag, und nahm an, sie schlafe.«

»Und zu Bett gegangen war sie um wie viel Uhr?«

»Um die Mittagszeit. Gegen halb eins, glaube ich. Sie sagte, sie habe keinen Hunger und wolle sich lieber schlafen legen.«

»Fanden Sie es nicht merkwürdig, dass sie nach über fünf Stunden immer noch schlief?«

»Nein, durchaus nicht. Sie sagte doch, sie sei müde. Meine Frau hat oft nachmittags geschlafen.«

»Und Sie haben sich nicht gedacht, dass sie vielleicht krank sein könnte? Hatten Sie nicht das Gefühl, Sie sollten ans Bett gehen und sich vergewissern, dass alles in Ordnung war? Ist Ihnen nicht eingefallen, dass sie dringend einen Arzt brauchen könnte?«

»Ich sagte Ihnen doch – und ich bin's leid, es immer wieder zu sagen –, ich dachte, sie schlafe.«

»Haben Sie die beiden Flaschen auf dem Nachttisch gesehen, den Wein und das leere Medizinfläschchen?«

»Nur die Weinflasche. Als ich die sah, wusste ich, dass meine Frau getrunken hatte.«

»Nahm sie die Flasche mit, als sie ins Schlafzimmer hinaufging?«

»Nein. Die muss sie später geholt haben, als ich schon fort war.«

»Und dann hat sie sie mit ins Bett genommen?«

»Das nehme ich an. Es war ja sonst niemand im Haus. Natürlich hat sie die Flasche mit hoch genommen. Wie wäre sie sonst auf den Nachttisch gelangt?«

»Tja, das ist die Frage, Sir, nicht wahr? Es waren nämlich keine Fingerabdrücke auf der Weinflasche. Können Sie mir das erklären?«

»Natürlich nicht! Aber wahrscheinlich hat sie sie abgewischt. Unter dem Kissen guckte ein Taschentuch hervor.«

»Das konnten Sie also sehen, aber nicht die umgekippte Arzneiflasche?«

»Zuerst nicht, nein. Später, als ich die Leiche fand, habe ich sie gesehen.«

Und in dem Stil gingen die Fragen weiter. Yarwood kam immer wieder, manchmal mit dem jungen Polizisten in Uniform, aber manchmal auch allein. Crampton fing an, sich vor dem Läuten der Türklingel zu fürchten, und wagte kaum noch, aus dem Fenster zu schauen, aus Angst, die grau gekleidete Gestalt könne schon wieder energischen Schrittes den Gartenweg heraufkommen. Die Fragen waren immer die gleichen, und die Antworten klangen allmählich selbst für seine Ohren unglaubwürdig. Sogar nachdem die gerichtliche Untersuchung abgeschlossen war und wie erwartet auf Selbstmord erkannt worden war, ging die Verfolgung weiter. Barbara war schon seit Wochen eingeäschert. Nichts war mehr übrig von ihr, außer ein paar Hand voll Knochenmehl, die in einer Ecke des Friedhofs begraben lagen, und immer noch setzte Yarwood ihm mit seinen Verhören zu.

Nie war die Nemesis in einer unsympathischeren Gestalt erschienen. Yarwood sah nicht nur aus wie ein Vertreter, er war auch genauso hartnäckig und zäh und gegen jede Abfuhr gestählt. Dabei haftete ihm das Stigma des Versagers an wie ein übler Mundgeruch. Er war schmächtig und hatte gewiss nur knapp die für den Polizeidienst vorgeschriebene Größe. Er hatte einen fahlen Teint, eine hohe, knöcherne Stirn und dunkle, unergründliche Augen. Während der Vernehmungen sah er Crampton kaum an, sondern hielt den Blick so starr auf den Mittelgrund gerichtet, als sei er mit einem inneren Kontrollorgan verbunden. Seine Stimme war immer gleichbleibend monoton, und in den unheilschwangeren Pausen zwischen den Fragen lag eine Drohung, die auf weit mehr als sein Opfer gerichtet schien. Er kündigte sich nur selten an, wusste aber anscheinend, wann Crampton zu Hause war, und wartete mit stoischer Geduld vor der Tür, bis er wortlos eingelassen wurde. Es gab nie ein Vorgespräch, nur immer die gleichen aufdringlichen Fragen.

»Würden Sie sagen, dass Ihre Ehe glücklich war, Sir?«

Diese Frage war so impertinent, dass es Crampton die Sprache verschlug. Als er endlich antwortete, klang seine Stimme so schroff, dass er sie selbst kaum wieder erkannte. »Ich nehme an, für die Polizei ist jede, selbst die heiligste Beziehung klassifizierbar. Sie sollten Ehefragebogen ausgeben, das würde uns allen Zeit sparen. Kreuzen Sie das zutreffende Kästchen an: Sehr glücklich. Glücklich. Leidlich glücklich. Ein bisschen unglücklich. Unglücklich. Sehr unglücklich. Mörderisch.«

Yarwood schwieg einen Moment, dann fragte er: »Und welches Kästchen würden Sie ankreuzen, Sir?«

Am Ende legte Crampton offiziell Beschwerde beim Polizeichef ein, und die Besuche hörten auf. Nach einem internen Disziplinarverfahren wurde ihm bestätigt, dass Sergeant Yarwood seine Kompetenzen überschritten habe, namentlich dadurch, dass er ihn allein aufgesucht und Ermittlungen angestellt habe, zu denen er nicht befugt gewesen sei. Crampton blieb er als finsterer Ankläger im Gedächtnis. Und nichts vermochte den glühenden Zorn zu lindern, der ihn übermannte, wann immer er an Yarwood dachte – weder die Zeit noch die neue Pfarrei, seine Ernennung zum Archidiakon oder seine zweite Heirat.

Und heute war der Mann wieder aufgetaucht. Er konnte sich nicht genau erinnern, was sie zueinander gesagt hatten, er wusste nur, dass sein Groll und seine Bitterkeit sich in einem Schwall wütender Beschimpfungen entladen hatten.

Seit Barbaras Tod hatte er gebetet (erst regelmäßig, dann von Fall zu Fall) und Vergebung dafür erfleht, dass er sich an ihr versündigt hatte, durch seine Ungeduld, Intoleranz, mangelnde Liebe und das Unvermögen, zu verstehen oder zu verzeihen. Aber zu der Sünde, ihr den Tod gewünscht zu haben, hatte er sich nicht einmal in seinem tiefsten Innern bekannt. Und für seine lässlichen Versäumnissünden war ihm die Absolution erteilt worden. Er empfing sie durch den Mund von Barbaras Hausarzt, den er kurz vor der gerichtlichen Untersuchung traf.

»Da ist etwas, das lässt mir keine Ruhe. Gesetzt den Fall, ich hätte, als ich heimkam, gemerkt, dass Barbara nicht schlief – dass sie im Koma lag –, und sofort einen Krankenwagen gerufen, hätte sie dann noch eine Chance gehabt?«

Und seine Lossprechung lautete: »Bei der Menge von Alkohol und Medikamenten, die sie intus hatte, nicht die geringste.«

Was hatte dieser Ort nur an sich, das ihn zwang, sich hier neben den kleinen auch den großen Lebenslügen zu stellen? Er hatte gewusst, dass sie in Lebensgefahr schwebte. Er hatte gehofft, dass sie sterben würde. Und in den Augen seines Gottes war er so gewiss ein Mörder, als wenn er die Tabletten selbst aufgelöst und ihr eingeflößt, ihr das Weinglas eigenhändig an die Lippen gesetzt hätte. Wie konnte er weiter für andere als Seelsorger fungieren und Vergebung der Sünden predigen, solange seine eigene große Sünde ungebeichtet blieb? Wie hatte er mit dieser Finsternis im Herzen heute Abend vor die kleine Gemeinde von St. Anselm hintreten können?

Er streckte die Hand aus und knipste die Nachttischlampe an. Das Licht, das den Raum durchflutete, kam ihm heller vor als der sanfte Lampenschein, bei dem er vorhin seine abendliche Bibellesung gehalten hatte. Er stand auf, kniete vor dem Bett nieder und barg seinen Kopf in den Händen. Er brauchte nicht nach Worten zu suchen; sie fielen ihm wie von selbst zu, und mit ihnen empfing er die Verheißung auf Frieden und Vergebung. »Sei mir gnädig, o Herr, denn ich habe gesündigt.«

Während er noch auf den Knien lag und betete, meldete sich vom Nachttisch her sein Mobiltelefon und durchbrach mit unangemessen fröhlichem Klingeln die Stille. Das Geräusch war so unerwartet, so deplatziert, dass er es fünf Sekunden lang gar nicht erkannte. Dann erhob er sich steifbeinig und nahm den Anruf entgegen.

2

Kurz vor halb sechs erwachte Pater Martin von seinem eigenen Angstschrei. Erschrocken fuhr er im Bett auf und starrte mit wildem Blick in die Dunkelheit. Steif wie eine Marionette saß er da, während ihm der Schweiß von der Stirn perlte und in seinen Augen brannte. Als er sich übers Gesicht wischte, war die Haut eiskalt und fühlte sich so gespannt an wie bei einem Toten, wenn die Leichenstarre eingesetzt hat. Dann wichen die Gruselbilder des Albtraums allmählich, und das Zimmer nahm wieder Gestalt an. Graue Silhouetten, die er mehr erahnte, als dass er sie sah, traten wohlig vertraut aus der Dunkelheit hervor: ein Stuhl, die Kommode, das Fußteil seines Bettes, die Umrisse eines Bilderrahmens. Die Vorhänge vor den vier runden Fenstern waren zugezogen, aber von Osten her war trotzdem ein schwacher Abglanz jenes silbrigen Leuchtens zu erkennen, das selbst in finstersten Nächten über dem Meer schwebte. Der Sturm hatte offenbar gerade ausgesetzt. Den ganzen Abend lang hatten die Winde gewütet, und als er sich schlafen legte, fuhren sie mit gespenstischem Geheul um seinen Turm. Aber die Flaute jetzt war fast noch unheimlicher, und Pater Martin saß starr im Bett und lauschte in die Stille hinein. Er hörte keine Schritte auf der Treppe, keine Stimme, die ihn rief.

Vor zwei Jahren, als die Albträume begannen, hatte er um dieses kleine Rundzimmer in Südturm gebeten mit der Begründung, der weite Blick über Meer und Küste habe es ihm angetan und er schätze die Ruhe und Abgeschiedenheit dort oben. Das Treppensteigen fiel ihm langsam schwer, aber er konnte immerhin hoffen, dass seine nächtlichen Schreie hier ungehört verhallten. Pater Sebastian allerdings hatte die Wahrheit erraten, oder zumindest einen Teil davon. Pater Martin erinnerte sich an ihr kurzes Gespräch an einem Sonntag nach der Messe.

»Schlafen Sie eigentlich gut, Pater?«, hatte Pater Sebastian ihn gefragt.

»Danke, leidlich.«

»Falls Sie unter schlechten Träumen leiden, so höre ich, dass es da Abhilfe gibt. Wobei ich nicht an psychologische Beratung im üblichen Sinne denke, aber mitunter soll das Gespräch mit anderen, die die gleichen Erfahrungen gemacht haben wie man selber, hilfreich sein.«

Seine Worte hatten Pater Martin überrascht. Pater Sebastian hatte nie ein Hehl daraus gemacht, dass er Psychiatern misstraute; er würde sie und ihre Zunft eher respektieren, pflegte er zu sagen, wenn sie die medizinischen oder philosophischen Grundlagen ihrer Disziplin definieren oder ihm den Unterschied zwischen Geist und Verstand erklären könnten. Aber er hatte sich schon immer gewundert, dass Pater Sebastian so gut über alles Bescheid wusste, was sich unter dem Dach von St. Anselm abspielte. Dieses Gespräch freilich war ihm unangenehm gewesen, und er hatte das Thema nicht weiterverfolgt. Er wusste, dass er nicht der einzige Überlebende eines japanischen Gefangenenlagers war, der im Alter von den Gräueln gemartert wurde, die sein Verstand in jüngeren Jahren noch hatte verdrängen können. Aber er hatte keine Lust, sich mit Leidensgenossen in einem Kreis zusammenzusetzen und Erfahrungen auszutauschen, auch wenn er gelesen hatte, dass so etwas manch anderem half. Er musste mit seinen Albträumen allein fertig werden.

Und jetzt erhob sich der Wind aufs Neue, anfangs nur wie ein rhythmisches Klagen, das anschwoll und lauter wurde, bis es mit seinem Jaulen und Kreischen eher einer entfesselten Schar böser Geister glich als rauen Naturgewalten. Mühsam quälte er sich aus dem Bett, schob die Füße in seine Pantoffeln und taperte steifbeinig hinüber zu dem Fenster, das nach Osten hinausging. Als er es öffnete, traf ihn der kalte Wind wie ein heilender Luftzug, der Mund und Nase vom fauligen Gestank des Dschungels reinigte, mit seiner wilden Kakophonie die allzu menschlichen Seufzer und Schreie übertönte und die schlimmsten Schreckensvisionen aus seinem Kopf fortblies. Er hatte immer den gleichen Albtraum: Rupert war die Nacht zuvor ins Lager zurückgeschleift worden, und nun hatte man die Gefangenen antreten lassen, um seiner Hinrichtung beizuwohnen. Nach dem, was man ihm angetan hatte, konnte der Junge sich kaum noch auf den Beinen halten und sank an der Richtstätte fast wie erleichtert in die Knie. Aber dann hob er mit letzter Kraft noch einmal den Kopf, bevor das Schwert auf ihn niedersauste. Zwei Sekunden blieb das Haupt in der Schwebe, dann kollerte es langsam zur Erde nieder, und ein gewaltiger Purpurstrahl schoss aus seinem Hals empor wie eine letzte Verherrlichung des Lebens. Das waren die Bilder, die Pater Martin Nacht für Nacht heimsuchten.

Und beim Aufwachen quälten ihn jedes Mal die gleichen Fragen. Warum war Rupert geflohen, wo er doch wissen musste, dass das Selbstmord war? Warum hatte er sich ihm nicht vorher anvertraut? Und die schlimmste von allen: Warum hatte *er* nicht aufbegehrt, bevor das Schwert niedersauste, warum hatte er nicht mit seinen schwachen Kräften versucht, dem Wachposten die Klinge zu entreißen, und war gemeinsam mit seinem Freund gestorben? Die Liebe zu Rupert, die erwidert, aber nie vollzogen wurde, war die einzige Liebe seines Lebens geblieben. Alles, was danach kam, waren nur Exerzitien in wohl wollender Neigung und christlicher Nächstenliebe. Obwohl es Momente gab, in denen er Freude, ja manchmal sogar einen kostbaren Augenblick geistiger Erfüllung empfand, trug er die dunkle Last dieses Verrats immer mit sich. Er hatte kein Recht zu leben. Trotzdem gab es einen Ort, an dem er immer Frieden finden konnte, und dorthin zog es ihn jetzt.

Er nahm seinen Schlüsselbund vom Nachttisch, schlurfte zur Tür und nahm die alte Jacke mit den Lederflecken an den Ellbogen vom Haken, die er im Winter immer unter seiner Kutte trug. Er zog die Kutte darüber, öffnete leise die Tür und stieg die Treppe hinunter.

Er brauchte keine Taschenlampe. Auf jedem Treppenabsatz des Hauptgebäudes brannte eine schwache Glühbirne, und die Wendeltreppe hinunter zum Korridor, die immer ein bisschen tückisch war, wurde von hellen Wandlampen ausgeleuchtet. Der Sturm war wieder abgeflaut. Im Haus regte sich nichts, und das gedämpfte Ächzen des Windes betonte nur die Stille hier drinnen, die in ihrer Absolutheit unheimlicher war als das bloße Fehlen menschlicher Laute. Man mochte kaum glauben, dass hinter den geschlossenen Türen Schläfer atmeten, dass diese reglose Luft oft widerhallte vom Klang eiliger Schritte und kräftiger Männerstimmen oder dass die schwere Eichentür unten nicht schon seit Generationen zugesperrt und verriegelt war.

In der Halle tauchte das rote Lämpchen am Sockel der Madonna das lächelnde Antlitz der Gottesmutter in ein mildes Licht und warf einen so rosigen Hauch auf die drallen ausgestreckten Arme des Jesuskindes, dass es aussah, als wäre das Holz zum Leben erweckt worden. Lautlos glitt er auf seinen Pantoffeln durch die Halle und in den Garderobenraum, wo die Reihe brauner Kutten ein erstes Zeugnis davon gab, dass das Haus bewohnt war, auch wenn sie so einsam und verlassen dort hingen wie Überbleibsel einer lang verstorbenen Generation. Den Wind hörte er jetzt ganz deutlich, und als er die Tür zum Nordflügel des Kreuzgangs aufschloss, schlug er ihm plötzlich mit neu entfachter Wut entgegen.

Zu seinem Erstaunen brannten weder das Licht über dem Hinterausgang noch die Sparleuchten längs des Kreuzgangs. Aber als er den Lichtschalter ertastet hatte, flammten sie auf, und er sah, dass der Steinboden mit einem dicken Laubteppich bedeckt war. In dem Moment, in dem er die Tür hinter sich zuzog, fuhr eine frische Bö in die Kastanie, wirbelte den Blätterhaufen am Fuße ihres Stammes auf und trieb dem Pater das welke Laub vor die Füße. Wie ein Schwarm brauner Vögel umschwirrten ihn die Blätter, pickten sachte an seiner Wange und ließen sich federleicht auf seinen Schultern nieder.

Durch raschelndes Laub bahnte er sich einen Weg zur Sakristei. Es dauerte eine Weile, bis er unter der letzten Lampe die beiden Schlüssel herausgekramt hatte und aufsperren konnte. Er drückte auf den Lichtschalter neben der Tür und gab den Code ein, der das Alarmsystem abstellte. Dann ging er hinüber in die Kirche. Der Schalter für die doppelreihige Deckenbeleuchtung im Mittelschiff befand sich rechts von ihm, und als er die Hand danach ausstreckte, sah er erstaunt, aber ohne zu erschrecken, dass der Spot über dem »Weltgericht« an war und den Westteil der Kirche mit seinem Widerschein erhellte. Ohne die Beleuchtung im Mittelschiff einzuschalten, tastete er sich an der Wand entlang, und sein Schatten wanderte mit.

Dann stand er vor dem »Weltgericht« und erstarrte wie gelähmt vor dem Entsetzlichen, das ausgestreckt zu seinen Füßen lag. Er war dem Blut nicht entkommen; just an dem Ort starrte es ihm entgegen, an dem er Zuflucht suchen wollte. Es glänzte purpurn wie in seinem Albtraum, nur dass es nicht als mächtige Fontäne emporschoss, sondern sich in Lachen und Rinnsalen über die Steinfliesen verteilt hatte. Der Strom war versiegt oder schien vielmehr unter seinem Blick zu stocken und zähflüssig zu gerinnen. Demnach war der Albtraum noch nicht vorbei. Er war immer noch in seiner Schreckenskammer gefangen, nur dass er ihr diesmal auch durchs Erwachen nicht entkommen konnte. Entweder das, oder er war dem Wahnsinn verfallen. Er schloss die Augen und betete: »Lieber Gott, hilf mir!« Als er wieder zur Besinnung kam, schlug er die Augen auf und zwang sich, noch einmal hinzusehen.

Unfähig, das ganze grauenhafte Szenario auf einmal zu begreifen, nahmen seine Sinne es einzeln und bruchstückhaft wahr. Den zertrümmerten Schädel; die Brille des Archidiakons, die unversehrt ein wenig abseits lag; die beiden Messingleuchter, die wie in frevlerischem Hohn zu beiden Seiten des Leichnams aufgestellt waren; die ausgestreckten Hände Cramptons, die sich an den Steinen festzuklammern schienen, aber blasser wirkten und zierlicher als zu seinen Lebzeiten; den roten wattierten Bademantel, steif von geronnenem Blut. Schließlich blickte Pater Martin zum »Weltgericht« auf. Der tanzende Teufel im Vordergrund trug jetzt Brille, Schnauzer und ein gestutztes Bärtchen, sein rechter Arm war zu einer Geste ordinären Spotts verlängert worden. Unter dem Bild stand eine Dose schwarzer Farbe mit einem säuberlich auf dem Deckel abgelegten Pinsel.

Pater Martin taumelte nach vorn und sank neben dem Kopf des Archidiakons in die Knie. Er versuchte zu beten, fand jedoch die rechten Worte nicht. Plötzlich sehnte er sich nach Beistand, nach Stimmen und Schritten und dem Trost menschlicher Gesellschaft. Ohne einen klaren Gedanken zu fassen, stolperte er ins Seitenschiff und zog mit aller Kraft einmal am Glockenstrang. Der Glockenschlag ertönte so melodisch wie immer, doch in seinen Ohren gellte er vor Entsetzen.

Dann ging er zum Südportal und mühte sich so lange, bis es seinen zitternden Händen endlich gelang, die schweren Eisenriegel zurückzuschieben. Der Wind fegte ein paar abgerissene Blätter herein. Er ließ das Tor angelehnt und kehrte, nun schon sicherer auf den Beinen, zu dem Leichnam zurück. Er musste ein paar Worte sprechen und fand nun auch die Kraft dazu.

Er lag noch auf den Knien, mit einem Zipfel seiner Kutte in der Blutlache, als er Schritte hörte und dann eine Frauenstimme. Emma kniete neben ihm nieder und legte ihm die Arme um die Schultern. Ihr weiches Haar streifte seine Wange, der süße Duft ihrer Haut, ihr zartes Parfum verscheuchten den metallenen Blutgeruch aus seiner Nase. Er spürte, wie sie zitterte, aber ihre Stimme klang gefasst. »Kommen Sie, Pater, kommen Sie weg von hier! Es ist schon gut.«

Doch es war nicht gut und würde nie wieder gut werden. Er wollte zu ihr aufschauen, konnte aber den Kopf nicht heben. Nur seine Lippen bewegten sich. »O Gott«, flüsterte er, »was haben wir getan, was haben wir nur getan?« Und dann spürte er, wie ihre Arme sich angstvoll versteiften. Hinter ihnen schwang das große Südportal knirschend auf.

3

Dalgliesh fiel es normalerweise selbst in fremden Betten nicht schwer einzuschlafen. Die jahrelange Tätigkeit bei der Kriminalpolizei hatte seinen Körper abgehärtet gegen die Unbequemlichkeit diverser Liegen, und sofern er eine Nachttisch- oder Taschenlampe hatte für die kurze Lektüre, die er zum Einschlafen brauchte, konnte sein Geist für gewöhnlich den Tag ebenso leicht abstreifen wie seine müden Glieder. Nicht so heute Nacht. Dabei war sein Zimmer vortrefflich zum Schlafen eingerichtet; das Bett war bequem und doch nicht zu weich, die Nachttischlampe hatte die richtige Höhe zum Lesen, das Bettzeug war angenehm griffig. Trotzdem langte er so verbissen nach Seamus Heaneys »Beowulf«-Übersetzung, und las die ersten fünf Seiten so stoisch herunter, als handele es sich um ein abendliches Pflichtpensum und nicht um ein lang erwartetes Vergnügen. Bald aber zog die Dichtung ihn in ihren Bann, und er las in einem Zug bis elf Uhr weiter. Dann machte er das Licht aus, um auf den Schlaf zu warten.

Doch der wollte sich nicht einstellen. Oder vielmehr verpasste Dalgliesh jenen angenehmen Augenblick, da der Geist sich von der Last des Bewusstseins befreit und furchtlos seinem kleinen täglichen Tod anheim gibt. Vielleicht war es der Sturm, der ihn wach hielt. Normalerweise ließ er sich gern vom seinem Rauschen in den Schlaf wiegen, aber dieser Sturm war anders. Hin und wieder flaute der Wind ab, für eine kurze Weile schien alles täuschend still und friedlich, bis wieder ein leises Seufzen anhob, das rasch anschwoll und sich zu einem Geheul wie von entfesselten Dämonen steigerte. In diesem Crescendo hörte er dann die mächtige Kastanie ächzen und sah im Geiste Äste brechen, den schrundigen Stamm splittern, erst langsam und widerstrebend, bis er, von einer gewaltigen Bö gefällt, mit der Krone durch sein Schlafzimmerfenster brach. Und er hörte das Donnern der Brandung, das wie immer das Wüten der Winde begleitete. Es schien undenkbar, dass irgendein lebendes Wesen diesem geballten Ansturm von Wind und Wellen standhalten konnte.

Als er in einer Phase, da die Elemente sich beruhigt hatten, die Nachttischlampe anknipste und auf die Uhr schaute, sah er überrascht, dass es fünf nach halb sechs war. Mithin musste er über sechs Stunden geschlafen oder zumindest gedöst haben. Er fragte sich schon, ob der Sturm sich wirklich ausgetobt hatte, als das Seufzen wieder einsetzte und abermals zu einem heulenden Crescendo anschwoll. In der anschließende Flaute drang ein anderes Geräusch an sein Ohr, ein Ton, der ihm von Kindheit an so vertraut war, dass er ihn sofort erkannte: das Läuten einer Kirchenglocke. Er hörte nur einen einzigen Schlag, klar und rein. Eine Sekunde lang war er unschlüssig, ob er nicht nur das Echo eines halb vergessenen Traums vernommen hatte, dann gewann die Realität die Oberhand. Er war hellwach gewesen und wusste, was er gehört hatte. Er lauschte angestrengt, aber die Glocke ertönte kein zweites Mal.

Er handelte rasch. Längst hatte er es sich zur Gewohnheit gemacht, nie zu Bett zu gehen, ohne vorher alles, was er im Notfall brauchte, griffbereit zurechtzulegen. Er zog den Bademantel an, entschied sich für Schuhe statt Pantoffeln und nahm die Taschenlampe, schwer wie eine Waffe, vom Nachttisch.

Er löschte das Licht, verließ das Appartement, schloss leise die Eingangstür hinter sich und trat, nur vom Schein der Taschenlampe geleitet, ins Freie. Mit einer jäh auffrischenden Bö wirbelte ihm ein Schwall von Blättern entgegen, die seinen Kopf wie ein aufgescheuchter Vogelschwarm umflatterten. Die Niedrigwattleuchten im Kreuzgang ließen nur die Umrisse der schlanken Säulen erkennen und warfen ein unheimliches Licht auf den Steinboden. Das Hauptgebäude lag im Dunkeln, und er sah auch sonst kein erleuchtetes Fenster außer dem von Ambrose gleich neben seinem Appartement, wo Emma schlief. Als er, ohne stehen zu bleiben und nach ihr zu rufen, weiterlief, erkannte er mit jähem Erschrecken einen schwachen Lichtstrahl, der aus dem Südportal der Kirche fiel, was nur bedeuten konnte, dass das Tor nicht verschlossen war. Die schweren Eichenbohlen knirschten in den Angeln, als er die Kirchentür aufstieß und dann hinter sich schloss.

Ein paar Sekunden nur, nicht länger, stand er wie versteinert vor der Szenerie, die sich ihm bot. Er hatte freie Sicht auf das »Weltgericht«, das von zwei steinernen Säulen eingerahmt und so hell erleuchtet war, dass die verblichenen Farben mit ungeahnter Leuchtkraft erstrahlten, wie frisch gemalt. Der Schock angesichts des mit schwarzer Farbe verunstalteten Gemäldes verblasste vor dem schlimmeren Gräuel zu seinen Füßen. Wie in einer Pose ekstatischer Anbetung lag der Archidiakon bäuchlings vor dem Bilde hingestreckt, zu Häupten zwei schwere Messingleuchter. Die Blutlache daneben schien röter zu leuchten als jedes Menschenblut. Sogar die beiden Gestalten, die bei ihm knieten, kamen ihm unwirklich vor; der weißhaarige Priester in seiner weit gebauschten schwarzen Kutte, der den Leichnam fast zu umarmen schien, und die junge Frau, die einen Arm um die Schulter des Paters geschlungen hatte. In seiner Verwirrung hätte Dalgliesh sich beinahe eingebildet, dass die schwarzen Teufel aus dem

»Weltgericht« herausgesprungen waren und um Emmas Kopf tanzten.

Als sie das Tor knarren hörte, wandte sie sich um, sprang auf und lief ihm entgegen.

»Gott sei Dank, dass Sie da sind!«

Sie klammerte sich an ihn, und als er sie umfasste und ihren zitternden Leib spürte, wusste er, dass sie sich nur aus Erleichterung in seine Arme geflüchtet hatte.

Schon im nächsten Moment machte sie sich von ihm los und stammelte: »Es ist wegen Pater Martin. Ich bringe ihn nicht weg von hier.«

Pater Martin hatte den linken Arm über Cramptons Leichnam ausgestreckt, und seine Hand lag in der Blutlache. Dalgliesh legte die Taschenlampe beiseite, fasste den Priester an der Schulter und sagte begütigend: »Ich bin's, Adam. Kommen Sie, Pater, stehen Sie auf! Ich bin ja da. Es ist alles gut.« Aber natürlich war nichts gut, und noch als er die beruhigenden Worte aussprach, schämte er sich ihrer Falschheit.

Pater Martin rührte sich nicht, und die Schulter unter Dalglieshs Hand war so steif, als wäre sie von der Leichenstarre befallen. Dalgliesh mahnte ihn abermals, diesmal energischer: »Lassen Sie ihn los, Pater, Sie müssen jetzt mitkommen. Hier können Sie nichts mehr tun.«

Und als hätten seine Worte ihn endlich erreicht, ließ Pater Martin sich aufhelfen. Mit fast kindlichem Staunen betrachtete er seine blutige Hand und wischte sie dann an seiner Kutte ab. Und das, dachte Dalgliesh, wird die Sicherung der Blutspuren erschweren. Sein Mitgefühl für die beiden musste dringenderen Pflichten weichen; dem Gebot, den Tatort so weit als möglich gegen Fremdeinwirkung zu sichern und dafür zu sorgen, dass die Handschrift des Mörders geheim blieb. Wenn das Südportal wie gewöhnlich verschlossen gewesen war, musste der Mörder über den Nordflügel des Kreuzgangs und durch die Sakristei hereingekommen sein. Behutsam stützten Dalgliesh und Emma Pater Martin und führten ihn zu der Sitzreihe beim Eingang.

Dalgliesh ließ beide Platz nehmen und sagte zu Emma: »Warten Sie hier! Es dauert nicht lange. Ich werde das Südportal verriegeln und durch die Sakristei hinausgehen. Ich schließe hinter mir ab. Lassen Sie niemanden herein!« Und an Pater Martin gewandt: »Können Sie mich hören, Pater?«

Der Pater schaute hoch, und zum ersten Mal trafen sich ihre Blicke. Der Schmerz und das Entsetzen, die sich in den Augen des alten Mannes spiegelten, waren fast mehr, als Dalgliesh ertragen konnte.

»Ja, ja. Es geht mir gut. Tut mir Leid, Adam. Ich habe mich falsch verhalten. Aber jetzt habe ich mich wieder gefasst.«

Das war freilich weit übertrieben, aber zumindest schien er zu begreifen, was man ihm sagte.

»Um eines muss ich Sie dringend bitten«, sagte Dalgliesh zu Emma und Pater Martin. »Es tut mir Leid, wenn es gefühllos klingt und wenn meine Bitte zur falschen Zeit kommt, aber es ist sehr wichtig. Sprechen Sie mit niemandem über das, was Sie heute früh gesehen haben. Mit niemandem! Haben Sie das beide verstanden?«

Sie murmelten leise ihre Zustimmung, dann sagte Pater Martin etwas lauter: »Wir haben verstanden.«

Dalgliesh wandte sich schon zum Gehen, als Emma fragte: »Er ist doch nicht mehr hier, oder? Er hält sich nicht irgendwo in der Kirche versteckt?«

»Sicher nicht, aber ich schaue noch einmal nach.«

Er wollte nach Möglichkeit nicht mehr Licht machen. Anscheinend waren nur er und Emma von der Kirchenglocke aufgeweckt worden. Aber er musste auf jeden Fall einem Ansturm Neugieriger am Tatort vorbeugen. Er ging zurück zum Südportal und legte die schweren Eisenriegel vor. Dann suchte er, mit der Taschenlampe in der Hand, rasch, aber methodisch das Innere der Kirche ab; ebenso zu seiner wie zu

238

Emmas Beruhigung. Sein erfahrenes Auge hatte gleich erkannt, dass der Archidiakon schon geraume Zeit tot war. Er öffnete die Pforten zu den beiden Adelslogen, schwenkte mit der Taschenlampe über die Sitze, kniete nieder und schaute darunter nach. Und hier machte er eine Entdeckung. Im zweiten Kirchherrengestühl hatte sich jemand versteckt gehalten. Von einem Teil des Sitzes war der Staub abgewischt, und als er sich hinkauerte und mit der Taschenlampe in die tiefe Nische darunter leuchtete, war er sicher, dass dort jemand Unterschlupf gesucht hatte.

Er beendete seine rasche, doch gründliche Suche und kehrte zu den beiden zurück. »Alles in Ordnung«, sagte er. »Außer uns ist niemand hier. Ist die Tür zur Sakristei abgeschlossen, Pater?«

»Ja. Doch, ja. Ich habe hinter mir abgeschlossen.«

»Geben Sie mir dann bitte den Schlüssel?«

Pater Martin kramte einen Schlüsselbund aus der Tasche seiner Kutte hervor. Es dauerte eine Weile, bis seine zitternden Hände den richtigen Schlüssel herausgefingert hatten.

»Es wird nicht lange dauern«, sagte Dalgliesh noch einmal. »Ich schließe hinter mir ab. Kommen Sie allein zurecht, bis ich wieder da bin?«

Emma sagte: »Ich finde, Pater Martin sollte nicht mehr lange hier drin bleiben.«

»Das braucht er auch nicht.«

Es dürfte nur ein paar Minuten dauern, Roger Yarwood herzuholen, dachte Dalgliesh. Ganz gleich, welche Dienststelle letztlich für die Ermittlungen zuständig war, er brauchte sofort Unterstützung. Trotzdem galt es, ein gewisses Protokoll zu beachten. Yarwood war ein Vertreter der Suffolker Polizei. Bis der Polizeichef entschied, wer die Ermittlungen leiten sollte, würde Yarwood die Einsatzleitung übernehmen. Zu seiner Erleichterung fand er ein Taschentuch in seiner Bademanteltasche, das er sich um die Hand wickelte, um keine

Fingerspuren auf der Sakristeitür zu hinterlassen. Als er die Alarmanlage wieder eingeschaltet und die Tür hinter sich abgeschlossen hatte, stapfte er durch eine mulchige Laubschicht, die jetzt etliche Zentimeter hoch den Boden des Kreuzgangs bedeckte, und eilte zurück zu den Gästeappartements. Roger Yarwood war, so erinnerte er sich, in Gregory untergebracht.

Das Appartement lag im Dunkeln, und er tastete sich beim Schein der Taschenlampe durchs Wohnzimmer und rief die Treppe hinauf. Keine Antwort. Er ging nach oben und sah, dass die Schlafzimmertür offen stand. Das Bett war benutzt, aber leer. Dalgliesh öffnete die Tür zur Dusche und vergewisserte sich, dass niemand drin war. Er machte Licht und sah rasch den Schrank durch. Es hing kein Mantel da, und außer Yarwoods Pantoffeln am Bett sah er auch keine Schuhe. Yarwood musste irgendwann in den Sturm hinausgelaufen sein.

Es wäre aussichtslos, sich allein auf die Suche zu machen und die weite Landzunge nach ihm durchzukämmen. Stattdessen ging Dalgliesh zurück in die Kirche. Emma und Pater Martin saßen noch genauso da, wie er sie verlassen hatte.

»Ich schlage vor, Pater«, sagte er behutsam, »dass Sie mit Dr. Lavenham in ihr Appartement gehen. Sie kann Ihnen beiden einen Tee kochen. Pater Sebastian wird vermutlich das gesamte Seminar zusammenrufen, aber bis es so weit ist, könnten Sie dort ungestört warten und sich ausruhen.«

Pater Martin blickte auf. In seinen Augen spiegelte sich die verwirrte Hilflosigkeit eines Kindes. »Aber Pater Sebastian wird mich brauchen«, sagte er.

Emma schaltete sich ein. »Ja, natürlich, aber sollten wir nicht lieber warten, bis Commander Dalgliesh mit ihm gesprochen hat? Ich denke auch, es ist das Beste, wir gehen erst einmal zu mir, und ich mache uns einen Tee. Der wird Ihnen jetzt bestimmt gut tun.«

Pater Martin nickte und erhob sich. Dalgliesh sagte: »Bevor

Sie gehen, Pater, müssen wir noch nachsehen, ob der Täter sich am Safe zu schaffen gemacht hat.«

Sie gingen in die Sakristei, und Dalgliesh bat um die Kombination. Wieder wickelte er sich das Taschentuch um die Hand, um eventuelle Fingerspuren auf dem Kombinationsschloss nicht zu verwischen, drehte vorsichtig den Knauf und öffnete die Tür. Drinnen lag auf einem Stoß von Papieren ein großer Beutel aus weichem Leder mit einer Kordel zum Zuziehen. Er trug ihn hinüber zum Schreibtisch und entnahm ihm zwei prächtige, in weiße Seide gehüllte juwelenbesetzte Kelche aus vorreformatorischer Zeit und einen Hostienteller, Geschenke der Gründerin von St. Anselm.

Pater Martin sagte ruhig: »Es fehlt nichts«, und Dalgliesh legte den Beutel in den Safe zurück und verstellte die Zahlenkombination. Raub als Tatmotiv schied also aus. Aber darauf hatte er ohnehin nicht getippt.

Er wartete, bis Emma und Pater Martin die Kirche durchs Südportal verlassen hatten, verriegelte das Tor hinter ihnen und ging durch die Sakristei hinaus in den Nordflügel des Kreuzgangs. Der Sturm hatte sich allmählich ausgetobt, und obwohl ringsum geknickte Äste und gefallene Blätter von seinem verheerenden Wüten zeugten, war der Wind jetzt so weit abgeflaut, dass nur noch hin und wieder eine starke Bö über den Hof fegte. Er betrat das Haupthaus und stieg die zwei Treppen zur Wohnung des Rektors hinauf.

Er klopfte, und gleich darauf erschien Pater Sebastian. Er trug einen Hausmantel aus karierter Wolle, und sein zerzaustes Haar ließ ihn erstaunlich jung aussehen. Die beiden Männer maßen einander mit ernstem Blick. Noch bevor er ein Wort gesprochen hatte, spürte Dalgliesh, dass der Rektor ahnte, warum er gekommen war. Was er ihm zu sagen hatte, war hart, doch eine Nachricht wie diese ließ sich nicht schonend oder behutsam übermitteln.

Er sagte: »Der Archidiakon ist ermordet worden. Pater Martin hat seinen Leichnam heute Morgen kurz nach halb sechs in der Kirche gefunden.«

Der Rektor steckte die Hand in die Tasche und zog seine Armbanduhr heraus. »Und jetzt ist es schon sechs vorbei«, sagte er. »Warum hat man mich nicht früher benachrichtigt?«

»Pater Martin hat die Glocke geläutet, um Alarm zu geben, und ich habe es gehört. Ebenso Dr. Lavenham, die nach Pater Martin als Erste am Tatort war. Ich hatte den Tatort zu sichern. Und jetzt muss ich die Polizei in Suffolk anrufen.«

»Aber ist dafür nicht Inspektor Yarwood zuständig?«

»Eigentlich schon. Aber er ist nicht da. Darf ich Ihr Büro benutzen, Pater?«

»Natürlich. Ich ziehe mich nur rasch an und bin dann gleich bei Ihnen. Weiß sonst noch jemand Bescheid?«

»Bis jetzt nicht, Pater.«

»Dann obliegt es mir, das Seminar zu unterrichten.«

Damit schloss er die Tür, und Dalgliesh ging die Treppe hinunter zum Rektoratsbüro im ersten Stock.

4

Die Suffolker Telefonnummer, die er brauchte, steckte in der Brieftasche in seinem Zimmer, aber nach ein paar Sekunden konnte er sie aus dem Gedächtnis abrufen. Nachdem der Dienst habende Beamte seine Identität überprüft hatte, gab er ihm die Nummer des Polizeichefs. Von da an klappte alles wie am Schnürchen. Er hatte es mit Männern zu tun, die daran gewöhnt waren, dass man sie aus dem Schlaf heraus vor Entscheidungen stellte und ihnen rasches Handeln abverlangte. Er erstattete knapp, aber umfassend Bericht, ohne dass er auch nur einen Satz zu wiederholen brauchte.

Etwa fünf Sekunden herrschte Schweigen in der Leitung, dann sagte der Polizeichef: »Dass Yarwood verschwunden ist,

kompliziert die Sache erheblich. Alred Treeves ist ein weiteres
Problem, aber kein so wichtiges. Ich weiß allerdings nicht, wie
wir diesen Fall bewältigen sollen. Wir dürfen ja keine Zeit verlieren. Die ersten drei Tage sind immer die entscheidensten.
Ich werde mit dem Polizeipräsidenten sprechen. Aber Sie
wollen vermutlich eine Suchmannschaft?«
»Noch nicht. Yarwood hat sich vielleicht nur verlaufen. Womöglich ist er inzwischen schon wieder da. Und wenn nicht,
dann schicke ich ein paar Studenten los, sowie es ganz hell ist.
Sobald sich was Neues ergibt, melde ich mich wieder. Aber
falls wir Yarwood nicht finden, sollten Sie einspringen.«
»Gut. Die endgültige Entscheidung liegt zwar bei Ihrer
Dienststelle, aber ich denke, Sie sollten davon ausgehen, dass
Sie den Fall übernehmen. Die Details kläre ich mit der Met,
ich nehme an, Sie werden mit Ihrem eigenen Team arbeiten
wollen.«
»Das wäre einfacher, ja.«
Wieder trat eine Pause ein, und erst dann sagte der Polizei-
chef: »Ich kenne die Verhältnisse in St. Anselm ein wenig. Die
Patres sind rechtschaffene Leute. Würden Sie Pater Sebastian
mein Beileid ausdrücken? Das ist ein schwerer Schlag für das
Seminar.«
Nach weiteren fünf Minuten hatte er den Yard angerufen und
ihm die mit dem Polizeichef von Suffolk vereinbarten Details durchgegeben. Dalgliesh solle den Fall übernehmen. Die
Kriminalinspektoren Kate Miskin und Piers Tarrant seien,
zusammen mit Sergeant Robbins, bereits mit dem Wagen unterwegs, und das Begleitteam, ein Fotograf und drei Kriminaltechniker, werde in Kürze folgen. Da Dalgliesh schon am Tatort sei, könne man sich die Kosten für einen Hubschrauber-
einsatz sparen. Das Team werde mit der Bahn bis Ipswich
fahren, und den Transport zum Seminar werde die Suffolker
Polizei organisieren. Dr. Kynaston, der Gerichtspathologe,
mit dem Dalgliesh normalerweise zusammenarbeitete, sei be-

reits zu einem anderen Tatort gerufen worden und werde dort voraussichtlich den ganzen Tag zu tun haben. Der zuständige Pathologe des Innenministeriums sei auf Urlaub in New York, aber sein Stellvertreter, Dr. Mark Ayling, habe Bereitschaft und stehe zur Verfügung. Vernünftigerweise werde man also auf ihn zurückgreifen. Dringende Laboruntersuchungen könnten, je nach Auslastung der dortigen Kräfte, entweder in Huntington oder in Lambeth durchgeführt werden.

Pater Sebastian hatte taktvoll im Vorzimmer gewartet, während Dalgliesh im Büro telefonierte. Als es drinnen still wurde und er annehmen durfte, dass das Gespräch beendet war, kam er herein und sagte: »Ich würde jetzt gern in die Kirche gehen. So wie Sie Ihre Dienstpflichten haben, Commander, habe ich die meinen.«

»Zuerst«, wandte Dalgliesh ein, »müssen wir die Suche nach Roger Yarwood organisieren. Wer von Ihren Studenten käme dafür am ehesten in Frage?«

»Stephen Morby. Ich schlage vor, er und Pilbeam machen sich mit dem Landrover auf den Weg.«

Er trat an den Schreibtisch und griff zum Telefon. Die Verbindung kam rasch zu Stande.

»Guten Morgen, Pilbeam, sind Sie schon angezogen? Gut. Dann wecken Sie bitte Mr. Morby und kommen umgehend mit ihm zu mir.«

Es dauerte nicht lange, und Dalgliesh hörte eilige Schritte auf der Treppe. Vor der Tür hielten sie kurz inne, dann traten die beiden Männer ein.

Der Commander war Pilbeam bisher noch nicht begegnet. Der Mann war sehr groß, bestimmt über einsneunzig, kräftig gebaut, stiernackig, ein bäuerlicher Typ mit einem sonnengebräunten, zerfurchten Gesicht unter sich lichtendem Blondhaar. Er kam Dalgliesh irgendwie bekannt vor, und es dauerte einen Moment, bis der Commander erkannte, dass der Mann

244

verblüffende Ähnlichkeit mit einem Schauspieler hatte, dessen Name ihm nicht einfiel, der jedoch häufig als Nebendarsteller in Kriegsfilmen die Rolle des wenig beredten, aber sehr verlässlichen Unteroffiziers spielte und dann regelmäßig im letzten Akt klaglos zum größeren Ruhme des Helden sein Leben lassen musste.

Pilbeam stand völlig unbefangen da und wartete. Stephen Morby, der gewiss kein Schwächling war, wirkte neben ihm wie ein Schuljunge. Pater Sebastian wandte sich an Pilbeam.

»Mr. Yarwood ist verschwunden. Ich fürchte, er stromert wieder irgendwo im Gelände herum.«

»Dazu hat er sich aber eine üble Nacht ausgesucht, Pater.«

»Sie sagen es. Er kann jede Minute zurück sein, aber ich denke, wir sollten es nicht darauf ankommen lassen. Ich möchte, dass Sie und Mr. Morby mit dem Landrover losfahren und ihn suchen. Ist Ihr Handy intakt?«

»Ja, Pater.«

»Rufen Sie mich sofort an, sobald sich irgendetwas ergibt. Wenn er nicht auf der Landzunge oder in der Nähe von Ballard's Mere ist, verschwenden Sie keine Zeit mit weiterem Suchen. Denn dann ist es vielleicht ein Fall für die Polizei. Und Pilbeam …«

»Ja, Pater?«

»Wenn Sie zurück sind, ob mit oder ohne Mr. Yarwood, melden Sie sich sofort bei mir, und sprechen Sie mit niemandem sonst. Das gilt auch für Sie, Stephen. Haben wir uns verstanden?«

»Ja, Pater.«

Stephen Morby fragte: »Es geht nicht nur darum, dass Mr. Yarwood verschwunden ist, oder? Es ist noch etwas Schlimmeres passiert, nicht wahr?«

»Darüber reden wir, wenn Sie zurück sind. Sie können vielleicht nicht viel ausrichten, bevor es richtig hell ist, aber ich möchte trotzdem, dass Sie gleich aufbrechen. Nehmen Sie

Taschenlampen mit, Decken und heißen Kaffee. Ach, und Pilbeam, ich werde um halb acht in der Bibliothek zum gesamten Seminar sprechen. Seien Sie so gut und bitten Sie Ihre Frau, dass sie auch dazukommt.«

»Ja, Pater.«

Er und Morby gingen hinaus. »Es sind beides verständige Männer«, sagte Pater Sebastian. »Wenn Yarwood auf der Landzunge ist, werden sie ihn finden. Ich hielt es für richtig, mit weiteren Erklärungen bis zu ihrer Rückkehr zu warten.«

»Das war, glaube ich, sehr vernünftig.«

Pater Sebastians angeborene Autorität wusste sich offenbar auch ungewohnten Situationen rasch anzupassen. Dass ein Verdächtiger sich aktiv in die Ermittlungen einschaltete, war freilich ein Novum, auf das Dalgliesh gern verzichtet hätte. Von nun an würde er mit besonderer Vorsicht zu Werke gehen müssen.

Der Rektor sagte: »Sie hatten natürlich Recht. Die Suche nach Yarwood hat Vorrang. Aber jetzt darf ich vielleicht dorthin gehen, wo mein Platz ist, an der Seite des Archidiakons.«

»Zuvor hätte ich noch ein paar Fragen, Pater. Wie viele Schlüssel zur Kirche gibt es, und wer verfügt darüber?«

»Ist das jetzt wirklich nötig?«

»Ja, Pater. Wie Sie richtig sagten: Sie haben Ihre Pflichten und ich die meinen.«

»Und die Ihren gehen vor?«

»Im Moment, ja.«

Pater Sebastian gab sich Mühe, seine Ungeduld zu bezwingen, und seine Stimme klang ruhig, als er antwortete: »Es gibt sieben Paar Schlüssel für die beiden Sicherheitsschlösser der Sakristei, ein Chubb und ein Yale. Das Südportal ist nur durch Riegel gesichert. Jeder der hier ansässigen vier Patres besitzt ein Paar Schlüssel, die drei übrigen hängen im Schlüsselkasten nebenan im Büro von Miss Ramsey. Der Wert des Altarbildes und unseres Silbers zwingt uns, die Kirche abzusperren, aber alle Kandidaten können sich gegen ihre Unterschrift Schlüssel ausleihen, wenn sie in die Kirche müssen. Sie und nicht das Personal sind dort für die Sauberkeit verantwortlich.«

»Und was ist mit Personal und Gästen?«

»Die haben außerhalb der Gottesdienste nur in Begleitung eines Schlüsselinhabers Zutritt zur Kirche. Aber da wir täglich vier Gottesdienste halten, Morgengebet, Eucharistiefeier, Abendandacht und Komplet, ist das wohl durchaus vertretbar. Ich befürworte die Einschränkungen nicht, doch sie sind nun einmal der Preis, den wir zahlen müssen, wenn wir den van der Weyden über dem Altar behalten wollen. Das Problem ist, dass die jungen Leute nicht immer daran denken, die Alarmanlage wieder einzuschalten. Übrigens haben alle Besucher und natürlich auch das Personal Schlüssel für das schmiedeeiserne Tor, das vom Westhof auf die Landzunge führt.«

»Und wie vielen Mitgliedern des Seminars dürfte der Code für die Alarmanlage bekannt sein?«

»Ich nehme an, allen. Wir schützen unsere Kleinodien gegen Eindringlinge, nicht vor unseren eigenen Leuten.«

»Wie viele Schlüssel haben die Kandidaten?«

»Jeweils zwei, einen für das schmiedeeiserne Tor, durch das sie für gewöhnlich ein und aus gehen, und einen für die Tür zum Nord- oder Südflügel des Kreuzgangs, je nach Lage ihrer Zimmer. Zur Kirche hat keiner von ihnen einen eigenen Schlüssel.«

»Und Ronald Treeves' Schlüssel haben Sie nach seinem Tod zurückerhalten?«

»Ja. Sie liegen bei Miss Ramsey im Schreibtisch, aber er hatte natürlich auch keinen Schlüssel für die Kirche. Und jetzt möchte ich endlich zum Archidiakon.«

»Selbstverständlich. Aber auf dem Weg dorthin können wir noch rasch nachsehen, ob die drei Paar Ersatzschlüssel für die Kirche auch wirklich im Schlüsselkasten hängen.«

Pater Sebastian antwortete nicht. Aber als sie durchs Vorzimmer kamen, trat er an ein schmales Schränkchen links neben dem Kamin. Es war nicht abgeschlossen. Drinnen hingen an zwei Reihen mit beschrifteten Haken diverse Schlüssel. Über drei Haken in der obersten Reihe stand »Kirche«. Einer davon war leer.

»Können Sie sich erinnern, wann Sie die Kirchenschlüssel zuletzt gesehen haben, Pater?«, fragte Dalgliesh.

Pater Sebastian überlegte einen Moment und sagte dann: »Ich glaube, es war gestern vor dem Mittagessen. Da wurde Farbe für Surtees geliefert, der die Sakristei streichen sollte. Pilbeam kam, um die Schlüssel abzuholen, und ich war hier im Büro, als er sich eingetragen hat, und auch, als er sie keine fünf Minuten später zurückbrachte.«

Er trat an Miss Ramseys Schreibtisch und holte eine Kladde aus der rechten Schublade. »Ich denke, Sie werden hier bestätigt finden, dass er sich als Letzter für die Schlüssel eingetragen hat. Ja, und wie Sie sehen, behielt er sie nicht länger als fünf Minuten. Aber der Letzte, der sich Schlüssel ausgeliehen hat, war vermutlich Henry Bloxham. Er hat gestern Abend die Kirche für die Komplet hergerichtet. Ich war hier, als er sich die Schlüssel abholte, und nebenan in meinem Büro, als er sie zurückbrachte. Wenn ein Paar gefehlt hätte, dann hätte er das gemeldet.«

»Haben Sie gesehen, wie er die Schlüssel zurückhängte, Pater?«

»Nein. Ich war in meinem Büro, aber die Verbindungstür stand offen, und er wünschte mir einen guten Abend. Im Schlüsselbuch werden Sie seinen Namen nicht finden, denn Kandidaten, die sich vor einem Gottesdienst die Schlüssel abholen, brauchen sich nicht einzutragen. Und jetzt, Commander, muss ich darauf bestehen, dass wir uns in die Kirche begeben.«

Im Haus war immer noch alles still. Wortlos schritten sie über den Mosaikfußboden in der Halle. Pater Sebastian wollte durch den Garderobenraum gehen, aber Dalgliesh sagte: »Wenn es irgend geht, wollen wir den Nordflügel des Kreuzgangs nicht benutzen.«

Sie sprachen nicht mehr miteinander, bis sie vor der Sakristeitür standen. Pater Sebastian klopfte seine Taschen nach den Schlüsseln ab, aber Dalgliesh sagte: »Ich mache das schon, Pater.«

Er schloss die Tür auf, sperrte hinter ihnen wieder ab, und sie gingen durch die Sakristei in die Kirche. Dalgliesh hatte das Licht über dem »Weltgericht« brennen lassen, so dass die grauenvolle Szene zu Füßen des Gemäldes deutlich erkennbar war. Pater Sebastian ging ohne zu stocken darauf zu. Ohne ein Wort zu sagen, schaute er erst auf das entweihte Bild und dann hinunter zu seinem toten Widersacher. Er schlug das Kreuz und kniete in stillem Gebet nieder. Dalgliesh, der ihn beobachtete, hätte gern gewusst, welche Worte Pater Sebastian wohl wählte, um mit seinem Gott Zwiesprache zu halten. Es war kaum anzunehmen, dass er für die Seele des Archidiakons betete; einem unbeugsamen Protestanten wie Crampton wäre das verhasst gewesen.

Er fragte sich aber auch, welches Gebet ihm selbst in diesem Moment angemessen erschienen wäre. »Hilf mir, diesen Fall zu lösen, aber so, dass die Unschuldigen möglichst wenig leiden müssen, und beschütze mein Team!« Als er das letzte Mal mit Inbrunst und in dem Glauben, dass sein Gebet erhört würde, zu Gott gesprochen hatte, lag seine junge Frau im Sterben. Aber Gott hatte ihn nicht gehört – und wenn doch, so hatte er ihn im Stich gelassen. Er dachte an den Tod, an seine endgültige, unabwendbare Schicksalhaftigkeit. Ob die Faszination seines Berufs wohl mit auf der Illusion beruhte, dass der Tod ein Rätsel ist, das man lösen kann, und dass sich mit dessen Klärung all die wilden Leidenschaften des Lebens, alle Zweifel und alle Ängste wegräumen lassen wie ein Kleidungsstück?

Und dann erhob Pater Sebastian die Stimme, und es war, als habe er sich Dalglieshs stummer Gegenwart erinnert und verspüre das Bedürfnis, ihn, und sei es nur als Zuhörer, einzubeziehen in seinen heimlichen Sühnedienst. Seine schöne Stimme rezitierte die vertrauten Psalmworte nicht als Gebet, sondern wie ein Gelübde, und sie standen so unheimlich im Einklang mit Dalglieshs Gedanken, dass er sie mit ehrfürchtigem Schaudern vernahm, fast so, als hörte er sie zum ersten Mal.

»Du, o Herr, hast im Anfang die Erde begründet, und die Himmel sind Deiner Hände Werk. Sie werden vergehen, aber Du bleibest. Sie werden alle veralten wie ein Gewand; sie werden verwandelt wie ein Kleid, wenn Du sie verwandeln wirst. Du aber bleibest, wie Du bist, und Deine Jahre nehmen kein Ende.«

5

Dalgliesh, der geübt darin war, rasch Toilette zu machen, rasierte sich, duschte, zog sich an und erschien bereits fünfundzwanzig Minuten nach sieben wieder im Büro des Rektors. Pater Sebastian sah auf seine Uhr. »Es ist Zeit, in die Bibliothek zu gehen. Ich werde erst ein paar Worte sprechen, und dann können Sie übernehmen. Sind Sie damit einverstanden?«

»Vollkommen.«

Es war das erste Mal, dass Dalgliesh bei diesem Besuch die Bibliothek betrat. Pater Sebastian schaltete eine Reihe von Lampen über den Regalen ein, und im Nu übermannte Dalgliesh die Erinnerung an lange Sommerabende, die er lesend unter den blinden Augen der Gelehrten verbracht hatte, deren Büsten oben auf den Regalen thronten, an die untergehende Sonne, die sich in den ledernen Buchrücken spiegelte und die polierten Holztäfelungen mit purpurnem Glanz übergoss, an das Rauschen des Meeres, das im schwindenden Licht anzuschwellen schien. Aber jetzt lag die hochgewölbte Decke im Dunkeln, und die bleigefassten Buntglasscheiben in den Spitzbogenfenstern sahen schwarz aus.

Eine Reihe von Bücherregalen zwischen den Fenstern waren rechtwinklig aufeinander ausgerichtet, so dass zwischen ihnen kleine Kabinen entstanden, deren jede mit einem Doppelpult und zwei Stühlen ausgestattet war. Pater Sebastian holte die beiden Stühle aus der nächstgelegenen Kabine und stellte sie nebeneinander in der Mitte des Raumes auf. »Wir brauchen vier Stühle«, sagte er, »drei für die Frauen und einen für Peter Buckhurst. Er ist noch nicht kräftig genug, um lange stehen zu können – aber ich nehme auch nicht an, dass es lange dauern wird. Für Pater Johns Schwester brauchen wir keinen Stuhl aufzustellen. Sie ist schon recht gebrechlich und geht kaum noch aus der Wohnung.«

Dalgliesh holte wortlos die beiden noch fehlenden Stühle herbei, und Pater Sebastian richtete sie aus, ehe er zurücktrat, wie um die Genauigkeit der Platzierung zu begutachten.

Von der Halle her hörte man gedämpfte Schritte, und gleich darauf erschienen, wie abgesprochen, die drei Kandidaten in ihren schwarzen Soutanen und nahmen hinter den Stühlen Aufstellung. Hoch aufgerichtet und still standen sie da, mit blassen, unbeweglichen Gesichtern, den Blick fest auf Pater Sebastian gerichtet. Die Spannung, die sie mit hereingebracht hatten, war fast mit Händen greifbar.

Kaum eine Minute später folgten ihnen Mrs. Pilbeam und Emma. Pater Sebastian wies auf die Stühle, und die beiden Frauen setzten sich stumm und ein wenig aneinander gelehnt, als könne schon die leichte Berührung einer Schulter ihnen Trost spenden. Mrs. Pilbeam hatte, dem Anlass zu Ehren, ihren weißen Arbeitskittel abgelegt und wirkte übertrieben festlich im grünen Wollrock und hellblauer Bluse mit einer großen Brosche am Hals. Emma war sehr blass, hatte sich jedoch so sorgfältig gekleidet, als wolle sie der zerstörerischen Anarchie des Mordes durch das Beschwören von Ordnung und Normalität trotzen. Ihre braunen Pumps waren blank geputzt, und zur beigen Kordhose trug sie eine cremefarbene Bluse, die offensichtlich frisch gebügelt war, und eine Lederweste.

Pater Sebastian sagte zu Buckhurst: »Wollen Sie sich nicht setzen, Peter?«

»Ich stehe lieber, Pater.«

»Mir wäre es lieber, Sie würden sich setzen.«

Daraufhin nahm Peter Buckhurst widerspruchslos neben Emma Platz.

Als Nächstes kamen die drei Patres. Pater John und Pater Peregrine stellten sich rechts und links neben die Studenten. Pater Martin trat, wie einer unausgesprochenen Einladung folgend, an Pater Sebastians Seite.

Pater John sagte: »Meine Schwester schläft leider noch, und ich wollte sie nicht wecken. Falls sie doch gebraucht wird, könnte man sie vielleicht später holen?«

»Natürlich«, murmelte Dalgliesh. Er sah, wie Emma Pater Martin liebevoll besorgt ansah und sich halb aus ihrem Stuhl erhob. Sie ist nicht nur schön und intelligent, dachte er, sie hat auch ein gutes Herz. Und dabei überkam ihn ein Gefühl, das ihm seit langem ebenso fremd wie unerwünscht war. O Gott, dachte er, nicht solche Komplikationen! Nicht jetzt. Nie mehr.

Und sie warteten weiter. Sekunden dehnten sich zu Minuten, bevor sie abermals Schritte hörten. Dann ging die Tür auf, und George Gregory trat ein, dicht gefolgt von Clive Stannard. Stannard hatte entweder verschlafen oder keinen Grund gesehen, sich zu beeilen. Er hatte Hose und Tweedsakko über seinen gestreiften Pyjama gezogen, der am Hals hervorlugte und sich über seinen Schuhen bauschte. Gregory dagegen war korrekt gekleidet, Hemd und Krawatte saßen makellos.

»Es tut mir Leid, dass ich Sie warten ließ«, sagte Gregory. »Aber ich ziehe mich ungern an, ohne vorher geduscht zu haben.«

Er stellte sich hinter Emma und stützte sich mit der Hand auf die Rückenlehne ihres Stuhles, zog sie jedoch verstohlen wieder weg, als er spürte, dass diese vertrauliche Geste hier fehl am Platz war. Sein Blick war aufmerksam auf Pater Sebastian gerichtet, aber Dalgliesh meinte darin auch eine Spur amüsierter Neugier aufblitzen zu sehen. Stannard schien ihm verängstigt, was er durch eine Nonchalance zu überspielen suchte, die ebenso aufgesetzt wie peinlich wirkte.

Er sagte: »Ist es nicht noch ein bisschen früh für so einen dramatischen Auftritt? Ich nehme an, es ist etwas passiert. Sollten wir nicht besser erfahren, was?«

Niemand antwortete. Wieder ging die Tür auf, und die letzten Nachzügler traten ein. Eric Surtees trug seine Arbeitskluft. An der Tür zögerte er und warf Dalgliesh einen so verdutzt fragenden Blick zu, als wundere er sich, ihn hier anzutreffen. Karen Surtees, im langen roten Pullover über grünen Hosen farbenfroh wie ein Papagei, hatte sich nur die Zeit genommen, knallroten Lippenstift aufzutragen. Ihre ungeschminkten Augen wirkten erschöpft und verschlafen. Nach kurzem Zögern nahm sie auf dem leeren Stuhl Platz, und ihr Bruder trat neben sie. Nun waren alle versammelt. Dalgliesh fand, sie sähen aus wie eine schlecht zusammengewürfelte Hochzeitsgesellschaft, die widerstrebend für einen übereifrigen Fotografen posiert.

Pater Sebastian sagte: »Lasset uns beten!«

Die Aufforderung kam unerwartet. Nur die Patres und die Kandidaten folgten ihr ohne weiteres, indem sie die Köpfe senkten und die Hände falteten. Die Frauen wussten anscheinend nicht recht, was von ihnen erwartet wurde, aber nach einem Blick auf Pater Martin erhoben sie sich von ihren Plätzen. Emma und Mrs. Pilbeam beugten den Kopf, und Karen

Surtees starrte Dalgliesh so ungläubig und kampflustig an, als wolle sie ihn persönlich für dieses peinliche Debakel verantwortlich machen. Gregory blickte lächelnd geradeaus, Stannard runzelte die Stirn und scharrte mit den Füßen. Pater Sebastian sprach den herkömmlichen Morgensegen. Und nach einer Pause wiederholte er das Gebet, das er gut zehn Stunden zuvor bei der Komplet vorgetragen hatte.

»Behüte uns, o Herr, an dieser Stätte und bewahre sie vor allen Fallstricken des Feindes. Heiße Deine heiligen Engel über uns wachen und schenke uns Frieden. Und lass Deinen Segen auf uns ruhen immerdar. Durch Jesum Christum, unseren Herrn. Amen.«

»Amen«, antworteten die Anwesenden im Chor, die Frauen verhalten, die Studenten beherzter, und in die Gruppe kam Bewegung. Doch es war mehr ein schweres Ausatmen als wirkliche Bewegung, was da durch die Reihen ging. Dalgliesh dachte: Sie wissen es, natürlich wissen sie es. Und einer von ihnen hat es von Anfang an gewusst. Die Frauen setzten sich wieder. Dalgliesh sah, wie gebannt ihre Blicke auf dem Rektor ruhten. Als Pater Sebastian zu sprechen begann, war seine Stimme ruhig, fast ausdruckslos.

»Letzte Nacht ist ein furchtbares Unglück über unsere Gemeinschaft gekommen. Archidiakon Crampton wurde auf brutale Weise an heiliger Stätte ermordet. Pater Martin entdeckte seine Leiche heute früh um halb sechs in der Kirche. Commander Dalgliesh, der wegen eines anderen Falles hier ist, bleibt zwar nach wie vor unser Gast, ermittelt aber nun in einem Mordfall. Wir haben den Wunsch und die Pflicht, ihm jede mögliche Unterstützung zu gewähren, indem wir seine Fragen rückhaltlos und aufrichtig beantworten und die Polizei weder verbal noch praktisch in ihrer Arbeit behindern oder ihr das Gefühl geben, hier nicht willkommen zu sein. Ich habe mit den Kandidaten telefoniert, die übers Wochenende fort sind, und diejenigen, die heute

Morgen zurückkommen wollten, für eine Woche beurlaubt. Für uns Übrige gilt, dass wir versuchen müssen, hier im Seminar unserem Tagewerk nachzugehen und zugleich vorbehaltlos mit der Polizei zusammenzuarbeiten. Ich habe Mr. Dalgliesh St. Matthews Cottage zur Verfügung gestellt, und die Polizei wird ihre Ermittlungen von dort aus führen. Auf Weisung des Commanders sind sowohl die Kirche als auch der Zugang zum Nordflügel sowie der Kreuzgang selbst geschlossen. Die Messe wird zur gewohnten Zeit in der Kapelle gelesen, und bis die Kirche wieder zugänglich ist, werden auch alle anderen Gottesdienste dort stattfinden. Der Tod des Archidiakons ist jetzt ein Fall für die Polizei. Also vermeiden Sie Spekulationen und Tratsch untereinander. Natürlich lässt sich ein Mord nicht geheim halten. Der Fall wird unweigerlich bekannt werden, sowohl in Kirchenkreisen als auch in der übrigen Welt. Trotzdem möchte ich Sie bitten, sich weder telefonisch noch auf irgendeine andere Weise außerhalb dieser Mauern dazu zu äußern. So können wir wenigstens auf einen Tag Ruhe hoffen, bevor der Sturm losbricht. Falls Sie irgendwelche Probleme haben – Pater Martin und ich stehen Ihnen zur Verfügung.« Und nach einer kurzen Pause fügte er hinzu: »Wie immer. Und jetzt hat Mr. Dalgliesh das Wort.«

Seine Zuhörer hatten ihm fast mäuschenstill gelauscht. Nur bei den unheilvollen Worten »an heiliger Stätte ermordet« hörte Dalgliesh ein rasches Durchatmen und einen schwachen, schnell erstickten Schrei, der wohl von Mrs. Pilbeam kam. Raphael war kalkweiß im Gesicht und wirkte so versteinert, dass Dalgliesh befürchtete, er könne jeden Moment umkippen. Eric Surtees warf seiner Schwester einen entsetzten Blick zu, wandte sich aber gleich wieder ab und richtete seine Augen auf Pater Sebastian. Gregory runzelte angestrengt die Stirn. Die morgenkühle Luft war angstgeschwängert. Bis auf Surtees suchte keiner der Anwesenden Blickkontakt zu den anderen. Vielleicht, dachte Dalgliesh, fürchten sie sich vor dem, was sie sehen könnten.

Der Commander hatte wohl bemerkt, dass Pater Sebastian die Abwesenheit von Yarwood, Pilbeam und Stephen Morby mit keinem Wort erwähnte, und er war dem Rektor dankbar für seine Diskretion. Er beschloss, sich kurz zu fassen. Es war nicht seine Art, sich bei einer Morduntersuchung für die Behinderungen zu entschuldigen, die sie verursachte; Unannehmlichkeiten für die Betroffenen war noch das geringste Übel, mit dem der Mörder sein Umfeld vergiftete.

»Die Behörden haben beschlossen«, sagte er, »dass die Metropolitan Police diesen Fall übernehmen soll. Heute Vormittag werden ein kleines Polizeiteam sowie ein paar Beamte vom kriminaltechnischen Dienst hier eintreffen. Wie Pater Sebastian Ihnen bereits sagte, ist die Kirche geschlossen, ebenso der Nordflügel des Kreuzgangs und die Tür, die vom Haupthaus dorthin führt. Ich oder einer meiner Beamten werden im Laufe des Tages bei jedem von Ihnen vorsprechen. Es würde jedoch Zeit sparen, wenn wir einen Punkt gleich jetzt klären könnten. Hat einer von Ihnen gestern Abend nach der Komplet seine Wohnung beziehungsweise sein Zimmer oder Gästequartier noch einmal verlassen? Ist jemand in oder in der Nähe der Kirche gewesen? Hat jemand von Ihnen letzte Nacht irgendetwas gesehen oder gehört, was mit diesem Verbrechen in Zusammenhang stehen könnte?«

Erst herrschte Schweigen, dann sagte Henry: »Ich bin kurz nach halb elf noch einmal frische Luft schöpfen gegangen. Ich habe etwa fünf Runden auf dem Rasen gedreht und bin dann zurück auf mein Zimmer gegangen. Ich wohne auf Nummer zwei im Südflügel des Kreuzgangs. Ich habe nichts Ungewöhnliches gesehen oder gehört. Der Wind blies um die Zeit schon recht heftig und fegte Berge von Laub in den Nordflügel. Das ist im Wesentlichen alles, woran ich mich erinnere.«

Dalgliesh sagte: »Sie waren doch der Kandidat, der vor der Komplet die Kerzen in der Kirche angezündet und das Südportal geöffnet hat. Haben Sie sich den Kirchenschlüssel im Sekretariat geholt?«

»Ja. Kurz vor dem Gottesdienst habe ich ihn abgeholt und gleich anschließend zurückgebracht. Als ich ihn entgegennahm, hingen drei Kirchenschlüssel im Kasten, und als ich ihn ablieferte, waren es wieder drei.«

»Ich frage Sie noch einmal«, sagte Dalgliesh zu den anderen, »wer von Ihnen hat seine Wohnung oder sein Zimmer nach der Komplet verlassen?«

Er wartete einen Moment, aber es meldete sich niemand mehr. »Ich werde die Schuhe und die Kleidung, die Sie gestern Abend getragen haben, inspizieren müssen«, sagte er. »Und später werden wir im Rahmen eines Ausschlussverfahrens auch die Fingerabdrücke aller zur Zeit in St. Anselm Anwesenden nehmen. Ich denke, das wäre im Moment alles.«

Wieder herrschte Schweigen, dann meldete sich Gregory. »Eine Frage an Mr. Dalgliesh. Mir scheint, es fehlen drei Personen, darunter ein Beamter der Suffolker Polizei. Hat das irgendetwas zu bedeuten, ich meine in Bezug auf die Ermittlungen?«

»Im Augenblick nicht«, sagte Dalgliesh.

Als Nächstes meldete sich Stannard zu Wort. Er fragte gereizt: »Darf man erfahren, wieso der Commander davon ausgeht, dass der Mord von einem Insider, wie das, glaube ich, im Polizeijargon heißt, verübt wurde? Während man unsere Kleidung untersucht und unsere Fingerabdrücke nimmt, ist der Täter vermutlich längst über alle Berge. Im Übrigen sind wir hier wohl kaum noch sicher. Ich für meinen Teil habe jedenfalls nicht vor, mich heute Nacht ohne ein Schloss an meiner Tür schlafen zu legen.«

»Ihre Sorge ist sehr verständlich«, sagte Pater Sebastian. »Ich werde veranlassen, dass Ihr Zimmer und die vier Gästeappartements mit Schlössern ausgerüstet werden.«

»Und was ist mit meiner Frage? Wie kommt der Commander darauf, dass es einer von uns gewesen sein muss?«

Es war das erste Mal, dass diese Möglichkeit offen angesprochen wurde, und Dalgliesh hatte das Gefühl, dass alle Anwesenden entschlossen geradeaus starrten, als fürchteten sie, jeder Blickkontakt könne zu einer Anschuldigung führen.

»Ich habe nichts dergleichen unterstellt«, sagte er.

»Da der Nordflügel des Kreuzgangs geschlossen wird«, sagte Pater Sebastian, »müssen die Studenten, die dort wohnen, ihre Zimmer vorübergehend räumen. Aber da zur Zeit so viele Kandidaten abwesend sind, betrifft das im Augenblick nur Sie, Raphael. Ich darf Sie bitten, Ihre Schlüssel abzugeben. Man wird Ihnen im Tausch einen für Zimmer drei im Südflügel und einen für den Südeingang zum Haus aushändigen.«

»Aber was ist mit meinen Sachen, Pater? Kann ich vorher noch meine Kleider und meine Bücher holen?«

»Fürs Erste werden Sie ohne die auskommen müssen. Ihre Mitstudenten werden Ihnen borgen können, was Sie benötigen. Es ist von größter Wichtigkeit, dass Sie alle sich aus dem Bereich fern halten, der polizeilich gesperrt ist.«

Ohne einen weiteren Einwand holte Raphael einen Schlüsselbund aus der Tasche, nestelte zwei Schlüssel ab und übergab sie Pater Sebastian.

Dalgliesh sagte: »Wie ich hörte, besitzen alle hier ansässigen Patres Schlüssel für die Kirche. Würden Sie bitte nachschauen, ob Sie sie auch wirklich noch haben?«

Jetzt meldete Pater Betterton sich zu Wort. »Ich habe die meinen leider nicht bei mir. Ich deponiere sie immer auf meinem Nachttisch.«

Dalgliesh, der immer noch Pater Martins Schlüsselbund bei sich trug, trat jetzt zu den beiden anderen Patres, um Pater Martins Kirchenschlüssel mit den ihren zu vergleichen.

Pater Sebastian sagte: »Ich glaube, fürs Erste ist alles besprochen. Den für heute geplanten Tagesablauf werden wir so
weit wie möglich einhalten. Das Morgengebet fällt aus, aber
ich werde mittags in der Kapelle die Messe lesen. Ich danke
Ihnen.«

Damit wandte er sich um und verließ raschen Schrittes die
Bibliothek. Die Zurückgebliebenen scharrten mit den Füßen,
sahen einander verstohlen an und begaben sich dann, einer
nach dem anderen, zum Ausgang.

Dalgliesh hatte während der Besprechung sein Mobiltelefon
ausgeschaltet, aber jetzt klingelte es.

»Commander Dalgliesh?« Es war Stephen Morby. »Wir
haben Inspektor Yarwood gefunden. Er war auf halber Höhe
der Zufahrtsstraße in einen Graben gefallen. Ich hab' schon
früher versucht, Sie anzurufen, bekam aber keine Verbindung. Er lag teilweise im Wasser und ist bewusstlos. Wir glauben, er hat sich ein Bein gebrochen. Um die Verletzung nicht
noch schlimmer zu machen, wollten wir ihn eigentlich nicht
bewegen, aber wir konnten ihn doch nicht im Wasser liegen
lassen. Also haben wir ihn so vorsichtig wie möglich heraus-
gezogen und nach einem Krankenwagen telefoniert. Die
Sanitäter laden ihn gerade ein. Sie bringen ihn nach Ipswich
ins Krankenhaus.«

»Das haben Sie ganz richtig gemacht«, sagte Dalgliesh. »Wie
steht es um ihn?«

»Die Sanitäter meinen, er kommt wieder in Ordnung, aber er
ist immer noch bewusstlos. Ich fahre mit ins Krankenhaus.
Wenn ich zurück bin, kann ich Ihnen hoffentlich mehr sagen.
Mr. Pilbeam fährt hinter uns her, und er nimmt mich dann
mit zurück.«

»Gut«, sagte Dalgliesh. »Kommen Sie so schnell wie möglich! Sie werden beide hier gebraucht.«

Als er Pater Sebastian die Nachricht überbrachte, sagte der:
»So etwas hatte ich befürchtet. Es passt in sein Krankheits-

bild. Soviel ich weiß, handelt es sich um eine Art Klaustrophobie, und wenn er einen Schub hat, dann muss er hinaus ins
Freie und sich auslaufen. Als seine Frau ihn mit den Kindern
verlassen hatte, verschwand er anfangs tagelang. Manchmal
lief er bis zum Umfallen, und man musste ihn von der Polizei
suchen und zurückbringen lassen. Gott sei Dank, dass die beiden ihn gefunden haben, und wie es scheint, noch rechtzeitig.
Wenn Sie jetzt mit in mein Büro kommen wollen, könnten
wir gleich besprechen, was Sie und Ihre Kollegen in St. Matthew alles brauchen.«
»Später, Pater. Erst muss ich noch zu den Bettertons.«
»Ich glaube, Pater John ist in seine Wohnung zurückgegangen. Dritter Stock im Nordflügel. Er rechnet gewiss schon
mit Ihrem Besuch.«
Pater Sebastian war zu klug gewesen, um laut über Yarwoods
mögliche Verwicklung in den Mord zu spekulieren. Aber auch
christliche Nächstenliebe hatte irgendwo ihre Grenzen. In
einem Winkel seines Herzens hatte er gewiss auf diese als die
vermeintlich beste Lösung gehofft: ein Täter, der vorübergehend nicht für sein Handeln verantwortlich war. Und falls
Yarwood nicht durchkam, würde er auf immer verdächtig
bleiben. Irgendjemandem könnte sein Tod sehr gelegen kommen.
Bevor er sich auf den Weg zu den Bettertons machte, ging
Dalgliesh in sein Appartement zurück und rief den Polizeichef an.

6

Neben der schmalen Eichentür zu Bettertons Wohnung war
eine Klingel angebracht, aber Dalgliesh hatte sie kaum gedrückt, als Pater John auch schon öffnete und ihn herein-
bat.

»Wenn Sie bitte einen Augenblick warten wollen«, sagte er, »dann hole ich meine Schwester. Ich glaube, sie ist in der Küche. Wir haben nämlich hier eine eigene Küche; sie ist zwar nur winzig, aber Agatha isst lieber allein als an der großen Tafel unten im Refektorium. Gehen Sie nur schon hinein, ich bin gleich zurück.«

Der Raum, in dem Dalgliesh sich wieder fand, war trotz der niederen Decke erstaunlich groß. Die vier bogenförmigen Fenster gingen aufs Meer hinaus, und das Zimmer war voll gestopft mit Möbeln, die aussahen wie bunt zusammengewürfelte Überbleibsel aus früheren Wohnungen: etliche tiefe Klubsessel; vor dem Kamin ein durchgesessenes Sofa, über dessen Rückenlehne eine leichte Decke aus indischer Baumwolle drapiert war; in der Mitte ein massiver runder Mahagonitisch mit sechs Stühlen unterschiedlichen Alters und Stils; zwischen zwei Fenstern ein großer Schreibtisch; und endlich ein ganzes Sortiment von Beistelltischchen, auf denen in bunter Vielfalt die Erinnerungsstücke zweier langer Menschenleben ausgebreitet waren – silbergerahmte Fotografien, ein paar Porzellanfiguren, Zierdöschen aus Holz und Silber und eine verstaubte Duftpotpourrischale, deren synthetisches Parfum sich in der dumpfen Luft längst verzehrt hatte.

Die Wand links von der Tür war zur Gänze von einem Bücherregal eingenommen. Hier hatte die Bibliothek aus Pater Johns Jugendzeit, seinen Studien- und Priesterjahren ihren Platz gefunden; dazwischen aber fanden sich auch eine Sammelausgabe im schwarzen Einband, die unter dem Titel »Dramen des Jahres« Theaterstücke aus den dreißiger und vierziger Jahren enthielt, sowie eine Reihe von Taschenbuchkrimis, deren Auswahl verriet, dass Pater John ein Verehrer des Damenflors aus der Blütezeit der englischen Detektivgeschichte war: Dorothy L. Sayers, Margery Allingham und Ngaio Marsh. Rechts von der Tür lehnte ein Golfsack mit einem halben Dutzend Schlägern, ein befremdlicher Anblick in einem Raum, der ansonsten von keinerlei sportlichen Interessen zeugte.

Die Bilder an den Wänden waren ebenso gemischt wie das Mobiliar: viktorianische Ölgemälde mit kitschigen Motiven, aber von guter Qualität, Blumendrucke, zwei Stickmustertücher und einige Aquarelle, mutmaßlich von viktorianischen Vorfahren gemalt, denn für das Werk eines Dilettanten waren sie zu anspruchsvoll, für das eines ausgewiesenen Künstlers wiederum nicht gut genug. Ungeachtet der eher düsteren Atmosphäre wirkte das Zimmer dank seiner persönlichen Note, der behaglichen Nischen und nicht zuletzt, weil es so intensiv bewohnt war, keineswegs bedrückend. Neben den hochlehnigen Sesseln zu beiden Seiten des Kamins stand ein Tisch mit einer Anglepoise-Leuchte, unter der Bruder und Schwester einander gemütlich gegenübersitzen und sich in ein Buch vertiefen konnten.

Gleich bei Miss Bettertons Eintritt war Dalgliesh verblüfft und verwundert über die eigenwilligen Kapriolen der Gene, die im Falle der Bettertons offenbar alles darangesetzt hatten, jede Familienähnlichkeit zu vermeiden. Auf den ersten Blick fiel es schwer zu glauben, dass die beiden wirklich Bruder und Schwester waren. Pater John war klein und untersetzt, und sein sanftes Gesicht zeigte beständig den Ausdruck banger Verwunderung. Seine Schwester war mindestens fünfzehn Zentimeter größer, knochig und hatte einen scharfen, argwöhnischen Blick. Die einzige Familienähnlichkeit bekundete sich in den langen Ohrläppchen, den hängenden Augenlidern und den schmalen, geschürzten Lippen. Miss Betterton wirkte erheblich älter als ihr Bruder. Ihr stahlgraues Haar war zu einem Zopf geflochten und am Hinterkopf mit einem Kamm festgesteckt, über dem die spröden Haarspitzen wie ein brüchiger Pinsel abstanden. Sie trug einen dünnen, fast bodenlangen Tweedrock, ein gestreiftes Hemd, das aussah, als ob es ihrem Bruder gehörte, und eine lange beige Strickjacke, deren Ärmel deutlich sichtbar von Motten durchlöchert waren.

»Agatha«, sagte Pater John, »ich möchte dir Commander Dalgliesh von New Scotland Yard vorstellen.«

»Ein Polizist?«

Dalgliesh streckte die Hand aus. »Ja, Miss Betterton, ich bin von der Kriminalpolizei.«

Die Hand, die nach sekundenlangem Zögern die seine ergriff, war kühl und so dünn, dass er jeden einzelnen Knochen fühlen konnte.

Mit jener flötenden Aristokratenstimme, von deren Natürlichkeit alle, die nicht über sie verfügen, nur schwer zu überzeugen sind, sagte sie: »Ich fürchte, Sie sind hier an der falschen Adresse, guter Mann. Wir haben keine Hunde.«

»Mr. Dalgliesh hat nichts mit Hunden zu tun, Agatha.«

»Ich dachte, du hättest gesagt, er sei Hundeführer.«

»Nein, nein, ein Commander ist kein Hundeführer.«

»Na gut, aber wir haben auch keine Schiffe.« Und an Dalgliesh gewandt: »Cousin Raymond war im letzten Krieg Commander. Bei der freiwilligen Reserve der Royal Navy, nicht in der regulären Marine. Ich glaube, man nannte sie die Lamettamarine, wegen der goldenen Wellenlinien auf den Ärmelaufschlägen. Aber Raymond ist ohnehin gefallen, da blieb sich's gleich. Sie haben vielleicht seine Golfschläger neben der Tür gesehen. Zwar weckt der Anblick eines Niblicks nicht unbedingt verwandtschaftliche Gefühle, gleichwohl widerstrebt es uns, die Schläger fortzugeben. Warum sind Sie eigentlich nicht in Uniform, Mr. Dalgliesh? Ich schätze Männer in Uniform. Eine Soutane ist nicht das Gleiche.«

»Ich bin Commander bei der Polizei, Miss Betterton. Das ist ein Rang, der nur bei der Metropolitan Police vorkommt und der nichts mit der Marine zu tun hat.«

Hier griff Pater John ein, der offenbar das Gefühl hatte, dieser wirre Dialog habe nun lange genug gedauert. Seine Stimme klang freundlich, aber entschieden. »Agatha, meine Liebe, es ist etwas Furchtbares passiert. Ich bitte dich, hör jetzt gut zu und bleib ganz ruhig! Der Archidiakon ist ermordet worden. Darum muss Commander Dalgliesh mit dir – mit uns allen – sprechen. Und wir müssen ihm in jeder erdenklichen Weise helfen, damit er herausfinden kann, wer für diese schreckliche Tat verantwortlich ist.«

Seine Ermahnung, Ruhe zu bewahren, erwies sich als unnötig. Miss Betterton nahm die Nachricht ohne einen Schimmer von Überraschung oder Bedauern entgegen.

»Also brauchen Sie doch einen Spürhund«, wandte sie sich an Dalgliesh. »Schade, dass Sie nicht daran gedacht haben, einen mitzubringen. Wo wurde er denn ermordet? Ich meine den Archidiakon.«

»In der Kirche, Miss Betterton.«

»Das wird Pater Sebastian gar nicht gefallen. Sollten Sie ihn nicht in Kenntnis setzen?«

»Man hat es ihm bereits gesagt, Agatha«, erklärte ihr Bruder. »Alle sind unterrichtet.«

»Nun, man wird ihn nicht vermissen, nicht in diesem Haus. Er war ein äußerst unangenehmer Mensch, Commander. Ich meine natürlich den Archidiakon. Ich könnte Ihnen erklären, warum ich so denke, aber das ist eine Familienangelegenheit und streng vertraulich, wofür Sie gewiss Verständnis haben. Sie machen mir den Eindruck eines intelligenten und diskreten Beamten. Ich nehme an, das kommt daher, dass Sie früher bei der Marine waren. Gewisse Leute sieht man wirklich lieber tot, Commander. Ich werde nicht sagen, warum der Archidiakon dazu gehört, aber Sie können versichert sein, dass die Welt ohne ihn besser dran ist. Wegen der Leiche werden Sie allerdings etwas unternehmen müssen. In der Kirche kann sie nicht bleiben. Das wäre Pater Sebastian gar nicht recht. Und denken Sie an die Gottesdienste! Wäre der Tote da nicht im Weg? Ich bin zwar nicht gläubig und also auch kein Kirchgänger; mein Bruder dagegen wohl, und ich glaube nicht, dass es ihm gefallen würde, bei jeder Messe über den Leichnam des Archidiakons zu steigen. Was immer wir auch privat von dem Manne gehalten haben, das wäre denn doch pietätlos.«

»Man wird die Leiche so bald wie möglich wegschaffen, Miss Betterton«, versicherte Dalgliesh, »aber die Kirche muss für ein paar Tage geschlossen bleiben. Und nun habe ich einige Fragen an Sie. Haben Sie oder Ihr Bruder gestern nach der Komplet Ihre Wohnung noch einmal verlassen?«

»Und was hätte uns dazu veranlassen sollen, Commander?«

»Das frage ich Sie, Miss Betterton. Ist einer von Ihnen beiden gestern Abend nach zehn Uhr noch ausgegangen?«

Er sah erst die Schwester, dann den Bruder an. Pater John sagte: »Um elf ist für uns Schlafenszeit. Ich habe die Wohnung weder nach der Komplet noch später verlassen und Agatha sicher auch nicht. Warum sollte sie?«

»Hätten Sie es denn gehört, wenn Ihre Schwester in der Nacht hinausgegangen wäre? Oder umgekehrt Sie, Miss Betterton, falls Ihr Bruder die Wohnung noch einmal verlassen hätte?«

Miss Betterton kam Pater John mit der Antwort zuvor. »Natürlich nicht! Oder glauben Sie, wir liegen nachts wach und machen uns Gedanken darüber, was wohl der andere tut? Meinem Bruder steht es frei, nächtens durchs Haus zu wandern, falls er Lust dazu hat, aber ich wüsste nicht, warum er das tun sollte. Ich nehme an, Sie fragen sich, ob einer von uns den Archidiakon getötet hat, Commander. Ich bin nicht dumm. Ich weiß, worauf Sie mit Ihren Fragen hinauswollen. Nun, ich war's nicht, und mein Bruder vermutlich auch nicht. Er ist kein Mann der Tat.«

Pater John, dem diese Unterredung sichtlich zusetzte, wurde heftig. »Natürlich war ich's nicht, Agatha! Wie kannst du nur so was denken.«

»Nicht ich, sondern der Commander.« Sie wandte sich an Dalgliesh. »Der Archidiakon wollte uns hinauswerfen. Er hat's mir selber gesagt. Er wollte uns die Wohnung kündigen.«

»Das hätte er gar nicht gekonnt, Agatha«, sagte Pater John. »Du musst ihn falsch verstanden haben.«

»Wann war das, Miss Betterton?«, fragte Dalgliesh.

»Als er das letzte Mal hier war. An einem Montagmorgen. Ich ging zum Schweinestall, weil ich Surtees fragen wollte, ob er etwas Gemüse für mich hat. Er ist wirklich sehr hilfsbereit, wenn einem mal die Vorräte ausgehen. Ich wollte mich gerade auf den Rückweg machen, als ich mit dem Archidiakon zusammenstieß. Wahrscheinlich wollte er auch etwas Gemüse schnorren, oder er kam, um sich die Schweine anzusehen. Ich erkannte ihn sofort. Natürlich war ich nicht auf die Begegnung gefasst gewesen, und mein Gruß fiel vielleicht ein bisschen schroff aus. Ich bin keine Heuchlerin, ich halte nichts davon, den Leuten vorzuspiegeln, dass man sie mag. Und da ich nicht gläubig bin, brauche ich mich auch nicht aus christlicher Nächstenliebe zu verbiegen. Außerdem hatte mir niemand etwas von seinem Besuch erzählt. Warum werden mir solche Informationen ständig vorenthalten? Ich hätte auch diesmal nicht gewusst, dass er hier war, wenn Raphael es mir nicht erzählt hätte.«

Sie wandte sich jetzt direkt an Dalgliesh. »Ich nehme an, Sie haben Raphael Arbuthnot bereits kennen gelernt. Ein reizender Junge und sehr gescheit. Er isst hin und wieder mit uns zu Abend, und dann lesen wir gemeinsam ein Theaterstück. Er hätte das Zeug zum Schauspieler gehabt, wenn er nicht so früh schon den Priestern in die Hände gefallen wäre. Er kann jede Rolle verkörpern und jede Stimme täuschend echt nachahmen. Ein bemerkenswertes Talent.«

»Meine Schwester liebt das Theater sehr«, sagte Pater John. »Sie und Raphael fahren einmal im Trimester nach London.

Morgens gehen sie einkaufen und nach dem Mittagessen in eine Matineevorstellung.«

»Ich glaube«, sagte Miss Betterton, »ihm bedeutet es sehr viel, ab und zu einmal aus dieser Einöde herauszukommen. Aber leider ist mein Gehör nicht mehr so gut wie früher. Und die Schauspieler werden ja heutzutage nicht mehr dazu angehalten, sauber zu artikulieren. In den meisten Inszenierungen herrscht ein einziges Genuschel. Glauben Sie, dass es auf der Schauspielschule extra Klassen dafür gibt, wo die jungen Leute im Kreis sitzen und sich gegenseitig annuscheln? Selbst wenn wir ganz vorn im Parkett sitzen, ist es manchmal recht schwer, die Darsteller zu verstehen. Natürlich beklage ich mich Raphael gegenüber nicht. Ich möchte ihm doch nicht den Spaß verderben.«

Dalgliesh fragte behutsam: »Aber was genau hat denn der Archidiakon gesagt, als Sie dachten, er drohe damit, Sie aus Ihrer Wohnung zu weisen?«

»Irgendwas über Leute, die nur zu gern von Kirchengeldern lebten, aber wenig oder gar nichts als Gegenleistung erbrächten.«

»Das hätte er so bestimmt nicht gesagt, Agatha«, widersprach Pater John. »Bist du sicher, dass dein Gedächtnis dich nicht trügt?«

»Er hat vielleicht nicht genau diese Worte benutzt, John, aber er hat es so gemeint. Und dann sagte er noch, ich solle mich nicht darauf verlassen, dass ich den Rest meines Lebens hier verbringen könne. Ich habe ihn sehr gut verstanden. Er drohte damit, uns rauszuwerfen.«

Pater John sagte bekümmert: »Aber das hätte er nicht können, Agatha. Dazu war er gar nicht befugt.«

»Das hat Raphael auch gemeint, als ich ihm davon erzählte. Wir sprachen davon, als er das letzte Mal zum Abendessen hier war. Aber ich habe zu ihm gesagt, wenn er meinen Bruder ins Gefängnis bringen konnte, dann kann er uns auch aus

St. Anselm verjagen. Doch Raphael hat geantwortet: ›O nein, das kann er nicht. Ich werde es zu verhindern wissen.‹«

Pater John, dem diese Wendung des Gesprächs offenbar gar nicht behagte, hatte sich abgewandt und war ans Fenster getreten. »Da kommt ein Motorrad über die Zufahrtsstraße«, sagte er. »Das ist aber merkwürdig. Ich glaube nicht, dass wir heute Vormittag jemanden erwarten. Vielleicht Besuch für Sie, Commander.«

Dalgliesh trat neben ihn. »Ich muss mich jetzt verabschieden, Miss Betterton«, sagte er. »Danke für Ihre Mithilfe. Vielleicht habe ich später noch ein paar Fragen an Sie, und wenn ja, werde ich mich erkundigen, wann Ihnen mein Besuch genehm ist. Und jetzt, Pater, darf ich Sie bitten, mir Ihren Schlüsselbund zu zeigen?«

Pater John verschwand und kam fast augenblicklich mit seinen Schlüsseln zurück. Dalgliesh verglich die beiden für die Kirche mit denen an Pater Martins Schlüsselring. »Wo haben Sie diese Schlüssel letzte Nacht aufbewahrt, Pater?«, fragte er.

»An ihrem gewohnten Platz, auf dem Stuhl neben meinem Bett. Nachts lege ich die Schlüssel immer dort ab.«

Als er ging und Pater John mit seiner Schwester allein ließ, warf Dalgliesh noch einen Blick auf die Golfschläger. Die unverhüllten Köpfe waren blank, die Eisen glänzten makellos. Dennoch war das Bild, das vor Dalglieshs geistigem Auge aufstieg, unangenehm deutlich und überzeugend. Gewiss, man bräuchte ein scharfes Auge, und es wäre vielleicht schwierig, den Schläger bis zu dem Augenblick zu verstecken, da es zuzuschlagen galt, dem Moment, in dem die Aufmerksamkeit des Archidiakons sich ganz auf das verunstaltete »Weltgericht« konzentrierte. Aber war das wirklich ein Problem? Man hätte den Schläger leicht hinter einer Säule deponieren können. Und mit einer Waffe von dieser Länge war das Risiko, dass der Täter sich mit Blut besudelte, weitaus geringer als etwa mit einem Kerzenleuchter. Auf einmal sah Dalgliesh ihn leb-

268

haft vor sich, den blonden Jüngling, wie er reglos, den Schläger in der Hand, im Schatten der Säule auf sein Opfer wartete. Der Archidiakon wäre zwar nicht mitten in der Nacht aufgestanden und hätte sich von Raphael in die Kirche zitieren lassen, aber beim jungen Arbuthnot handelte es sich um einen verhinderten Schauspieler, der, wie Miss Betterton sagte, jedermanns Stimme täuschend echt nachahmen konnte.

7

Dr. Mark Aylings Ankunft war ebenso überraschend wie unerwartet früh. Dalgliesh kam eben die Treppe von der Wohnung der Bettertons herunter, als er das Motorrad auf den Hof donnern hörte. Pilbeam hatte wie gewöhnlich schon in aller Frühe das Haupttor aufgesperrt, und Dalgliesh trat hinaus ins fahle Licht eines frisch duftenden Morgens, der, nachdem das Unwetter der letzten Nacht sich ausgetobt hatte, einen ruhigen Tag versprach. Selbst das Meer rauschte nur matt und gedämpfter als sonst. Ayling drehte auf seiner PS-starken Maschine eine Runde im Hof und kam direkt vor dem Steinportal zum Stehen. Er nahm den Helm ab, schnallte einen Koffer vom Gepäckständer und sprang so unbekümmert die drei Stufen hinauf wie ein Kurierfahrer, der nur eine Routinesendung abzuliefern hat.

»Mark Ayling«, stellte er sich vor. »Leiche in der Kirche, ja?«

»Adam Dalgliesh. Kommen Sie hier entlang. Wir gehen durch den Südflügel des Kreuzgangs. Den Zugang zum Nordflügel habe ich absperren lassen.«

Dr. Aylings Schritte dröhnten unnatürlich schwer über den Mosaikfußboden in der leeren Halle. Natürlich konnte niemand erwarten, dass der Pathologe sich heimlich und verstohlen zum Tatort schlich, aber dieser lautstarke Auftritt war

nicht gerade taktvoll. Der Commander fragte sich, ob er nach
Pater Sebastian schicken und ihm Ayling vorstellen solle, entschied sich dann aber dagegen. Schließlich war das kein
Höflichkeitsbesuch, und je weniger Verzögerungen auftraten,
desto besser. Aber er war sicher, dass den Patres die Ankunft
des Pathologen nicht entgangen war, und als sie an der Kellertreppe vorbei über den Korridor zum Südflügel des Kreuzgangs schritten, konnte er sich des unbehaglichen Gefühls
nicht erwehren, dass er mit seiner Eigenmächtigkeit gegen die
guten Sitten verstieß. Und er dachte bei sich, dass eine Morduntersuchung in der feindseligen Atmosphäre kaum verhohle-
nen Boykotts weniger heikel war als der schwierige Drahtseil-
akt zwischen den gesellschaftlichen und theologischen Finess-
sen am gegenwärtigen Tatort.
Schweigend überquerten sie das Pflaster und lenkten ihre
Schritte unter der halb entblätterten Krone der mächtigen
Kastanie zur Sakristei.
Als Dalgliesh die Tür aufschloss, fragte Ayling: »Wo kann ich
mein Zeug wechseln?«
»Hier drin. Das ist halb Sakristei, halb Büro.«
Das »Zeug wechseln« bedeutete für Ayling, dass er seine
Lederkluft ablegte, in einen braunen, dreiviertellangen Arzt-
kittel schlüpfte und seine Stiefel mit weichen Slippern ver-
tauschte, über die er weiße Baumwollsocken zog.
Während er die Sakristeitür von innen abschloss, sagte Dal-
gliesh: »Aller Wahrscheinlichkeit nach ist der Mörder durch
diese Tür hereingekommen. Bis die Spurensicherung aus
London eintrifft, habe ich die Kirche gesperrt.«
Ayling legte seine Ledermontur sorgsam über den Drehstuhl
vor dem Schreibtisch und stellte seine Stiefel ordentlich
nebeneinander. »Wieso die Met?«, fragte er. »Wär' doch
eigentlich ein Fall für die Kollegen aus Suffolk.«
»Ein Inspektor aus Suffolk ist derzeit Gast im Seminar. Das
macht den Fall kompliziert. Und da ich ohnehin vor Ort war,

wenn auch wegen einer anderen Sache, schien es vernünftig, fürs Erste den Fall mir zu übertragen.«

Die Erklärung schien Ayling zufrieden zu stellen.

Sie betraten den Kirchenraum. Die Beleuchtung im Mittelschiff war schummrig, aber wohl ausreichend für eine Gemeinde, die ihre Liturgie auswendig kannte. Dalgliesh führte den Doktor vor das »Weltgericht« und schaltete den Spot ein. Als der Scheinwerfer in dem weihrauchgeschwängerten Dämmerschein aufflammte, der, so wollte es dem geblendeten Auge scheinen, in eine unendliche Finsternis mündete, erschrak Dalgliesh fast vor dem gleißenden Licht, das noch greller war, als er es in Erinnerung hatte. Vielleicht, dachte er, war es die Gegenwart des Fremden an seiner Seite, die diese Szene in ein Grand-Guignol-Spektakel verwandelte: Der bühnenwirksam als Leichnam drapierte Schauspieler dort vorn mimte nach allen Regeln der Kunst den Toten; die beiden Kerzenleuchter zu Häupten sorgten für die ergreifende Stimmung im Parkett; er selbst wartete als stummer Zeuge im Schatten der Säule auf sein Stichwort.

Ayling, den die unerwartete Helligkeit sekundenlang wie gebannt verharren ließ, sah aus, als wolle er die Wirksamkeit des Tableaus begutachten. Und als er auf leisen Sohlen um den Leichnam herumzuschleichen begann, glich er einem Filmregisseur, der die Kameraeinstellungen festlegt und sich vergewissert, dass die Pose der Leiche sowohl realistisch als auch künstlerisch vertretbar ist. Neben diesem scharfen Beobachter sprangen auch Dalgliesh bestimmte Details deutlicher ins Auge: etwa die abgewetzte Spitze des schwarzen Lederpantoffels, der von Cramptons rechtem Fuß geglitten war, auch sah er, wie unförmig der entblößte Fuß wirkte, wie hässlich und überlang der große Zeh schien. Nachdem das Gesicht des Toten teilweise verdeckt war, berührte dieser eine, nun für immer reglose Fuß den Betrachter stärker, als es ein völliger nackter Leichnam vermocht hätte,

271

und rief eine ungestüme Mischung aus Abscheu und Mitleid hervor.

Dalgliesh hatte Crampton nur kurz kennen gelernt und in seiner Gegenwart nicht mehr empfunden als milde Irritation über einen unerwarteten und nicht besonders sympathischen Gast. Jetzt aber durchfuhr ihn ein so ohnmächtiger Zorn wie nur je am Tatort eines Mordes. Unversehens kamen ihm Worte in den Sinn, die vertraut klangen, auch wenn er nicht genau wusste, woher: »Wer hat das getan?« Er würde die Antwort finden – und diesmal auch den dazugehörigen Beweis. Dieses Mal würde er die Akten nicht schließen, ohne dass es, obwohl er den Schuldigen, sein Motiv und den Tathergang kannte, zu einer Festnahme kam. Die Bürde seines letzten Fehlschlags lastete immer noch schwer auf ihm, aber mit diesem Fall würde er sich endlich von ihr befreien.

Ayling strich immer noch vorsichtig um den Leichnam herum, ohne den Blick von ihm zu wenden, als habe er es mit einem interessanten, aber ungewöhnlichen Phänomen zu tun und sei sich nicht darüber im Klaren, wie es wohl auf eine gründliche Untersuchung reagieren würde. Dann kauerte er sich neben den Kopf des Toten, schnupperte behutsam an der Wunde und fragte: »Wer ist das?«

»Entschuldigen Sie, ich wusste nicht, dass man Ihnen das noch nicht gesagt hat. Archidiakon Crampton. Er gehörte seit kurzem zum Kuratorium des Seminars. Traf Samstagmorgen hier ein.«

»Irgendwer konnte ihn nicht leiden, es sei denn, er hat einen Eindringling überrascht, und es war nichts Persönliches. Irgendwas Wertvolles hier, das sich zu stehlen lohnt?«

»Das Altargemälde, aber das wäre schwer zu entfernen. Und es gibt keine Anzeichen dafür, dass es jemand versucht hat. Im Safe in der Sakristei lagert kostbares Silber, doch es hat sich niemand am Tresor zu schaffen gemacht.«

»Und die Kerzenleuchter sind auch noch da«, sagte Ayling.

»Allerdings bloß Messing – lohnt sich kaum, so was zu stehlen. Was Todesursache und Mordwaffe angeht, gibt's nicht
viel zu deuten. Mehrere Schläge auf den Schädel, über dem
rechten Ohr, geführt mit einem scharfkantigen, schweren Gegenstand. Ich weiß nicht, ob gleich der erste Hieb tödlich war,
aber niedergestreckt hat er ihn mit Sicherheit. Trotzdem
schlug der Täter noch ein paar Mal zu. Muss vor Wut ganz
rasend gewesen sein.«
Der Doktor richtete sich auf und packte mit der behand-
schuhten Hand den unbefleckten Leuchter. »Ganz schön
schwer. Muss ein ziemlicher Kraftakt gewesen sein. Aber mit
beiden Händen hätte es auch eine Frau schaffen können oder
ein älterer Mann. Allerdings war Augenmaß nötig, und der
Gute wird ja nicht so entgegenkommend gewesen sein, einem
Fremden – oder jemandem, dem er nicht traute – längere Zeit
den Rücken zuzukehren. Wie ist er eigentlich reingekommen,
ich meine Crampton?«
Dalgliesh merkte, dass er es hier mit einem Pathologen zu tun
hatte, der sich nicht allzu sehr um die Grenzen seines Kompe-
tenzbereichs scherte.
»Einen Schlüssel hatte er, soviel ich weiß, nicht. Entweder hat
ihn jemand, der vor ihm da war, reingelassen, oder die Tür
stand offen. Das ›Weltgericht‹ wurde mutwillig beschädigt.
Wahrscheinlich hat ihn jemand deswegen hergelockt.«
»Das lässt auf einen Insider schließen. Wodurch sich die Zahl
Ihrer Verdächtigen erfreulich verringert. Wann hat man ihn
gefunden?«
»Früh um halb sechs. Ich war vier Minuten später zur Stelle.
Ausgehend von der Blutgerinnung und der beginnenden Lei-
chenstarre, die sich an der sichtbaren Gesichtshälfte erkennen
ließ, schätzte ich, dass er seit circa fünf Stunden tot war.«
»Ich messe noch seine Temperatur, aber eine exaktere Be-
stimmung kriegen wir dadurch auch nicht. Der Tod ist so um
Mitternacht eingetreten – plus, minus eine Stunde.«

»Was ist mit dem Blut?«, fragte Dalgliesh. »Hat es stark gespritzt?«

»Beim ersten Schlag nicht. Sie wissen ja, wie das bei dieser Art Kopfwunden ist. Die Blutung geht zunächst nach innen, in die Schädelhöhle. Aber unser Täter ließ es ja nicht bei dem ersten Schlag bewenden, oder? Und beim zweiten sowie bei eventuellen weiteren Hieben können Sie mit Blutspuren rechnen. Wahrscheinlich eher vereinzelte Spritzer als ein starker Schwall. Kommt drauf an, wie nahe der Täter seinem Opfer war, als er ihm die nachfolgenden Schläge verpasste. Falls der Angreifer Rechtshänder war, würde ich Blutspuren auf seinem rechten Arm vermuten, vielleicht auch auf der Brust. Womit er natürlich gerechnet haben wird. Vielleicht war er im Hemd, mit aufgekrempelten Ärmeln. Vielleicht trug er ein T-Shirt; nackt wäre noch besser gewesen. Ist alles schon vorgekommen.«

Dalgliesh erfuhr nichts, worauf er nicht schon von selbst gekommen war. »Aber hätte das Opfer da nicht Verdacht geschöpft?«

Ayling überhörte den Einwand. »Der Täter hätte allerdings unheimlich schnell sein müssen, denn er durfte nicht darauf bauen, dass das Opfer ihm länger als ein, zwei Sekunden den Rücken zukehrt. Nicht viel Zeit, um einen Ärmel aufzukrempeln und sich von dort, wo er ihn bereitgestellt hatte, den Leuchter zu schnappen.«

»Und wo, glauben Sie, war das?«

»Im Chorgestühl? Nein, vielleicht ein bisschen zu weit weg. Warum sollte er ihn nicht einfach hinter der Säule versteckt haben? Er brauchte ja nur den einen Leuchter, den anderen konnte er hinterher vom Altar holen, um sein kleines Tableau zu arrangieren. Ich frage mich übrigens, warum er sich diese Mühe gemacht hat. Als Geste der Ehrfurcht kann ich mir das kaum vorstellen.«

Als Dalgliesh darauf nicht reagierte, fuhr er fort: »Also dann messe ich jetzt die Temperatur. Mal sehen, ob uns das hilft, den Todeszeitpunkt einzugrenzen, aber ich bezweifle, dass ich präziser sein kann als Sie mit Ihrer ursprünglichen Schätzung. Wenn ich ihn auf dem Tisch hatte, kann ich Ihnen mehr sagen.«

Dalgliesh, der diese erste Verletzung der Intimsphäre des Toten nicht mit ansehen wollte, ging langsam im Mittelschiff auf und ab, bis er sich durch einen Blick hinüber vergewissern konnte, dass Ayling seine Untersuchung beendet hatte und wieder aufgestanden war.

Gemeinsam kehrten sie in die Sakristei zurück. Während der Pathologe seine Arbeitskleidung ablegte und wieder in seine Lederkluft stieg, sagte Dalgliesh: »Möchten Sie vielleicht noch einen Kaffee, bevor Sie zurückfahren? Das ließe sich bestimmt arrangieren.«

»Nein, danke. Bin in Zeitdruck, und die Patres wollen mich sicher nicht sehen. Die Obduktion schaffe ich voraussichtlich morgen Vormittag, und dann rufe ich Sie an, auch wenn ich mit keinem Überraschungsfund rechne. Trotzdem, der Coroner wird den forensischen Teil der Ermittlungen zügig abwickeln wollen. Er ist da penibel. Und Sie wollen natürlich auch, dass es schnell geht. Ich denke, ich könnte das Labor der Met einschalten, falls sie in Huntingdon keine Zeit haben. Sie wollen sicher nicht, dass man die Position der Leiche verändert, bevor die Spurensicherung und der Fotograf mit ihr fertig sind, aber rufen Sie mich an, wenn's so weit ist. Ich nehme an, die Leutchen hier werden auch froh sein, wenn sie den Toten los sind.«

Als Mark Ayling seine Sachen zusammengepackt hatte, schloss Dalgliesh die Sakristeitür ab und schaltete die Alarmanlage ein. Aus irgendeinem ihm selbst nicht recht erklärlichen Grund widerstrebte es ihm, den Pathologen noch einmal durchs Haupthaus zu führen.

»Wir können auch außen rum über die Landzunge zum Hof

275

zurück«, sagte er. »Auf dem Weg werden Sie garantiert von keinem Neugierigen belästigt.«

Als sie auf dem ausgetretenen Rasenpfad das Anwesen umrundeten, sah Dalgliesh hinüber zu den drei bewohnten Cottages, in denen um diese frühe Stunde noch Licht brannte. Wie einsame Vorposten einer belagerten Garnison erhoben sie sich jenseits des überwucherten Brachlandes. Auch in St. Matthew brannte Licht, und er stellte sich vor, wie Mrs. Pilbeam, wahrscheinlich mit Staubtuch und Staubsauger bewaffnet, dort sauber machte und das Cottage für den Einzug der Polizei herrichtete. Wieder musste er an Margaret Munroe und ihren einsamen Tod denken, der irgendjemandem möglicherweise sehr gelegen kam, und er gelangte dabei zu einem offensichtlich irrationalen Schluss, der sich gleichwohl unumstößlich in ihm festsetzte: Zwischen den drei Todesfällen bestand ein Zusammenhang. Der mögliche Suizid, der amtlich beglaubigte natürliche Tod, der brutale Mord – irgendein roter Faden verband sie miteinander. Vielleicht war es nur ein dünnes, faseriges Garn und sein Weg verschlungen, aber wenn er diesen roten Faden aufgespürt hatte, würde er ihn zur Lösung des Rätsels führen.

Auf dem Vorhof wartete er, bis Ayling sein Motorrad bestiegen hatte und losgebraust war. Als er kehrtmachte, um ins Haus zurückzugehen, sah er aus den Augenwinkeln die abgeblendeten Scheinwerfer eines Autos, das eben von der Küstenstraße abbog und in gewagtem Tempo den Schotterweg entlangfuhr. Im nächsten Moment hatte er Piers Tarrants Alfa Romeo erkannt. Die ersten beiden Mitglieder seines Teams waren eingetroffen.

8

Der Anruf hatte Kriminalinspektor Piers Tarrant Punkt Viertel nach sechs erreicht. Zehn Minuten später war er startbereit gewesen. Er hatte Anweisung, bei Kate Miskin vorbeizufahren und sie mitzunehmen, wodurch er freilich kaum Zeit verlieren würde, da Kates Wohnung an der Themse lag, gleich hinter Wapping, genau auf seiner Strecke. Sergeant Robbins, der an der Grenze nach Essex wohnte, würde mit dem eigenen Wagen zum Tatort fahren. Mit etwas Glück hoffte Piers ihn zu überholen. Auf dem Weg zu der Garage, in der die City Police ihm kulanterweise einen Parkplatz zur Verfügung gestellt hatte, genoss er die Sonntagmorgenruhe in den leeren Straßen. Er sperrte seinen Alfa Romeo auf, verstaute den Spurensicherungskoffer auf dem Rücksitz und fuhr über die gleiche Route Richtung Osten, die Dalgliesh zwei Tage zuvor genommen hatte.

Kate erwartete ihn vor dem Eingang der Mietanlage, in der sie seit einigen Jahren wohnte und den begehrten Blick auf die Themse genoss. Piers war noch nie bei ihr oben gewesen, und genauso wenig hatte sie seine Wohnung in der City je von innen gesehen. Ihre Leidenschaft galt dem Fluss mit seinem ständigen Wechselspiel von Licht und Schatten, seinen dunkel wogenden Fluten und dem geschäftigen Schiffsverkehr, während Piers' Herz an der City hing. Seine Wohnung bestand aus nur drei kleinen Zimmern über einem Feinkostladen in einem Seitensträßchen unweit der St. Paul's Cathedral. Weder die Kollegen und Kolleginnen von der Met noch seine häufig wechselnden Sexualpartner hatten Zutritt zu diesem privaten kleinen Reich, in dem er nichts Überflüssiges duldete und wo jedes Teil sorgfältig ausgesucht und so exquisit war, wie er es sich irgend leisten konnte. Die City mit ihren Kirchen und Gassen, den kopfsteingepflasterten Passagen und kaum frequentierten Innenhöfen war gewissermaßen seine Flaniermeile und zugleich abwechslungsreiches Gegenstück zu der Welt, in der er beruflich verkehrte. Die Themse faszinierte ihn ebenso wie Kate, aber er betrachtete den Fluss als Bestandteil der City, ihres Wandels und ihrer Geschichte. Er fuhr jeden Tag mit dem Rad zum Dienst und benutzte den Alfa nur außerhalb von London, aber wenn er Auto fuhr, dann musste es ein Wagen sein, auf den er stolz sein konnte.

Kate begrüßte ihn kurz und saß, nachdem sie sich angeschnallt hatte, die ersten paar Meilen stumm neben ihm. Aber er spürte ihre Erregung trotzdem und wusste, dass es umgekehrt genauso war. Er mochte und respektierte Inspektor Miskin, doch beruflich war ihre Beziehung nicht frei von gelegentlichen Irritationen, Rivalitäten und Reibereien. Der kräftige Adrenalinstoß zu Beginn einer Morduntersuchung aber war etwas, das beide gemeinsam verspürten. Freilich hatte er sich schon manchmal gefragt, ob dieser fast animalische Reiz nicht etwas degoutant Blutrünstiges habe; eine Art Jagdfieber war es allemal.

Als sie die Docklands hinter sich gelassen hatten, sagte Kate: »Na komm schon, erklär mir den Background! Du hast in Oxford Theologie studiert. Da musst du doch wissen, was es mit diesem St. Anselm auf sich hat.«

Dass er einmal in Oxford Theologie studiert hatte, war eines der wenigen Dingen, die sie von ihm wusste, und es imponierte ihr nach wie vor. Manchmal hatte er den Eindruck, sie glaube, er habe sich durch sein Studium irgendeine besondere Antenne oder esoterische Kenntnisse erworben, die ihm zum Vorteil gereichten, wenn es galt, ein Tatmotiv oder die unendlichen Irrungen und Wirrungen des menschlichen Herzens zu ergründen. Mitunter fragte sie ihn: »Wozu ist Theologie eigentlich gut? Verrat mir das! Du hast dich drei ganze Jahre damit abgegeben, da musst du doch das Gefühl gehabt haben, es würde dir was bringen, irgendwas Nützliches oder Sinnvolles.« Er bezweifelte, dass sie ihm seinerzeit die Erklärung abgenommen hatte, er habe Theologie gewählt, weil er damit eine bessere Chance auf einen Studienplatz in Oxford hatte, als wenn er, was ihm eigentlich lieber gewesen wäre, Geschichte belegt hätte. Und er sagte ihr auch nicht, was er durch dieses Studium vor allem gewonnen hatte: einen faszinierenden Einblick in die Komplexität der intellektuellen Bastionen, die eine Gesellschaft errichten kann, um dem Ansturm des »Unglaubens« zu trotzen. Seinen Atheismus hatte das nicht erschüttern können, aber diese drei Jahre hatte er nie bereut.

»Ich weiß einiges über St. Anselm«, sagte er jetzt, »aber nicht besonders viel. Ich hatte einen Freund, der nach dem Examen dort eintrat, aber wir haben uns bald aus den Augen verloren. Ich habe Fotos von dem Seminar gesehen: ein riesiges viktorianisches Herrenhaus an einer der ödesten Stellen der Ostküste, um das sich eine Reihe von Legenden ranken. Und wie bei den meisten Legenden steckt wahrscheinlich auch in diesen ein Körnchen Wahrheit. St. Anselm bekennt sich zur Hochkirche – vielleicht sogar zur katholischen Liturgie, so genau weiß ich das nicht –, jedenfalls haben sie ein paar römische Schnörkel übernommen. Das Seminar ist auf Theologiegeschichte spezialisiert, sperrt sich gegen so gut wie alles, was sich in den letzten fünfzig Jahren im Anglikanismus getan hat, und ohne Einserexamen hat man keine Chance, dort aufgenommen zu werden. Aber die Küche soll, wie man hört, sehr gut sein.«

»Ich glaube kaum, dass wir Gelegenheit haben werden, in deren Genuss zu kommen«, sagte Kate. »Es ist also elitär, dieses Priesterseminar?«

»Könnte man so sagen, ja, aber das gilt schließlich auch für Manchester United.«

»Hast du dich mal mit dem Gedanken getragen, dort hinzugehen?«

»Nein, denn ich habe nicht Theologie studiert, um Geistlicher zu werden. Außerdem hätte man mich in St. Anselm sowieso nicht genommen. Meine Noten waren nicht gut genug. Und der Rektor ist in dem Punkt sehr heikel. Übrigens ein Richard-Hooker-Spezialist. Schon gut, spar dir die Frage, das war ein Theologe des sechzehnten Jahrhunderts. Und einer wie der Rektor von St. Anselm, der das grundlegende Werk über Hooker vorgelegt hat, ist intellektuell auf Draht, das kannst du mir glauben! Ja, mit dem Rev. Dr. Sebastian Morell könnten wir Ärger kriegen.«

»Und der Tote? Hat AD über den irgendwas gesagt?«

»Nur dass es sich um einen Archidiakon Crampton handelt, dessen Leichnam in der Kirche gefunden wurde.«

»Und was ist ein Archidiakon?«

»So eine Art Rottweiler der Kirche. Er – oder es kann auch eine Sie sein – kümmert sich um die Besitztümer der Kirche, betreut hoheitlich eine Reihe von Gemeinden, die er in jährlichem Turnus besucht und in denen er bei der Einsetzung von Pastoren Mitspracherecht hat. So ein Archidiakon ist also gewissermaßen das geistliche Pendant zum Königlichen Polizeiinspektor.«

»Also wird das einer von diesen hermetischen Fällen«, sagte Kate, »wo alle Verdächtigen unter einem Dach versammelt sind und wir wie die Katze um den heißen Brei herumschleichen müssen, damit niemand persönlich beim Polizeichef interveniert oder gar der Erzbischof von Canterbury persönlich Beschwerde einlegt. Wieso hat man den Fall eigentlich uns übertragen?«

»AD hat nicht lange geredet. Du weißt ja, wie er ist. Jedenfalls wollte er, dass wir uns möglichst rasch auf den Weg machen. Offenbar war ein Inspektor aus Suffolk letzte Nacht im Seminar zu Gast, und der Polizeichef der Grafschaft ist anscheinend genau wie die Met der Ansicht, dass es unter diesen Umständen nicht ratsam wäre, wenn Suffolk den Fall übernimmt.«

Kate stellte keine weiteren Fragen, aber Piers hatte den starken Eindruck, dass sie verstimmt war, weil Dalgliesh ihn als Ersten angerufen hatte. Tatsächlich war sie die Dienstältere von beiden, auch wenn sie sich noch nie darauf berufen hatte. Er fragte sich, ob er sie darauf hinweisen solle, dass AD ihn nur aus Zeitersparnisgründen zuerst angerufen hatte, weil er den schnelleren Wagen fuhr, ließ es dann aber doch lieber bleiben.

Wie erwartet, überholten sie Robbins auf der Umgehungsstraße von Colchester. Piers wusste, dass Kate an seiner Stelle jetzt das Tempo gedrosselt hätte, damit das Team geschlossen am Tatort eingetroffen wäre. Er dagegen winkte Robbins kurz zu und trat das Gaspedal durch.

Kate hatte den Kopf zurückgelehnt und schien eingenickt zu sein. Piers' Blick glitt über die ausgeprägten Züge ihres hübschen Gesichts, und er machte sich Gedanken über ihr Verhältnis zueinander, das sich in den letzten beiden Jahren seit der Veröffentlichung des Macpherson-Reports merklich verändert hatte. Über ihr Leben wusste er zwar nur wenig, aber immerhin doch so viel, dass sie unehelich und bei ihrer Großmutter aufgewachsen war, mit der sie im trostlosesten Viertel der Innenstadt in der obersten Etage eines Hochhauses gewohnt hatte. Inmitten von Schwarzen, die ihre Nachbarn und Schulfreunde gewesen waren. Die Behauptung, sie gehöre einem Polizeiapparat an, in dem Rassismus an der Tagesordnung sei, hatte sie dermaßen empört, dass sich dadurch ihre ganze Einstellung zu ihrem Beruf veränderte. Piers, der politisch sehr viel versierter und auch zynischer war als sie, hatte mehrmals versucht, ihre hitzigen Diskussionen in ruhigeres Fahrwasser zu lenken.

»Angenommen, du wärst schwarz«, hatte sie gesagt, »würdest du dann nach der Veröffentlichung dieses Reports noch zur Met gehen wollen?«

»Nein. Allerdings würde ich das heute auch als Weißer bleiben lassen. Aber ich bin nun mal dabei und denke nicht daran, mir von einem Macpherson meinen Job vergraulen zu lassen.«

Piers hatte sein Ziel klar vor Augen: einen leitenden Posten im Dezernat für Terrorismusbekämpfung. Das war ein Feld, auf dem man auch heutzutage noch Aufstiegschancen hatte. In der Zwischenzeit fühlte er sich in seiner jetzigen Stellung durchaus wohl: in einem prestigeträchtigen Kommissariat mit einem anspruchsvollen Chef, den er respektierte, und mit genügend aufregenden und abwechslungsreichen Einsätzen, die keine Langeweile aufkommen ließen.

»Also war das Absicht? Wollten sie verhindern, dass Schwarze überhaupt erst in den Polizeidienst treten, und anständige Beamte, die keine Rassisten sind, rauskeln?«

»Lass es um Gottes willen gut sein, Kate! Langsam nervst du mich mit deinem ewigen Macpherson.«

»In dem Report steht, eine Tat sei dann als rassistisch einzustufen, wenn das Opfer sie als solche empfindet. Nun, ich empfinde diesen Bericht als rassistisch – und zwar mir als weißer Beamtin gegenüber. Und wo soll ich mich nun beschweren?«

»Du könntest es beim Amt für Rassenfragen probieren, aber ich glaube kaum, dass du damit Erfolg haben würdest. Sprich doch mal mit AD darüber!«

Er wusste nicht, ob sie seinen Rat befolgt hatte, aber immerhin war sie noch im Dienst. Doch ihm war bewusst, dass die Kate, mit der er heute zusammenarbeitete, eine andere geworden war. Sie war noch immer pflichtbewusst und fleißig und engagierte sich mit vollem Einsatz für ihren jeweiligen Fall. Nie würde sie das Team hängen lassen. Aber etwas war ihr abhanden gekommen: der Glaube, dass man als Polizist nicht nur im Dienste der Allgemeinheit steht, sondern auch einer persönlichen Berufung folgt, der man mehr schuldet als harte Arbeit und Einsatzbereitschaft. Früher hatte er ihr persönliches Engagement für naiv und romantisch verstiegen gehalten; jetzt freilich merkte er, wie sehr die alte Kate ihm fehlte. Und wenn ihn etwas darüber hinwegtrösten konnte, dann höchstens der Gedanke, dass der Macpherson-Report ihr wenigstens die übertriebene Achtung vor dem Richteramt ausgetrieben hatte.

Um halb neun kamen sie durch ein Dorf namens Wrentham, das sich noch ganz in frühmorgendlicher Ruhe darbot, auch wenn Bäume und Hecken von einem nächtlichen Unwetter verwüstet waren, das London kaum gestreift hatte. Kate wurde wieder munter und suchte auf der Karte die Abfahrt zum Ballard's Mere.

Piers nahm den Fuß vom Gas und sagte: »AD meinte, die Abfahrt könne man leicht verpassen. Sag mir Bescheid, wenn du rechts eine morsche Esche siehst und gegenüber davon zwei Steincottages!«

Die dicht mit Efeu bewachsene Esche war nicht zu verfehlen, aber als sie in die Seitenstraße einbogen, die kaum mehr als ein Feldweg war, stießen sie auf ein unerwartetes Hindernis. Aus der Baumkrone war ein mächtiger dürrer Ast herausgebrochen und auf den Grünstreifen gestürzt, wo man ihn im flimmernden Licht der aufsteigenden Sonne für einen glatten, gebleichten Mammutknochen hätte halten können, wären da nicht die abgestorbenen Zweige gewesen, die wie knotige Finger aus der Rinde staken. Im Stamm der Esche klaffte dort, wo der Sturm den Ast angerissen hatte, eine große Wunde, und auch wenn die Straße inzwischen wieder passierbar war, zeugten Efeuranken, Zweige und grüngelbe Blätterhaufen auf der Fahrbahn immer noch von dem Windbruch.

In den Fenstern beider Cottages brannte Licht. Piers fuhr an den Straßenrand und hupte. Gleich darauf öffnete sich eine Tür, und eine füllige Frau mittleren Alters kam den Gartenweg herunter. Ihr freundliches Gesicht unter dem widerspenstigen Haarschopf war wettergebräunt, und es sah aus, als trage sie gleich mehrere Schichten Wolle unter ihrem bunt geblümten Kittel. Kate ließ das Fenster herunter.

Piers beugte sich über sie und sagte: »Guten Morgen! Sie haben hier aber ganz schön was abgekriegt.«

»Ja, Punkt zehn ist er runtergekommen, der Ast. Das war der Sturm, wissen Sie. Einen richtigen Orkan hatten wir letzte Nacht. Zum Glück haben wir mitgekriegt, wie der Ast abbrach – war auch kaum zu überhören, so wie das gekracht hat. Mein Mann hatte Angst, es könnte einen Unfall geben, darum hat er auf beiden Seiten rote Warnleuchten aufgestellt. Und heute früh haben mein Brian und Mr. Daniels als Erstes den Traktor rausgeholt und den Ast von der Straße geschafft. Viel Verkehr haben wir hier zwar nicht, außer den Besuchern für die Patres und die Studenten vom Seminar kommen kaum Leute vorbei, aber wir wollten trotzdem nicht warten, bis die Gemeinde den Ast wegschaffen lässt.«

Kate fragte: »Wann genau haben Sie die Straße geräumt, Mrs. ...?«

»Finch. Mrs. Finch. Um halb sieben. Da war's noch dunkel, aber Brian wollte die Fahrbahn frei machen, bevor er und Mr. Daniels aufs Feld gingen.«

»Zu unserem Glück«, sagte Kate. »Danke, das war sehr freundlich von Ihnen. Demnach war die Straße zwischen zehn Uhr gestern Abend und heute Morgen halb sieben in beiden Richtungen für Autos nicht passierbar?«

»So ist es, Miss. Nur ein Herr auf einem Motorrad ist hier durchgekommen – bestimmt wollte der zum Seminar. Die Straße führt ja sonst nirgends hin. Er ist noch nicht zurück.«

»Und außer ihm ist niemand vorbeigekommen?«

»Jedenfalls hab' ich sonst keinen gesehen, und normalerweise hab' ich die Straße immer im Blick, wo doch meine Küche nach vorne rausgeht.«

Sie dankten ihr nochmals, verabschiedeten sich und fuhren weiter. Als sie sich nach ihr umblickte, sah Kate, wie

Mrs. Finch ihnen kurz nachschaute, bevor sie das Gartentor verriegelte und zum Haus zurückwatschelte.

»Nur ein Motorrad«, sagte Piers, »und das ist bis jetzt nicht zurück. Könnte der Pathologe gewesen sein, obwohl man eigentlich annehmen würde, dass der mit dem Auto kommt. Na, da wird AD staunen! Wenn diese Straße der einzige Zugang zum Seminar ist …«

Kate hatte sich wieder über die Karte gebeugt. »Für Kraftfahrzeuge auf jeden Fall«, sagte sie. »Falls der Mörder von außerhalb kam, müsste er gestern Abend vor zehn in St. Anselm gewesen sein und kann noch nicht wieder fort sein, zumindest nicht auf dem Landweg. Haben wir es demnach mit einem Insider zu tun?«

»AD scheint davon auszugehen«, sagte Piers.

Die Frage, wer in der letzten Nacht Zugang zur Landzunge gehabt hatte, war so entscheidend, dass Kate sich schon laut wundern wollte, wieso AD nicht bereits jemanden losgeschickt hatte, um Mrs. Finch oder ihre Nachbarn zu befragen. Doch dann fiel es ihr ein: Solange sie und Piers nicht vor Ort waren, wen aus St. Anselm hätte er da mit dieser Mission betrauen können?

Die schmale, verlassene Zufahrtsstraße lag tiefer als die umliegenden Felder, und da sie zudem über weite Strecken von Sträuchern gesäumt war, durchfuhr es Kate wie ein freudiger Schock, als sie plötzlich vom Anblick der mächtigen grauen Wellen der Nordsee überrascht wurde. Im Norden ragte ein großes viktorianisches Herrenhaus majestätisch gen Himmel. Als sie näher kamen, sagte Kate: »Lieber Gott, was für ein Koloss! Wer ist bloß auf die Idee gekommen, buchstäblich in Reichweite des Meeres ein solches Haus hinzustellen?«

»Niemand. Als es erbaut wurde, hat es bestimmt noch nicht in Reichweite des Meeres gestanden.«

»Du kannst diesen Kasten doch unmöglich bewundern!«, sagte sie.

»Ach, ich weiß nicht, er hat einen gewissen Charme.«
Ein Motorrad kam ihnen entgegen und donnerte vorbei. »Das
wird wohl der Gerichtsmediziner gewesen sein«, sagte Kate.
Piers bremste ab, als sie zwischen zwei halb verfallenen Säu-
len aus Ziegelmauerwerk hindurch auf den Hof fuhren, wo
Dalgliesh sie in Empfang nahm.

9

Für den Stab eines groß angelegten Ermittlungsverfahrens
hätte das Cottage St. Matthew kaum genügend Platz und
angemessene Quartiere geboten, doch im vorliegenden Fall
erschienen Dalgliesh die Räumlichkeiten durchaus brauchbar.
Ein passender Arbeitsplatz für die Kriminalbeamten war sonst
weit und breit nicht zu finden, und eigens Wohnwagen auf
die Landzunge kommen zu lassen wäre unsinnig und zu kos-
tenaufwendig gewesen. Aber die Unterbringung im Seminar
brachte auch ihre Probleme mit sich, einschließlich der Frage,
wo die Leute essen sollten. Ob in höchster Not oder Verzweiflung, ob bei einem Mord- oder Trauerfall: Auf Essen
und Schlaf kann der Mensch gleichwohl nicht verzichten. Er
erinnerte sich, wie seine Mutter nach dem Tod des Vaters
ihren Schmerz zumindest vorübergehend betäubt hatte dank
der Sorge, ob das Pfarrhaus in Norfolk auch alle erwarteten
Übernachtungsgäste würde beherbergen können, wie deren
Eigenheiten bezüglich des Essens zu berücksichtigen seien,
wer was vertrug oder nicht und womit man die kondolierende
Gemeinde verköstigen solle. Um die vordringlichen logisti-
schen Probleme kümmerte sich bereits Sergeant Robbins,
der eine von Pater Sebastian bereitgestellte Liste mit Hotels
durchtelefonierte und für sich, Kate und Piers sowie die drei
Kriminaltechniker Zimmer buchte. Dalgliesh würde in seinem Gästeappartement bleiben.

Das Cottage war die ausgefallenste Einsatzzentrale, die Dalgliesh in seiner Laufbahn untergekommen war. Mrs. Munroes Schwester hatte alle Spuren der früheren Bewohnerin so gründlich getilgt, dass selbst die Luft jeden Eigengeschmack verloren hatte. Die beiden kleinen Räume im Erdgeschoss, inzwischen mit ausrangierten Möbeln aus den Gästeappartements bestückt, waren zwar durchaus herkömmlich eingerichtet, verbreiteten aber gleichwohl nur eine Atmosphäre trister Funktionalität. Der kleine viktorianische Kamin in dem Wohnzimmer links vom Eingang war eingerahmt von einem Bugholzstuhl mit verschossenem Patchworkkissen und einem niedrigen Lattenstuhl mit Fußstütze. In der Mitte des Raums stand ein quadratischer Eichentisch mit vier Stühlen; zwei weitere waren an die Wand gerückt. Ein kleines Bücherregal links vom Kamin enthielt weiter nichts als eine ledergebundene Bibel und eine Ausgabe von »Alice hinter den Spiegeln«. Das Zimmer zur Rechten mit einem kleineren Tisch an der Wand, zwei Mahagonisesseln mit klobigen Füßen, einem abgewetzten Sofa und passendem Lehnstuhl wirkte schon ein wenig einladender. Die beiden Räume im Obergeschoss standen leer. Dalgliesh fand, das Wohnzimmer eigne sich am besten als Büro und Vernehmungszimmer; den Raum gegenüber würde man als Wartezimmer benutzen, und in einem der oberen Räume konnte dank des Telefonanschlusses und einer ausreichenden Zahl von Steckdosen der Computer Platz finden, den die Suffolker Kollegen schon bereitgestellt hatten.

Auch die Verpflegungsfrage war inzwischen geklärt. Obwohl man ihn dazu eingeladen hatte, war Dalgliesh vor dem Gedanken, sich mit der Seminargemeinschaft zu Tisch zu setzen, zurückgeschreckt. In seiner Gegenwart hätte gewiss selbst Pater Sebastians Konversationstalent versagt. Und der Rektor hatte wohl auch kaum erwartet, dass er seine Einladung akzeptieren würde. Nein, der Commander gedachte seine Abendmahlzeiten anderswo einzunehmen. Doch einigte man sich darauf, dass St. Anselm das ganze Team mittags um eins mit Suppe und Sandwiches oder einem Imbiss, bestehend aus Käse und Brot, verköstigen würde. Die Frage der Vergütung hatten beide Seiten vorerst taktvoll ausgespart, trotzdem war die Situation nicht frei von einer gewissen Pikanterie. Dalgliesh fragte sich, ob das vielleicht sein erster Mordfall werden würde, bei dem der Täter den Ermittlungsbeamten freie Kost und Logis stellte.

Alle wollten so rasch wie möglich an die Arbeit, aber zuerst mussten sie noch den Tatort in Augenschein nehmen. Also ging Dalgliesh mit Kate, Piers und Robbins in die Kirche, wo sie Überschuhe anzogen und ihre Schritte entlang der Nordwand zum »Weltgericht« lenkten. Der Commander konnte sicher sein, dass keiner seiner Beamten versuchen würde, sein Entsetzen durch Blödeleien oder kruden Galgenhumor zu überspielen; und wer so etwas getan hätte, der hätte nicht lange unter ihm gearbeitet. Er schaltete den Spot an, und einen Moment lang betrachteten sie schweigend den Leichnam. Der Täter war noch nicht einmal als verschwommene Silhouette am Horizont erkennbar, ja man hatte bislang praktisch keine Spur von ihm, aber dies war in aller grausamen Ungeheuerlichkeit sein Werk, und darum mussten sie es mit eigenen Augen sehen.

Kate ergriff als Einzige das Wort. »Die Leuchter, Sir, wo würden die normalerweise stehen?«, fragte sie.

»Auf dem Altar.«

»Und wann wurde das ›Weltgericht‹ zuletzt unversehrt gesehen?«

»Gestern Abend um halb zehn bei der Komplet.«

Sie schlossen die Kirche hinter sich ab, schalteten die Alarmanlage wieder ein und begaben sich zurück nach St. Matthew, wo sie sich, ehe es ernsthaft an die Arbeit ging, zu einer einführenden Diskussion und Lagebesprechung zusammensetzten. Dalgliesh wusste, dass man bei diesen Präliminarien nichts überstürzen durfte. Wenn er es jetzt versäumte, Informationen weiterzugeben, oder diese nicht hinlänglich verstanden wurden, konnte das später zu Verzögerungen, Missverständnissen oder gar Fehlern führen. Also begann er mit einem detaillierten, aber straff gehaltenen Bericht über alles, was er seit seiner Ankunft in St. Anselm getan und beobachtet hatte, einschließlich seiner Recherchen zum Tode von Ronald Treeves sowie der Erkenntnisse aus Margaret Munroes Tagebuch. Die anderen saßen die meiste Zeit schweigend am Tisch und machten sich gelegentlich Notizen.

Kate saß aufrecht da und hielt den Blick auf ihr Notizbuch gesenkt, wenn sie ihn nicht eindringlich auf Dalglieshs Gesicht richtete. Sie war so gekleidet wie immer, wenn sie vor Ort an einem Fall arbeitete: mit bequemen Wanderschuhen, eng geschnittenen Hosen und einem gut sitzenden Blazer, unter dem sie im Winter, so wie bereits jetzt, einen Kaschmirpulli mit Rollkragen trug, im Sommer dagegen eine Seidenbluse. Ihr hellbraunes Haar war zurückgekämmt und im Nacken zu einem kurzen, dicken Zopf geflochten. Sie trug kein erkennbares Make-up, und an ihrem Gesicht, das man eher attraktiv als hübsch nennen konnte, ließ sich ablesen, wie sie im Grunde ihres Wesens war: ehrlich, zuverlässig, pflichtbewusst, aber vielleicht nicht ganz mit sich im Reinen.

Piers war unruhig wie immer und konnte nicht lange stillsitzen. Nach etlichem Ringen um eine bequeme Haltung hatte er nun seine Waden um die Stuhlbeine geschlungen und die Arme über die Rückenlehne geworfen. Aber sein lebhaftes, leicht schwammiges Gesicht glühte vor Interesse, und die schläfrigen schokoladenbraunen Augen unter den schweren Lidern blickten wie gewohnt halb fragend, halb belustigt in die Runde. Auch wenn er weniger aufmerksam und konzentriert wirkte als Kate, entging ihm doch nichts. Er war zwanglos gekleidet, aber der legere Stil, den er mit seiner beigefarbenen Leinenhose und dem grünen Leinenhemd im teuren Knitterlook pflegte, entsprang ebenso bewusster Sorgfalt wie Kates eher konventionelles Outfit.

Robbins, adrett und förmlich wie ein Chauffeur, saß ganz entspannt am Tischende und erhob sich von Zeit zu Zeit, um frischen Kaffee zu brühen oder nachzuschenken.

Als Dalgliesh mit seinem Bericht zu Ende war, fragte Kate: »Wie wollen wir diesen Mörder nennen, Sir?«

An Stelle der allgemein gebräuchlichen Spitznamen suchte sich das Team zu Beginn seiner Ermittlungen jedes Mal einen individuellen Namen aus.

»Der biblische Kain wäre ebenso passend wie kurz, wenn auch kaum originell«, meinte Piers.

»Gut, nennen wir ihn Kain«, sagte Dalgliesh. »Und jetzt an die Arbeit! Ich brauche die Fingerabdrücke aller Personen, die letzte Nacht im Seminar waren, einschließlich der Gäste und des Personals in den Cottages. Mit denen des Archidiakons können wir warten, bis die Spurensicherung kommt, aber die übrigen solltet ihr unbedingt komplett haben, bevor wir mit den Vernehmungen beginnen. Als Nächstes müssen alle Kleidungsstücke, die die Anwesenden gestern getragen haben, untersucht werden, und das gilt auch für die Patres. Die braunen Kutten der Kandidaten habe ich bereits überprüft. Sie sind vollzählig vorhanden und scheinen sauber zu sein, aber schaut sie euch zur Sicherheit noch mal an!«

»Der Täter wird kaum in Kutte oder Soutane aufgetreten sein, warum auch?«, meinte Piers. »Falls er Crampton unter einem Vorwand in die Kirche gelockt hat, dann war der Archidiakon um diese Zeit sicher auf jemanden im Nachtzeug – in Schlafanzug oder Bademantel – gefasst. Der Schlag muss dann sehr rasch erfolgt sein, um den Moment auszunutzen, als Crampton sich dem ›Weltgericht‹ zuwandte. Da blieb vielleicht gerade noch Zeit, einen Pyjamaärmel hochzukrempeln. Eine schwere Kutte hätte den Täter nur unnötig behindert.

Natürlich könnte er auch nackt gewesen sein, unter einem Bademantel vielleicht, den er dann rasch abstreifte. Aber selbst dann müsste er verdammt schnell reagiert haben.«

»Die nicht besonders originelle Vermutung, dass der Täter nackt war, hat bereits der Pathologe geäußert«, warf Dalgliesh ein.

»Gar so verstiegen ist das nicht, Sir«, beharrte Piers. »Und warum hätte er sich Crampton überhaupt zeigen sollen? Er brauchte doch nichts weiter zu tun, als das Südportal zu entriegeln und das Tor angelehnt zu lassen. Dann schaltet er den Spot über dem ›Weltgericht‹ ein und versteckt sich hinter einer Säule. Crampton wundert sich vielleicht, dass ihn niemand erwartet, aber zu dem Bild geht er trotzdem, einmal angelockt durch das grelle Licht und dann, weil der Anrufer ihm wohl gesagt hat, dass und auch wie das Altargemälde geschändet wurde.«

»Hätte er nicht Pater Sebastian angerufen, bevor er mitten in der Nacht in die Kirche gegangen wäre?«, fragte Kate.

»Nicht, bevor er sich selbst überzeugt hatte, ob der Anrufer die Wahrheit sprach. Er hätte sich nicht zum Gespött machen wollen, indem er falschen Alarm auslöste. Aber ich frage mich, welchen Vorwand der Anrufer benutzte, um zu erklären, warum er sich zu dieser Stunde in der Kirche aufhielt. Einen dünnen Lichtstreifen vielleicht? Er wurde durch den Sturm geweckt, schaute hinaus, sah eine Gestalt in die Kirche huschen und schöpfte Verdacht? Aber wahrscheinlich wurde diese Frage gar nicht gestellt. Cramptons erster Gedanke, als er von der Schändung des Bildes hörte, war vermutlich, so rasch wie möglich in die Kirche zu gelangen.«

»Und selbst wenn Kain eine Kutte getragen hätte«, sagte Kate, »warum sollte er die zurückbringen, die Schlüssel zur Kirche aber behalten? Der fehlende Schlüsselbund ist das entscheidende Indiz. Der Mörder konnte nicht riskieren, dass man die Schlüssel bei ihm finden würde. Sie loszuwerden wäre ein Kinderspiel – man bräuchte sie nur irgendwo auf der Landzunge wegzuwerfen –, aber warum ist er nicht auf Nummer sicher gegangen und hat sie zurückgebracht, so dass niemand hätte Verdacht schöpfen können? Wenn er den Mumm hatte, sich ins Büro zu schleichen und sie zu entwenden, dann sollte man meinen, er hätte auch die Courage gehabt, zurückzugehen und sie wieder hinzuhängen.«

»Nicht, wenn er Blut an den Händen oder der Kleidung hatte«, wandte Piers ein.

»Aber warum sollte er? Das haben wir doch alles durchexerziert. Außerdem eilte es nicht, er hätte Zeit gehabt, in sein Quartier zurückzugehen und sich zu waschen. Sicher rechnete er nicht damit, dass die Leiche gefunden wurde, bevor man die Kirche fürs Morgengebet um Viertel nach sieben öffnete. Eins macht mich dabei allerdings stutzig.«

»Ja?«, fragte Dalgliesh.

»Spricht der Umstand, dass die Schlüssel nicht zurückgebracht wurden, nicht dafür, dass Kain von außerhalb kommt? Die Patres konnten sich schließlich alle mit gutem Grund zu jeder Tages- und Nachtzeit in der Kirche aufhalten. Für sie wäre es also auch nicht riskant gewesen, die Schlüssel zurückzubringen.«

»Sie vergessen, Kate«, sagte Dalgliesh, »dass die Patres sich die Kirchenschlüssel erst gar nicht zu leihen bräuchten. Sie haben alle ihre eigenen, und die habe ich überprüft. Jeder der vier trägt die Kirchenschlüssel an seinem Bund.«

»Aber einer von ihnen könnte trotzdem die Schlüssel aus dem Büro entwendet haben, um den Verdacht auf jemanden vom Personal, einen Studenten oder Gast zu lenken«, meinte Piers.

»Das ist eine Möglichkeit«, sagte Dalgliesh, »genau wie die, dass die Entstellung des ›Weltgerichts‹ nichts mit dem Tötungsdelikt zu tun hat. Der kindische Mutwille, der sich in diesen Schmierereien ausdrückt, passt nicht zu der Brutalität, mit der der Killer zu Werke ging. Aber das Rätselhafteste an diesem Mord ist überhaupt die Inszenierung am Tatort. Wenn jemand Crampton aus dem Weg räumen wollte, hätte er ihn nicht eigens in die Kirche zu locken brauchen. Keines der Gästeappartements hat ein Schloss an der Tür. Jeder im Seminar hätte in Cramptons Schlafzimmer spazieren und ihn in seinem Bett töten können. Selbst für einen Außenstehenden wäre das nicht besonders schwer gewesen, vorausgesetzt, er hätte sich mit der Anlage der Räumlichkeiten ausgekannt. Über ein schmiedeeisernes Tor zu klettern, dazu gehört nun wirklich nicht viel!«

»Aber unabhängig von den fehlenden Schlüsseln kann es kein Außenstehender gewesen sein«, sagte Kate. »Schließlich wissen wir, dass nach zehn Uhr abends kein Auto an dem vom Sturm herabgerissenen Ast vorbeigekommen wäre. Gut, Kain könnte zu Fuß gekommen und über das Hindernis auf der Straße hinweggeklettert sein, möglicherweise hat er auch den Umweg über den Strand gemacht. Aber leicht wäre das bei dem Unwetter letzte Nacht bestimmt nicht gewesen.«

Dalgliesh fasste zusammen: »Der Mörder wusste, wo die Schlüssel hingen, und er kannte den Code der Alarmanlage. Es sieht aus, als hätten wir's mit einem Insider zu tun, aber wir wollen uns nicht voreilig festlegen. Ich weise nur darauf hin, dass es viel schwerer gewesen wäre, den Mord gezielt jemandem aus St. Anselm in die Schuhe zu schieben, wenn man ihn an einem weniger spektakulären Tatort und vor allem nicht so grotesk inszeniert hätte. Denn ohne dieses makabre Arrangement wäre es immer noch denkbar, dass ein Fremder hier eingedrungen ist, ein Gelegenheitsdieb vielleicht, der herausbekommen hatte, dass die Türen im Seminar nie verschlossen sind, und der in Panik geriet und Crampton tötete, weil der Archidiakon im falschen Moment wach wurde. Keine sehr wahrscheinliche Variante, aber man sollte sie nicht ausschließen. Unser Mörder wollte nicht nur Crampton töten, er wollte das Verbrechen auch eindeutig St. Anselm zur Last legen. Und sobald wir den Grund dafür gefunden haben, werden wir den Fall lösen können.«

Sergeant Robbins hatte die ganze Zeit still unten am Tischende gesessen und sich Notizen gemacht. Zu seinen vielen Vorzügen gehörte es, dass er unauffällig zu arbeiten verstand und überdies stenografieren konnte, aber sein Gedächtnis war so genau und verlässlich, dass er kaum je auf seine Notizen zurückzugreifen brauchte. Obwohl mit Abstand der Jüngste, war er ein gleichberechtigtes Mitglied des Teams, und Kate hatte schon darauf gewartet, dass Dalgliesh ihn endlich in die Lagebesprechung einbeziehen würde. »Und, haben Sie auch eine Theorie, Sergeant?«, fragte er jetzt.

»Eigentlich nicht, Sir. Es handelt sich mit ziemlicher Sicherheit um die Tat eines Insiders, und es ist ganz im Sinne des Mörders, dass wir das herausgefunden haben. Ich frage mich allerdings, ob der blutverschmierte Altarleuchter nicht mit zu seiner Inszenierung gehört. Können wir wirklich mit Bestimmtheit sagen, dass das die Mordwaffe war? Es könnte doch sein, dass man den Leuchter erst vom Altar genommen und damit zugeschlagen hat, als Crampton bereits tot war. Die Obduktion wird nicht nachweisen können – jedenfalls nicht eindeutig –, ob der erste Schlag mit dem Leuchter geführt wurde, sondern nur, ob das Blut und die Gehirnreste, die an ihm klebten, von Crampton stammen.«

»Worauf willst du hinaus?«, fragte Piers. »Ist unser Knackpunkt nicht der Widerspruch zwischen einem offensichtlich vorsätzlich geplanten Mord und der unkontrollierten Wut des rasenden Angreifers?«

»Nehmen wir einmal an, es war kein vorsätzlicher Mord. Wir gehen davon aus, dass Crampton in die Kirche gelockt wurde, wahrscheinlich um ihm das geschändete Bild zu zeigen. Er wird erwartet. Es kommt zu einem hitzigen Wortwechsel. Kain verliert die Beherrschung und schlägt zu. Crampton stürzt zu Boden. Und als Kain merkt, dass der Archidiakon tot ist, sieht er eine Möglichkeit, seine Tat dem Seminar anzuhängen. Er nimmt die zwei Leuchter vom Altar, schlägt mit dem einen nochmals auf Crampton ein und arrangiert dann beide seinem Opfer zu Häupten.«

Kate sagte: »So könnte es gewesen sein, aber das würde bedeuten, dass Kain eine Waffe parat hatte, irgendetwas, das schwer genug war, um einen Schädel zu spalten.«

»Es könnte ein Hammer gewesen sein«, fuhr Robbins fort, »irgendein schweres Werkzeug oder ein Gartengerät. Angenommen, Kain sah gestern Nacht Licht in der Kirche, wollte nachschauen, was los sei, und bewaffnete sich mit dem Erstbesten, was er zur Hand hatte. Dann trifft er in der Kirche auf Crampton, sie geraten in einen heftigen Streit, und er schlägt zu.«

»Aber warum würde sich jemand nachts allein mit irgendeiner behelfsmäßigen Waffe in die Kirche wagen, statt zum Telefon zu greifen und die Leute im Haus zu alarmieren?«, wandte Kate ein.

»Möglicherweise wollte er lieber auf eigene Faust ermitteln, und vielleicht war er ja nicht allein. Vielleicht hatte er einen Komplizen.«

Eventuell eine Schwester, dachte Kate. Eine interessante Theorie.

Dalgliesh schwieg einen Moment, dann sagte er: »Auf uns vier wartet eine Menge Arbeit. Ich schlage vor, wir legen gleich los.« Er zögerte, unschlüssig, ob er aussprechen solle, was ihm im Kopf herumging. Crampton war ermordet worden, das stand zweifelsfrei fest, und er wollte die Ermittlungen nicht durch Spekulationen erschweren, die vielleicht gar nicht relevant waren für ihren Fall. Andererseits schien es ihm wichtig, dass sie auch seine weiter reichenden Vermutungen im Auge behielten.

»Ich denke«, sagte er endlich, »wir müssen diesen Mord im

Kontext zweier früherer Todesfälle sehen, nämlich dem von Treeves und Mrs. Munroe. Ich habe den vagen Verdacht – mehr kann ich bis jetzt noch nicht vorweisen –, dass da ein Zusammenhang besteht. Es mag nur eine spekulative Verbindung sein, aber ich glaube, sie existiert.«

Zunächst erntete er mit seiner Erklärung nur Schweigen. Dalgliesh spürte, wie überrascht die drei anderen waren. Dann sagte Piers: »Ich dachte, Sie hätten sich mehr oder weniger davon überzeugt, Sir, dass Treeves sich das Leben genommen hat. Falls er aber ermordet wurde, dann haben wir es wohl kaum mit zwei Mördern zu tun. Solche Zufälle gibt es nicht. Aber eigentlich können wir doch sicher sein, dass es sich entweder um Selbstmord oder um einen Unfall handelt? Nehmen Sie nur die Fakten, wie Sie sie uns dargelegt haben, Sir. Der Leichnam wurde zweihundert Meter vom einzigen Zugang zum Strand entfernt aufgefunden. Wäre ein schweres Stück Arbeit gewesen, ihn das ganze Stück zu tragen, und freiwillig wäre Treeves wohl kaum mit seinem Mörder mitgegangen. Außerdem war er gesund und kräftig. So jemanden kann man nicht einfach unter einem Zentner Sand begraben, den müsste man zuvor schon betäuben, betrunken machen oder k. o. schlagen. Nichts von alledem geschah mit Treeves. Und Sie sagten selbst, die Obduktion sei gründlich gewesen.«

Kate wandte sich direkt an Piers. »Okay, nehmen wir an, es war Selbstmord. Aber auch dafür muss es einen Grund geben. Was hat ihn dazu getrieben? Oder wer? Da könnte irgendwo ein Motiv stecken.«

»Aber doch nicht für den Mord an Crampton! Der war zu dem Zeitpunkt ja noch gar nicht in St. Anselm. Wir haben keinen Grund zu der Annahme, dass er und Treeves sich je getroffen haben.«

Kate ließ sich nicht beirren. »Mrs. Munroe erinnerte sich an etwas aus der Vergangenheit, das ihr sehr zu schaffen machte. Sie spricht mit der Person, die von dieser alten Sache betrof-

fen ist, und kurz darauf ist sie tot. Ich finde, sie starb zu einem
verdächtig günstigen Zeitpunkt.«
»Günstig für wen? Du lieber Himmel, die Frau hatte ein
schwaches Herz. Sie hätte jederzeit sterben können.«
Kate rekapitulierte: »Sie schrieb diesen Tagebucheintrag. Es
ging um etwas aus ihrer Erinnerung, etwas, das sie wusste.
Und sie umzubringen – eine ältere Frau mit Herzproble-
men –, das wäre ganz einfach gewesen, besonders, wenn sie
keinen Grund hatte, ihren Mörder zu fürchten.«
»Okay, sie wusste etwas«, räumte Piers ein. »Das heißt aber
noch lange nicht, dass es etwas Wichtiges gewesen sein muss.
Es könnte irgendeine kleine lässliche Sünde gewesen sein,
eine Bagatelle, die Pater Sebastian und seine Priester nicht
gutgeheißen hätten, aber an der niemand sonst Anstoß genommen hätte. Und jetzt ist die Frau eingeäschert, ihr Cottage ausgeräumt und die Beweise, falls es welche gab, sind ein
für alle Mal verloren. Aber an was sie sich auch erinnert haben
mag, es lag zwölf Jahre zurück! Wer würde wegen so einer
alten Geschichte einen Mord begehen?«
»Sie hat Treeves' Leiche gefunden, vergiss das nicht!«, sagte
Kate.
»Was hat das damit zu tun? Aus dem Tagebuch ergibt sich da
jedenfalls kein Zusammenhang. Und an die Sache aus ihrer
Vergangenheit erinnerte sie sich nicht angesichts der Leiche,
sondern als Surtees ihr ein paar Stangen Lauch aus seinem
Garten brachte. Das war der Moment, als Gegenwart und
Vergangenheit aufeinander trafen.«
»Lauch – Porree – Roué«, assoziierte Kate gedankenvoll.
»Könnte vielleicht ein Wortspiel dahinter stecken?«
»Großer Gott, Kate, was du dir da zusammenreimst, das ist ja
Agatha Christie pur!«, rief Piers. Und an Dalgliesh gewandt
fuhr er fort: »Sir, wollen Sie sagen, wir untersuchen eigentlich
zwei Morde? Den an Crampton und den an Mrs. Munroe?«
»Nein. Ich würde nicht auf einen bloßen Verdacht hin die

Ermittlungen in eine solche Richtung lenken wollen. Ich sage nur, dass da ein Zusammenhang bestehen könnte und dass wir diese Möglichkeit im Auge behalten sollten. Aber wir haben noch viel vor, also machen wir uns lieber an die Arbeit! Das Wichtigste sind erst einmal die Fingerabdrücke und die Befragung der Priester und Kandidaten. Das übernehmen Sie, Kate, zusammen mit Piers! Mit mir hatten die Patres und die Studenten schon oft genug das Vergnügen. Das Gleiche gilt für Surtees, also übernehmen Sie auch ihn und seine Schwester! Es kann nur von Vorteil sein, sie mit neuen Gesichtern zu konfrontieren. Im Übrigen werden wir mit unseren Befragungen nicht weit kommen, bis Inspektor Yarwood wieder vernehmungsfähig ist. Laut Auskunft des Krankenhauses dürfte er, wenn wir Glück haben, am Dienstag so weit sein.«

»Wenn er möglicherweise ein wichtiger Zeuge ist oder gar zu den Verdächtigen zählt«, sagte Piers, »sollte man ihn dann nicht unauffällig beobachten lassen?«

»Das ist bereits arrangiert«, sagte Dalgliesh. »Die Suffolker Kollegen helfen uns da aus. Yarwood war in der Mordnacht draußen. Er könnte sogar den Mörder gesehen haben. Schon darum habe ich ihn unter Polizeischutz stellen lassen.«

Von der Landzunge her erklang Motorengeräusch. Sergeant Robbins trat ans Fenster. »Mr. Clark und die Spurensicherung, Sir.«

Piers sah auf seine Uhr. »Nicht schlecht, aber sie wären schneller gewesen, wenn sie den ganzen Weg mit dem Wagen zurückgelegt hätten. Man verliert eine Menge Zeit, bis man aus Ipswich raus ist. Zum Glück scheint wenigstens der Zug pünktlich gewesen zu sein.«

Dalgliesh sagte zu Robbins: »Sagen Sie ihnen, sie sollen ihre Sachen hier reinbringen! Sie können sich oben in dem zweiten Schlafzimmer einrichten. Und wahrscheinlich hätten sie auch gern einen Kaffee, bevor sie anfangen.«

»Jawohl, Sir.«

Dalgliesh befand, die Kriminaltechniker könnten sich in der Kirche umziehen, natürlich in gebührendem Abstand zum unmittelbaren Tatort. Brian Clark, der Teamchef, der wie alle Clarks den Spitznamen Nobby trug, arbeitete zum ersten Mal mit Dalgliesh zusammen. Als Kollege war er mit seiner ruhig nüchternen, humorlosen Art nicht gerade eine Inspiration, aber er stand im Ruf, gründlich und zuverlässig zu sein, und wenn er sich zu einer Diskussion herbeiließ, hatten seine Beiträge stets Hand und Fuß. Wo es etwas zu finden gab, fand er es auch. Aber gegen Schwärmertum und Übereifer war er misstrauisch, und er pflegte gegebenenfalls selbst noch so wertvolle Hinweise mit dem lakonischen Satz zu kommentieren: »Nur die Ruhe, Jungs. Es ist bloß ein Handabdruck und nicht der Heilige Gral.« Außerdem glaubte er an das Prinzip der Arbeitsteilung. Seine Aufgabe war es, Beweise aufzuspüren, zu sammeln und zu konservieren, aber nicht, den Ermittlungsbeamten ihren Job streitig zu machen. Für Dalgliesh, der Teamwork förderte und stets aufgeschlossen war für die Ideen anderer, war Clarks reservierte, ja fast wortkarge Art nicht ideal.

Wie schon machmal wünschte er sich jetzt Charlie Ferris an seine Seite, den Kriminaltechniker, der ihm zugearbeitet hatte, als er die Berowne/Harry-Mack-Morde untersuchte. Auch die waren in einer Kirche verübt worden. Er sah Ferris noch genau vor sich – klein, rotblond, mit spitzem Gesicht, geschmeidig wie ein Windhund und immer tänzelnd wie ein Sprinter, der begierig auf den Startschuss lauert. Und auch an die ausgefallene Arbeitskluft, die sich »das Frettchen« ausgedacht hatte, erinnerte er sich: an die superknappen weißen Shorts, das kurzärmelige Sweatshirt und die eng anliegende Plastikkappe, mit der er aussah wie ein Schwimmer, der vergessen hat, sein Unterzeug auszuziehen. Aber »das Frettchen« hatte den Dienst quittiert und führte jetzt einen Pub in einem Dorf in Somerset, wo sein volltönender Bass, der so gar nicht zu seiner schmächtigen Statur passen wollte, den Kirchenchor verstärkte.

Erst der neue Pathologe, nun ein anderes Team von Kriminaltechnikern, und bald würden auch deren Namen sich ändern. Vermutlich konnte er froh sein, dass ihm Kate Miskin über all die Jahre geblieben war. Aber jetzt war nicht die Zeit, sich über Kates Arbeitsmoral Gedanken zu machen oder über ihre eventuellen Zukunftspläne. Vielleicht, dachte Dalgliesh, lag es am zunehmenden Alter, dass er sich nicht mehr so leicht an Wechsel und Veränderungen gewöhnen konnte.

Immerhin war wenigstens der Fotograf ein alter Bekannter. Barney Parker, der inzwischen im Rentenalter war und auf Teilzeitbasis arbeitete, war klein und drahtig, ein redseliger, flotter Kerl, der sich in all den Jahren, seit Dalgliesh ihn kannte, kein bisschen verändert hatte. Nebenher arbeitete Barney noch als Hochzeitsfotograf, und vielleicht empfand er ja den Umgang mit dem Weichzeichner zwecks Verschönerung der Bräute als wohltuende Abwechslung von der kompromisslosen Härte der Polizeiarbeit. Tatsächlich offenbarte er auch am Tatort etwas von der irritierenden Aufdringlichkeit eines Hochzeitsfotografen, wenn er immerfort so hektisch herumwuselte, als müsse er sich vergewissern, ob nicht noch andere Leichen seiner Linse harrten. Dalgliesh hätte sich auch nicht gewundert, wenn er ihn und seine Leute für ein Familienfoto zusammengetrommelt hätte. Aber Barney war ein ausgezeichneter Fotograf, an dessen Arbeit es nichts auszusetzen gab.

Dalgliesh brachte die Männer zur Kirche und führte sie durch die Sakristei zu der Stelle, an der Crampton ermordet worden war. Schweigend, wenn auch, wie Dalgliesh meinte, nicht aus Pietät gegenüber dem sakralen Ort, wechselten sie in einer Bank unweit des Südportals die Kleider und sahen, als sie in ihren weißen Baumwolloveralls samt Kapuzen wieder hervortraten, aus wie ein kleiner Trupp von Astronauten. Nobby

Clark, der dem Commander zurück in die Sakristei folgte, fehlten zu der Overallkapuze, die sich um sein Gesicht bauschte, und den leicht vorstehenden Schneidezähnen nur noch ein paar lange Ohren, und er hätte als missgelauntes Riesenkaninchen durchgehen können.

»Der Mörder«, sagte Dalgliesh, »ist sehr wahrscheinlich vom Nordflügel des Kreuzgangs durch die Sakristei hereingekommen. Das heißt, wir müssen den Boden des Kreuzgangs auf Fußabdrücke untersuchen, auch wenn ihr unter dieser dicken Blätterschicht vermutlich kaum verwertbare Spuren finden werdet. Die Tür hat weder Klinke noch Knauf, aber fast alle hier Ansässigen dürften brauchbare Fingerabdrücke auf dem Holz hinterlassen haben.«

Als sie wieder das Kirchenschiff betraten, fuhr der Commander fort: »Vielleicht findet ihr auch Fingerspuren auf dem ›Weltgericht‹ und an der Wand neben dem Bild, aber der Täter müsste schon sträflich leichtsinnig gewesen sein, wenn er keine Handschuhe getragen hat. An dem Leuchter hier rechts kleben Blut und Haare, doch Fingerabdrücke wären auch da ein ausgesprochener Glücksfall. Interessant wird's hier drüben.« Er führte Clark den Mittelgang hinauf zum Kirchherrengestühl. »Dort hat sich jemand unter dem Sitz versteckt. Sie erkennen das an der verwischten Staubschicht. Ich weiß nicht, ob Sie am Holz Fingerspuren finden werden, aber es wäre einen Versuch wert.«

»Geht in Ordnung, Sir«, sagte Clark. »Aber wie steht's mit dem Mittagessen für mein Team? Ein Pub scheint's hier in der Nähe nicht zu geben, und ich will die Arbeit nicht unnötig unterbrechen, sondern so lange wie möglich das Tageslicht ausnutzen.«

»Das Seminar versorgt uns mit Sandwiches. Robbins kümmert sich um Schlafgelegenheiten für heute Nacht, und morgen sehen wir weiter.«

»Ich denke, ich werde mehr als zwei Tage brauchen, Sir.

Schon wegen dieser Laubberge im Nordflügel. Die müssen alle durchgesiebt und untersucht werden.«

Dalgliesh bezweifelte, dass Clarks Leute an dieser stumpfsinnigen Kleinarbeit Gefallen finden würden, aber er wollte Nobby auch nicht in seiner detailfixierten Gründlichkeit entmutigen. Also richtete er noch ein paar abschließende Worte an seine Teamkollegen und überließ sie ihren Pflichten.

10

Bevor man mit den Einzelvernehmungen begann, mussten also Kate und Piers von allen Bewohnern St. Anselms die Fingerabdrücke registrieren. Beide wussten, dass Dalgliesh Wert darauf legte, Frauen erkennungsdienstlich von Beamtinnen behandeln zu lassen. Bevor sie an die Arbeit gingen, sagte Piers: »Ich hab' das schon lange nicht mehr gemacht. Am besten übernimmst du wie üblich die Frauen. Auch wenn ich so viel Rücksichtnahme überflüssig finde. Man könnte glatt meinen, es gehe um eine Art von Vergewaltigung.«

Kate war schon mit den Vorbereitungen beschäftigt. »So kann man es auch sehen«, sagte sie. »Schuldig oder nicht, ich fände es widerlich, wenn irgendein Polizist meine Finger schwärzen und betatschen würde.«

»Von betatschen kann wohl kaum die Rede sein. Tja, sieht aus, als hätten wir ein volles Wartezimmer. Bis auf die Patres sind alle da. Mit wem fangen wir an?«

»Am besten mit A wie Arbuthnot.«

Kate interessierte sich für die unterschiedlichen Reaktionen der Verdächtigen, die während der kommenden Stunden mal mehr, mal weniger verzagt in der Einsatzzentrale vorstellig wurden. Der Rektor, der mit seinen Patres eintraf, gab sich verbissen kooperativ, konnte sich indes eine angewiderte Grimasse nicht verkneifen, als Piers seine Finger zum Reinigen in Seifenwasser tauchte und anschließend mit festem Griff auf dem Stempelkissen abrollte. »Das kann ich gewiss auch selber machen«, sagte er.

Piers blieb ungerührt. »Tut mir Leid, Sir, aber es kommt darauf an, einen guten Abdruck von den Fingerkuppen zu bekommen. Und dazu braucht man Erfahrung.«

Pater John sprach während der ganzen Prozedur, die er mit geschlossenen Augen über sich ergehen ließ, kein Wort, aber sein Gesicht war totenbleich, und Kate sah, dass er zitterte. Pater Martin bekundete unverhohlenes Interesse und blickte mit fast kindlichem Staunen auf das komplizierte Muster aus Kreisen und Bögen, das seine unverwechselbare Identität dokumentierte. Pater Peregrine, der angestrengt zur Bibliothek hinüberblinzelte, in die er so rasch wie möglich zurückwollte, schien kaum wahrzunehmen, was geschah. Erst der Anblick seiner farbbeschmierten Finger provozierte ihn zu der bärbeißigen Feststellung, er hoffe, das Zeug lasse sich leicht abwaschen, und die Kandidaten sollten gefälligst dafür Sorge tragen, dass ihre Hände gründlich sauber waren, bevor sie sich in die Bibliothek wagten. Er werde eine entsprechende Anordnung am schwarzen Brett aushängen.

Von den Studenten, den Gästen und dem Personal machte niemand Schwierigkeiten; einzig Stannard kam mit dem Vorsatz, gegen diesen groben Eingriff in seine Freiheitsrechte zu protestieren. »Ich nehme an, Sie sind bevollmächtigt, uns dieser Prozedur zu unterziehen?«

»Ja, Sir«, sagte Piers ruhig, »mit Ihrer Einwilligung und nach den Bestimmungen des Strafgesetzbuchs. Ich nehme an, Sie kennen die einschlägigen Paragrafen.«

»Und wenn ich nicht einverstanden wäre, könnten Sie mich bestimmt mit irgendeinem Gerichtsbeschluss austricksen. Aber sobald Sie jemanden festgenommen haben – falls Sie je so weit kommen – und meine Unschuld erwiesen ist, werden meine Fingerabdrücke angeblich vernichtet. Wie kann ich sicher sein, dass das auch wirklich geschieht?«

»Wenn Sie ein entsprechendes Gesuch stellen, haben Sie das Recht, der Aktion beizuwohnen.«

»Das werde ich«, sagte Stannard, als Piers seine Finger auf das Stempelkissen drückte. »Darauf können Sie Gift nehmen!«

Inzwischen waren alle abgefertigt, und Emma Lavenham hatte als Letzte das Büro verlassen. »Was, glaubst du, hält AD von ihr?«, fragte Kate so betont beiläufig, dass es ihr selbst unnatürlich vorkam.

»Als heterosexueller Mann und Dichter denkt er das Gleiche, was jeder Hetero und Dichter denkt, wenn er einer schönen Frau begegnet. Er möchte mit ihr ins nächstbeste Bett steigen.«

»Also komm, musst du gleich so ordinär werden? Könnt ihr Kerle denn bei einer Frau an nichts anderes denken?«

»Und du bist ganz schön prüde, Kate. Du hast mich gefragt, was er denkt, nicht was er tun würde. AD hat seine Instinkte fest unter Kontrolle, das ist ja gerade sein Problem. Aber die Lavenham ist hier so was wie ein weißer Rabe, oder? Warum, glaubst du, hat Pater Sebastian sie hergeholt? Damit die Studenten die Versuchung des Fleisches zu bekämpfen lernen? Man sollte meinen, dafür wäre in so einem Laden ein hübscher Jüngling der bessere Köder. Obwohl mir die vier Studis, die wir bis jetzt kennen gelernt haben, enttäuschenderweise arg hetero vorkamen.«

»Und du hast da natürlich 'nen Riecher dafür.«

»Hättest du an meiner Stelle auch. Aber apropos Schönheit – was hältst du denn von dem Adonis Raphael?«

»Der Name passt fast zu gut zu ihm, findest du nicht? Ich frage mich, ob er genauso aussehen würde, wenn man ihn Albert getauft hätte. Der Junge ist einfach zu schön, und das weiß er auch.«

»Und? Stehst du auf ihn?«

»Nein, und auf dich auch nicht. Aber jetzt komm, die Vernehmungen warten! Mit wem wollen wir anfangen? Pater Sebastian?«

»Was denn? Gleich ganz oben?«

»Warum nicht? Und später will AD mich dabeihaben, wenn er Arbuthnot verhört.«

»Wer übernimmt beim Rektor die Führung?«

»Ich. Zumindest am Anfang.«

»Du meinst, er wird einer Frau gegenüber offener reden? Tja, vielleicht hast du Recht, aber drauf wetten würde ich nicht. Diese Priester sind an den Beichtstuhl gewöhnt und haben gelernt, Geheimnisse zu bewahren, einschließlich ihrer eigenen.«

11

Pater Sebastian hatte gesagt: »Gewiss werden Sie Mrs. Crampton sprechen wollen, bevor sie uns wieder verlässt. Ich lasse Sie benachrichtigen, wenn die Dame so weit ist. Ach, und wenn sie den Wunsch haben sollte, die Kirche zu besuchen, dann ist das in ihrem Fall doch wohl gestattet?«

Dalgliesh gab seine Erlaubnis, fragte sich aber im Stillen, ob Pater Sebastian davon ausging, dass er Mrs. Crampton begleiten würde, sollte sie den Ort sehen wollen, an dem ihr Mann gestorben war. Dalgliesh hatte andre Pläne, fand aber, dass jetzt nicht der Zeitpunkt sei, über derlei zu streiten; vielleicht wollte Mrs. Crampton ja gar nicht in die Kirche. Wie auch immer, entscheidend war, dass er überhaupt mit ihr sprechen konnte.

Die Nachricht, dass Mrs. Crampton bereit sei, ihn zu empfangen, wurde ihm von Stephen Morby überbracht, den Pater Sebastian neuerdings ständig als Boten einsetzte. Dalgliesh war zuvor schon aufgefallen, wie ungern Morell das Telefon benutzte.

Als er das Rektoratsbüro betrat, erhob sich Mrs. Crampton, maß ihn mit festem Blick und kam ihm mit ausgestreckter Hand entgegen. Sie war jünger, als Dalgliesh erwartet hatte. Sie hatte eine wohlgeformte Taille und einen üppigen Busen; ihr angenehm offenes Gesicht war ungeschminkt. Das kurze, mittelbraune Haar schimmerte gepflegt und verriet einen teuren Schnitt, der so perfekt saß, dass man fast hätte glauben können, sie komme direkt vom Friseur, wäre die Vorstellung nicht zu makaber gewesen. Sie trug ein blau-beige gemustertes Tweedkostüm mit einer großen Kamee am Revers, ein offensichtlich modisches Schmuckstück, das nicht recht zu dem ländlichen Tweed passen wollte. Dalgliesh fragte sich, ob die Brosche ein Geschenk ihres Mannes war, das sie heute als Zeichen der Treue oder als trotziges Fanal gegen St. Anselm angesteckt hatte. Über einer Stuhllehne hing ein kurzer Reisemantel. Sie wirkte ganz gefasst; ihr Händedruck war kühl, aber fest.

Kurz und förmlich stellte Pater Sebastian sie einander vor. Dalgliesh murmelte die üblichen Beileidsbekundungen, Worte, die er schon wer weiß wie oft zu Angehörigen eines Mordopfers gesprochen hatte und die in seinen Ohren immer unaufrichtig klangen.

Pater Sebastian sagte: »Mrs. Crampton würde gern die Kirche besuchen und hat darum gebeten, dass Sie sie begleiten, Commander. Falls Sie mich brauchen, ich bin hier.«

Vom Südflügel des Kreuzgangs kommend, machten sie sich auf den Weg zur Kirche. Den Leichnam des Archidiakons hatte man inzwischen weggeschafft, aber die Kriminaltechniker waren noch mit der Spurensicherung befasst. Einer aus Clarks Team sichtete gerade das Laub im Nordflügel des Kreuzgangs und untersuchte sorgfältig Blatt für Blatt. Einen schmalen Pfad zur Sakristei hatte er bereits freigelegt.

Es war eisig kalt in der Kirche, und Dalgliesh merkte, dass

seine Begleiterin fröstelte. »Soll ich Ihnen Ihren Mantel holen?«, fragte er.

»Nein, danke, Commander, es geht schon.«

Dalgliesh führte sie vor das »Weltgericht«. Er brauchte ihr nicht zu sagen, dass dies der Tatort war, denn die Fliesen waren noch mit dem Blut ihres Mannes befleckt. Unbefangen, wenn auch ein wenig steif kniete sie nieder. Um sie nicht zu stören, wandte Dalgliesh sich ab und schritt langsam durch den Mittelgang.

Wenige Minuten später trat sie neben ihn. »Wollen wir uns einen Moment setzen?«, fragte sie. »Ich nehme an, Sie haben ein paar Fragen an mich.«

»Die könnte ich Ihnen aber auch in Pater Sebastians Büro stellen oder in unserer Einsatzzentrale, wenn Ihnen das angenehmer wäre.«

»Danke, ich bleibe lieber hier.«

Die beiden Kriminaltechniker hatten sich taktvoll in die Sakristei zurückgezogen. Nach kurzem Schweigen fragte sie: »Wie ist mein Mann gestorben, Commander? Pater Sebastian schien sich darüber nicht äußern zu wollen.«

»Die genauen Umstände sind Pater Sebastian nicht mitgeteilt worden, Mrs. Crampton.«

Was natürlich nicht ausschloss, dass er sie trotzdem kannte, und Dalgliesh fragte sich im Stillen, ob auch sie auf diese Möglichkeit gekommen war. Laut sagte er: »Um den Erfolg der Ermittlungen nicht zu gefährden, müssen wir die Details vorläufig geheim halten.«

»Das verstehe ich, Commander. Ich werde nichts weitersagen.«

»Der Archidiakon«, begann Dalgliesh behutsam, »wurde durch einen Schlag auf den Kopf getötet. Es dürfte sehr rasch gegangen sein. Ich glaube nicht, dass er leiden musste. Vielleicht blieb ihm nicht einmal Zeit, Furcht oder Schock zu empfinden.«

»Ich danke Ihnen, Commander.«

Und wieder verstummten sie. Aber es war ein seltsam trauliches Schweigen, so dass Dalgliesh keine Eile hatte, es zu brechen. Selbst in ihrem Schmerz, den sie sehr gefasst trug, war es wohltuend, mit ihr zusammen zu sein. Hatte der Archidiakon sich deshalb zu ihr hingezogen gefühlt? Das Schweigen dauerte an. Als er verstohlen zu ihr hinüberblickte, sah Dalgliesh auf ihrer Wange eine Träne schimmern. Sie hob die Hand, um sie fortzuwischen, doch als sie sprach, klang ihre Stimme ruhig und fest.

»Mein Mann war hier nicht gern gesehen, Commander, trotzdem weiß ich, dass es niemand aus St. Anselm war, der ihn getötet hat. Ich weigere mich zu glauben, dass ein Mitglied einer christlichen Gemeinschaft zu einem solchen Verbrechen fähig wäre.«

»Dazu habe ich gleich eine Frage, Mrs. Crampton«, sagte Dalgliesh. »Hatte Ihr Mann Feinde? Wüssten Sie jemanden, der ihm hätte schaden wollen?«

»Nein. In seiner Gemeinde war er hoch geachtet, man könnte sogar sagen, er wurde geliebt, auch wenn er dieses Wort nicht benutzt hätte. Er war ein guter, mitfühlender und pflichtbewusster Pfarrer, und wenn es um seine Gemeinde ging, hat er sich nie geschont. Ich weiß nicht, ob man Ihnen erzählt hat, dass er Witwer war, als wir geheiratet haben. Seine erste Frau hat sich das Leben genommen. Sie war sehr schön, aber leider ernsthaft gestört, und er hat sie über alles geliebt. Ihr tragischer Tod war ein schwerer Schlag für ihn. Doch er hat ihn überwunden und lernte allmählich wieder glücklich zu sein. Wir waren glücklich zusammen, Commander. Wie grausam, dass all seine Hoffnungen nun so zunichte gemacht wurden.«

»Sie sagten, er war in St. Anselm nicht gern gesehen«, erwiderte Dalgliesh. »Hatte das mit theologischen Differenzen zu tun, oder lagen die Gründe woanders? Hat er mit Ihnen über seinen Besuch hier gesprochen?«

»Er hat alles mit mir besprochen, Commander, alles, was er nicht in seiner Eigenschaft als Priester vertraulich behandeln musste. Mein Mann war der Ansicht, St. Anselm habe sich überlebt. Und mit der Auffassung stand er nicht allein. Ich glaube, sogar Pater Sebastian weiß, dass sein Seminar zu einem Anachronismus geworden ist und sich nicht mehr lange halten kann. Natürlich gab es darüber hinaus auch Meinungsverschiedenheiten in kirchlichen Fragen, was den Dialog nicht gerade erleichterte. Und dann war da noch die Geschichte mit Pater John Betterton, von der Sie sicher schon gehört haben.«

»Ich hatte den Eindruck«, sagte Dalgliesh vorsichtig, »dass es da ein Problem gibt, aber ich weiß nichts Konkretes.«

»Ach, es ist eine alte und ziemlich tragische Geschichte. Vor etlichen Jahren kam Pater Betterton wegen sexueller Verfehlungen gegenüber ein paar von seinen Chorknaben vor Gericht und wurde zu einer Gefängnisstrafe verurteilt. Mein Mann lieferte einen Teil der Beweise und sagte vor Gericht als Belastungszeuge gegen ihn aus. Wir waren damals noch nicht verheiratet – es war kurz nach dem Tod seiner ersten Frau –, aber ich weiß, dass ihn der Prozess sehr mitgenommen hat. Er tat nur, was er für seine Pflicht hielt, trotzdem hat er sehr darunter gelitten.«

Dalgliesh dachte im Stillen, dass Pater John weit mehr hatte leiden müssen. Laut sagte er: »Hat Ihr Mann, bevor er diesmal nach St. Anselm fuhr, irgendetwas gesagt, das darauf schließen ließ, dass er sich vielleicht hier mit jemandem treffen wollte oder dass er Grund zu der Annahme hatte, dieser Besuch würde besonders problematisch werden?«

»Nein, nichts dergleichen. Und ich bin sicher, dass außer mit den hiesigen Patres keinerlei Treffen vereinbart waren. Er freute sich nicht gerade auf das Wochenende, aber er hatte auch keine Angst davor.«

»Und hat er sich bei Ihnen gemeldet, seit er gestern hier eintraf?«

»Nein, er hat nicht angerufen, aber damit hatte ich auch nicht gerechnet. Der einzige Anruf, den ich außer ein paar Anfragen aus der Gemeinde erhielt, kam vom Diözesanbüro. Dort hatten sie offenbar die Handynummer meines Mannes verschlampt, und jemand brauchte sie für seine Unterlagen.«

»Wann kam dieser Anruf?«

»Ziemlich spät. Ich habe mich noch darüber gewundert, weil es bestimmt lange nach Büroschluss war. Warten Sie ... ja, es war kurz vor halb zehn.«

»Haben Sie länger mit dem Anrufer gesprochen? War es ein Mann oder eine Frau?«

»Es klang wie eine Männerstimme. Ja, ich dachte, es sei ein Mann, obwohl ich's nicht beschwören könnte. Nein, gesprochen habe ich eigentlich nicht mit ihm, außer, dass ich ihm die Nummer durchgab. Darauf sagte er nur danke und legte gleich auf.«

Natürlich, dachte Dalgliesh. Dieser Anrufer hatte kein Wort mehr sagen wollen als nötig. Alles, was er brauchte, war die Nummer, die er sich auf keinem anderen Weg beschaffen konnte, die Nummer, die er noch in derselben Nacht von der Kirche aus anwählte, um den Archidiakon in den Tod zu locken. War dies nicht die Antwort auf eine der entscheidenden Fragen des Falles: Wenn man Crampton durch einen Anruf auf seinem Mobiltelefon in die Kirche gelockt hatte, wie war der Anrufer an die Nummer gekommen? Es würde nicht schwer sein, den Anruf um halb zehn zurückzuverfolgen, und das Ergebnis könnte jemanden in St. Anselm schwer belasten. Gleichwohl stand Dalgliesh vor einem Rätsel: Der Mörder war nicht dumm. Und sein Verbrechen hatte er sorgfältig geplant. Hätte Kain nicht damit rechnen müssen, dass er, Dalgliesh, auch mit Mrs. Crampton sprechen würde? Und mit der Möglichkeit, mehr noch: der hohen Wahrscheinlichkeit, dass er dabei von dem Anruf im Pfarrhaus erfuhr? Dalgliesh stutzte. Konnte es sein, dass der Mörder genau das beabsichtigt hatte?

12

Nachdem sie in St. Matthew ihre Fingerabdrücke hatte registrieren lassen, holte Emma einige Unterlagen, die sie benötigte, aus ihrem Gästeappartement. Sie wollte sich gerade auf den Weg zur Bibliothek machen, als sie hinter sich rasche Schritte hörte. Gleich darauf hatte Raphael sie eingeholt.

»Ich möchte Sie etwas fragen«, sagte er. »Hätten Sie jetzt Zeit?«

Wenn's nicht zu lange dauert, wollte Emma sagen, aber nach einem Blick in sein Gesicht verkniff sie sich diese Antwort. Sie wusste nicht, ob er Trost suchte; auf alle Fälle sah er so aus, als ob er welchen brauchen könnte. Also sagte sie: »Ich hätte schon Zeit, aber haben Sie jetzt nicht Tutorenkurs bei Pater Peregrine?«

»Der ist verschoben worden. Die Polizei hat nach mir geschickt. Ich bin gerade auf dem Weg in die Höhle des Löwen. Deshalb wollte ich mit Ihnen sprechen. Sie wären wohl nicht bereit, Dalgliesh zu sagen, dass wir letzte Nacht zusammen waren? Die Zeit nach elf ist entscheidend. Bis dahin habe ich ein halbwegs brauchbares Alibi.«

»Dass wir wo zusammen waren?«

»Na, bei Ihnen oder bei mir. Also, was ich Sie fragen wollte, ist, ob Sie aussagen würden, dass wir letzte Nacht miteinander geschlafen haben.«

Emma blieb abrupt stehen und sah ihn an. »Nein, das würde ich nicht! Ich bitte Sie, Raphael, wie kommen Sie nur auf so eine verrückte Idee?«

»Aber es zu *tun* wäre nicht verrückt, oder?«

Sie beschleunigte ihre Schritte, aber er ließ sich nicht abschütteln. »Hören Sie, Raphael, ich liebe Sie nicht, und ich bin auch nicht in Sie verliebt.«

»Wie schön Sie das unterscheiden«, warf er ein. »Aber Sie

könnten es sich eventuell vorstellen? Der Gedanke wäre Ihnen vielleicht nicht zuwider?«

Emma wandte sich ihm zu. »Raphael, wenn ich letzte Nacht mit Ihnen geschlafen hätte, dann würde ich mich nicht schämen, es zuzugeben. Aber ich hab's nicht getan, ich werde es nicht tun, und ich lüge nicht. Ganz abgesehen von der moralischen Seite wäre das töricht und obendrein gefährlich. Glauben Sie wirklich, Adam Dalgliesh würde darauf hereinfallen? Selbst wenn ich eine gute Lügnerin wäre – was ich nicht bin –, würde er die Sache durchschauen. Das ist schließlich sein Beruf. Sie wollen doch nicht, dass er denkt, Sie hätten den Archidiakon getötet?«

»Das glaubt er wahrscheinlich sowieso. Mein Alibi ist nicht viel wert. Ich war bei Peter auf der Krankenstation, damit der das Unwetter nicht allein durchstehen musste, aber er ist noch vor Mitternacht eingeschlafen, so dass ich mich leicht hätte hinausschleichen können. Und Dalgliesh wird vermutlich gerne glauben, dass es so war.«

»Angenommen, er verdächtigt Sie wirklich – was ich bezweifle«, sagte Emma, »dann wird er Sie erst recht für schuldig halten, wenn Sie sich ein falsches Alibi zurechtzimmern. So was sieht Ihnen gar nicht ähnlich, Raphael. Es ist dumm, erbärmlich und beschämend für uns beide. Also, warum?«

»Vielleicht wollte ich einfach mal hören, was Sie prinzipiell von der Idee halten.«

»Man schläft aber nicht prinzipiell miteinander, sondern in natura.«

»Und das würde wiederum Pater Sebastian nicht gefallen.«

Er hatte einen lässig ironischen Ton anschlagen wollen, aber die Bitterkeit, die in seiner Stimme mitschwang, war Emma nicht entgangen.

»Natürlich wäre ihm das nicht recht«, sagte sie. »Sie gehören zu seinen Kandidaten, und ich bin Gast hier. Selbst wenn ich mit Ihnen schlafen wollte – was nicht der Fall ist –, wäre es ein Verstoß gegen den Kodex des Hauses.«

Darüber musste er lachen, doch es klang grell und hart. »Der Kodex des Hauses!«, wiederholte er spöttisch. »Ja, vermutlich ist das ein Argument. Auf jeden Fall ist es das erste Mal, dass man mich mit dieser Ausrede abblitzen lässt. Die Etikette der Sexualmoral – vermutlich sollten wir im Ethikunterricht ein Seminar dazu ansetzen.«

Ohne auf seinen Sarkasmus einzugehen, fragte sie noch einmal: »Aber warum, Raphael? Sie müssen doch gewusst haben, wie meine Antwort ausfallen würde.«

»Ich dachte halt, wenn ich Sie dazu bringen könnte, dass Sie mich mögen – oder vielleicht sogar ein bisschen lieb haben –, dann steckte ich nicht mehr in einer so verfahrenen Situation. Und alles würde gut werden.«

»Aber nein«, sagte sie, und es klang schon viel freundlicher. »Wenn wir wirklich in einer verfahrenen Situation stecken, dann dürfen wir nicht erwarten, dass durch die Liebe unser Leben wieder in Ordnung kommt.«

»Aber das erhofft sich doch jeder.«

Schweigend blieben sie vor dem Eingang zur Bibliothek stehen. Als Emma sich umdrehte und hineingehen wollte, griff Raphael plötzlich nach ihrer Hand, beugte sich nieder und küsste sie auf die Wange. »Es tut mir Leid, Emma«, sagte er. »Ich weiß ja, dass es nicht funktionieren konnte. Es war halt nur ein Traum. Bitte verzeihen Sie mir!«

Damit machte er kehrt, und sie sah ihm nach, bis er am Ende des Kreuzgangs hinter dem schmiedeeisernen Tor verschwand. Traurig und verwirrt betrat sie die Bibliothek. Hätte sie mehr Anteilnahme, mehr Verständnis zeigen müssen? Suchte er jemanden, dem er sich anvertrauen konnte, und hätte sie ihn ermuntern sollen? Aber wenn er in Schwierigkeiten steckte – und es sah ganz danach aus –, was würde es ihm dann helfen, bei ihr oder jemand anderem Halt zu suchen? Bloß, hatte sie bei

Giles nicht genau den gleichen Fehler gemacht? Hatte nicht auch sie, allen Liebessehnens und Verlangens ebenso müde wie der ewigen Eifersüchteleien und Rivalitäten, geglaubt, Giles mit seinem Prestige, seiner Persönlichkeit, seiner Intelligenz würde ihr zumindest die Fassade einer Partnerschaft bieten, in deren Schutz sie sich ungestört dem Teil ihres Lebens widmen könnte, der ihr am meisten bedeutete – ihrer Arbeit? Jetzt wusste sie, dass sie einen Fehler begangen hatte. Nein, schlimmer noch: Das Ganze war ein Irrtum. Wenn sie wieder in Cambridge war, würde sie reinen Tisch machen. Es würde keine harmonische Trennung werden – Giles war es nicht gewohnt, dass man ihm den Laufpass gab –, aber darüber wollte sie jetzt nicht weiter nachdenken. Schließlich war das künftige Trauma nichts im Vergleich zu der Tragödie von St. Anselm, in die auch sie sich unweigerlich verstrickt sah.

13

Kurz vor zwölf rief der Rektor Pater Martin an, der in der Bibliothek saß, um Referate zu korrigieren, und bat ihn um eine kurze Unterredung. Pater Sebastian, der sonst so ungern telefonierte, hatte seinem Amtsvorgänger gegenüber diesbezüglich von Anfang an eine Ausnahme gemacht und Pater Martin nie durch einen Kandidaten oder ein Mitglied des Kollegiums zu sich rufen lassen. Die neue und grundlegend veränderte Führungsstrategie sollte nicht unter taktlosem Hierarchiegebaren leiden. Für die meisten anderen Seminarleiter hätte es ein Fiasko bedeutet, wäre der ehemalige Rektor weiterhin dort wohnen geblieben und hätte obendrein als Teilzeitkraft im Lehrbetrieb mitgewirkt. Es war bewährte Tradition, dass der scheidende Rektor nicht nur mit Würde und Haltung zurücktrat, sondern sich auch einen Alterssitz suchte, der möglichst weit von der Stätte seines einstigen

Wirkens entfernt lag. Doch die mit Pater Martin getroffene Sonderregelung, die ursprünglich nur so lange gelten sollte, bis für den unerwartet ausgeschiedenen Pastoraltheologen Ersatz geschaffen war, hatte sich so gut bewährt, dass sie in wechselseitigem Einverständnis und zur Zufriedenheit beider Parteien beibehalten wurde. Pater Sebastian hatte keinerlei Hemmungen, im Kirchengestühl den Platz seines Vorgängers einzunehmen, sein Büro umzumodeln, im Refektorium statt seiner am Kopfende der Tafel zu sitzen und im Seminar seine planmäßig eingeführten Neuerungen durchzusetzen. Lauter Maßnahmen, die Pater Martin ihm keineswegs übel nahm, sondern ein wenig amüsiert, aber durchaus verständnisvoll beobachtete. Pater Sebastian wäre es umgekehrt nie in den Sinn gekommen, dass ein Vorgänger seine Autorität oder die von ihm propagierten Neuerungen gefährden könne. Er zog Pater Martin weder ins Vertrauen, noch ließ er sich von ihm beraten. Wenn er sich über organisatorische Details informieren wollte, tat er dies anhand der Akten oder über seine Sekretärin. Bei seinem ausgeprägten Selbstbewusstsein hätte er vermutlich sogar den Erzbischof von Canterbury ohne Schwierigkeit in untergeordneter Stellung in seinem Kollegium beschäftigen können.

Das Verhältnis zwischen ihm und Pater Martin war auf Respekt und Vertrauen gegründet, in das sich, von Seiten Pater Martins, auch Zuneigung mischte. Da es ihm während seiner eigenen Amtszeit immer schwer gefallen war, sich tatsächlich als Rektor von St. Anselm zu fühlen, akzeptierte er seinen souveränen Nachfolger wohlwollend und nicht ohne Erleichterung. Und wenn er sich auch bisweilen mit leiser Wehmut nach einem herzlicheren Kontakt sehnte – ernsthaft vorstellen konnte er sich eine solche Annäherung nicht. Doch als er heute in seinem gewohnten Sessel am Kamin Platz genommen hatte und zusah, wie Pater Sebastian ganz gegen seine Gewohnheit nervös auf und ab tigerte, beschlich ihn das unange-

nehme Gefühl, dass sein Gegenüber etwas von ihm erwartete – Beistand, einen Rat oder einfach nur die tröstliche Versi-
cherung, dass er seine Sorgen und Ängste teilte. Pater Martin
aber saß ganz in sich gekehrt da, schloss die Augen und sprach
im Stillen ein kurzes Gebet.

Pater Sebastian blieb abrupt stehen. »Mrs. Crampton ist vor
zehn Minuten gegangen. Es war eine unerquickliche Unterredung«, sagte er und fügte hinzu: »Unerquicklich für uns
beide.«

»Das konnte wohl nicht anders sein«, versetzte Pater Martin.
Er meinte aus der Stimme des Rektors einen leichten Groll
herauszuhören, eine Gereiztheit, die sich vermutlich gegen
den Archidiakon richtete, der so rücksichtslos gewesen war, all
seinen früheren Schandtaten die Krone aufzusetzen, indem er
sich ausgerechnet unter ihrem Dache meucheln ließ. Und der
Gedanke weckte eine weitere Assoziation, die sogar noch
pietätloser war: Was hätte wohl Lady Macbeth zu Duncans
Witwe gesagt, wenn die nach Schloss Inverness gekommen
wäre, um den Leichnam ihres Gatten zu sehen? »Ein tragisches Unglück, Madam, das mein Gemahl und ich zutiefst
bedauern. Im Übrigen war der Besuch Seiner Majestät ein
großer Erfolg, und wir haben keine Mühen gescheut, um ihm
den Aufenthalt so angenehm wie möglich zu gestalten.« Pater
Martin war entsetzt über diese abwegigen und ganz und gar
unangebrachten Phantasien, die er sich nur damit erklären
konnte, dass ihm die schrecklichen Ereignisse der jüngsten
Zeit offenbar zu Kopf gestiegen waren.

»Sie bestand darauf«, fuhr Pater Sebastian fort, »dass man sie
in die Kirche führte, damit sie sehen konnte, wo ihr Mann
gestorben ist. Ich hielt das für töricht, aber Commander Dalgliesh ließ sich überreden. Sie wollte unbedingt, dass er sie
statt meiner begleitete. Schicklich war das nicht, aber ich hielt
es für ratsam nachzugeben. Natürlich wird sie auch das ›Weltgericht‹ gesehen haben. Aber wenn Dalgliesh ihr glaubt, dass

sie die Bilderschändung für sich behalten wird, warum kann er dann nicht auch meinen Leuten vertrauen?«

Pater Martin scheute sich, darauf hinzuweisen, dass Mrs. Crampton nicht zu den Verdächtigen zählte, die Bewohner von St. Anselm dagegen schon.

Als sei er sich plötzlich seiner Nervosität bewusst geworden und versuche nun, sie zu unterdrücken, kam Pater Sebastian an den Kamin und setzte sich seinem Kollegen gegenüber.

»Ich fand es nicht gut, dass sie allein nach Hause fuhr, und schlug vor, Stephen Morby könne sie begleiten. Was natürlich beschwerlich gewesen wäre für den Jungen. Er hätte mit der Bahn zurückfahren und sich in Lowestoft ein Taxi nehmen müssen. Aber sie zog es ohnehin vor, allein zu reisen. Ich habe sie auch ausdrücklich zum Lunch eingeladen. Sie hätte ganz ungestört hier oder in meiner Wohnung essen können. Das Refektorium wäre ja wohl kaum in Frage gekommen.«

Pater Martin nickte stumm. Es wäre jedenfalls sehr peinlich gewesen, wenn Mrs. Crampton sich mit den Verdächtigen zu Tisch gesetzt und ihr womöglich der Mörder ihres Mannes die Kartoffeln gereicht hätte.

»Ich fürchte«, sagte der Rektor, »ich habe sie enttäuscht. Die abgegriffenen Wendungen, die man bei solchen Anlässen vorbringt, ergeben längst keinen Sinn mehr; sie sind nichts weiter als ein hohles Gestammel ohne Tiefgang und ohne Bezug zu unserem Glauben.«

»Was immer Sie auch gesagt haben, Pater, niemand hätte diese heikle Situation besser meistern können«, versetzte Pater Martin. »Es gibt nun einmal Situationen, in denen Worte machtlos sind.«

Mrs. Crampton, dachte er, konnte gewiss ohne den Zuspruch des Rektors auskommen, und sie hätte es wohl kaum begrüßt, wenn ausgerechnet Pater Sebastian sie ermuntert hätte, im Glauben Kraft zu suchen und ihre Hoffnung auf das christliche Seelenheil zu richten.

Pater Sebastian, der unruhig auf seinem Stuhl hin und her gerutscht war, zwang sich endlich stillzusitzen. »Von der Auseinandersetzung, die ich gestern Nachmittag mit ihrem Mann in der Kirche hatte, habe ich Mrs. Crampton nichts gesagt. Das hätte ihren Kummer nur vergrößert und wäre zu nichts gut gewesen. Aber ich bedaure diese Szene zutiefst. Es ist schmerzlich zu wissen, dass der Archidiakon mit so viel Zorn im Herzen gestorben ist. Nach diesem unheilvollen Streit befand er sich wohl kaum im Stand der Gnade – und das gilt auch für mich.«

»Wir können nicht wissen, in welch seelischem Zustand der Archidiakon war, als er starb«, sagte Pater Martin begütigend. Doch der Rektor schien ihn nicht gehört zu haben. »Ich finde es ein bisschen taktlos von Dalgliesh, dass er die Patres von seinen Untergebenen vernehmen lässt. Wenn er wüsste, was sich gehört, hätte er das selbst übernommen. Natürlich werde ich mich weiterhin kooperativ verhalten, wie gewiss auch alle anderen. Aber ich wünschte, die Polizei würde der Möglichkeit, dass der Täter jemand von außerhalb sein könnte, mehr Beachtung schenken, obwohl ich natürlich nicht glauben möchte, dass Inspektor Yarwood etwas damit zu tun hat. Trotzdem, je früher er vernehmungsfähig ist, desto besser. Und natürlich liegt mir sehr viel daran, dass die Kirche wieder freigegeben wird. In ihr schlägt doch gewissermaßen das Herz unserer Gemeinschaft.«

»Ich glaube nicht«, sagte Pater Martin, »dass man uns hineinlässt, bevor das ›Weltgericht‹ wieder hergestellt ist, aber vielleicht wird das gar nicht möglich sein. Ich meine, vielleicht braucht man das Bild in seinem jetzigen Zustand als Beweismittel.«

»Aber das ist doch lächerlich! Die Schmierereien sind gewiss fotografiert worden, und das dürfte ausreichen. Die Säuberung des Bildes stellt uns allerdings vor ein Problem. Dafür kommen nur Experten in Frage, es handelt sich schließlich um ein nationales Erbe. Auf so ein Kunstwerk können wir nicht einfach Pilbeam mit einer Dose Terpentin loslassen. Und bevor wir in der Kirche wieder Gottesdienste abhalten können, muss sie neu geweiht werden. Ich habe in der Bibliothek in den Richtlinien nachgeschlagen, doch die bieten erstaunlich wenig Orientierungshilfe. Die Regel F 15 behandelt die Umwandlung von Kirchen in Profanbauten, macht aber keine Angaben zur Resanktifikation. Wir könnten vielleicht den römischen Ritus adaptieren, bloß ist der so aufwendig, dass ich ihn eigentlich doch nicht für angemessen halte. Er schreibt eine Prozession vor, angeführt von einem Kreuzträger und gefolgt vom Bischof mit Mitra und Hirtenstab, von Konzelebranten, Diakonen und anderen Geistlichen in festlichen Messgewändern, die in feierlichem Bittgang vor der Gemeinde in die Kirche Einzug halten.«

»Ich kann mir nicht vorstellen«, sagte Pater Martin, »dass der Bischof gern an so einer Prozession teilnehmen würde. Sie haben ihn doch verständigt, Pater?«

»Natürlich. Ich erwarte ihn Mittwochabend. Er war sehr rücksichtsvoll und meinte, ein früherer Termin könnte sowohl uns als auch der Polizei ungelegen sein. Selbstverständlich hat er sich auch mit den Kustoden in Verbindung gesetzt, und ich kann mir jetzt schon denken, was er mir am Mittwoch offiziell mitteilen wird: St. Anselm muss zum Ende dieses Trimesters geschlossen werden. Der Bischof ist zuversichtlich, dass die Kandidaten in anderen Priesterseminaren Aufnahme finden werden. Man zählt hier vor allem auf die Hilfe von Cuddesdon und St. Stephen's House, aber natürlich wird so ein Transfer nicht ohne Hindernisse vonstatten gehen. Mit den Seminarvorstehern habe ich übrigens schon gesprochen.«

Pater Martin war so empört, dass er lautstark protestieren wollte, doch seine zittrige Altmännerstimme reichte nur für ein beschämendes Gestammel. »Aber das ist ja entsetzlich! Da bleiben uns nicht einmal zwei Monate für die Abwicklung.

Und was geschieht mit den Pilbeams, mit Surtees und unseren Teilzeitkräften? Wollen die Kustoden das Personal aus ihren Cottages vertreiben?«

»Natürlich nicht, Pater.« Die Stimme des Rektors klang leicht gereizt. »Nur das Priesterseminar St. Anselm wird zum Trimesterende aufgelöst. Das Personal behält sein Bleiberecht, bis über die künftige Nutzung des Anwesens entschieden ist. Und das gilt auch für unsere Teilzeitkräfte. Paul Perronet hat sich telefonisch mit mir in Verbindung gesetzt, und ich erwarte ihn und das gesamte Kuratorium am Donnerstag zur Beratung. Paul möchte auf jeden Fall verhindern, dass vorab irgendwelche Wertgegenstände aus der Kirche oder dem Seminar entfernt werden. Miss Arbuthnots Testament ist hinsichtlich der Erbschaftsregelung ja auch vollkommen eindeutig, trotzdem dürfte die rechtliche Abwicklung nicht unproblematisch werden.«

Pater Martin war seit seiner Amtszeit als Rektor mit den Klauseln des Testaments vertraut. Wir vier, dachte er, sprach es aber nicht aus, werden in ein paar Monaten reich sein. Der Gedanke machte ihm Angst. Wie reich?, fragte er sich und sah, dass seine Hände zitterten. Er senkte den Blick auf die bläulich geschwollenen Venenstränge und die braunen Altersflecke auf seinen Handrücken, die freilich eher aussahen wie die Male einer bösen Krankheit, und spürte auch seine letzten kümmerlichen Kraftreserven schwinden.

Doch als er Pater Sebastian ansah, erkannte er mit plötzlichem Scharfblick hinter dem blassen, gleichmütigen Antlitz einen rastlosen Geist, der sich, wundersam immun selbst gegen das ärgste Wüten von Kummer und Sorgen, bereits anschickte, seine künftigen Chancen auszuloten. Diesmal würde man ihnen keine Gnadenfrist gewähren. Alles, was Pater Sebastian geschaffen und geplant hatte, würde in diesem grauenhaften Skandal untergehen. Er würde es überleben, aber jetzt wäre er, vielleicht zum ersten Mal, sicher dankbar gewesen für einen optimistischen Garanten, der ihn in seinem Glauben an einen möglichen Neuanfang bestärkt hätte.

Schweigend saßen sie einander gegenüber. Sosehr Pater Martin sich auch um Zuspruch für den Jüngeren bemühte, er fand einfach nicht die rechten Worte. Fünfzehn lange Jahre war er nicht ein einziges Mal um Rat, Beistand, Anteilnahme oder Unterstützung gebeten worden. Und jetzt, da seine Hilfe gebraucht wurde, versagte er. Und das galt nicht nur für den Augenblick, nein, ihm war, als sei er sein Leben lang an seinen seelsorgerischen Pflichten gescheitert. Was hatte er seinen Pfarrkindern schon gegeben, oder den Studenten in St. Anselm? Freundlichkeit, Zuneigung, Toleranz und Verständnis, gewiss, aber über diese wohlfeile Währung geboten schließlich alle wohlmeinenden Zeitgenossen. Hatte er während seiner Amtszeit als Geistlicher auch nur ein einziges Leben verändert? Als er aus seiner letzten Pfarrstelle verabschiedet wurde, hatte er zufällig mit angehört, wie eine Frau bemerkte: »Pater Martin ist ein Priester, dem man nie etwas Schlechtes nachsagen wird.« Jetzt empfand er diesen Satz als eine Anklage, wie sie vernichtender nicht sein konnte.

Endlich stand er auf, und Pater Sebastian folgte seinem Beispiel. »Möchten Sie, dass ich mir den römischen Ritus einmal vornehme, um zu sehen, ob er sich nicht doch für unsere Zwecke modifizieren lässt, Pater?«, fragte Martin Petrie.

»Ich danke Ihnen, Pater, das wäre sehr hilfreich«, antwortete der Rektor und ging zu seinem Sessel hinter dem Schreibtisch, während Pater Martin das Büro verließ und leise die Tür hinter sich schloss.

14

Von den Kandidaten sollte Raphael Arbuthnot als Erster einvernommen werden. Dalgliesh erwartete ihn zusammen mit

Kate. Doch Arbuthnot hatte es offenbar nicht eilig, der Aufforderung Folge zu leisten, und so vergingen zehn Minuten, bevor Robbins ihn ins Vernehmungszimmer führte.

Dalgliesh konstatierte nicht ohne Verwunderung, dass Raphael sich inzwischen keineswegs gefasst hatte, sondern immer noch so schockiert und mitgenommen wirkte wie am Morgen in der Bibliothek. Vielleicht war ihm in der Zwischenzeit ja erst recht bewusst geworden, in welch brenzliger Lage er sich befand. Steifen Schrittes, wie ein alter Mann, trat er vor. Doch den angebotenen Platz schlug er aus und blieb stattdessen hinter dem Besucherstuhl stehen, dessen Lehne er mit beiden Händen fest umklammerte, bis das Blut aus seinen Knöcheln wich und sie sich ebenso weiß färbten wie sein Gesicht. Kate hatte das komische Gefühl, sie würde, wenn sie die Hand ausstreckte, um seine Wange oder seine Locken zu berühren, nur leblosen Stein unter den Fingern spüren. Der harsche Kontrast zwischen dem blonden Hellenenhaupt und der tiefschwarzen Soutane wirkte erhaben und theatralisch zugleich.

»Niemandem«, begann Dalgliesh, »der gestern Abend wie ich mit an der Tafel saß, dürfte entgangen sei, dass Sie den Archidiakon nicht mochten. Warum nicht?«

Diesen Auftakt hatte Arbuthnot offenbar nicht erwartet. Vielleicht, dachte Kate, hat er sich innerlich auf eine ihm vertrautere, mehr akademische Eröffnung eingestellt: harmlose Einstiegsfragen zu Person und Vorgeschichte, gefolgt von einer allmählichen Überleitung zum ernsthaften Verhör. Raphael starrte Dalgliesh unverwandt an und schwieg.

Von diesen fest zusammengepressten Lippen eine Antwort zu erwarten schien aussichtslos, aber als er dann doch redete, klang seine Stimme beherrscht. »Dazu möchte ich mich lieber nicht äußern. Genügt es Ihnen nicht zu wissen, dass ich ihn nicht leiden konnte?« Und nach einer Pause fügte er hinzu: »Das ist noch milde ausgedrückt. Ich hasste ihn. So sehr, dass es schon an eine fixe Idee grenzte. Aber das ist mir erst im

Nachhinein klar geworden. Vielleicht habe ich ja einen schon vorhandenen, tief verwurzelten Hass, den ich mir nicht eingestehen konnte – auf einen Menschen, einen Ort, eine Institution –, auf ihn projiziert.« Er rang sich ein zerknirschtes Lächeln ab und fuhr fort: »Wenn Pater Sebastian hier wäre, würde er jetzt sagen, ich bemäntle meine beklagenswerte Obsession mit Küchenpsychologie.«

»Wir wissen von Pater Johns Vorstrafe«, sagte Kate, und ihre Stimme klang erstaunlich sanft.

Bildete er sich das nur ein, fragte sich Dalgliesh, oder hatten Raphaels verkrampfte Hände sich wirklich etwas entspannt?

»Natürlich! Wie dumm von mir. Vermutlich haben Sie sich über jeden von uns informiert. Armer Pater John! Da sage noch einer, der Engel, der unsre guten und bösen Taten aufzeichnet, hätte keinen Zugriff auf den Polizeicomputer. Nun wissen Sie also, dass Crampton in dem Prozess damals einer der Hauptzeugen der Anklage war. Er war es, der Pater John ins Gefängnis gebracht hat, nicht die Geschworenen.«

»Die Geschworenen schicken niemanden ins Gefängnis«, sagte Kate, »das bleibt dem Richter vorbehalten.« Und als fürchte sie, Raphael könne jeden Moment ohnmächtig werden, fügte sie hinzu: »Warum setzen Sie sich nicht, Mr. Arbuthnot?«

Raphael zögerte einen Moment, aber dann nahm er doch auf dem angebotenen Stuhl Platz und bemühte sich sichtlich um eine entspannte Haltung. »Menschen, die man hasst«, sagte er, »sollten sich nicht ermorden lassen. Das verschafft Ihnen einen unfairen Vorteil. Ich habe ihn nicht getötet, aber ich fühle mich so schuldig, als ob ich sein Mörder wäre.«

»Die Trollope-Passage, die Sie gestern Abend vorgelesen haben«, fragte Dalgliesh, »haben Sie die selbst ausgewählt?«

»Ja, wir suchen uns unsere Texte für den Vortrag immer selber aus.«

»Eine andere Epoche, und ein Archidiakon von ganz anderem Kaliber«, sagte Dalgliesh. »Ein ehrgeiziger Mann kniet neben seinem sterbenden Vater und bittet um Vergebung dafür, dass er ihm einen baldigen Tod wünscht. Ich hatte den Eindruck, dass der Archidiakon die Stelle auf sich bezog.«

»Das sollte er auch.« Wieder trat eine Pause ein, dann fuhr Raphael fort: »Ich hatte mich immer schon gefragt, warum er Pater John so unerbittlich verfolgte. Es ist ja nicht so, dass er selber schwul gewesen wäre und seine Veranlagung etwa aus Angst vor Entdeckung unterdrückt hätte. Jetzt weiß ich, dass er Pater John an seiner statt büßen ließ, um sich durch ihn von eigener Schuld rein zu waschen.«

»Schuld woran?«, fragte Dalgliesh.

»Ich glaube, dass fragen Sie besser Inspektor Yarwood.«

Dalgliesh beschloss, im Augenblick nicht weiter in Raphael zu dringen. Schließlich war das nicht die einzige Frage, die er zurückstellen musste, bis Yarwood wieder vernehmungsfähig war. Solange würde er aufs Geratewohl im Nebel stochern. Er bat Raphael, sich genau zu erinnern, was er in der Mordnacht nach der Komplet gemacht habe.

»Zuerst bin ich auf mein Zimmer gegangen. Nach der Komplet ist bei uns in der Regel eine Schweigezeit vorgeschrieben, aber das Gebot wird nicht immer strikt befolgt. Und Schweigezeit bedeutet auch nicht unbedingt, dass wir gar nicht miteinander reden dürften. Wir halten es nicht wie die Trappisten, aber normalerweise ziehen wir uns während dieser Stunde schon auf unsere Zimmer zurück. Ich habe bis halb elf gelesen und an einem Referat gearbeitet. Inzwischen war ein furchtbarer Sturm aufgekommen – aber das wissen Sie ja, Sir, Sie waren ja auch hier –, und ich beschloss, rüberzugehen ins Haupthaus, um nach Peter – ich meine Peter Buckhurst – zu sehen. Er leidet an Pfeifferschem Drüsenfieber und ist längst noch nicht wiederhergestellt. Ich weiß, dass er sich vor Gewittern graust, nicht vor Blitz und Donner oder schweren Regenfällen, nur vor dem Heulen und Pfeifen, wenn der Wind ums Haus tobt. Er war erst sieben, als seine Mutter in einer stürmischen Nacht im Zimmer neben ihm gestorben ist, und seitdem hat er diese Ängste.«

»Wie sind Sie ins Haupthaus gekommen?«

»Auf dem üblichen Weg. Ich wohne ja sonst im Nordflügel des Kreuzgangs. Das Hauptgebäude habe ich durch den Hintereingang betreten und bin durch die Garderobe in die Eingangshalle und über die Treppe in den zweiten Stock gelangt. Dort, nach hinten raus, befindet sich die Krankenstation, wo Peter seit ein paar Wochen liegt. Ich habe ihm gleich angemerkt, dass er ungern allein geblieben wäre, also habe ich mich angeboten, bei ihm zu übernachten. In seinem Zimmer steht ein zweites Bett. Eigentlich hatte ich mir von Pater Sebastian die Erlaubnis geholt, das Seminar nach der Komplet verlassen zu dürfen, weil ich einem Freund versprochen hatte, an seiner ersten Messe in einem Vorort von Colchester teilzunehmen, aber nun wollte ich Peter nicht allein lassen und beschloss, erst heute Morgen in aller Frühe aufzubrechen. Die Messe beginnt erst um halb elf, das hätte ich leicht geschafft.«

»Mr. Arbuthnot, warum haben Sie mir das nicht schon heute Morgen in der Bibliothek gesagt?«, fragte Dalgliesh. »Da habe ich mich doch ausdrücklich erkundigt, ob irgendjemand nach der Komplet noch einmal draußen war.«

»Hätten Sie sich an meiner Stelle gemeldet? Für Peter wäre es doch ziemlich blamabel gewesen, wenn das ganze Seminar erfahren hätte, dass er sich vor einem Sturm fürchtet, oder?«

»Und wie haben Sie den Abend miteinander verbracht?«

»Wir haben uns unterhalten, und später habe ich ihm vorgelesen. Eine Kurzgeschichte von Saki, falls es Sie interessiert.«

»Und haben Sie, nachdem Sie gegen halb elf das Hauptgebäude betraten, außer Peter Buckhurst noch jemanden gesehen?«

»Nur Pater Martin. Er hat gegen elf kurz reingeschaut, ist aber gleich wieder gegangen. Er war auch in Sorge um Peter.«

»Weil er wusste, dass Mr. Buckhurst sich vor Gewittern fürchtet?«, fragte Kate.

»Ja, das sind so Dinge, die Pater Martin immer irgendwie spitzkriegt. Ich glaube nicht, dass außer uns beiden noch jemand im Seminar davon weiß.«

»Und sind Sie irgendwann während der Nacht in Ihr Zimmer zurückgegangen?«

»Nein. Gleich neben dem Krankenrevier gibt's eine Dusche, die ich benutzen konnte. Und Schlafanzug brauchte ich keinen.«

»Mr. Arbuthnot«, fragte Dalgliesh, »sind Sie sicher, dass Sie die Verbindungstür vom Nordflügel des Kreuzgangs zum Hauptgebäude abgeschlossen haben, bevor Sie zu Ihrem Freund hinaufgingen?«

»Ganz sicher. Mr. Pilbeam überprüft immer noch mal die Nebeneingänge, wenn er gegen elf im Hauptgebäude abschließt. Er wird bestätigen können, dass die Verbindungstür zum Nordflügel verschlossen war.«

»Und Sie haben die Krankenstation vor dem Morgen nicht wieder verlassen?«

»Nein, ich war die ganze Nacht dort. Gegen Mitternacht haben wir das Licht gelöscht und uns schlafen gelegt. Ich kann nicht für Peter sprechen, aber ich habe tief und fest geschlafen. Als ich kurz vor halb sieben aufwachte, da schlief Peter noch. Ich wollte gerade zurück in mein Zimmer, als ich vor dem Rektoratsbüro mit Pater Sebastian zusammentraf. Er schien nicht überrascht, mich zu sehen, und fragte auch nicht, warum ich noch da sei. Im Nachhinein ist mir klar, dass er ganz andere Sorgen hatte. Er trug mir nur auf, reihum alle anzurufen, die Kandidaten, das Personal und die Gäste, und sie zu bitten, sich um halb acht in der Bibliothek einzufinden. Ich weiß noch, dass ich fragte: »Und die Morgenandacht, Pater?«, und er antwortete: »Die Morgenandacht entfällt.«

»Hat er Ihnen irgendeine Erklärung dafür gegeben, warum dieses Treffen anberaumt wurde?«, fragte Dalgliesh.

»Nein, keine. Was geschehen war, erfuhr ich erst, als ich mich um halb acht wie alle anderen in der Bibliothek eingefunden hatte.«

»Und sonst können Sie uns nichts sagen, gar nichts, was mit der Ermordung des Archidiakons in Zusammenhang stehen könnte?«

Es entstand eine lange Pause, während der Arbuthnot den Blick auf seine im Schoß gefalteten Hände gesenkt hielt. Dann, als habe er sich zu einem Entschluss durchgerungen, schaute er auf und sah Dalgliesh eindringlich an. »Sie haben mir eine Menge Fragen gestellt«, sagte er. »Das gehört zu Ihrem Beruf, ich weiß, aber darf ich jetzt auch einmal eine Frage an Sie richten?«

»Gewiss«, versetzte Dalgliesh. »Ich kann Ihnen allerdings nicht versprechen, dass ich sie beantworten werde.«

»Es geht um Folgendes: Sie – ich meine, die Polizei – glauben offenbar, dass jemand, der die letzte Nacht im Seminar verbrachte, den Archidiakon getötet hat. Bestimmt haben Sie Ihre Gründe dafür. Aber ist es nicht viel wahrscheinlicher, dass ein Außenstehender in die Kirche eingebrochen ist, vielleicht um etwas zu stehlen, und von Crampton überrascht wurde? Das Anwesen ist schließlich nicht besonders gut gesichert. Der Täter hätte ohne weiteres in den Innenhof gelangen können. Und wahrscheinlich wäre es auch nicht schwer gewesen, ins Hauptgebäude einzudringen und sich einen Schlüssel zur Kirche zu besorgen. Jeder, der irgendwann einmal in St. Anselm gewesen ist, könnte wissen, wo die Schlüssel verwahrt werden. Und darum wundert es mich, dass Sie sich partout auf uns konzentrieren – ich meine auf die Patres und die Studenten.«

»Wir untersuchen diesen Mordfall ganz unvoreingenommen«, versicherte Dalgliesh, »und unsere Ermittlungen reichen weiter, als ich Ihnen verraten darf.«

Raphael fuhr unbeirrt fort. »Sehen Sie, ich habe nachgedacht – wie wir alle, das ist ja ganz natürlich. Wenn jemand aus dem Seminar den Archidiakon getötet hat, dann komme nur ich in

Frage. Niemand sonst hätte es tun können oder auch nur ein Motiv gehabt. Keiner hat ihn so sehr gehasst, und selbst wenn, wäre von den anderen niemand fähig, einen Mord zu begehen. Ich frage mich, ob ich es getan haben könnte, ohne dass ich davon weiß. Vielleicht bin ich ja im Schlaf aufgestanden und in mein Zimmer zurückgegangen und habe von dort beobachtet, wie Crampton die Kirche betrat. Ist es nicht denkbar, dass ich ihm nachgeschlichen bin und wir in einen heftigen Streit gerieten, in dessen Verlauf ich ihn umgebracht habe?«

»Wie kommen Sie auf so einen Gedanken?«, fragte Dalgliesh ruhig, fast beiläufig.

»Weil es immerhin möglich wäre. Und wenn der Mörder ein Insider war, wie Sie das nennen – wer käme wohl sonst in Frage? Außerdem gibt es auch ein konkretes Indiz, das dafür spricht. Als ich heute Morgen, nachdem ich alle angerufen und in die Bibliothek bestellt hatte, in mein Zimmer zurückwollte, merkte ich, dass während der Nacht jemand drin gewesen sein muss. Denn als ich die Tür aufmachte, lag da ein abgebrochener Zweig. Wenn ihn in der Zwischenzeit niemand entfernt hat, müsste er noch dort sein. Ich konnte nicht nachsehen, der Nordflügel ist ja inzwischen gesperrt. Wie auch immer, ich halte diesen Zweig für ein Indiz, ich weiß bloß nicht, wofür.«

»Und Sie sind sicher, dass er noch nicht da war, als Sie Ihr Zimmer nach der Komplet verlassen haben, um nach Peter Buckhurst zu sehen?«

»Ganz sicher. Sonst wäre er mir aufgefallen. Ich hätte ihn gar nicht übersehen können. Jemand muss mein Zimmer betreten haben, nachdem ich zu Peter gegangen war. Das heißt, *ich* muss irgendwann in der Nacht zurückgegangen sein. Wer sonst könnte es um diese Zeit und bei dem Unwetter gewesen sein?«

»Haben Sie jemals unter temporärer Amnesie gelitten?«, fragte Dalgliesh.

»Nein, nie.«

»Und Sie sagen mir die Wahrheit, wenn Sie behaupten, Sie

könnten sich nicht erinnern, den Archidiakon getötet zu haben?«

»Ja, das kann ich beschwören.«

»Alles, was ich Ihnen dazu sagen darf, ist: Wer immer diesen Mord begangen hat, kann nicht im Zweifel darüber sein, was er oder sie letzte Nacht getan hat.«

»Sie meinen, ich wäre heute Morgen mit Blut an den Händen aufgewacht – buchstäblich mit blutigen Händen?«

»Ich meine nicht mehr, als ich gesagt habe. Ja, ich denke, das wär's fürs Erste. Falls Ihnen noch etwas einfällt, lassen Sie es uns bitte sofort wissen.«

Kate sah Raphael an, dass er nicht damit gerechnet hatte, so ohne weiteres entlassen zu werden. »Danke«, murmelte er und konnte noch im Hinausgehen den Blick nicht von Dalglieshs Gesicht wenden.

Sie warteten, bis die Tür des Cottages sich hinter ihm geschlossen hatte. Dann fragte Dalgliesh: »Na, Kate, was meinen Sie? Ist er ein begnadeter Schauspieler oder ein angstgequälter, aber unschuldiger junger Mann?«

»Ich würde sagen, er ist ein ziemlich guter Schauspieler. Vermutlich ergibt sich das ganz zwangsläufig, wenn einer so aussieht. Daraus folgt noch nicht, dass er schuldig ist, ich weiß, aber seine Geschichte ist doch ganz schön raffiniert, oder? Er hat den Mord mehr oder weniger gestanden, in der Hoffnung, dadurch zu erfahren, wie viel wir wissen. Und dass er die Nacht mit Buckhurst verbracht hat, taugt nicht als Alibi. Er hätte sich, während der Junge schlief, leicht davonstehlen können, um die Kirchenschlüssel zu entwenden und den Archidiakon anzurufen. Wir wissen von Miss Betterton, dass er ein ausgezeichneter Stimmenimitator ist. Er hätte sich für einen der Patres ausgeben können, und falls er im Hauptgebäude gesehen worden wäre, hätte sich niemand etwas dabei gedacht. Selbst wenn Peter Buckhurst aufgewacht ist und merkte, dass Raphael fort war, darf man davon ausgehen, dass er seinen Freund nicht verraten, sondern sich eher einreden würde, das zweite Bett sei nicht leer gewesen.«

»Ihn sollten wir als Nächsten befragen«, sagte Dalgliesh. »Das können Sie zusammen mit Piers übernehmen. Aber wenn Arbuthnot die Schlüssel entwendet hat, warum hängte er sie dann nicht wieder an ihren Platz, als er ins Haus zurückkehrte? Nein, es sieht ganz so aus, als sei der Mörder nach der Tat nicht mehr im Hauptgebäude gewesen – es sei denn, es gehörte zu seinem Plan, uns genau das glauben zu machen. Wenn Raphael den Archidiakon getötet hat – und solange wir nicht mit Yarwood gesprochen haben, bleibt er unser Hauptverdächtiger –, dann wäre es das Klügste gewesen, er hätte die Schlüssel einfach weggeworfen. Ist Ihnen aufgefallen, dass er nicht einmal versucht hat, Yarwood als möglichen Verdächtigen ins Spiel zu bringen? Dabei ist der Junge nicht dumm, er muss gemerkt haben, was Yarwoods Verschwinden möglicherweise zu bedeuten hat. Und er kann nicht so naiv sein anzunehmen, ein Polizeibeamter wäre nicht fähig, einen Mord zu begehen.«

»Und der Zweig hinter seiner Tür?«, fragte Kate.

»Arbuthnot sagt, der sei noch da, woran ich nicht zweifle. Fragt sich nur: Wie kam er dorthin und wann? Die Spurensicherung wird ihre Suche auf Arbuthnots Zimmer ausdehnen müssen. Wenn der Junge die Wahrheit sagt – und seine eigenartige Geschichte klingt nicht erfunden –, dann könnte der Zweig ein wichtiges Indiz sein. Aber dieser Mord wurde sorgfältig geplant und vorbereitet. Falls Arbuthnot vorhatte, den Archidiakon zu töten, weshalb sollte er seinen Plan unnötig komplizieren, indem er vorher noch zu Peter Buckhurst ging? Wenn sein Freund sich ernsthaft vor Stürmen fürchtet, dann hätte Arbuthnot ihn wohl kaum allein lassen können. Und darauf, dass Peter einschlafen würde, und sei's auch erst um Mitternacht, konnte er sich nicht verlassen.«

»Aber wenn er sich ein Alibi verschaffen wollte, dann war Peter Buckhurst vielleicht seine einzige Chance. Einen kranken und verängstigten jungen Mann hätte er leicht täuschen können, was die Zeit anging. Wenn Arbuthnot den Mord zum Beispiel für Mitternacht geplant hatte, brauchte er Buckhurst, als sie sich schlafen legten, nur zuzuflüstern, dass es schon weit nach zwölf sei.«

»Was ihm aber nur dann nützen würde, wenn der Pathologe den Todeszeitpunkt einigermaßen präzise bestimmen könnte. Nein, Arbuthnot hat kein Alibi, aber das gilt auch für alle anderen im Seminar.«

»Yarwood eingeschlossen.«

»Und er hat womöglich auch den Schlüssel zu diesem vertrackten Geheimnis. Aber wir haben keine Zeit zu verlieren, und wenn wir warten, bis Yarwood vernehmungsfähig ist, entgehen uns vielleicht wichtige Spurenfunde.«

»Sie zählen ihn also nicht zu den Verdächtigen, Sir?«, fragte Kate.

»Vorläufig können wir ihn noch nicht ausschließen, aber er passt nicht ins Profil. Ich kann mir nicht vorstellen, dass ein Mann, der psychisch so instabil ist wie Yarwood, ein derart komplexes Verbrechen plant und durchführt. Selbst wenn die unerwartete Konfrontation mit Crampton ihn in eine so mörderische Wut versetzt hätte, dass ihm alle Sicherungen durchbrannten, hätte er den Archidiakon, wenn überhaupt, wohl eher in seinem Bett erschlagen.«

»Aber das Argument gilt für all unsre Verdächtigen, Sir.«

»Sie sagen es! Und darum müssen wir uns wieder auf die zentrale Frage konzentrieren: Warum wurde der Mord so spektakulär inszeniert?«

Nobby Clark und der Fotograf standen in der Tür. Clarks Miene wirkte so andächtig, als beträte er eine Kirche; ein sicheres Zeichen dafür, dass er gute Nachrichten hatte. Er trat vor und legte zwei Polaroidfotos von Fingerspuren auf den Tisch: eine Aufnahme von Zeige- bis kleinem Finger einer rechten Hand, die andere, wiederum von der rechten Hand, mit deutlichen Abdrücken aller fünf Finger. Mit triumphierendem Lächeln legte er eine Karteikarte mit registrierten Fingerabdrücken daneben.

»Dr. Stannard, Sir«, sagte er stolz. »Ein besseres Ergebnis könnte man sich nicht wünschen. Den Handabdruck haben wir an der Mauer rechts vom ›Weltgericht‹ gefunden, den anderen auf einem Sitz des Kirchherrengestühls. Wir könnten noch einen Handabdruck von Stannard nehmen, aber bei dieser Beweislage dürfte das kaum erforderlich sein, Sir. Ich halte es nicht einmal für nötig, die Abdrücke zwecks Verifizierung ans Yard zu schicken. Ich habe selten so klare Abdrücke gesehen. Die stammen todsicher von Dr. Stannard.«

15

Piers sagte: »Wenn Stannard Kain ist, dann hätten wir mit der Lösung dieses Falles einen Rekord aufgestellt. Also zurück in den Londoner Smog! Schade, ich hatte mich schon auf ein Abendessen in der ›Crown‹ gefreut und auf einen Strandspaziergang morgen vor dem Frühstück.«

Dalgliesh stand am Fenster und blickte über die Landspitze aufs Meer hinaus. Jetzt wandte er sich um.

»An Ihrer Stelle würde ich die Hoffnung darauf noch nicht aufgeben«, sagte er.

Sie hatten den Schreibtisch vom Fenster weg in die Mitte des Raums geschoben und die beiden Bürostühle dahinter gestellt. Stannard war der Lehnstuhl zugedacht, den Piers jetzt vor den Schreibtisch rückte. Er würde den bequemsten Platz haben, psychologisch aber in dem tiefen Sessel benachteiligt sein.

Sie warteten schweigend. Dalgliesh zeigte keine Neigung, sich zu unterhalten, und Piers hatte lange genug mit ihm gearbeitet, um zu wissen, wann man den Chef besser nicht ansprach. Robbins hatte offenbar Schwierigkeiten, Stannard zu finden; jedenfalls vergingen fast fünf Minuten, ehe man die Cottagetür aufgehen hörte.

»Dr. Stannard, Sir«, meldete Robbins und setzte sich mit gezücktem Notizbuch unauffällig in eine Ecke.

Stannard kam forsch herein, erwiderte Dalglieshs Gruß mit einem knappen »Guten Morgen« und sah sich um, als suche er nach einer Sitzgelegenheit.

»Hier bitte, Dr. Stannard«, sagte Piers.

Der kritische Blick, mit dem Stannard den Raum musterte, schien die provisorische Büroeinrichtung zu missbilligen. Als er Platz genommen hatte, lehnte er sich erst weit zurück, fand diese Pose dann aber offenbar doch zu leger und rutschte stattdessen mit zusammengedrückten Knien an die Sessel-kante vor. Die Hände hatte er in den Taschen seines Jacketts versenkt, und sein Blick, der starr auf Dalgliesh gerichtet war, wirkte eher forschend als aggressiv. Trotzdem spürte Piers die Animosität, die von ihm ausging, und außerdem noch eine stärkere Regung, die er als Furcht deutete.

Nun ist niemand in Hochform, wenn er in eine Mordunter-suchung gerät; selbst durch ihr Unschuldbewusstsein gestärkte, verständige und gemeinsinnige Zeugen kann ein hartnäckiges Kreuzverhör aus der Fassung bringen, und keiner geht mit ganz reinem Gewissen in eine solche Vernehmung. Längst verjähr-te, unbedeutende Fehltritte, die überhaupt nichts mit dem ak-tuellen Fall zu tun haben, drängen wie ein hässlicher Bodensatz an die Oberfläche des Bewusstseins. Aber auch wenn Piers all dies berücksichtigte, fand er Stannards Auftreten besonders irritierend. Und das lag nicht nur an seinem Vorurteil gegen Schnauzbartträger, nein, der Mann war ihm einfach unsympa-thisch. In Stannards Gesicht mit der schmalen, überlangen Nase und den eng zusammenstehenden Augen hatten sich tiefe Unmutsfurchen eingegraben. Es war das unzufriedene Gesicht eines Mannes, der nie ganz das erreicht hat, was ihm nach eige-nem Ermessen zustand. Was, dachte Piers, war wohl in seinem

Leben schief gelaufen? Hatte er statt des erwarteten Einser-examens nur mit Zwei plus abgeschnitten und an Stelle der er-hofften Dozentur in Oxbridge bloß einen Lehrauftrag an einer Fachhochschule ergattert? War ihm weniger Macht, weniger Geld und weniger Sex zuteil geworden, als er verdient zu haben glaubte? Nein, zu wenig Sex wahrscheinlich nicht; die Frauen flogen unerklärlicherweise auf solch einen Che-Guevara-Ver-schnitt eines Möchtegernrevolutionärs. Hatte er seine Rosie in Oxford nicht an genauso einen miesepetrigen Wichser verlo-ren? Vielleicht, so räumte Piers ein, war das der Grund für seine Voreingenommenheit. Er war ein zu erfahrener Kriminalist, um seine Aversionen nicht unter Kontrolle zu haben; gleich-wohl fand er eine kuriose Befriedigung darin, sie zumindest sich selbst einzugestehen.

Auf Grund seiner langen Zusammenarbeit mit Dalgliesh wuss-te er, wie diese Vernehmung ablaufen würde. Er würde die meisten Fragen stellen, und AD würde sich einschalten, wann und wie es ihm beliebte. Es lief nie so, wie der Zeuge es erwar-tete. Piers fragte sich, ob Dalgliesh klar war, wie einschüch-ternd er wirkte, wenn er so stumm, finster und wachsam dasaß.

Der Inspektor stellte sich vor und begann mit ruhiger Stimme die üblichen Personalienfragen abzuhaken. Name, Adresse, Geburtsdatum, Beruf, Familienstand. Stannard antwortete kurz und knapp, und am Ende sagte er: »Ich sehe nicht ein, was mein Familienstand hiermit zu tun hat. Aber wenn Sie's unbe-dingt wissen wollen, ich bin liiert. Mit einer Frau.«

Ohne darauf einzugehen, fragte Piers weiter: »Und in St. An-selm sind Sie wann eingetroffen, Sir?«

»Freitagabend, zu einem verlängerten Wochenende. Aber ich müsste heute Abend noch vor dem Dinner wieder abreisen. Dem steht doch wohl nichts entgegen?«

»Kommen Sie regelmäßig her, Sir?«

»Ziemlich oft, ja. Während der letzten achtzehn Monate war ich immer mal wieder übers Wochenende da.«

»Könnten Sie das etwas präziser angeben?«

»Etwa sechs-, siebenmal, schätze ich.«

»Und wann zuletzt?«

»Vor einem Monat. An das genaue Datum kann ich mich nicht erinnern. Auch da bin ich am Freitagabend gekommen und bis Sonntag geblieben. Verglichen mit diesem Wochenende, war's ein ereignisloser Aufenthalt.«

Hier griff Dalgliesh zum ersten Mal ein. »Warum kommen Sie nach St. Anselm, Dr. Stannard?«

Stannard öffnete den Mund, dann stockte er. Piers fragte sich, ob er mit einem patzigen Was-spricht-dagegen? hatte kontern wollen, es sich dann aber lieber verkniff. Das, was er schließlich zur Antwort gab, klang wohl durchdacht.

»Ich recherchiere für ein Buch über das Familienleben der frühen Traktarianer, das sowohl ihre Kindheit und Jugend als auch gegebenenfalls spätere Eheschließungen und Familiengründung umfasst. Ziel meiner Arbeit ist es, frühe Zeugnisse der Verquickung von religiöser Entwicklung und Sexualität zu erforschen. Die Bibliothek einer anglokatholisch orientierten Einrichtung wie St. Anselm bietet besonders nützliche Literatur zu diesem Thema, und ich habe Zugang zu den Archiven. Mein Großvater Samuel Stannard gehörte zur Kanzlei Stannard, Fox und Perronet in Norwich, die St. Anselm seit seiner Gründung vertritt und auch vorher schon die Interessen der Familie Arbuthnot wahrgenommen hat. Meine Besuche hier sind eine angenehme Verbindung von Forschungsarbeit und Wochenendurlaub.«

»Und wie weit sind Ihre Recherchen gediehen?«, fragte Piers.

»Ich stehe noch ziemlich am Anfang. Viel Freizeit habe ich nämlich nicht. Akademiker sind, entgegen der landläufigen Meinung, chronisch überarbeitet.«

»Aber Sie haben Unterlagen bei sich, die Ihre bisherigen Studien belegen?«

»Nein. Meine Unterlagen sind im College.«

»Nachdem Sie schon so oft hier waren«, sagte Piers, »sollte man meinen, dass Sie das Angebot der hiesigen Bibliothek allmählich ausgeschöpft hätten. Wie steht's mit anderen Archiven? Etwa dem der Bodleian Library?«

»Es gibt noch andere namhafte Bibliotheken außer der Bodleian«, gab Stannard bissig zurück.

»Gewiss. Pusey House in Oxford zum Beispiel. Die haben, glaube ich, eine bedeutende Traktarianismus-Sammlung. Der dortige Bibliothekar könnte Ihnen bestimmt weiterhelfen.« Und an Dalgliesh gewandt fuhr er fort: »Nicht zu vergessen die Londoner Bestände. Existiert eigentlich die Dr. Williams Library in Bloomington noch, Sir?«

Bevor Dalgliesh antworten konnte – sofern er das überhaupt vorgehabt hatte –, platzte Stannard der Kragen. »Was zum Teufel geht Sie das an, wo ich meine Recherchen durchführe? Und falls Sie mir beweisen wollen, dass die Met mitunter auch gebildete Leute einstellt, vergessen Sie's! Damit können Sie mir nicht imponieren.«

»Ich wollte Ihnen doch nur helfen«, sagte Piers. »Sie waren also in den letzten achtzehn Monaten etwa sechs-, siebenmal hier, um in der Bibliothek zu arbeiten und nebenher ein erholsames Wochenende zu genießen. War Archidiakon Crampton auch schon bei einem Ihrer früheren Besuche zugegen?«

»Nein. Ich habe ihn erst dieses Wochenende kennen gelernt. Und er kam erst gestern. Ich weiß nicht genau, wann, aber ich habe ihn erst beim Nachmittagstee gesehen. Der Tee wurde im Aufenthaltsraum der Studenten gereicht, und dort war's schon ziemlich voll, als ich um vier erschien. Irgendwer – ich glaube, es war Raphael Arbuthnot – stellte mir die Gäste vor, die ich noch nicht kennen gelernt hatte, aber mir war nicht nach Smalltalk zu Mute, und darum verzog ich mich mit einer Tasse Tee und ein paar Sandwiches in die Bibliothek. Der alte Schwachkopf Peregrine hob kurz die Nase von seinem Buch, um mir zu sagen, dass es nicht gestattet sei, Speisen und

Getränke in den Lesesaal mitzubringen. Also ging ich auf mein Zimmer. Den Archidiakon habe ich erst beim Abendessen wieder gesehen. Danach habe ich in der Bibliothek gearbeitet, bis die anderen alle zur Komplet gingen. Da ich Atheist bin, habe ich mich nicht angeschlossen.«

»Und von dem Mord erfuhren Sie wann?«

»Heute Morgen um halb acht bei der Versammlung in der Bibliothek. Ich war nicht sonderlich erbaut, mich nach dem Anruf von Raphael Arbuthnot wie ein Schuljunge herumkommandieren zu lassen, aber dann dachte ich, es könne ja nicht schaden, wenn ich mir anhörte, um was es ging. Doch was den Mord betrifft, so weiß ich weniger darüber als Sie.«

»Haben Sie hier irgendwann einmal an einem Gottesdienst teilgenommen?«, fragte Piers.

»Nein. Ich komme wegen der Bibliothek und um ein ruhiges Wochenende zu verleben, nicht um zur Kirche zu gehen. Und nachdem sich schon die Patres nicht dran zu stören scheinen, wüsste ich nicht, was es Sie angeht.«

»Oh, aber es geht uns sehr wohl etwas an, Mr. Stannard«, widersprach Piers. »Wollen Sie damit sagen, dass Sie die Kirche noch nie betreten haben?«

»Aber nein! Nun legen Sie mir doch nichts in den Mund. Kann sein, dass ich bei einem meiner Besuche aus Neugier mal reingeschaut habe. Ja, ganz sicher bin ich mal drin gewesen, schon um mir das ›Weltgericht‹ anzuschauen, das mich durchaus interessiert. Ich sage nur, dass ich nie an einem Gottesdienst teilgenommen habe.«

Ohne von dem Schriftstück aufzublicken, das vor ihm auf dem Schreibtisch lag, fragte Dalgliesh: »Wann sind Sie zuletzt in der Kirche gewesen Dr. Stannard?«

»Daran erinnere ich mich nicht. Warum sollte ich auch. Dieses Wochenende jedenfalls nicht.«

»Und wann an diesem Wochenende haben Sie den Archidiakon zum letzten Mal gesehen?«

»Nach der Kirche. Gegen Viertel nach zehn hörte ich ein paar von den Kandidaten zurückkommen. Ich saß im Aufenthaltsraum der Studenten und sah mir ein Video an. Im Fernsehen gab's nichts Vernünftiges, aber das Seminar verfügt über eine kleine Videosammlung. Ich habe mir ›Vier Hochzeiten und ein Todesfall‹ angeschaut. Ich kannte den Film zwar schon, dachte aber, es würde sich lohnen, ihn ein zweites Mal zu sehen. Crampton schaute kurz rein, doch ich hab' nicht gerade einladend reagiert, also verzog er sich wieder.«

»Dann müssen Sie der Letzte oder zumindest einer der Letzten gewesen sein, die ihn lebend gesehen haben«, sagte Piers.

»Was Sie vermutlich schon verdächtig finden. Aber nicht ich habe ihn als Letzter lebend gesehen, sondern sein Mörder. Und ich habe ihn nicht umgebracht, verstehen Sie? Wie oft muss ich es noch sagen? Ich kannte den Mann überhaupt nicht. Ich hatte keinen Streit mit ihm, und ich war gestern Abend nicht mal in der Nähe der Kirche. Um halb elf lag ich schon im Bett. Als der Film zu Ende war, habe ich das Hauptgebäude verlassen und bin durch den Südflügel des Kreuzgangs in mein Zimmer gegangen. Ich bin ja in einem Studentenzimmer untergebracht. Der Sturm tobte da schon orkanartig, und so eine Nacht verlockt nicht dazu, vor dem Schlafengehen noch eine Prise Seeluft zu schnuppern. Also ging ich direkt zur Nummer eins im Südflügel.«

»Brannte in der Kirche noch Licht?«

»Nicht, dass ich wüsste. Und wenn ich zurückdenke, dann habe ich auch in den anderen Studentenzimmern oder den Gästeappartements kein Licht gesehen. Nur wie üblich die recht trüben Funzeln im Kreuzgang.«

»Sie werden verstehen«, sagte Piers, »dass wir uns ein möglichst genaues Bild von dem machen müssen, was sich in den Stunden vor dem Tod des Archidiakons abgespielt hat. Haben Sie irgendetwas gesehen oder gehört, was für uns von Bedeutung sein könnte?«

Stannard stieß ein freudloses Lachen aus. »Da dürfte verdammt viel abgegangen sein, aber ich bin kein Gedankenleser. Ich hatte zwar den Eindruck, dass der Archidiakon hier nicht gerade willkommen war, aber Morddrohungen hat in meiner Gegenwart niemand erhoben.«

»Und haben Sie nach der Vorstellung beim Tee noch einmal mit ihm gesprochen?«

»Nur ganz kurz während des Abendessens. Ich bat ihn, mir die Butter zu reichen, was er auch tat. Aber Smalltalk ist eben nicht meine Stärke, also konzentrierte ich mich aufs Essen und die Weine, die ohnehin besser waren als die Gesellschaft. War kein besonders fröhliches Mahl, nicht die gewohnt heitere Gemeinschaft im Herrn – oder in Sebastian Morell, was hier auf das Gleiche hinausläuft. Aber Ihr Chef war ja dabei. Er kann Ihnen erzählen, wie's an der Tafel zuging.«

»Der Commander weiß, was er gesehen und gehört hat«, sagte Piers. »Wir möchten aber Ihre Version hören.«

»Wie ich schon sagte: kein fröhliches Mahl. Die Kandidaten wirkten bedrückt, Pater Sebastian machte mit eisiger Höflichkeit die Honneurs, und einige der Anwesenden verschlangen Emma Lavenham fast mit den Augen, was ich ihnen nicht verargen kann. Raphael Arbuthnot las eine Passage von Trollope – ein Romancier, in dessen Werk ich nicht bewandert bin, aber diese Kostprobe fand ich ziemlich fad. Der Archidiakon allerdings nicht. Und falls Arbuthnot ihn in Verlegenheit bringen wollte, dann hatte er sich den rechten Zeitpunkt ausgesucht. Ist ganz schön schwer, so zu tun, als genieße man sein Essen, wenn einem die Hände flattern und man so grün im Gesicht ist, als müsste man sich gleich auf sein Gedeck übergeben. Nach dem Dinner sind alle abgeschwirrt zur Kirche, und ich hab' niemanden mehr gesehen, bis Crampton kurz im Aufenthaltsraum vorbeischaute, wo ich, wie gesagt, vor dem Fernseher saß.«

»Und während der Nacht haben Sie nichts Verdächtiges gesehen oder gehört?«

»Die Frage haben Sie bereits in der Bibliothek gestellt. Wenn ich etwas Verdächtiges gesehen oder gehört hätte, dann wäre ich schon längst damit rausgerückt.«

»Und die Kirche haben Sie an diesem Wochenende nicht betreten, weder bei einem Gottesdienst noch zu irgendeiner anderen Zeit?«

»Wie oft muss ich Ihnen das noch sagen? Die Antwort lautet nein. Nein, nein, nein!«

Dalgliesh blickte auf und sah Stannard direkt in die Augen. »Wie erklären Sie sich dann den Umstand, dass wir Ihre frischen Fingerabdrücke an der Wand neben dem ›Weltgericht‹ und auf einem Sitz im Kirchherrengestühl gefunden haben? Die Staubschicht unter der Bank war verwischt. Höchstwahrscheinlich werden die Kriminaltechniker identische Staubpartikel an Ihrer Kleidung nachweisen können. Hatten Sie sich dort versteckt, als der Archidiakon in die Kirche kam?«

Und jetzt sah Piers in ein Gesicht, auf dem sich blankes Entsetzen spiegelte. Eine Erfahrung, die ihn jedes Mal aufs Neue zu überfordern drohte. Es war eine Sache, einem Verdächtigen eine Falle zu stellen, aber mit anzusehen, wie ein Mensch sich vom souveränen Zeugen in ein völlig verängstigtes Tier verwandelte, war eine andere; eine, bei der er keinerlei Triumph empfand, sondern bloße Scham. Stannard schrumpfte buchstäblich in sich zusammen, bis nur noch ein schmächtiges, unterernährtes Kind in einem viel zu großen Sessel zu sitzen schien. Er versuchte seine Hände, die immer noch in den Taschen steckten, schützend um seinen Leib zu schlingen. Der dünne Tweed dehnte sich bis zum Äußersten, und Piers glaubte zu hören, wie die Futternaht riss.

Dalgliesh sagte ruhig: »Ihre Fingerabdrücke sind ein unwiderlegbarer Beweis. Sie haben uns die ganze Zeit nur belogen. Wenn Sie den Archidiakon nicht ermordet haben, täten Sie klug daran, jetzt die Wahrheit zu sagen, die ganze Wahrheit.«

Stannard antwortete nicht. Er hatte die Hände aus den Taschen genommen und in seinem Schoß gefaltet. Und als er jetzt noch den Kopf vornüber neigte, bot er die Karikatur eines Mannes, der sich ins Gebet versenkt. Offenbar dachte er nach, und die beiden Beamten warteten stumm. Als er endlich den Kopf hob und zu sprechen begann, spürten sie, dass er seine panische Angst bezwungen hatte und bereit war, sich zu wehren. Seine Stimme verriet eine Mischung aus Verbissenheit und Arroganz.

»Ich habe Crampton nicht getötet, und Sie können mir nicht das Gegenteil beweisen. Gut: dass ich nicht in der Kirche gewesen bin, das war gelogen. Aber das ist doch nur natürlich. Wenn ich die Wahrheit gesagt hätte, dann wäre ich in Ihren Augen doch prompt zum Hauptverdächtigen geworden. Für Sie ist das ein gefundenes Fressen, oder? Sie wollen diesen Mord um keinen Preis jemandem aus St. Anselm anhängen. Die Patres sind sakrosankt, aber ich, ich bin für die Rolle des Schurken wie geschaffen. Bloß, ich war's nicht!«

»Warum sind Sie dann in der Kirche gewesen?«, fragte Piers. »Sie werden uns kaum weismachen wollen, dass Sie zum Beten reingegangen sind.«

Wieder antwortete Stannard nicht gleich. Entweder wappnete er sich für die unvermeidliche Erklärung, oder er suchte nach dem treffenden Gegenargument, der überzeugendsten Ausrede. Als er endlich sprach, mied er geflissentlich Dalglieshs Blick und heftete den seinen starr auf die gegenüberliegende Wand. Seine Stimme klang beherrscht, aber man hörte einen kaum versteckten Unterton trotziger Selbstrechtfertigung heraus.

»Also gut, ich sehe ein, dass Sie das Recht auf eine Erklärung haben und dass ich verpflichtet bin, sie Ihnen zu liefern. Die Sache ist völlig harmlos und hat nichts mit Cramptons Tod zu tun. Dies vorausschickend, wäre ich Ihnen dankbar für die Zusicherung, dass Sie unser Gespräch vertraulich behandeln werden.«

»Sie wissen, dass wir Ihnen das nicht garantieren können«, sagte Dalgliesh.

»Aber ich hab' Ihnen doch gesagt, dass es nichts mit Cramptons Tod zu tun hat! Ich habe den Mann gestern erst kennen gelernt. Hab' ihn nie zuvor gesehen, hatte keinen Streit mit ihm und keinen Grund, ihm den Tod zu wünschen. Gewalt ist mir zuwider. Ich bin Pazifist und das nicht nur aus politischer Überzeugung.«

»Dr. Stannard, würden Sie bitte meine Frage beantworten. Sie hatten sich in der Kirche versteckt. Warum?«

»Ich versuch's Ihnen ja gerade zu erklären. Ich habe etwas gesucht, ein Dokument, das von den wenigen Eingeweihten gemeinhin als der St.-Anselm-Papyrus bezeichnet wird. Es soll sich dabei um eine angeblich von Pontius Pilatus unterzeichnete Order an seinen Wachthauptmann handeln, mit der Weisung, den gekreuzigten Leichnam eines politischen Aufrührers zu beseitigen. Die Bedeutung eines solchen Schriftstückes liegt wohl auf der Hand. Die Gründerin St. Anselms, Miss Arbuthnot, bekam es von ihrem Bruder geschenkt, und seither befindet sich der Papyrus in der Obhut des jeweiligen Rektors. Es geht das Gerücht, er sei eine Fälschung, aber da niemand ihn einsehen oder einer wissenschaftlichen Prüfung unterziehen darf, konnte dieser Verdacht bisher nie geklärt werden. Natürlich ist ein solches Dokument für jeden wahren Gelehrten von höchstem Interesse.«

»Für einen wie Sie zum Beispiel?«, warf Piers ein. »Als Experten für präbyzantinisches Schrifttum habe ich Sie noch gar nicht wahrgenommen. Sind Sie nicht eigentlich Soziologe?«

»Das schließt doch nicht aus, dass ich mich auch für Kirchengeschichte interessiere.«

»Und da Sie wussten«, fuhr Piers fort, »dass man Ihnen wahrscheinlich keinen Einblick in das Dokument gewähren würde, beschlossen Sie, es zu stehlen.«

Stannard warf Piers einen boshaften Blick zu und sagte mit vor

Ironie triefender Stimme: »Soviel ich weiß, gehört zu einem Diebstahl nach juristischer Definition der Vorsatz, sich dauerhaft in den Besitz fremden Eigentums zu bringen. Ich hätte gedacht, Sie als Polizeibeamter wüssten das.«

»Dr. Stannard«, sagte Dalgliesh, »Sie mögen von Natur aus unhöflich sein, oder vielleicht helfen Ihre rüden Bemerkungen Ihnen auch auf angenehme, wenngleich kindische Weise, Ihre Spannungen abzubauen, aber wenn es um Mord geht, ist ein solches Verhalten durchaus nicht empfehlenswert. Sie sind also in die Kirche gegangen. Wie kamen Sie darauf, dass der Papyrus dort versteckt sein könnte?«

»Das schien mir ganz nahe liegend. Die Bücher in der Bibliothek hatte ich bereits durchgesehen – zumindest soweit das möglich war, weil Pater Peregrine ständig dort herumwuselt und alles mit Argusaugen überwacht, während er so tut, als könne er kein Wässerchen trüben. Jedenfalls dachte ich, es sei an der Zeit, mich anderweitig umzuschauen, und kam auf den Gedanken, der Papyrus könnte hinter dem ›Weltgericht‹ versteckt sein. Also bin ich gestern Nachmittag in die Kirche gegangen. Samstags nach dem Mittagessen ist es immer ruhig im Seminar.«

»Und wie kamen Sie in die Kirche hinein?«

»Ich hatte Schlüssel. Kurz nach Ostern, als die meisten Studenten verreist waren und Miss Ramsay Urlaub hatte, bin ich hier gewesen. Ich habe mir die Kirchenschlüssel – einen Chubb und einen Yale – ausgeliehen und in Lowestoft nachmachen lassen. Während der paar Stunden, die ich dafür brauchte, wurden die Schlüssel nicht vermisst. Und wenn es doch jemandem aufgefallen wäre, dann hätte ich gesagt, ich hätte sie im Kreuzgang gefunden, wo sie leicht jemand verloren haben könnte.«

»Sie haben wirklich an alles gedacht. Und wo sind diese Schlüssel jetzt?«

»Nachdem Sebastian Morell heute Morgen in der Bibliothek die Bombe platzen ließ, war ich nicht gerade scharf drauf, mich mit ihnen erwischen zu lassen. Wenn Sie's unbedingt wissen müssen: Ich hab' sie weggeworfen. Genauer gesagt habe ich meine Fingerabdrücke abgewischt und die Schlüssel unter einem Grasbüschel am Rande der Klippen verscharrt.«

»Würden Sie die Stelle wieder finden?«, fragte Piers.

»Wahrscheinlich schon. Es könnte eine Weile dauern, aber auf sagen wir zehn Meter im Umkreis kann ich die Stelle schon orten.«

»Dann sehen Sie zu, dass Sie sie tatsächlich wieder finden!«, sagte Dalgliesh. »Sergeant Robbins wird Sie begleiten.«

»Was hatten Sie denn mit dem St.-Anselm-Papyrus vor, falls Sie ihn gefunden hätten?«, fragte Piers.

»Ich wollte ihn kopieren und einen Artikel darüber schreiben, für die Zeitungen und die Fachpresse. Der Allgemeinheit wollte ich ihn zugänglich machen, wie es sich für ein historisches Zeugnis dieses Rangs gehört.«

»Für Geld? Für akademische Lorbeeren, oder für beides?«, fragte Piers.

Stannard bedachte ihn mit einem ausgesprochen gehässigen Blick. »Wenn ich, wie beabsichtigt, ein Buch darüber geschrieben hätte, dann hätte das natürlich auch Geld eingebracht.«

»Geld, Ruhm, akademisches Prestige, Ihr Bild in den Zeitungen. Es gibt Menschen, die haben schon für weniger gemordet.«

Bevor Stannard protestieren konnte, griff Dalgliesh ein. »Wenn ich recht verstehe, haben Sie den Papyrus nicht gefunden.«

»Nein. Ich hatte einen langen hölzernen Brieföffner dabei, mit dem ich das, was ich in dem Hohlraum zwischen Bild und Kirchenmauer versteckt wähnte, herausstochern wollte. Ich war schon auf einen Stuhl geklettert, um besser hinzugelangen, als ich jemanden kommen hörte. Da habe ich den Stuhl rasch wieder an seinen Platz gestellt und mich versteckt. Wo, wissen Sie ja offenbar.«

»Im Kirchherrengestühl«, sagte Piers. »Schuljungenstreiche. Etwas blamabel, oder? Hätten Sie nicht einfach niederknien können? Aber nein, Sie im Gebet versunken, das wäre wohl nicht überzeugend gewesen.«

»Und hätte ich vielleicht beichten sollen, wie ich mir die Kirchenschlüssel besorgt hatte? Es mag Sie überraschen, doch so ein Canossagang kam für mich nicht in Frage.« Und an Dalgliesh gewandt fuhr er fort: »Aber ich kann beweisen, dass ich die Wahrheit sage. Ich habe nicht gesehen, wer die Kirche betrat, doch als die beiden den Mittelgang heraufkamen, konnte ich ihre Stimmen erkennen. Es waren Morell und der Archidiakon. Sie haben über die Zukunft von St. Anselm gestritten. Vermutlich würde ich den Großteil des Gesprächs noch zusammenbekommen. Ich habe ein gutes Wortgedächtnis, und die beiden machten sich nicht die Mühe, ihre Stimmen zu dämpfen. Wenn Sie nach jemandem fahnden, der was gegen den Archidiakon hatte, dann brauchen Sie nicht lange zu suchen. Unter anderem hat er damit gedroht, das wertvolle Altargemälde aus der Kirche entfernen zu lassen.«

Es klang, als interessiere es ihn aufrichtig, als Piers fragte: »Welche Erklärung hätten Sie denn geben wollen, wenn die beiden zufällig ins Kirchherrengestühl geschaut und Sie unter der Bank entdeckt hätten? Ich meine, Sie hatten ja offenbar alles sehr sorgfältig durchdacht. Da werden Sie sich doch auch eine Ausrede zurechtgelegt haben?«

Stannard behandelte die Frage wie den törichten Einwurf eines nicht sehr viel versprechenden Schülers. »Das ist doch lächerlich. Warum hätten sie das Kirchherrengestühl durchsuchen sollen? Und selbst wenn sie dort nachgesehen hätten, wie um alles in der Welt wären sie darauf gekommen, sich hinzuknien und unter die Bänke zu schauen? Wäre es so weit gekommen, dann hätte ich mich natürlich in einer äußerst peinlichen Lage befunden.«

»Und in der befinden Sie sich auch jetzt, Dr. Stannard«, sagte

Dalgliesh. »Sie gestehen einen missglückten Versuch, in der Kirche nach dem Papyrus zu suchen. Woher sollen wir wissen, ob Sie nicht am späten Abend noch mal zurückgegangen sind?«

»Ich gebe Ihnen mein Wort darauf, dass es nicht so war. Was kann ich noch sagen?« Und trotzig setzte er hinzu: »Sie können mir nichts Gegenteiliges beweisen.«

»Sie haben ausgesagt«, bemerkte Piers, »dass Sie mit einem hölzernen Brieföffner hinter dem ›Weltgericht‹ herumgestochert hätten. Sind Sie sicher, dass Sie kein anderes Werkzeug benutzten? Sind Sie nicht gestern Abend, während alle anderen in der Komplet waren, in die Küche gegangen und haben sich ein Tranchiermesser besorgt?«

Jetzt fiel Stannards einstudierte Nonchalance schlagartig von ihm ab, und die kaum verhüllte trotzige Arroganz wich nackter Angst. Die Haut um seine feuchten, stark geröteten Lippen war wie ausgebleicht, das ganze Gesicht nahm eine ungesunde graugrüne Färbung an, und auf den hervorspringenden Wangenknochen zeigten sich hektische rote Streifen.

Er wandte sich Dalgliesh so vehement und mit ganzem Körpereinsatz zu, dass er dabei fast seinen Sessel umgeworfen hätte. »Mein Gott, Dalgliesh, Sie müssen mir glauben! Ich war nicht in der Küche. Und ich könnte niemandem ein Messer in den Leib stoßen, nicht einmal einem Tier. Keiner Katze könnte ich die Kehle durchschneiden. Ein entsetzlicher Gedanke. Haarsträubend. Ich war gestern nur einmal in der Kirche, das schwöre ich, und alles, was ich dabeihatte, war ein Brieföffner aus Holz. Den kann ich Ihnen zeigen. Ich gehe gleich und hole ihn.«

Er erhob sich halb aus dem Sessel und blickte mit verzweifeltem Flehen von einem verschlossenen Gesicht zum anderen. Als er keine Antwort bekam, rief er plötzlich mit einem Anflug triumphaler Hoffnung in der Stimme: »Da ist noch was! Ich glaube, ich kann beweisen, dass ich am Abend nicht noch einmal in der Kirche war. Um halb zwölf unserer Zeit habe ich nämlich von meinem Handy aus meine Freundin in New York angerufen. Unsere Beziehung steckt gerade in einer heiklen Phase, und wir haben fast jeden Tag miteinander telefoniert. Ich kann Ihnen ihre Nummer geben. Wenn ich einen Mord geplant hätte, wäre ich doch vorher nicht hergegangen und hätte eine halbe Stunde mit meiner Freundin telefoniert.«

»Nein«, sagte Piers, »nicht, wenn es ein geplanter Mord war.«

Doch ein Blick in Stannards schreckgeweitete Augen überzeugte Dalgliesh davon, dass er ihn mit Sicherheit von der Liste der Verdächtigen streichen konnte. Stannard hatte keine Ahnung, wie der Archidiakon gestorben war.

»Ich muss Montagmorgen wieder in der Universität sein«, sagte Stannard. »Ich wollte heute Abend abreisen. Pilbeam sollte mich nach Ipswich bringen. Sie können mich nicht hier behalten, ich habe nichts verbrochen.«

Als er keine Antwort bekam, setzte er halb einlenkend, halb ärgerlich hinzu: »Hören Sie, ich habe meinen Pass mit. Ich trage ihn immer bei mir, um mich ausweisen zu können, denn einen Führerschein habe ich nicht. Wenn ich Ihnen nun den Pass vorübergehend aushändige, spricht doch wohl nichts mehr dagegen, dass Sie mich gehen lassen?«

»Inspektor Tarrant wird ihn entgegennehmen und Ihnen eine Quittung ausstellen«, sagte Dalgliesh. »Die Sache ist damit noch nicht erledigt, aber fürs Erste können Sie gehen.«

»Und vermutlich werden Sie Sebastian Morell melden, was vorgefallen ist.«

»Nein«, erwiderte Dalgliesh, »Sie werden es ihm sagen.«

16

Dalgliesh, Pater Sebastian und Pater Martin trafen sich im Büro des Rektors. Morell hatte sein Gespräch mit dem Archidiakon fast wortwörtlich in Erinnerung behalten und wiederholte es wie einen auswendig gelernten Dialog, wobei Dalgliesh der Anflug von Selbstekel in der Stimme Morells nicht entging. Als er zu Ende war, verstummte Pater Sebastian, ohne eine Erklärung nachzureichen oder irgendetwas zu beschönigen. Während er den Streit mit Crampton wiedergab, hatte Pater Martin so still und mit gesenktem Kopf am Kamin gesessen, als höre er eine Beichte.

Nach einer kleinen Pause sagte Dalgliesh: »Ich danke Ihnen, Pater. Ihre Schilderung stimmt mit Dr. Stannards Aussage überein.«

»Verzeihen Sie, wenn ich mich in Ihren Kompetenzbereich einmische«, sagte Pater Sebastian, »aber die Tatsache, dass Stannard sich gestern Nachmittag in der Kirche versteckt hatte, schließt ja nicht aus, dass er in der Nacht noch einmal zurückgekehrt ist. Trotzdem haben Sie, wenn ich recht verstehe, Stannard von weiteren Vernehmungen entbunden?«

Dalgliesh hatte nicht die Absicht preiszugeben, dass Stannard nicht wusste, wie der Archidiakon gestorben war. Er fragte sich schon, ob Pater Sebastian wohl vergessen habe, welche Rolle die fehlenden Schlüssel spielten, als der Rektor fortfuhr: »Da er sich schon vorher Nachschlüssel besorgt hatte, brauchte er natürlich keine aus dem Büro zu stehlen. Aber das könnte er ja auch getan haben, um den Verdacht auf jemand anderen zu lenken.«

»Was allerdings voraussetzen würde«, entgegnete Dalgliesh, »dass der Mord geplant war und nicht im Affekt geschah. Stannard ist übrigens nicht entlastet – das ist vorläufig niemand –, aber ich habe ihm gesagt, er könne abreisen, und ich nehme doch an, Sie sind froh, ihn loszuwerden.«

»Und wie! Uns war schon der Verdacht gekommen, dass er seine Recherchen über das Familienleben der frühen Traktarianer nur als Vorwand benutzte; Pater Peregrine war besonders misstrauisch. Aber Stannards Großvater war Seniorpartner in der

348

Anwaltskanzlei, die das Seminar seit dem neunzehnten Jahrhundert betreut. Er hat sehr viel für uns getan, und da wollten wir gegen seinen Enkel nicht ungefällig sein. Vielleicht hatte der Archidiakon ja Recht: Wir werden nur zu leicht zu Sklaven unserer Vergangenheit. Meine Unterredung mit Stannard war übrigens nicht gerade angenehm. Er schwankt zwischen Sophisterei und Großmäuligkeit und bemäntelt Gier und Unlauterkeit mit einer nicht ungewöhnlichen Entschuldigung: dem unantastbaren Vorrang historischer Forschung.«

Pater Martin hatte sich nicht an dem Gespräch beteiligt. Schweigend ging er mit Dalgliesh durchs Vorzimmer hinaus. Aber auf dem Treppenabsatz hielt er plötzlich inne und fragte: »Möchtest du ihn sehen, den Anselm-Papyrus?«

»Ja, sehr gern.«

»Ich verwahre ihn in meinem Zimmer.«

Sie stiegen die Wendeltreppe zum Turm empor. Der Blick von dort oben war phantastisch, aber das Zimmer machte keinen gemütlichen Eindruck. Die bunt zusammengewürfelte Einrichtung bestand aus Mobiliar, mit dem kein Staat mehr zu machen, das aber doch zum Wegwerfen zu schade war. So eine Flohmarktatmosphäre kann heiter und anheimelnd wirken, hier jedoch war sie nur deprimierend. Dalgliesh bezweifelte indes, dass Pater Martin von dieser Tristesse um ihn herum überhaupt etwas bemerkte.

An der Nordwand des Raumes hing ein kleiner Stich in einem braunen Lederrahmen. Die Darstellung war schwer zu erkennen, verriet auf den ersten Blick auch wenig künstlerischen Wert, und die Farben waren so verblasst, dass man die Madonna mit Kind im Vordergrund kaum ausmachen konnte. Pater Martin nahm das Bild von der Wand, löste die Oberkante des Rahmens und zog den Stich heraus. Dahinter kamen zwei Glasscheiben zum Vorschein, zwischen denen ein Blatt aus, wie es schien, dickem Karton klemmte, das an den Rändern zerfranst und eingerissen und engzeilig mit steilen, krakeligen schwarzen Schriftzeichen bedeckt war. Pater Martin brachte es nicht ans Fenster, und Dalgliesh hatte Mühe, außer der Überschrift etwas von dem lateinischen Text zu entziffern. In der rechten unteren Ecke, von der ein Teil abgebrochen war, meinte er ein kreisrundes Siegel zu entdecken, und auch das Muster der kreuzweise übereinander gepressten Fibern des Marks der Papyrusstaude erkannte er ganz deutlich.

»Er ist nur einmal untersucht worden«, sagte Pater Martin. »Kurz nachdem Miss Arbuthnot ihn bekommen hatte. Am Alter des Papyrus besteht anscheinend kein Zweifel, der stammt sicher aus dem ersten nachchristlichen Jahrhundert. Das Dokument könnte trotzdem eine Fälschung sein, denn einen alten Papyrus hätte ihr Bruder Edwin sich leicht beschaffen können. Er war ja, wie du wohl weißt, Ägyptologe.«

»Aber warum hat er ihn seiner Schwester geschenkt?«, fragte Dalgliesh. »Das scheint doch merkwürdig, ganz gleich, wo der Papyrus nun herstammt. Wenn das Schriftstück eine Fälschung war, mit der er ihre Religion in Misskredit bringen wollte, warum dann die Geheimhaltung? Und wenn er es für echt hielt, hätte er dann nicht umso mehr Grund gehabt, seinen Fund zu veröffentlichen?«

»Genau diese Ungereimtheit gab den Ausschlag dafür, dass wir von Anfang an vermuteten, es müsse sich um eine Fälschung handeln«, sagte Pater Martin. »Warum hätte er sich von dem Papyrus trennen sollen, wenn dieser echt war und seine Entdeckung ihm zu Ruhm und Ansehen verholfen hätte? Er könnte natürlich darauf spekuliert haben, dass seine Schwester das Dokument vernichten würde. Wahrscheinlich besaß er Fotografien davon und hätte, wäre seine Schwester seinem heimlichen Kalkül gefolgt, das Seminar angeklagt, einen Schatz von unvergleichlichem Wert vernichtet zu haben. So gesehen, hat sie wohl sehr klug gehandelt. Seine Motive sind nicht so leicht zu erklären.«

»Man fragt sich auch«, meinte Dalgliesh, »warum Pilatus sich

die Mühe hätte machen sollen, einen solchen Befehl schriftlich zu erteilen. Ein Wort von ihm, ins rechte Ohr geraunt,
wäre doch wohl der gängigere Weg gewesen.«
»Nicht unbedingt. Nein, das macht mir weniger zu schaffen.«
»Aber wenn Sie Gewissheit haben möchten, Pater, dann
könnte man die Sache heute ein für alle Mal klären. Selbst
wenn der Papyrus aus der Zeit Christi stammt, ließe sich die
Tinte mit der Radiokarbonmethode auch jetzt noch analysieren. Heute könnte man die Wahrheit ans Licht bringen.«
Pater Martin fügte Stich und Rahmen wieder sorgsam zusammen, hängte das Bild an seinen Platz und trat zurück, um zu
prüfen, ob es auch gerade hing. »Du glaubst also, Adam«, sagte er, »dass die Wahrheit keine Waffe ist, die verletzen kann.«
»Das würde ich nicht sagen. Aber ich glaube, dass wir nach
Wahrheit streben müssen, so unbequem sie uns, wenn wir sie
gefunden haben, auch erscheinen mag.«
»Ja, aber das ist deine Aufgabe, die Suche nach der Wahrheit.
Allerdings wirst selbst du nie die ganze erfahren. Wie denn
auch? Du bist ein kluger Mann, aber mit dem, was du tust,
schaffst du keine Gerechtigkeit. Wobei wir noch einmal un-
terscheiden müssen zwischen der irdischen Gerechtigkeit und
der Gerechtigkeit Gottes.«
»So vermessen bin ich nicht, Pater«, sagte Dalgliesh. »Mein
Ehrgeiz beschränkt sich darauf, der irdischen Gerechtigkeit
Genüge zu tun, oder ihr zumindest halbwegs nahe zu kom-
men. Und nicht einmal das liegt in meiner Hand. Meine Auf-
gabe ist es, einen Täter dingfest zu machen. Über schuldig
oder nicht schuldig entscheiden die Geschworenen, und der
Richter fällt das Urteil.«
»Und das ist dann gerecht?«
»Nicht immer. Womöglich nicht einmal besonders oft. Aber
in unserer unvollkommenen Welt ist es vielleicht noch das
Beste, was wir erreichen können.«
»Ich will die Bedeutung der Wahrheit ja auch gar nicht leug-

nen«, sagte Pater Martin. »Wie könnte ich? Ich sage nur, dass die Suche nach ihr gefährlich sein kann, genau wie sie selbst, wenn sie ans Licht kommt. Du meinst, wir sollten den St.-Anselm-Papyrus prüfen, die Wahrheit durch einen Radiokarbontest ergründen lassen. Aber das würde den Streit nicht beenden, Adam. Die einen würden behaupten, der Papyrus sei so überzeugend, dass er die Kopie eines älteren Originals sein müsse. Andere würden den Experten einfach keinen Glauben schenken. Wir wären mit jahrelangen zermürbenden Auseinandersetzungen konfrontiert. Und dem Papyrus würde immer ein geheimnisvoller Nimbus anhaften. Aber wir wollen hier keinen Kult wie den ums Turiner Leichentuch ins Leben rufen.«
Dalgliesh hatte noch eine Frage, die zu stellen er indes zögerte, da er sie selbst als anmaßend empfand. Trotzdem würde Pater Martin sie ehrlich beantworten, auch wenn ihn das vielleicht schmerzliche Überwindung kostete. »Pater«, begann er endlich, »gesetzt den Fall, der Papyrus würde geprüft und seine Echtheit mit an Sicherheit grenzender Wahrscheinlichkeit bestätigt – würde das Ihren Glauben verändern?«
Pater Martin lächelte. »Aber mein Sohn«, sagte er, »warum sollte sich einer wie ich, dem sich in jeder Stunde seines Lebens die lebendige Gegenwart Christi offenbart, um das Schicksal irdischer Gebeine bekümmern?«
Unten in seinem Büro hatte Pater Sebastian inzwischen Emma Lavenham zu sich gebeten. »Ich nehme an«, sagte er, nachdem sie Platz genommen hatte, »dass Sie so bald als möglich nach Cambridge zurückmöchten. Ich habe mit Mr. Dalgliesh gesprochen, und er hat keinerlei Einwände. Gegenwärtig kann er offenbar niemanden, der fortmöchte, an der Abreise hindern, vorausgesetzt, die Polizei weiß, wo die Betreffenden zu erreichen sind. Wir, die Patres, und die Kandidaten werden selbstverständlich alle hier bleiben.«
Vor lauter Empörung klang Emmas Stimme schroffer als beabsichtigt: »Soll das heißen, Sie haben mit Mr. Dalgliesh

besprochen, wie ich mich zu verhalten habe? Aber, Pater, ist das nicht eine Frage, die Sie und ich entscheiden sollten?«

Pater Sebastian ließ einen Moment den Kopf sinken, dann sah er ihr in die Augen. »Verzeihen Sie, Emma, ich habe mich ungeschickt ausgedrückt. So war es wirklich nicht. Ich bin vielmehr davon ausgegangen, dass Sie gern fortmöchten.«

»Aber warum? Wie kommen Sie darauf?«

»Mein Kind, wir haben einen Mörder unter uns. Davor dürfen wir nicht die Augen verschließen. Ich wäre beruhigter, wenn Sie nicht hier wären. Ich weiß, wir haben nicht zu befürchten, dass einer von uns in Gefahr schwebt, trotzdem kann St. Anselm gegenwärtig weder für Sie noch für sonst jemanden ein heiterer oder gar friedlicher Ort sein.«

»Das bedeutet aber noch lange nicht«, sagte Emma, und ihre Stimme klang schon viel sanfter, »dass ich fortwill. Sie haben selbst gesagt, in St. Anselm sollte auch weiterhin alles so weit wie möglich seinen gewohnten Gang gehen. Und ich dachte, das hieße für mich, ich würde bleiben und wie üblich meine drei Seminarsitzungen halten. Ich wüsste nicht, was meine Arbeit mit den Ermittlungen der Polizei zu tun hat.«

»Gar nichts, Emma. Ich habe mit Dalgliesh gesprochen, weil ich Sie kenne und mir denken konnte, dass Sie so reagieren würden. Aber vorher wollte ich mich vergewissern, ob es unseren Gästen prinzipiell freisteht, St. Anselm zu verlassen. Solange das nicht geklärt war, wäre es doch sinnlos gewesen, mit Ihnen über Ihre Wünsche zu diskutieren. Sie müssen mir meine Taktlosigkeit nachsehen. Bis zu einem gewissen Grad sind wir alle das Produkt unserer Erziehung. Und ich fürchte, ich neige instinktiv dazu, Frauen und Kinder in die Rettungsboote zu scheuchen, sobald es brenzlig wird.« Lächelnd fügte er hinzu: »Eine Angewohnheit, über die sich schon meine Frau beklagt hat.«

»Was ist mit Mrs. Pilbeam und Karen Surtees? Werden sie St. Anselm verlassen?«

Er zögerte und lächelte dabei so reumütig, dass Emma lachen musste.

»Ach, Pater, Sie wollen mir doch nicht erzählen, die beiden seien nicht gefährdet, weil sie einen Mann haben, der sie beschützt!«

»Nein, ich möchte mich nicht noch mal in die Nesseln setzen. Miss Surtees hat der Polizei erklärt, sie wolle bei ihrem Bruder bleiben, bis eine Festnahme erfolgt ist. Sie könnte also noch eine ganze Weile hier sein. Und wenn ich recht sehe, übernimmt in dem Fall *sie* die Beschützerrolle. Den Pilbeams habe ich vorgeschlagen, Mrs. Pilbeam solle einen ihrer verheirateten Söhne besuchen, doch sie fragte ziemlich streng zurück, wer dann für uns kochen würde.«

Emma kamen nun doch Bedenken. »Tut mir Leid, dass ich so heftig reagiert habe, und vielleicht bin ich auch egoistisch. Falls es leichter wäre für Sie – für alle hier –, wenn ich abreise, dann gehe ich natürlich. Ich möchte Ihnen nicht zur Last fallen oder Ihnen noch mehr Sorgen aufbürden. Ich bin einfach nur von mir ausgegangen.«

»Dann bleiben Sie bitte. Ich werde mich zwar in den nächsten drei Tagen noch ein bisschen mehr sorgen, wenn Sie hier sind, aber unser Wohlergehen und unseren Seelenfrieden wird Ihre Gegenwart unendlich befördern. Sie haben St. Anselm immer gut getan, Emma. Und das gilt auch jetzt.«

Wieder trafen sich ihre Blicke, und sie war nicht im Zweifel über das, was sie in seinen Augen sah: Freude und Erleichterung. Emma senkte die Lider, damit er in ihrem Blick nicht eine Empfindung las, die ihm weniger willkommen gewesen wäre: Mitleid. Er ist nicht mehr jung, dachte sie, und das ist ein furchtbarer Schlag für ihn, vielleicht das Ende all dessen, wofür er gearbeitet und was er geliebt hat.

17

Der Lunch in St. Anselm war im Vergleich zum Dinner eine frugale Mahlzeit und bestand gewöhnlich aus einer Suppe, gefolgt von verschiedenen Salaten, kaltem Aufschnitt und einem warmen vegetarischen Gericht. Wie an der Abendtafel wurde auch am Mittagstisch während des ersten Gangs Stillschweigen geübt. Heute war diese Stille für Emma – und wie sie mutmaßte auch für alle übrigen – besonders wohltuend. Wenn die kleine Seminargemeinschaft jetzt zusammentraf, schien Schweigen die einzig mögliche Reaktion auf eine Tragödie, deren makabrer Schrecken sich jedem sprachlichen Verständnis entzog. Überdies wurde die Schweigezeit in St. Anselm immer als Segnung empfunden, eine positive Kraft, die über den bloßen Verzicht auf Kommunikation hinausging; heute verlieh sie dem Mahl darüber hinaus für kurze Zeit die Illusion der Normalität. Trotzdem wurde kaum etwas gegessen, und sogar die Suppenteller schob man nur halb geleert beiseite, indes Mrs. Pilbeam kalkweiß im Gesicht und steif wie ein Automat auftrug und bediente.

Emma wollte nach dem Lunch eigentlich wieder in ihr Appartement zurück, um zu arbeiten. Doch sie wusste, dass sie sich nicht würde konzentrieren können, und einer spontanen Eingebung folgend, die sie sich zunächst selbst kaum erklären konnte, machte sie sich auf den Weg zum Cottage St. Luke und zu George Gregory. Er war nicht immer anwesend, wenn sie im Seminar ihre Gastvorträge hielt, aber wenn er da war, verkehrten sie gern und ungezwungen miteinander, ohne dass es je zu Intimitäten gekommen wäre. Und jetzt hatte sie das Bedürfnis, mit jemandem zu reden, der in St. Anselm lebte, aber doch nicht dazugehörte, mit jemandem, bei dem sie nicht jedes Wort auf die Goldwaage legen musste. Es war bestimmt viel leichter, mit einem Menschen über den Mord zu sprechen, der ihn sich, wie sie vermutete, nicht so zu Herzen nahm wie die Patres, ja vielleicht eher fasziniert als gramgebeugt darauf reagierte.

Gregory war zu Hause. Die Tür zu seinem Cottage stand offen, und Emma hörte schon von weitem, dass er Händel hörte. Eine Aufnahme, die sie auch besaß: »Ombra mai fu«, gesungen von dem Countertenor James Bowman. Märchenhaft schön und rein erscholl die klare Stimme über die Landzunge. Sie wartete, bis das Stück zu Ende war, doch kaum, dass sie die Hand nach dem Türklopfer ausstreckte, rief er sie auch schon herein. Emma ging durch sein aufgeräumtes, von Büchern gesäumtes Arbeitszimmer und trat hinaus auf die verglaste Veranda mit Blick auf die Landspitze. Gregory trank Kaffee. Das volle Aroma erfüllte den Raum, und Emma, die den Kaffee im Refektorium nicht abgewartet hatte, nahm dankend an, als er sich erbot, ihr eine zweite Tasse zu holen. Er rückte ein kleines Tischchen neben den niedrigen Korbsessel, und sie lehnte sich wohlig zurück, erstaunlich froh, hier zu sein.

Sie war spontan gekommen, ohne eine klare Vorstellung davon, was sie sich von dem Besuch versprach, aber nun drängte sich ihr eine Frage auf, die sie mit Gregory besprechen wollte. Sie betrachtete ihn, während er den Kaffee eingoss. Der Spitzbart verlieh seinem Gesicht, das sie zwar gut geschnitten, aber nicht unbedingt attraktiv fand, einen etwas finsteren, mephistophelischen Ausdruck. Er hatte eine hohe, fliehende Stirn, von der das grau melierte Blondhaar in so ebenmäßigen Wellen zurückfiel, dass es aussah wie mit elektrischen Lockenwicklern gelegt. Seine Augen blickten unter dünnen Lidern mit heiter-ironischer Verachtung in die Welt. Gregory hielt auf sich. Sie wusste, dass er joggte und außer in den kältesten Monaten des Jahres täglich zum Schwimmen ging. Als er ihr die Tasse reichte, sah sie wieder den Makel, den er nie zu verbergen suchte: Vom Mittelfinger seiner linken Hand war ihm die Hälfte abgehackt worden. Ein Unfall mit einer Axt, der sich in seiner Jugend zugetragen hatte. Er war gleich bei ihrer ersten Begegnung darauf zu sprechen gekommen, und sie hatte gemerkt, wie wichtig es ihm war zu betonen, dass es ein selbstverschuldeter Unfall war und kein Geburtsfehler. Emma hatte sich gewundert, dass eine solche Bagatelle, die ihn kaum behindern konnte, ihn derart beschäftigte und einen solchen Erklärungsbedarf hatte. Sie sah darin einen Indikator für seine Selbsteinschätzung.

»Ich wollte Sie um Rat bitten – nein, das ist nicht das rechte Wort. Sagen wir lieber, ich möchte etwas mit Ihnen besprechen«, fing Emma an.

»Ich fühle mich geschmeichelt. Aber warum kommen Sie damit zu mir? Wäre einer der Patres da nicht der bessere Ansprechpartner?«

»Pater Martin kann ich nicht damit belasten, und was Pater Sebastian sagen würde, weiß ich – zumindest glaube ich es zu wissen, obwohl er einen manchmal verblüffen kann.«

»Aber wenn es sich um eine moralische Frage handelt«, sagte Gregory, »dann sind dafür doch wohl eher die Patres zuständig.«

»Wahrscheinlich ist's eine moralische Frage – zumindest eine ethische –, ich weiß jedoch nicht, ob mir mit einer Expertenmeinung gedient wäre. Wie weit sollten wir Ihrer Meinung nach mit der Polizei zusammenarbeiten? Wie viel sollten wir Ihnen erzählen?«

»Das ist Ihre Frage, ja?«

»Genau.«

»Dann sollten wir sie erst einmal präzisieren. Sie wollen doch sicher, dass Cramptons Mörder gefasst wird? Damit hätten Sie kein Problem, wie? Oder finden Sie, Mord könnte unter gewissen Umständen entschuldbar sein?«

»Nein, das wäre mir nie in den Sinn gekommen. Wenn's nach mir ginge, sollten alle Mörder gefasst werden. Ich bin nicht sicher, ob ich weiß, was hernach mit ihnen geschehen soll, aber selbst wenn man Mitgefühl – vielleicht sogar Sympathie –

für sie aufbringt, wünsche ich mir doch, dass sie überführt werden.«

»Aber ohne sich selbst allzu sehr daran zu beteiligen?«

»Ich möchte keinem Unschuldigen schaden.«

»Ah!«, rief er. »Aber das können Sie nicht verhindern. Sie nicht und Dalgliesh auch nicht. Das ist nun einmal so, wenn es um Mord geht – da sind die Unschuldigen die Leidtragenden. Apropos, welchen Unschuldigen haben Sie denn im Sinn?«

»Das möchte ich lieber nicht sagen.« Es trat eine Pause ein, dann sagte sie: »Ich weiß nicht, warum ich Sie damit behellige. Wahrscheinlich musste ich einfach mal mit jemandem reden, der nicht direkt zum Seminar gehört.«

»Sie sind zu mir gekommen«, korrigierte er sie, »weil ich Ihnen nichts bedeute. Als Frau fühlen Sie sich nicht zu mir hingezogen. Sie kommen gern her, weil nichts, was zwischen uns gesprochen wird, etwas an unserem Verhältnis ändern kann; weil es daran nämlich nichts zu ändern gibt. Sie halten mich für intelligent und aufrichtig, Sie glauben, ich sei durch nichts zu schockieren und dass Sie mir trauen können. All das trifft zu. Und im Übrigen halten Sie mich nicht für Cramptons Mörder. Womit Sie wiederum vollkommen Recht haben. Ich war's nicht. Er machte praktisch keinen Eindruck auf mich, als er noch lebte, und jetzt, da er tot ist, beeindruckt er mich noch weniger. Ich bekenne, dass ich, was seinen Mörder betrifft, eine gewisse Neugier hege, aber das ist auch alles. Und ich wüsste gern, wie er gestorben ist, doch das werden Sie mir nicht verraten, und um mir keinen Korb zu holen, werde ich Sie gar nicht erst danach fragen. Gleichwohl bin ich natürlich nicht unbeteiligt. Ich hänge genauso mit drin wie alle anderen. Dalgliesh hat zwar noch nicht nach mir geschickt, aber ich bilde mir nicht ein, dass ich deshalb auf der Liste seiner Verdächtigen ganz unten rangiere.«

»Und wenn er Sie holen lässt, was werden Sie sagen?«

»Ich werde seine Fragen ehrlich beantworten. Ich werde nicht lügen. Wenn man mich um meine Meinung bittet, werde ich sie mit äußerster Vorsicht kundtun. Ich werde weder theoretisieren noch ungefragt Informationen weitergeben. Ganz bestimmt werde ich nicht versuchen, den Kriminalisten ihre Arbeit abzunehmen, für die sie weiß Gott gut bezahlt werden. Und ich werde mir vor Augen halten, dass ich meiner Aussage immer noch etwas hinzufügen kann, aber niemals etwas zurücknehmen, das ich einmal preisgegeben habe. Genau diesem Konzept möchte ich folgen. Aber wenn Dalgliesh oder seine Trabanten sich herbeilassen, mich zu rufen, werde ich wahrscheinlich zu arrogant sein oder zu neugierig, um meinen eigenen Rat zu befolgen. Hilft Ihnen das weiter?«

»Sie meinen also«, sagte Emma, »man soll nicht lügen, ihnen aber auch nicht mehr verraten als nötig. Lieber warten, bis man gefragt wird, und dann wahrheitsgemäß antworten.«

»Mehr oder weniger.«

Und jetzt stellte sie ihm eine Frage, die sie schon seit ihrer ersten Begegnung beschäftigte. Sonderbar, dass ausgerechnet heute der rechte Zeitpunkt dafür gekommen schien. »Ihre Sympathie für St. Anselm hält sich in Grenzen, nicht wahr? Liegt das daran, dass Sie nicht gläubig sind, oder weil Sie auch die Patres nicht für gläubig halten?«

»Oh, deren Glaube ist schon echt. Nur das, woran sie glauben, ist gegenstandslos geworden. Ich meine nicht die moralischen Lehren. Die westliche Zivilisation fußt auf dem jüdisch-christlichen Erbe, und wir sollten dankbar sein dafür. Aber die Kirche, der unsere Patres dienen, ist dem Tod geweiht. Wenn ich zum Beispiel das ›Weltgericht‹ betrachte, dann versuche ich zu verstehen, was es den Männern und Frauen des fünfzehnten Jahrhunderts bedeutet haben mag. Wenn das Leben kurz ist, hart und qualvoll, dann braucht man die Hoffnung auf so etwas wie den Himmel. Wenn es auf Erden keine wirksame Rechtsprechung gibt, braucht man die Hölle als abschreckendes Exempel. In der Kirche fanden die Menschen früherer Jahrhunderte Trost und Helligkeit und Bilder und Geschichten und die Hoffnung auf das ewige Leben. Das einundzwanzigste Jahrhundert sucht sich seine Kompensationen woanders. Etwa im Fußball. Da finden Sie Rituale, Farbe, Drama, Gemeinschaftsgefühl; der Fußball hat seine Hohen Priester und sogar Märtyrer. Natürlich gibt es auch andere Ersatzreligionen wie Shopping, Kunst und Musik, Reisen, Alkohol, Drogen. Wir alle haben unsere Abwehrmechanismen gegen die beiden größten Schrecknisse des Lebens: Langeweile und das Wissen um unsere Sterblichkeit. Und nun haben wir – Gott steh uns bei! – auch noch das Internet. Pornografie per Mausklick frei Haus. Ob man Anschluss an eine pädophile Clique sucht oder wissen will, wie man eine Bombe bastelt, um unliebsame Zeitgenossen in die Luft zu sprengen – das Internet bietet alles. Und ist obendrein noch eine unerschöpfliche Fundgrube für Informationen, die manchmal sogar stimmen.«

»Aber wenn nichts davon etwas bringt?«, fragte Emma. »Nicht einmal die Musik, die Dichtung, die Kunst?«

»Dann, meine Liebe, wende ich mich der Wissenschaft zu. Falls mir ein unschöner Abgang bevorsteht, werde ich mich auf Morphium verlassen und auf die Barmherzigkeit meines Arztes. Oder vielleicht schwimme ich hinaus aufs Meer und verabschiede mich mit einem letzten Blick zum Himmel.«

»Warum bleiben Sie in St. Anselm?«, fragte Emma. »Warum haben Sie diese Stelle überhaupt angenommen?«

»Weil es mir Spaß macht, intelligenten jungen Männern Griechisch beizubringen. Warum sind Sie Dozentin geworden?«

»Weil es mir Spaß macht, intelligenten jungen Männern und Frauen die englische Literatur nahe zu bringen. Aber das ist nur die halbe Antwort. Manchmal frage ich mich schon, wo mein Weg eigentlich hinführt. Und ich würde gern selber etwas Kreatives leisten, statt nur die Kreativität anderer zu beurteilen.«

»Gefangen im Labyrinth der akademischen Hierarchie? Davor habe ich mich stets gehütet. St. Anselm ist wie geschaffen für mich. Ich besitze genügend eigenes Geld, um auf keinen Fulltimejob angewiesen zu sein. Ich habe ein zweites Standbein in London – wo ich ein Leben führe, das die Patres hier nicht billigen würden. Aber ich schätze den Kontrast: Er stimuliert mich. Andererseits brauche ich auch Ruhe und Frieden zum Schreiben und zum Denken. Und genau die finde ich hier. Ich werde nie von Gästen behelligt. Die halte ich mir von vornherein unter dem Vorwand vom Leib, dass ich nur ein Schlafzimmer habe. Wenn mir danach ist, kann ich im Refektorium essen, wo die Speisen ausgezeichnet sind, die Weine immer trinkbar und manchmal unvergesslich, die Gespräche oft anregend und selten langweilig. Ich liebe einsame Spaziergänge, und diese abgelegene Küste ist genau das Richtige für mich. Ich habe freie Kost und Logis, und das Seminar zahlt ein lächerliches Gehalt für einen Unterricht, den es sonst auf dem Niveau schwerlich finden und sich auch kaum leisten könnte. All dem wird dieser Mörder ein Ende bereiten. Ich fange an, ihn ernsthaft zu hassen.«

»Am schlimmsten finde ich die Vorstellung, dass es jemand aus dem Seminar sein könnte, einer, den wir kennen.«

»Ein Insider, wie unsere werte Polizei sagen würde. Ein anderer kommt doch wohl nicht in Frage, oder? Ich bitte Sie, Emma, Sie sind doch kein Feigling. Sehen Sie der Wahrheit ins Gesicht. Welcher Dieb würde im Finstern und in einer stürmischen Nacht zu einer abgelegenen Kirche fahren, von der er kaum erwarten kann, dass sie offen steht, nur um den Opferstock aufzubrechen und ein paar falsche Münzen zu kassieren? Nein, nein! Der Kreis der Verdächtigen ist übrigens nicht sonderlich groß. Sie, meine Liebe, scheiden aus. In Kriminalromanen – nach denen unsre Patres, mit Verlaub, geradezu süchtig sind – ist natürlich immer der suspekt, der als Erster am Tatort erscheint, aber ich glaube, Sie können getrost davon ausgehen, dass man Sie nicht verdächtigt. Bleiben die vier Studenten, die letzte Nacht im Seminar waren, und sieben weitere Personen: die Pilbeams, Surtees und seine Schwester, Yarwood, Stannard und meine Wenigkeit. Unsre Patres im Herrn hat wahrscheinlich nicht einmal Dalgliesh ernsthaft in Verdacht, auch wenn er sie im Auge behalten wird, jedenfalls sofern er seinen Pascal gelesen hat. ›Nie ist der Mensch lustvoller und beherzter zu bösen Taten aufgelegt, als wenn er sie aus religiöser Überzeugung verübt.‹«

Emma wollte nicht über die Patres sprechen. »Die Pilbeams können wir doch gewiss auch ausschließen?«, sagte sie leise.

»Zugegeben, als Mörder kann man sie sich kaum vorstellen, aber das gilt schließlich für uns alle. Ich wäre jedoch untröstlich, wenn eine so gute Köchin lebenslänglich kriegte. Also gut, streichen wir die Pilbeams.«

Emma wollte schon sagen, dass sicher auch die vier Studenten ausschieden, aber etwas hielt sie zurück, vielmehr fürchtete sie sich vor dem, was sie dann vielleicht zu hören bekäme. Also sagte sie statt dessen: »Und Sie sind doch bestimmt auch nicht verdächtig? Sie hatten keinen Grund, den Archidiakon zu hassen. Seine Ermordung könnte die Schließung des Seminars besiegeln. Und das wäre wohl das Letzte, was Sie sich wünschen, oder?«

»Die Schließung wäre sowieso nicht aufzuhalten gewesen. Ein Wunder, dass St. Anselm sich so lange behaupten konnte. Aber Sie haben Recht, ich hatte keinen Grund, Crampton den Tod zu wünschen. Wenn ich fähig wäre, jemanden umzubringen – was ich nicht bin, außer vielleicht in Notwehr –, dann hätte ich mir eher Sebastian Morell ausgesucht.«

»Pater Sebastian? Warum?«

»Eine alte Rechnung. Er hat seinerzeit meine Ernennung zum Fellow in All Souls in Oxford hintertrieben. Heute ist das nicht mehr wichtig, aber damals war's ein schwerer Schlag für mich. In einer gehässigen Kritik meines gerade erschienenen Buches hatte er mich kaum verbrämt des Plagiats bezichtigt.

Zu Unrecht. Es war einer dieser unwahrscheinlichen Zufälle, die gleichwohl manchmal vorkommen, wenn Gedanken und Formulierungen zweier Autoren halt übereinstimmen. Aber der Skandal war meiner Karriere nicht gerade förderlich.«
»Wie furchtbar.«
»Halb so wild. Wie gesagt, so was kommt vor, das wissen Sie doch auch. Der Albtraum jeden Autors.«
»Aber wieso hat er Sie dann nach St. Anselm geholt? Er kann den Vorfall von damals doch nicht vergessen haben?«
»Er hat ihn nie erwähnt. Schon möglich, dass er ihn vergessen hat. Für mich war das damals eine große Sache, für ihn offensichtlich nicht. Selbst wenn er sich daran erinnerte, als ich mich um die Stelle hier bewarb, dürfte es ihm kaum etwas ausgemacht haben, ging es doch darum, für St. Anselm einen ausgezeichneten Lehrer zu engagieren, den er noch dazu preiswert bekam.«
Emma antwortete nicht. Gregory sah hinunter auf ihren gesenkten Kopf und sagte: »Trinken Sie noch einen Kaffee, und dann können Sie mir den neuesten Klatsch aus Cambridge erzählen!«

18

Als Dalgliesh anrief, um George Gregory ins Cottage St. Matthew zu zitieren, sagte der Griechischlehrer: »Ich hatte gehofft, Sie könnten mich hier vernehmen. Ich erwarte nämlich einen Anruf von meiner Agentin, und sie hat nur diese Nummer. Mobiltelefone sind mir entschieden zuwider.«
Ein geschäftlicher Anruf am Sonntag hörte sich für Dalgliesh sehr nach Ausrede an.
Gregory, der seine Skepsis spürte, fügte hinzu: »Wir hatten uns für morgen in London zum Lunch verabredet, im ›Ivy‹! Ich hatte mir schon gedacht, dass daraus jetzt nichts mehr

wird, oder dass es Ihnen zumindest nicht recht sein würde. Also habe ich versucht, meiner Agentin abzusagen, konnte sie aber nicht erreichen. Schließlich habe ich ihr eine Nachricht auf dem Anrufbeantworter hinterlassen und sie gebeten, mich zurückzurufen. Aber wenn ich heute oder spätestens morgen früh nicht von ihr höre, dann muss ich eben nach London fahren. Ich nehme an, Sie hätten nichts dagegen?«

»Im Augenblick nicht, nein«, sagte Dalgliesh. »Allerdings wäre es mir lieber, wenn alle, die zu St. Anselm gehören, hier blieben, bis die erste Vernehmungsrunde abgeschlossen ist.«

»Ich will bestimmt nicht davonlaufen. Ganz im Gegenteil! Schließlich passiert es nicht alle Tage, dass man etwas so Aufregendes wie einen Mord hautnah miterlebt.«

»Ich glaube nicht, dass Miss Lavenham Ihr Vergnügen an dieser Erfahrung teilt«, sagte Dalgliesh.

»Nein, bestimmt nicht. Armes Mädchen! Aber sie hat ja auch die Leiche gesehen. Ohne den visuellen Schock löst Mord eher einen atavistischen Schauder aus, mehr Agatha Christie als echte Empfindung. Ich weiß, dass eingebildete Schrecken angeblich stärker wirken als die Realität, aber ich kann mir nicht vorstellen, dass das auch für Mord gilt. Wer einmal einen ermordeten Leichnam gesehen hat, wird dieses Bild gewiss nie wieder los. Sie kommen also zu mir? Danke schön!«

Gregorys Gerede war roh und gefühllos gewesen, trotzdem hatte er nicht ganz Unrecht. Dalgliesh war ein unerfahrener Detective gewesen und erst seit kurzem bei der Kriminalpolizei, als er, neben dem Leichnam jenes ersten unvergesslichen Opfers kniend, in einem Anfall von Empörung, Schock und Mitleid erstmals die zerstörerische Gewalt des Mordes erfuhr. Wie wohl Emma Lavenham damit fertig wurde? Er fragte sich, ob er etwas tun könne oder solle, um ihr zu helfen. Wohl eher nicht. Womöglich würde sie ein solches Anerbieten als aufdringlich oder gönnerhaft empfinden. Dabei gab es in St. Anselm niemanden, mit dem sie offen über das, was sie in der Kirche gesehen hatte, reden konnte; ausgenommen Pater Martin, aber der arme Alte brauchte vermutlich eher selbst tröstlichen Beistand, als dass er ihn hätte spenden können. Emma konnte natürlich abreisen und ihr Geheimnis mitnehmen, aber sie war nicht die Frau, die einfach davonlief. Wieso war er sich dessen so sicher, obwohl er sie gar nicht richtig kannte? Entschlossen schob er den Gedanken an Emma fürs Erste beiseite und konzentrierte sich auf die bevorstehende Vernehmung.

Gregory in seinem Cottage zu treffen war durchaus in Dalglieshs Sinne. Zwar hatte er nicht vor, die Studenten auf ihren Zimmern oder wo immer es ihnen beliebte zu verhören; in deren Fall war es angebracht, zweckmäßig und zeitsparend, dass sie zu ihm kamen. Gregory aber würde sich auf eigenem Terrain wohler fühlen, und ein entspannter Zeuge gab sich viel eher eine Blöße. Außerdem konnte man durch eine unauffällige Wohnungsinspektion weit mehr über einen Verdächtigen erfahren als mit einem Dutzend direkter Fragen. Bücher, Bilder, die Gruppierung von Zierrat und Souvenirs waren mitunter aussagekräftiger als das gesprochene Wort.

Als Dalgliesh und Kate dem Griechischlehrer in das Zimmer links vom Eingang folgten, war der Commander aufs Neue verblüfft über den individuellen Charakter, der die drei bewohnten Cottages so grundlegend voneinander unterschied; einmal die wohnlich heitere Behaglichkeit bei den Pilbeams, dann Surtees' penibel unterteilter Werkraum, in dem es nach Holz roch, nach Terpentin und Tierfutter, und nun hier das Domizil eines Geisteswissenschaftlers, der obendrein ein Ordnungsfanatiker zu sein schien. Gregory hatte sich bei der Einrichtung des Cottage ganz von seinen beiden Hauptinteressen, der klassischen Musik und der Literatur, leiten lassen. Das vordere Zimmer war ringsum von Bücherregalen gesäumt, die vom Boden bis zur Decke reichten. Einzig über dem reich verzierten viktorianischen Kamin war ein Platz ausgespart, und dort hing ein

Druck von Piranesis »Konstantinsbogen«. Gregory achtete offenbar streng darauf, dass die Regalhöhe jeweils genau der Größe der Bücher angepasst war – Dalgliesh hatte die gleiche Marotte –, und beim Betreten des Raums fühlte man sich eingehüllt von der matt schimmernden Pracht goldgeprägter, ledergebundener Folianten. Unter dem Fenster, das keine Vorhänge, aber eine Jalousie hatte, stand ein schlichter Eichenschreibtisch mit Computer und einem funktionalen Bürostuhl dahinter.

Ein offener Durchgang führte in den verglasten Anbau, der sich über die ganze Längsseite des Cottages erstreckte. Hier hatte Gregory sich seinen Wohnraum eingerichtet: leichte, aber bequeme Korbsessel, ein Sofa, eine kleine Tischbar und der Sitzgruppe gegenüber ein größerer runder Tisch, auf dem sich Bücher und Zeitschriften stapelten. Selbst die waren ordentlich aufgeschichtet und wie es schien nach der Größe sortiert. Das Glasdach und die Seitenwände waren mit Markisen ausgestattet, die im Sommer sicher auch dringend notwendig waren. Denn der Raum lag nach Süden zu und war selbst zu dieser Jahreszeit angenehm warm. Draußen vor der Glasfront erstreckte sich das öde Brachland; in der Ferne sah man die Baumwipfel rings um Ballard's Mere und, nach Osten zu, das weite Grau der Nordsee.

Die niedrigen Sessel waren für ein Polizeiverhör nicht sonderlich geeignet, aber es gab keine anderen Sitzgelegenheiten. Gregory, dessen Stuhl nach Süden ausgerichtet war, streckte entspannt wie ein Clubhabitué seine langen Beine aus und lehnte den Kopf an die Nackenstütze.

Dalgliesh begann mit Fragen, deren Antworten er bereits aus Gregorys Personalakte kannte. Allerdings waren seine Papiere längst nicht so aufschlussreich gewesen wie die der Kandidaten. Die erste Anlage, ein Brief vom Keble College in Oxford, erklärte, wie Gregory nach St. Anselm gekommen war. Dalgliesh, der bei schriftlichen Zeugnissen fast über ein absolutes Gedächtnis verfügte, konnte sich den Inhalt des Briefes mühelos vergegenwärtigen.

Nun, da Bradley sich endlich aufs Altenteil zurückgezogen hat (wie haben Sie ihn bloß dazu gebracht?), geht das Gerücht, dass Sie nach einem Ersatzmann suchen. Ob Sie wohl schon mal an George Gregory gedacht haben? Wie ich höre, arbeitet er zur Zeit an einer Neuübersetzung des Euripides und ist auf der Suche nach einer Teilzeitstelle, vorzugsweise auf dem Lande, wo er sein großes Werk in Ruhe fortführen kann. Vom wissenschaftlichen Niveau her könnten Sie keinen Besseren finden, und er ist ein großartiger Lehrer. Was seine Karriere angeht, so ist es die übliche Geschichte des viel versprechenden Akademikers, der seiner Begabung nie ganz gerecht wird. Er ist nicht gerade der Umgänglichste, aber ich denke, er könnte Ihnen gefallen. Er war letzten Freitag zum Essen hier und hat sich nach der Stelle bei Ihnen erkundigt. Ich habe ihm nichts versprochen, sondern mich nur bereit erklärt, nachzufragen, wie's inzwischen mit Ihren Berufungsplänen steht. Die Besoldung spielt wohl auch eine Rolle, ist aber nicht entscheidend. Was er vor allem sucht, sind Ruhe und Abgeschiedenheit.

»Sie kamen 1995 auf Einladung des Rektors nach St. Anselm«, begann Dalgliesh jetzt.

»Man könnte auch sagen, ich wurde von meinem alten College abgeworben. Das Seminar suchte einen erfahrenen Lehrer für Griechisch und nebenher etwas Hebräisch. Ich suchte eine Teilzeitstelle, vorzugsweise auf dem Lande und mit Unterkunft. Ich habe ein Haus in Oxford, aber das ist zur Zeit vermietet. Und da der Mieter seriös ist und die Miete hoch, möchte ich dieses Arrangement auch beibehalten. Pater Martin hätte unser Zusammentreffen eine Fügung des Schicksals genannt, Pater Sebastian sah darin nur einen weiteren Beweis für seine Fähigkeit, die Dinge zu seinem und zum Vorteil des Seminars zu regeln. Ich kann zwar nicht für St. Anselm sprechen, glaube aber trotzdem, dass beide Parteien es bisher nicht bereuen, sich aufeinander eingelassen zu haben.«

»Wann haben Sie Archidiakon Crampton kennen gelernt?«

»Vor etwa drei Monaten, als er das erste Mal hier war, nachdem man ihn ins Kuratorium berufen hatte. An das genaue Datum erinnere ich mich nicht mehr. Vor zwei Wochen kam er wieder und dann eben gestern. Bei seinem zweiten Besuch hat er sich eigens die Mühe gemacht, mich hier aufzusuchen, um sich zu erkundigen, zu welchen Bedingungen ich meines Erachtens hier angestellt sei. Ich hatte den Eindruck, wenn ich ihn nicht bremste, würde er mich auch noch nach meinen religiösen Überzeugungen ausquetschen. Bezüglich der ersten Frage verwies ich ihn an Sebastian Morell, und auf die zweite reagierte ich so ungefällig, dass er sich trollte, um sich ein willfährigeres Opfer zu suchen – vermutlich Surtees.«

»Und dieses Wochenende?«

»Da habe ich ihn erst gestern beim Abendessen gesehen. Kein besonders festlicher Anlass, aber Sie waren ja dabei und haben genauso viel gesehen und gehört wie ich, wahrscheinlich sogar mehr. Ich habe nicht mal den Kaffee abgewartet, sondern mich gleich nach dem Essen zurückgezogen.«

»Und wo verbrachten Sie den Rest der Nacht, Mr. Gregory?«

»Hier im Cottage. Ich habe gelesen, einiges überarbeitet, Referate benotet. Anschließend wie üblich Musik gehört, gestern Abend Wagner, und dann bin ich zu Bett gegangen. Und um Ihnen die Frage zu ersparen: Nein, ich habe das Cottage während der Nacht nicht verlassen. Ich habe niemanden gesehen und nichts gehört außer dem Sturm.«

»Und von der Ermordung des Archidiakon erfuhren Sie wann?«

»Als Raphael Arbuthnot gegen Viertel vor sieben anrief und mir mitteilte, Pater Sebastian habe uns alle für halb acht zu einer Dringlichkeitssitzung in die Bibliothek bestellt. Er sagte nicht, worum es ging, und von dem Mord erfuhr ich erst, als wir alle weisungsgemäß versammelt waren.«

»Und Ihre Reaktion auf die Nachricht?«

»Schwer zu beschreiben. Zunächst war ich wohl vor allem fassungslos und schockiert. Für Schmerz oder Trauer bestand keine Veranlassung, da ich den Mann ja nicht persönlich kannte. Aber diese Farce in der Bibliothek war schon erstaunlich, nicht wahr? Auf solche Inszenierungen versteht sich Morell. Ich nehme doch an, es war seine Idee. Da standen und saßen wir dann alle wie eine zerstrittene Familie, die auf die Testamentseröffnung wartet. Ich sagte ja schon, dass ich im ersten Moment wie unter Schock stand, und so war es auch. Aber überrascht war ich nicht. Als ich in die Bibliothek kam und Emma Lavenhams Gesicht sah, wusste ich, dass etwas Schlimmes passiert war. Und ich glaube, ich ahnte schon, bevor Morell das Wort ergriff, was er uns zu sagen hatte.«

»Sie wussten, dass der Archidiakon in St. Anselm nicht gern gesehen war?«

»Ich versuche mich aus der Seminarpolitik herauszuhalten; kleine Institutionen wie St. Anselm werden leicht zu Brutstätten von Klatsch und übler Nachrede. Aber ich bin auch nicht gerade blind und taub. Ich denke, die meisten von uns wissen, dass St. Anselm einer ungewissen Zukunft entgegengeht und dass Archidiakon Crampton darauf drängte, das Seminar zu schließen.«

»Wäre diese Schließung sehr unangenehm für Sie?«

»Ich würde sie nicht begrüßen, aber damit gerechnet habe ich schon bald, nachdem ich hier angefangen hatte. Nur wähnte ich mich, gemessen an dem Tempo, mit dem die anglikanische Kirche sich entwickelt, noch mindestens zehn Jahre in Sicherheit. Um das Cottage wird's mir Leid tun, besonders, da ich den Anbau aus eigener Tasche bezahlt habe. Für meine Arbeit ist ein Ort wie St. Anselm ideal, und der Abschied wird mir schwer fallen. Doch vielleicht muss ich gar nicht fort. Ich weiß nicht, was die Kirche mit den Gebäuden vorhat, aber leicht zu veräußern ist ein solcher Besitz sicher nicht. Möglicherweise werde ich das Cottage kaufen können. Noch ist es zu früh, um ernsthaft darüber nachzudenken, und ich weiß nicht einmal, ob es dem Kirchenrat gehört oder der Diözese. Diese klerikale Welt ist mir gänzlich fremd.«

Mithin kannte Gregory entweder Miss Arbuthnots Testament nicht, oder er war darauf bedacht, sein Wissen für sich zu behalten. Mehr war fürs Erste wohl nicht zu erfahren, und Gregory machte auch schon Anstalten, sich aus seinem Sessel zu hieven.

Doch Dalgliesh war noch nicht fertig. »Gehörte Ronald Treeves auch zu Ihren Schülern?«, fragte er.

»Ja, natürlich. Ich unterrichte alle Kandidaten in Griechisch und Hebräisch, bis auf die, die klassische Philologie studiert haben. Treeves hatte einen Collegeabschluss in Geographie, das heißt, er belegte in St. Anselm einen Dreijahreskurs und musste mit Griechisch ganz von vorn anfangen. Ach richtig, das hätte ich fast vergessen: Ursprünglich sind Sie ja hergekommen, um Treeves' Tod zu untersuchen. Der erscheint einem jetzt vergleichsweise unbedeutend, nicht? Und das war er eigentlich immer, als mutmaßlicher Mordfall, meine ich. Vernünftiger wäre es gewesen, der Coroner hätte gleich auf Suizid erkannt.«

»War das Ihr Eindruck, als Sie den Leichnam sahen?«

»Sobald ich Zeit hatte, in Ruhe nachzudenken, kam ich zu diesem Schluss, ja. Seine zusammengefaltete Kleidung brachte mich darauf. Ein junger Mann, der eine Klippe besteigen will, ordnet Kutte und Soutane nicht mit so feierlicher Sorgfalt. Freitagabend vor der Komplet hatte er eine Privatstunde bei mir. Da wirkte er auf mich nicht anders als sonst; das heißt, er war nicht besonders fröhlich, aber das war er schließlich nie. Ich kann mich nicht erinnern, dass wir von etwas anderem gesprochen hätten als der Übersetzung, die er vorbereitet hatte. Ich fuhr gleich anschließend nach London, wo ich in meinem Club übernachtete. Samstagnachmittag, auf der Rückfahrt, wurde ich dann von Mrs. Munroe angehalten.«

»Was war er für ein Mensch?«, fragte Kate.

»Ronald Treeves? Stur, sehr fleißig, intelligent – aber vielleicht nicht ganz so klug, wie er zu sein glaubte –, unsicher und erstaunlich intolerant für einen Jungen seines Alters. Ich glaube, der Herr Papa spielte eine dominierende Rolle in seinem Leben. Und ich könnte mir vorstellen, dass das auch für seine Berufswahl ausschlaggebend war: Wenn man es nicht schafft, in Papas Fußstapfen zu treten, kann man sich wenigstens einen Beruf aussuchen, mit dem der alte Herr überhaupt nicht einverstanden ist. Aber wir haben nie über sein Privatleben gesprochen. Ich habe es mir zur Regel gemacht, keine engeren Kontakte mit den Studenten zu pflegen. Das bringt nur Ärger, besonders in einem kleinen Seminar wie St. Anselm. Ich bin hier, um ihnen Griechisch und Hebräisch beizubringen, und nicht, um ihre Psyche zu ergründen. Wenn ich sage, dass ich großen Wert auf meine Privatsphäre lege, dann gehört dazu auch, dass ich von allem, was menschelt, verschont bleiben will. Ach, übrigens, wann meinen Sie denn, wird die Nachricht von diesem Mord an die Öffentlichkeit dringen? Vermutlich können wir uns da auf den üblichen Medienansturm gefasst machen.«

»Wir können den Fall sicher nicht unbegrenzt geheim halten«, antwortete Dalgliesh. »Pater Sebastian und ich, wir beraten noch, inwieweit da ein Pressebüro Hilfestellung leisten könnte. Und sobald es die ersten gesicherten Erkenntnisse gibt, werden wir eine Pressekonferenz einberufen.«

»Und es spricht nichts dagegen, dass ich heute nach London fahre?«

»Ich kann Sie nicht daran hindern.«

Gregory erhob sich langsam. »Trotzdem, ich glaube, das Mittagessen morgen sage ich ab. Ich habe das Gefühl, hier wird es interessanter für mich als bei einer langweiligen Diskussion über die Gaunereien meines Verlegers und das Kleingedruckte in meinem neuen Vertrag. Ihnen wäre es vermutlich lieber, wenn ich den Grund für meine Absage nicht angebe.«

»Im Moment wäre ich dankbar für Ihre Diskretion, ja.«

Gregory ging zur Tür. »Schade. Mir würde es Spaß machen zu erklären, dass ich nicht nach London kommen kann, weil ich zu den Verdächtigen in einem Mordfall gehöre. Auf Wiedersehen, Commander! Falls Sie mich noch mal brauchen, wissen Sie ja, wo ich zu finden bin.«

19

Für die Mordkommission endete der Tag so, wie er begonnen hatte: mit einer Lagebesprechung in St. Matthew. Aber diesmal hatten sie sich den wohnlicheren der beiden ebenerdigen Räume ausgesucht. Hier saßen sie nun in den Sesseln und auf dem Sofa, tranken einen letzten Kaffee und bilanzierten ihre Fortschritte. Die Überprüfung des abendlichen Anrufs bei Mrs. Crampton hatte ergeben, dass er von dem Apparat auf dem Korridor vor Mrs. Pilbeams Aufenthaltsraum geführt worden war, also von einem allgemein zugänglichen Haustelefon, neben dem an der Wand das Kästchen für die Gebühren hing. Erfolgt war der Anruf genau um neun Uhr achtundzwanzig. Damit hatten sie ein weiteres wichtiges Indiz für das, was sie von Anfang an vermutet hatten: Der Mörder kam aus St. Anselm.

Piers, der dem Anruf nachgegangen war, sagte: »Wenn unsere Vermutung stimmt und derselbe Anrufer später das Handy des Archidiakons anwählte, dann sind alle, die an der Komplet teilnahmen, aus dem Schneider. Bleiben noch Surtees und seine Schwester, Gregory, Inspektor Yarwood, die Pilbeams und Emma Lavenham … Ich nehme nicht an, dass einer von uns ernsthaft Dr. Lavenham verdächtigt. Und Stannard haben wir ja bereits aussortiert.«

»Nicht ganz«, widersprach Dalgliesh. »Wir können ihn nicht hier festhalten, und ich bin ziemlich sicher, dass er keine Ahnung hat, wie Crampton gestorben ist. Aber das schließt nicht unbedingt aus, dass er in den Fall verwickelt ist. Stannard ist nicht mehr in St. Anselm, aber wir streichen ihn noch nicht von unserer Liste.«

»Da wäre noch was, Sir«, sagte Piers. »Arbuthnot kam gestern als Letzter gerade noch rechtzeitig zum Gottesdienst in die Sakristei. Das habe ich von Pater Sebastian, der natürlich keine Ahnung hatte, wie wichtig diese Information für uns ist. Robbins und ich, wir haben's ausprobiert, Sir. Beide haben wir's von der Sakristei durch den Südflügel des Kreuzgangs und über den Hof zum Hauptgebäude in zehn Sekunden geschafft. Es wäre zwar arg knapp gewesen, aber Arbuthnot hätte Mrs. Crampton anrufen und trotzdem um halb zehn in der Kirche sein können.«

»Wär' aber riskant gewesen, oder?«, meinte Kate. »Er hätte doch leicht gesehen werden können.«

»Im Dunkeln? Und bei der schwachen Beleuchtung im Kreuzgang? Außerdem, wer hätte ihn denn sehen sollen? Die anderen waren schon in der Kirche. Da hätte er nicht viel riskiert.«

Zum ersten Mal schaltete sich Robbins ein. »Ich frage mich, ob es verfrüht wäre, Sir, alle, die in der Kirche waren, auszuschließen. Angenommen, Kain hatte einen Komplizen? Und noch steht ja nicht fest, dass es die Tat eines Einzelnen war. Für den Anruf kommen alle die, die vor neun Uhr achtundzwanzig in der Kirche waren, nicht in Frage, trotzdem könnte einer von ihnen an dem Mord beteiligt gewesen sein.«

»Ein Komplott?«, überlegte Piers laut. »Möglich wär's. Feinde hatte er hier ja genug. Vielleicht hat ihn ein Pärchen ermordet. Als Kate und ich die Surteesens vernommen haben, merkten wir gleich, dass bei denen irgendetwas im Busch war. Eric hat regelrecht geschlottert vor Angst.«

Von den Verdächtigen hatte einzig Karen Surtees die Beamten

mit einer überraschenden Aussage verblüfft. Sie hatte behauptet, sowohl sie als auch ihr Bruder hätten das Cottage St. John den ganzen Abend nicht verlassen. Bis elf hätten sie ferngesehen und seien anschließend zu Bett gegangen. Und als Kate wissen wollte, ob sie oder Eric das Cottage verlassen haben könnten, ohne dass der jeweils andere es bemerkte, hatte sie gesagt: »Das ist eine ziemlich plumpe Art zu fragen, ob einer von uns in den Sturm hinausgelaufen ist, um den Archidiakon zu ermorden. Aber wir haben ihn nicht umgebracht. Und wenn Sie glauben, Eric hätte das Cottage verlassen können, ohne dass ich's mitbekam, dann liegen Sie falsch. Wir schlafen nämlich im selben Bett, wenn Sie's genau wissen wollen. Ich bin schließlich nur seine Halbschwester, und selbst wenn es anders wäre, Sie wollen ja einen Mord aufklären und keinen Inzest, und außerdem geht unser Privatleben Sie gar nichts an.«

»Und ihr wart beide überzeugt, dass sie die Wahrheit sagt?«, fragte Dalgliesh.

»Ein Blick ins Gesicht ihres Bruders war Beweis genug«, sagte Kate. »Keine Ahnung, ob er wusste, dass sie damit herausplatzen würde, aber recht war's ihm nicht. Und es ist schon merkwürdig, dass sie uns das auf die Nase gebunden hat, oder? Um sich ein Alibi zu verschaffen, hätte sie doch genauso gut sagen können, der Sturm habe sie fast die ganze Nacht wach gehalten. Okay, ich glaube, sie ist der Typ Frau, dem's Spaß macht, andere zu schockieren, aber deshalb muss sie uns doch nicht gleich einen Inzest offenbaren – falls es denn einer ist.«

»Es zeigt aber, dass ihr verdammt viel dran lag, sich ein Alibi zu verschaffen«, sagte Piers. »Hat fast den Anschein, als dächten die beiden voraus, nach dem Motto: Lieber gleich die Wahrheit sagen, für den Fall, dass man sich später vor Gericht darauf berufen muss.«

Der Zweig, von dem Raphael Arbuthnot gesprochen hatte, war tatsächlich in seinem Zimmer gefunden worden, darüber hinaus aber war der Spurensicherung dort nichts Interessantes aufgefallen. Gleichwohl hatte Dalgliesh sich im Lauf des Tages mehr und mehr in dem Eindruck bestätigt gefühlt, dass es sich bei diesem abgebrochenen Zweig um ein wichtiges Indiz handele. Aber es schien ihm verfrüht, seinen Verdacht jetzt schon zu äußern.

Als Nächstes besprachen sie die Ergebnisse der Einzelvernehmungen. Bis auf Raphael behaupteten alle Bewohner des Seminars oder der Cottages, sie hätten um halb zwölf brav im Bett gelegen und während der Nacht, trotz gelegentlicher Störungen durch das Heulen des Windes, nichts Ungewöhnliches gesehen oder gehört. Pater Sebastian hatte sich kooperativ, aber kühl verhalten, und es gelang ihm nur mit Mühe, seinen Unmut darüber zu verbergen, dass er, der Rektor, von untergeordneten Beamten vernommen wurde. Gleich zu Beginn hatte er erklärt, dass er nur sehr wenig Zeit habe, da er den Besuch Mrs. Cramptons erwarte. Aber seine Vernehmung war ohnehin rasch beendet. Der Rektor hatte bis elf an einem Artikel für eine theologische Zeitschrift gearbeitet und war nach seinem gewohnten Nightcap-Whisky um halb zwölf im Bett gewesen.

Pater John Betterton und seine Schwester hatten bis halb elf gelesen, und danach hatte Miss Betterton beiden noch einen Kakao gekocht. Die Pilbeams hatten ferngesehen und sich mit zahlreichen Tassen Tee gegen die stürmische Nacht gewappnet.

Gegen acht war dann für Dalglieshs Team endlich Feierabend. Die Kriminaltechniker waren längst in ihr Hotel gefahren, und nun wünschten auch Kate, Piers und Robbins dem Commander eine gute Nacht. Morgen würden Kate und Robbins nach Ashcombe House fahren, um vor Ort etwas über die Zeit in Erfahrung zu bringen, in der Margaret Munroe im Hospiz gearbeitet hatte. Dalgliesh verschloss seine Aktenmappe mit allen vertraulichen Unterlagen und ging über die Landzunge zurück in sein Quartier.

375

Das Telefon klingelte. Mrs. Pilbeam war am Apparat. Pater Sebastian habe gemeint, der Commander würde sich die Fahrt nach Southwold vielleicht gern sparen und stattdessen in seinem Appartement zu Abend essen. Es gebe zwar nur eine Suppe, Salat und Aufschnitt und etwas Obst zum Nachtisch, aber falls ihm das genüge, würde Mr. Pilbeam es gern hinüberbringen. Froh, sich nicht noch einmal ins Auto setzen zu müssen, nahm Dalgliesh das Angebot dankend an. Zehn Minuten später erschien Pilbeam mit einem voll beladenen Tablett. Dalgliesh ahnte, dass er ihm das Essen brachte, weil er seine Frau nach Einbruch der Dunkelheit nicht einmal das kurze Stück über den Hof gehen lassen mochte. Pilbeam rückte den Schreibtisch ein Stück von der Wand ab, deckte mit erstaunlichem Geschick den Tisch und trug das Essen auf.

»Wenn Sie das Tablett nachher rausstellen, Sir«, sagte er, »dann hole ich's in einer Stunde ab.«

Die Suppe, die Mrs. Pilbeam in eine Thermoskanne gefüllt hatte, war selbst gemacht, eine sämige Minestrone mit viel Gemüse und Nudeln. Dazu gab es geriebenen Parmesan, warme, in eine Serviette eingeschlagene Brötchen und Butter. Unter einer Abdeckung kam eine Salatplatte mit köstlichem Schinken zum Vorschein, und irgendwer, vielleicht Pater Sebastian, hatte eine Flasche Bordeaux beigesteuert, allerdings ohne ein Glas. Aber Dalgliesh, der nicht gern alleine trank, stellte den Wein in die Anrichte und brühte sich nach dem Essen einen Kaffee. Wenige Minuten nachdem er das Tablett hinausgestellt hatte, hörte er Pilbeams schwere Schritte auf den Steinfliesen des Kreuzgangs. Er ging noch einmal an die Tür, bedankte sich und wünschte gute Nacht.

Dalgliesh befand sich in jenem beklagenswerten Zustand, da der Körper müde, der Geist aber hellwach und mithin an Schlaf nicht zu denken ist. Die Stille war unheimlich, und als er ans Fenster trat, ragte über dem Hauptgebäude die schwarze Silhouette von Turm, Kuppel und Schornsteinen wie ein gewaltiges Bollwerk vor dem noch schwach erhellten Horizont auf. Um die Säulen im Nordflügel des Kreuzgangs, in dem das Laub inzwischen weitgehend geräumt war, schlang sich noch immer das blauweiße Absperrband der Polizei. Das Kopfsteinpflaster schimmerte bläulich im Schein der Lampe über dem Eingang zum Südflügel, und die Fuchsie an der Mauer leuchtete so unnatürlich rot wie ein hingetupfter Farbklecks.

Dalgliesh versuchte zu lesen, aber der Friede ringsum fand keinen Widerhall in seinem Inneren. Was hatte es nur für eine Bewandtnis mit diesen Ort; wieso hatte er gerade hier das Gefühl, sein Leben stehe auf dem Prüfstand? Er dachte an die langen Jahre selbst auferlegter Einsamkeit seit dem Tode seiner Frau. War sein Beruf nicht nur ein Vorwand, um einer neuen Bindung, einer neuen Liebe aus dem Weg zu gehen? Versuchte er nicht, mehr vor der Außenwelt abzuschotten als nur seine sparsam möblierte Wohnung hoch über der Themse, die, wenn er abends heimkam, noch genauso aussah, wie er sie am Morgen verlassen hatte? Als distanzierter Beobachter durchs Leben zu gehen war nicht ohne Reiz; ein Beruf, in dem man die eigene Privatsphäre wahren konnte und der einem zugleich einen Vorwand dafür lieferte, ja es einem zur Pflicht machte, in die Privatsphäre anderer einzudringen, war für einen Schriftsteller durchaus von Vorteil. Aber haftete dem Ganzen nicht doch etwas Unehrenhaftes an? Und lief man nicht, wenn man zu lange abseits stand, Gefahr, jene beflügelnde Geisteskraft in sich zu ersticken, vielleicht sogar ganz zu verlieren, die die Patres Seele nannten? Ein paar Verse kamen ihm in den Sinn, und er griff nach einem Blatt Papier, trennte es in der Mitte auseinander und schrieb sie nieder:

Epitaph für einen toten Dichter:
Begraben hat man ihn, den weisen Poeten,
Sechs Klafter tief unter Rosenbeeten.
Wo keine Hand hinreicht, kein Seufzer weht,

Keine Stimme nach seiner Liebe fleht.
Nur dass er ihm selber nichts mehr sagt,
Dieser letzte schöne Befreiungsakt.

Nach kurzem Besinnen kritzelte er darunter: »Nichts für un-
gut, Andrew Marvell«. Dalgliesh dachte zurück an die Zeit, als
ihm auch ernst zu nehmende Lyrik so leicht zugeflogen war
wie eben diese ironisch verspielten Verse. Heutzutage waren
seine Gedichte mehr kopfgesteuert, kalkulierter in Wortwahl
und Phrasierung. War überhaupt noch irgendetwas in seinem
Leben spontan?
Schluss mit dieser morbiden Selbstanalyse!, sagte er sich. Aber
um die trüben Gedanken abzuschütteln, musste er raus aus
St. Anselm. Ein flotter Spaziergang vor dem Schlafengehen,
der würde ihm jetzt gut tun. Dalgliesh schloss die Tür seines Appartements hinter sich, ging an Ambrose vorbei, wo
die Vorhänge so fest zugezogen waren, dass man kein Licht
durchschimmern sah, und wandte sich, nachdem er das
schmiedeeiserne Tor entriegelt hatte, energischen Schrittes
Richtung Süden, dem Meer zu.

20

Die Verfügung, an den Türen zu den Zimmern der Studenten
keine Schlösser anzubringen, ging noch auf Miss Arbuthnot
zurück. Emma fragte sich, welche Schandtaten die Stifterin
wohl dadurch hatte verhüten wollen, dass die Studenten dauernd damit rechnen mussten, gestört zu werden. War womöglich eine uneingestandene Angst vor Sexualität mit im Spiel
gewesen? Vielleicht hatte man sich bei der Einrichtung der
Gästeappartements an dieser alten Regel von Miss Arbuthnot
orientiert und deshalb auch hier keine Schlösser einbauen
lassen. Die nötige Sicherheit schien des Nachts das schmie-

deeiserne Tor bei der Kirche zu gewährleisten; was hatte man hinter dieser stilvollen Schranke schon zu befürchten? Weil Schlösser und Riegel in St. Anselm nicht Usus waren, standen auch keine für nachträgliche Einbauten zur Verfügung, und Pilbeam hatte den ganzen Tag so viel zu tun gehabt, dass er selbst dann nicht dazu gekommen wäre, in Lowestoft welche zu kaufen, wenn er einen Laden gewusst hätte, der sonntags geöffnet war. Pater Sebastian hatte Emma angeboten, ins Hauptgebäude zu übersiedeln, falls ihr dort wohler wäre. Emma aber, die ihre Bangigkeit nicht zeigen wollte, hatte beteuert, sie fühle sich in Ambrose vollkommen sicher. Der Rektor hatte sein Angebot nicht wiederholt, und als sie bei der Rückkehr von der Komplet feststellen musste, dass an ihrer Tür immer noch das Schloss fehlte, war sie zu stolz gewesen, um Pater Sebastian ihre Angst zu gestehen und ihm zu sagen, sie habe ihre Meinung geändert.

Emma zog sich aus, schlüpfte in ihren Bademantel, setzte sich entschlossen an den Laptop und versuchte zu arbeiten. Aber sie war einfach zu müde. In ihrem Kopf purzelten Worte und Gedanken wirr durcheinander, überlagert von den Ereignissen des Tages. Erst am späten Vormittag hatte Robbins sie aufgesucht und ins Vernehmungszimmer gebeten, wo Dalgliesh und Kate Miskin den Ablauf der vergangenen Nacht in kurzen Zügen mit ihr durchgegangen waren. Emma hatte erläutert, wie sie erst vom Wind geweckt worden war und dann den einzelnen Glockenton gehört hatte, klar und deutlich. Warum sie ihren Bademantel angezogen hatte und in die Kirche gegangen war, um nachzusehen, konnte sie nicht erklären, und im Nachhinein kam ihr das auch unbesonnen und töricht vor. Wahrscheinlich war sie noch im Halbschlaf gewesen, oder vielleicht hatte der helle Glockenklang, der das Rauschen des Windes übertönte, eine verschwommene Erinnerung an die beharrlichen Glockenrufe ihrer Kindheit und Jugend heraufbeschworen, denen man pünktlich und ohne Säumen hatte folgen müssen.

Doch als sie die Kirchentür aufgestoßen hatte und zwischen den Säulen hindurch das hell erleuchtete »Weltgericht« sah und die beiden Gestalten davor, die eine bäuchlings hingestreckt, die andere voll Mitleid und Verzweiflung über den am Boden Liegenden gebeugt, da war sie mit einem Schlage hellwach gewesen. Dalgliesh hatte sie nicht aufgefordert, die Szene im Detail zu beschreiben. Warum auch, dachte sie; er war ja dabei gewesen. Er äußerte weder Mitgefühl noch Anteilnahme für das, was sie durchgemacht hatte, doch schließlich gehörte sie auch nicht zu den Leidtragenden. Seine Fragen waren einfach und klar, aber nicht besonders schonungsvoll. Wenn er etwas Bestimmtes hätte wissen wollen, hätte er nachgehakt, ganz gleich, wie elend ihr zu Mute war. Als Sergeant Robbins sie in den Vernehmungsraum geführt hatte und Commander Dalgliesh sich erhob und ihr einen Platz anbot, hatte sie bei sich gedacht: Vor mir steht nicht der Mann, der »Offene Fragen und andere Gedichte« geschrieben hat, vor mir steht ein Polizist. Und bei dem, worum es hier ging, konnte er niemals ihr Verbündeter sein. Für sie standen die Menschen, die sie liebte und die sie beschützen wollte, im Vordergrund; er dagegen war einzig der Wahrheit verpflichtet. Und zum Schluss war dann auch die Frage gekommen, vor der sie sich die ganze Zeit gefürchtet hatte.

»Hat Pater Martin etwas gesagt, als Sie zu ihm kamen?«

Sie hatte mit der Antwort gezögert. »Ja, aber nur ein paar Worte.«

»Würden Sie sie bitte wiederholen, Dr. Lavenham?«

Emma antwortete nicht. Sie würde nicht lügen, aber schon der Versuch, sich die Worte ins Gedächtnis zu rufen, kam ihr jetzt vor wie Verrat.

Nach einer längeren Pause sagte er: »Dr. Lavenham, Sie haben den Leichnam gesehen. Sie wissen, was man dem Archidiakon angetan hat. Er war groß und kräftig. Pater Martin ist fast achtzig Jahre alt und schon recht hinfällig. Um den

Messingleuchter, also die mutmaßliche Tatwaffe, zu schwingen, bedurfte es gehöriger Muskelkraft. Glauben Sie wirklich, Pater Martin könnte es gewesen sein?«

»Natürlich nicht!«, hatte sie heftig aufbegehrt. »Er ist zu keiner Grausamkeit fähig. Er ist gut und freundlich und liebevoll, der beste Mensch von der Welt. Ich habe nie gedacht, dass er es war. Niemand würde ihm so etwas zutrauen.«

»Warum glauben Sie dann, dass ich es tue?«, hatte Commander Dalgliesh ruhig entgegnet.

Und dann stellte er seine Frage noch einmal. Emma sah ihm in die Augen. »Er hat gesagt: ›O Gott, was haben wir getan, was haben wir nur getan?‹«

»Und was glauben Sie – in der Rückschau, wenn Sie darüber nachdenken –, was hat er wohl damit gemeint?«

Sie hatte darüber nachgedacht. Solche Worte vergaß man schließlich nicht so leicht. Nichts, was sie in der Kirche mitangesehen hatte, würde sie je vergessen können. Sie wandte den Blick nicht von dem Mann, der sie verhörte.

»Ich glaube, er meinte, der Archidiakon würde noch leben, wenn er nicht nach St. Anselm gekommen wäre. Vielleicht hätte man ihn nicht umgebracht, wenn sein Mörder nicht gewusst hätte, wie furchtbar unbeliebt er hier war. Die allgemeine Abneigung könnte dem Verbrechen Vorschub geleistet haben. Und dann wäre St. Anselm nicht schuldlos daran.«

»Ja«, hatte er, nun schon milder, gesagt, »so habe ich's auch von Pater Martin selbst gehört. Genau das hat er gemeint.«

Emma schaute auf die Uhr. Es war zwanzig nach elf. Da es mit der Arbeit wohl nichts mehr werden würde, ging sie nach oben, um sich schlafen zu legen. Ihr Appartement lag am äußersten Ende des Gästetrakts, und das Schlafzimmer hatte zwei Fenster, von denen eines zur Kirche hinausging. Bevor sie zu Bett ging, zog Emma die Vorhänge vor und ermahnte sich energisch, nicht mehr an die unverschlossene Tür zu denken. Doch sobald sie die Augen schloss, glitten blutige Todesvorstellungen über ihre Netzhaut, Nachbilder, die ihre Phantasie noch grausiger gestaltete, als die Wirklichkeit gewesen war. Wieder sah sie die geronnene Blutlache neben dem Kopf des Erschlagenen, aber jetzt schwammen darin wie grauer Auswurf Spritzer seines Gehirns. Die grotesken Gestalten der Verdammten und die grinsenden Teufel aus dem »Weltgericht« traten aus dem Bild heraus und wurden mitsamt ihren obszönen Gesten lebendig. Als Emma in der Hoffnung, so die Horrorvisionen zu bannen, die Augen aufschlug, bedrückte sie das dunkle Zimmer nicht minder. Sogar die Luft roch nach Tod.

Sie stieg aus dem Bett, öffnete das Fenster, das auf das überwucherte Brachland hinausging, und ließ aufatmend einen Schwall frischer Luft herein. Es war eine ruhige, sternklare Nacht, und der Himmel schien unendlich weit.

Emma legte sich wieder ins Bett, aber sie fand keinen Schlaf. Ihre Beine zuckten vor Müdigkeit, doch die Furcht war größer als ihre Erschöpfung. Endlich stand sie auf und ging nach unten. Im Dunkeln die unverschlossene Tür zu beobachten war weniger schlimm, als sich oben im Bett vorzustellen, wie sie langsam aufging; es war besser, hier unten zu sitzen, als hilflos dazuliegen und auf die zielbewussten Schritte auf der Treppe zu lauschen. Sie überlegte, ob sie einen Stuhl unter die Türklinke rammen sollte, konnte sich aber nicht zu einer Maßnahme entschließen, die ihr ebenso anstrengend wie fruchtlos erschien. Sie hielt sich vor, dass niemand ihr Böses wolle, und verachtete sich ob ihrer Feigheit. Aber dann stieg wieder das Bild des zerschmetterten Schädels vor ihr auf. Jemand, der von der Landzunge kam, vielleicht sogar ein Angehöriger des Seminars hatte einen Messingleuchter ergriffen und den Archidiakon damit getötet, hatte in einer Orgie aus Hass und Blutrausch wieder und wieder zugeschlagen. Konnte ein normaler Mensch so etwas tun? War überhaupt noch jemand sicher in St. Anselm?

Und dann hörte sie, wie das schmiedeeiserne Tor sich schnarrend öffnete und gleich darauf mit hellem Klicken ins Schloss fiel. Schritte erklangen, leise, aber beherzt; wer da vorbeiging, hatte nichts zu verbergen. Vorsichtig klinkte sie die Tür auf und spähte hinaus. Ihr Herz hämmerte. Commander Dalgliesh öffnete nebenan die Tür. Sie musste wohl ein Geräusch gemacht haben, denn er drehte sich um, und als er sie sah, kam er herüber. Emma hatte ganz weiche Knie, so froh war sie, ihn oder überhaupt einen Menschen zu sehen. Bestimmt konnte er ihr die Erleichterung am Gesicht ablesen.

»Alles in Ordnung?«, fragte er.

Sie rang sich ein Lächeln ab. »Im Moment geht's mir nicht so gut, aber das wird schon wieder. Ich konnte nur nicht einschlafen.«

»Ich dachte, Sie wären umgezogen ins Hauptgebäude«, sagte er. »Hat Pater Sebastian Ihnen das nicht angeboten?«

»Doch, aber ich dachte, ich sei auch hier gut aufgehoben.«

Er schaute hinüber zur Kirche und sagte: »Das Appartement taugt nicht für Sie. Möchten Sie mit mir tauschen? Ich glaube, drüben würden Sie sich wohler fühlen.«

Sie hatte Mühe, ihre Erleichterung zu verbergen. »Aber würde das nicht zu viele Umstände machen?«

»Keine Spur. Unsere Sachen können wir ja morgen umräumen. Jetzt brauchen wir lediglich das Bettzeug zu wechseln. Ich fürchte bloß, Ihr Laken wird bei mir nicht passen, ich habe nämlich ein Doppelbett.«

»Wie wär's dann, wenn wir nur Decken und Kissen tauschten?«, schlug sie vor.

»Gute Idee.«

Als sie ihr Bettzeug nach Jerome hinüberbrachte, sah sie, dass er seine Decken und Kissen bereits heruntergeholt und auf einen Sessel gelegt hatte. Daneben stand eine lederverstärkte Reisetasche. Vielleicht hatte er rasch zusammengepackt, was er für die Nacht und den nächsten Tag brauchte.

Dalgliesh trat an die Anrichte und sagte: »Das Seminar hat

uns die üblichen Softdrinks bereitgestellt, und im Kühlschrank ist noch eine halbe Flasche Milch. Hätten Sie lieber Kakao oder Ovomaltine? Oder wenn Sie mögen, hätte ich auch eine Flasche Bordeaux.«

»Dann ein Glas Wein, bitte.«

Dalgliesh schob das Federbett zur Seite, und sie setzte sich. Er holte Flasche, Korkenzieher und zwei Becher aus der Anrichte. »Man rechnet hier offenbar nicht damit, dass die Gäste auch Wein trinken«, sagte er. »Wir haben die Wahl zwischen Bechern oder Tassen.«

»Ein Becher passt gut. Aber ich wusste nicht, dass Sie extra eine Flasche aufmachen müssen.«

»Der beste Zeitpunkt, einen Wein zu öffnen: wenn er gebraucht wird.«

Emma stellte überrascht fest, wie unbefangen sie sich in seiner Gegenwart fühlte. Das ist alles, was mir fehlte, dachte sie, jemand zur Gesellschaft. Es wurde kein langer Abend. Sie tranken gemächlich und jeder nur einen Becher. Er erzählte davon, wie er als Knabe die Ferien im Seminar verbracht hatte, wie die Patres mit geschürzten Soutanen auf einem Bolzplatz hinter dem Tor mit ihm Kricket gespielt hatten; wie er zum Fischkauf nach Lowestoft geradelt war und wie gern er abends allein in der Bibliothek gesessen und gelesen hatte. Er erkundigte sich nach ihrem Lehrplan für den Kurs in St. Anselm, nach ihrer Auswahl der Dichter, die sie mit den Kandidaten behandelte, und nach deren Beteiligung und Interesse. Der Mord blieb unerwähnt. Die Unterhaltung war weder oberflächlich noch bemüht. Ihr gefiel der Klang seiner Stimme, und es kam ihr vor, als schwebe ein Teil ihrer Empfindungen losgelöst über ihnen, wohltuend beruhigt von diesem leisen, männlich-weiblichen Kontrapunkt.

Als sie aufstand und gute Nacht sagte, erhob er sich sofort und erklärte, auf einmal ganz förmlich: »Wenn es Ihnen recht ist, werde ich hier unten im Sessel übernachten. Wäre Inspektor Miskin hier, würde ich sie bitten, bei Ihnen zu bleiben. Da das nicht geht, werde ich ihren Platz einnehmen – es sei denn, Sie haben etwas dagegen.«

Sie merkte wohl, dass er es ihr leicht zu machen versuchte, sich auch nicht aufdrängen wollte, dabei aber genau wusste, wie sehr sie sich vor dem Alleinsein fürchtete. »Aber wird das nicht furchtbar beschwerlich?«, fragte sie. »Sie werden eine unbequeme Nacht verbringen.«

»O nein, ich werde es sehr bequem haben. Ich bin's gewohnt, in Sesseln zu schlafen.«

Das Schlafzimmer in Jerome war fast identisch mit dem nebenan in Ambrose. Die Nachttischlampe brannte, und Emma sah, dass er seine Bücher nicht mitgenommen hatte. Zuletzt hatte er offenbar »Beowulf« gelesen – oder wahrscheinlich eher wieder gelesen. Dann lag da noch ein altes, vergilbtes Penguin-Taschenbuch: David Cecils »Early Victorian Novelists« mit einem Foto des Autors, auf dem er aberwitzig jung aussah. Hinten drauf stand der Preis, noch in alter Währung. Also teilte Dalgliesh ihre Passion, in Antiquariaten nach seltenen Titeln zu stöbern. Das dritte Buch war »Mansfield Park« von Jane Austen. Emma überlegte, ob sie ihm die Bücher hinunterbringen sollte, scheute sich aber, ihn, nachdem sie einander schon Gute Nacht gewünscht hatten, noch einmal zu stören.

Es war ein seltsames Gefühl, auf seinem Laken zu liegen. Hoffentlich würde er sie nicht dafür verachten, dass sie so ängstlich war. Ihn dort unten zu wissen bedeutete eine ungeheure Erleichterung für sie. Wenn sie jetzt die Augen schloss, sprangen sie aus der Dunkelheit keine Totentanzvisionen mehr an, und binnen weniger Minuten war sie eingeschlafen.

Als Emma nach einer traumlosen Nacht erwachte und auf die Uhr sah, was es sieben. Im Appartement war alles still, und als sie hinunterging, war Dalgliesh schon fort. Decke und Kissen hatte er mitgenommen und auch das Fenster geöffnet, so als sei er darauf bedacht gewesen, nicht einmal einen Hauch seines Atems zurückzulassen. Sie wusste, dass er niemandem erzählen würde, wo er die Nacht verbracht hatte.

III. Buch

Stimmen aus der Vergangenheit

1

Ruby Pilbeam brauchte keinen Wecker. Seit achtzehn Jahren wachte sie sommers wie winters pünktlich um sechs Uhr auf. So auch am Montagmorgen, als sie auf die Minute die Hand ausstreckte, um die Nachttischlampe anzuknipsen. Kaum flammte das Licht auf, da regte sich auch Reg, schlug die Bettdecke zurück und tastete sich aus dem Bett. Der Geruch seines Körpers drang warm und vertraut zu ihr herüber, wohltuend wie immer. Ob er wirklich noch geschlafen oder sich nur still verhalten und darauf gewartet hatte, dass sie sich rührte? In der ersten Nachthälfte hatten beide nicht geschlafen, von kurzen Phasen unruhigen Schlummers abgesehen, und um drei waren sie aufgestanden und hinuntergegangen in die Küche, um bei einer Tasse Tee den Morgen abzuwarten. Aber dann hatte die Erschöpfung barmherzigerweise über Schock und Entsetzen gesiegt, und früh um vier waren sie wieder zu Bett gegangen. Zwar dämmerten sie auch dann nur fiebrig vor sich hin, aber sie hatten immerhin geschlafen.

Beide waren den ganzen Sonntag auf Trab gewesen, und nur die unablässige Konzentration auf ihre Pflichten hatte dem schrecklichen Tag wenigstens den Anschein von Normalität verliehen. Gestern Abend hatten sie, am Küchentisch aneinandergekuschelt, den Mord diskutiert, freilich nur im Flüsterton, als ob überall in den gemütlichen Zimmerchen von St. Mark heimliche Lauscher versteckt sein könnten. Auch hüteten sie sich davor, irgendeinen Verdacht zu äußern; ihr Gespräch war geprägt von abgebrochenen Sätzen und unbehaglichen Pausen. Denn selbst wenn man die Vermutung, jemand aus St. Anselm könnte der Mörder sein, als lächerlich verwarf, wurden Ort und Tat dadurch bereits in verräterische Nähe gerückt. Auch wenn man einen Namen nur nannte, um seinen Träger zu entlasten, schlich sich gleich der Gedanke ein, dass ein anderer Angehöriger des Seminars das Verbrechen begangen haben könnte.

Trotzdem hatten sie sich am Ende zwei Theorien zusammengebastelt, die ihnen umso tröstlicher erschienen, als sie halbwegs plausibel klangen. Und bevor sie wieder zu Bett gingen, hatten beide diese Versionen im Geiste eingeübt wie ein Mantra. Jemand hatte die Kirchenschlüssel gestohlen, jemand, der vielleicht schon vor Monaten St. Anselm besucht hatte und wusste, wo sie aufbewahrt wurden und dass Miss Ramseys Büro nie abgeschlossen war. Die nämliche Person hatte sich mit dem Archidiakon verabredet, bevor er am Samstag anreiste. Warum ein Treffen in der Kirche? Nun, war das nicht der geeignetste Ort? Ein Stelldichein im Gästetrakt wäre riskant gewesen, und auf der Landzunge gab es nirgends ein verschwiegenes Plätzchen. Vielleicht hatte der Archidiakon persönlich die Schlüssel an sich genommen und die Kirche in Erwartung seines Besuchers aufgeschlossen. Der erschien, es kam zum Streit, und der eskalierte in mörderischem Zorn. Vielleicht hatte der Fremde den Mord auch geplant und war schon bewaffnet gekommen, hatte ein Schießeisen dabei, einen Totschläger, ein Messer. Man hatte ihnen nicht gesagt, wie der Archidiakon umgekommen war, aber vor ihrem inneren Auge sahen beide eine Messerklinge aufblitzen und zustoßen. Und dann hatte der Täter die Flucht ergriffen, war über das schmiedeeiserne Tor geklettert und hatte St. Anselm auf demselben Wege verlassen, wie er gekommen war. Die zweite Theorie war sogar noch einleuchtender, weshalb sie ihre beruhigende Wirkung auf die beiden Pilbeams nicht verfehlte. Der Archidiakon borgte sich die Kirchenschlüssel zu eigenen Zwecken. Sein Mörder war ein Dieb, der sich hereingeschlichen hatte, um das Altarbild zu stehlen oder das Silber. Der Archidiakon hatte ihn überrascht, und der Dieb in seiner Angst hatte zugeschlagen. Sobald diese Erklärung stillschweigend als vernünftig akzeptiert war, erwähnten Ruby und ihr Mann den Mord in dieser Nacht nicht mehr.

Normalerweise ging Ruby morgens allein ins Seminar hinüber. Frühstück gab es erst um acht, im Anschluss an die Morgenandacht um sieben Uhr dreißig, aber Ruby richtete sich ihr Tagespensum gern zeitig ein. Pater Sebastian frühstückte in seinen Privaträumen, und sie musste ihm den frisch gepressten Orangensaft bereitstellen, seinen Kaffee und zwei Scheiben Vollkornbrot mit ihrer selbst gemachten Marmelade. Um halb neun kamen die beiden Hilfen von auswärts, Mrs. Bardwell und Mrs. Stacey, in Mrs. Bardwells altem Ford aus Reydon herüber. Heute allerdings nicht. Pater Sebastian hatte beide angerufen und sie gebeten, ein paar Tage auszusetzen. Ruby hätte gern gewusst, welchen Vorwand er gebraucht hatte, aber sie hatte nicht fragen wollen. Es bedeutete mehr Arbeit für sie und Reg, aber Ruby war froh, dass ihr die lebhafte Neugier, die Spekulationen und unvermeidlichen Schreckensausrufe der beiden erspart blieben. Womöglich, dachte sie bei sich, ist so ein Mord sogar unterhaltsam für diejenigen, die das Opfer nicht gekannt haben und selber nicht in Verdacht geraten sind. Elsie Bardwell würde die Sensation gewiss weidlich auskosten.

Sonst kam Reg nie vor sieben ins Hauptgebäude nach, aber heute verließen sie ihr Cottage gemeinsam. Er sagte nicht, warum, aber sie wusste es auch so. St. Anselm hatte aufgehört, eine sichere, heilige Stätte zu sein. Reg leuchtete mit seiner starken Taschenlampe den Weg aus, der über einen Trampelpfad durchs niedergetretene Gras zum schmiedeeisernen Tor und auf den Westhof führte. Über dem Brachland lag schon der dunstig schwache Widerschein des heraufdämmernden Morgens, aber Ruby kam es vor, als tappe sie durch eine undurchdringliche Finsternis. Reg richtete seine Taschenlampe aufs Tor, um das Schlüsselloch zu finden. Durch die Gitterstäbe erkannte man die schlanken Säulen im schwach erleuchteten Kreuzgang, die ihren Schatten über den Steinboden warfen. Der Nordflügel war immer noch gesperrt, das Laub inzwischen fast ganz geräumt. Schwarz und still erhob sich der Stamm der Kastanie aus einem Rest welker Blätter, und als der Lichtkegel der Taschenlampe die Fuchsie an der Mauer streifte, sah man ihre Blüten wie Blutstropfen funkeln. Im Flur zwischen ihrem Aufenthaltsraum und der großen Küche tastete Ruby nach dem Lichtschalter. Aber auch bevor sie ihn gefunden hatte, war es nicht völlig dunkel auf dem Gang, denn weiter vorn fiel ein Lichtstrahl durch die offene Kellertür.

»Das ist aber komisch, Reg«, sagte Mrs. Pilbeam. »Die Kellertür steht offen. Da muss wer ganz zeitig aufgestanden sein. Oder hast du sie gestern Abend nicht zugemacht?«

»Doch, natürlich«, antwortete er. »Denkst du etwa, das hätte ich vergessen?«

Sie gingen bis an die Schwelle. Eine starke Deckenlampe tauchte die Steinstufen in helles Licht; die Treppe war zu beiden Seiten mit einem massiven Holzgeländer gesichert. Unten am Ende erfasste der grelle Lampenschein einen lang hingestreckten Frauenkörper.

Ruby stieß einen gequälten Schrei aus. »O Gott, Reg! Das ist ja Miss Betterton!«

Reg schob sie beiseite. »Bleib du hier, Schatz«, sagte er, und schon hörte sie ihn die Treppe hinunterpoltern. Doch nach sekundenlangem Zögern folgte sie ihm, mit beiden Händen den linken Geländerlauf umklammernd, und dann knieten beide neben Miss Betterton nieder.

Sie lag auf dem Rücken, mit dem Kopf zur Treppe. An der Stirn hatte sie eine klaffende Wunde, aus der aber nun wenig und mittlerweile getrocknetes Blut und Serum ausgetreten waren. Unter einem verschossenen wollenen Morgenrock mit türkischem Muster trug sie ein weißes Baumwollnachthemd. Ihre schütteren grauen Haare waren zu einem mageren Zopf geflochten, der unter ihrem Kopf vorlugte; um das dünne

Schwänzchen am Ende schlang sich ein Gummiband. Sie starrte mit offenen, aber leblosen Augen die Treppe hinauf.

»Ach Gott, nein«, flüsterte Ruby, »du armes, armes Ding!« Instinktiv legte sie den Arm um den reglosen Körper und wusste doch, dass diese beschützende Geste sinnlos war. Aus Haar und Morgenmantel strömte ihr der säuerliche Geruch einer ungepflegten alten Frau entgegen, und sie fragte sich, ob das alles sei, was von Miss Betterton übrig geblieben war. Hoffnungsloses Mitleid schnürte ihr die Kehle zu, und sie zog ihren Arm zurück. Im Leben hätte Miss Betterton nicht gewollt, dass sie sie berührte; warum sich ihr also im Tode aufdrängen?

Reg erhob sich. »Sie ist tot«, sagte er. »Mausetot. Sieht aus, als hätte sie sich das Genick gebrochen. Da kommt jede Hilfe zu spät. Geh lieber und hole Pater Sebastian!«

Der Gedanke, Pater Sebastian wecken, die richtigen Worte finden zu müssen und die Kraft, sie auszusprechen, erschreckte Ruby. Es wäre ihr viel lieber gewesen, Reg hätte diese traurige Aufgabe übernommen, aber das würde bedeuten, dass sie mit der Leiche allein blieb, und diese Aussicht war noch furchterregender. Und auf einmal siegte die Angst über ihr Mitleid. Tief und finster gähnten die Kellernischen, große schwarze Löcher, in denen eingebildete Schreckgespenster lauerten. Sie war keine besonders phantasievolle Frau, aber jetzt hatte sie das Gefühl, als beginne ihre gewohnte Welt, der Alltag mit Arbeit und Fleiß, Gemeinschaft und Liebe, um sie her zu bröckeln und sich aufzulösen. Sie wusste, dass Reg nur die Hand auszustrecken brauchte, und schon würde ihr der Keller mit seinen weiß getünchten Wänden und den beschrifteten Weinregalen wieder so harmlos und vertraut vorkommen wie sonst, wenn sie mit Pater Sebastian hinunterstieg, um die Flaschen fürs Abendessen zu holen. Aber Reg streckte die Hand nicht aus. Alles musste so bleiben, wie es war.

Als sie schließlich die Treppe erklomm, schien jeder Schritt eine gewaltige Anstrengung, und ihre Beine waren auf einmal fast zu schwach, um sie zu tragen. Oben im Flur schaltete sie alle Lichter an und hielt einen Moment inne, um zu verschnaufen, bevor sie sich anschickte, die zwei Stockwerke zu Pater Sebastians Wohnung hinaufzusteigen. Ihr Klopfen war anfangs wohl zu zaghaft, und sie musste regelrecht an die Tür hämmern, ehe diese, dann aber erschreckend abrupt, aufging und Pater Sebastian vor ihr stand. Sie hatte ihn nie zuvor im Bademantel gesehen, und vor lauter Schock und Verwirrung glaubte sie einen Moment lang, einen Fremden vor sich zu haben. Ihr Anblick hatte aber wohl auch ihn erschreckt, denn er streckte die Hand aus, um sie zu beruhigen, und zog sie über die Schwelle.

»Es geht um Miss Betterton, Pater«, sagte sie. »Reg und ich, wir haben sie unten an der Kellertreppe gefunden. Ich fürchte, sie ist tot, Pater.«

Ruby wunderte sich, dass ihre Stimme so gefasst klang. Wortlos schob Pater Sebastian sie hinaus, schloss die Tür, fasste Ruby fürsorglich am Arm und ging eilig mit ihr nach unten. Vor der Kellertreppe blieb Ruby zurück, während der Rektor hinabstieg, ein paar Worte mit Reg wechselte und dann neben der Leiche niederkniete.

Nach einem kurzen Moment erhob er sich wieder. Als er jetzt das Wort an Reg richtete, war seine Stimme ruhig und befehlsgewohnt wie immer. »Das war gewiss ein arger Schock für Sie beide. Ich denke, es wäre das Beste, wenn Sie zurück an Ihre Arbeit gehen und ihren Dienst verrichten wie gewöhnlich. Commander Dalgliesh und ich werden alles Nötige veranlassen. Nur mit Arbeit und Gebet können wir diese schreckliche Zeit überstehen.«

Reg kam wieder nach oben, und er und Ruby begaben sich schweigend in die Küche.

»Ich nehme an«, sagte Ruby, »sie werden frühstücken wollen wie jeden Morgen.«

»Aber natürlich, Schatz. Sie können den Tag doch nicht mit

leerem Magen angehen. Du hast gehört, was Pater Sebastian gesagt hat: Wir sollen unsere Arbeit machen, so wie immer.«
Ruby schaute kläglich zu ihm auf. »Es war doch ein Unfall, oder?«
»Aber sicher. So was hätte jederzeit passieren können. Armer Pater John! Das wird ein furchtbarer Schlag für ihn.«
Doch Ruby war da nicht so sicher. Natürlich würde es ein Schock sein, wie immer bei einem plötzlichen Todesfall. Aber andererseits war das Leben mit Miss Betterton bestimmt kein Kinderspiel gewesen. Ruby griff nach ihrer weißen Kittelschürze und begann schweren Herzens, das Frühstück herzurichten.
Pater Sebastian ging in sein Büro und rief Dalgliesh in Jerome an. Der Commander meldete sich prompt, war also offenbar schon auf gewesen. Der Rektor informierte ihn kurz, und fünf Minuten später standen beide neben dem Leichnam. Pater Sebastian sah zu, wie Dalgliesh sich bückte und mit geübter Hand Miss Bettertons Gesicht abtastete. Dann richtete er sich auf und blickte still und nachdenklich auf sie nieder.
»Natürlich muss man Pater John verständigen«, sagte Sebastian Morell. »Das ist meine Aufgabe. Er wird wohl noch schlafen, aber ich muss ihn sprechen, bevor er zur Morgenandacht in die Kapelle kommt. Ihr Tod wird ihn hart treffen. Es war nicht leicht, mit ihr auszukommen, aber sie war seine einzige Verwandte, und die beiden standen sich sehr nahe.« Doch der Rektor machte keine Anstalten, sich zu entfernen. Stattdessen fragte er unvermittelt: »Haben Sie eine Ahnung, wann es passiert ist?«
»Nach der Leichenstarre zu schließen«, entgegnete Dalgliesh, »würde ich annehmen, dass sie seit ungefähr sieben Stunden tot ist. Möglich, dass der Pathologe uns mehr sagen kann. Eine oberflächliche Untersuchung bringt nie exakte Ergebnisse. Wir müssen selbstverständlich eine Obduktion vornehmen lassen.«
»Dann wäre sie also nach der Komplet gestorben«, rechnete

Pater Sebastian nach. »Vielleicht erst um Mitternacht. Wenn sie da niemand gehört hat, müsste sie ganz leise über den Flur geschlichen sein. Aber sie war sowieso immer sehr leise – ging umher wie ein grauer Schatten.« Er hielt inne und fuhr dann fort: »Ich möchte nicht, dass ihr Bruder sie hier sieht, nicht so. Wir können sie doch sicher in ihr Zimmer schaffen? Ich weiß, dass sie nicht gläubig war, und wir sollten ihre Gesinnung auch im Tode respektieren. Es wäre gegen ihren Willen, sie in der Kirche aufzubahren, selbst wenn die schon wieder offen wäre, und ich glaube, auch nicht in der Kapelle.«

»Bis der Pathologe sie untersucht hat, muss sie bleiben, wo sie ist, Pater. Wir können bei ihrem Tod Fremdeinwirken nicht ausschließen.«

»Aber dann sollten wir sie wenigstens zudecken. Ich gehe und hole ein Laken.«

»Ja«, sagte Dalgliesh, »zudecken können wir sie natürlich.« Und als der Rektor schon zur Treppe ging, fragte er: »Können Sie sich vorstellen, was sie hier unten wollte, Pater?«

Der Rektor wandte sich um, zögerte einen Moment und sagte dann: »Ich fürchte, ja. Miss Betterton hat sich ziemlich regelmäßig in unserem Weinkeller bedient. Die Patres wussten alle Bescheid, und ich vermute, dass auch die Studenten etwas ahnten und vielleicht sogar das Personal. Etwa zweimal die Woche stahl sie sich hier herunter, doch sie nahm nie mehr als eine Flasche und niemals vom besten. Natürlich habe ich Pater John so taktvoll wie möglich darauf angesprochen. Ansonsten wollte ich, solange die Sache nicht überhand nahm, kein Aufhebens davon machen. Und Pater John hat den Wein regelmäßig bezahlt, zumindest die Flaschen, die er bei ihr fand. Natürlich war uns bewusst, wie gefährlich die steile Kellertreppe für eine alte Frau war. Darum haben wir diese helle Lampe angebracht und das Halteseil durch ein Holzgeländer ersetzt.«

»Also haben Sie, als Sie eine Gewohnheitsdiebin in Ihrer Gemeinschaft entdeckten, für ein sicheres Treppengeländer gesorgt, um ihr das Stehlen zu erleichtern und zu verhindern, dass sie sich dabei das Genick bricht.«

»Ja, ist das ein Problem für Sie, Commander?«

»Nein, nicht, wenn ich mich in Ihre Prioritäten hineindenke.«

Er sah dem Rektor nach, als der mit festen Schritten die Treppe hinaufstieg und oben die Kellertüre hinter sich schloss. Dass Miss Betterton sich das Genick gebrochen hatte, stand auch nach oberflächlicher Untersuchung zweifelsfrei fest. Sie trug gut sitzende Lederpantoffeln, und Dalgliesh war aufgefallen, dass sich am rechten die Sohle ein Stück gelöst hatte. Die Treppe war hell erleuchtet, und der Lichtschalter befand sich mindestens zwei Schritte vor der ersten Stufe. Das Licht brannte; sie konnte also nicht im Dunkeln gestolpert sein. Aber wenn sie auf der ersten Stufe ausgeglitten wäre, hätte sie doch, egal, ob mit dem Gesicht nach unten oder auf dem Rücken, in jedem Fall auf der Treppe aufschlagen müssen. Auf der dritten Stufe von unten hatte er einen kleinen dunklen Fleck entdeckt, sehr wahrscheinlich Blut. So wie die Tote dalag, hatte es den Anschein, als sei sie in hohem Bogen durch die Luft geschleudert worden, mit dem Kopf auf die Steinstufe geprallt und habe sich überschlagen. Ein Sturz mit solcher Wucht war nur denkbar, wenn sie mit Anlauf auf die Treppe zugerannt wäre. In Anbetracht ihres Alters natürlich eine absurde Vorstellung. Aber was, wenn jemand sie gestoßen hatte? Ein schier überwältigendes Gefühl der Ohnmacht überkam ihn. Falls es sich hier um Mord handelte, wie konnte er – in Anbetracht der schlappenden Sohle – je hoffen, dies zu beweisen? Margaret Munroe war, wie amtlich bescheinigt, eines natürlichen Todes gestorben. Ihre Leiche hatte man verbrannt und die Asche entweder begraben oder irgendwo verstreut. Welchen Vorteil mochte nun der Tod dieser alten Frau dem Mörder des Archidiakons bringen?

Doch fürs Erste würden die Todesexperten übernehmen. Man würde Mark Ayling herzitieren, damit er zum zweiten

Mal binnen weniger Tage wie ein Raubtier um eine Leiche herumstrich, die möglicherweise einem Verbrechen zum Opfer gefallen war. Er würde den Todeszeitpunkt bestimmen, Nobby Clark und sein Team würden im Keller herumkriechen und nach Spuren suchen, die höchstwahrscheinlich nicht vorhanden waren. Falls Agatha Betterton etwas gehört oder gesehen und ihr Wissen törichterweise an den Falschen weitergegeben hatte, dann würde der Commander jetzt wohl nichts mehr darüber erfahren.

Er wartete, bis Pater Sebastian mit einem Laken zurückkam, das er andächtig über die Leiche breitete, dann gingen sie gemeinsam wieder nach oben. Pater Sebastian schaltete das Licht aus, reckte sich und schob den Riegel oben an der Kellertüre vor.

Mark Ayling erschien pünktlich wie immer und noch geräuschvoller als sonst. Als er neben Dalgliesh durch die Halle polterte, sagte er: »Ich hatte gehofft, Ihnen den Obduktionsbericht von Archidiakon Crampton gleich mitbringen zu können, doch der wird noch getippt. Steht aber sowieso nichts drin, was Sie überraschen könnte. Tod durch mehrere Schläge auf den Kopf mittels einer schweren, scharfkantigen Waffe, sprich dem Messingleuchter. Tödlich war mit ziemlicher Sicherheit der zweite Schlag. Ansonsten ein kerngesunder Mann in mittleren Jahren, der die besten Aussichten hatte, einmal bis ins hohe Alter seine Pension zu verzehren.«

Bevor er vorsichtig die Kellertreppe hinunterstieg, streifte er dünne Latexhandschuhe über, verzichtete allerdings diesmal auf seinen Arbeitsoverall, und die Untersuchung der Leiche nahm, auch wenn der Doktor nicht flüchtig zu Werke ging, wenig Zeit in Anspruch.

Als er sich wieder erhob, sagte er: »Sie starb vor circa sechs Stunden. Todesursache: Genickbruch. Aber um das festzustellen, brauchten Sie mich nicht. Scheint ein ziemlich klarer Fall zu sein. Sie stürzte mit voller Wucht die Treppe runter, ist an der dritten Stufe von unten mit dem Kopf aufgeschlagen und wurde auf den Rücken geschleudert. Ich vermute, jetzt kommt die übliche Frage: Ist sie gefallen, oder wurde sie gestoßen?«

»Das wollte ich Sie fragen, ja.«

»Auf den ersten Blick würde ich sage, sie wurde gestoßen, aber Sie brauchen was Handfesteres als solche Spekulationen, und ich wäre nicht bereit, meinen Eindruck vor Gericht zu beschwören. Das Problem sind die steilen Stufen. Könnten gradezu dafür gemacht sein, alten Damen das Genick zu brechen. Bei dem Gefälle ist es durchaus denkbar, dass sie erst dort unten, wo sie sich am Kopf verletzte, auf der Treppe aufschlug. Als Gutachter muss ich darum sagen, dass ein Unfalltod genauso möglich ist wie Mord. Woher rührt eigentlich Ihr Verdacht? Glauben Sie, das alte Mädchen hat Samstagnacht irgendwas beobachtet? Und was hatte sie überhaupt im Keller verloren?«

»Sie hatte die Angewohnheit, nachts im Haus herumzugeistern«, antwortete Dalgliesh ausweichend.

»Sie hatte es auf den Wein abgesehen, oder?«

Dalgliesh antwortete nicht. Der Pathologe ließ seinen Koffer zuschnappen. »Ich lasse sie abholen und nehme sie mir so bald wie möglich vor, aber ich glaube kaum, dass die Obduktion irgendwas ergibt, was Sie nicht ohnehin schon wissen. Der Tod scheint Sie zu verfolgen, wie? Da lasse ich mich breitschlagen und vertrete einmal Colby Brooksbank, während der in New York seinen Sohn verheiratet, und binnen weniger Tage muss ich mich um mehr Leichen kümmern, als ich normalerweise in sechs Monaten obduziere. Apropos, hat das Büro des Coroner Ihnen schon den Termin für die gerichtliche Untersuchung im Fall Crampton durchgegeben?«

»Bis jetzt nicht, nein.«

»Kommt noch. Mir hat der Alte schon Dampf gemacht.«

Ayling warf einen letzten Blick auf den Leichnam und sagte plötzlich erstaunlich sanft: »Arme Frau. Aber wenigstens hatte sie einen raschen Tod. Zwei grauenvolle Sekunden und dann finito. Natürlich wäre sie lieber in ihrem Bett gestorben – aber das wünschen wir uns schließlich alle, oder?«

2

Dalgliesh hatte es nicht für nötig befunden, Kates Fahrt nach Ashcombe House zu verschieben, und so waren sie und Robbins um neun Uhr dorthin unterwegs. Es war empfindlich kalt an diesem Morgen. Das Frühlicht drang rosig wie verdünntes Blut durch die Wolken und legte sich gleich einem schimmernden Hauch über die graue Wasserwüste der Nordsee. Es nieselte leicht, und ein säuerlicher Geruch hing in der Luft. Als die Scheibenwischer die Schlieren von der Windschutzscheibe wischten, erblickte Kate draußen eine farblos ausgebleichte Landschaft; selbst das leuchtende Grün der fernen Zuckerrübenfelder war matt und stumpf geworden. Sie kämpfte mit sich, um den Ärger darüber zu unterdrücken, dass AD ihr einen Auftrag erteilt hatte, den sie insgeheim für reine Zeitverschwendung hielt. AD ließ sich nur selten von Ahnungen leiten, aber sie wusste aus eigener Erfahrung, dass hinter dem gefühlsmäßigen Verdacht eines Kriminalisten in der Regel handfeste Indizien standen: ein Wort, ein Blick, ein merkwürdiger Zufall, etwas scheinbar Unbedeutendes oder für die Hauptuntersuchung Belangloses, das sich im Unterbewusstsein festsetzt und jenes verräterische, nervöse Kribbeln auslöst. Und selbst wenn am Ende oft nichts dabei herauskam, führte die Intuition manchmal eben doch auf die entscheidende Spur, weshalb man gut daran tat, solche Ahnungen nicht in den Wind zu schlagen. Trotzdem hatte sie Piers den Tatort nur ungern überlassen, auch wenn sie dafür entschädigt wurde. Immerhin fuhr sie ADs Jaguar, und das war, abgesehen von ihrem Spaß an dem Wagen, schon eine Genugtuung.

Außerdem kam ihr dieser kleine Ortswechsel auch nicht ganz ungelegen. Ganz selten nur hatte sie sich bei einer Morduntersuchung physisch und psychisch so unwohl gefühlt wie diesmal. St. Anselm war ihr zu maskulin, zu selbstgenügsam, ja, sie bekam sogar regelrecht Platzangst dort. Die Patres und Kandidaten waren stets höflich und zuvorkommend, aber das auf eine Weise, die sie irritierte. Und sie sahen in ihr in erster Linie die Frau und nicht die Polizeibeamtin; dabei hatte Kate geglaubt, wenigstens diese Schlacht sei inzwischen gewonnen. Außerdem hatte sie das Gefühl, dass die Patres über irgendein geheimes Wissen, einen esoterisch gespeisten Quell der Autorität geboten, der der ihren unmerklich das Wasser abgrub. Sie hätte gern gewusst, ob AD und Piers das auch so empfanden. Aber wahrscheinlich eher nicht, denn sie waren ja Männer, und bei aller Sanftmut, die dort scheinbar regierte, war St. Anselm eine fast herausfordernd maskuline Welt. Und eine akademische obendrein, was es AD und Piers erst recht erleichterte, sich im Seminar heimisch zu fühlen. Bei Kate dagegen kamen in St. Anselm die alten, die gesellschaftliche Stellung und den Bildungsstand betreffenden Komplexe wieder hoch, von denen sie bislang dachte, sie hätte sie, wenn auch nicht ganz bezwungen, so doch einigermaßen im Griff. Wie demütigend, dass eine Hand voll Männer in schwarzen Soutanen genügte, um sie aufs Neue zu verunsichern. Und so war sie denn aufrichtig erleichtert, als sie jetzt von der Küstenstraße abbog und das Meeresrauschen nach und nach hinter ihr verklang. Es hatte ihr schon zu lange in den Ohren gedröhnt.

Freilich wäre sie lieber mit Piers gefahren. Mit ihm hätte sie wenigstens gleichberechtigt über den Fall debattieren und streiten und vor allem offener reden können als mit einem rangniedrigeren Beamten. Und Sergeant Robbins, der ihr immer fast zu gut, um wahr sein, erschien, fing an, ihr auf die Nerven zu gehen. Verstohlen warf sie einen Blick auf sein scharfes, jungenhaftes Profil mit den grauen Augen, die unverwandt nach vorne schauten, und sie fragte sich, was ihn wohl veranlasst hatte, zur Polizei zu gehen – falls er seine Arbeit als Berufung ansah, was sie seinerzeit auch getan hatte. Sie war auf der Suche nach einem Job gewesen, in dem sie sich nützlich fühlen konnte, ohne dass ihr das fehlende Universitätsdiplom als Nachteil ausgelegt wurde, einem Job, der Stimulans, Aufregung und Abwechslung versprach. Sie hatte im Polizeidienst eine Möglichkeit gesehen, Elend und Armut ihrer Kindheit mitsamt dem Uringestank der versifften Treppenhäuser in der Ellison-Fairweather-Siedlung für immer hinter sich zu lassen. Und wirklich hatte der Beruf ihr viel gebracht, einschließlich der Wohnung mit Themseblick, von der sie immer noch kaum glauben konnte, dass sie ihr gehörte. Als Gegenleistung hatte sie der Polizei mit einer Loyalität und Hingabe gedient, die sie mitunter selbst verblüfften. Robbins, der sich in seiner Freizeit als Laienpriester betätigte, sah seine Berufung womöglich als Dienst an seinem nonkonformistischen Gott. Kate wäre neugierig gewesen zu erfahren, ob sein Glaube sich von dem Pater Sebastians unterschied, und wenn ja, wie und warum, doch sie fand, dass jetzt nicht die Zeit für theologische Diskussionen war. Außerdem, was würde schon dabei herauskommen? In ihrer Schulklasse waren dreizehn verschiedene Nationalitäten und ebenso viele Religionen vertreten gewesen, und sie hatte in keiner eine schlüssige Philosophie zu entdecken vermocht. Sie konnte in ihrem Leben ganz gut ohne Gott auskommen; aber sie war sich nicht sicher, ob sie auch ohne ihren Beruf würde leben können.

Das Hospiz lag in einem Dorf südöstlich von Norwich. »Wir müssen aufpassen, dass wir nicht aus Versehen in die Stadt reingeraten«, meinte Kate. »Sag mir Bescheid, wenn rechts die Abzweigung nach Bramerton kommt.«

Fünf Minuten später hatten sie die A 146 verlassen und fuhren in gemächlicherem Tempo zwischen entlaubten Hecken entlang, hinter denen ziegelgedeckte Bungalows und Fertigbau-

siedlungen von der zunehmenden Verstädterung der Landschaft zeugten.

»Meine Mutter ist vor zwei Jahren in einem Hospiz gestorben«, sagte Robbins ruhig. »Das Übliche. Krebs.«

»Das tut mir Leid. Dann wird dir dieser Besuch nicht leicht
fallen.«

»Ich komm' schon klar damit. Die im Hospiz haben Mum
ganz phantastisch betreut. Und uns auch.«

Ohne die Augen von der Straße zu nehmen, versetzte Kate:
»Trotzdem kommen da bestimmt wieder schmerzliche Erinnerungen hoch.«

»Schmerzlich war das, was Mum erleiden musste, bevor sie ins
Hospiz kam.« Und nach einer langen Pause setzte er hinzu:
»›Dieses bedeutsame Ereignis‹, so hat Henry James den Tod
genannt.«

O Gott, dachte Kate, erst AD und seine Gedichte, dann Piers,
der sich mit Richard Hooker auskennt, und nun zitiert Robbins auch noch Henry James! Wieso können sie mir nicht mal
einen Sergeant zuteilen, dessen literarische Ambitionen bei
Jeffrey Archer aufhören?

Laut sagte sie: »Ich hatte einen Freund, einen Bibliothekar,
der mich für Henry James begeistern wollte. Aber wenn ich
endlich ans Ende eines Satzes gekommen war, wusste ich
schon nicht mehr, wie er angefangen hatte. Erinnerst du dich
an diesen Spruch, wonach manche Schriftsteller sich ständig
zu viel zumuten? Glaubst du, bei Henry James ist es umgekehrt und er mutet seinen Lesern zu viel zu?«

»Ich habe nur ›Die Tortur‹ gelesen«, sagte Robbins. »Nachdem ich den Film im Fernsehen gesehen hatte. Das Zitat über
den Tod habe ich mal irgendwo aufgeschnappt, und es ist hängen geblieben.«

»Klingt auch gut, aber es stimmt trotzdem nicht. Der Tod ist
wie eine Geburt, qualvoll, schmutzig und würdelos. Meistens
jedenfalls.« Und das ist vielleicht auch gut so, dachte sie. Erin-

nert uns daran, dass wir auch bloß wie die Tiere sind. Vielleicht wären wir bessere Menschen, wenn wir versuchten, uns mehr wie gute Tiere zu verhalten und weniger den Göttern nacheiferten.

Nach einer längeren Pause sagte Robbins ruhig: »Mums Tod war nicht würdelos.«

Dann gehörte sie halt zu den glücklichen Ausnahmen, dachte Kate.

Das Hospiz war auf dem Gelände einer soliden Backsteinvilla am Ortsrand untergebracht und leicht zu finden. Ein großes Schild dirigierte sie über eine Zufahrt rechts am Haupthaus vorbei auf den Parkplatz. Dahinter befand sich die Krankenstation, ein einstöckiges modernes Gebäude mit einer Rasenfläche davor, auf der zwei kreisrunde Rabatten mit niedrigen immergrünen Sträuchern und Erika ein schmuckes Farbspiel in Grün, Lila und Gold boten.

Der Empfangsbereich drinnen wirkte auf den ersten Blick freundlich, hell und belebt; auch hier Grünpflanzen und Blumen. Vor ihnen hatten sich bereits eine Frau, die ihren Mann für den nächsten Tag zu einer Spazierfahrt abmelden wollte, und ein geduldig wartender Geistlicher angestellt. Ein kleines Mädchen wurde im Kinderwagen vorbeigefahren. Um seinen runden, noch fast kahlen Kopf schlang sich ein aberwitzig breites rotes Band mit einer riesigen Schleife obendrauf. Das Kind richtete seinen leeren, nichts sagenden Blick auf Kate. Ein junges Mädchen, offenbar die Mutter des Kindes, kam mit einem Hündchen auf dem Arm herein. »Wir besuchen Oma und haben Trixie mitgebracht!«, rief das Kind und lachte, als der Hund ihm das Ohr abschleckte. Eine Schwester im pinkfarbenen Kittel mit dem Namensschild über der Brust führte einen abgemagerten Mann durch die Halle. Besucher, mit Blumen und Taschen beladen, strömten herein und grüßten fröhlich in die Runde. Kate hatte eine Atmosphäre andächtiger Stille erwartet, nicht aber diese entschlossene

Geschäftigkeit eines so schlichten funktionalen Gebäudes, dem durch das stete Kommen und Gehen von Menschen, die sich hier wie zu Hause fühlten, Leben eingehaucht wurde.

Als die grauhaarige Dame in Zivil am Empfangstresen sich ihnen zuwandte, warf sie einen so gleichgültigen Blick auf Kates Ausweis, als sei der Besuch zweier Beamter von der Metropolitan Police etwas ganz Alltägliches. »Sie haben vorhin angerufen, nicht wahr?«, sagte sie. »Miss Whetstone – unsre Oberin – erwartet Sie. Ihr Büro ist gleich da vorn.«

Miss Whetstone empfing sie an der Tür. Entweder war sie an pünktliche Besucher gewöhnt, oder sie hatte so außergewöhnlich gute Ohren, dass sie jeden Fremden kommen hörte. Sie führte sie in einen Raum, dessen Wände zu zwei Dritteln verglast waren. Das Büro lag im Zentrum der Klinik, genau auf der Nordsüdachse und bot einen Überblick über zwei Gänge, die in entgegengesetzte Richtungen führten. Ein Fenster ging auf den Garten hinaus, der Kate mehr an eine stationäre Anstalt erinnerte als das Hospiz selber: Auf einem gepflegten Rasen mit gepflasterten Gehwegen waren in gleichmäßigen Abständen Bänke aufgestellt; abgezirkelte Blumenbeete setzten mit welkenden, eingeschrumpften Rosenblüten blasse Farbtupfer zwischen die entlaubten Sträucher.

Miss Whetstone wies mit einer Handbewegung auf die Besucherstühle, nahm selbst hinter ihrem Schreibtisch Platz und bedachte die beiden mit dem ermunternden Lächeln einer Lehrerin, die zwei nicht sonderlich viel versprechende neue Schüler willkommen heißt. Sie war klein und vollbusig; ihr kräftiges graues Haar war kurz geschnitten, und der Pony reichte bis über die Augen, denen, so Kates Eindruck, nichts entging, auch wenn sich die Oberin bemühte, ihren kritischen Blick durch christliche Nächstenliebe zu mildern. Der Gürtel ihres hellblauen Kittels war mit einer silbernen Schnalle dekoriert, und über ihrem Busen prangte das Klinikabzeichen. Trotz der ungezwungenen Atmosphäre wurden in Ashcombe

House offenbar Status und Tugenden einer Oberin alter Schule hochgehalten.

»Wir untersuchen den Tod eines Studenten aus dem Priesterseminar St. Anselm«, begann Kate. »Eine Mrs. Margaret Munroe, die seinen Leichnam fand, hat früher, bevor sie nach St. Anselm wechselte, hier im Hospiz gearbeitet. Es gibt keinerlei Hinweise darauf, dass sie etwas mit dem Tod des jungen Mannes zu tun hatte, aber sie hinterließ ein Tagebuch, in dem haarklein beschrieben wird, wie sie die Leiche fand. Und aus einem späteren Eintrag geht hervor, dass sie sich auf Grund dieser Tragödie an ein Ereignis aus ihrem Leben erinnerte, das zwölf Jahre zurücklag und sie, als es ihr wieder einfiel, offenbar sehr beunruhigt hat. Dem möchten wir nun nachgehen. Und da Mrs. Munroe vor zwölf Jahren hier als Krankenschwester beschäftigt war, besteht die Möglichkeit, dass der besagte Vorfall mit Ashcombe House in Verbindung steht. Vielleicht ging es um jemanden, den sie hier kennen lernte, etwa einen Patienten, den sie betreut hat. Wir hoffen, dass Ihre Akten uns eventuell weiterhelfen. Oder vielleicht können wir auch mit einer von den Schwestern sprechen, die Mrs. Munroe noch gekannt haben.«

Auf der Fahrt hatte Kate sich im Stillen zurechtgelegt, was sie sagen würde, hatte jedes Wort und jeden Satz sorgsam ausgewählt, abgewogen und gegebenenfalls wieder verworfen. Womit sie den Sachverhalt ebenso sehr für sich hatte klarstellen wollen wie für Miss Whetstone. Bevor sie aufbrachen, war sie nahe daran gewesen, AD zu fragen, was genau sie eigentlich in Ashcombe House herausfinden solle, aber dann hatte sie ihre Ratlosigkeit und das Widerstreben, mit dem sie diesen Auftrag anging, lieber doch nicht preisgegeben.

Als könne er ihre Gedanken erraten, hatte Adam Dalgliesh gesagt: »Vor zwölf Jahren muss irgendetwas Wichtiges passiert sein. Margaret Munroe war damals als Pflegerin im Hospiz Ashcombe House, wo am 30. April 1988, also wieder genau vor zwölf Jahren, Clara Arbuthnot starb. Mag sein, dass da ein Zusammenhang besteht, vielleicht aber auch nicht. Sie können also keine gezielten Ermittlungen anstellen, sondern müssen auf gut Glück recherchieren.«

»Ich kann mir vorstellen«, hatte Kate darauf gesagt, »dass möglicherweise ein Zusammenhang zwischen Ronald Treeves' Tod und dem von Mrs. Munroe besteht. Nur, wo es da eine Verbindung zu dem Mord an Crampton geben könnte, das ist mir immer noch nicht klar.«

»Mir auch nicht, Kate, aber ich habe so ein Gefühl, als ob alle drei Todesfälle miteinander in Zusammenhang stehen. Vielleicht nicht unmittelbar, aber irgendwie eben doch. Und ich halte es für möglich, dass Margaret Munroe ermordet wurde. Wenn das zutrifft, dann besteht mit Sicherheit eine Verbindung zwischen ihrem und Cramptons Tod. Jedenfalls kann ich mir nicht vorstellen, dass in St. Anselm gleich zwei Mörder frei herumlaufen.«

Für den Moment hatten seine Argumente durchaus glaubwürdig geklungen. Doch als Kate jetzt mit ihrer kleinen vorbereiteten Rede zu Ende war, kamen ihr wieder Zweifel. Hatte sie zu dick aufgetragen? Wäre es besser gewesen, sich auf eine spontane Eingebung zu verlassen? Und Miss Whetstones klarer, skeptischer Blick half ihr auch nicht weiter.

»Wenn ich Sie richtig verstanden habe, Inspektor«, sagte die Oberin, »dann hat Margaret Munroe, die kürzlich einem Herzanfall erlag, ein Tagebuch hinterlassen, in dem von einem wichtigen Ereignis in ihrem Leben die Rede ist, das zwölf Jahre zurückliegt. Und Sie wollen nun herausfinden, worum es sich dabei gehandelt hat. Da die Frau vor zwölf Jahren hier beschäftigt war, nehmen Sie an, es könnte etwas mit dem Hospiz zu tun haben. Und Sie erhoffen sich Aufschluss durch unsere Akten oder zählen darauf, dass noch jemand hier arbeitet, der die Frau gekannt hat und sich vielleicht an Dinge erinnert, die vor zwölf Jahren passiert sind.«

»Es ist ziemlich weit hergeholt, ich weiß«, sagte Kate. »Aber wir haben nun einmal diesen Tagebucheintrag gefunden, und die Polizei muss jedem Hinweis nachgehen.«

»Sie erwähnten da einen jungen Mann, der tot aufgefunden wurde. Starb er eines gewaltsamen Todes?«

»Dafür gibt es keine Anhaltspunkte, Miss Whetstone.«

»Aber in St. Anselm ist doch in den letzten Tagen ein Mord passiert? Auf dem Lande spricht sich so was schnell herum. Archidiakon Crampton wurde umgebracht. Steht Ihr Besuch damit in Zusammenhang?«

»So, wie es aussieht, nicht, nein. Wir haben uns schon für das Tagebuch interessiert, bevor der Archidiakon ermordet wurde.«

»Verstehe. Nun, wir sind alle verpflichtet, die Polizei zu unterstützen, und ich bin gern bereit, Mrs. Munroes Akte durchzusehen und Ihnen etwaige Informationen, die Ihnen weiterhelfen könnten, zugänglich zu machen, vorausgesetzt, ich bin der Meinung, dass Mrs. Munroe, wenn sie noch unter uns weilte, nichts dagegen hätte. Ich kann mir allerdings kaum vorstellen, dass ihre Personalakte irgendwelche brauchbaren Hinweise enthält. Und bedeutsame Ereignisse gibt es viele in Ashcombe House, Todes- und Trauerfälle eingeschlossen.«

»Nach unseren Informationen«, sagte Kate, »verstarb einen Monat, bevor Mrs. Munroe hier anfing, eine Ihrer Patientinnen, eine gewisse Clara Arbuthnot. Die entsprechenden Daten möchten wir unbedingt überprüfen, um festzustellen, ob die beiden Frauen sich möglicherweise begegnet sind.«

»Das scheint mir höchst unwahrscheinlich, es sei denn, sie hätten sich außerhalb der Klinik kennen gelernt. Aber die Daten kann ich gerne für Sie heraussuchen. Unsere Kartei ist natürlich inzwischen computergespeichert, aber Einträge, die zwölf Jahre und mehr zurückliegen, wurden noch nicht elektronisch erfasst. Die Personalakten früherer Mitarbeiter heben wir ohnehin nur für den Fall auf, dass ein potenzieller

Arbeitgeber uns um ein Zeugnis ersucht. Die alten Unterlagen sind im Hauptgebäude archiviert. Kann sein, dass sich auch Miss Arbuthnots Krankenakte noch dort befindet, aber die betrachte ich als vertraulich, und Sie werden verstehen, dass ich sie Ihnen nicht aushändigen kann.«

»Uns würde es aber sehr helfen, wenn wir beide Akten einsehen könnten«, sagte Kate, »die von Mrs. Munroe und Miss Arbuthnots Krankenakte.«

»Ich glaube nicht, dass ich das gestatten kann. Natürlich ist dies ein ungewöhnlicher Fall. Ich war noch nie mit einem solchen Gesuch konfrontiert. Aber Sie waren nicht gerade sehr mitteilsam, was den Grund für Ihr Interesse an Mrs. Munroe oder Miss Arbuthnot betrifft. Ich denke, ich sollte mit Mrs. Barton – unserer Direktorin – Rücksprache nehmen, ehe wir weitersehen.«

Bevor Kate wusste, wie sie darauf antworten sollte, sagte Robbins: »Wenn das alles ziemlich vage klingt, dann, weil uns selber nicht recht klar ist, wonach wir suchen. Wir wissen lediglich, dass Mrs. Munroe vor zwölf Jahren etwas Wichtiges erlebt haben muss. Und da sie anscheinend kaum andere Interessen kannte als ihre Arbeit, wäre es möglich, dass dieses Ereignis etwas mit Ashcombe House zu tun hatte. Könnten Sie nicht in beiden Akten nachsehen und feststellen, ob wir wenigstens mit den übereinstimmenden Daten richtig liegen? Falls Ihnen in Mrs. Munroes Personalkate nichts Außergewöhnliches auffallen sollte, dann haben wir Sie, fürchte ich, umsonst bemüht. Aber *wenn* Sie etwas finden, wäre danach immer noch Zeit, Mrs. Barton zu konsultieren und mit ihr zu entscheiden, ob es zulässig ist, die Informationen an uns weiterzugeben.«

Miss Whetstone schaute ihn einen Moment lang unverwandt an. »Das klingt vernünftig. Ich will sehen, ob ich die Akten auftreiben kann. Dauert aber vielleicht ein Weilchen.«

In dem Moment ging die Tür auf, und eine Schwester steckte den Kopf ins Zimmer. »Der Krankenwagen mit Mrs. Wilson wär jetzt da, Miss Whetstone. Ihre Töchter sind mitgekommen.«

Im Nu malte sich freudige Erwartung auf Miss Whetstones Zügen. Man hätte glauben können, sie schicke sich an, einen geschätzten Gast in einem Nobelhotel willkommen zu heißen.

»Gut, gut. Ich komme. Ich bin gleich da. Wir legen sie zu Helen aufs Zimmer, nicht wahr? Ich denke, in der Gesellschaft einer Frau ihres Alters wird sie sich wohler fühlen.« Und an Kate gewandt, fuhr sie fort: »Ich habe ein Weile zu tun. Möchten Sie später wieder kommen oder hier warten?«

Kate hatte das Gefühl, solange sie im Büro der Oberin blieben, hätten sie noch am ehesten die Chance, möglichst rasch an die gewünschten Informationen zu kommen. Also sagte sie: »Wenn Sie gestatten, würden wir gern warten ...« Aber Miss Whetstone war schon nach den ersten beiden Worten zur Tür hinaus.

»Danke, Sergeant, du hast mir sehr geholfen«, sagte Kate.

Sie trat an die Glasfront und beobachtete das Kommen und Gehen auf den Korridoren. Erst als sie sich wieder nach Robbins umdrehte, sah sie den leidenden Ausdruck auf seinem weißen, maskenhaft starren Gesicht, und ihr war, als schimmere es feucht in seinem Augenwinkel. Rasch wandte sie sich ab. Ich bin nicht mehr so verständnisvoll und einfühlsam wie noch vor zwei Jahren, dachte sie. Was geschieht nur mit mir? AD hatte Recht. Wenn ich in diesem Beruf nicht alles geben kann, was nötig ist, und dazu gehört auch menschlicher Beistand, dann sollte ich vielleicht lieber aufhören. Beim Gedanken an Dalgliesh wünschte sie plötzlich intensiv, er wäre hier. Lächelnd erinnerte sie sich daran, wie er in ähnlichen Situationen seiner Leidenschaft für alles Geschriebene, die ihr mitunter fast zwanghaft erschien, nicht widerstehen konnte. Freilich war er zu korrekt, als dass er die Papiere auf einem fremden Schreibtisch eingesehen hätte, es sei denn, sie waren für ihre Ermittlungen von höchster Wichtigkeit, aber die vielen Notizen auf dem großen Pinnbrett, das einen Teil des Fensters verdeckte, die hätte er bestimmt studiert.

Als Miss Whetstone aufgestanden war, hatten auch Kate und Robbins sich erhoben, und nun standen sie stumm im Zimmer und warteten auf die Rückkehr der Oberin. Lange brauchten sie sich nicht zu gedulden. Nach einer knappen Viertelstunde kam Miss Whetstone mit zwei Aktenordnern zurück und setzte sich an ihren Schreibtisch.

»Aber bitte, nehmen Sie doch wieder Platz!«, sagte sie.

Kate kam sich vor wie ein Prüfling, dem man gleich das demütigende Ergebnis einer mickrigen Leistung eröffnen würde.

Miss Whetstone hatte die Akten offenbar bereits eingesehen. »Ich fürchte, hier steht nichts, was Ihnen weiterhelfen könnte«, sagte sie. »Margaret Munroe kam am 1. Juni 1988 zu uns und blieb bis zum 30. April 1994. Sie hatte ein schwaches Herz, und ihr Arzt riet ihr dringend, sich eine körperlich weniger anstrengende Arbeit zu suchen. Wie Sie wissen, ging sie nach St. Anselm, um sich dort in der Hauptsache um die Wäsche zu kümmern und nebenher die leichten Pflegedienste zu übernehmen, die in einem so kleinen Seminar mit in der Regel gesunden jungen Männern anfallen. In ihrer Akte ist eigentlich kaum Nennenswertes verzeichnet, nur die üblichen Anträge für den Jahresurlaub, diverse Krankenscheine und die jährlichen Beurteilungen, Letztere natürlich vertraulich. Ich kam erst ein halbes Jahr nach ihrem Weggang hierher, kannte sie also nicht persönlich, aber sie scheint eine gewissenhafte und mitfühlende Schwester gewesen zu sein, wenn auch etwas einfallslos. Ihr Mangel an Phantasie mag beruflich von Vorteil gewesen sein, ihre mangelnde Sentimentalität war es gewiss. Mit übermäßigen Gefühlen ist hier keinem gedient.«

»Und Miss Arbuthnot?«, fragte Kate.

»Clara Arbuthnot verstarb einen Monat, bevor Margaret Munroe zu uns kam. Sie kann daher nicht von ihr betreut worden sein, und wenn sie einander dennoch kennen lernten, dann jedenfalls nicht hier als Schwester und Patientin.«

»Ist Miss Arbuthnot allein gestorben?«, fragte Kate.

»Keiner unsrer Patienten stirbt allein, Inspektor. Sie hatte zwar keine Verwandten, das stimmt, aber auf ihren Wunsch war vor ihrem Tod ein Priester bei ihr, ein gewisser Reverend Hubert Johnson.«

»Könnten wir mit ihm sprechen, Miss Whetstone?«

»Das übersteigt, fürchte ich, selbst die Fähigkeiten der Metropolitan Police«, erwiderte die Oberin trocken. »Er war damals als Patient bei uns und ist zwei Jahre später in unserem Hospiz gestorben.«

»Dann gibt es also jetzt niemanden mehr, der uns aus eigener Erfahrung etwas über Mrs. Munroes Leben von vor zwölf Jahren erzählen könnte?«

»Shirley Legge ist unsere dienstälteste Schwester. Wir haben keine hohe Fluktuation beim Personal, aber die Arbeit stellt doch sehr spezifische Anforderungen, und daher erscheint es uns ratsam, dass die Schwestern nicht kontinuierlich Sterbefälle betreuen, sondern von Zeit zu Zeit auch einmal eine Abwechslung erfahren. Ich glaube, Mrs. Legge ist die einzige Schwester, die schon vor zwölf Jahren hier war, aber ich müsste doch noch mal nachsehen. Nur habe ich dazu, ehrlich gesagt, einfach nicht die Zeit, Inspektor. Sie könnten Mrs. Legge aber gern selbst fragen. Ich glaube, sie hat heute Dienst.«

»Ich fürchte, wir fallen Ihnen arg zur Last«, sagte Kate, »aber ein Gespräch mit ihr wäre in der Tat sehr hilfreich, vielen Dank.«

Miss Whetstone verschwand abermals und ließ die beiden Aktenordner auf ihrem Schreibtisch liegen. Im ersten Impuls wollte Kate schon einen Blick hineinwerfen, aber irgendetwas hielt sie zurück. Zum einen glaubte sie, dass Miss Whetstone ehrlich zu ihnen gewesen war und dass sie aus den Unterlagen wirklich nichts Neues erfahren würden, zum anderen war ihr bewusst, dass man sie jederzeit durch die Glaswände beobachten konnte. Warum sich Miss Whetstone zum Feind machen? Den Ermittlungen wäre damit nicht gedient.

Fünf Minuten später kam die Oberin zurück, begleitet von einer Frau mittleren Alters mit Spitzmausgesicht, die sie als Mrs. Shirley Legge vorstellte. Mrs. Legge kam gleich zur Sache.

»Die Oberin erzählte mir, dass Sie sich nach Margaret Munroe erkundigen. Aber da kann ich Ihnen auch nicht weiterhelfen. Ich kannte sie zwar, aber nicht besonders gut. Es war nicht leicht, mit ihr warm zu werden. Ich erinnere mich, dass sie verwitwet war und einen Sohn hatte, der dank eines Stipendiums auf eine Privatschule gehen konnte, ich weiß nicht mehr, welche. Später wollte er unbedingt zur Armee, und ich glaube, er bekam auch ein Studium finanziert, bevor er sich um ein Offizierspatent bewarb. So was in der Art jedenfalls. Tut mir Leid, dass Margaret tot ist. Ich glaube, die beiden waren ganz auf sich allein gestellt, also wird's wohl sehr schwer werden jetzt, für den Sohn.«

»Der ist schon vor ihr gestorben«, sagte Kate. »In Nordirland gefallen.«

»Ach, das muss ein furchtbarer Schlag für sie gewesen sein. Ich kann mir nicht vorstellen, dass ihr das eigene Leben danach noch etwas gegolten hat. Der Junge war ihr Ein und Alles. Tut mir Leid, dass ich Ihnen nicht weiterhelfen kann. Falls sie wirklich etwas Besonderes erlebt hat, während sie hier im Hospiz war, dann hat sie mir nichts davon erzählt. Aber Sie könnten's noch bei Mildred Fawcett versuchen.« Und an Miss Whetstone gewandt, fuhr sie fort: »Sie erinnern sich doch an Mildred, Miss Whetstone? Sie ging in Rente, kurz nachdem Sie hier angefangen hatten. Sie hat Margaret Munroe ganz gut gekannt. Ich glaube, die beiden waren schon als Schwesternschülerinnen zusammen im alten Westminster Hospital. Lohnt sich vielleicht, sie aufzusuchen.«

»Haben Sie zufällig noch ihre Adresse, Miss Whetstone?«, fragte Kate.

Doch Shirley Legge kam der Oberin zuvor. »Die Adresse kann ich Ihnen geben, da braucht man gar nicht nachzuschauen. Wir schreiben uns nämlich immer noch zu Weihnachten, und Mildreds Haus hat einen so einprägsamen Namen, den behält man leicht. Clippety-Clop Cottage, gleich außerhalb von Medgrave, hinter der Ausfahrt zur A 146. Ich glaube, der Name stammt noch aus der Zeit, als nebenan ein Reitstall war.«

Also war ihnen das Glück endlich doch noch hold. Schließlich hätte sich Mildred Fawcett auch in ein Cottage in Cornwall oder an der Nordostküste zurückgezogen haben können. Stattdessen wohnte sie direkt an der Straße nach St. Anselm. Kate bedankte sich bei Miss Whetstone und Shirley Legge und bat die Oberin noch, einen Blick ins örtliche Telefonbuch werfen zu dürfen. Und wieder hatte sie Glück: Miss Fawcetts Nummer war eingetragen.

»Für Blumen« stand auf einer Holzschachtel auf dem Empfangstresen, und Kate steckte eine zusammengefaltete Fünfpfundnote hinein. Eine Spende, die im Polizeietat vermutlich nicht vorgesehen war; und Kate war sich nicht mal sicher, ob sie aus Großmut gehandelt oder dem Schicksal ein abergläubisches Opfer dargebracht hatte.

3

Als sie wieder im Wagen saßen und sich angeschnallt hatten, rief Kate im Clippety-Clop Cottage an, doch dort nahm niemand ab. »Dann geb' ich AD mal kurz Bescheid, wie wir vorankommen – oder auch nicht«, sagte sie.

Das Gespräch mit dem Commander dauerte nicht lange. Als sie auflegte, sagte Kate: »Mildred Fawcett sollen wir noch befragen, falls wir sie antreffen. Aber dann braucht er uns so rasch wie möglich wieder in St. Anselm. Der Pathologe ist gerade fort.«

»Und hat AD gesagt, wie's passiert ist? War es ein Unfall?«

»Für ein abschließendes Urteil ist es noch zu früh, aber es sieht ganz danach aus. Und wenn's kein Unfall war – wie zum Teufel sollen wir das Gegenteil beweisen?«

»Der vierte Todesfall«, sagte Robbins.

»Okay, Sergeant, ich kann auch das kleine Einmaleins.«

Vorsichtig setzte sie aus der Einfahrt, aber sobald sie auf der Straße waren, beschleunigte Kate das Tempo. Miss Bettertons Tod hatte sie auch über die erste Schockwirkung hinaus zutiefst verstört. Wie jeder Normalbürger hätte auch Kate gern geglaubt, dass die Polizei, sobald sie auf den Plan trat, Herr der Lage war. Eine Ermittlung mochte gut oder schlecht laufen, aber die Polizisten waren diejenigen, die fragten, sondierten, sezierten, beurteilten, über Strategien entschieden und die Fäden in der Hand hielten. Doch mit dem Crampton-Mord hatte sich eine leise, bislang unausgesprochene Bangigkeit eingeschlichen, die fast von Anfang an in ihrem Hinterkopf rumorte, der sie sich aber bislang nicht recht zu stellen wagte. Es war die Befürchtung, dass die Machtverhältnisse sich womöglich verschoben hatten, dass diesmal vielleicht ein Gegner am Werk war, der es mit Dalglieshs Intelligenz aufnehmen, der seine Erfahrung mit gleichwertigen Kenntnissen wettmachen konnte. Und Kate hatte Angst, dass ihnen die Kontrolle, die, einmal verloren, nie zurückzugewinnen war, bereits entglitten sein könne. Darum brannte sie darauf, so rasch wie möglich nach St. Anselm zurückzukehren. Bis dahin war alles Spekulieren fruchtlos; und dieser Ausflug hatte bis jetzt keine neuen Erkenntnisse gebracht.

»Tut mir Leid, dass ich eben so schroff war«, sagte sie. »Aber solange wir keine weiteren Fakten haben, bringt es nichts, über Was-wäre-wenn zu diskutieren. Lass uns erst mal die Sache hier zu Ende bringen!«

»Und falls wir einem Phantom nachjagen«, versetzte Robbins, »dann brauchen wir wenigstens keinen Umweg zu machen.«

Als sie sich Medgrave näherten, bremste Kate ab und fuhr fast im Schritttempo auf die Ortschaft zu; wenn sie das Cottage jetzt verpassten, ging ihnen mehr Zeit verloren als durch ein paar hundert Meter im Kriechgang. »Du behältst die linke Straßenseite im Auge, ich die rechte«, sagte sie. »Zur Not können wir auch jemanden fragen, aber wenn's irgend geht, möchte ich unseren Besuch lieber nicht an die große Glocke hängen.«

Sie brauchten sich nicht zu erkundigen. Kurz vor dem Dorf erblickte Kate auf einer kleinen Erhebung etwa zehn, zwölf Meter hinter dem Grünstreifen ein schmuckes Backsteincottage mit Ziegeldekor. Und auf einem weißen Schild am Tor stand in schwungvoll gepinselten, großen schwarzen Lettern der Name: »Clippety-Clop Cottage«. In einem Gedenkstein über dem Vordach war das Baujahr eingemeißelt: »Anno 1893«. Im Erdgeschoss rahmten zwei Erkerfenster den Eingang ein, und darüber zählte Kate nochmals drei Fenster in einer Reihe. Das Mauerwerk war schneeweiß getüncht, die Fensterscheiben blitzten, und zwischen den Steinplatten, die zur Haustür hinaufführten, fand sich kein Hälmchen Unkraut. Schon auf den ersten Blick erweckte das Cottage den Eindruck von wohl geordneter Behaglichkeit. Kate parkte auf dem Seitenstreifen; dann ging sie mit Robbins zum Haus hinauf und schwang den eisernen Türklopfer in Form eines Hufeisens. Drinnen rührte sich nichts.

»Sie scheint nicht da zu sein«, sagte Kate, »aber wir sollten doch noch mal einen Blick in den Garten werfen.«

Es hatte aufgehört zu regnen, und auch wenn die Luft noch frisch war, klarte es langsam auf, und nach Osten zu blitzte hier und da zaghaftes Himmelsblau durch die Wolken. Links vom Haus führte ein schmaler Plattenweg zu einem unverschlossenen Tor und in den Garten. Als typisches Großstadtkind verstand Kate herzlich wenig von Gartenarbeit, aber selbst sie erkannte sofort, dass hier ein passioniertes Talent am Werk war. Die durchdachte Verteilung von Bäumen und Sträuchern, die Anlage der Blumenrabatten und das gepflegte Gemüsebeet am Ende des Grundstücks, sie alle bezeugten, dass Miss Fawcett über den berühmten grünen Daumen verfügte. Und dank des leicht abfallenden Geländes hatte ihr Garten auch eine Aussicht: Frei und ungehindert schweifte der Blick über die stille Herbstlandschaft, die sich in allen Schattierungen von Grün und Gold und Braun unter dem weiten Himmel East Anglias entfaltete.

Als sie den Garten betraten, erhob sich in einem der Beete eine Frau und kam ihnen mit der Hacke in der Hand entgegen. Sie war hoch gewachsen, und ihr zerfurchtes, gebräuntes Gesicht und das schwarze, noch kaum ergraute Haar, das sie straff zurückgekämmt und im Nacken zusammengebunden trug, hatten etwas Zigeunerhaftes. Sie trug einen langen Wollrock, darüber eine Schürze aus Sackleinen mit einer großen Tasche vor dem Bauch, derbe Stiefel und Gartenhandschuhe. Sie schien weder überrascht noch beunruhigt über den unangemeldeten Besuch.

Kate stellte sich und Robbins vor, zeigte ihren Ausweis und schilderte im Wesentlichen noch einmal das, was sie Miss Whetstone im Hospiz vorgetragen hatte. »In Ashcombe House konnte man uns nicht weiterhelfen«, setzte sie hinzu, »aber Mrs. Shirley Legge meinte, Sie hätten vor zwölf Jahren dort gearbeitet und auch Mrs. Munroe gekannt. Also haben wir uns Ihre Telefonnummer besorgt und versucht, Sie anzurufen. Doch es meldete sich niemand.«

»Da war ich wohl ganz hinten im Garten. Meine Freunde reden mir zu, ich solle mir ein Mobiltelefon anschaffen, aber das ist das Letzte, was mir ins Haus kommt. Die Dinger sind die reinste Landplage. Sogar das Zugfahren habe ich mir abgewöhnt, solange die Bahn keine handyfreien Abteile einführt.« Im Gegensatz zu Miss Whetstone stellte sie keinerlei Fragen.

Man könnte meinen, es kommt alle Tage vor, dass zwei Beamte von der Metropolitan Police bei ihr hereinschneien, dachte Kate. Miss Fawcett maß sie mit ruhigem Blick und sagte dann: »Kommen Sie erst mal mit rein! Dann sehen wir, ob ich Ihnen helfen kann.«

Sie führte die beiden durch einen gefliesten Vorraum mit einem tiefen Spülstein unter dem Fenster und eingebauten Schränken und Regalen an der gegenüberliegenden Wand. Es roch nach feuchter Erde und frischen Äpfeln, und darüber lag ein Hauch von Paraffin. Der Raum wurde offenbar als Geräteschuppen und Vorratskammer benutzt. Kates Blick wanderte über eine Apfelkiste im Regal, einen Zwiebelzopf, der von der Decke hing, etliche Rollen Bindfaden, Eimer, einen aufgerollten Gartenschlauch an einem Halter und ein Gestell mit blitzsauberen Gartengeräten. Miss Fawcett nahm die Schürze ab, zog die Stiefel aus und ging auf Strümpfen voran in die Wohnstube – ein Zimmer, das, so schien es Kate, von einem selbstgenügsamen und abgeschiedenen Leben erzählte.

Vor dem Kamin stand ein einzelner Lehnsessel mit je einem Tischchen zu beiden Seiten; auf dem einen stand eine Gelenkleuchte, auf dem anderen lag ein Stapel Bücher. An einem runden Tisch vor dem Fenster war für eine Person gedeckt, und die übrigen drei Stühle hatte man vor die Wand gerückt. Auf einem niedrigen Klubsessel lag zusammengerollt und prall wie ein Sofakissen ein großer roter Kater. Bei ihrem Eintreten hob er grimmig den Kopf und beäugte sie einen Moment lang ungnädig, ehe er beleidigt seinen Platz räumte und hinaus in die Vorratskammer stolzierte. Gleich darauf hörten sie eine Katzenklappe schlagen. Kate glaubte noch nie eine so hässliche Katze gesehen zu haben.

Miss Fawcett rückte zwei Stühle ans Feuer und trat dann an ein eingebautes Schränkchen in der Nische links vom Kamin. »Ich weiß nicht, ob ich Ihnen helfen kann«, sagte sie, »aber wenn Margaret Munroe in der Zeit, als wir beide im Hospiz arbeiteten, etwas Besonderes erlebt hat, dann habe ich es möglicherweise in meinem Tagebuch notiert. Als ich ein Kind war, hielt mein Vater mich dazu an, Tagebuch zu führen, und ich hab' die Gewohnheit beibehalten. Es ist ein bisschen wie mit dem obligatorischen Nachtgebet; wenn man in der Kindheit damit begonnen hat, nötigt einen später das Gewissen, dabei zu bleiben, auch wenn man sich noch so sehr dagegen sträubt. Vor zwölf Jahren, sagten Sie. Das wäre dann 1988 gewesen.«

Sie zog eine Kladde aus dem Schränkchen, die aussah wie ein Schulheft, und ließ sich mit ihr in dem Sessel am Kamin nieder.

»Erinnern Sie sich«, fragte Kate, »ob Sie damals in Ashcombe House vielleicht eine Clara Arbuthnot betreut haben?«

Falls Miss Fawcett es merkwürdig fand, dass plötzlich ein ganz neuer Name ins Spiel kam, dann ließ sie es sich nicht anmerken. »An Miss Arbuthnot erinnere ich mich«, sagte sie gleichmütig. »Ich war nämlich von dem Tage ihrer Einlieferung bis zu ihrem Tod, fünf Wochen später, ihre Pflegerin.«

Sie zog ein Brillenetui aus der Rocktasche und blätterte in ihrem Tagebuch. Es dauerte eine Weile, bis sie den gesuchten Zeitraum fand, und wie Kate befürchtet hatte, wurde ihr Interesse zwischendurch von anderen Einträgen abgelenkt. Als Kate sich schon fragte, ob sie absichtlich so langsam las, presste Miss Fawcett beide Hände auf eine Seite des Heftes und maß Kate abermals mit ihrem klugen, scharfen Blick.

»Hier habe ich einen Eintrag«, sagte sie, »in dem sowohl Clara Arbuthnot als auch Margaret Munroe erwähnt sind. Aber ich befinde mich da in einem gewissen Dilemma, denn damals habe ich mich zur Geheimhaltung verpflichtet, und ich sehe keinen Grund, jetzt mein Wort zu brechen.«

Kate überlegte einen Augenblick, dann sagte sie: »Die Information, die Ihnen vorliegt, ist äußerst wichtig für uns, und dabei geht es nicht nur um den mutmaßlichen Selbstmord eines Studenten. Bitte, wir müssen wissen, was Sie sich notiert haben, und zwar so rasch wie möglich. Clara Arbuthnot und

Margaret Munroe sind tot. Glauben Sie, die beiden würden wollen, dass Sie weiter schweigen, wenn es darum geht, der Wahrheit zu ihrem Recht zu verhelfen?«

Miss Fawcett erhob sich. »Würden Sie bitte ein paar Minuten in den Garten gehen?«, bat sie. »Ich klopfe ans Fenster, wenn Sie wieder reinkommen können. Ich muss das für mich allein durchdenken.«

Sie wartete stehend, bis die beiden das Zimmer verlassen hatten. Draußen gingen sie nebeneinander her bis zum Ende des Gartens und schauten über den Zaun auf die abgeernteten Felder. Kate konnte ihre Ungeduld kaum zügeln. »Das Tagebuch war uns zum Greifen nahe«, klagte sie. »Ein ganz kurzer Blick hätte mir genügt. Und was machen wir, wenn sie sich weigert, diesen Eintrag preiszugeben? Gut, wenn der Fall vor Gericht kommt, bleibt uns immer noch die Zwangsvorladung, aber wie sollen wir wissen, ob ihr Tagebuch wirklich relevant ist? Womöglich beschreibt sie in ihrem Eintrag, wie sie und die Munroe mal in Frinton waren und es unter dem Pier mit einem Matrosen getrieben haben.«

»In Frinton gibt's keinen Pier«, sagte Robbins.

»Und Miss Arbuthnot lag im Sterben. Ach, komm, lass uns zurückgehen. Sonst hören wir's womöglich nicht, wenn sie ans Fenster klopft.«

Als Miss Fawcett das Zeichen gab, kehrten sie still ins Haus zurück, ängstlich darauf bedacht, sich ihre Spannung nicht anmerken zu lassen.

»Ich habe Ihr Wort«, begann Miss Fawcett, »dass Sie die gewünschte Information nur für Ihre gegenwärtigen Ermittlungen heranziehen. Und falls das, was ich Ihnen zu sagen habe, dafür nicht wichtig ist, werden Sie meine Auskünfte nicht weiter verwenden.«

»Wir können nicht so ohne weiteres entscheiden, was für unsren Fall relevant ist und was nicht, Miss Fawcett«, sagte Kate. »Wenn Ihre Information wichtig ist für uns, dann müssen wir sie natürlich verwenden und Sie vielleicht sogar als Zeugin vorladen. Ich kann Ihnen da leider keine Zugeständnisse machen, sondern Sie nur bitten, uns zu helfen.«

»Ich danke Ihnen für Ihre Aufrichtigkeit«, sagte Miss Fawcett. »Wie's der Zufall will, sind Sie bei mir an der richtigen Adresse. Mein Großvater war Chief Constable, und ich gehöre noch der leider langsam aussterbenden Generation an, die es gewohnt war, der Polizei zu vertrauen. Ich bin bereit, Ihnen zu sagen, was ich weiß, und Ihnen auch mein Tagebuch zu überlassen, falls der Eintrag für Sie von Nutzen ist.«

Kate hielt weitere Debatten für unnötig, vielleicht sogar kontraproduktiv. Also sagte sie einfach nur »danke« und wartete ergeben.

»Während Sie im Garten waren, habe ich nachgedacht«, sagte Miss Fawcett. »Sie haben mir erzählt, dass Sie ursprünglich der mysteriöse Tod eines Studenten aus St. Anselm hergeführt habe. Und Sie sagten auch, dass Margaret Munroe – abgesehen davon, dass sie den Leichnam fand – allem Anschein nach nichts mit dem Tod dieses Jungen zu tun hatte. Aber es muss doch noch mehr dahinter stecken, oder? Die Kriminalpolizei würde nicht einen Detective Inspector und einen Sergeant herschicken, wenn kein Verdacht auf Fremdverschulden bestünde. Sie ermitteln in einem Mordfall, habe ich Recht?«

»Ja«, gab Kate unumwunden zu. »Wir beide gehören zu einem Team, das den Mord an Archidiakon Crampton in St. Anselm untersucht. Vielleicht besteht da überhaupt keine Verbindung zu Mrs. Munroes Tagebucheintrag, aber wir müssen das überprüfen. Vom Tod des Archidiakons haben Sie sicher schon gehört.«

Miss Fawcett verneinte. »Ich kaufe mir nur ganz selten mal eine Tageszeitung, und Fernseher habe ich keinen. Aber wenn es um Mord geht, sieht die Sache natürlich ganz anders aus. Also ich habe in meinem Tagebuch einen Eintrag vom siebenundzwanzigsten April 1988 gefunden, der Mrs. Munroe betrifft. Ich hatte eben nur das Problem, dass wir damals beide versprochen haben, darüber Stillschweigen zu bewahren.«

»Miss Fawcett«, bat Kate, »darf ich den Eintrag bitte sehen?«

»Ich glaube nicht, dass Sie viel damit anfangen könnten. Ich habe nur ein paar Stichworte festgehalten. Aber ich erinnere mich an mehr, als was hier geschrieben steht, und ich denke, es ist meine Pflicht, Ihnen davon zu erzählen, auch wenn ich kaum glaube, dass es etwas mit Ihren Ermittlungen zu tun hat. Und wenn dem so ist, geben Sie mir Ihr Wort, die Angelegenheit nicht weiterzuverfolgen?«

»Das können wir Ihnen versprechen«, sagte Kate.

Miss Fawcett richtete sich gerade auf und presste die Handflächen auf die aufgeschlagenen Seiten ihres Tagebuches, wie um sie vor neugierigen Blicken zu schützen. »Im April 88«, begann sie, »betreute ich in Ashcombe House die Patienten, die im Sterben lagen. Aber das wissen Sie ja bereits. Eine meiner Patientinnen gestand mir, sie wolle sich vor ihrem Tode noch vermählen, aber ihr Plan und auch die Hochzeit müssten geheim bleiben. Sie bat mich, ihre Trauzeugin zu sein. Ich willigte ein, ohne Fragen zu stellen, denn das stand mir nicht zu. Hier ging es um den letzten Wunsch einer Patientin, die ich lieb gewonnen hatte und von der ich wusste, das ihr nur noch wenig Zeit blieb. Was mich überraschte, war, dass sie die Kraft aufbrachte, die Zeremonie durchzustehen. Die Eheerlaubnis hatte der Erzbischof erteilt, und die Trauung fand am siebenundzwanzigsten um die Mittagsstunde in der kleinen Kirche St. Osyth in Clampstoke-Lacey statt, das ist gleich außerhalb von Norwich. Getraut hat sie Reverend Hubert Johnson, den sie als Patienten im Hospiz kennen gelernt hatte. Den Bräutigam sah ich zum ersten Mal, als er in einem Wagen vorfuhr, um meine Patientin und mich abzuholen, angeblich zu einer Spazierfahrt aufs Land. Pater Hubert hätte den zweiten Trauzeugen beibringen sollen, was ihm dann aber nicht gelang. Weshalb, weiß ich heute nicht mehr. Aber als wir das Hospiz verließen, sah ich Margaret Munroe. Sie war gerade zu einem Vorstellungsgespräch bei der Oberin gewesen und hatte sich, übrigens auf meinen Rat hin, um eine Schwesternstelle im Hospiz beworben. Ich schlug sie als zweite Trauzeugin vor, da ich mich auf ihre Diskretion verlassen konnte. Wir waren zusammen auf der Schwesternschule im alten Westminster Hospital in London gewesen, obwohl sie natürlich um einiges jünger war als ich. Ich hatte, als ich in die Krankenpflege ging, schon eine kurze akademische Laufbahn hinter mir. Mein Vater war strikt gegen meinen Berufswunsch gewesen, und ich musste bis zu seinem Tod warten, ehe ich mit der Ausbildung zur Krankenschwester anfangen konnte. Jedenfalls – die Trauung wurde vollzogen, und meine Patientin und ich kehrten ins Hospiz zurück. Sie wirkte viel zufriedener und mit sich im Reinen in diesen letzten Tagen, aber über die Hochzeit haben wir nicht mehr gesprochen. Und während der kommenden Jahre im Hospiz ist so viel passiert, dass ich bezweifle, ob ich mich ohne mein Tagebuch überhaupt daran hätte erinnern können, wenn sich nicht schon vor Ihnen jemand danach erkundigt hätte. Aber als ich den Eintrag fand, stand mir auch ohne Namensnennung alles wieder erstaunlich lebhaft vor Augen. Es war ein wunderschöner Tag, und ich erinnere mich, dass der Friedhof von St. Osyth ganz gelb leuchtete vor lauter Narzissen. Und als wir aus der Kirche traten, schien die Sonne.«

»Ihre Patientin, war das Clara Arbuthnot?«, fragte Kate.

Miss Fawcett sah sie an. »Ja«, sagte sie.

»Und der Bräutigam?«

»Keine Ahnung. Ich kann mich weder an seinen Namen noch an sein Gesicht erinnern, und ich glaube kaum, dass Margaret Ihnen da hätte weiterhelfen können, wenn sie noch am Leben wäre.«

»Aber sie muss doch die Heiratsurkunde unterzeichnet haben, und in der stand sein Name«, sagte Kate.

»Das schon. Trotzdem gab es keinen Grund, sich ihn zu merken. Und bei einer kirchlichen Trauung werden während des Gottesdienstes schließlich nur die Vornamen genannt.« Sie hielt kurz inne und fuhr dann fort: »Ich muss gestehen, dass ich nicht ganz offen zu Ihnen gewesen bin. Ich brauchte Zeit zum Nachdenken und wollte mir darüber klar werden, wie viel ich, wenn überhaupt, preisgeben sollte. In meinem Tagebuch musste ich gar nicht mehr nachsehen, um Ihre Frage beantworten zu können. Ich hatte diesen Eintrag nämlich vorher schon nachgeschlagen. Am Donnerstag, den zwölften Oktober, rief Margaret Munroe mich aus einer Telefonzelle in Lowestoft an. Sie fragte mich nach dem Namen der Braut, und ich habe ihn ihr genannt. Den des Bräutigams konnte ich ihr nicht nennen. In meinem Tagebuch steht er nicht, und falls ich ihn je wusste, habe ich ihn längst vergessen.«

»Aber können Sie sich an irgendetwas erinnern, das ihn betrifft?«, fragte Kate. »Sein Alter, wie er aussah, wie er gesprochen hat? Ist er später noch einmal im Hospiz gewesen?«

»Nein, nicht einmal als Clara starb, und soviel ich weiß, war er auch nicht bei der Beisetzungsfeier. Die wurde von einer Anwaltskanzlei in Norwich ausgerichtet. Den Mann habe ich nie wieder gesehen und auch nichts mehr von ihm gehört. Eins ist mir allerdings doch an ihm aufgefallen. Ich sah es, als wir vor dem Altar standen und er Clara den Ring an den Finger steckte. Ihm fehlte das erste Glied am Mittelfinger der linken Hand.«

Kate erfasste ein so berauschendes Triumphgefühl, dass sie fürchtete, man könne ihr die Erregung vom Gesicht ablesen. Sie mied Robbins' Blick und versuchte, ruhig zu sprechen, als sie fragte: »Hat Miss Arbuthnot Ihnen je den Grund für diese heimliche Heirat anvertraut? Könnte es zum Beispiel sein, dass da ein Kind im Spiel war?«

»Ein Kind? Sie hat nie erwähnt, dass sie ein Kind hatte, und soweit ich mich erinnere, stand auch in ihrer Krankenakte nichts von einer Schwangerschaft. Es hat sie auch nie ein Kind besucht; aber das tat der Mann, den sie geheiratet hat, ja auch nicht.«

»Sie hat Ihnen also nichts erzählt?«

»Nur, dass sie heiraten wolle, dass diese Ehe unbedingt geheim bleiben müsse und dass sie meine Hilfe brauche. Und ich habe ihr geholfen.«

»Gibt es sonst jemanden, dem sie sich anvertraut haben könnte?«

»Der Priester, der sie traute, Reverend Hubert Johnson, hat sie in den Tagen vor ihrem Tod sehr oft besucht. Ich weiß noch, dass er ihr die Beichte abnahm und ihr die heilige Kommunion erteilte. Ich musste dafür sorgen, dass sie nicht gestört wurden, wenn er bei meiner Patientin war. Ihm wird sie wohl alles erzählt haben, sei es als Freund oder als ihrem Beichtvater. Aber er war damals selbst schon ernstlich krank und ist zwei Jahre später gestorben.«

Mehr würden sie hier nicht erfahren, und nachdem sie sich bei Miss Fawcett bedankt hatten, gingen Kate und Robbins zurück zum Wagen. Miss Fawcett sah ihnen von der Tür aus nach, und Kate wartete, bis sie außer Sichtweite des Cottages waren, ehe sie den Jaguar auf den begrünten Seitenstreifen lenkte. Dann rief sie den Commander an und sagte zufrieden: »Gute Nachrichten. Wir sind endlich ein Stück weitergekommen.«

4

Da Pater John nicht zum Lunch erschienen war, ging Emma nach dem Essen hinauf und klopfte an seiner Wohnungstür. Sie fürchtete sich ein wenig vor der Begegnung, aber als er die Tür aufmachte, wirkte er ganz so wie sonst. Ein freudiges Lächeln erschien auf seinem Gesicht, und er bat sie hinein.

»Es tut mir so unendlich Leid, Pater«, sagte sie, mit den Tränen kämpfend. Aber dann ermahnte sie sich, dass sie gekommen war, um ihm Trost zu spenden, und nicht, um seinen Schmerz noch zu vertiefen. Es war, als versuche man ein Kind zu trösten. Am liebsten hätte sie ihn einfach in den Arm genommen. Er führte sie zu einem Sessel am Kamin, der, wie sie vermutete, der Platz seiner Schwester gewesen war, und setzte sich ihr gegenüber.

»Ich wollte Sie um einen Gefallen bitten, Emma«, sagte er.

»Ja, natürlich. Alles, was Sie wollen, Pater.«

»Es geht um ihre Kleider. Ich weiß, dass ich sie durchsehen und alles, was noch brauchbar ist, weggeben sollte. Es scheint vielleicht verfrüht, jetzt schon daran zu denken, aber ich nehme an, Sie werden uns Ende der Woche verlassen, und ich wollte fragen, ob Sie mir das abnehmen würden. Mrs. Pilbeam könnte mir zur Hand gehen, ich weiß. Sie ist sehr hilfsbereit, aber es wäre mir lieber, Sie würden es machen. Vielleicht morgen, wenn Sie Zeit haben?«

»Aber sicher, Pater. Ich komme gleich nach meinem Seminar am Nachmittag.«

»Alles, was sie besaß, ist in ihrem Schlafzimmer«, sagte er.

»Etwas Schmuck müsste auch dabei sein. Wenn ja, würden Sie ihn mitnehmen und für mich verkaufen? Ich möchte den Erlös gern einem Hilfsfonds für Strafgefangene spenden. Ich denke, so was wird's wohl geben.«

»Bestimmt, Pater«, sagte Emma. »Ich werde das für Sie herausfinden. Aber möchten Sie sich den Schmuck nicht vorher ansehen? Vielleicht ist ja etwas dabei, was Sie gern behalten wollen?«

»Nein danke, Emma. Das ist sehr aufmerksam von Ihnen, aber ich würde lieber alles weggeben.« Und nach kurzem Schweigen fügte er hinzu: »Die Polizei war heute Morgen hier. Sie haben die Wohnung und vor allem ihr Zimmer durchsucht. Inspektor Tarrant kam mit einem dieser Beamten von der Spurensicherung, Sie wissen schon, die im weißen Kittel. Der Inspektor hat ihn als Mr. Clark vorgestellt.«

»Aber wonach haben sie denn gesucht?«, fragte Emma aufgebracht.

»Das haben sie nicht gesagt. Sie blieben auch nicht lange und haben alles sehr ordentlich hinterlassen. Anschließend hätte man nicht mal gemerkt, dass sie da gewesen waren.« Wieder entstand eine Pause, und dann sagte er: »Inspektor Tarrant hat mich gefragt, wo ich letzte Nacht war und was ich in der Zeit zwischen der Komplet und sechs Uhr morgens gemacht habe.«

»Aber das ist ja unerhört!«, rief Emma.

Er lächelte traurig. »Nein, eigentlich nicht. Sie müssen solche Fragen stellen. Inspektor Tarrant war auch sehr taktvoll. Er tut ja nur seine Pflicht.«

Emma dachte wütend, dass ein Großteil des Kummers in der Welt von Leuten verursacht wurde, die behaupteten, nur ihre Pflicht zu tun.

Pater Johns leise Stimme unterbrach ihre Gedanken. »Der Pathologe war auch schon da, aber ich nehme an, Sie haben ihn kommen hören.«

»Das ganze Seminar muss ihn gehört haben. Er ist ja nicht gerade diskret aufgetreten.«

Pater John lächelte. »Nein, das kann man wirklich nicht sagen. Aber auch er blieb nicht lange. Commander Dalgliesh hat mich gefragt, ob ich dabei sein wolle, wenn sie die Leiche fortbringen, aber ich sagte ihm, ich würde lieber still für mich hier oben bleiben. Schließlich war es ja nicht meine Schwester, die sie wegschafften. Agatha war schon lange fort.«

Sie war schon lange fort. Emma fragte sich, was er damit wohl meinte. Und die Worte hallten in ihr nach wie der Klang einer Trauerglocke.

Emma erhob sich. Bevor sie ging, nahm sie noch einmal seine Hand und sagte: »Also dann bis morgen, Pater, wenn ich komme, um die Kleider einzupacken. Sind Sie sicher, dass ich sonst nichts für Sie tun kann?«

»Doch, da wäre noch eins«, sagte er. »Hoffentlich missbrauche ich Ihre Güte nicht zu sehr, aber würden Sie bitte nachsehen, wo Raphael steckt? Ich habe ihn seit dem Unglück nicht mehr gesehen, doch ich fürchte, Agathas Tod wird ihn schwer getroffen haben. Er war immer gut zu ihr, und ich weiß, dass sie ihn sehr lieb gehabt hat.«

Sie fand Raphael auf den Klippen, etwa hundert Meter vom Seminar entfernt. Als sie näher kam, setzte er sich ins Gras, und sie hockte sich neben ihn und streckte ihm die Hand hin. Mit abgewandtem Gesicht starrte er weiter aufs Meer hinaus. »Sie war die Einzige hier, die mich gemocht hat«, sagte er.

»Das ist nicht wahr, Raphael!«, rief Emma. »Sie wissen, dass es nicht wahr ist.«

»Doch, ich meine, sie mochte *mich*, Raphael. So wie ich bin. Nicht den wohlwollend Geduldeten. Nicht den hoffnungsvollen Priesteramtskandidaten. Nicht den letzten Spross der Arbuthnots – selbst wenn ich ein Bastard bin. Das hat man Ihnen doch bestimmt erzählt, dass ich als Säugling hier deponiert wurde, in einem dieser biegsamen, geflochtenen Babykörbchen mit zwei Henkeln dran. Mich im Schilf am Ballard's Mere auszusetzen wäre passender gewesen, aber vielleicht dachte meine Mutter, man würde mich da draußen nicht finden. Wenigstens war ich ihr so viel wert, dass sie mich vor dem Seminar abgestellt hat, wo die Patres über mich stolpern mussten. Es blieb ihnen nicht viel anderes übrig, als mich aufzunehmen. Immerhin durften sie sich dafür fünfundzwanzig Jahre lang in dem erhebenden Gefühl ihrer Mildtätigkeit und christlichen Nächstenliebe sonnen.«

»Sie wissen, dass die Patres es nicht so empfinden.«

»Aber ich empfinde es so! Ich weiß, es klingt egoistisch und wehleidig. Ich *bin* egoistisch und wehleidig. Das brauchen Sie mir nicht zu sagen. Ich habe immer gedacht, alles würde gut werden, wenn ich Sie dazu bringen könnte, mich zu heiraten.«

»Raphael, das ist doch lächerlich! Und wenn Sie vernünftig

denken, werden Sie das auch einsehen. Die Ehe ist schließlich keine Therapie.«

»Aber es wäre eine solide Basis gewesen. Eine, die mir Halt gegeben hätte.«

»Gibt Ihnen den denn nicht die Kirche?«

»Das wird sie, wenn ich erst Priester bin. Dann gibt es kein Zurück mehr.«

Emma dachte angestrengt nach, dann sagte sie: »Sie müssen sich nicht ordinieren lassen. Es ist ganz allein Ihre Entscheidung. Und wenn Sie sich nicht sicher sind, dann sollten Sie's nicht durchziehen.«

»Sie hören sich schon an wie Gregory. Wenn ich von Berufung spreche, sagt er, ich solle nicht reden wie eine Romanfigur von Graham Greene. Aber wir sollten jetzt besser zurückgehen.« Er hielt inne und lachte. »Manchmal hat sie mich schrecklich genervt, wenn wir zusammen nach London fuhren, aber ich habe mir nie gewünscht, jemand anderen dabeizuhaben.«

Er sprang auf und lief mit raschen Schritten zum Seminar zurück. Emma versuchte nicht, ihn einzuholen. Während sie zögernd die Klippen entlangschlenderte, dachte sie mit großer Traurigkeit an Raphael, Pater John und all die Menschen in St. Anselm, die sie ins Herz geschlossen hatte.

Sie hatte eben das schmiedeeiserne Tor zum Westhof erreicht, als sie ihren Namen rufen hörte. Sie blickte sich um und erkannte Karen Surtees, die übers Brachland auf sie zugelaufen kam. Sie kannten sich vom Sehen, da sie schon früher an manchen Wochenenden gleichzeitig in St. Anselm gewesen waren, aber außer einem gelegentlichen »Guten Morgen« hatten sie nie ein Wort miteinander gewechselt. Trotzdem war es Emma nie so vorgekommen, als bestünden zwischen ihnen irgendwelche Ressentiments. Jetzt wartete sie gespannt darauf, was Erics Schwester wohl von ihr wollte. Karen sah sich verstohlen nach dem Cottage St. John um, bevor sie zu sprechen begann.

»Entschuldigen Sie, dass ich Ihnen so hinterher gebrüllt habe.

Ich wollte nur mal mit Ihnen reden. Was ist das für eine Geschichte mit der alten Betterton? Man hat sie tot im Keller gefunden? Ich hab's von Pater Martin. Er war heute Morgen bei uns, aber er hat nichts darüber gesagt, wie es passiert ist.«

Emma sah keinen Grund, Karen das wenige, was sie wusste, zu verheimlichen. »Ich glaube, sie ist oben an der Kellertreppe gestolpert und hinuntergestürzt.«

»Oder hat sie jemand gestoßen? Wie dem auch sei, *ihren* Tod können sie Eric oder mir jedenfalls nicht anhängen – das heißt, wenn sie vor Mitternacht gestorben ist. Wir waren gestern Abend in Ipswich im Kino und sind anschließend essen gegangen. Wollten mal für ein paar Stunden hier raus. Sie wissen wohl nicht zufällig, wie der Stand der Ermittlungen ist? Ich meine, bei dem Mord am Archidiakon?«

»Keine Ahnung«, sagte Emma. »Von der Polizei erfahren wir gar nichts.«

»Nicht mal von dem gut aussehenden Commander? Nein, der wird wohl nichts verraten. Gott, ist der Mann mir unheimlich! Ich wünschte, er würde endlich vorankommen, ich will nämlich zurück nach London. Aber bis zum Wochenende bleibe ich noch bei Eric. Ach, um eins wollte ich Sie noch bitten. Kann sein, dass Sie mir nicht helfen können, oder vielleicht wollen Sie's auch nicht, aber ich weiß sonst niemanden, den ich fragen könnte. Gehen Sie zur Kirche? Und zum Abendmahl?«

Die Frage kam so unerwartet, dass Emma einen Moment lang ganz ratlos war. »Ich meine beim Gottesdienst«, erklärte Karen ungeduldig, »gehen Sie da zum Abendmahl oder zur Kommunion?«

»Ja, manchmal.«

»Mich interessieren nämlich die Hostien. Wie geht das vor sich? Ich meine, machen Sie den Mund auf und der Priester legt sie Ihnen auf die Zunge, oder halten Sie ihm die Hand hin?«

Was für eine seltsame Frage, dachte Emma, beantwortete sie aber trotzdem. »Manche Leute lassen sich die Hostie direkt in den Mund geben, ja, aber in der anglikanischen Kirche ist es eher üblich, die übereinander gelegten Handflächen auszustrecken.«

»Und der Priester steht dabei und passt auf, dass man die Hostie auch wirklich runterschluckt?«

»Kann sein, dass er das mitbekommt, wenn er vor einem Kommunizierenden die ganze Gebetsformel spricht, aber meistens geht er schnell zum Nächsten weiter, und dann muss man möglicherweise ein Weilchen warten, bis entweder er oder ein anderer Geistlicher mit dem Kelch kommt. Aber warum wollen Sie das wissen?«

»Ach, nur so. Rein aus Neugier. Ich dachte, ich geh' vielleicht auch mal zu einem Abendmahlsgottesdienst, und da möchte ich mich doch nicht blamieren. Aber muss man nicht konfirmiert sein, um daran teilzunehmen? Ich meine, womöglich würden sie mich abweisen.«

»Das kann ich mir nicht vorstellen«, sagte Emma. »Morgen Vormittag wird in der Kapelle eine Messe gelesen.« Und nicht ohne einen Anflug von Ironie setzte sie hinzu: »Sie könnten ja Pater Sebastian sagen, dass Sie gern teilnehmen möchten. Er wird Ihnen dann vermutlich ein paar Fragen stellen, und vielleicht möchte er Ihnen zuvor die Beichte abnehmen.«

»Pater Sebastian beichten! Sind Sie verrückt? Ich glaube, ich warte mit der religiösen Erbauung, bis ich wieder in London bin. Ach übrigens, wie lange wollen *Sie* eigentlich noch bleiben?«

»Ich sollte am Donnerstag abreisen, aber ich kann noch einen Tag dranhängen. Wahrscheinlich bleibe ich auch bis zum Wochenende.«

»Na dann, viel Glück! Und danke für die Auskunft.«

Damit machte sie kehrt und lief mit hängenden Schultern zum Cottage zurück.

Emma sah ihr nach und dachte, vielleicht besser so, dass Karen sich so abrupt verabschiedet hat. Es wäre sonst womöglich zu verlockend gewesen, mit einer Frau und noch dazu einer fast Gleichaltrigen über den Mord zu sprechen; verlockend, aber vielleicht auch unklug. Karen hätte am Ende wissen wollen, wie sie den Leichnam des Archidiakons gefunden hatte, und ihr überhaupt lauter peinliche Fragen gestellt. Bisher waren alle in St. Anselm sehr zurückhaltend gewesen, aber Karen Surtees hielt sie nicht für so diskret. Verwirrt und ratlos setzte sie ihren Weg fort. Von allen Fragen, mit denen Karen sie hätte konfrontieren können, war Emma auf die, die sie ihr gerade gestellt hatte, am wenigsten gefasst gewesen.

5

Um Viertel nach eins waren Kate und Robbins zurück. Dalgliesh merkte wohl, dass Kate bei ihrem exakten Bericht über die Ermittlungen in Ashcombe House bemüht war, sich ihr überschwängliches Triumphgefühl nicht anmerken zu lassen. Angesichts eines beachtlichen Erfolges blieb sie immer besonders distanziert und professionell, aber diesmal verriet sich ihre Begeisterung doch in Stimme und Blick, und Dalgliesh war froh darüber. Vielleicht bekam er nun die alte Kate zurück, die Kate, der die Polizeiarbeit mehr bedeutet hatte als ein Job, mehr als ein angemessenes Gehalt und die Aussicht auf Beförderung, mehr als ein Ausweg aus dem elenden Sumpf und den Entbehrungen ihrer Kindheit. Er hatte immer gehofft, diese Kate wieder zu finden.
Über Clara Arbuthnots Heirat hatte sie ihn gleich nach dem Besuch bei Miss Fawcett telefonisch unterrichtet, und Dalgliesh hatte sie beauftragt, sich eine Kopie des Trauscheins zu beschaffen und dann so rasch wie möglich nach St. Anselm zurückzukommen. Ein Blick auf die Karte ergab, dass Clampstoke-Lacey nur vierzehn Meilen entfernt war, und so schien es nahe liegend, zuerst in der Kirche nachzufragen.

Doch dort hatten sie kein Glück. St. Osyth war inzwischen in einen Pfarreiverbund eingegliedert worden; der neue Priester, der die Gemeinde während eines Interregnums vorübergehend mitbetreute, war gerade in einer der Nachbargemeinden unterwegs, und seine junge Frau hatte keine Ahnung, wo die Kirchenbücher aufbewahrt wurden, ja schien nicht einmal recht zu wissen, um was es sich dabei handelte. Sie konnte ihnen nur anbieten, die Rückkehr ihres Mannes abzuwarten, der zum Abendbrot zu Hause sein wollte, falls er nicht von einem Gemeindemitglied zum Essen eingeladen wurde. In dem Fall würde er vermutlich anrufen; allerdings sei er manchmal auch so in die Gemeindearbeit vertieft, dass er vergaß, ihr Bescheid zu sagen. Kate erriet aus dem leicht gereizten Ton, dass solche Versäumnisse nicht die Ausnahme waren. Da die Zeit drängte, hielt sie es für das Beste, sich an das Standesamt in Norwich zu wenden, und tatsächlich hatten sie dort mehr Glück und erhielten prompt eine Kopie der Heiratsurkunde.

Dalgliesh hatte in der Zwischenzeit Paul Perronet in Norwich angerufen, denn vor der neuerlichen Vernehmung von George Gregory mussten zwei wichtige Fragen geklärt werden. Einmal ging es um den genauen Wortlaut von Miss Arbuthnots Testament, zum anderen um die Auslegung eines bestimmten Gesetzes und das Datum, an dem dieses in Kraft getreten war.

Kate und Robbins, die sich nicht die Zeit genommen hatten, unterwegs irgendwo zu Mittag zu essen, stürzten sich jetzt mit Heißhunger auf die Käsebrötchen und den Kaffee von Mrs. Pilbeam.

»Jetzt können wir uns ungefähr vorstellen, wieso Margaret Munroe sich auf einmal wieder an diese Hochzeit erinnert hat«, sagte Dalgliesh. »Mit ihren Tagebucheinträgen beschwor sie die Vergangenheit herauf, und plötzlich fügten sich zwei Erinnerungsbilder zusammen: Gregory, wie er am Strand den linken Handschuh ausgezogen hatte, um Ronald Treeves den Puls zu fühlen, und die Seite mit den Hochzeitsfotos aus der ›Sole Bay Weekly Gazette‹. Die Verschmelzung von Tod und Leben. Am nächsten Tag rief sie Miss Fawcett an, aber nicht aus dem Seminar, wo sie hätte belauscht werden können, sondern von einer Telefonzelle in Lowestoft. Und als sie den Namen der Braut von damals erfuhr und ihre Vermutung bestätigt fand, wandte sie sich an den Menschen, den es, wie sie schrieb, ›am meisten betraf‹. Es kommen nur zwei Personen in Frage, auf die diese Worte zutreffen: George Gregory oder Raphael Arbuthnot. Und wenige Stunden, nachdem sie sich offenbart und Gehör gefunden hatte, war sie tot.«

Der Commander faltete die Kopie des Trauscheins zusammen und sagte: »Mit Gregory reden wir in seinem Cottage, nicht hier. Ich möchte Sie dabeihaben, Kate. Sein Wagen steht auf dem Parkplatz, falls er ausgegangen ist, kann er also nicht weit sein.«

»Aber diese Eheschließung ist doch kein Motiv für Gregory, den Archidiakon umzubringen«, wandte Kate ein. »Er hätte vor fünfundzwanzig Jahren heiraten müssen. So wie die Dinge liegen, kann Raphael Arbuthnot nicht erben. Laut Testament könnte das nur ein nach englischem Recht als ehelich anerkannter Nachkomme.«

»Aber genau dazu hat diese Heirat ihn gemacht: zum legitimen Erben nach englischem Recht und Gesetz.«

Gregory war offenbar eben erst heimgekommen. Er öffnete ihnen in einem langärmeligen schwarzen Jogginganzug, der verschwitzt an Brust und Armen klebte. Das Haar hing ihm feucht in die Stirn, und er hatte ein Handtuch um den Hals geschlungen.

Statt beiseite zu treten und sie hereinzulassen, sagte er: »Ich wollte gerade unter die Dusche gehen. Ist es denn so wichtig?«

Er versuchte sie abzuwimmeln wie aufdringliche Vertreter, und zum ersten Mal las Dalgliesh in seinen Augen unverhohlene Feindseligkeit. »Sehr wichtig«, sagte er. »Dürfen wir reinkommen?«

Während er sie durch sein Arbeitszimmer hinaus in den Anbau begleitete, bemerkte Gregory: »Commander, Sie sehen aus wie einer, der sich freut, endlich Fortschritte zu machen. Manch einer würde jetzt sagen: Wird auch Zeit! Hoffen wir nur, dass Sie nicht zu guter Letzt doch noch einen Reinfall erleben.«

Er bedeutete ihnen, auf dem Sofa Platz zu nehmen, und setzte sich an seinen Schreibtisch. Schwungvoll drehte er den Stuhl zur Seite, streckte die Beine aus und fing an, sich kräftig die Haare zu frottieren. Sein Schweißgeruch drang bis zu Dalgliesh.

Ohne den Trauschein hervorzuholen, erklärte der Commander: »Sie haben sich am siebenundzwanzigsten April 1988 in der St.-Osyth-Kirche in Clampstoke-Lacey mit Clara Arbuthnot trauen lassen. Warum haben Sie mir das nicht gesagt? Dachten Sie wirklich, die Folgen dieser Eheschließung seien für unsere Ermittlungen nicht von Belang?«

Gregory blieb ein paar Sekunden ganz still, doch als er dann antwortete, klang seine Stimme ruhig und unbekümmert. Dalgliesh hatte den Verdacht, dass er sich schon seit Tagen auf diese Konfrontation vorbereitet hatte.

»Wenn Sie schon auf die Konsequenzen meiner Heirat anspielen, dann haben Sie wohl auch die Bedeutung des Datums erkannt. Ich habe Ihnen nichts davon erzählt, weil ich finde, dass es Sie nichts angeht. Das ist der erste Grund. Der zweite ist, dass ich meiner Frau damals versprochen habe, die Heirat geheim zu halten, bis ich unseren Sohn eingeweiht hätte – ja, ganz recht, Raphael ist mein Sohn. Und drittens und letztens habe ich es ihm bisher nicht gesagt, weil ich den rechten Zeitpunkt noch nicht für gekommen hielt. Aber wie's aussieht, zwingen Sie mich jetzt zu handeln.«

»Weiß denn niemand in St. Anselm Bescheid?«, fragte Kate.

Gregory schaute sie an, als habe er sie bisher gar nicht wahrgenommen und sei nun von ihrem Anblick alles andere als erbaut. »Nein, niemand. Natürlich werden die Patres es erfahren müssen, und genauso natürlich werden sie es mir verübeln, dass ich es Raphael so lange verheimlicht habe. Und ihnen selbstverständlich auch. Und wie ich die menschliche Natur kenne, werden sie mir Letzteres wahrscheinlich noch weniger verzeihen können. Folglich werde ich dieses Cottage wohl nicht mehr sehr lange bewohnen. Aber da ich diese Stelle nur angenommen habe, um meinen Sohn kennen zu lernen, und da St. Anselm ohnehin vor dem Aus steht, spielt das keine Rolle mehr. Trotzdem hätte ich mir gewünscht, diese Episode meines Lebens angenehmer und nach meiner eigenen Zeitvorgabe zu beschließen.«

»Aber warum eigentlich diese Geheimniskrämerei?«, fragte Kate. »Nicht einmal das Personal im Hospiz wusste Bescheid. Wozu haben Sie überhaupt geheiratet, wenn nie jemand etwas davon erfahren sollte?«

»Ich dachte, das hätte ich bereits erklärt. Raphael sollte es ja erfahren, aber erst dann, wenn ich es für richtig hielt. Ich konnte wohl kaum damit rechnen, dass ich in eine Morduntersuchung verwickelt werden und die Polizei in meinem Privatleben herumschnüffeln würde. Der richtige Zeitpunkt ist immer noch nicht gekommen, aber ich nehme an, Sie werden sich die Genugtuung, dem Jungen die Augen zu öffnen, nicht entgehen lassen.«

»Nein«, sagte Dalgliesh. »Das zu tun ist Ihre Pflicht.«

Die beiden Männer sahen einander an, dann sagte Gregory: »Ich denke, Sie haben das Recht auf eine Erklärung, zumindest soweit ich in der Lage bin, eine zu geben. Gerade Sie sollten besser als die meisten Menschen wissen, dass unsre Motive selten so geradlinig und fast nie so rein sind, wie sie scheinen. Also, wir lernten uns in Oxford kennen. Ich war ihr Tutor. Sie war ein ungemein attraktives achtzehnjähriges Mädchen, und als sie mir zu verstehen gab, dass sie auf eine Affäre aus sei, da war ich nicht Manns genug zu widerstehen. Es wurde ein beschämender Reinfall. Ich hatte nicht erkannt, dass sie über ihre sexuellen

Präferenzen im Zweifel war und mich vorsätzlich als Versuchs-kaninchen benutzte. Eine unglückliche Wahl, die sie da getrof-fen hatte. Ich hätte zweifellos einfühlsamer und phantasievoller sein können, aber ich habe nun mal im Geschlechtsakt nie eine Herausforderung akrobatischer Glanzleistungen gesehen. Ich war zu jung und vielleicht auch zu eitel, um ein sexuelles Fiasko gelassen hinzunehmen, und unsre Liaison war ein Riesenfiasko. Man kann vieles verkraften, aber wenn einem unverhohlener Abscheu entgegenschlägt, steckt man das nicht so einfach weg. Ich fürchte, ich war nicht sehr nett zu ihr. Dass sie schwanger war, sagte sie mir erst, als es für eine Abtreibung zu spät war. Ich glaube, sie hat einfach die Augen vor der Realität verschlossen und versucht, das Ganze zu verdrängen. Sie war kein realisti-scher Mensch. Raphael hat das Aussehen seiner Mutter geerbt, aber zum Glück nicht ihren IQ. Eine Heirat kam nicht in Fra-ge; mir war der Gedanke an so eine lebenslange Fessel von je-her verhasst, und sie zeigte mir mehr als deutlich, wie sehr sie mich verabscheute. Von der Geburt erfuhr ich nichts, aber spä-ter schrieb sie mir, dass sie einen Sohn bekommen und ihn nach St. Anselm gebracht habe. Danach ging sie mit einer Gefährtin ins Ausland, und wir haben uns nie wieder gesehen. Ich suchte keinen Kontakt zu ihr, aber sie muss meinen Werdegang ver-folgt haben und wusste, wo ich mich aufhielt. Und Anfang April 88 schrieb sie mir dann, dass sie im Sterben liege, und bat mich, sie im Hospiz Ashcombe House bei Norwich zu besu-chen. Und dort hat sie mich dann gebeten, sie zu heiraten. Ihrem Sohn zuliebe, wie sie sagte. Außerdem hatte sie, glaube ich, zu Gott gefunden. Das war so eine Marotte der Arbuth-nots, dass sie, meistens zu einem für ihre Familie denkbar un-günstigen Zeitpunkt, zu Gott fanden.«

»Aber wozu die ganze Geheimniskrämerei?«, fragte Kate noch einmal.

»Sie bestand darauf. Ich traf in aller Stille die nötigen Vor-kehrungen und gab im Hospiz nur an, ich wolle sie auf eine

Spazierfahrt mitnehmen. Einzig die Schwester, die sich vorwiegend um sie kümmerte, war eingeweiht, und die war dann auch ihre Trauzeugin. Ich erinnere mich dunkel, dass es mit dem zweiten Zeugen Probleme gab, aber dann erklärte sich eine Frau, die zu einem Bewerbungsgespräch ins Hospiz gekommen war, bereit einzuspringen. Der Priester war ein Mitpatient, den Clara im Hospiz kennen gelernt hatte, wo er sich von Zeit zu Zeit einer so genannten Rekreationskur unterzog. Er war der Gemeindepfarrer von St. Osyth und erwirkte für uns eine Eheerlaubnis des Erzbischofs, sodass wir das Aufgebot nicht abzuwarten brauchten. Die Trauung wurde nach dem üblichen Ritus vollzogen, und anschließend fuhr ich Clara ins Hospiz zurück. Sie wollte, dass ich den Trauschein an mich nahm, und ich habe ihn bis heute aufbewahrt. Drei Tage später starb sie. Die Schwester, die sie betreut hatte, schrieb mir, sie sei ohne Schmerzen gestorben, und durch die Heirat habe sie zuletzt noch ihren Frieden gefunden. Es freut mich, dass diese Farce wenigstens einem von uns etwas gebracht hat; auf mein Leben hatte sie überhaupt keinen Einfluss. Ja, und dann hat mir Clara zum Schluss noch aufgetragen, Raphael einzuweihen, wenn ich die Zeit für gekommen hielt.«

»Und Sie haben zwölf Jahre damit gewartet«, sagte Kate. »Hatten Sie überhaupt vor, ihn irgendwann aufzuklären?«

»Nicht unbedingt. Ich hatte jedenfalls nicht die Absicht, mir einen halbwüchsigen Sohn beziehungsweise ihm einen Vater aufzubürden. Schließlich hatte ich zuvor nichts für ihn getan, hatte keinerlei Anteil an seiner Erziehung genommen. Da schien es mir unwürdig, plötzlich aufzutauchen wie einer, der ihn unter die Lupe nehmen und sehen möchte, ob er's wert sei, ihn als Sohn anzuerkennen.«

»Aber haben Sie nicht doch genau das getan?«, fragte Dalgliesh.

»In der Tat, ich bekenne mich schuldig. Irgendwann entdeckte ich in mir eine gewisse Neugier, oder vielleicht waren auch diese penetranten Gene die Antriebskraft. Kinder sind schließlich unsre einzige Chance auf – wenn auch nur indirekte – Unsterblichkeit. Jedenfalls leitete ich anonym diskrete Ermittlungen ein und erfuhr, dass er nach dem Studium zwei Jahre im Ausland verbracht und nach seiner Rückkehr beschlossen hatte, Geistlicher zu werden. Wozu er allerdings, da er nicht Theologie studiert hatte, eine dreijährige Ausbildung in einem Priesterseminar absolvieren musste. Natürlich entschied er sich für St. Anselm. Ich war vor sechs Jahren einmal eine Woche hier zu Gast gewesen, und als ich nach Raphaels Rückkehr erfuhr, dass das Seminar einen Griechischlehrer suchte, da habe ich mich beworben.«

»Sie wissen«, sagte Dalgliesh, »dass St. Anselm die Schließung droht. Nach dem mysteriösen Tode von Ronald Treeves und der Ermordung des Archidiakons ist damit wahrscheinlich noch früher zu rechnen als bislang befürchtet. Ihnen ist doch klar, dass Sie ein Motiv für den Mord an Crampton haben? Sowohl Sie als auch Raphael. Das Gesetz über die nachträgliche Anerkennung nicht ehelicher Kinder war bereits in Kraft, als sie heirateten und damit Ihrem Sohn die Erbfolge sicherten. Denn laut Paragraph zwei dieses Gesetzes gilt ein uneheliches Kind, wenn seine leiblichen Eltern nachträglich heiraten und der Vater seinen Wohnsitz in England oder Wales hat, vom Tage der Hochzeit an nach englischem Recht als legitimer Nachkomme. Ich habe daraufhin noch einmal den genauen Wortlaut von Miss Arbuthnots Testament überprüft. Falls das Seminar geschlossen wird, fallen alle ursprünglich von ihr eingebrachten Stiftungsgüter an die Nachkommen ihres Vaters – egal, ob in männlicher oder weiblicher Linie. Einzige Bedingung: Sie müssen praktizierende Mitglieder der anglikanischen Kirche und nach englischem Recht ehelich anerkannt sein. Was auf Raphael Arbuthnot zutrifft. Demnach ist er der einzige Erbe. Wollen Sie mir weismachen, Sie hätten das nicht gewusst?«

Zum ersten Mal hatte es den Anschein, als drohe Gregory seine einstudierte Maske ironischer Distanz zu entgleiten. Aber seine Stimme klang immer noch sehr selbstbewusst, als er beteuerte: »Der Junge weiß von nichts. Ich kann verstehen, dass Ihnen das Testament wie gerufen kommt, um mir ein Motiv für den Mord zu unterstellen. Aber bei Raphael wird Ihnen das trotz aller Findigkeit nicht gelingen.«

Natürlich gab es noch andere Motive außer Vorteilsnahme und Gewinnstreben, aber Dalgliesh verzichtete auf weitere Einwände.

»Bis jetzt haben wir nur Ihr Wort dafür, dass er nichts von seinem Erbrecht weiß«, sagte Kate.

Gregory sprang hoch und baute sich drohend vor ihr auf.

»Dann lassen Sie ihn holen, und ich sag's ihm hier und jetzt, in Ihrem Beisein!«

»Halten Sie das für klug, geschweige denn menschlich?«, gab Dalgliesh zu bedenken.

»Darauf kann ich verdammt noch mal keine Rücksicht nehmen! Ich lasse nicht zu, dass Sie Raphael einen Mord anhängen. Holen Sie ihn her, und ich sage ihm alles. Aber zuvor gehe ich duschen. So verschwitzt werde ich mich ihm nicht als sein Vater präsentieren.«

Damit verschwand er, und gleich darauf hörten sie seine Schritte auf der Treppe.

»Gehen Sie zu Nobby Clark«, sagte Dalgliesh zu Kate, »und lassen Sie sich einen Plastiksack geben. Ich brauche diesen Jogginganzug. Und bitten Sie Raphael, dass er in fünf Minuten rüberkommt.«

»Ist das wirklich nötig, Sir?«

»Ja, Kate, um seinetwillen. Gregory hat ganz Recht; um festzustellen, ob Raphael Arbuthnot wirklich nicht wusste, wer sein Vater ist, müssen wir dabei sein, wenn Gregory es ihm sagt.«

Gregory war noch unter der Dusche, als Kate mit dem Plastiksack zurückkam. »Ich hab' Raphael verständigt«, erklärte sie. »Er wird in fünf Minuten hier sein.«

Sie warteten schweigend. Dalgliesh ließ den Blick durch das wohl geordnete Zimmer schweifen. Durch die offene Tür sah man ins angrenzende Arbeitszimmer: der Computer auf dem Schreibtisch an der Wand, ein Stapel grauer Kartei-kästen, die Bücherregale mit den sorgfältig sortierten Leder-bänden – Dalgliesh entdeckte hier nichts, was überflüssig gewesen wäre, was nur zur Zierde oder Dekoration gedient hätte. Diese Räume waren das Allerheiligste eines Mannes, der rein intellektuellen Interessen frönte und sich sein Leben gern komfortabel, aber ohne Ballast einrichtete. Doch damit, dachte Dalgliesh bitter, war es nun wohl vorbei.

Sie hörten die Tür gehen, und gleich darauf kam Raphael her-ein, gefolgt von Gregory, der jetzt eine Tweedhose trug und ein frisch gebügeltes marineblaues Hemd. Nur seine Haare waren noch ganz zerzaust. »Vielleicht setzen wir uns erst mal«, sagte er.

Sie nahmen Platz, und Raphael blickte verwirrt von Gregory zu Dalgliesh, sagte aber nichts.

Gregory wandte sich an seinen Sohn. »Ich habe Ihnen etwas zu sagen«, begann er zögernd. »Ich hätte zwar lieber einen anderen Zeitpunkt gewählt, aber die Polizei hat sich inten-siver als erwartet für mein Privatleben interessiert, und so bleibt mir keine Wahl. Raphael, Sie … du musst wissen, dass ich 1988 deine Mutter geheiratet habe. Diese Hochzeit hätte eigentlich sechsundzwanzig Jahre früher stattfinden sollen, denn … Also ich weiß nicht, wie ich das sagen soll, ohne melo-dramatisch zu werden: Ich bin dein Vater, Raphael.«

Raphael starrte ihn entgeistert an. »Das glaube ich nicht«, stammelte er. »Das ist nicht wahr.«

Die immer gleiche, banale Reaktion auf eine unwillkommene, schockierende Nachricht.

»Ich glaube es nicht«, wiederholte er, diesmal lauter, aber sein

Gesicht strafte die Worte Lügen. Sukzessive, von der Stirn über die Wangen bis zum Hals, wich die Farbe aus seinem Gesicht, als habe sich die normale Blutzirkulation plötzlich umgekehrt. Dann stand er auf und blickte stumm bald Dalgliesh, bald Kate an. Er schien verzweifelt darauf zu warten, dass sie Gregory widersprechen würden. Seine Gesichtsmuskeln erschlafften, die ersten angedeuteten Falten vertieften sich, und nun entdeckte Dalgliesh auch eine flüchtige Ähnlichkeit zwischen ihm und seinem Vater. Aber kaum, dass er sie wahrnahm, war die Übereinstimmung auch schon verflogen.

»Stell dich nicht so an, Raphael!«, sagte Gregory. »Wir werden diese Aussprache doch wohl auch ohne Anleihen bei den Romanen einer Mrs. Wood hinter uns bringen. Viktorianische Melodramen waren nie mein Fall. Und glaubst du im Ernst, ich würde mit so einem Thema Scherz treiben? Ich kann dir den Trauschein zeigen, und Commander Dalgliesh besitzt eine Kopie.«

»Das beweist noch lange nicht, dass Sie mein Vater sind.«

»Deine Mutter hat in ihrem ganzen Leben nur mit einem einzigen Mann geschlafen. Und das war ich. In einem Brief an deine Mutter habe ich mich zu meiner Verantwortung bekannt. Aus irgendeinem Grund bestand sie auf diesem kleinen Eingeständnis meiner Torheit. Nach der Trauung gab sie mir meine Briefe zurück. Und wenn es noch eines Beweises bedürfte, könnte man natürlich jederzeit einen DNA-Test machen. Den würdest wohl selbst du nicht anfechten.« Und nach einer Pause setzte er hinzu: »Tut mir Leid, dass du mich als Vater so abstoßend findest.«

Raphaels Stimme war so schneidend und kalt, dass man sie kaum wieder erkannte. »Und was ist passiert? Vermutlich die alte Geschichte, wie? Erst hast du sie gevögelt, hast sie geschwängert, aber da du weder an der Ehe noch an Kindern interessiert warst, hast du dich rechtzeitig abgeseilt, ja?«

»Ganz so war es nicht. Wir wollten beide kein Kind, und von

Heirat war nie die Rede. Mich als den Älteren traf vermutlich die größere Schuld. Deine Mutter war schließlich erst achtzehn. Predigt deine Religion nicht so was wie ungeteilte Vergebung? Warum kannst du dann nicht auch ihr vergeben? Glaub mir, du warst bei den Patres besser aufgehoben als bei einem von uns.«

Lange blieb es still, dann sagte Raphael: »Ich wäre der Erbe von St. Anselm gewesen.«

Gregory warf Dalgliesh einen bedeutsamen Blick zu, und der Commander sagte: »Der sind Sie, sofern es da nicht irgendeine juristische Spitzfindigkeit gibt, die ich übersehen habe. Ich habe mich bei den Familienanwälten erkundigt. Agnes Arbuthnot verfügte in ihrem Testament, dass, falls das Seminar je geschlossen wird, alles, was sie St. Anselm vermacht hat, an die legitimen Nachkommen ihres Vaters übergehen solle, vorausgesetzt, sie sind bekennende Mitglieder der anglikanischen Kirche. Und als Legitimitätsnachweis verlangte sie nicht, dass die Erbberechtigten ›ehelich geboren‹ waren, nein, sie schrieb ausdrücklich, sie hätten ›ehelich nach englischem Recht‹ zu sein. Als Ihre Eltern heirateten, war das Gesetz über die Erbschaftsansprüche nicht ehelich geborener Kinder längst in Kraft. Und durch diese Eheschließung wurden Sie zum legitimen Erben.«

Raphael trat ans Fenster und sah still auf die Landspitze hinaus. Endlich sagte er: »Ich nehme an, ich werd' mich daran gewöhnen – wie ich mich daran gewöhnt habe, dass meine Mutter mich gleich einem Bündel ausrangierter Kleider abgeschoben hat, das man der Wohlfahrt spendet. Ich hatte mich damit abgefunden, in einem Priesterseminar aufzuwachsen, während meine Altersgenossen ein Zuhause hatten. Also werde ich mich auch mit dieser Situation abfinden. Aber im Moment habe ich nur den einen Wunsch« – und hier wandte er sich abrupt zu Gregory um –: »Ich will Sie niemals wieder sehen.«

Während Dalgliesh sich noch fragte, ob Gregory die hastig

gedrosselte Gefühlsaufwallung in der Stimme seines Sohnes überhaupt wahrgenommen hatte, sagte Gregory: »Das lässt sich sicher einrichten, wenn auch nicht gleich. Denn fürs Erste wird Commander Dalgliesh wohl darauf bestehen, dass ich hier bleibe. Durch diese sensationelle Enthüllung habe ich nämlich auf einmal ein Motiv für den Mord an Crampton. Und du natürlich auch.«

»Und?« Raphael nahm ihn scharf ins Visier. »Haben Sie ihn umgebracht?«

»Nein. Und du? … Gott, ist das lächerlich!« Seufzend wandte Gregory sich an Dalgliesh. »Ich dachte immer, Ihr Job sei es, Morde aufzuklären, und nicht, anderen Leuten das Leben zu versauen.«

»Leider zieht das eine oft das andere nach sich.«

Dalgliesh warf Kate einen Blick zu, und gemeinsam wandten sie sich zum Gehen.

Doch Gregorys Stimme hielt sie zurück. »Nun wird man ja wohl auch Sebastian Morell unterrichten müssen«, sagte er. »Es wäre mir lieb, wenn Sie das Raphael oder mir überließen.« Und an Raphael gewandt: »Bist du einverstanden?«

»Ich werd's ihm nicht sagen«, erklärte Raphael. »Reden Sie mit ihm, wann immer Sie wollen. Ich will damit nichts zu tun haben. Bis vor zehn Minuten hatte ich keinen Vater, und was mich angeht, so habe ich auch jetzt keinen.«

»Wie lange wollen Sie damit warten?«, fragte Dalgliesh. »Wir können es nicht unbegrenzt hinausschieben.«

»Das habe ich auch nicht vor, obwohl es nach zwölf Jahren auf eine Woche mehr oder weniger wahrhaftig nicht ankommt. Wenn es nach mir ginge, würde ich warten, bis Sie Ihre Ermittlungen abgeschlossen haben, falls es je so weit kommt. Aber das dürfte kaum realistisch sein. Ich werde gegen Ende der Woche mit ihm reden. Ort und Zeit darf ich hoffentlich selbst bestimmen.«

Raphael hatte das Cottage bereits verlassen, und durch die

großen, gischtbesprühten Panoramafenster sah man ihn über die Landspitze zum Meer hinunterlaufen. »Ob er damit klarkommt?«, meinte Kate. »Sollte ihm nicht jemand nachgehen?«
»Er wird sich nichts antun«, versetzte Gregory. »Er ist kein Ronald Treeves, auch wenn er sich noch so sehr bemitleidet. Raphael ist sein Leben lang verwöhnt worden. Mein Sohn verfügt über eine gehörige Portion Eigenliebe, und das ist ein guter Selbstschutz.«

Als Dalgliesh ihn aufforderte, Kate seinen Jogginganzug auszuhändigen, widersetzte er sich nicht, sondern sah hämisch grinsend zu, wie Kate die Kleidungsstücke kennzeichnete und in den Plastiksack steckte. Dann geleitete er sie und Dalgliesh so höflich hinaus, als würde er sich von hoch geschätzten Besuchern verabschieden.

Auf dem Weg zurück nach St. Matthew, in die Einsatzzentrale, sagte Kate: »Ein Motiv hätte er, und das macht Gregory jetzt wohl zu unsrem Hauptverdächtigen. Aber es ergibt keinen Sinn, oder? Ich meine, jeder weiß, dass St. Anselm geschlossen wird, also hätte Raphael über kurz oder lang sowieso geerbt. Auch ohne dass jemand nachzuhelfen brauchte, es hatte ja keine Eile.«

»Oh doch, und ob!«, entgegnete Dalgliesh. »Denken Sie mal nach, Kate!«

Als sie vor dem Cottage anlangten, erschien Piers in der Tür. »Ach, ich wollte Sie gerade suchen gehen, Sir. Das Krankenhaus hat angerufen. Inspektor Yarwood ist jetzt vernehmungsfähig. Der Arzt meinte allerdings, wir sollten bis morgen warten, damit er sich noch ein bisschen erholen kann.«

6

Krankenhäuser, dachte Dalgliesh, sind im Grunde alle gleich, egal, wo sie sind und wie sie aussehen: der gleiche Geruch, der gleiche Anstrich, die gleichen Piktogramme, um den Besuchern den Weg zu den Stationen und Abteilungen zu weisen, die gleichen harmlosen Bilder auf den Gängen, die beruhigen sollen und nicht provozieren, das gleiche Personal in diversen Kitteln oder halbuniformer Kluft, Ärzte und Pfleger mit immer dem gleichen müden, aber entschlossenen Gesicht, die zielstrebig ihr angestammtes Revier durchmessen. In wie vielen Kliniken war er nicht schon gewesen seit seinen Anfängen als kleiner Kriminalassistent, sei es zur Bewachung von Zeugen oder Gefangenen, sei es, um die Aussage eines Sterbenden zu protokollieren oder Ärzte zu befragen, die dringlichere Probleme hatten als er?

Als sie die Station betraten, auf der Yarwood lag, sagte Piers: »Also ich würde mich in kein Krankenhaus legen. Da hängen sie einem doch bloß Infektionen an, die sie nachher nicht kurieren können, und wenn einen die eigenen Besucher nicht zu Tode langweilen, dann tun's die der anderen Patienten. Nie kriegt man genug Schlaf, und das Essen ist ungenießbar.«

In Dalgliesh regte sich der Verdacht, dass sich hinter Piers' flapsigen Sprüchen eine tief sitzende Aversion verbarg, die womöglich fast an eine Phobie grenzte. »Mit den Ärzten ist es wie mit der Polizei«, versetzte er diplomatisch. »Sie fallen einem erst ein, wenn man sie braucht, aber dann erwartet man von ihnen, dass sie Wunder vollbringen. Ich möchte Sie übrigens bitten, draußen zu warten, während ich mit Yarwood rede – zumindest für den Anfang. Falls ich einen Zeugen brauche, rufe ich Sie. Aber erst mal will ich's möglichst sachte angehen.«

Ein noch aberwitzig junger Assistenzarzt mit dem obligatorischen Stethoskop um den Hals bestätigte, dass Inspektor Yarwood vernehmungsfähig sei, und führte sie zu einem kleinen, etwas abseits gelegenen Krankenzimmer, vor dem ein uniformierter Polizist Wache hielt. Als er die drei kommen sah, sprang er zackig auf und nahm Haltung an.

»Constable Lane, nicht wahr?«, begrüßte ihn Dalgliesh. »Ich

denke, wenn erst mal raus ist, dass ich mit Yarwood gesprochen habe, werden Sie hier nicht mehr gebraucht. Und Sie werden auch froh sein, auf Ihr Revier zurückzukönnen.«

»Jawohl, Sir. Wir sind ziemlich unterbesetzt.«

Wie überall, dachte Dalgliesh.

Yarwoods Bett stand am Fenster, mit Blick auf die nach Traufhöhe genormten Dächer der Vorstadt. Ein Bein lag im Streckverband und war an einem Galgen aufgehängt. Dalgliesh war nach der Begegnung auf dem Parkplatz in Lowestoft nur noch einmal kurz in St. Anselm mit Yarwood zusammengetroffen, und schon da war ihm sein müder, resignierter Gesichtsausdruck aufgefallen. Inzwischen schien der Mann regelrecht geschrumpft zu sein, und es sah aus, als habe er vor der eigenen Resignation kapituliert. Krankenhäuser bemächtigen sich nicht nur des Körpers, dachte Dalgliesh, in so einem kargen Klinikbett würde jeder seine Autorität einbüßen. Yarwood wirkte nicht bloß körperlich hinfällig, sondern auch psychisch geschwächt, und als er den verschatteten Blick auf Dalgliesh richtete, las der Commander in seinen Augen Verwirrung und Scham angesichts eines boshaften Schicksals, das ihm so übel mitgespielt hatte.

Als sie einander die Hand drückten, kam Dalgliesh um die abgedroschene Frage: »Und wie fühlen Sie sich?« nicht herum.

Statt direkt zu antworten, sagte Yarwood: »Wenn Pilbeam und der Junge mich nicht gefunden hätten, dann wär's aus gewesen mit mir. Schluss mit den Leiden, Schluss mit der Klaustrophobie. Besser für Sharon, besser für die Kinder und auch für mich. Verzeihen Sie, dass ich mich so gehen lasse, aber nach dem Sturz, bevor ich in diesem Graben das Bewusstsein verlor, empfand ich weder Schmerz noch Sorgen, sondern einfach nur Frieden. Wär' kein schlechter Abgang gewesen. Ich wünschte ehrlich gesagt, sie hätten mich dort liegen lassen, Mr. Dalgliesh.«

»Ich aber nicht. Todesfälle hatten wir schon genug in St. Anselm.« Dass gerade noch einer hinzugekommen war, verschwieg er lieber.

Yarwoods Blick schweifte hinaus über die Dächer. »Nicht mehr kämpfen müssen, sich nie mehr als elender Versager fühlen.«

Auf der Suche nach Trost spendenden Worten, von denen er wusste, dass sie nichts helfen würden, sagte Dalgliesh: »Was auch immer Sie jetzt durchmachen, Sie müssen sich sagen, dass es nicht ewig dauern wird. Alles geht einmal vorbei.«

»Aber es könnte noch schlimmer kommen. Schwer vorstellbar, aber möglich ist's trotzdem.«

»Nur, wenn Sie es zulassen.«

Yarwood antwortete nicht gleich, und es kostete ihn sichtlich Überwindung, als er endlich einräumte: »Sie haben ja Recht, Sir. Tut mir Leid, dass ich Sie enttäuscht habe. Was ist denn eigentlich genau passiert? Ich weiß nur, dass Crampton ermordet wurde. Aber es ist Ihnen offenbar gelungen, die Einzelheiten aus der Presse rauszuhalten, und auch am Radio ist nur die offizielle Polizeimeldung gekommen. Doch was ist nun wirklich geschehen? Ich vermute mal, Sie wollten mich rufen, als Sie die Leiche entdeckt hatten, und stellten fest, dass ich verschwunden war. Das hatte gerade noch gefehlt, wie? Erst ein flüchtiger Mörder, und dann setzt ausgerechnet der Mann, von dem Sie ein wenig professionelle Unterstützung erwarten konnten, alles daran, sich verdächtig zu machen. Es ist komisch, aber ich kann einfach kein Interesse für den Fall aufbringen, null Engagement. Ausgerechnet ich, der früher als übereifriger Beamter verschrien war. Umgebracht habe ich Crampton übrigens nicht.«

»Ich hatte Sie auch gar nicht in Verdacht. Cramptons Leiche wurde in der Kirche gefunden, und nach unsren bisherigen Ermittlungen hat der Täter ihn dorthin gelockt. Sie dagegen hätten ja nur ins nächste Gästeappartement zu gehen brauchen.«

»Aber das gilt für alle, die zum Seminar gehören.«

»Der Mörder wollte St. Anselm belasten. Der Archidiakon war sein primäres, aber nicht sein einziges Opfer. Ich glaube nicht, dass Sie einen solchen Hass gegen das Seminar hegen.« Es entstand eine Pause. Yarwood schloss die Augen und drehte den Kopf rastlos auf dem Kissen hin und her. »Nein«, sagte er endlich, »ganz im Gegenteil: Ich hänge sehr an St. Anselm. Und jetzt habe ich auch diese schöne Zuflucht verspielt.«

»St. Anselm ist nicht so leicht unterzukriegen. Wie haben Sie die Patres eigentlich kennen gelernt?«

»Das ist jetzt gut drei Jahre her. Ich war damals noch Sergeant und gerade erst nach Suffolk versetzt worden. Pater Peregrine war auf der Straße nach Lowestoft in einen Laster reingefahren. Zwar wurde niemand verletzt, aber ich musste doch ein Protokoll mit ihm aufnehmen. Er ist zu zerstreut für den heutigen Straßenverkehr, und ich konnte ihn überreden, seinen Führerschein abzugeben. Ich glaube, die Patres waren mir dankbar. Jedenfalls hatten sie anscheinend nichts dagegen, als ich irgendwann anfing, mich für ein paar Tage bei ihnen einzuquartieren. Ich weiß nicht, woran es liegt, aber irgendwie fühlte ich mich immer gleich wie verwandelt, sobald ich in St. Anselm war. Und als Sharon mich dann verließ, gewöhnte ich mir an, sonntags zur Messe rauszufahren. Ich bin nicht gläubig und hatte ehrlich gesagt keinen Schimmer, worum es ging. Aber das schien nichts auszumachen, und die Patres waren immer gut zu mir. Sie sind weder neugierig noch indiskret, sondern nehmen einen so, wie man ist. Ich habe schon alles versucht, Neurologen, Psychiater, Gesprächstherapien, die ganze Palette. Aber geholfen hat mir nur St. Anselm. Nein, ich würde den Patres kein Haar krümmen. Aber Sie haben einen Polizisten vor meinem Zimmer postiert, stimmt's? Tja, ich bin nicht blöd, Mr. Dalgliesh. Ein bisschen verrückt, aber nicht blöd. Schließlich hab' ich mir nur das Bein gebrochen und nicht den Kopf.«

»Der Mann ist zu Ihrem Schutz abgestellt. Ich wusste ja nicht, was Sie vielleicht gesehen haben und was Sie bezeugen könnten. Womöglich hätte man auch Sie aus dem Weg schaffen wollen.«

»Ist das nicht ein bisschen weit hergeholt, Sir?«

»Ich wollte lieber kein Risiko eingehen. Aber nun erzählen Sie mal: Können Sie sich erinnern, was Samstagnacht passiert ist?«

»Ja, bis zu dem Moment, als ich im Graben das Bewusstsein verlor. Der Marsch durch den Sturm ist in meiner Vorstellung allerdings ein bisschen verschwommen – kommt mir kürzer vor, als er in Wirklichkeit war –, aber an alles andere erinnere ich mich. Zumindest in groben Zügen.«

»Lassen Sie uns ganz von vorn anfangen. Wann haben Sie Ihr Appartement verlassen?«

»Kurz nach Mitternacht. Der Sturm hatte mich geweckt. Ich hatte ohnehin nicht fest geschlafen. Als ich wach wurde, machte ich Licht und sah auf die Uhr. Sie wissen ja, wie das in solchen Nächten geht: Man wälzt sich schlaflos im Bett und hofft, dass es später ist, als man glaubt, und bald Morgen wird. Und dann ergriff mich die Panik. Ich versuchte, dagegen anzukämpfen. Schwitzend, starr vor Angst, lag ich im Bett. Es half alles nichts, ich musste hinaus ins Freie. Das hatte nichts mit St. Anselm zu tun – so ein Schub wäre überall gleich verlaufen. Ich muss dann wohl einen Mantel über den Schlafanzug gestreift haben und mit bloßen Füßen in die Schuhe gefahren sein. Erinnern kann ich mich daran nicht mehr. Der Sturm machte mir eigentlich keine Angst, ich glaube sogar, er hat mir geholfen. In meinem Zustand wäre ich selbst in einen Blizzard samt zwanzig Zentimeter Neuschnee rausgelaufen. Mein Gott, ich wünschte, es wär so gewesen!«

»Und wie sind Sie aus dem Anwesen herausgekommen?«

»Durch das schmiedeeiserne Tor zwischen Kirche und Kreuzgang. Ich habe einen Schlüssel, wie alle Besucher. Aber das wissen Sie ja.«

»Als wir morgens die Umgebung des Tatorts sicherten«, sagte Dalgliesh, »da war das Tor verschlossen. Können Sie sich erinnern, ob Sie hinter sich abgeschlossen haben?«

»Muss ich ja wohl, oder? So was mache ich ganz automatisch.«

»Und haben Sie jemanden in der Nähe der Kirche gesehen?«

»Nein. Auf dem Hof war niemand.«

»Und Sie haben auch nichts gehört oder irgendwo Licht gesehen? Haben Sie zum Beispiel bemerkt, ob die Kirchentür offen stand?«

»Gehört habe ich nur den Wind, und ich glaube nicht, dass in der Kirche Licht brannte. Jedenfalls ist es mir nicht aufgefallen. Ich denke, ich hätte es bemerkt, wenn die Tür weit offen gestanden hätte, aber falls sie nur angelehnt war, könnte ich das übersehen haben. Ach, da fällt mir ein: Ich habe doch jemanden gesehen, vor dem Eingang zum Hauptgebäude. Da sah ich Eric Surtees.«

»Und das kam Ihnen nicht merkwürdig vor?«

»Eigentlich nicht, nein. Ich kann Ihnen nicht beschreiben, was ich in dem Moment empfand, aber in erster Linie konzentrierte ich mich wohl auf den Sturm, und dann war ich auch erleichtert, der beklemmenden Enge meines Zimmers entkommen zu sein. Wenn ich mir überhaupt Gedanken über Surtees gemacht hätte, dann wäre ich vermutlich davon ausgegangen, dass einer der Patres ihn gerufen hatte, um irgendetwas zu reparieren. Schließlich ist er ja so eine Art Hausmeister.«

»Nach Mitternacht? Mitten in einem Unwetter?«

Yarwood schwieg einen Moment, und Dalgliesh stellte staunend fest, dass seine Fragen den Inspektor nicht belasten, sondern ihn im Gegenteil zumindest vorübergehend von den eigenen Kümmernissen abgelenkt hatten.

»Als Mörder kann man sich ihn kaum vorstellen, oder?«, sagte Yarwood jetzt. »So sanft, bescheiden und tüchtig, wie er ist. Und soviel ich weiß, hatte er keinen Grund, Crampton zu hassen. Außerdem sah ich ihn, wie gesagt, ins Hauptgebäude hineingehen, nicht in die Kirche. Was hätte er dort gewollt, wenn ihn nicht jemand hinbestellt hätte?«

»Vielleicht die Kirchenschlüssel holen. Er weiß, wo die verwahrt werden.«

»Aber wäre das nicht ein bisschen tollkühn gewesen? Und wozu die Eile? Sollte er nicht ohnehin am Montag die Sakristei streichen? Ich erinnere mich dunkel, dass Pilbeam so was erwähnte. Und falls er wirklich einen Schlüssel gebraucht hätte, warum nahm er ihn sich dann nicht schon früher? Er konnte doch ganz ungehindert im Hauptgebäude ein und aus gehen.«

»Es wäre aber riskanter gewesen. Der Student, der die Kirche für die Komplet herrichtete, hätte bemerkt, dass ein Schlüsselbund fehlte.«

»Gut, da gebe ich Ihnen Recht, Sir. Aber auch für Surtees gilt, was Sie vorhin sagten: Wenn er auf einen Streit mit Crampton aus gewesen wäre, hätte er gewusst, wo der Mann zu finden war. Und er weiß, dass die Gästeappartements unverschlossen sind.«

»Sind Sie denn sicher, dass es wirklich Surtees war? So sicher, dass Sie es vor Gericht beschwören könnten? Schließlich war es spät nachts, und Sie befanden sich in ziemlich schlechter Verfassung.«

»Es war Surtees, Sir. Ich bin ihm oft genug begegnet. Gewiss, der Kreuzgang ist nur schwach beleuchtet, aber ich habe mich bestimmt nicht geirrt. Und falls Ihre Frage darauf abzielt: Ja, dabei würde ich vor Gericht selbst im Kreuzverhör bleiben. Auch wenn es nicht viel nützen würde. Ich höre schon, wie der Verteidiger sich im Schlussplädoyer an die Geschworenen wendet: schlechte Sicht. Zeuge hat den Beklagten höchstens ein, zwei Sekunden gesehen. Obendrein handelt es sich bei ihm um einen schwer gestörten Mann, der so verrückt ist, in einen tobenden Sturm hinauszulaufen. Und dann würde natürlich auch herauskommen, dass ich im Gegensatz zu Surtees sehr wohl etwas gegen Crampton hatte.«

Doch nun verließen Yarwood allmählich die Kräfte. Sein plötzlich aufgeflammtes Interesse an der Morduntersuchung hatte ihn offenbar zu sehr mitgenommen. Es war an der Zeit, den Besuch zu beenden, und nach dem, was er gerade erfahren hatte, drängte es Dalgliesh auch zurück zu seinen Ermittlungen. Zuvor aber musste er sich noch vergewissern, ob Yarwood nicht noch mehr zu berichten hatte. »Wir brauchen natürlich ein Protokoll über Ihre Aussage«, meinte er, »doch das eilt nicht. Ach, übrigens, was könnte denn Ihre Panikattacke ausgelöst haben? Der Streit mit Crampton am Samstag nach dem Tee?«

»Davon haben Sie also gehört? Aber ja, natürlich! Sehen Sie, ich war nicht darauf gefasst, ihn in St. Anselm zu treffen, und für ihn war es vermutlich genauso ein Schock. Den Streit habe übrigens nicht ich angefangen, sondern er. Er bebte vor Zorn und hat mir die alten Vorwürfe so aufgebracht entgegengeschleudert, als würde er gleich einen Anfall bekommen. Das Ganze ging auf den Tod seiner Frau zurück. Ich war damals noch ein kleiner Detective Sergeant, und es war mein erster Mordfall.«

»Mord?«

»Ja, er hat seine Frau umgebracht, Mr. Dalgliesh. Ich war damals davon überzeugt, und ich bin es noch. Okay, ich war übereifrig und hab' bei den Ermittlungen Scheiße gebaut. Er verklagte mich schließlich wegen Überschreitung meiner Kompetenzen, und ich bekam einen Verweis. Was meiner Karriere nicht gerade förderlich war. Ich glaube kaum, dass ich es bis zum Inspektor geschafft hätte, wenn ich bei der Met geblieben wäre. Trotzdem bin ich bis heute fest davon überzeugt, dass er seine Frau umgebracht hat und ungeschoren davonkam.«

»Und die Beweise?«

»Neben ihrem Bett stand eine leere Weinflasche. Gestorben ist sie an einer Überdosis starker Schmerztabletten in Verbindung mit Alkohol. Die Flasche war abgewischt worden, es gab also keine Fingerabdrücke. Ich weiß nicht, wie er sie dazu gebracht hat, ein ganzes Fläschchen Tabletten zu schlucken, aber ich bin sicher, er hat es getan. Und er hat gelogen, das weiß ich! Er behauptete, er sei nicht mal in die Nähe des Bettes gekommen. Aber in Wirklichkeit hat er noch ganz was anderes gemacht.«

»Möglich, dass er gelogen hat, was die Weinflasche anging«, sagte Dalgliesh. »Und vielleicht war er auch am Bett seiner Frau. Aber das macht ihn noch nicht zum Mörder. Er könnte sie tot aufgefunden haben und in Panik geraten sein. In einer solchen Situation reagieren Menschen oft merkwürdig.«

»Er hat sie umgebracht, Mr. Dalgliesh«, wiederholte Yarwood hartnäckig. »Ich habe es ihm vom Gesicht abgelesen, hab' es in seinen Augen gesehen. Er hat gelogen. Aber das heißt nicht, dass ich jetzt die Gelegenheit genutzt habe, um die arme Frau zu rächen.«

»Gibt es jemanden, der das getan haben könnte? Hatte sie nahe Verwandte, Geschwister, einen früheren Liebhaber?«

»Nein, sie hatte niemanden, Mr. Dalgliesh. Nur ihre Eltern, und die erschienen mir nicht sonderlich mitfühlend. Ihr ist nie Gerechtigkeit widerfahren, Sir, und mir auch nicht. Es tut mir nicht Leid, dass Crampton tot ist, aber ich habe ihn nicht umgebracht. Allerdings würde es mich nicht übermäßig bekümmern, wenn der wahre Täter nie gefasst wird.«

»Oh, aber wir *werden* ihn kriegen«, sagte Dalgliesh. »Und Ihnen als Polizeibeamten kann es nicht wirklich ernst sein mit dem, was Sie da eben gesagt haben. Ich melde mich wieder. Behalten Sie das, was Sie mir erzählt haben, für sich! Aber über die Schweigepflicht eines Zeugen brauche ich Sie ja nicht zu belehren.«

»Meinen Sie? Ja, sicher, ich kenne die Vorschriften. Trotzdem fällt's mir schwer zu glauben, dass ich je wieder Dienst tun werde.«

Er kehrte das Gesicht zur Wand, als sei das Gespräch damit für ihn beendet. Aber eine letzte Frage musste Dalgliesh ihm noch stellen. »Haben Sie irgendwem in St. Anselm von Ihrem Verdacht gegen den Archidiakon erzählt?«

»Nein. So etwas hätten die Patres gar nicht hören wollen. Außerdem gehörte der Fall der Vergangenheit an. Ich hätte nie gedacht, dass ich dem Mann noch einmal begegnen würde. Jetzt wissen die Patres freilich Bescheid – das heißt, falls Raphael Arbuthnot es ihnen erzählt hat.«

»Raphael?«

»Er war im Kreuzgang, als Crampton mich zur Rede stellte. Raphael hat jedes Wort gehört.«

7

Sie waren in Dalglieshs Jaguar zum Krankenhaus gefahren. Als sie jetzt wieder im Wagen saßen und sich anschnallten, waren beide recht schweigsam, und sie hatten die östliche Vorstadt schon hinter sich gelassen, als der Commander Piers endlich über das, was er von Yarwood erfahren hatte, in Kenntnis setzte.

Piers hörte ruhig zu, dann sagte er: »Ich kann mir Surtees nicht als Mörder vorstellen, aber wenn er's getan hat, dann bestimmt nicht allein. In dem Fall hätte seine Schwester die Hand im Spiel gehabt. Ich glaube nicht, dass Samstagabend irgendetwas im Cottage St. John vorgefallen ist, wovon sie nichts weiß. Aber warum hätte einer der beiden Crampton töten sollen? Okay, wahrscheinlich wussten sie, dass er ganz versessen darauf war, St. Anselm bei der nächsten Gelegenheit schließen zu lassen. Und das wird Surtees nicht gepasst haben – er scheint sich ja ganz gemütlich eingerichtet zu haben in seinem Cottage und mit seinen Schweinen –, aber er hätte die Schließung des Seminars nicht aufhalten können, indem er Crampton umbrachte. Und falls er privat eine Rechnung mit dem Mann zu begleichen hatte, warum hätte er sich dann so einen raffinierten Plan einfallen lassen sollen, nur um ihn in die Kirche zu locken? Er wusste doch, wo Crampton untergebracht war; und bestimmt weiß er auch, dass an den Gästeappartements keine Schlösser sind.«

»Das wissen auch alle anderen im Seminar, einschließlich der Besucher«, sagte Dalgliesh. »Wer immer Crampton ermordet hat, wollte uns glauben machen, dass der Täter ein Insider war. Das wurde ja schon von Anfang an deutlich. Wenn wir vom Motiv ausgehen, dann ist George Gregory unser Hauptverdächtiger.«

All das war natürlich auch Piers bekannt, und er wünschte, er hätte den Mund gehalten. Er wusste schließlich aus Erfahrung, dass man sich, wenn AD eine seiner schweigsamen Phasen hatte, am besten ruhig verhielt, besonders, wenn man keine neuen Erkenntnisse beizusteuern hatte.

Im Cottage St. Matthew angekommen, beschloss Dalgliesh, zusammen mit Kate die beiden Surteeses zu vernehmen. Fünf Minuten später führte Robbins die Geschwister herein. Karen Surtees wurde erst einmal in den Warteraum geschickt, und Kate achtete darauf, dass die Verbindungstür fest geschlossen war.

Eric Surtees hatte offenbar gerade den Schweinestall ausgemistet, als Robbins ihn holen kam, denn er brachte einen starken, aber nicht unangenehmen Geruch nach Erde und Vieh mit in den Vernehmungsraum. In der Eile hatte er sich wohl nur die Hände gewaschen, die er nun geballt, mit vorspringenden Knöcheln im Schoß hielt. Diese gewaltsam ruhig gehaltenen Hände, die in auffälligem Kontrast zu seiner sonstigen nervösen Körpersprache standen, erinnerten Dalgliesh an zwei kleine Tiere, die sich schreckensstarr zusammenkauern. Sicher hatte er keine Zeit gehabt, sich mit seiner Schwester abzusprechen, und der Blick, den er beim Eintreten auf die geschlossene Tür zum Nebenraum geworfen hatte, verriet, wie sehr er auf sie und ihren Beistand angewiesen war. War er anfangs nervös auf seinem Stuhl herumgerutscht, so saß er jetzt unnatürlich still; nur sein Blick wanderte von Kate zu Dalgliesh und wieder zurück, um schließlich auf Dalglieshs Gesicht zu verweilen. Der Commander, der Erfahrung hatte mit verängstigten Zeugen, zog keine falschen Schlüsse aus Surtees' Verhalten. Er wusste, dass die Unschuldigen ihre Ängste oft am deutlichsten zeigen; dagegen sind die Schuldigen, sobald sie sich einmal ihre raffinierte Geschichte zurechtgelegt haben, ganz versessen darauf, sie zu erzählen, und werden während des Verhörs von einer solchen Bravour und Hybris getragen, dass sich jedes peinliche Anzeichen von Schuld oder Furcht damit übertünchen lässt.

Dalgliesh verlor keine Zeit mit Formalitäten. »Als meine Beamten Sie am Sonntag befragten, sagten Sie aus, Sie hätten Ihr Cottage Samstagnacht nicht verlassen. Ich frage Sie jetzt noch einmal: Sind Sie am Samstag nach der Komplet noch einmal im Seminar oder in der Kirche gewesen?«

Surtees warf einen raschen Blick zum Fenster, als ob sich ihm dort eine Fluchtmöglichkeit biete, ehe er sich abermals zwang, Dalgliesh in die Augen zu sehen. Seine Stimme klang unnatürlich hoch.

»Nein, natürlich nicht. Warum sollte ich?«

»Mr. Surtees«, sagte Dalgliesh eindringlich, »wir haben einen Zeugen, der gesehen hat, wie Sie kurz nach Mitternacht vom Kreuzgang aus das Hauptgebäude betreten haben. Und dieser Zeuge hat Sie zweifelsfrei identifiziert.«

»Das war ich nicht! Es muss eine Verwechslung sein. Niemand kann mich gesehen haben, weil ich nämlich gar nicht da war. Ihr Zeuge lügt!«, rief Surtees. Aber dieses konfuse Dementi klang offenbar selbst in seinen Ohren unglaubwürdig.

»Mr. Surtees«, versetzte Dalgliesh geduldig, »wollen Sie denn allen Ernstes, dass wir Sie wegen Mordes festnehmen?«

Man sah förmlich, wie Surtees in sich zusammensank. Er wirkte plötzlich wie ein verschüchterter Knabe. Fast eine Minute ver-

strich, ehe er antwortete. »Also gut, ich war noch mal im Seminar. Ich bin irgendwann aufgewacht und sah Licht in der Kirche. Da bin ich hinübergegangen, um nachzusehen.«
»Und wie spät war es da?«
»So gegen Mitternacht, wie Sie gesagt haben. Ich war kurz aufgestanden, um aufs Klo zu gehen, und da sah ich das Licht.«
Hier mischte Kate sich zum ersten Mal ein. »Aber der Grundriss aller Cottages ist identisch. Schlafzimmer und Bäder liegen nach hinten raus, in Ihrem Cottage also nach Nordwesten. Wie konnten Sie da die Kirche sehen?«
Surtees fuhr sich mit der Zunge über die Lippen. »Ich hatte Durst«, sagte er. »Also ging ich nach unten, um mir ein Glas Wasser zu holen, und da habe ich das Licht vom Wohnzimmer aus gesehen. Wenigstens kam es mir so vor, als ob in der Kirche Licht brannte. Es war nur ein ganz schwacher Schein, aber ich dachte, ich sollte besser mal nachsehen.«
»Und Sie haben nicht daran gedacht, Ihre Schwester zu wecken oder Mr. Pilbeam oder Pater Sebastian anzurufen?«, fragte Dalgliesh. »Das wäre doch wohl das Naheliegendste gewesen.«
»Ich wollte niemanden unnötig wecken.«
»Das war aber ganz schön mutig von Ihnen, sich in so einer stürmischen Nacht allein hinauszuwagen, um einen möglichen Einbrecher zu stellen«, sagte Kate. »Was hätten Sie denn tun wollen, wenn wirklich jemand in die Kirche eingedrungen wäre?«
»Ich weiß nicht. So genau habe ich mir das gar nicht überlegt.«
»Sie überlegen auch jetzt nicht sehr genau, oder?«, meinte Dalgliesh ironisch. »Aber bitte, fahren Sie fort! Sie sind also rübergegangen zur Kirche. Und was fanden Sie dort vor?«
»Ich war gar nicht drin. Ich konnte nicht rein, weil ich keinen Schlüssel hatte. Aber das Licht brannte noch. Also bin ich rüber zum Haupthaus und holte mir einen Schlüsselbund aus

Miss Ramseys Büro. Aber als ich wieder in den Kreuzgang kam, war die Kirche plötzlich dunkel.« Seine Stimme war jetzt fester geworden, und die eben noch verkrampften Händen hatten sich deutlich entspannt.

Nach einem kurzen Blickwechsel mit Dalgliesh übernahm Kate das Verhör. »Und was haben Sie dann gemacht?«

»Gar nichts. Ich dachte, ich müsste mich wohl geirrt haben mit dem Licht.«

»Aber zuvor waren Sie sich doch ganz sicher, warum hätten Sie sich sonst in den Sturm hinausgewagt? Erst brennt Licht, dann ist es auf mysteriöse Weise erloschen. Ist es Ihnen denn nicht eingefallen, in der Kirche nachzusehen, so wie Sie es ursprünglich vorhatten?«

»Ich hielt's nicht mehr für nötig, wo doch kein Licht mehr gebrannt hat«, murmelte Surtees. »Ich sag' ja, ich dachte, ich hätte mich geirrt. Aber«, setzte er hinzu, »ich habe die Tür zur Sakristei gedrückt, und die war verschlossen, also wusste ich, dass niemand in der Kirche war.«

»Nachdem der Archidiakon tot aufgefunden worden war, stellte sich heraus, dass von den drei Schlüsselpaaren für die Kirche eines fehlte. Wie viele hingen im Büro, als Sie sich dort die Schlüssel holten?«

»Das weiß ich nicht mehr. Ich hab' nicht darauf geachtet. Ich wollte bloß so rasch wie möglich wieder raus aus dem Büro. Ich wusste genau, wo am Schlüsselbrett die Kirchenschlüssel hingen, und nahm einfach die, die mir am nächsten waren.«

»Aber Sie haben sie nicht zurückgebracht?«

»Nein. Ich wollte nicht noch mal ins Haus.«

»Wenn das so ist, Mr. Surtees«, warf Dalgliesh ruhig ein, dann frage ich Sie: Wo sind diese Schlüssel jetzt?«

Kate hatte selten einen Verdächtigen erlebt, der in seinem Schrecken derart die Fassung verlor. Die hoffnungsvolle Zuversicht, mit der Surtees sich ihren Fragen eingangs gestellt hatte, fiel mit einem Schlag von ihm ab; mit hängendem Kopf und am ganzen Leib zitternd sackte der Junge in seinem Stuhl nach vorn.

»Ich frage Sie noch einmal«, sagte Dalgliesh eindringlich, »sind Sie Samstagnacht in der Kirche gewesen?«

Surtees richtete sich mühsam wieder auf und schaffte es sogar, Dalgliesh in die Augen zu sehen. Und Kate hatte den Eindruck, dass seine panische Angst langsam einem Gefühl der Erleichterung wich. Er würde jetzt die Wahrheit sagen und war froh, die qualvolle Lügerei aufgeben zu können. Er und die Polizei würden nun auf derselben Seite stehen, man würde ihn akzeptieren, ihm vergeben, ihm sagen, dass man ihn verstehen könne. Wie oft hatte sie das nicht schon erlebt.

»Also gut«, sagte Surtees, »ich war in der Kirche. Aber ich schwöre Ihnen, ich habe niemanden umgebracht. So was brächte ich überhaupt nicht fertig. Ich schwöre bei Gott, dass ich ihn nicht angerührt habe. Ich war nicht mal eine Minute drin.«

»Und wozu?«, fragte Dalgliesh.

»Ich habe etwas für Karen geholt, etwas, das sie brauchte. Mit dem Archidiakon hatte es nichts zu tun. Es geht nur uns beide an.«

»Mr. Surtees«, sagte Kate, »Sie wissen doch, dass wir uns damit nicht zufrieden geben können. Hier geht es um Mord, da können wir keine privaten Rücksichten nehmen. Also, warum waren Sie Samstagnacht in der Kirche?«

Surtees sah Dalgliesh an, als baue er auf sein Verständnis. »Karen brauchte noch eine Hostie. Sie musste geweiht sein. Und sie bat mich, ihr eine zu beschaffen.«

»Sie hat verlangt, dass Sie für sie stehlen?«

»Sie hat das nicht so gesehen.« Er schwieg einen Moment und sagte dann: »Ja, Sie haben wohl Recht. Aber Karen trifft keine Schuld, ich hätte mich ja nicht darauf einzulassen brauchen. Ich wollte es auch nicht tun, die Patres sind immer gut zu mir gewesen, aber Karen musste die Hostie unbedingt haben, und am Ende habe ich mich breitschlagen lassen. Es musste dieses Wochenende sein, denn Karen braucht sie am Freitag. Sie fand es nicht so schlimm, für sie war's bloß eine Oblate. Sie hätte nie verlangt, dass ich etwas Wertvolles stehle.«

»Aber eine Hostie ist wertvoll, oder?«, fragte Dalgliesh.

Und als Surtees schwieg, fuhr er fort: »Sagen Sie uns, was Samstagnacht wirklich passiert ist. Erinnern Sie sich, und denken Sie genau nach. Jede Kleinigkeit ist wichtig.«

Surtees wirkte jetzt gefasster. Sein Körper schien sich zu straffen, und seine Wangen hatten wieder Farbe. »Ich habe gewartet, bis ich sicher sein konnte, das alle schliefen oder zumindest auf ihren Zimmern waren. Und der Sturm kam mir gelegen. Ich dachte nicht, dass jemand bei dem Wetter einen Spaziergang machen würde. Um Mitternacht bin ich dann los.«

»Und was hatten Sie an?«

»Meine braune Kordhose und eine dicke Lederjacke. Nichts Helles. Wir hielten dunkle Kleidung für sicherer, aber ich war nicht etwa maskiert oder so was.«

»Hatten Sie Handschuhe an?«

»Nein. Wir ... ich hielt das nicht für nötig. Außerdem besitze ich nur meine dicken Gartenhandschuhe und ein Paar alte wollene Fäustlinge. Die hätte ich sowieso ausziehen müssen, um die Tür aufzuschließen und nachher die Hostie zu entnehmen. Und ich dachte, es würde auch ohne Handschuhe gehen, schon weil niemand den Diebstahl bemerken würde. Eine einzige Hostie hätten die Patres bestimmt nicht vermisst, sie würden einfach denken, sie hätten sich verzählt. So hatte ich mir das zurechtgelegt. Ich selber habe nur Schlüssel zum Tor und zu der Pforte vom Kreuzgang. Und tagsüber brauche ich nicht mal die, weil das Tor und der Kreuzgang dann normalerweise offen sind. Ich wusste, dass die Kirchenschlüssel in Miss Ramseys Büro hingen. An hohen Feiertagen wie zu Ostern bringe ich den Patres manchmal Blumen oder etwas Grün. Pater Sebastian bittet mich dann meistens, die Blumen in einem Eimer voll

Wasser in die Sakristei zu stellen. Dort kümmert sich dann einer von den Studenten darum, der eine Hand für so was hat und die Kirche schmückt. Manchmal gibt Pater Sebastian mir aber auch die Kirchenschlüssel, oder er lässt sie mich aus dem Büro holen. Natürlich muss ich hinterher immer gut abschließen und die Schlüssel zurückbringen. Eigentlich müsste man sich auch eintragen, wenn man die Kirchschlüssel benutzt, aber damit nimmt es nicht jeder so genau.«

»Die Patres haben es Ihnen sehr leicht gemacht, nicht wahr? Aber es ist ja nie schwer, Menschen zu bestehlen, die einem vertrauen.« Dalgliesh hatte die Worte kaum ausgesprochen, als ihm ihr verächtlicher Ton bewusst wurde und zugleich Kates stummes Befremden. Er sah ein, dass er Gefahr lief, sich von persönlichen Gefühlen hinreißen zu lassen.

Unterdessen hatte Surtees wieder ein wenig an Selbstvertrauen gewonnen. »Ich wollte niemandem schaden, ich könnte keinem Menschen etwas antun. Selbst wenn es mir gelungen wäre, die Hostie zu stehlen, wäre doch niemand im Seminar zu Schaden gekommen. Ich bin sicher, die Patres hätten gar nichts gemerkt. Es ging schließlich nur um eine einzige Oblate, die ist höchstens einen Penny wert.«

»Lassen wir mal die Ausreden und Rechtfertigungen beiseite«, sagte Dalgliesh, »und konzentrieren uns auf das, was Samstagnacht passiert ist. Halten Sie sich an die Fakten, und lassen Sie nichts aus!«

»Also, wie gesagt, es war gegen drei viertel zwölf, als ich losging. Im Seminar war alles dunkel, und der Wind heulte wie verrückt. Nur in einem der Gästeappartements brannte noch Licht, aber die Vorhänge waren zugezogen. Ich sperrte mit meinem Schlüssel die Hintertür zum Hauptgebäude auf und ging durch die Spülküche Richtung Büro. Ich hatte eine Taschenlampe dabei, brauchte also nirgends Licht zu machen, und unter der Madonnenfigur in der Halle brannte wie immer die kleine Ampel. Für den Fall, dass mir jemand begegnet wäre, hatte ich mir eine Geschichte zurechtgelegt: Mir war so, als hätte ich in der Kirche Licht bemerkt, und nun wollte ich mir die Schlüssel holen, um nachzusehen. Ich wusste, dass das nicht überzeugend geklungen hätte, aber ich rechnete auch nicht damit, dass ich wirklich eine Ausrede brauchen würde. Ich nahm mir die Schlüssel, ging auf demselben Weg zurück, den ich gekommen war, und schloss hinter mir ab. Im Kreuzgang löschte ich das Licht und hielt mich dicht an der Mauer. Mit dem Einsteckschloss an der Tür zur Sakristei hatte ich keine Mühe, das wird regelmäßig geölt und ließ sich ganz leicht öffnen. Behutsam stieß ich die Tür auf, schlich im Schein der Taschenlampe zum Sicherungskasten und schaltete die Alarmanlage aus. Langsam verlor ich meine Angst und fasste Mut; es war ja alles so leicht gegangen. Wo die geweihten Hostien zu finden waren, wusste ich natürlich: rechts vom Altar in einer Nische, in der ein rotes Lämpchen brannte. Die Patres bewahren sie dort auf für den Fall, dass sie für einen Kranken aus den eigenen Reihen gebraucht werden, oder manchmal nehmen sie sie auch mit zu einem Abendmahlsgottesdienst in eine der Dorfkirchen, die keinen eigenen Pfarrer haben. Ich hatte eine Briefumschlag in der Tasche, da wollte ich die Hostie reinstecken. Aber als ich ins Kirchenschiff trat, sah ich, dass schon jemand da war. Ich war nicht allein.«

Wieder stockte er. Dalgliesh widerstand der Versuchung, ihn durch Fragen oder eine Anmerkung zum Weitersprechen zu bewegen. Surtees hielt den Kopf gesenkt und hatte die Hände vor sich gefaltet. Er sah aus, als falle es ihm plötzlich schwer, sich zu erinnern.

Endlich fuhr er fort: »Im nördlichen Seitengang sah ich Licht brennen, der Spot über dem ›Weltgericht‹ war eingeschaltet, und vor dem Bild stand jemand in einer braunen Kutte mit der Kapuze über dem Kopf.«

Kate konnte sich nicht enthalten zu fragen: »Und haben Sie die Person erkannt?«

»Nein. Sie war halb von einer Säule verdeckt, und es war auch nicht hell genug. Und dann hatte sie eben die Kapuze auf.«

»War die Person groß oder klein?«

»Ich würde sagen, mittel, jedenfalls nicht besonders groß. Aber genau weiß ich's nicht mehr. Und dann, während ich noch so dastand, öffnete sich auf einmal die Pforte im Südportal, und jemand schlüpfte herein. Auch den habe ich nicht erkannt, das heißt, ich konnte ihn gar nicht richtig sehen, sondern hörte ihn nur rufen: ›Wo sind Sie?‹ Dann habe ich rasch die Tür zugemacht. Ich wusste, die Sache war geplatzt. Mir blieb nichts weiter übrig, als die Sakristei abzuschließen und wieder zurückzugehen ins Cottage.«

»Sind Sie absolut sicher«, fragte Dalgliesh, »dass Sie keine der beiden Personen erkannt haben?«

»Ganz sicher. Ich konnte von keinem das Gesicht erkennen, und den zweiten Mann habe ich überhaupt nicht richtig gesehen.«

»Aber Sie wissen, dass es ein Mann war?«

»Na ja, ich habe die Stimme gehört.«

»Und was glauben Sie, wer es gewesen sein könnte?«, fragte Dalgliesh.

»Nach der Stimme zu urteilen, vielleicht der Archidiakon.«

»Demnach muss er recht laut gesprochen haben?«

Surtees wurde rot. »Die Stimme war wohl ziemlich laut«, sagte er kläglich. »Obwohl ich es in dem Moment nicht so empfand. Natürlich war es ganz still in der Kirche, und dann schallt es da drin auch sehr. Ich kann nicht mit Bestimmtheit sagen, ob es der Archidiakon war. Es kam mir halt nur in dem Moment so vor.«

Genauere Angaben zur Identität der beiden Personen konnte er offenbar wirklich nicht machen. Dalgliesh fragte ihn, was er anschließend getan habe.

»Ich bin über den Hof am Südportal vorbeigegangen. Ich glaube nicht, dass es offen stand oder auch nur angelehnt war.

Jedenfalls erinnere ich mich nicht, einen Lichtschein gesehen zu haben, aber ich habe auch nicht wirklich darauf geachtet. Ich wollte bloß so rasch wie möglich verschwinden. Also habe ich mich gegen den Sturm über die Landspitze gekämpft, und wie ich heimkam, habe ich Karen erzählt, was passiert war. Ich hoffte, dass sich am Sonntagmorgen eine Gelegenheit finden würde, die Schlüssel zurückzubringen, aber als man uns dann in die Bibliothek rief und wir von dem Mord erfuhren, wusste ich, dass ich das nicht mehr riskieren durfte.«

»Und was haben Sie dann mit den Schlüsseln gemacht?«

»Ich hab' sie in einer Ecke vom Schweinestall vergraben«, gestand Surtees kläglich.

»So? Dann wird Sergeant Robbins mit Ihnen rübergehen, wenn das Verhör beendet ist, und Sie werden ihm die Stelle zeigen«, sagte Dalgliesh.

Surtees wollte schon aufstehen, aber Dalgliesh hielt ihn zurück. »Ich habe gesagt, wenn das Verhör beendet ist. Aber so weit sind wir noch nicht.«

Mit Surtees' Aussage hatten sie die bislang wichtigsten Informationen zum Fall Crampton erhalten, und der Commander hätte sie am liebsten umgehend überprüfen lassen. Doch zuvor war es seine Pflicht, eine möglichst verlässliche Bestätigung für Surtees' Version der Geschichte einzuholen.

8

Als Karen Surtees von Kate hereingebracht wurde, betrat sie das Vernehmungszimmer ohne erkennbares Zeichen von Nervosität. Sie setzte sich, ohne Dalglieshs Aufforderung abzuwarten, neben ihren Halbbruder, hängte die schwarze Schultertasche über die Stuhllehne und wandte sich direkt an Surtees. »Alles in Ordnung mit dir, Eric? Haben Sie dich nicht in die Mangel genommen, um dir ein Geständnis abzupressen?«

»Nein, ich bin okay. Aber … es tut mir Leid, Karen, ich hab's ihnen gesagt … Tut mir wirklich Leid«, sagte er noch einmal.

»Wieso? Du hast doch alles versucht. Dafür, dass schon jemand in der Kirche war, konntest du schließlich nichts. Du hast's probiert. Und die Polizei kann eigentlich nur froh sein. Ich hoffe, sie sind dir dankbar für deine Aussage.«

Surtees' Augen hatten aufgeleuchtet, als er sie hereinkommen sah, und als sie ihm flüchtig über die Hand strich, spürte man fast, welch stärkende Kraft sie ihm einflößte. Trotz seiner Entschuldigung lag nichts Unterwürfiges in dem Blick, mit dem er sie betrachtete und in dem Dalgliesh die gefährlichste aller denkbaren Komplikationen erkannte: Liebe.

Karen wandte sich jetzt ihm zu. Ihre Augen weiteten sich, während sie ihn mit eindringlich herausforderndem Blick maß und dabei, wie ihm schien, ein heimliches Lächeln unterdrückte.

»Ihr Bruder hat zugegeben«, sagte Dalgliesh, »dass er Samstagnacht in der Kirche war.«

»Eher schon Sonntag früh. Es war nach Mitternacht, als er zurückkam. Und er ist nur mein Halbbruder – derselbe Vater, verschiedene Mütter.«

»Das haben Sie bereits meinen Beamten zu Protokoll gegeben. Also seine Geschichte kenne ich inzwischen. Jetzt würde ich gern *Ihre* Version hören.«

»Die wird sich weitgehend mit der von Eric decken. Wie Sie wahrscheinlich schon bemerkt haben, ist er kein besonders guter Lügner. Das kann manchmal hinderlich sein, hat aber auch seine Vorteile. Also, da gibt's nicht viel zu erzählen. Er hat nichts Unrechtes getan, und es wäre einfach lächerlich anzunehmen, dass er jemandem etwas antun, geschweige denn einen Menschen töten könnte. Er kann ja nicht mal seine eigenen Schweine abstechen! Ich hatte ihn gebeten, mir eine Hostie aus der Kirche zu beschaffen. Falls Sie sich damit nicht so auskennen: Das sind diese kleinen runden Dinger, ungefähr so groß wie ein Zweipennystück, bestehend aus Mehl und

Wasser. Ich kann mir nicht vorstellen, dass man Eric vor Gericht geschleppt und verknackt hätte, selbst wenn es ihm gelungen wäre, so eine Hostie zu klauen – weil die Dinger nämlich praktisch nichts wert sind.«

»Das«, sagte Dalgliesh, »hängt ganz davon ab, was für Wertmaßstäbe man zugrunde legt. Warum wollten Sie denn unbedingt eine Hostie haben?«

»Ich sehe zwar nicht ein, was das mit Ihren Ermittlungen zu tun hat, aber Sie können's ruhig wissen. Ich bin freie Journalistin und schreibe einen Artikel über schwarze Messen. Übrigens eine Auftragsarbeit, und mit den Recherchen bin ich fast fertig. Die Gruppe, in die ich mich einschleusen konnte, braucht eine geweihte Hostie, und ich habe versprochen, ihnen eine zu besorgen. Und kommen Sie mir jetzt bitte nicht damit, dass ich für ein, zwei Pfund eine ganze Schachtel Oblaten hätte kaufen können. Das hat Eric auch gesagt. Aber hier geht's um eine seriöse Recherche, und dafür brauche ich echte Requisiten. Sie mögen meinen Job nicht respektieren, aber ich nehme ihn genauso ernst wie Sie den Ihren. Ich hatte den Leuten eine geweihte Hostie versprochen, und die sollten sie auch kriegen. Ansonsten wäre meine ganze Arbeit für die Katz gewesen.«

»Und da überredeten Sie Ihren Halbbruder, für Sie zum Dieb zu werden.«

»Na ja, Pater Sebastian hätte mir schließlich keine Hostie gegeben, und wenn ich noch so nett drum gebeten hätte, oder?«

»Ist Ihr Bruder allein gegangen?«

»Natürlich. Zu zweit wär's doch nur riskanter gewesen. Er hätte zur Not erklären können, wieso er nachts im Seminar rumgeisterte, ich nicht.«

»Aber Sie sind aufgeblieben und haben auf ihn gewartet?«

»Ich war sowieso auf. Wir sind gar nicht erst ins Bett gegangen, jedenfalls nicht zum Schlafen.«

»Also haben Sie gleich, als er zurückkam, erfahren, was passiert war, und nicht erst am nächsten Morgen?«

»Ja, er hat's mir sofort erzählt. Ich hatte auf ihn gewartet, und er hat mir alles gesagt.«

»Miss Surtees, das ist jetzt sehr wichtig. Bitte denken Sie gut nach und versuchen Sie sich genau zu erinnern, was Ihr Bruder Ihnen erzählt hat – wenn's geht, im Wortlaut.«

»Ich glaube nicht, dass ich mich wortwörtlich erinnern kann, was er gesagt hat, aber der Inhalt war unmissverständlich. Die Schlüssel zur Kirche konnte er sich problemlos beschaffen. Im Schein seiner Taschenlampe öffnete er die Tür zur Sakristei und die Verbindungstür zum Kirchenraum. Dann sah er, dass das Ölgemälde gegenüber dem Hauptportal – das ›Weltgericht‹, so heißt es doch, oder? –, also dass das Bild angestrahlt war. Und davor stand ein Mann in einer Kutte und mit der Kapuze über dem Kopf. Dann öffnete sich die Kirchentür, und eine zweite Person kam herein. Ich fragte ihn, ob er eine von beiden erkannt habe, aber er sagte, nein. Der mit der Kutte hatte ja die Kapuze auf, und außerdem hat Eric ihn nur von hinten gesehen, und den anderen Mann sah er nur ganz flüchtig. Aber er glaubte, er hätte ihn rufen hören: ›Wo sind Sie?‹, oder so ähnlich, und der Stimme nach meinte er, es hätte der Archidiakon gewesen sein können.«

»Und er hat mit keinem Wort angedeutet, wer der andere Mann gewesen sein könnte?«

»Nein, aber über den hat er sich auch gar keine Gedanken gemacht. Ich meine, er fand nichts dabei, einen Kuttenträger in der Kirche anzutreffen. Uns hat's die Tour vermasselt, und es war auch merkwürdig, dass jemand sich mitten in der Nacht dort aufhielt, aber Eric hat natürlich angenommen, dass es einer von den Patres oder ein Student gewesen sein muss. Ich dachte das auch. Gott weiß, was sie nach Mitternacht in der Kirche zu suchen hatten. Von mir aus hätten sie ruhig ihre eigene schwarze Messe halten können. Wenn Eric gewusst hätte, dass man den Archidiakon ermorden würde, hätte er natürlich besser Acht gegeben. Glaube ich zumindest. Oder, was hättest du gemacht, Eric, wenn ein Mörder mit einem Messer in der Hand vor dir gestanden hätte?«

Surtees richtete seine Antwort an Dalgliesh. »Wahrscheinlich wäre ich weggerannt. Aber natürlich hätte ich Alarm geschlagen. Die Gästeappartements sind unverschlossen, also wäre ich wohl nach Jerome gelaufen und hätte Sie zu Hilfe gerufen. Aber so habe ich mir nichts dabei gedacht und war bloß enttäuscht, weil ich, nachdem ich's schon geschafft hatte, ungesehen an den Schlüssel zu kommen, und überhaupt alles so leicht schien, nun doch unverrichteter Dinge zurückmusste.«

Mehr war von ihm zum gegenwärtigen Zeitpunkt wohl nicht zu erfahren, und nachdem er beiden eingeschärft hatte, dass sie Dritten gegenüber nichts von den eben gemachten Aussagen verlauten lassen dürften, sagte Dalgliesh zu Surtees, er könne jetzt gehen, obwohl er und seine Schwester unter Umständen mit einer Klage wegen Behinderung der Polizei, wenn nicht Schlimmerem rechnen müssten. Sergeant Robbins würde ihn begleiten und die Schlüssel entgegennehmen, die fürs Erste zu den Asservaten der Polizei kämen. Beide verpflichteten sich, Stillschweigen zu bewahren, Eric Surtees so förmlich, als leiste er einen heiligen Eid, seine Schwester eher unwirsch.

Als Surtees sich endlich erhob, stand auch seine Halbschwester auf, aber Dalgliesh hielt sie zurück. »Sie möchte ich bitten, noch zu bleiben, Miss Surtees. Ich hätte noch ein oder zwei Fragen an Sie.«

Und als die Tür sich hinter ihrem Halbbruder schloss, fuhr er fort: »Als ich vorhin allein mit Ihrem Bruder sprach, da erwähnte er, Sie hätten ihn gebeten, Ihnen noch eine Hostie zu besorgen. Es war also nicht das erste Mal, sondern Sie hatten sich früher schon an Kirchengut vergangen. Was ist denn zuvor passiert?«

Karen schrak unmerklich zusammen, doch als sie antwortete, klang ihre Stimme ruhig und gefasst. »Eric muss sich versprochen haben. Ich hab' ihn nur dies eine Mal gebeten.«

469

»Das glaube ich nicht. Ich könnte ihn natürlich zurückholen und noch einmal befragen, und das werde ich auch tun. Aber es wäre wesentlich einfacher, wenn Sie mir zuvor erklärten, was beim ersten Mal passiert ist.«

Jetzt ging Karen in die Defensive. »Das war schon im letzten Trimester, hatte also mit dem Mord bestimmt nichts zu tun!«, beteuerte sie.

»Ich entscheide hier, was mit diesem Mord in Verbindung steht und was nicht. Also, wer hat das letzte Mal die Hostie für Sie gestohlen?«

»Damals war's kein Diebstahl, jedenfalls nicht direkt. Ich … jemand hat mir die Hostie gegeben.«

»War dieser Jemand Ronald Treeves?«

»Ja, wenn Sie's denn unbedingt wissen müssen! St. Anselm hat immer einen Vorrat geweihter Hostien für die Kirchen in der Umgebung, die vorübergehend keinen eigenen Pfarrer haben. Und wenn dort ein Abendmahlsgottesdienst stattfinden soll, bringt jemand von St. Anselm, der die Messe vorbereiten hilft, die Hostien hin. In der Woche damals war das Ronalds Aufgabe, und er hat eine der Hostien für mich abgezweigt. Eine von so vielen! Es war wirklich nur eine kleine Gefälligkeit.«

Hier griff Kate unvermittelt ein. »Ich bitte Sie! Sie müssen doch gewusst haben, dass es für *ihn* keine Kleinigkeit war. Wie haben Sie ihn entlohnt? Auf die übliche Weise?«

Die junge Frau wurde rot, aber nicht aus Verlegenheit, sondern vor Zorn. Dalgliesh befürchtete schon einen Ausbruch offener Feindseligkeit, der ihm in diesem Augenblick auch berechtigt erschienen wäre. »Es tut mir Leid«, sagte er beschwichtigend, »wenn Sie das als Kränkung empfunden haben. Lassen Sie es mich anders formulieren: Wie ist es Ihnen gelungen, Ronald Treeves zu überreden?«

Karen hatte ihre Empörung gemeistert. Ihre Augen wurden schmal, als sie Dalgliesh erst abschätzend musterte und sich dann merklich entspannt zurücklehnte. Er spürte wohl, dass ihr in diesem Moment klar wurde, mit Aufrichtigkeit besser fahren und vielleicht auch mehr erreichen zu können.

»Also gut«, sagte sie, »ich habe ihn auf die übliche Weise rumgekriegt, und falls Sie mir jetzt eine Moralpredigt halten wollen, können Sie sich Ihre Worte sparen. Außerdem geht Sie das gar nichts an.« In dem Blick, den sie Kate zuwarf, lag unverhohlene Provokation. »Und *Sie* auch nicht. Außerdem wüsste ich nicht, was das alles mit dem Mord am Archidiakon zu tun hat. Da kann doch unmöglich ein Zusammenhang bestehen.«

»Ehrlich gesagt, bin ich mir nicht sicher«, versetzte Dalgliesh. »Doch es könnte schon eine Verbindung geben. Wenn nicht, werden wir Ihre Aussage natürlich nicht verwenden. Aber ich frage bestimmt nicht aus purer Neugier nach dem Diebstahl der Hostie oder aus lüsternem Interesse an Ihrem Privatleben.«

»Schauen Sie«, lenkte Karen ein, »ich mochte Ronald ganz gern – oder vielleicht hat er mir auch eher Leid getan. Er war hier nämlich nicht gerade beliebt. Sein Papa war zu reich, zu mächtig und obendrein noch in der falschen Branche. Er macht in Waffen, oder? Jedenfalls passte Ronald nicht richtig hierher. Wenn ich Eric besuchen kam, haben wir uns manchmal zu einem Spaziergang getroffen, über die Klippen und runter zum Ballard's Mere. Wir haben geredet. Er hat mir Dinge erzählt, die Sie in tausend Jahren nicht aus ihm rausgelockt hätten und die Patres auch nicht, Beichte hin oder her. Und ich hab' ihm einen Gefallen getan. Er war dreiundzwanzig und noch Jungfrau. Er lechzte nach Sex – er wär' gestorben dafür.«

Vielleicht, dachte Dalgliesh, vielleicht ist er dafür gestorben. »Es war wirklich keine Kunst, ihn zu verführen«, hörte er Karen sagen. »Die Männer tun immer, als wär's wer weiß was für ein Erlebnis, ein Mädchen zu entjungfern. Dabei kann ich mir nicht vorstellen, dass ein Kerl außer der Anstrengung viel davon hat. Aber andersrum hat die Sache durchaus ihren Reiz. Und wenn Sie wissen wollen, wie wir's vor Eric geheim halten konnten – ganz einfach, indem wir nicht im Cottage miteinander geschlafen haben, sondern draußen in den Klippen im Farn. Er hatte verdammtes Glück, dass ich ihn eingeweiht habe und nicht irgendeine Hure – er hatte es mal mit einer probiert, war aber so angewidert gewesen, dass er's nicht durchstehen konnte.« Sie hielt inne, doch als Dalgliesh schwieg, fuhr sie in gemäßigterem Ton fort: »Er wollte schließlich Priester werden, oder? Wie hätte er anderen Menschen beistehen sollen, ohne selber je richtig gelebt zu haben? Er hat zwar dauernd von der Tugend des Zölibats geschwafelt, und der mag ja auch ganz okay sein, wenn einer dafür gebaut ist. Aber er war's nicht, das können Sie mir glauben! Nein, nein, er hatte Glück, dass er an mich geraten ist.«

»Was geschah mit der Hostie?«, fragte Dalgliesh.

»Ach Gott, das war wirklich Pech. Sie werden's kaum glauben, aber ich hab' sie verloren. Ich hatte sie in einen Briefumschlag gesteckt und mit anderen Papieren in meine Aktentasche gelegt. Danach habe ich sie nicht mehr gesehen. Wahrscheinlich ist sie in den Papierkorb gefallen, als ich meine Aufzeichnungen aus der Tasche nahm. Jedenfalls hab' ich sie nicht wieder gefunden.«

»Also sollte Ronald Ihnen eine neue beschaffen, aber diesmal war er nicht mehr so willfährig.«

»So könnte man sagen, ja. Während der Ferien hatte er offenbar seine Meinung geändert. Auf einmal hätte man glauben können, ich hätte sein Leben ruiniert, statt zu seiner Sexualerziehung beizutragen.«

»Und eine Woche drauf war er tot«, sagte Dalgliesh.

»Sie denken also, es könnte Mord gewesen sein?«

Entsetzt starrte sie ihn an, und Dalgliesh las Furcht und ungläubiges Staunen in ihrem Blick.

»Mord?«, wiederholte sie aufgebracht. »Unmöglich! Wer zum Teufel hätte ihn umbringen sollen? Es war ein Unfall. Er hat in den Klippen rumgestochert und das Sandriff zum

Einsturz gebracht. Es gab doch eine gerichtliche Untersuchung, und Sie wissen, wie der Befund lautete.«

»Als er sich weigerte, Ihnen eine zweite Hostie zu beschaffen, haben Sie da versucht, ihn zu erpressen?«

»Natürlich nicht!«

»Oder haben Sie je in irgendeiner Weise angedeutet, dass Sie ihn in der Hand hätten, dass er, wenn Sie geredet hätten, vom Seminar geflogen und niemals ordiniert worden wäre?«

»Nein!«, rief sie aufgebracht. »Nein, so was hab' ich nie gesagt. Was hätte es auch gebracht? Damit hätte ich doch nur Eric geschadet, und außerdem hätten die Priester in jedem Fall ihm geglaubt und nicht mir. Ich war gar nicht in der Lage, ihn zu erpressen.«

»Und glauben Sie, dass das auch ihm klar gewesen ist?«

»Wie zum Teufel soll ich wissen, was er gedacht hat? Ich weiß bloß, dass er nicht ganz dicht war. Und überhaupt, Sie sollen doch den Mord an Crampton aufklären. Ronalds Tod hat nichts mit Ihrem Fall zu tun. Wie denn auch?«

»Ich schlage vor, Sie überlassen es mir zu entscheiden, was mit dem Fall zu tun hat und was nicht. Als Ronald Treeves an dem Abend, bevor er starb, zu Ihnen ins Cottage kam – was ist da vorgefallen?« Karen hüllte sich in mürrisches Schweigen.

»Sie und Ihr Bruder haben uns schon einmal wichtige Informationen vorenthalten«, sagte Dalgliesh. »Wenn Sie uns gleich am Sonntagmorgen gesagt hätten, was wir jetzt wissen, dann hätten wir vielleicht bereits eine Verhaftung vornehmen können. Falls weder Sie noch Ihr Bruder etwas mit dem Tod des Archidiakons zu tun hatten, dann rate ich Ihnen, meine Fragen wahrheitsgemäß zu beantworten. Also, was geschah, als Ronald Treeves an jenem Freitagabend in ihr Cottage kam?«

»Ich war übers Wochenende aus London herübergekommen. Aber ich wusste nicht, dass er mich besuchen wollte. Und er hatte kein Recht, einfach so reinzuplatzen. Gut, wir schließen eigentlich nie ab, trotzdem ist das Cottage immer noch Privatgrund. Aber er kam einfach nach oben und … also wenn Sie's unbedingt wissen müssen: Er überraschte Eric und mich im Bett. Er stand nur so da und starrte uns an. Wie ein Verrückter hat er ausgesehen, völlig weggetreten. Und dann hat er uns mit ganz lächerlichen Vorwürfen überschüttet. Ich weiß nicht mehr genau, was er gesagt hat. Es hätte vielleicht komisch sein können, aber mir hat er eher Angst gemacht. Es war wie der Tobsuchtsanfall eines Wahnsinnigen. Nein, das ist das falsche Wort, er hat nicht getobt oder geschrien, er hat kaum die Stimme erhoben. Das machte es ja gerade so beängstigend. Eric und ich, wir waren nackt und schon dadurch ein bisschen im Hintertreffen. Wir haben uns bloß im Bett aufgesetzt und ihn angestarrt, während er mit hoher Fistelstimme drauflosschimpfte. Gott, war das abgedreht! Er hatte sich doch tatsächlich eingebildet, dass ich ihn heiraten würde, können Sie sich das vorstellen? Ich, eine Pfarrersfrau! Er war verrückt. Er hat sich aufgeführt wie ein Irrer und er war irre.«

Es hörte sich an, als würde sie einem Freund bei einem Drink in einer Bar eine unglaublich verrückte Geschichte erzählen.

Dalgliesh sagte: »Sie haben ihn verführt, und er dachte, es sei Liebe. Er beschaffte Ihnen eine geweihte Hostie, weil Sie ihn darum gebeten hatten und er Ihnen nichts abschlagen konnte. Er wusste genau, welche Schuld er damit auf sich geladen hatte. Und dann musste er erkennen, dass Sie ihn nie geliebt, dass Sie ihn nur benutzt hatten. Einen Tag später brachte er sich um. Miss Surtees, fühlen Sie sich in irgendeiner Weise für seinen Tod verantwortlich?«

»Nein, tu ich nicht!«, rief sie leidenschaftlich. »Ich habe ihm nie gesagt, dass ich ihn liebe. Was kann ich dafür, wenn er sich das eingebildet hat? Und ich glaube nicht, dass er sich das Leben genommen hat. Es war ein Unfall. Davon waren die Ermittlungsbeamten überzeugt, und ich bin's auch.«

»Also, das nehme ich Ihnen nicht ab«, versetzte Dalgliesh ruhig. »Ich glaube, Sie wissen sehr wohl, was Ronald Treeves in den Tod getrieben hat.«

»Und selbst wenn – deshalb bin ich noch lange nicht dafür verantwortlich! Und was zum Teufel hat er sich dabei gedacht, einfach so reinzuplatzen und ins Schlafzimmer raufzustürmen, als ob es sein Haus gewesen wäre? Aber Sie werden das jetzt wohl alles Pater Sebastian stecken und dafür sorgen, dass Eric rausfliegt.«

»Nein«, entgegnete Dalgliesh, »ich werde Pater Sebastian nichts sagen. Sie und Ihr Bruder haben sich in große Gefahr gebracht. Ich kann Sie gar nicht eindringlich genug davor warnen, auch nur eine Silbe von dem, was hier zur Sprache kam, nach außen dringen zu lassen.«

»Schon gut«, sagte sie schroff. »Wir werden nichts sagen, warum sollten wir. Aber ich sehe nicht ein, wieso ich wegen Ronald oder wegen des Archidiakons Schuldgefühle haben sollte. Wir haben Crampton nicht umgebracht. Wir dachten bloß, Sie würden das nur zu gerne glauben, wenn Sie uns irgendwie mit der Sache in Verbindung bringen könnten. Denn die Patres sind ja sakrosankt, oder? Ich würde Ihnen allerdings empfehlen, sich, statt auf uns rumzuhacken, mal deren Motive anzuschauen. Und ich fand nichts dabei, Ihnen zu verheimlichen, dass Eric Samstagnacht in der Kirche war. Ich glaubte, einer von den Studenten hätte den Archidiakon getötet und würde sich über kurz oder lang sowieso stellen. Das ist doch ihr Ding, beichten, oder? Ich lasse mir jedenfalls keine Schuldgefühle einreden. Ich bin weder grausam noch herzlos. Ronald hat mir Leid getan. Ich hab' ihn wegen der Hostie nicht unter Druck gesetzt. Ich hab' ihn ein paar Mal drum gebeten, und er hat schließlich eingewilligt. Und ich habe auch nicht mit ihm geschlafen, nur um die Hostie zu kriegen. Okay, das hat schon auch eine Rolle gespielt, aber es war nicht das allein. Eigentlich hab' ich's aus Mitleid getan und weil ich mich langweilte und vielleicht auch noch aus anderen Gründen, die Sie nicht verstehen oder wenn, dann nicht gutheißen würden.«

Es gab nichts weiter zu sagen. Karen hatte es mit der Angst bekommen, aber sie empfand keine Scham. Was er auch sagte, er hätte sie nicht dazu bringen können, sich für Ronald Treeves' Tod verantwortlich zu fühlen. Dalgliesh indes wusste jetzt, welch ausweglose Verzweiflung Treeves zu diesem entsetzlichen Ende getrieben hatte. Der Junge stand vor der traurigen Wahl, entweder mit der ständigen Angst vor Verrat und dem quälenden Bewusstsein seiner Schuld in St. Anselm zu bleiben oder sich Pater Sebastian anzuvertrauen und mit ziemlicher Sicherheit als Versager zu seinem Vater zurückgeschickt zu werden. Dalgliesh fragte sich, wie Pater Sebastian reagiert hätte. Pater Martin hätte wohl Gnade vor Recht ergehen lassen, bei Pater Sebastian war er sich nicht so sicher. Aber selbst wenn er Erbarmen gezeigt hätte – wie hätte Treeves die Demütigung ertragen sollen, künftig nur noch gewissermaßen auf Bewährung im Seminar geduldet zu sein?

Als er Karen Surtees entlassen hatte, schwankte Dalgliesh zwischen aufrichtigem Mitleid und einem Zorn, der tiefer ging und sich nicht allein gegen die junge Frau und ihre mangelnde Sensibilität richtete. Aber woher nahm er das Recht auf einen solchen Zorn? Sie konnte sich schließlich auf ihre eigene Moral berufen. Wenn man versprochen hatte, eine geweihte Hostie zu beschaffen, dann mogelte man nicht. Als investigativer Journalist nahm man seine Pflichten ernst und erfüllte sie auch dann gewissenhaft, wenn man dafür andere Menschen hinters Licht führen musste. Eine geistige Annäherung zwischen ihren beiden Standpunkten war undenkbar. Sie konnte sich nicht vorstellen, dass jemand sich wegen einer kleinen Oblate aus Mehl und Wasser das Leben nahm. Sex bedeutete ihr kaum mehr als ein Mittel gegen Langeweile, ein leichtherzig genossenes Vergnügen; und in Ronalds Fall vielleicht noch den zusätzlichen Reiz des Neuen, das befriedigende Machtgefühl, die Erfahrene

476

zu sein, die einen naiven Jungen in die Sexualität einweihte. Die Sache ernster zu nehmen führte im besten Fall zu Eifersucht, Besitzansprüchen, leidigen wechselseitigen Beschuldigungen; und im schlimmsten zu einem Mund voll Sand, an dem jemand elend erstickte. Aber hatte er während der letzten einsamen Jahre sein Sexualleben nicht auch von jeder tieferen Bindung getrennt, selbst wenn er in der Partnerwahl klüger und umsichtiger gewesen war und mehr darauf bedacht, niemandes Gefühle zu verletzen? Und was würde er nun Sir Alred sagen? Wahrscheinlich nur, dass das Gericht besser beraten gewesen wäre, statt auf Unfalltod auf Todesursache unbekannt zu erkennen, dass sich aber keinerlei Indizien für Fremdverschulden gefunden hätten. Auch wenn das nicht stimmte.

Allein, er würde Ronalds Geheimnis bewahren. Der Junge hatte keinen Abschiedsbrief hinterlassen. Niemand konnte wissen, ob er sich in seinen letzten Augenblicken, als es schon zu spät war, nicht vielleicht doch noch anders besonnen hatte. Und wenn er in den Tod gegangen war, weil er es nicht ertragen hätte, dass sein Vater die Wahrheit erfuhr, dann stand es ihm, Dalgliesh, nicht zu, sie nachträglich aufzudecken.

Er hatte ganz vergessen, dass Kate neben ihm saß und sich wunderte, warum er so lange schwieg. Doch jetzt spürte er ihre kaum beherrschte Ungeduld.

»Na also«, sagte er, »nun kommen wir endlich vorwärts! Die fehlenden Schlüssel sind wieder aufgetaucht. Das bedeutet, Kain ist nach der Tat doch noch einmal im Seminar gewesen und hat die von ihm entwendeten zurückgebracht. Und jetzt werden wir zusehen, dass wir diese braune Kutte auftreiben.«

Kate sprach aus, was auch er insgeheim dachte: »Falls die überhaupt noch existiert.«

9

Dalgliesh rief Piers und Robbins ins Vernehmungszimmer, und nachdem er sie kurz ins Bild gesetzt hatte, fragte er: »Habt ihr alle Kutten überprüft, die braunen und die schwarzen?«

Kate antwortete ihm. »Ja, Sir. Seit Treeves' Tod wohnen noch neunzehn Studenten im Seminar, und auf jeden kommt eine Kutte. Fünfzehn Kandidaten sind zur Zeit abwesend, und bis auf einen, der zum Geburts- und Hochzeitstag seiner Mutter heimgereist ist, haben alle ihre Kutten mitgenommen. Demnach hätten bei unserer Kontrolle noch fünf in der Garderobe hängen müssen, und die sind auch alle da. Die braunen Kutten wurden relativ gründlich untersucht, Sir, ebenso die schwarzen der Patres.«

»Haben sie Namensschilder? Darauf hatte ich bei der ersten Kontrolle nicht geachtet.«

»Ja, Sir«, bestätigte Piers, »und zwar alle. Was übrigens nur für die Kutten gilt – vermutlich weil sie bis auf die Größe identisch sind und es sonst zu Verwechslungen kommen könnte.«

Bislang hatten sie noch keine Erkenntnisse darüber, ob der Mörder seine blutige Tat in einer Kutte verübt hatte. Und womöglich hatte sich, von Surtees unbemerkt, noch eine dritte Person in der Kirche versteckt gehalten. Fest stand jedenfalls, dass jemand, und zwar höchstwahrscheinlich der Täter, in der Mordnacht eine braune Kutte getragen hatte, weshalb nun alle fünf Kleidungsstücke, auch wenn sie scheinbar sauber waren, in einer minuziösen Laboranalyse auf Blut-, Haar- und Faserspuren untersucht werden mussten. Doch was war mit Ronald Treeves' Kutte? War die vielleicht übersehen worden, als man die Kleider des Toten zusammenpackte und seiner Familie zustellte?

Dalgliesh rief sich das Gespräch mit Sir Alred in New Scotland Yard in Erinnerung. Sir Alreds Chauffeur war mit einem zweiten Fahrer nach St. Anselm gekommen, um den Porsche und

Ronalds persönliche Habe abzuholen. Aber war auch die Kutte dabei gewesen? Dalgliesh versuchte sich auf die Details zu besinnen. Sir Alred hatte einen Anzug erwähnt, Schuhe und mit Sicherheit auch eine Soutane – aber eine braune Kutte?

»Stellen Sie mir eine Verbindung mit Sir Alred in London her!«, sagte er zu Kate. »Er hat mir im Yard eine Visitenkarte mit Privatadresse und Telefonnummer gegeben. Sie finden sie bei den Akten. Zwar dürfte er um diese Zeit kaum zu Hause sein, aber irgendjemanden werden Sie schon erreichen. Sagen Sie, ich müsse ihn persönlich sprechen, und zwar dringend.«

Der Commander war auf Hindernisse gefasst. Sir Alred gehörte nicht zu den Leuten, die man so ohne weiteres ans Telefon bekam, und möglicherweise war er auch gerade wieder einmal außer Landes. Aber sie hatten Glück. Der Butler, der sich in seinem Privathaus meldete, ließ sich zwar nur widerstrebend von der Dringlichkeit des Anrufs überzeugen, aber schließlich gab er Kate doch die Nummer von Sir Alreds Büro in Mayfair. Hier wurden sie zunächst von einer distinguierten Stimme in gewohnt ungefälliger Manier beschieden, Sir Alred sei in einer Sitzung und dürfe nicht gestört werden. Dalgliesh bestand darauf, er müsse ihn sprechen. Ob der Commander sich dann bitte gedulden wolle? Länger als eine Dreiviertelstunde dürfte die Sitzung kaum noch dauern. Dalgliesh erklärte, er könne nicht einmal eine Dreiviertelminute warten. »Bleiben Sie bitte am Apparat!«, sagte die Stimme.

In weniger als sechzig Sekunden stand die Verbindung. Sir Alreds feste, gebieterische Stimme klang leicht ungeduldig, aber nicht besorgt. »Commander Dalgliesh? Ich hatte Ihren Anruf erwartet, aber nicht gerade mitten in einer Konferenz. Wenn Sie neue Erkenntnisse haben, dann würde ich mir die lieber später anhören. Gehe ich recht in der Annahme, dass dieser Mord in St. Anselm mit dem Tod meines Sohnes in Verbindung steht?«

»Das ist bislang noch nicht geklärt«, antwortete Dalgliesh.

»Zum Ergebnis der gerichtlichen Untersuchung werde ich Stellung nehmen, sobald unsere Ermittlungen abgeschlossen sind. Doch zunächst geht es vorrangig darum, den Mord an Archidiakon Crampton aufzuklären. In dem Zusammenhang wollte ich mich nach den Kleidern Ihres Sohnes erkundigen, die Ihnen nach seinem Tode zugestellt wurden. Waren Sie zugegen, als Ihr Chauffeur die Sachen heimbrachte?«

»Nein, aber meine Haushälterin, die sich normalerweise um solche Dinge kümmert, erkundigte sich, was mit den Kleidern geschehen solle. Ich dachte an eine Spende für Oxfam, aber da Ronald offenbar die gleiche Größe hatte wie ihr Sohn, wollte sie den Anzug gern für ihn behalten. Außerdem hatte sie Bedenken wegen der Soutane, für die Oxfam ihrer Meinung nach keine Verwendung hätte, und sie überlegte schon, ob sie sie nicht zurückschicken solle. Ich erklärte ihr, wenn die Patres sie einmal hergegeben hätten, würden sie sie kaum wiederhaben wollen, und sie könne ganz nach Gutdünken über sie verfügen. Ich glaube, die Soutane ist in der Mülltonne gelandet. War das alles?«

»Und die Kutte, eine braune Kutte?«

»Eine Kutte war nicht dabei.«

»Sind Sie da ganz sicher, Sir Alred?«

»Beschwören kann ich es natürlich nicht, ich habe die Sachen ja nicht ausgepackt. Aber wenn eine Kutte dabei gewesen wäre, hätte die Haushälterin sie bestimmt erwähnt und mich gefragt, was mit ihr geschehen solle. Soweit ich mich erinnere, brachte sie das ganze Bündel in mein Arbeitszimmer ... Ja, es war noch ins Packpapier eingeschlagen und nicht einmal ganz aufgeschnürt. Ich könnte mir nicht vorstellen, warum sie die Kutte herausgenommen haben sollte. Ich gehe davon aus, dass diese Fragen Ihren Ermittlungen dienen?«

»Ganz recht, Sir Alred. Und danke für die Auskunft. Kann ich Ihre Haushälterin unter Ihrer Privatnummer erreichen?«

Die Stimme klang jetzt wirklich ungehalten. »Keine Ahnung.

Ich pflege mein Personal nicht zu beaufsichtigen. Aber da sie im Hause wohnt, dürfte sie dort auch anzutreffen sein. Guten Tag, Commander.«

Auch mit dem zweiten Anruf in Sir Alreds Villa am Holland Park hatten sie Erfolg. Zwar meldete sich zunächst wieder der Butler, doch er konnte sie direkt mit der Einliegerwohnung der Haushälterin verbinden.

Und als Dalgliesh die Haushälterin davon überzeugt hatte, dass er Sir Alred gesprochen habe und sich mit dessen Zustimmung an sie wende, hieß es, ja, sie habe das Paket mit Mr. Ronalds Sachen aus St. Anselm geöffnet und eine Inhaltsliste erstellt. Eine braune Kutte sei nicht dabei gewesen. Sir Alred habe ihr freundlicherweise den Anzug überlassen, und die restlichen Sachen seien im Oxfam-Laden am Notting Hill Gate abgegeben worden. Bis auf die Soutane, die habe sie weggeworfen. Zwar sei es ihr leid gewesen um den schönen Stoff, aber sie habe sich nicht vorstellen können, dass jemand so etwas tragen wolle.

Und etwas überraschend für eine Frau, deren selbstsichere Stimme und intelligente Antworten bisher so vernünftig geklungen hatten, setzte sie hinzu: »Die Soutane wurde bei seiner Leiche gefunden, nicht wahr? Ich glaube nicht, dass ich sie unter den Umständen hätte anziehen mögen. Mir war schon richtig unheimlich, als ich sie aus dem Paket nahm. Zwar hab' ich mir überlegt, ob ich die Knöpfe abtrennen soll – die hätte man noch gut verwenden können –, aber dann habe ich doch lieber die Finger davon gelassen. Ehrlich gesagt, war ich froh, als das Ding im Mülleimer landete.«

Dalgliesh bedankte sich, legte auf und sagte: »Stellt sich die Frage, was wurde aus der Kutte, und wo ist sie jetzt? Wie ich von Pater Martin erfuhr, hat Pater Betterton Ronalds Sachen gepackt. Also wenden wir uns erst mal an ihn.«

10

Vor dem großen gemauerten Kamin in der Bibliothek hielt Emma ihre zweite Seminarstunde. Doch wie schon bei der ersten hatte sie wenig Hoffnung, ihre Studenten von der schrecklichen Realität ablenken zu können. Commander Dalglieshs Genehmigung für die Wiedereröffnung der Kirche und die von Pater Sebastian geplante Neuweihe stand immer noch aus. Die Kriminaltechniker waren weiterhin im Einsatz; jeden Morgen kamen sie in einem dunklen Kombi angefahren, den ihnen offenbar die Londoner Zentrale zur Verfügung gestellt hatte und der, Pater Peregrines Einwänden zum Trotz, stets vor der rückwärtigen Bibliothek parkte. Commander Dalgliesh und sein Team setzten ihre mysteriösen Untersuchungen fort, und die Lichter im Cottage St. Matthew brannten bis tief in die Nacht.

Pater Sebastian hatte den Studenten offiziell alle Spekulationen über den Mord untersagt, die nach seinen Worten nur »dem Übel Vorschub leisten und durch laienhafte Mutmaßungen und sensationslüsternen Tratsch das Leid vergrößern« würden. Freilich durfte er kaum damit rechnen, dass man sich an seine Weisung hielt, und Emma bezweifelte, ob sie überhaupt sinnvoll war. Gewiss wurde nun bloß sporadisch und hinter vorgehaltener Hand spekuliert, statt in allgemeinen und langwierigen Debatten, aber durch das Verbot wurden die ohnehin drückenden Ängste und Spannungen obendrein noch durch Schuldgefühle beschwert. In ihren Augen wäre eine offene Diskussion fruchtbarer gewesen. Oder wie Raphael sagte: »Die Polizei im Haus zu haben ist wie eine Mäuseplage; selbst wenn man die Tiere nicht sieht oder hört, weiß man doch, dass sie da sind.«

Der Tod von Miss Betterton hatte die kleine Gemeinde nicht allzu sehr getroffen; die entsetzliche Bluttat am Archidiakon hatte ihre Nerven so betäubt, dass alle auf diesen zweiten

Schlag nur mehr dumpf reagierten, und nachdem eigentlich alle an einen Unfall glaubten, versuchte man Miss Bettertons trauriges Ende möglichst nicht mit dem schrecklichen Mord an Crampton in Verbindung zu bringen. Die Studenten hatten im Übrigen kaum Kontakt zu Miss Betterton gehabt, und Raphael war der Einzige, der aufrichtig um sie trauerte. Doch selbst er schien seit gestern zu einer gewissen Normalität zurückgefunden zu haben oder vielmehr zu einer unsicheren Balance zwischen stiller Abkapselung und kurzen Ausbrüchen herber Bitterkeit. Seit der Begegnung auf der Landzunge hatte Emma ihn nicht mehr allein gesprochen. Worüber sie ganz froh war. Denn es war nicht leicht mit ihm.

Der eigentliche Seminarraum befand sich im rückwärtigen Teil des zweiten Stocks, aber heute hatte Emma sich für die Bibliothek entschieden. Vorgeblich, weil es praktischer war, Nachschlage- und Sekundärwerke griffbereit zu haben; in Wahrheit aber fürchtete sie die beklemmende Atmosphäre dort oben. Mochte die Anwesenheit der Polizei einen noch so beunruhigen, es war erträglicher, sich im Zentrum der Ermittlungen zu wissen als abgeschottet im zweiten Stock; und was immer geschah, wirkte weniger traumatisch, wenn man es direkt mitbekam, statt sich alles Mögliche auszumalen.

Dank der Sicherheitsschlösser, mit denen die Gästeappartements inzwischen ausgestattet waren, hatte Emma letzte Nacht gut geschlafen. Trotzdem war sie froh, Ambrose mit dem beängstigenden Blick auf die Kirche gegen Jerome vertauscht zu haben. Seltsamerweise schien ihr Umzug außer Henry Bloxham niemandem aufgefallen zu sein. Sie hatte zufällig mit angehört, wie er zu Stephen sagte: »Ich hab' gehört, Dalgliesh hat mit der Lavenham das Appartement getauscht, damit er näher bei der Kirche ist. Was er sich wohl davon verspricht? Glaubt er etwa, dass der Mörder an den Ort seines Verbrechens zurückkehrt? Meinst du, er hält die ganze Nacht am Fenster Wache?« Keiner hatte Emma direkt darauf angesprochen.

Hin und wieder setzten sich einer oder mehrere der Patres, sofern sie keine anderen Verpflichtungen hatten, als stille Zuhörer in ihr Seminar. Aber da sie vorher jedes Mal ihre Erlaubnis einholten, hatte Emma nie das Gefühl, kontrolliert zu werden. Heute hatte sich Pater John Betterton neben den vier Kandidaten eingefunden. Pater Peregrine, der wie immer am anderen Ende der Bibliothek an seinem Pult arbeitete, schien die kleine Gruppe gar nicht wahrzunehmen. Im Kamin brannte mehr um der Behaglichkeit als der Wärme willen ein kleines Feuer, vor dem sich die Runde in tiefen Sesseln niedergelassen hatte – bis auf Peter Buckhurst, der stumm und aufrecht in einem hochlehnigen Stuhl saß und mit seinen durchsichtigen Händen über das aufgeschlagene Buch fuhr, als entziffere er Blindenschrift. Emma, die dieses Trimester die metaphysischen Dichter des siebzehnten Jahrhunderts durchnehmen wollte, hatte heute statt der sattsam vertrauten Schulbeispiele mit George Herberts »Quiddität« ein sehr anspruchsvolles Gedicht ausgewählt. Henry hatte eben die letzte Strophe vorgetragen.

Ist Kunst, Beruf nicht, noch Bericht,
Die Börse nicht, noch Marktgeschrei;
Und dennoch, wenn aus mir er spricht,
Bin ich dir nah, und Glanz dabei.

Nach der Lesung herrschte Schweigen, dann fragte Stephen Morby: »Was bedeutet eigentlich ›Quiddität‹?«
»Das ist ein Begriff aus der Scholastik«, erklärte Emma, »und heißt wörtlich übersetzt die ›Washeit‹ – gemeint ist also das Wesen, die Essenz eines Dings.«
»Und der letzte Vers? ›Bin ich dir nah, und Glanz dabei‹? Das kommt einem vor wie ein Druckfehler, auch wenn's sicher keiner ist. Aber eigentlich würde man doch erwarten, dass es am Schluss heißt ›und ganz dabei‹ oder?«
»Laut der Anmerkung in meiner Ausgabe«, fiel Raphael ein,

»ist das am Ende eine Anspielung auf ein Kartenspiel, eine Wendung, die für so etwas wie Glückstreffer, Hauptgewinn steht. Was Herbert damit sagen will, ist vermutlich, dass er, wenn er dichtet, im übertragenen Sinne ein so phantastisches Blatt hält, als hätte Gott selbst ihm die Karten gemischt.«

»Herbert hat seine Gedichte gern mit Begriffen verrätselt, die er aus irgendwelchen Gesellschaftsspielen entlehnte«, sagte Emma. »Denkt nur an ›Das Kirchenportal‹! Hier könnte es sich um eins dieser Quartette handeln, wo man Karten ablegt beziehungsweise tauscht, um ein besseres Blatt zu bekommen. Aber wir dürfen nicht vergessen, dass Herbert ja eigentlich über seine Arbeit spricht. Wenn er dichtet, fehlt es ihm an nichts, denn dann ist er eins mit Gott. Seine zeitgenössischen Leser kannten sicher das Kartenspiel, auf das er sich bezieht, und konnten den Vers von daher viel leichter interpretieren.«

»Ich wünschte, ich könnt's auch«, sagte Henry. »Vielleicht sollten wir ein bisschen recherchieren und herausfinden, wie das Spiel hieß und wie's geht. Allzu schwer dürfte das nicht sein.«

»Aber sinnlos!«, wandte Raphael ein. »Ich erwarte von einem Gedicht, dass es mich Andacht lehrt und stille Einkehr, und nicht, dass ich mich mit Sekundärliteratur rumschlagen muss oder gar mit Kartenspielen.«

»Hast ja Recht. So wie hier das Profane, sogar Frivole sanktioniert wird – also das ist typisch Herbert, nicht? Trotzdem wüsste ich gern, was es mit dem Kartenspiel auf sich hat.«

Emma hielt den Blick auf ihren Text gesenkt. Dass jemand hereingekommen war, merkte sie erst, als die vier Studenten sich gleichzeitig erhoben. Commander Dalgliesh stand in der Tür. Falls es ihm peinlich war, mitten in eine Seminarstunde hineingeplatzt zu sein, so ließ er es sich nicht anmerken, und seine an Emma gerichtete Entschuldigung klang eher floskelhaft als aufrichtig.

»Verzeihen Sie, ich wusste nicht, dass Sie in der Bibliothek arbeiten. Ich wollte Pater Betterton sprechen, und man sagte mir, dass ich ihn hier finde.«

Pater John stemmte sich leicht verdutzt aus seinem tiefen Ledersessel. Emma spürte, wie ihr das Blut in die Wangen stieg, zwang sich aber, wenn sie schon gegen die verräterische Röte machtlos war, Dalglieshs dunklem ernstem Blick standzuhalten. Aufgestanden war sie nicht, und es kam ihr vor, als würden sich die vier Kandidaten dichter um ihren Platz scharen wie eine stumme Leibwache, die sich einem Eindringling entgegenstellt.

»Schroff tönen Merkurs Worte nach Apolls Gesängen«, bemerkte Raphael ironisch und ein wenig zu laut. »Der dichtende Kriminalist – Sie kommen wie gerufen, Commander. Wir rätseln gerade an einem Vers von George Herbert herum. Wollen Sie uns nicht mit Ihrem poetologischen Wissen unter die Arme greifen?«

Dalgliesh sah ihn ein paar Sekunden schweigend an, dann sagte er: »Ich bin sicher, Miss Lavenham kann sehr gut ohne meine Interpretationshilfen auskommen. Wollen wir gehen, Pater?«

Die Tür fiel hinter den beiden ins Schloss, und die vier Studenten setzten sich wieder. Emma hatte aus dem kurzen Auftritt mehr gelernt, als Wort- und Blickwechsel verrieten. Der Commander mag Raphael nicht, dachte sie. Auch wenn er nicht der Mann ist, der sich im Berufsleben von persönlichen Gefühlen leiten lässt. Und diesmal schon gar nicht. Trotzdem war sie sicher, dass sie sich seine feindselige kleine Spitze eben nicht nur eingebildet hatte. Noch erstaunlicher freilich war, dass ihr der Gedanke daran wohl tat.

11

Pater Betterton schlurfte neben Dalgliesh durch die Halle, zur Haustür hinaus und durch den Hof zum Cottage St. Matthew.

Er hielt die Hände in den Tiefen seiner schwarzen Kutte versenkt und wirkte, während er wie ein gehorsames Kind auf seinen kurzen Beinen mit Dalgliesh Schritt zu halten suchte, eher verlegen als beunruhigt. Dalgliesh, der aus Erfahrung wusste, dass jeder, der schon einmal in die Mühlen der Polizei geraten war, ihr danach nie mehr ganz unbefangen begegnete, war gespannt darauf gewesen, wie Betterton auf die Vorladung reagieren würde. Er hatte befürchtet, dass der Pater von seinem früheren Prozess und der Haft immer noch so traumatisiert war, dass er sich einer Vernehmung vielleicht gar nicht mehr gewachsen fühlte. Kate hatte ihm geschildert, mit welch stoisch gezügeltem Abscheu er seine Fingerabdrücke hatte registrieren lassen. Aber so ein amtlich legitimierter Identitätsdiebstahl war schließlich jedem Verdächtigen unangenehm, und von dieser Prozedur abgesehen, schienen der Mord und der Tod seiner Schwester Pater John fast weniger zu berühren als die übrige Gemeinschaft. Seine Haltung schien die immer während, ergebene Ratlosigkeit einem Leben gegenüber auszudrücken, das man eher zu erdulden denn zu meistern hatte.

Als er im Vernehmungszimmer Platz nahm, rutschte er zwar hart an die Stuhlkante, ließ ansonsten aber durch nichts erkennen, dass er sich auf ein Martyrium gefasst mache. »War es Ihre Aufgabe, Pater, Ronald Treeves' persönliche Habe zusammenzupacken und an seinen Vater zu schicken?«, fragte Dalgliesh.

Jetzt wich die gehemmte Scheu einem unverkennbar schuldbewussten Erröten. »O je, da habe ich womöglich eine Torheit begangen. Ich nehme an, Sie wollen mich nach der Kutte fragen?«

»Haben Sie sie zurückgeschickt, Pater?«

»Nein. Leider nicht, nein. Weil nämlich … also das ist ziemlich schwer zu erklären.« Der Pater wirkte immer noch eher verlegen als furchtsam, während er mit einem beredten Blick auf Kate fortfuhr: »Es wäre leichter, wenn der Herr Inspektor zugezogen würde. Die Angelegenheit ist nämlich recht peinlich, verstehen Sie.«

Normalerweise ließ Dalgliesh sich auf derlei Sonderwünsche nicht ein, aber diesmal trug er den ungewöhnlichen Umständen Rechnung und sagte: »Als Polizeibeamtin ist Inspektor Miskin an peinliche Geständnisse gewöhnt. Aber wenn es Ihnen leichter fällt …«

»O ja, in der Tat! Ja, bitte, ich würde es vorziehen. Ich weiß, es ist töricht von mir, aber es wäre eine große Erleichterung.«

Dalgliesh nickte Kate zu, und sie schlüpfte hinaus. Piers saß oben am Computer. »Pater Betterton hat eine Aussage zu machen, die nicht für meine keuschen Mädchenohren bestimmt ist«, sagte sie. »Also hat AD mich nach dir geschickt. Sieht so aus, als wäre Treeves' Kutte gar nicht an seinen Dad zurückgeschickt worden. Aber warum zum Teufel hat man uns das nicht schon längst gesagt? Was ist bloß los mit diesen Leuten?«

»Nichts«, antwortete Piers. »Sie denken halt nur nicht wie Polizisten.«

»Ich kenne überhaupt niemanden, der so denkt wie sie. Da lob' ich mir doch die Schurken von altem Schrot und Korn.«

Piers überließ ihr seinen Platz und ging hinunter ins Vernehmungszimmer.

»Also, Pater, was ist nun passiert?«

»Pater Sebastian wird Ihnen ja wohl gesagt haben, dass er mich bat, Ronalds Sachen zusammenzupacken. Er dachte – oder vielmehr wir dachten –, es schicke sich nicht, jemanden vom Personal damit zu beauftragen. Den Kleidern der Toten haftet immer etwas sehr Persönliches an, nicht wahr? Und das macht es so schmerzlich, sich mit ihnen zu befassen. Also bin ich in Ronalds Zimmer gegangen und habe seine Sachen zusammengesucht. Viel war's ja nicht. Die Studenten sind gehalten, nur das Nötigste mitzubringen und sich nicht mit zu viel privater Habe zu belasten. Ich habe also seine Sachen eingesammelt, aber als ich die Kutte zusammenlegte, da bemerkte ich …« Er stockte und fuhr dann fort: »Nun ja, ich entdeckte Flecken auf der Innenseite.«

»Was denn für Flecken, Pater?«

»Also, es war offensichtlich, dass er … nun ja, dass er auf der Kutte Geschlechtsverkehr gehabt hatte.«

»Sie haben Samenflecken gefunden?«

»Ja. Ja, genau. Sogar einen ziemlich großen. Und so mochte ich seinem Vater die Kutte nicht zuschicken. Ronald hätte das nicht gewollt, und ich wusste – also wir alle wussten –, Sir Alred war nicht damit einverstanden, dass sein Adoptivsohn nach St. Anselm kam und Priester werden wollte. Womöglich hätte er dem Seminar Schwierigkeiten gemacht, wenn er diese Kutte gesehen hätte.«

»Sie dachten an einen Sexskandal?«

»Ja, so was in der Art. Und wie demütigend wäre das für den armen Ronald gewesen. Ich wusste zwar selber nicht, was mit der Kutte geschehen sollte, aber es schien mir einfach nicht recht, sie in dem Zustand an seinen Vater zu schicken.«

»Warum haben Sie denn nicht versucht, sie zu säubern?«

»Daran gedacht habe ich schon, aber es hätte sich nicht so ohne weiteres bewerkstelligen lassen. Einmal befürchtete ich, dass meine Schwester mich dabei ertappen und Fragen stellen könnte. Zum anderen verstehe ich mich nicht besonders gut aufs Waschen. Und natürlich wollte ich nicht dabei überrascht werden. Unsre Wohnung ist nur klein, und wir haben – wir hatten – kaum eine Privatsphäre. Schließlich schob ich das Problem einfach beiseite. Heute weiß ich, dass das dumm war, aber ich musste doch das Paket für Sir Alreds Chauffeur fertig machen, und ich dachte, um die Kutte würde ich mich später kümmern. Und dann wollte ich auch nicht, dass jemand hier im Seminar davon erfuhr, schon gar nicht Pater Sebastian. Ich wusste nämlich, wer es war, verstehen Sie? Ich kannte die Frau, mit der er zusammen war.«

»Es war also eine Frau?«, hakte Piers nach.

»O ja, eine Frau. Ich weiß, Sie werden das vertraulich behandeln.«

»Wenn es nichts mit der Ermordung des Archidiakons zu tun hat«, sagte Dalgliesh, »sehe ich keinen Grund, warum außer uns jemand davon erfahren sollte. Aber ich glaube, ich kann Ihnen ein wenig helfen, Pater. War die Frau vielleicht Karen Surtees?«

Die Erleichterung stand Pater Betterton im Gesicht geschrieben. »Ja, ganz recht, ja, ich fürchte, Sie haben's erraten. Es war Karen. Sie müssen wissen, dass ich ein passionierter Vogelkundler bin, und da habe ich die beiden durchs Fernglas gesehen, wie sie zusammen im Farn lagen. Natürlich habe ich niemandem davon erzählt. Pater Sebastian würde es sehr schwer fallen, über so etwas hinwegzusehen. Und es ging ja auch um Eric Surtees. Er ist ein braver Mensch und fühlt sich wohl hier bei uns und mit seinen Schweinen. Da wollte ich nichts sagen, was seine Stellung hätte gefährden können. Und in meinen Augen war's auch nicht so schlimm – wenn die beiden sich geliebt haben, wenn sie glücklich waren miteinander … Aber natürlich weiß ich nicht, wie es um sie stand. Eigentlich weiß ich gar nichts über ihr Verhältnis. Doch wenn man bedenkt, wie viel Grausamkeit und Hoffart und Selbstsucht wir oft stillschweigend dulden, also gemessen daran, konnte ich das, was Ronald tat, nicht so furchtbar verwerflich finden. Wissen Sie, der Junge hat sich hier im Grunde nie wohl gefühlt. Irgendwie passte er nicht zu uns, und ich glaube, er war auch zu Hause nicht glücklich. Also musste er vielleicht bei jemand anderem Sympathie und Zuneigung finden. Ach, das Leben unserer Mitmenschen gibt uns doch immer wieder Rätsel auf, nicht wahr? Deshalb dürfen wir auch über keinen vorschnell richten, und den Toten schulden wir ebenso Mitgefühl und Verständnis wie den Lebenden. Also beschloss ich, für Ronald zu beten und die Geschichte für mich zu behalten. Nur das Problem mit der Kutte, das wurde ich natürlich so nicht los.«

»Pater, wir müssen sie finden, und zwar rasch«, sagte Dalgliesh. »Also, was haben Sie damit gemacht?«

»Ich habe sie so fest es ging zusammengerollt und ganz hinten in meinem Schrank versteckt. Ich weiß, das klingt töricht, aber damals schien es mir ganz vernünftig. Und zunächst hatte es ja allem Anschein nach auch keine Eile. Aber die Tage verstrichen, und es wurde immer brenzliger, bis ich diesen Samstag schließlich einsah, dass etwas geschehen musste. Ich wartete, bis meine Schwester ihren Spaziergang machte. Dann hielt ich ein Taschentuch unter den Warmwasserhahn, seifte es gut ein und bekam die Kutte damit auch ganz schön sauber. Anschließend rubbelte ich sie mit einem Handtuch trocken und hängte sie noch eine Weile vor den Gasofen. Ich hielt es für das Beste, das Namensschild herauszutrennen, damit niemand sie mit Ronald in Verbindung bringen würde. Als auch das geschafft war, ging ich runter in den Garderobenraum und hängte die Kutte dort an einen Haken. Sozusagen als stille Reserve für den Fall, dass einer der Kandidaten die seine einmal vergessen sollte. Später wollte ich Pater Sebastian dann endlich sagen, dass Ronalds Kutte nicht mit nach London geschickt worden war. Allerdings ohne nähere Erklärungen: Ich wollte einfach sagen, dass ich die Kutte in die Garderobe gehängt habe. Ich wusste, er würde annehmen, ich hätte sie aus Nachlässigkeit vergessen. Das schien mir wirklich der beste Weg.«

Dalgliesh wusste aus Erfahrung, dass es verheerend sein konnte, einen Zeugen zur Eile anzutreiben, und so zügelte er seine Ungeduld und fragte ruhig: »Und wo ist die Kutte jetzt, Pater?«

»Ja ist sie denn nicht mehr dort, wo ich sie hingehängt habe? An dem Haken ganz außen? Da habe ich sie am Samstag hingehängt, kurz vor der Komplet. Ist sie nicht mehr da? Ich konnte natürlich nicht nachsehen – obwohl ich wahrscheinlich sowieso nicht daran gedacht hätte –, weil Sie ja die Tür zur Garderobe versiegelt haben.«

»Wann genau haben Sie die Kutte dort hingebracht?«

»Wie ich schon sagte, kurz vor der Komplet. An dem Abend war ich beim Kirchgang einer der Ersten; wir waren ja ohnehin nur sehr wenige, da dieses Wochenende die meisten Studenten Ausgang hatten. Ihre Kutten hingen alle in einer Reihe. Ich hab' sie allerdings nicht gezählt, sondern nur die von Ronald dazugehängt, an den letzten Haken, wie ich schon sagte.«

»Und Sie selber, Pater, haben Sie die Kutte je getragen, während Sie sie bei sich hatten?«

Pater Betterton sah ihn aus staunenden Augen an. »O nein, so was wäre mir nie in den Sinn gekommen. Außerdem haben wir doch unsre schwarzen Kutten. Ich hätte gar keine Veranlassung gehabt, die von Ronald anzuziehen.«

»Und die Studenten? Tragen die normalerweise nur ihre eigenen Kutten, oder sind diese sozusagen Gemeinschaftseigentum?«

»Nein, nein, da trägt schon jeder die eigene. Hin und wieder mag's zwar eine Verwechslung geben, aber bestimmt nicht letzten Samstagabend. Zur Komplet tragen die Kandidaten ihre Kutten nämlich höchstens im tiefsten Winter. Es ist ja nur ein kurzes Stück durch den Nordflügel des Kreuzgangs bis zur Kirche. Und Ronald hätte seine Kutte nie verliehen. Er war sehr eigen mit seinen Sachen.«

»Warum haben Sie mir das alles nicht schon früher erzählt, Pater?«, fragte Dalgliesh.

Pater John sah ihn ratlos an. »Sie haben mich nicht danach gefragt.«

»Aber als wir alle Kutten und sonstigen Kleidungsstücke auf Blutspuren untersuchten, ist Ihnen denn da nicht der Gedanke gekommen, dass es wichtig für uns sein könnte zu erfahren, ob irgendeine fehlte?«

»Nein«, entgegnete Pater John schlicht. »Und außerdem hat die Kutte ja nicht gefehlt, sie hing mit den anderen in der Garderobe.« Dalgliesh wartete. Der eben noch leicht verwirrte

Pater wirkte jetzt ehrlich bekümmert. Sein Blick ging zwischen Dalgliesh und Piers hin und her, fand aber bei beiden weder Trost noch Zuspruch. »Ich hatte nicht darüber nachgedacht, worum es bei Ihren Untersuchungen im Einzelnen ging und was sie jeweils zu bedeuten hatten. Ich wollte mich nicht damit befassen und war auch der Meinung, es gehe mich nichts an. Ich habe nur versucht, alle Fragen, die Sie mir stellten, ehrlich zu beantworten.«

Dalgliesh sah ein, dass er diese Rechtfertigung gelten lassen musste. Wie hätte Pater John auch wissen sollen, dass die Kutte wichtig war? Jemand, der sich mit Polizeiarbeit besser auskannte, der neugieriger war oder interessierter, hätte darüber gesprochen, auch ohne die Information für besonders nützlich zu halten. Aber Pater John war nicht der Typ, und selbst wenn es ihm eingefallen wäre, sich zu melden, hätte er am Ende wahrscheinlich doch lieber Ronald Treeves' trauriges Geheimnis gehütet.

»Es tut mir Leid«, sagte Pater John zerknirscht. »Habe ich Ihnen Ihre Arbeit erschwert? Ist diese Kutte denn so wichtig?«

Was konnte Dalgliesh darauf ehrlicherweise schon antworten? »Wichtig ist der genaue Zeitpunkt, zu dem Sie die Kutte in die Garderobe gehängt haben«, sagte er. »Sind Sie sicher, dass es kurz vor der Komplet war?«

»O ja, ganz sicher. Es dürfte so Viertel nach neun gewesen sein. Zur Komplet bin ich fast immer als einer der Ersten in der Kirche. Nach der Andacht wollte ich übrigens mit Pater Sebastian über die Kutte reden, aber er hatte es so eilig, dass ich nicht dazu kam. Und als wir am nächsten Morgen von dem Mord erfuhren, mochte ich ihn mit etwas scheinbar so Belanglosem nicht mehr behelligen.«

»Ich danke Ihnen für Ihre Offenheit, Pater«, sagte Dalgliesh. »Sie haben uns da etwas wirklich Wichtiges mitgeteilt. Aber noch wichtiger ist, dass Sie es für sich behalten. Ich wäre Ihnen dankbar, wenn Sie mit niemandem darüber sprechen würden.«

»Nicht einmal mit Pater Sebastian?«

»Nein, mit niemandem. Wenn die Ermittlungen abgeschlossen sind, steht es Ihnen frei, Pater Sebastian zu informieren. Aber vorläufig sollte keiner hier erfahren, dass Ronald Treeves' Kutte sich noch irgendwo im Seminar befindet.«

»Aber sie ist doch nicht einfach irgendwo, oder?« Wieder richtete sich der arglose Blick Hilfe suchend auf ihn. »Hängt sie denn nicht mehr in der Garderobe?«

»Nein, Pater, da ist sie nicht«, sagte Dalgliesh. Aber ich denke, wir werden sie finden.«

Fürsorglich geleitete er John Betterton hinaus. Mit einem Mal schien aus dem Pater ein hilfloser, verwirrter alter Mann geworden zu sein. Aber an der Tür raffte er sich noch einmal auf und wandte sich mit einer abschließenden Erklärung an den Commander.

»Selbstverständlich werde ich dieses Gespräch für mich behalten. Sie haben mich darum gebeten, und ich werde mich danach richten. Aber darf ich nun auch Sie bitten, nichts über Ronalds Beziehung zu Karen verlauten zu lassen?«

»Wenn dieses Verhältnis mit dem Tod des Archidiakons in Verbindung steht«, sagte Dalgliesh, »dann wird es publik werden müssen. So ist das nun mal bei Mord, Pater. Wo ein Mensch gewaltsam zu Tode gekommen ist, gibt es fast keine Geheimhaltung mehr. Aber in diesem Fall verspreche ich Ihnen, nur dann an die Öffentlichkeit zu gehen, wenn es absolut notwendig ist.«

Dalgliesh schärfte Pater John noch einmal ein, wie wichtig es sei, dass er über die Kutte Stillschweigen bewahre, dann ließ er ihn gehen. Einen Vorteil, fand er, hatten die Ermittlungen in St. Anselm: Man konnte ziemlich sicher sein, dass die Patres und Studenten ein einmal gegebenes Versprechen auch halten würden.

12

Keine fünf Minuten später hatte sich das ganze Team einschließlich der Kriminaltechniker hinter den geschlossenen Türen von St. Matthew versammelt. Dalgliesh referierte die neuesten Erkenntnisse. »Also dann«, sagte er abschließend, »machen wir uns auf die Suche! Als Erstes müssen wir uns mit den drei Schlüsselringen befassen. Nach dem Mord fehlte nur einer. In der Tatnacht hatte Surtees einen an sich genommen und nicht zurückgebracht. Den haben wir im Schweinestall gefunden. Das bedeutet, Kain muss einen zweiten entwendet und nach dem Mord wieder an seinen Platz gehängt haben. Wenn wir davon ausgehen, dass Kain auch derjenige war, der die Kutte getragen hat, dann könnte diese jetzt überall sein – im Seminar oder außerhalb. Leicht ist es sicher nicht, so ein Gewand verschwinden zu lassen, aber Kain hatte schließlich die ganze Landzunge und das Ufer zur Verfügung und obendrein zwischen Mitternacht und halb sechs Uhr morgens genügend Zeit, ein Versteck zu suchen. Womöglich hat er die Kutte sogar verbrannt. In einem der Gräben, die die Landzunge durchziehen, wäre ein Feuer selbst dann nicht aufgefallen, wenn um diese Zeit noch jemand unterwegs gewesen wäre. Und Kain hätte nicht mehr gebraucht als ein bisschen Benzin und ein Streichholz.«

»Also ich weiß, wie ich mich der Kutte entledigt hätte, Sir«, sagte Piers. »Ich hätte sie an die Schweine verfüttert. Die Viecher fressen alles, besonders, wenn Blutflecken dran sind. Und falls Kain den gleichen Einfall hatte, können wir von Glück sagen, wenn wir überhaupt noch was finden – außer vielleicht dem Messingkettchen hinten am Kragen.«

»Dann suchen Sie danach!«, antwortete Dalgliesh ungerührt. »Sie und Robbins fangen am besten mit dem Cottage St. John an. Pater Sebastian hat uns überall freien Zutritt gewährt, wir brauchen also keinen Durchsuchungsbefehl. Falls sich allerdings in den Cottages jemand quer stellt, müssen wir uns vielleicht doch einen beschaffen. Hauptsache, keiner weiß, wonach wir suchen. Hat übrigens jemand eine Ahnung, wo sich die Studenten zur Zeit aufhalten?«

»Ich glaube, sie sind im Hörsaal im ersten Stock«, sagte Kate. »Pater Sebastian hält dort ein theologisches Seminar.«

»Gut, dann werden sie uns nicht ins Gehege kommen. Mr. Clark, würden Sie und Ihr Team die Landzunge und das Ufer übernehmen? Ich glaube kaum, dass Kain sich bei dem Sturm bis ans Meer vorgekämpft hat, um die Kutte ins Wasser zu werfen, aber auf der Landspitze gibt es ja genügend Verstecke. Kate und ich werden uns das Haus vornehmen.«

Die Gruppe löste sich auf; die Kriminaltechniker wandten sich meerwärts, Piers und Robbins machten sich auf den Weg nach St. John. Dalgliesh und Kate traten durch das schmiedeeiserne Tor in den Hof. Das Laub im Nordflügel des Kreuzgangs war inzwischen restlos geräumt.

Obwohl die Spurensicherung Blatt für Blatt sorgfältig durchgesiebt hatte, war ihre Suche erfolglos geblieben; nur den kleinen Zweig mit noch frischem Grün auf dem Boden von Raphaels Zimmer hatte man sichergestellt.

Als Dalgliesh die Tür zum Garderobenraum aufsperrte, schlug ihnen muffig abgestandene Luft entgegen. Die vier Kutten an ihren Haken boten einen so traurig lädierten Anblick, als ob sie schon seit Jahrzehnten dort hängen würden. Dalgliesh streifte seine Plastikhandschuhe über und schlug der Reihe nach die Kapuzen zurück. Die Namensschilder waren alle vorhanden: Morby, Arbuthnot, Buckhurst, Bloxham. Sie gingen hinüber in die Waschküche, wo zwischen den beiden hohen Fenstern ein Tisch mit Resopalplatte stand und darunter vier Waschkörbe aus Plastik. Links daneben befanden sich ein tiefes Spülbecken mit je einem Ablaufbrett rechts und links und ein Trockner. Bei den vier großen Waschmaschinen an der Wand zur Rechten waren alle Türen geschlossen.

Kate blieb im Eingang stehen, während Dalgliesh die ersten drei Türen aufmachte. Als er sich zur vierten Maschine beugte, sah sie, wie er erstarrte, und trat eilig neben ihn. Hinter der dicken Glasscheibe zeichneten sich verschwommen, aber doch erkennbar die Falten eines braunen Wollgewands ab. Sie hatten die Kutte gefunden!

Oben auf der Maschine lag eine weiße Karte. Darauf stand in schwarzer Schrift und mit sorgfältig gemalten Buchstaben: »Der Westhof ist kein Parkplatz. Bitte stellen Sie Ihr Fahrzeug seitlich des Anwesens ab. P.G.«

»Pater Peregrine«, sagte Dalgliesh, »und wie es aussieht, hat er die Maschine abgestellt. Da ist höchstens eine Handbreit Wasser drin.«

»Blutgefärbt?« Kate bückte sich und spähte angestrengt durch die Glasscheibe.

»Das lässt sich so kaum erkennen, aber das Labor braucht bloß ein paar Tropfen für eine Vergleichsanalyse. Rufen Sie Piers und die Spurensicherung an, Kate, und blasen Sie die Suchaktion ab! Man muss das Wasser abpumpen, damit wir die Maschine öffnen können, und dann geht die Kutte ins Labor. Ich brauche von jedem in St. Anselm eine Haarprobe. Wir sollten uns bei Pater Peregrine bedanken. Wenn die Maschine das ganze Waschprogramm durchlaufen hätte, wären wohl kaum brauchbare Spuren übrig geblieben, egal, ob Blut, Fasern oder Haare. Piers und ich, wir werden gleich mal mit dem Pater reden.«

»Da ist Kain aber ein Mordsrisiko eingegangen«, sagte Kate.

»Es war schon verrückt, dass er überhaupt ins Haus zurückgekommen ist, aber noch verrückter, die Maschine in Gang zu setzen. Ist doch reiner Zufall, dass wir die Kutte nicht früher gefunden haben.«

»Und selbst wenn, ihm wäre das egal gewesen. Ja, vielleicht wollte er sogar, dass wir sie finden. Wir sollten sie nur nicht mit ihm in Verbindung bringen können.«

»Aber er muss doch gewusst haben, dass er Gefahr lief, Pater Peregrine zu wecken, und dass der die Maschine abstellen würde.«

»Nein, Kate, das wusste er eben nicht. Er hat die Waschmaschinen sonst nämlich nie benutzt. Erinnern Sie sich an Mrs. Munroes Tagebuch? Ruby Pilbeam hat George Gregory die Wäsche besorgt.«

Diesmal war Pater Peregrine allein in der Bibliothek. Er verschwand fast hinter dem hohen Bücherstapel auf seinem Pult.

»Pater, haben Sie in der Mordnacht eine der Waschmaschinen abgestellt?«, fragte Dalgliesh.

Pater Peregrine hob den Kopf, und es dauerte offenbar ein paar Sekunden, bevor er seine Besucher erkannte. »Ach, verzeihen Sie«, sagte er dann. »Commander Dalgliesh, natürlich. Was meinten Sie gerade?«

»Ich fragte nach Samstagnacht. Der Nacht, in der der Archidiakon getötet wurde. Ich möchte wissen, ob Sie da in die Waschküche gegangen sind und eine der Maschinen abgestellt haben.«

»Hab' ich das?«

Dalgliesh reichte ihm die Karte. »Ich nehme an, das haben Sie geschrieben. Das sind Ihre Initialen, und es ist Ihre Handschrift.«

»Ja, das ist zweifelsohne meine Schrift. O je, da habe ich wohl die falsche Karte erwischt.«

»Was steht denn auf der richtigen, Pater?«

»Dass den Kandidaten nach der Komplet die Benutzung der Waschmaschinen untersagt ist. Ich gehe früh zu Bett und habe einen leichten Schlaf. Unsre alten Waschmaschinen rumpeln fürchterlich, wenn sie in Gang kommen. Angeblich liegt das zwar weniger an den Maschinen als an der Wasserleitung, aber die Ursache ist unerheblich. Im Übrigen sollen die Studenten nach der Komplet eine Schweigezeit einhalten. Wäschewaschen schickt sich da nicht.«

»Haben Sie denn nun die Maschine in der fraglichen Nacht gehört, Pater? Und diese Karte auf ihr abgelegt?«

»Muss ich ja wohl. Aber wahrscheinlich war ich noch halb im Schlaf, und es ist mir entfallen.«

»Wie ist das möglich, Pater?«, fragte Piers. »Immerhin waren Sie nicht zu schläfrig, um eine Karte und einen Stift herauszusuchen und diesen Hinweis auf die Hausordnung zu verfassen.«

»Oh, aber das habe ich doch gerade erklärt, Inspektor. Dies ist die falsche Karte. Ich habe eine ganze Reihe davon vorgefertigt. Falls Sie sich überzeugen möchten – sie sind bei mir drüben.«

Sie folgten ihm in sein Zimmer, wo er so spartanisch wie in einer Mönchszelle hauste. Oben auf dem voll gestopften Bücherregal stand eine Pappschachtel mit gut einem halben Dutzend Karteikarten. Dalgliesh blätterte sie durch. »Dieses Pult ist für den Bibliothekar reserviert und keine Buchablage für Kandidaten.« – »Bitte stellen Sie entliehene Bücher wieder genau dort ein, wo Sie sie vorgefunden haben!« – »Die Benutzung der Waschmaschinen ist nur bis zur Komplet gestattet. Künftig werden alle Maschinen, die nach zehn Uhr laufen, abgestellt.« – »Diese Tafel dient ausschließlich für Mitteilungen des Rektorats und ist keine profane Nachrichtenbörse für Studenten.« Alle Karten waren mit den Initialen P.G. unterzeichnet.

»Ich fürchte«, sagte Pater Peregrine, »ich war sehr verschlafen. Wie hätte ich sonst die falsche Karte genommen.«

»Sie hörten, wie nachts die Maschine zu laufen begann«, sagte Dalgliesh, »und sind in die Waschküche gegangen, um sie abzustellen. Ist Ihnen denn, als Inspektor Miskin Sie befragte, nicht klar geworden, wie wichtig das war?«

»Die junge Frau wollte wissen, ob ich gehört habe, dass jemand das Haus betrat oder verließ, oder ob ich selbst in der Nacht draußen gewesen bin. Ich erinnere mich genau. Sie sagte, ich müsse ihre Fragen ganz präzise beantworten. Daran habe ich mich gehalten. Von Waschmaschinen war nicht die Rede.«

»Die Türen der Maschinen waren alle geschlossen«, sagte

Dalgliesh. »Dabei stehen sie doch normalerweise sicher offen, wenn die Maschinen nicht benutzt werden. Haben Sie sie zugemacht, Pater?«

»Nicht, dass ich wüsste, aber es wird wohl so gewesen sein«, versetzte Pater Peregrine gestelzt. »Ich fände das nur natürlich. Mein Ordnungssinn, wissen Sie. Offene Türen gehen mir gegen den Strich. Es gibt keinen guten Grund dafür.«

In Gedanken schien er freilich bereits wieder bei seinen Studien. Zielstrebig führte er sie in die Bibliothek zurück und setzte sich hinter seinem Pult zurecht, als ob das Gespräch damit beendet wäre.

»Pater«, sagte Dalgliesh und legte alle ihm zu Gebote stehende Autorität in seine Stimme, »wollen Sie mir überhaupt dabei helfen, diesen Mörder zu fassen?«

Pater Peregrine ließ sich vom Gardemaß des Commanders, der sich mit seinen einssiebenundachtzig gebieterisch vor ihm aufgebaut hatte, nicht im Mindesten einschüchtern, und dessen Frage schien er eher als Anregung denn als Vorwurf zu begreifen. »Natürlich sollten Mörder gefasst werden«, sagte er. »Aber ich glaube nicht, dass ich Ihnen dabei helfen kann. Ich habe keinerlei Erfahrung mit polizeilichen Ermittlungen. Ich denke, Sie sollten sich an Pater Sebastian wenden oder an Pater John. Die lesen beide Kriminalromane und haben sich dabei vermutlich etliche Kenntnisse erworben. Pater Sebastian hat mir einmal einen geliehen. Ich glaube, er war von einem gewissen Hammond Innes. Aber die Handlung war so raffiniert ausgedacht, dass ich ihr leider nicht folgen konnte.«

Piers verschlug es die Sprache. Er hob die Augen gen Himmel und kehrte dem traurigen Debakel den Rücken. Pater Peregrine hatte sich wieder über seine Bücher gebeugt, aber dann war ihm offenbar doch noch etwas eingefallen, und er blickte wieder auf.

»Mir kommt da eben ein Gedanke. Nach der Tat hat der Mörder doch gewiss so schnell wie möglich das Weite gesucht. Ich nehme an, er hatte einen Fluchtwagen vor dem Tor bereitstehen. Fluchtwagen, ja, der Begriff ist sogar mir geläufig. Ich kann mir nicht vorstellen, Commander, dass er das für einen günstigen Zeitpunkt hielt, um seine Wäsche zu waschen. Nein, nein, die Waschmaschine ist eine Flunder.«

»Finte«, murmelte Piers und wich vom Pult zurück, um nichts mehr hören zu müssen.

»Gleichviel, ob Flunder oder Finte«, sagte Pater Peregrine ungerührt, »schließlich gehören beide zu den anadromen Wanderfischarten, und mich dünkt es vollkommen willkürlich, dass Alosa fallax, also die Finte, zum Synonym für eine falsche Fährte avancierte und nicht Platichthys flesus, vulgo die Flunder, obwohl ihr Name doch der weitaus sprechendere ist. So könnte man zum Beispiel eine kriminalistische Untersuchung als geflundert bezeichnen, wenn sie durch irreführende Informationen behindert wurde.« Er hielt inne und setzte dann hinzu: »Oder durch irrelevante Indizien, wie leider auch meine Karte eins war.«

»Und als Sie Ihr Zimmer verließen, haben Sie nichts gesehen oder gehört?«, fragte Dalgliesh.

»Wie ich schon sagte, ich erinnere mich gar nicht daran, mein Zimmer verlassen zu haben. Aber meine Karte und die abgestellte Maschine sprechen unleugbar dafür. Und wenn jemand bei mir eingedrungen wäre, um die Karte zu entwenden, dann hätte ich das sicher gehört. Tut mir wirklich Leid, dass ich Ihnen nicht weiterhelfen kann, Commander.«

Damit wandte Pater Peregrine sich wieder seinen Büchern zu, und diesmal überließen Dalgliesh und Piers ihn seinen Studien.

Draußen vor der Bibliothek sagte Piers: »Ich fasse es nicht! Der Mann ist doch verrückt. Und so einer unterrichtet angehende Priester, die schon jahrelang studieren!«

»Und ist, wie es heißt, ein brillanter Lehrer. Ich kann's mir schon vorstellen. Er wacht auf, hört ein Geräusch, das ihm zuwider ist, torkelt noch halb verschlafen mit der falschen Karte in die Waschküche, stellt die Maschine ab und tappt wieder ins Bett. Das Problem ist, dass er auch nicht eine Sekunde lang glaubt, jemand aus St. Anselm könnte ein Mörder sein. Das wäre für ihn einfach undenkbar. Es ist das Gleiche wie mit Pater John und der braunen Kutte. Beide wollen uns nicht bei der Arbeit behindern oder absichtlich nicht weiterhelfen. Sie denken eben nur nicht wie Polizisten, und unsere Fragen ergeben für sie keinen Sinn. Sie sperren sich vehement gegen den Gedanken, dass der Täter aus den eigenen Reihen kommen könnte.«

»Na, dann steht ihnen aber ein verdammt harter Schock bevor«, sagte Piers. »Und was ist mit Pater Sebastian? Und Pater Martin?«

»Die haben die Leiche gesehen, Piers. Sie wissen, wo und wie der Mörder zugeschlagen hat. Fragt sich bloß, ob sie auch wissen, wer es war?«

13

In der Waschküche hatte man die tropfnasse Kutte vorsichtig aus der Maschine gezogen und in einem Plastiksack verstaut. Das Wasser, das eine so schwache rosa Färbung aufwies, dass man sie kaum wahrnehmen konnte, wurde in Flaschen abgesaugt und etikettiert. Zwei von Clarks Männern untersuchten die Maschine auf Fingerabdrücke, obwohl Dalgliesh sich nichts davon versprach. Gregory hatte in der Kirche Handschuhe getragen und sie bestimmt anbehalten, bis er wieder in seinem Cottage war. Trotzdem war die Prozedur unerlässlich, denn die Verteidigung würde keine Gelegenheit auslassen, wenn es darum ging, die Gründlichkeit der Ermittlungen in Zweifel zu ziehen.

»Dieser Fund bestätigt Gregory als Hauptverdächtigen«, sagte Dalgliesh, »aber das war er ja schon, seit wir von seiner Heirat erfuhren. Wo steckt er übrigens?«

»Er ist heute früh nach Norwich gefahren«, antwortete Kate. »Mrs. Pilbeam hat er gesagt, er würde nachmittags zurück sein. Sie hat heute Morgen bei ihm geputzt.«

»Wir vernehmen ihn, sobald er zurück ist, und diesmal will ich das Verhör ganz offiziell mitgeschnitten haben. Ach, und er darf weder erfahren, dass Treeves' Kutte hier blieb, noch, dass die Waschmaschine abgestellt wurde. Piers, Sie reden noch mal mit Pater John und Pater Peregrine, ja? Aber taktvoll. Und vergewissern Sie sich, dass Pater Peregrine begreift, worauf es ankommt.«

Als Piers gegangen war, meinte Kate: »Könnte Pater Sebastian nicht bekannt geben, dass der Zugang zum Nordflügel des Kreuzgangs freigegeben ist und dass die Studenten auch die Waschküche wieder benutzen dürfen? Dann bräuchten wir uns nur noch auf die Lauer zu legen und abzuwarten, ob Gregory kommt, um nach der Kutte zu sehen. Er wird doch wissen wollen, ob wir sie gefunden haben.«

»Genialer Einfall, Kate, aber es würde nichts beweisen. Außerdem: In so eine Falle geht der nicht. Wenn er kommt, dann garantiert mit einem Schwung schmutziger Wäsche unterm Arm. Aber warum sollte er überhaupt kommen? Er hatte es ja darauf angelegt, dass wir die Kutte finden, als weiteres Indiz dafür, dass der Mörder ein Insider ist. Ihm kam es nur darauf an, dass wir nicht beweisen können, dass *er* sie in der Mordnacht getragen hat. Was ihm ja auch fast gelungen wäre. Sein Pech war nur, dass Surtees Samstagnacht in die Kirche wollte. Ohne seine Aussage wüssten wir nicht, dass der Mörder eine Kutte trug. Natürlich war es auch Pech für ihn, dass die Maschine abgestellt wurde. Wenn sie weitergelaufen wäre, hätte man hernach sicher keine Spuren mehr an der Kutte gefunden.«

»Er könnte immer noch behaupten, dass Treeves sie ihm irgendwann geborgt hat«, gab Kate zu bedenken.

»Aber wie glaubhaft klingt das? Treeves wachte eifersüchtig über seine Sachen. Warum hätte er da seine Kutte herleihen sollen? Trotzdem haben Sie wohl Recht. Wahrscheinlich wird das Teil seiner Verteidigung sein.«

Piers war unterdessen zurückgekommen. »Pater John war bei Pater Peregrine in der Bibliothek«, sagte er. »Ich glaube, jetzt ist bei beiden der Groschen gefallen. Aber wir sollten aufpassen, wann Gregory zurückkommt, um ihn gleich abzufangen.«

»Und wenn er nun einen Anwalt will?«, fragte Kate.

»Dann müssen wir warten, bis er einen hat«, sagte Dalgliesh.

Doch George Gregory verlangte nicht nach einem Anwalt, als er sich eine Stunde später äußerlich ganz gelassen an dem Tisch im Vernehmungsraum niederließ.

»Ich denke, ich kenne meine Rechte«, sagte er, »und weiß, wie weit Sie gehen dürfen, auch ohne dass ich mein gutes Geld für einen Advokaten rauswerfe. Die, die was taugen, kann ich mir ohnehin nicht leisten, und einer, den ich mir leisten kann, würde nichts taugen. Mein Anwalt ist zwar durchaus kompetent, wenn es darum geht, ein Testament aufzusetzen, aber hier würde er uns alle nur unnötig behindern. Ich habe Crampton nicht getötet. Mir ist Gewalt nicht nur zuwider, ich hatte auch gar keinen Grund, ihm nach dem Leben zu trachten.«

Dalgliesh hatte das Verhör Kate und Piers überlassen. Beide saßen Gregory gegenüber, während der Commander sich ans Fenster zurückzog. Ein merkwürdiger Rahmen für ein Polizeiverhör, dieser spärlich möblierte Raum mit dem quadratischen Tisch, den vier Stühlen und den beiden Sesseln. Hier war noch alles genauso, wie sie es bei ihrem Einzug vorgefunden hatten. Nur die Lampe über dem Tisch hatte eine hellere Birne bekommen. Drüben in der Küche mit ihren Sammeltassen und dem schwachen Duft nach Sandwiches und Kaffee und in dem etwas wohnlicheren Aufenthaltsraum gegenüber, wo Mrs. Pilbeam sogar einen Strauß Blumen hingestellt hatte, merkte man schon eher etwas von der Anwesenheit des Teams. Dalgliesh fragte sich, wie ein zufälliger Beobachter die Szene gedeutet hätte, diesen kahlen, funktionalen Raum, in dem drei Männer und eine Frau sich so sehr aufeinander konzentrierten. Es konnte sich eigentlich nur um ein Verhör oder um eine Verschwörung handeln, und das rhythmische Tosen des Meeres verstärkte die Atmosphäre des Geheimen und Bedrohlichen.

Kate schaltete den Recorder ein und hakte die vorgeschriebenen Präliminarien ab. Gregory musste Namen und Adresse angeben, und auch die drei Kriminalbeamten nannten Namen und Dienstgrad.

Dann begann Piers mit der Vernehmung. »Archidiakon Crampton wurde letzten Samstag gegen Mitternacht ermordet. Wo waren Sie nach zehn Uhr an diesem Abend?«

»Das habe ich Ihnen bereits bei der ersten Einvernahme gesagt. Ich war in meinem Cottage und habe Wagner gehört. Ich habe das Haus nicht verlassen, bis ich am nächsten Morgen telefonisch in die Bibliothek zitiert wurde.«

»Wir haben Indizien dafür, dass in dieser Nacht jemand in Raphael Arbuthnots Zimmer gewesen ist. Waren Sie das?«

»Wie könnte ich? Ich habe Ihnen doch gerade gesagt, dass ich mein Cottage nicht verlassen habe.«

»Am siebenundzwanzigsten April 1988 heirateten Sie Clara Arbuthnot, und Sie haben uns bestätigt, dass Raphael Ihr Sohn ist. Wussten Sie zum Zeitpunkt der Heirat, dass diese Eheschließung ihn zum Erben von St. Anselm machen würde?«

Es entstand eine kleine Pause. Er weiß nicht, wie wir das mit seiner Heirat herausgefunden haben und was wir sonst noch wissen, dachte Dalgliesh.

Dann sagte Gregory: »Zu dem Zeitpunkt wusste ich es noch nicht. Später – wann genau, weiß ich nicht mehr – erfuhr ich dann, dass die Gesetzesnovelle von 1976 meinen Sohn als eheliches Kind anerkannte.«

»Und kannten Sie zum Zeitpunkt der Eheschließung Miss Arbuthnots Testament?«

Dalgliesh war überzeugt, dass Gregory sich darüber informiert hatte, wahrscheinlich durch Nachforschungen in London. Aber die hatte er gewiss nicht unter seinem Namen angestellt, und er konnte daher sicher sein, dass sie ihm zumindest in diesem Punkt kaum etwas würden nachweisen können. Gregory zögerte diesmal denn auch nicht mit der Antwort, sondern sagte prompt: »Nein, kannte ich nicht.«

»Und Ihre Frau hat Ihnen auch nicht mitgeteilt, wie sie über ihr Vermögen verfügte? Weder vor noch nach der Heirat?«

Wieder ein kurzes Zögern, ein leichtes Zucken der Lider. Dann entschloss sich Gregory, va banque zu spielen. »Nein, hat sie nicht. Sie war mehr um ihr Seelenheil besorgt als um das pekuniäre Wohl unseres Sohnes. Und falls diese etwas naiven Fragen darauf abzielen, mir ein Motiv zu unterstellen, dann darf ich Sie darauf hinweisen, dass alle vier in St. Anselm ansässigen Patres ebenfalls ein Motiv hatten.«

»Ich dachte«, warf Piers ein, »Sie haben eben noch behauptet, das Testament sei Ihnen nicht bekannt gewesen.«

»Ich sprach nicht von finanziellen Vorteilen, sondern davon, wie feindselig das ganze Seminar dem Archidiakon gegenüberstand. Und falls Sie unterstellen wollen, dass ich den Archidiakon getötet habe, um meinem Sohn sein Erbe zu sichern, dann darf ich Sie darauf hinweisen, dass die Auflösung des Seminars längst beschlossene Sache war. Wir wussten doch alle, dass wir kurz vor dem Aus standen.«

»Vielleicht war die Schließung unvermeidlich«, sagte Kate, »aber sie stand nicht unmittelbar bevor. Pater Sebastian hätte sehr wohl noch ein, zwei Jahre Aufschub erwirken können. Lange genug für Ihren Sohn, seine Studien abzuschließen und ordiniert zu werden. Wäre das in Ihrem Sinne gewesen?«

»Ich hätte es lieber gesehen, wenn er eine andere Laufbahn eingeschlagen hätte. Aber derlei gehört wohl zu den kleineren Irritationen der Vaterschaft. Kinder wählen selten den vernünftigen Weg. Nachdem ich jedoch Raphael fünfundzwanzig Jahre lang ignoriert habe, kann ich kaum erwarten, dass er mir jetzt ein Mitspracherecht an seiner Lebensplanung einräumt.«

»Wir haben heute erfahren«, sagte Piers, »dass der Mörder des Archidiakons höchstwahrscheinlich die Kutte eines Kandidaten trug, und in einer der Maschinen in der Waschküche von St. Anselm haben wir eine solche braune Kutte sichergestellt. Haben Sie sie dort hineingetan?«

»Nein, habe ich nicht, und ich weiß auch nicht, wer es gewesen sein könnte.«

»Wir wissen ferner, dass eine Person, mutmaßlich männlichen Geschlechts, am Abend des Mordes genau um neun Uhr achtundzwanzig bei Mrs. Crampton anrief, sich als Mitarbeiter des Diözesanamtes ausgab und die Mobiltelefonnummer des Archidiakons erfragte. Waren Sie dieser Anrufer?«

Gregory verkniff sich ein Lächeln. »Für eins der führenden Dezernate von Scotland Yard ist das hier eine erstaunlich simple Befragung. Nein, ich habe weder diesen Anruf getätigt noch weiß ich, wer es getan hat.«

»Zu der Zeit machten sich die Patres und die vier anwesenden Studenten auf den Weg zur Komplet. Wo waren Sie?«

»In meinem Cottage, ich habe Referate korrigiert. Und der Komplet bin ich nicht als Einziger ferngeblieben. Auch Yarwood, Stannard, Surtees und Pilbeam widerstanden der Verlockung, den Archidiakon predigen zu hören; ebenso die drei Frauen. Sind Sie übrigens sicher, dass der Anrufer ein Mann war?«

Kate wechselte unvermittelt das Thema. »Die Ermordung des Archidiakons war nicht die einzige Tragödie, die St. Anselms Zukunft gefährdet hat. Auch Ronald Treeves' Tod war dem Ansehen des Seminars nicht eben förderlich. Treeves war am Freitagabend bei Ihnen, einen Tag bevor er starb. Was ist an diesem Freitag geschehen?«

Gregory starrte sie nur an. Aber die feindselige Verachtung in seiner Miene hätte er nicht deutlicher und kruder zeigen können, wenn er sie angespuckt hätte. Kate errötete, aber sie fuhr entschlossen fort: »Der Junge fühlte sich abgewiesen und hintergangen. Er suchte bei Ihnen Trost und Beistand, und Sie haben ihn weggeschickt. War es nicht so?«

»Er kam zu einer Tutorenstunde in neutestamentlichem Griechisch, die zugegebenermaßen kürzer ausfiel als gewöhnlich. Aber das geschah auf seinen Wunsch hin. Offenbar wissen Sie von der Sache mit der geweihten Hostie, die er gestohlen hatte. Ich empfahl ihm, Pater Sebastian zu beichten. Es war der einzig mögliche Rat, den ich ihm geben konnte, und Sie hätten auch keinen besseren gewusst. Er wollte wissen, ob das seine Exmatrikulation bedeuten würde, was ich in Anbetracht des eigenwilligen Realitätsverständnisses von Sebastian Morell für recht wahrscheinlich hielt. Er suchte nach irgendeinem Rettungsanker, aber den konnte ich ihm ehrlicherweise nicht bieten. Und der Ausschluss aus dem Seminar wäre immer noch besser gewesen, als einem Erpresser in die Hände zu fallen. Sein Vater war ein schwerreicher Mann; diese Frau hätte ihn jahrelang ausnehmen können.«

»Haben Sie Gründe dafür, Karen Surtees für eine Erpresserin zu halten? Wie gut kennen Sie sie?«

»Gut genug, um zu wissen, dass sie eine skrupellose und machtverliebte junge Frau ist. Bei ihr wäre sein Geheimnis niemals sicher gewesen.«

»Also ging er hin und hat sich umgebracht«, sagte Kate.

»Leider, ja. Aber das hätte ich weder voraussehen noch verhindern können.«

»Und dann kam es zu einem zweiten Todesfall«, ergriff Piers wieder das Wort. »Nach unseren Erkenntnissen hatte Mrs. Munroe herausgefunden, dass Sie Raphaels Vater sind. Hat Sie sie mit diesem Wissen konfrontiert?«

Wieder entstand eine Pause. Gregory hatte die Hände auf den Tisch gelegt und betrachtete sie nun angelegentlich. Sein Gesicht konnte man nicht sehen, aber Dalgliesh wusste auch so, dass der Mann um eine Entscheidung rang. Er fragte sich erneut, wie viel die Polizei wusste und mit welcher Sicherheit. Hatte Margaret Munroe noch mit jemand anderem gesprochen? Vielleicht einen Brief hinterlassen?

Die Pause dauerte keine sechs Sekunden, auch wenn sie den wartenden Beamten länger vorkam. »Ja, sie war bei mir«, sagte Gregory endlich. »Sie hatte Erkundigungen eingezogen – welcher Art, hat sie nicht gesagt –, die ihren Verdacht bestätigten. Zweierlei machte ihr Sorgen. Zum einen, dass ich Pater Sebastian hintergangen hatte und unter Vorspiegelung falscher Tatsachen hier arbeite; aber natürlich drängte sie vor allem darauf, dass Raphael die Wahrheit erfahren müsse. Das ging sie zwar alles gar nichts an, trotzdem schien es mir ratsam, ihr zu erklären, warum ich Raphaels Mutter nicht geheiratet hatte, als sie schwanger war, und wieso ich es später dann doch tat. Ich sagte, ich wolle meinen Sohn erst dann aufklären, wenn ich darauf vertrauen könne, dass ihn die Enthüllung nicht zu unangenehm berührte. Ich wolle den Zeitpunkt selbst bestimmen, aber sie könne sich darauf verlassen, dass ich noch vor Trimesterende mit ihm reden würde. Nach dieser Zusicherung – auf die sie im Übrigen gar kein Recht hatte – war sie bereit, mein Geheimnis zu wahren.«

»Und in der Nacht darauf starb sie«, sagte Kate.

»An einem Herzanfall. Wenn ihre Entdeckung und die Anstrengung, die es sie kostete, mich zur Rede zu stellen, daran mit Schuld hatten, dann tut es mir Leid. Aber man kann mich nicht für jeden Todesfall in St. Anselm verantwortlich machen. Als Nächstes werfen Sie mir womöglich noch vor, ich hätte Agatha Betterton die Kellertreppe hinuntergestoßen.«

»Und?«, fragte Kate. »Haben Sie?«

Diesmal verstand er es geschickt, seine Abneigung zu verbergen. »Ich dachte, Sie untersuchen den Mord an Archidiakon Crampton«, sagte er. »Stattdessen versuchen Sie einen

Serienkiller aus mir zu machen. Sollten wir uns nicht auf den einen offensichtlichen Mord konzentrieren?«

Hier schaltete sich erstmals Dalgliesh ein. »Wir werden von allen, die Samstagnacht im Seminar waren, eine Haarprobe fordern. Ich nehme an, Sie haben keine Einwände?«

»Nicht, wenn diese demütigende Prozedur auch alle anderen Verdächtigen trifft. Und eine Narkose ist dafür ja wohl kaum vonnöten.«

Es hätte wenig Sinn gehabt, die Vernehmung fortzusetzen. Also beendete Kate die Befragung nach dem vorgeschriebenen Procedere und schaltete dann den Recorder ab.

»Wenn Sie Ihre Haarprobe wollen«, sagte Gregory, »dann holen Sie sie lieber gleich. Ich habe nämlich noch zu arbeiten und möchte keinesfalls gestört werden.«

Damit verließ er den Raum und verschwand in der Dunkelheit.

»Ich will die Proben noch heute Abend«, sagte Dalgliesh. »Danach fahre ich nach London zurück. Ich möchte dabei sein, wenn das Labor die Kutte untersucht. Falls die Kollegen den Fall vordringlich behandeln, dürften wir in zwei Tagen das Ergebnis bekommen. Sie beide bleiben mit Robbins hier. Ich werde Pater Sebastian bitten, Sie hier im Cottage unterzubringen. Falls es keine Gästebetten gibt, kann er sicher Schlafsäcke oder Matratzen bereitstellen. Ich will, dass Gregory rund um die Uhr bewacht wird.«

»Und wenn die Untersuchung der Kutte nichts ergibt?«, fragte Kate. »Ansonsten haben wir doch nur Indizien. Ohne forensischen Beweis reicht es aber nicht für ein Verfahren.«

Sie hatte nur ausgesprochen, was auch den beiden anderen klar war, und weder Dalgliesh noch Piers antworteten darauf.

14

Als seine Schwester noch lebte, war Pater John meist nur zum Abendessen im Speisesaal erschienen, weil Pater Sebastian, der in dieser Mahlzeit offenbar ein Einheit stiftendes Symbol sah, Wert darauf legte, dabei die ganze Gemeinschaft um sich zu scharen. Doch an diesem Dienstag kam er unerwartet schon zum Nachmittagstee herunter. Nach dem Tode von Agatha Betterton war nicht wieder das ganze Seminar zusammengerufen worden, vielmehr hatte Sebastian Morell die Patres und Kandidaten einzeln und ohne Aufhebens informiert. Die vier Studenten, die Pater John bereits einen Beileidsbesuch abgestattet hatten, versuchten ihn nun ihrer Anteilnahme zu versichern, indem sie seine Tasse auffüllten und ihm Sandwiches, Scones und Kuchen vom Refektoriumstisch brachten. Er saß in der Nähe der Tür, ein stiller, in sich zusammengesunkener kleiner Mann von untadeliger Höflichkeit, der ab und an ein leises Lächeln auf den Lippen hatte. Nach dem Tee erbot sich Emma, wie versprochen Miss Bettertons Garderobe durchzusehen, und sie gingen zusammen in seine Wohnung.

Ursprünglich hatte sie Mrs. Pilbeam um zwei feste Plastiktüten gebeten, in denen sie die Hinterlassenschaft verstauen wollte, eine für die Sachen, die man Oxfam oder einer anderen Hilfsorganisation spenden konnte, die andere für die Lumpensammlung. Aber die beiden schwarzen Säcke hatten so deprimierend nach Mülltüten ausgesehen, dass sie beschloss, die Garderobe zunächst nur vorzusortieren und erst dann einzutüten und fortzuschaffen, wenn Pater John nicht in der Wohnung war.

Sie ließ ihn im Dämmerlicht vor den bläulichen Flammen seines Gasfeuers sitzen und ging hinüber in Miss Bettertons Schlafzimmer. Die Deckenlampe mit dem altmodischen, verstaubten Schirm spendete nur ein diffuses Licht, aber eine Gelenkleuchte auf dem Nachttisch neben dem Messingbett war mit einer wesentlich stärkeren Birne ausgestattet, und als Emma den Lichtkegel auf die Mitte des Raums gerichtet hatte, war es hell genug, um mit der Arbeit zu beginnen. Rechts neben dem Bett standen ein Stuhl und eine bauchige Kommode. Das einzige andere Möbelstück war ein riesiger, mit Schnörkeln verzierter Mahagonischrank, der zwischen den beiden kleinen Fenstern stand. Als Emma ihn öffnete, schlug ihr ein muffiger Geruch entgegen, vermischt mit dem Duft von Lavendel, Mottenkugeln und Tweed.

Das Sortieren und Ausrangieren erwies sich als weit weniger aufwendig, als sie befürchtet hatte. Miss Betterton war in ihrem einsamen Leben mit sehr wenig Garderobe ausgekommen, und in den letzten zehn Jahren hatte sie sich offenbar gar nichts Neues mehr angeschafft. Emma förderte einen schweren Bisammantel mit kahlen Stellen aus dem Schrank; zwei Tweedkostüme, die mit ihren breitgepolsterten Schultern und den taillierten Jacken aussahen, als stammten sie noch aus den dreißiger Jahren; eine bunt gemischte Kollektion an Strickjacken und langen Tweedröcken; Abendkleider aus Samt und Satin von erlesener Qualität, aber so antiquiertem Schnitt, dass eine moderne Frau sie wohl höchstens noch zu einem Kostümfest hätte tragen können. In der Kommode lagen Blusen und Unterwäsche, frisch gewaschene, aber im Schritt fleckige Schlüpfer, langärmelige Unterhemden und dicke, zusammengerollte Strümpfe. Es war nur wenig dabei, was man in einem Dritte-Welt-Laden gern abnehmen würde. Der Gedanke daran, dass Inspektor Tarrant und sein Kollege diese traurige Hinterlassenschaft durchwühlt hatten, empörte Emma und weckte zugleich ihr Mitleid mit der schutzlosen Miss Betterton. Was hatten sie hier schon zu finden gehofft – einen Brief, ein Tagebuch, ein Geständnis? Mittelalterliche Gemeinden, die Sonntag für Sonntag den furchterregenden Bildern des »Weltgerichts« ausgesetzt waren, beteten darum, dass ihnen ein plötzlicher Tod erspart bleiben möge, weil sie Angst hatten, ohne die Segnungen der Kirche vor ihren Schöpfer zu treten. Den heutigen Mensch reuten in seiner letzten Stunde eher ein unaufgeräumter Schreibtisch, unerfüllte Pläne oder inkriminierende Briefe.

In der untersten Schublade machte Emma eine überraschende Entdeckung. Dort fand sie, sorgsam in Packpapier eingeschlagen, den Ausgehrock eines RAF-Offiziers mit dem Pilotenabzeichen auf der linken Brusttasche, zwei Streifen an den Ärmeln und dem Ordensband einer Tapferkeitsmedaille sowie eine zerdrückte, ziemlich lädierte Uniformmütze. Emma schob den Bisammantel beiseite, breitete die Jacke auf dem Bett aus und betrachtete sie verdutzt.

Der Schmuck war in der Kommodenschublade oben links in einer kleinen Lederschatulle verwahrt. Viel war es nicht, und die Kameen, die schweren Goldringe und langen Perlenketten sahen zudem aus wie Familienerbstücke. Ihr Wert ließ sich schwer schätzen, auch wenn einige der Steine durchaus gediegen wirkten, und Emma überlegte, wie sie Pater Johns Bitte, den Schmuck zu verkaufen, am besten nachkommen könne. Vielleicht sollte sie die Stücke mit nach Cambridge nehmen und dort bei einem Juwelier schätzen lassen. Bis dahin freilich trug sie die Verantwortung für die Sicherheit der Pretiosen.

Die Schatulle hatte einen doppelten Boden, und nachdem sie den Einsatz herausgenommen hatte, fand sie darunter ein vergilbtes Kuvert. Als sie es öffnete, fiel ein goldener Ring heraus, besetzt mit einem zwar kleinen, aber hübsch mit Brillanten gefassten Rubin. Als Emma ihn spontan an den Ringfinger ihrer linken Hand steckte, erkannte sie, dass es ein Verlobungsring war. Falls Miss Betterton ihn von dem Flieger bekommen hatte, war der bestimmt im Krieg gefallen. Wie wäre sie sonst an seine Uniform gekommen? Emma sah die Maschine lebhaft vor sich, eine Spitfire oder Hurricane, wie sie manövrierunfähig durch die Lüfte trudelte, bevor sie, hinter sich einen lodernden Feuerschweif, über dem Kanal abstürzte. Oder war er Bomberpilot gewesen und über einem feindlichen Ziel abgeschossen worden, um sich im Tod mit denen zu vereinen, die seine Bomben getötet hatten? Waren er und Agatha Betterton ein Liebespaar geworden, bevor er starb?

Warum fiel es einem nur so schwer, sich vorzustellen, dass auch die Alten einmal jung gewesen waren, dass sie die Kraft und vitale Schönheit der Jugend besessen, dass sie gelacht und geliebt hatten und wiedergeliebt worden waren, getragen vom unreflektierten Optimismus der Jugend? Sie erinnerte sich an die wenigen Begegnungen mit Miss Betterton, sah sie vor sich, wie sie mit einer Wollmütze auf dem Kopf und vorgestrecktem Kinn über die Klippen marschiert war, als gelte es, sich gegen einen hartnäckigeren Feind als den Wind zu behaupten; oder wie sie mit kurzem Nicken auf der Treppe an ihr vorbeigegangen war und ihr aus dunklen, beängstigend forschenden Augen einen pfeilschnellen Blick zugeworfen hatte. Raphael hatte sie gemocht, hatte sich bereitwillig mit ihr abgegeben. Aber tat er es aus echter Zuneigung oder nur der Verpflichtung zu tätiger Nächstenliebe gehorchend? Und wenn das wirklich ein Verlobungsring war, warum trug sie ihn dann nicht mehr? Nun, das war vielleicht nicht so schwer zu verstehen. Der Ring stand für etwas, das unweigerlich verloren war, und so hatte sie ihn ebenso fortgeräumt wie den Uniformrock ihres Liebsten. Sie hatte nicht jeden Morgen mit einem Symbol, das den Spender überdauert hatte und auch sie überdauern würde, die Erinnerung überstreifen und mit jeder Handbewegung ihren Schmerz und ihren Verlust kundtun wollen. Es sagt sich so leicht, dass die Toten in unserem Andenken weiterleben, aber welchen Ersatz bietet die Erinnerung schon für die Stimme des Geliebten, für seine zärtliche Umarmung? Ist das nicht der Stoff, um den überall auf der Welt die Dichtung kreist? Die Vergänglichkeit von Leben und Liebe und Schönheit, die Gewissheit, dass die Räder des geflügelten Wagens der Zeit mit Messern gespickt sind?

Es klopfte leise, und die Tür ging auf. Emma fuhr herum und sah sich Inspektor Miskin gegenüber. Einen Moment lang musterten die Frauen einander, und Emma las in den Augen der anderen keine Freundlichkeit.

»Pater John hat mir gesagt, dass ich Sie hier finde«, erklärte Kate Miskin. »Commander Dalgliesh ist nach London zurückgekehrt, aber Inspektor Tarrant, Sergeant Robbins und ich, wir werden vorläufig hier bleiben. Jetzt, da die Gästeappartements mit Schlössern ausgerüstet sind, sollten Sie nachts unbedingt abschließen. Ich komme nach der Komplet herüber und bringe Sie in Ihr Appartement.«

Commander Dalgliesh war also ohne Abschied weggefahren. Aber warum hätte er ihr auf Wiedersehen sagen sollen? Er hatte Wichtigeres im Kopf als galante Usancen. Sicher hatte er sich von Pater Sebastian verabschiedet, und mehr verlangte die Etikette nicht.

Inspektor Miskins Ton war durchaus höflich gewesen, und Emma wusste, dass sie ihr Unrecht tat, wenn sie daran Anstoß nahm. »Ich brauche keine Begleitung«, sagte sie. »Soll das heißen, Sie glauben, wir seien in Gefahr?«

Es entstand eine Pause, dann antwortete Inspektor Miskin: »Das will ich damit nicht sagen. Nur läuft immer noch ein Mörder frei herum, und bis wir den festnehmen, sollte ein jeder Vorsichtsmaßnahmen treffen.«

»Und glauben Sie, dass es zu einer Festnahme kommt?«

Wieder trat eine Pause ein, dann sagte Kate Miskin: »Wir hoffen es. Darum sind wir schließlich hier, oder? Tut mir Leid, aber mehr darf ich im Moment nicht sagen. Also dann, bis später!«

Damit ging sie hinaus und schloss die Tür. Als Emma wieder allein war und auf den Ring blickte, den sie immer noch am Finger trug, und auf den Uniformrock und die Mütze, kamen ihr die Tränen, aber sie wusste nicht, ob sie um Miss Betterton weinte, um deren toten Geliebten oder ein bisschen um sich selbst. Dann legte sie den Ring ins Kuvert zurück und schickte sich an, ihre Arbeit zu beenden.

15

Am nächsten Morgen, noch bevor es hell wurde, fuhr Dalgliesh zum Polizeilabor in Lambeth. In der Nacht hatte es ununterbrochen geregnet; auf den nassen Straßen spiegelte sich verzerrt und grell das rot-gelb-grüne Wechselspiel der Ampeln, und von der Themsemündung wehte der salzig frische Geruch des Meeres herüber. London schläft anscheinend nur zwischen zwei und vier Uhr morgens und verfällt selbst dann nur in einen unruhigen Schlummer. Jetzt erwachte die Metropole allmählich wieder zum Leben, und die ersten Werktätigen traten in kleinen, konzentrierten Gruppen an, um ihre Stadt in Besitz zu nehmen.

Für Kriminalfälle aus Suffolk war normalerweise das Polizeilabor in Huntingdon zuständig, doch dort war man zur Zeit überlastet, und überdies bot Lambeth den Dringlichkeitsservice, auf den es Dalgliesh ankam. Im Labor, wo er gut bekannt war, wurde er vom Personal entsprechend herzlich begrüßt. Dr. Anna Prescott, die leitende forensische Biologin, war schon in etlichen Fällen als Gutachterin der Staatsanwaltschaft aufgetreten, und Dalgliesh wusste, wie oft ein Erfolg der Anklage ihrem Ruf als Wissenschaftlerin zu verdanken gewesen war, der Kompetenz und Anschaulichkeit, mit der sie ihre Erkenntnisse vor Gericht präsentierte, sowie ihrer souveränen Gelassenheit im Kreuzverhör. Trotzdem stand sie wie alle forensischen Wissenschaftler nicht in Diensten der Polizei. Falls man Gregory den Prozess machte, würde sie als unabhängige Sachverständige aussagen, die einzig den Fakten verpflichtet war.

Die Kutte hatte man im Trockenschrank des Labors getrocknet, und sie lag nun ausgebreitet auf einem der großen Untersuchungstische unter vier grellen Leuchtstoffröhren. Gregorys Jogginganzug hatte man, um jeglichen Faserkontakt in diesem Stadium auszuschließen, in einem anderen Teil des Labors untersucht. Bereits am Tatort übertragene Spuren des Jogginganzugs auf der Kutte würde man mit Klebstreifen abnehmen und per Vergleichsmikroskopie analysieren. Falls sich Übereinstimmungen ergaben, würden weitere Vergleichstests folgen, bis hin zur chemischen Analyse der Fasern. Doch derlei zeitaufwändige Untersuchungen kamen erst später an die Reihe. Die Blutprobe indes wurde bereits analysiert, und Dalgliesh sah dem Ergebnis gelassen entgegen; er zweifelte nicht daran, dass das Blut von Archidiakon Crampton stammte. Dr. Prescott und er beugten sich gerade, bekittelt, mit Plastikhaube und Mundschutz, über die Kutte, um sie nach Haaren abzusuchen. Das menschliche Auge war offenbar doch ein sehr taugliches Suchgerät, denn schon nach wenigen Sekunden wurden sie fündig: In dem Messingkettchen, das als Aufhänger unter dem Kragen der Kutte eingenäht war, hatten sich zwei graue Haare verfangen. Dr. Prescott löste sie behutsam heraus, legte sie auf einen Objektträger und untersuchte sie sofort unter einem Kursmikroskop. »Beide haben Wurzeln«, sagte sie zufrieden. »Das heißt, wir haben gute Chancen, ein DNA-Profil erstellen zu können.«

16

Zwei Tage später erhielt Dalgliesh morgens um halb acht einen Anruf aus dem Labor. Die DNA-Analyse der beiden Haarwurzeln hatte zweifelsfrei ergeben, dass die Proben von Gregory stammten. Auch wenn Dalgliesh nichts anderes erwartet hatte, war er froh über die Bestätigung. Die Vergleichsmikroskopie der Fasern von Kutte und Jogginganzug hatte ebenfalls zu Übereinstimmungen geführt, aber hier standen die endgültigen Testresultate noch aus. Nach dem Telefonat überlegte Dalgliesh, was zu tun sei. Abwarten oder gleich zuschlagen? Nein, er mochte die Festnahme nicht länger hinausschieben. Der DNA-Test bewies, dass Gregory Ronald Treeves' Kutte getragen hatte, und der Faservergleich konnte dieses Ergebnis nur bestätigen. Er hätte jetzt natürlich Kate oder Piers in St. Anselm anrufen können; beide waren durchaus in der Lage, die Festnahme vorzunehmen. Aber Dalgliesh musste selbst dabei sein, und er wusste auch, warum. Nur wenn er Gregory persönlich verhaftete und ihn über seine Rechte belehrte, würde er ein wenig von der Schlappe wettmachen können, die er bei seinem letzten Fall erlitten hatte, als er den Mörder kannte, sein rasch widerrufenes Geständnis gehört, aber nicht genügend Beweise in der Hand gehabt hatte, um eine Festnahme zu rechtfertigen. Jetzt nicht dabei zu sein hieße, irgendetwas unvollendet zu lassen, wenn er auch nicht genau wusste, was.

Die beiden letzten Tage waren erwartungsgemäß arbeitsintensiver gewesen als gewöhnlich. In seinem Büro hatte er einen Berg unerledigter Arbeit vorgefunden, Probleme, für deren Lösung er verantwortlich war, und solche, die alle anderen Dezernatschefs ebenso belasteten wie ihn. Die Ressort waren drastisch unterbesetzt, und es herrschte akuter Nachwuchsbedarf an intelligenten, gebildeten und hoch motivierten Männern und Frauen aus allen Sparten – aber wie sollte man diese umworbene Zielgruppe gewinnen in einer Zeit, da andere Branchen höhere Löhne, mehr Prestige und weniger Stress bieten konnten? Es war dringend nötig, den lähmenden Bürokratismus mit seinen ewigen Papierkriegen herunterzufahren, die Effizienz der kriminalistischen Arbeit zu steigern und gegen die Korruption anzugehen in einer Zeit, da man Beamte nicht mehr mit einer heimlich zugesteckten Zehnpfundnote bestach, sondern sie an den immensen Gewinnen aus dem illegalen Drogenhandel beteiligte. Doch jetzt würde er wenigstens für eine kleine Weile nach St. Anselm zurückkehren. Und auch wenn das Seminar nicht mehr ein Hort des Friedens und reiner Frömmigkeit war, warteten dort Aufgaben auf ihn, die es zu Ende zu führen galt, und Menschen, die er gern wieder sehen wollte. Dalgliesh fragte sich, ob Emma Lavenham wohl noch in St. Anselm war.

Den Gedanken an seinen übervollen Terminkalender, an die Aktenberge auf seinem Schreibtisch und die für den Nachmittag angesetzte Konferenz schob er beiseite und hinterließ eine Nachricht für den stellvertretenden Polizeichef und seine Sekretärin. Dann rief er Kate an. In St. Anselm sei alles ruhig – unnatürlich ruhig, meinte Kate. Alle gingen wieder ihrer Arbeit nach, wenn auch so bedrückt und verkrampft, als ob der blutige Leichnam immer noch unter dem »Weltgericht« in der Kirche liege. Sie habe den Eindruck, die ganze Gemeinde warte auf einen halb ersehnten, halb gefürchteten Zugriff. Gregory habe sich nicht mehr blicken lassen. Aber da man ihm nach der letzten Vernehmung seinen Pass abgenommen hatte, bestand wohl keine Fluchtgefahr. Zumal es offenbar ohnehin nie zu Gregorys Plan gehört hatte, schmachvoll aus irgendeinem unwirtlichen Land ausgewiesen und nach England zurückexpediert zu werden.

Es war kalt geworden, und zum ersten Mal spürte er in der Londoner Luft den metallischen Beigeschmack des nahenden Winters. Ein beißender, launisch wechselnder Wind fegte durch die City, der, als Dalgliesh auf die A 12 kam, kräftig zulegte. Von den Lastern auf dem Weg zur Ostküste abgesehen, waren die Straßen erstaunlich leer, und er konnte den Wagen voll ausfahren. Er hielt die Hände locker am Steuer, den Blick starr geradeaus gerichtet. Was hatte er schon vorzuweisen außer zwei grauen Haaren? Eine schwache Munition für die Gerechtigkeit, aber sie würde reichen müssen.

Seine Gedanken wanderten von der Festnahme zum Prozess voraus, und unversehens ertappte er sich dabei, wie er sich auf die Strategie der Verteidigung einstellte. Am Ergebnis der

DNA-Analyse war nicht zu rütteln; Gregory hatte Ronald Treeves' Kutte getragen. Aber der Verteidiger würde wahrscheinlich behaupten, dass Gregory sie sich bei Treeves' letzter Griechischstunde ausgeliehen habe, vielleicht weil ihm kalt war, und dass er zu dieser Zeit eben auch seinen Jogginganzug getragen habe. Keine Erklärung war abwegiger, aber würden die Geschworenen ihr trotzdem Glauben schenken? Gregory hatte ein starkes Motiv, doch das hatten auch andere, einschließlich Raphael. Der Zweig auf dem Boden hinter Raphaels Tür hätte unbemerkt hereingeweht worden sein können, als er sein Zimmer verließ, um nach Peter Buckhurst zu sehen; die Staatsanwaltschaft wäre wohl gut beraten, dieses Indiz nicht zu sehr in den Vordergrund zu stellen. Der Anruf bei Mrs. Crampton vom Hausapparat im Seminar war wiederum gefährlich für die Verteidigung, auch wenn dafür theoretisch noch acht andere Personen in Frage kamen, vielleicht sogar Raphael. Und dann konnte der Verteidiger den Verdacht auf Miss Betterton lenken. Sie hatte ein Motiv und kein Alibi – bloß, hätte sie die Kraft gehabt, den schweren Kerzenleuchter zu schwingen? Die Frage war nicht mehr zu klären: Agatha Betterton lebte nicht mehr. Weder in ihrem noch in Margaret Munroes Fall würde man Gregory des Mordes anklagen. Beide Male reichten die Beweise nicht aus, um auch nur eine Festnahme zu rechtfertigen.

Dalgliesh schaffte die Strecke in weniger als dreieinhalb Stunden. Als er das Ende der Zufahrtsstraße erreichte, dehnte sich vor ihm bis zum Horizont die aufgewühlte graue Wasserwüste der Nordsee, auf deren Wellen weißer Gischt tanzte. Er hielt am Straßenrand und rief Kate an. Gregory hatte sein Cottage vor etwa einer halben Stunde verlassen und war hinunter zum Meer gegangen.

»Warten Sie am Ende der Zufahrtsstraße auf mich«, sagte Dalgliesh, »und bringen Sie Handschellen mit! Vielleicht brauchen wir sie nicht, aber ich will kein Risiko eingehen.«

Wenige Minuten später sah er Kate auf sich zukommen. Keiner von beiden sprach, als sie einstieg. Er wendete und fuhr zurück zu den Stufen, die hinunterführten an den Strand. Von hier aus sahen sie Gregory, eine einsame Gestalt im knöchellangen Tweedmantel. Mit hochgeklapptem Kragen zum Schutz gegen den Wind, so stand er neben einer der vermodernden Buhnen und starrte aufs Meer hinaus. Als die beiden knirschend über den Kies stapften, zerrte ein plötzliche Böe, gegen die sie sich kaum aufrecht halten konnten, an ihren Jacken. Das Heulen des Windes wurde noch übertönt von der donnernden Brandung. Woge für Woge brach sich gischtschäumend an den Buhnen und ließ hüpfende Schaumbälle wie schillernde Seifenblasen über den geriffelten Kiesstrand tanzen.

Seite an Seite gingen sie auf die reglose Gestalt zu, und Gregory wandte sich um und sah ihnen entgegen. Dann, als sie auf zwanzig Meter herangekommen waren, stieg er entschlossen auf die Buhne und lief an der Kante entlang bis zu einem Pfosten am äußersten Ende. Dort vorn maß die Buhne weniger als einen Quadratmeter und ragte kaum einen halben Meter über die anstürmende Flut.

»Wenn er springt«, sagte Dalgliesh zu Kate, »rufen Sie in St. Anselm an! Sagen Sie, wir brauchen ein Boot und einen Krankenwagen!«

Dann bestieg er ebenso entschlossen die Buhne und näherte sich Gregory. In zwei-, zweieinhalb Meter Entfernung blieb er stehen, und die beiden Männer taxierten einander mit Blicken. Gregory rief etwas, aber obwohl er die Stimme erhob, konnte Dalgliesh ihn über dem Tosen der Brandung nur schlecht verstehen.

»Wenn Sie gekommen sind, um mich festzunehmen – hier bin ich! Aber Sie müssen schon näher kommen. Von wegen diesem lächerlichen Gelaber über meine Rechte, das Sie vorher absondern müssen. Ich habe doch wohl Anspruch darauf, diesen Sermon zu hören.«

Dalgliesh antwortete nicht. Zwei Minuten lang musterten sie einander schweigend, und ihm war, als würde sich während dieser kurzen Zeitspanne sein halbes Leben in seinem Bewusstsein spiegeln. Dabei überkam ihn eine ganz fremde Regung, eine Wut von nie gekannter Intensität. Der Zorn, mit dem er sich über den Leichnam des Archidiakons gebeugt hatte, war nichts gegen dieses Gefühl. Es war ihm weder angenehm noch misstraute er ihm; er beugte sich einfach seiner Kraft. Jetzt wusste er, warum er Gregory nicht an dem kleinen Tisch im Vernehmungsraum hatte gegenübersitzen mögen. Abseits stehend, hatte er sich nicht nur körperlich von seinem Gegner distanzieren können. Aber nun gab es keine Barriere mehr.

Dalgliesh hatte seine Arbeit nie als Kreuzzug verstanden. Er kannte Kollegen, denen sich der jämmerliche Anblick des brutal ausgelöschten Opfers so grausam einprägte, dass sie sich erst im Augenblick der Festnahme des Täters von dieser Schreckensvision befreien konnten. Und er wusste, dass manch einer sogar einen heimlichen Pakt mit dem Schicksal schloss: Er würde so lange nicht trinken, keinen Pub mehr betreten oder keinen Urlaub machen, bis der Mörder gefasst war. Ihr Mitleid und ihre Empörung hatte er geteilt, nicht aber ihr persönliches Engagement und den Hass auf den Täter. Für ihn war die Ermittlungsarbeit stets ein professionelles und intellektuelles Ringen um Wahrheitsfindung gewesen. Bis jetzt. Aber nun hatte Gregory einen Ort entweiht, an dem er einmal glücklich gewesen war. Zwar stellte er sich gleich auch die bittere Frage, welch reinigende Gnade St. Anselm wohl aus dem bloßen Glück eines Adam Dalgliesh erwachsen solle. Aber es ging ja nicht nur darum, dass er Pater Martin verehrte und das schmerzerfüllte Gesicht nicht vergessen konnte, mit dem er von Cramptons Leichnam zu ihm aufgeschaut hatte; oder um das dunkle Haar, das sacht seine Wange gestreichelt hatte, als er die zitternde Emma in den Armen hielt, so kurz nur, dass ihm die Berührung fast wie ein Traum erschien. Nein, sein überwältigender Zorn hatte noch einen primitiveren, einen unwürdigen Grund: Gregory hatte den Mord geplant und ausgeführt, während er, Dalgliesh, nur fünfzig Meter entfernt von ihm schlief. Und jetzt wollte er seinen Sieg vollenden. Er würde aufs Meer hinausschwimmen, würde in dem vertrauten Element Kälte und Erschöpfung ihr Werk tun und sich einem barmherzigen Tod entgegentragen lassen. Und damit nicht genug. Dalgliesh konnte Gregorys Gedanken so deutlich lesen, wie der, er wusste es, die seinigen erriet. Er wollte seinen Widersacher mit sich nehmen. Wenn Gregory ins Wasser ging, würde er ihm folgen, er hatte keine andere Wahl. Er würde nicht weiterleben können in dem Bewusstsein, dabeigestanden und zugesehen zu haben, wie ein Mensch in den Tod schwamm. Doch nicht aus Mitgefühl und Menschlichkeit würde er sein Leben aufs Spiel setzen, sondern aus Starrsinn und Stolz.

Er schätzte ihrer beider Kräfte ab. Ihre Kondition war vermutlich ungefähr gleich gut, aber Gregory war sicher der bessere Schwimmer. In dem bitterkalten Wasser würden beide nicht lange durchhalten, doch wenn rasch Hilfe kam – wofür er gesorgt hatte –, konnten sie es überleben. Ob er umkehren und Kate veranlassen sollte, gleich in St. Anselm anzurufen und das Rettungsboot zu Wasser zu lassen? Nein! Wenn Gregory die Autos über den Schotterweg kommen hörte, würde er nicht länger zögern. So aber bestand noch eine, wenn auch verschwindend geringe Chance, dass er es sich anders überlegte. Doch Dalgliesh wusste, dass Gregory einen schier übermächtigen Vorteil hatte: Nur einer von ihnen würde mit Freuden in den Tod gehen.

Immer noch standen sie einander gegenüber. Und dann ließ Gregory fast beiläufig, als wäre dies ein schöner Sommertag und als schimmerte das Meer silbern und blau im strahlenden Sonnenschein, den Mantel von den Schultern gleiten und sprang.

Kate waren die zwei Minuten, die die beiden Männer einander gegenüberstanden, endlos lang erschienen. Wie gelähmt hatte sie auf die beiden reglosen Gestalten gestarrt, bis sie sich unwillkürlich, aber doch vorsichtig tastend näher traute. Die Flut schwappte über ihre Füße, doch sie spürte das beißend kalte Wasser nicht. Fluchend presste sie zwischen verkrampften Kiefern hervor: »Komm zurück, lass ihn, komm zurück!« So inständig flehend, dass ihre Worte Dalglieshs unnachgiebigen Rücken gewiss erreichen mussten. Aber nun war es doch passiert, und sie konnte handeln. Hastig tippte sie die Nummer des Seminars ein und hörte es klingeln. Als niemand ans Telefon ging, formten ihre Lippen ordinäre Flüche, die sie normalerweise nie in den Mund genommen hätte. Es klingelte weiter. Und dann hörte sie Pater Sebastians besonnene Stimme.

»Hier Kate Miskin, Pater.« Sie bemühte sich, ruhig zu sprechen. »Ich bin am Strand. Dalgliesh und Gregory sind im Wasser. Wir brauchen ein Boot und einen Krankenwagen. Schnell!«

Pater Sebastian stellte keine Fragen. »Bleiben Sie, wo Sie sind, damit wir die Stelle besser finden! Wir sind gleich da.«

Und wieder hieß es warten, aber diesmal stoppte sie die Zeit. Es dauerte genau drei und eine viertel Minute, bis sie das Motorengeräusch hörte. Die beiden Köpfe zwischen den hochschwappenden Wellen waren nicht mehr zu sehen. Ungeachtet der Brandung, die den Pfosten umspülte, und der peitschenden Windböen, rannte sie vor bis ans Ende der Buhne, dorthin, wo Gregory gestanden hatte. Und jetzt entdeckte sie sie wieder – den grauen Kopf und den dunklen, nur ein paar Meter auseinander –, bevor ein elegant geschwungener Wellenkamm mit seiner Gischtfontäne sie ihren Blicken entzog.

Obwohl sie die beiden Männer nicht aus den Augen verlieren durfte, sah sie sich von Zeit zu Zeit nach der kleinen Strandtreppe um. Gehört hatte sie mehr als einen Wagen, aber sehen konnte sie nur den Landrover oben auf den Klippen. Es sah aus, als ob das ganze Seminar ausgeschwärmt wäre. Die Männer arbeiteten rasch und planmäßig. Vor der offenen Hüttentür war eine Rampe aus Lattenholz ausgelegt, über die das Schlauchboot hinuntergelassen wurde. Unten am Strand hievten es sich sechs Mann auf die Schultern und rannten damit zur Wasserlinie. Kate sah, dass Pilbeam und Henry Bloxham sich für die Rettungsfahrt fertig machten, und war ein bisschen überrascht, dass die Wahl auf Henry gefallen war und nicht auf den kräftigeren Stephen Morby. Aber vielleicht war Henry ja seefester. Es schien unmöglich, in dieser aufgewühlten Brandung ein Boot zu Wasser zu lassen, und doch hörte sie nach ein paar Sekunden den Außenbordmotor aufheulen; gleich darauf schoss das Boot aufs Meer hinaus und hielt dann in weitem Bogen auf sie zu. Wieder sah sie flüchtig die beiden Köpfe über den Wellen auftauchen und deutete auf die Stelle.

Und nun sah man weder die Schwimmer noch das Boot, außer für den kurzen Augenblick, wenn es von einer Woge emporgehoben wurde. Kate konnte hier nichts weiter tun; also machte sie kehrt und lief zu den anderen, die geschäftig am Strand herumwuselten. Raphael trug ein aufgerolltes Tau, Pater Peregrine einen Rettungsring und Piers und Robbins schleppten zwei zusammengeklappte Tragen auf den Schultern. Mrs. Pilbeam und Emma waren auch da; Mrs. Pilbeam mit einem Erste-Hilfe-Kasten, Emma mit Handtüchern und einem Stoß bunt gemusterter Decken. Man scharte sich dicht zusammen, und alle starrten hinaus aufs Meer.

Und jetzt kam das Boot zurück. Das Motorengeräusch wurde lauter, und plötzlich sah man es hoch oben auf einem Brecher tanzen, bevor es im nächsten Wellental versank.

»Sie haben sie!«, rief Raphael. »Sie sind zu viert.«

Das Boot näherte sich jetzt recht zügig, auch wenn es unmöglich schien, dass es sich in der stürmischen See würde halten können. Und dann geschah das Furchtbare. Sie hörten den Motor nicht mehr, sahen nur, wie Pilbeam sich verzweifelt über ihn beugte, während das Boot hilflos wie ein Spielzeug hin und her geschleudert wurde. Plötzlich, nur mehr zwanzig Meter vom Ufer entfernt, bäumte es sich auf, verhielt ein paar Sekunden unbeweglich in der Senkrechten und kenterte dann. Raphael, der ein Ende des Taus an einem Buhnenpfosten verknotet hatte, schlang sich jetzt das andere Ende um die Taille und watete ins Meer. Stephen Morby, Piers und Robbins folgten. Pater Peregrine hatte seine Soutane ausgezogen und stürzte sich in die anrollende Brandung, als wäre die aufgewühlte See sein ureigenes Element. Henry und Pilbeam gelang es mit Robbins' Hilfe, sich an Land zu kämpfen. Pater Peregrine und Raphael schleppten Dalgliesh aus dem Wasser, Stephen und Piers hatten Gregory gepackt. Binnen Sekunden warf die Flut sie auf das Kiesbett, und Pater Sebastian und Pater Martin rannten herbei und halfen, sie auf den Strand hinaufzuziehen. Pilbeam und Henry folgten; keuchend lagen sie im Sand, während sich die Wellen über ihnen brachen.

Nur Dalgliesh war bewusstlos, und als Kate zu ihm lief, sah sie, dass er sich den Kopf an der Buhne aufgeschlagen hatte. Blut, vermischt mit Meerwasser, lief über sein zerfetztes Hemd. Ein Mal an seinem Hals, so rot wie das fließende Blut, verriet die Stelle, wo Gregorys Hände ihn gewürgt hatten. Kate zog ihm das Hemd aus und presste es gegen die Wunde, als sie Mrs. Pilbeams Stimme hörte: »Überlassen Sie ihn mir, Miss! Ich hab' Verbandszeug dabei.«

Doch dann übernahm Morby die Führung. »Zuerst muss das Wasser raus«, sagte er, drehte Dalgliesh um und begann mit Wiederbelebungsmaßnahmen. Etwas abseits saß, von Robbins bewacht, George Gregory. Er war nur mit Shorts bekleidet und rang, den Kopf zwischen den Händen, nach Luft.

»Pack ihn in Decken«, sagte Kate zu Piers, »und gib ihm was Heißes zu trinken! Sobald er halbwegs aufgewärmt ist und verstehen kann, worum es geht, nimm ihn fest! Und leg ihm Handschellen an! Wir wollen kein Risiko eingehen. Ach, und auf die Hauptanklage kannst du auch gleich noch einen Mordversuch draufschlagen.«

Sie wandte sich wieder Dalgliesh zu, der plötzlich zu würgen begann, Wasser und Blut spuckte und irgendetwas Unverständliches murmelte. Da erst bemerkte Kate Emma Lavenham, die, kalkweiß im Gesicht, neben seinem Kopf kniete. Sie sagte nichts, aber als sie Kates erstaunten Blick sah, erhob sie sich und trat ein wenig beiseite, als würde ihr bewusst, dass sie nicht hierher gehörte.

Noch hörten sie keinen Krankenwagen kommen, und niemand wusste, wie lange es noch dauern würde. Piers und Morby hoben Dalgliesh auf eine Trage und brachten ihn, begleitet von Pater Martin, zu den wartenden Autos. Die Männer, die im Wasser gewesen waren, standen bibbernd und in Decken gehüllt beieinander und ließen einen Flachmann kreisen, bevor auch sie sich anschickten, die Stufen zum Schotterweg zu erklimmen. Plötzlich rissen die Wolken auf, und ein paar schüchterne Sonnenstrahlen erhellten den Strand. Als Kate sah, wie die jungen Männer sich die nassen Haare frottierten und übers Kiesbett joggten, um den Kreislauf in Schwung zu bringen, hätte sie fast glauben mögen, sie habe eine sommerliche Badegesellschaft vor sich, deren Mitglieder jeden Moment anfangen würden, einander ausgelassen über den Sand zu jagen.

Sie waren oben auf der Straße angekommen und luden die Trage hinten in den Landrover. Kate merkte, dass Emma Lavenham neben ihr stand.

»Wird er sich wieder erholen?«, fragte Emma.

»Ach, er wird's überleben. Er ist zäh. Kopfwunden bluten immer stark, aber seine scheint nicht tief zu sein. In ein paar Tagen ist er raus aus der Klinik und wieder in London. Wie wir alle.«

»Ich fahre heute Abend zurück nach Cambridge«, sagte Emma. »Würden Sie ihm für mich auf Wiedersehen sagen und dass ich ihm alles Gute wünsche?«

Ohne eine Antwort abzuwarten, wandte sie sich um und lief zu den Studenten. Robbins bugsierte unterdessen den in Decken gehüllten und mit Handschellen gefesselten Gregory in den Alfa Romeo. Piers trat zu Kate, und beide sahen Emma nach.

»Sie will noch heute zurück nach Cambridge«, sagte Kate.

»Na ja, warum auch nicht? Da gehört sie schließlich hin.«

»Und du? Wohin gehörst du?«, fragte Piers.

Und obwohl es darauf eigentlich keiner Antwort bedurfte, sagte sie: »Na, zu meiner Arbeit. Zu dir und Robbins und AD. Oder was hast du gedacht?«

IV. Buch

Ein Ende und ein Anfang

Mitte April kam Dalgliesh zum letzten Mal nach St. Anselm. Es war ein herrlicher Tag, an dem Himmel und Meer und die lenzende Erde in einem besinnlichen Schauspiel von stiller Schönheit zusammenfanden. Er fuhr mit offenem Verdeck, und der Fahrtwind auf seinem Gesicht erinnerte ihn an die süßen Frühlingsdüfte seiner Kindheit und Jugend. Er war nicht ohne Bedenken aufgebrochen, aber mit den letzten östlichen Ausläufern der Stadt hatte er alle Zweifel hinter sich gelassen, und nun war er auch innerlich ganz eingestimmt auf diesen bukolischen Morgen.

Den Brief mit der herzlichen Einladung nach St. Anselm, das jetzt offiziell geschlossen war, hatte er von Pater Martin bekommen. »Es wäre schön«, hatte er geschrieben, »wenn wir uns vor unserem Auszug noch von den alten Freunden verabschieden könnten, und wir hoffen, an diesem Aprilwochenende auch Emma bei uns zu haben.« Er hatte Dalgliesh darauf vorbereiten wollen, dass sie kommen würde; ob er wohl auch *sie* vorgewarnt hatte? Und wenn ja, würde sie dann wegbleiben?

Und hier kam endlich die vertraute Abzweigung, die man ohne die efeuumrankte Esche leicht hätte übersehen können. Die zartgelben Schlüsselblumen auf dem Grünstreifen verblassten schier vor dem leuchtenden Blütenmeer der Narzissen in den Vorgärten der beiden Steincottages. Aus den Hecken rechts und links der Straße lugten die ersten frischen Triebe, und als er mit freudigem Herzklopfen zum ersten Mal das Meer sah, da kräuselte es sich beschaulich in blauschillernden Wellen bis zum purpurnen Horizont. Unsichtbar und fast geräuschlos malte hoch droben ein Jagdflugzeug seinen weiß gefiederten Kondensstreifen in den wolkenlosen Himmel, in dessen Widerschein sich Ballard's Mere so samtig blau, harmlos und friedlich spiegelte, dass er im Geiste glitzernde Fischleiber unter der ruhigen Oberfläche dahingleiten sah. Bei dem

Sturm, der in der Nacht, als der Archidiakon ermordet wurde, auf der Landzunge gewütet hatte, waren die letzten Spanten des versunkenen Schiffes geborsten und weggeschwemmt worden; nicht einmal das schwarze Rundholz war mehr da, und der schmale Sandstrand vor Ballard's Mere erstreckte sich kahl und unberührt zwischen dem Kiesbett und der offenen See. Doch an einem solchen Morgen vermochte nicht einmal dieses Zeugnis der zerstörerischen Mächte der Zeit Dalglieshs Laune zu trüben.

Bevor er nordwärts in die Zufahrtsstraße einbog, machte er oben auf den Klippen Halt und stellte den Motor ab. Er musste den Brief noch einmal lesen. Eine Woche bevor Gregory für den Mord an Archidiakon Crampton zu lebenslanger Haft verurteilt worden war, hatte er ihn bekommen. Die klaren, steilen Schriftzüge verrieten eine sichere Hand. Eine Anrede fehlte; nur auf dem Umschlag hatte Dalglieshs Name gestanden.

Ich bitte um Nachsicht für das Briefpapier, das ich mir, wie Sie sich denken können, nicht aussuchen konnte. Wie Ihnen inzwischen bekannt sein dürfte, habe ich mich entschlossen, meine erste Aussage zu widerrufen und mich nun doch schuldig zu bekennen. Ich könnte nun so tun, als wollte ich damit Pater Martin und Pater John, diesen jämmerlichen Kreaturen, den peinlichen Auftritt vor Gericht ersparen oder als hätte es mir widerstrebt, meinen Sohn oder Emma Lavenham den reichlich brutalen Verhörmethoden meines Verteidigers auszusetzen. Allein, Sie kennen mich besser. Mein wahrer Beweggrund ist natürlich der, zu verhüten, dass Raphael sein Leben lang unter dem Stigma des Verdachts leiden muss. Im Übrigen habe ich mich davon überzeugt, dass meine Chancen auf einen Freispruch durchaus nicht schlecht gestanden hätten. Mein Anwalt, der fast so ausgefuchst ist, wie seine Honorare gesalzen sind, versicherte mir schon sehr bald, dass ich seiner Ansicht nach ungeschoren davonkommen könne, obwohl er sich aus Rücksicht auf seinen ach so ehrbaren und angesehenen Mandanten natürlich hütete, es mit diesen Worten auszudrücken.

Auch ich hatte für den Fall, dass man mich je vor Gericht stellen sollte, von Anfang an alles so arrangiert, dass man mich mangels Beweisen würde freisprechen müssen. Freilich sah mein Plan nicht vor, dass Raphael sich in der Nacht, da ich Crampton tötete, im Seminar aufhielt. Wie Sie wissen, habe ich vorsorglich in seinem Zimmer nachgesehen, um mich zu überzeugen, dass er tatsächlich abgereist war. Ob ich den Mord auch dann begangen hätte, wenn er da gewesen wäre? Die Antwort heißt nein. Jedenfalls nicht in dieser Nacht und vielleicht überhaupt nie. Denn es ist unwahrscheinlich, dass alle zum Gelingen notwendigen Voraussetzungen noch einmal so günstig zusammengetroffen wären. Ich finde es bemerkenswert, dass Crampton starb, nur weil Raphael sich eines kranken Freundes annahm. Mir ist früher schon aufgefallen, wie oft das Böse aus dem Guten entspringt. Aber für derlei theologische Rätsel sind Sie als Pfarrerssohn eher zuständig als ich.

Wenn man, wie wir, in einer sterbenden Zivilisation lebt, stehen einem genau drei Wege offen: Wir können versuchen, den Untergang abzuwenden wie ein Kind, das seine Sandburg an den Rand der Flutlinie setzt. Wir können den Niedergang von Schönheit, Bildung, Kunst und intellektueller Integrität ignorieren und in der inneren Emigration Trost suchen, so wie ich es einige Jahre lang versucht habe. Oder wir machen gemeinsame Sache mit den Barbaren und kassieren unsren Anteil an der Beute. Das ist der gängigste Weg, und am Ende bin auch ich ihn gegangen. Mein Sohn bekam seinen Gott aufoktroyiert. Seit seiner Geburt war er in der Hand dieser Patres. Ich wollte ihm die Chance geben, sich eine moderne Gottheit zu erwählen – den Mammon. Jetzt, wo er Geld hat, wird er merken, dass er nicht im Stande ist, es herzuschenken, jedenfalls nicht das ganze Vermögen. Er ist reich und wird es bleiben; ob er auch Priester bleibt, wird sich weisen.

Über den Mord kann ich Ihnen vermutlich nichts mitteilen, was Sie nicht bereits wissen. Das anonyme Schreiben an Sir Alred diente natürlich nur dem Zweck, St. Anselm und Sebastian Morell in die Enge zu treiben. Ich konnte freilich nicht voraussehen, dass mein

Brief den besten Kriminalisten von Scotland Yard ins Seminar brin-
gen würde, aber ich ließ mich durch Ihre Gegenwart nicht abschre-
cken, sondern begriff sie im Gegenteil als Ansporn und Herausforde-
rung. Mein Plan, den Archidiakon in die Kirche zu locken, glückte
vollkommen; er konnte es kaum erwarten, die Verunglimpfung zu
sehen, die ich ihm beschrieben hatte. Die Dose mit der schwarzen Far-
be stand praktischerweise schon nebst Pinsel in der Sakristei bereit,
und ich gestehe, dass ich es genoss, das »Weltgericht« zu schänden.
Nur schade, dass Crampton so wenig Zeit blieb, meine Kunst zu
bewundern. Sie rätseln vielleicht über die beiden Todesfälle, deretwegen ich nicht
angeklagt wurde. Was Margaret Munroe betrifft, so habe ich sie
erdrosselt, und das war unumgänglich. Es bedurfte keiner großen
Planung, und sie hatte einen leichten, fast natürlichen Tod. Sie war
eine unglückliche Frau, der wahrscheinlich ohnehin nur noch eine
kurze Lebensfrist geblieben wäre, aber doch Zeit genug, um Schaden
anzurichten. Ihr war das Leben gleichgültig geworden; ob es noch
einen Tag dauerte, einen Monat oder ein Jahr, darauf kam es ihr
nicht an. Mir aber sehr wohl. Nach meinem Plan sollte Raphaels
Herkunft erst dann bekannt werden, wenn das Kuratorium St. An-
selm aufgelöst und der Skandal um den Mord sich gelegt hatte. Sie
haben meine Strategie natürlich sehr rasch durchschaut. Ich wollte
Crampton töten und zugleich den Verdacht auf das Seminar lenken,
ohne schlüssige Beweise gegen mich selbst zu liefern. Ich wollte errei-
chen, dass das Seminar frühzeitig geschlossen wird, möglichst bevor
mein Sohn ordiniert war, und ich wollte, dass er ohne Abstriche in
den Genuss seiner Erbschaft kommt. Und ich muss gestehen, dass ich
mich auch darauf freute, mit anzusehen, wie Sebastian Morells
Karriere an schändlichen Verdächtigungen zerbrach. Schließlich
hatte er dafür gesorgt, dass die meine just so endete.
Im zweiten Falle, dem der unglückseligen Agatha Betterton, nutzte
ich lediglich eine unverhoffte Chance. Sie irrten sich, als Sie dachten,
sie habe an der Treppe gestanden, während ich mit Mrs. Crampton
telefonierte. Nein, da hat sie mich nicht gesehen, wohl aber später, als

ich die Schlüssel zurückbrachte. Wahrscheinlich hätte ich sie gleich töten können, allein, ich beschloss abzuwarten. Immerhin galt die Frau als verrückt, und selbst wenn sie behauptet hätte, ich sei nach Mitternacht im Haus gewesen, hätte ihr Wort gegen meines wohl kaum gegolten. Doch dann kam sie am Sonntagabend daher, um mir zu sagen, dass mein Geheimnis bei ihr sicher sei. Die Frau hat wie immer wirres Zeug geredet, aber sie gab mir immerhin zu verstehen, dass, wer den Archidiakon Crampton umgebracht hatte, von ihr nichts zu befürchten habe. Das Risiko konnte ich nicht eingehen. Sie wissen hoffentlich, dass Sie mir keinen dieser Morde nachweisen könnten? Ein Motiv allein reicht nicht aus. Und falls Sie dieses Geständnis gegen mich verwenden sollten, werde ich es widerrufen. Ich habe übrigens etwas Erstaunliches über Mord und Gewalt im Allgemeinen gelernt. Etwas, das Sie, Dalgliesh, vielleicht schon wissen; schließlich sind Sie Experte auf dem Gebiet, für mich persönlich aber war es doch sehr aufschlussreich. Der erste Schlag war bewusst geführt, nicht ohne einen natürlichen Ekel und Abscheu, mithin reine Willensanstrengung, gesteuert von einem ganz eindeutigen Denkvorgang. Dieser Mann muss sterben, und das ist die wirksamste Methode, ihn zu töten. Kalkuliert hatte ich einen einzigen Schlag, höchstens zwei, aber den richtigen Kick, den kriegt man erst nach dem ersten Schlag. Dann setzt die Gier nach Gewalt ein. Und so schlug ich unwillkürlich wieder und wieder zu. Ich weiß nicht, ob ich hätte aufhören können, wenn Sie in dem Moment aufgetaucht wären. Solange wir eine Gewalttat nur erwägen, tritt der primitive Tötungsinstinkt noch nicht in Kraft, der meldet sich erst mit dem ersten Schlag.
Meinen Sohn habe ich seit meiner Verhaftung nicht mehr gesehen. Er lehnt jeden Kontakt mit mir ab, und das ist sicher auch gut so. Ich bin mein Leben lang ohne menschliche Nähe ausgekommen, und es wäre peinlich, jetzt um sie zu werben.

Und hier endete der Brief. Dalgliesh fragte sich, während er ihn wieder einsteckte, wie Gregory wohl die Haft, die gut und gern zehn Jahre dauern mochte, verkraften würde. Wenn man ihm seine Bücher ließ, würde er die Zeit vermutlich überleben. Aber ob er nicht doch gerade jetzt an seinem vergitterten Fenster stand und sich wünschte, auch er könne den süßen Duft dieses Frühlingstages einatmen?

Dalgliesh ließ den Motor an und fuhr direkt zum Seminar. Durch das weit geöffnete Eichenportal flutete helles Sonnenlicht in die leere Halle. Und als er eintrat, brannte am Fuß der Marienstatue immer noch das rote Lämpchen, und auch das feine sakrale Duftgemisch aus Weihrauch, Möbelpolitur und altem Bücherstaub schwebte noch in der Luft. Trotzdem hatte er den Eindruck, dass das Haus bereits zum Teil geräumt war und nun still ergeben auf das unvermeidliche Ende wartete.

Ohne Schritte gehört zu haben, spürte er plötzlich, dass er nicht mehr allein war. Und als er aufblickte, sah er Pater Sebastian oben an der Treppe stehen. »Guten Morgen, Adam!«, rief er. »Bitte, kommen Sie doch herauf!« Es war das erste Mal, dass der Rektor ihn beim Vornamen nannte.

Als er ihm in sein Büro folgte, stellte Dalgliesh fest, dass sich hier bereits einiges verändert hatte. Das Ölgemälde und das Sideboard von Burne-Jones waren verschwunden. Und auch mit Pater Sebastian war eine dezente Veränderung vor sich gegangen. Er hatte die Soutane abgelegt und trug jetzt einen Anzug mit Priesterkragen. Und er sah älter aus; der Mord war nicht spurlos an ihm vorübergegangen. Aber die strengen, edlen Züge hatten nichts von ihrer gebieterischen Selbstsicherheit verloren, und es war noch etwas hinzugekommen: die gezügelte Euphorie des Erfolges. Mit dem renommierten Lehrstuhl, auf den man ihn berufen hatte, war für ihn gewiss ein Traum in Erfüllung gegangen. Dalgliesh gratulierte ihm. Morell bedankte sich und meinte: »Man sagt ja, es sei ein Fehler, an eine ehemalige Wirkungsstätte zurückzukehren, aber für mich und für die Universität wird es hoffentlich umgekehrt sein.«

Man setzte sich und plauderte ein paar Minuten, auch wenn

das von Morells Seite nicht mehr als ein höfliches Zugeständnis war. Befangenheit lag zwar nicht in seiner Natur, aber Dalgliesh spürte, dass es ihn immer noch gehörig wurmte, dass der Mann, der ihm jetzt gegenübersaß, ihn einmal wie einen Mordverdächtigen behandelt hatte, und die unwürdige Prozedur der Fingerabdruckabnahme würde Morell wohl nie vergeben oder vergessen. Gleichwohl schien er sich jetzt verpflichtet zu fühlen, Dalgliesh über die jüngsten Veränderungen im Seminar ins Bild zu setzen.

»Die Studenten sind alle in anderen Priesterseminaren untergekommen. Die vier Kandidaten, die Sie letzten Herbst kennen lernten, wurden von Cuddesdon beziehungsweise St. Stephen's House in Oxford übernommen.«

»Dann will Raphael Arbuthnot sich also nach wie vor ordinieren lassen?«, fragte Dalgliesh.

»Natürlich. Hatten Sie etwas anderes erwartet?« Und nach einer kleinen Pause fügte er hinzu: »Raphael war sehr großzügig, aber er ist immer noch ein reicher Mann.«

Dann kam er kurz auf die Patres zu sprechen, und zwar freimütiger, als Dalgliesh erwartet hatte. Pater Peregrine würde als Archivar an eine Bibliothek in Rom gehen, wohin er sich immer schon zurückgesehnt hatte. Pater John hatte eine Stelle als Kaplan in einem Kloster bei Scarborough in Aussicht. Da er als verurteilter Pädophile jeden Wohnungswechsel melden müsse, hoffe man, dass das Kloster ihm eine ebenso sichere Zuflucht bieten werde wie bisher St. Anselm. Dalgliesh unterdrückte ein Lächeln, während er Morell im Stillen beipflichtete; eine bessere Lösung hätte man nicht finden können. Pater Martin wollte sich in Norwich ein Haus kaufen. Die Pilbeams würden zu ihm ziehen und für ihn sorgen, dafür sollten sie nach seinem Tode das Haus erben. Raphael war zwar als legitimer Erbe von St. Anselm bestätigt worden, aber die Rechtslage war kompliziert, und vieles musste noch geregelt werden, etwa die Frage, ob die Kirche in den regionalen Pfarreienverbund überführt oder säkularisiert werden solle. Raphael liege viel daran, dass der van der Weyden auch künftig als Altargemälde dienen würde, und man suche bereits nach einem geeigneten Platz, erklärte Morell. Gegenwärtig war das Bild wie auch das Silber in einem Banktresor eingelagert. Raphael hatte ferner beschlossen, den Pilbeams und Eric Surtees ihre Cottages zu schenken. Das Hauptgebäude war an eine Gesellschaft verkauft worden, die darin ein Zentrum für alternative Medizin und Meditationstherapie einrichten wollte. Trotz der wohl dosierten Verachtung in Pater Sebastians Stimme ahnte Dalgliesh, dass Morell der Ansicht war, es hätte auch schlimmer kommen können. Auf Wunsch des Kuratoriums würden die vier Patres und das Personal noch bis zur Übergabe des Anwesens an die neuen Eigentümer in St. Anselm bleiben.

Als er merkte, dass Morell das Gespräch beenden wollte, reichte Dalgliesh ihm Gregorys Brief. »Ich denke«, sagte er, »Sie haben ein Recht darauf, das zu lesen.«

Pater Sebastian las schweigend. Als er den Brief anschließend wieder zusammenfaltete und Dalgliesh zurückgab, sagte er: »Ich danke Ihnen. Erstaunlich, dass ein Mann, der die Sprache und die Literatur einer der größten Kulturnationen der Welt liebte wie er, auf eine so billige Selbstrechtfertigungstaktik herabsinkt. Ich habe schon gehört, dass Mörder durch die Bank arrogant sein sollen, aber das ist schon Arroganz im Stil von Miltons Satan. ›Das Böse sei mein Ideal.‹ Wann mag er wohl zuletzt ›Das verlorene Pardies‹ gelesen haben? In einem Punkt hat Archidiakon Crampton mich zu Recht getadelt. Ich hätte mir die Leute, die ich einstellte, genauer anschauen sollen. Sie bleiben doch über Nacht?«

»Ja, Pater.«

»Da werden sich gewiss alle freuen. Ich hoffe, Sie fühlen sich wohl bei uns.«

Pater Sebastian begleitete Dalgliesh nicht selbst zu seinem alten Gästeappartement, sondern rief Mrs. Pilbeam und händigte ihr den Schlüssel aus. Mrs. Pilbeam war ungewöhnlich redselig, während sie in Jerome hin und her ging und sich vergewisserte, dass auch alles zu Dalglieshs Bequemlichkeit vorhanden war. Fast schien es, als wolle sie gar nicht wieder fort.

»Pater Sebastian hat Ihnen sicher schon erzählt, was sich hier alles ändern wird. Ich kann nicht sagen, dass uns das mit der alternativen Medizin besonders gefällt, Reg und mir. Auch wenn die Leute, die hier waren, keinen schlechten Eindruck machten. Sie wollten uns sogar übernehmen, uns und Eric Surtees. Ich glaube, der Junge war froh darüber, aber Reg und ich, wir sind zu alt dafür. Wir waren ja nun so viele Jahre bei den Patres und möchten uns nicht gern noch mal an fremde Gesichter gewöhnen. Mr. Raphael meint, wir könnten das Cottage ruhig verkaufen, und das werden wir dann wohl auch tun und ein bisschen was auf die Seite legen, für unsre alten Tage. Pater Martin hat Ihnen vielleicht geschrieben, dass wir wahrscheinlich mit ihm nach Norwich ziehen werden. Er hat ein sehr schönes Haus gefunden, mit einem hübschen Arbeitszimmer für sich und reichlich Platz für uns drei. Na ja, und dass er sich mit über achtzig noch allein versorgt, das kann man ja wohl nicht zulassen, oder? Und es wird ihm gut tun, ein bisschen Leben um sich zu haben – und uns auch. So, haben Sie jetzt alles, Mr. Dalgliesh? Pater Martin wird sich freuen, dass Sie gekommen sind. Sie finden ihn unten am Meer. Ach, und Mr. Raphael ist übers Wochenende heimgekommen, und Miss Lavenham ist auch hier.«

Dalgliesh stellte seinen Jaguar hinters Haus und machte sich auf den Weg zum Ballard's Mere. In der Ferne sah er, dass die Schweine vom Cottage St. John jetzt frei auf der Landzunge herumstreunten. Es schienen auch mehr geworden zu sein. Anscheinend hatten selbst die Tiere davon profitiert, dass in St. Anselm nun ein anderer Wind wehte. Während er noch hinüberschaute, kam Eric Surtees mit einem Eimer aus seinem Cottage.

Als er über die Klippen zu der kleinen Treppe kam, konnte er ungehindert den weiten Küstenstreifen überblicken. Die drei Personen unten am Strand hatten sich scheinbar vorsätzlich in einiger Entfernung zueinander niedergelassen. Nach Norden zu sah er Emma auf einer Erhebung im Kiesbett sitzen, den Kopf über ein Buch gebeugt. Auf einer nahen Buhne ließ Raphael die Beine ins Wasser baumeln und blickte aufs Meer hinaus. Nicht weit von ihm, in einer Sandkuhle, richtete Pater Martin offenbar eine Feuerstelle her.

Als er die Schritte über den Kies knirschen hörte, stemmte er sich mühsam hoch und begrüßte Dalgliesh mit jenem besonderen Lächeln, das sein Gesicht verwandelte. »Adam, ich freue mich! Warst du schon bei Pater Sebastian?«

»Ja, und ich habe ihm auch zu seiner Berufung gratuliert.«

»Den Lehrstuhl hat er sich schon immer gewünscht, und er wusste, dass er im Herbst frei wird. Aber wenn St. Anselm nicht geschlossen worden wäre, hätte er den Ruf natürlich ausgeschlagen.«

Pater Martin hockte sich wieder an seine Feuerstelle und türmte einen kleinen Steinwall um die flache Sandkuhle auf. Neben ihm lagen ein Leinenbeutel und eine Schachtel Streichhölzer. Auch Dalgliesh ließ sich im Sand nieder, streckte die Beine aus und stützte sich rückwärts mit den Armen ab.

Ohne seine Arbeit zu unterbrechen, fragte Pater Martin: »Und, bist du glücklich, Adam?«

»Nun, ich bin gesund, meine Arbeit macht mir Freude, ich hab' genug zu essen, genieße einigen Komfort, kann mir gelegentlich, wenn mir danach ist, auch mal was Besonderes leisten – nicht zu vergessen meine Gedichte. Wäre da unglücklich zu sein, gemessen an der Armut von drei Vierteln der Weltbevölkerung, nicht ein perverser Luxus?«

»Ich würde sogar sagen, dass es eine Sünde wäre und dass man auf jeden Fall dagegen ankämpfen sollte. Wenn wir Gott nicht so preisen können, wie Er es verdient, dann können wir Ihm zumindest danken. Aber ist das, was du mir da aufgezählt hast, auch genug?«

»Soll das eine Predigt werden, Pater?«

»Nicht mal eine Homilie. Aber ich sähe es gern, Adam, wenn du wieder heiraten oder zumindest dein Leben mit jemandem teilen würdest. Ich weiß, dass deine Frau im Kindbett gestorben ist. Das muss wie ein ewiger Schatten auf dir lasten. Aber wir können nicht auf Liebe verzichten und sollten es auch nicht versuchen. Verzeih, wenn es ungehörig oder taktlos klingt, aber man kann auch mit der Trauer Kult treiben.«

»Oh, ich bin nicht deswegen allein geblieben, Pater. Ich hatte keinen so schlichten, natürlichen und bewundernswerten Beweggrund. Nein, es war einfach Egoismus. Ich schätze meine Unabhängigkeit, fürchte mich vor Enttäuschungen und davor, noch einmal für das Glück eines anderen verantwortlich zu sein. Und sagen Sie jetzt nicht, dass Leid und Schmerz gut wären für meine Gedichte. Das weiß ich selbst, aber davon sieht man in meinem Beruf auch so genug.« Und nach kurzem Innehalten fügte er hinzu: »Sie sind ein schlechter Kuppler, Pater. Und außerdem, sie würde mich gar nicht nehmen: zu alt, zu verschlossen, viel zu eigenbrötlerisch, und vielleicht wären ihr auch meine Hände zu blutig.«

Pater Martin suchte sich einen glatten runden Stein, fügte ihn mit Bedacht an genau der richtigen Stelle ein und schien so in seine Beschäftigung vertieft wie ein sorgloses Kind.

»Und vermutlich gibt's da auch jemanden in Cambridge«, ergänzte Dalgliesh.

»Das ist wohl anzunehmen, bei einer Frau wie ihr. In Cambridge oder anderswo. Du wirst dich also anstrengen und womöglich einen Korb riskieren müssen. Aber das wäre wenigstens mal eine Abwechslung für dich. Also dann, viel Glück, Adam!«

Das klang, als hätte der Pater einen Schüler entlassen. Dalgliesh erhob sich und schaute zu Emma hinüber. Auch sie war aufgestanden und schlenderte hinunter ans Wasser. Sie waren nur fünfzig Schritt voneinander entfernt. Ich werde warten, dachte er, und wenn sie zu mir kommt, wird das zumindest etwas bedeuten, auch wenn sie mir vielleicht nur Lebewohl sagen will. Aber dann fand er diesen Vorsatz feige und unritterlich. Er musste den ersten Schritt tun. Also ging auch er zum Meer hinunter. Der kleine Zettel mit jenem sechszeiligen Gedicht steckte noch in seiner Brieftasche. Er holte ihn heraus, zerriss ihn, warf die Schnipsel in die nächste heranrollende Welle und sah zu, wie sie langsam im schäumenden Gischt verschwanden. Als er sich wieder nach Emma umwandte, hatte auch sie kehrt gemacht und kam ihm auf dem trockenen Strandabschnitt zwischen dem Kiesbett und der zurückweichenden Flut entgegen. Sie trat dicht neben ihn, und schweigend blickten sie, Schulter an Schulter, aufs Meer hinaus.

Dann stellte sie ihm eine Frage, die ihn völlig verblüffte: »Wer ist Sadie?«

»Warum fragen Sie?«

»Als Sie wieder zu sich kamen, dachten Sie offenbar, sie würde auf Sie warten.«

Gott, dachte er, ich muss grauenhaft ausgesehen haben, wie sie mich halb nackt über den Kies schleiften, blutend, sandverkrustet, Wasser und Blut spuckend, prustend und würgend. »Sadie war ein sehr liebes Mädchen«, sagte er. »Sie hat mich gelehrt, dass die Poesie zwar eine Leidenschaft ist, aber deshalb noch lange nicht alles im Leben. Sie war sehr klug für ihre fünfzehneinhalb Jahre.«

Er glaubte ein leises, zufriedenes Lachen zu hören, doch ehe er sicher sein konnte, hatte eine plötzlich aufkommende Brise es schon mit sich fortgetragen. Einfach albern, in seinem Alter noch so gehemmt zu sein! Obwohl ihn diese beschämend pubertäre Anwandlung irritierte, empfand er gleichzeitig eine fast perverse Freude darüber, dass er noch zu so leidenschaftlichen Gefühlen fähig war. Und jetzt musste es gesagt werden.

Noch ehe die Worte dumpf in der Brise verhallten, war ihm bewusst, wie banal, wie unzulänglich sie klangen.
»Wenn es Ihnen nicht zu aufdringlich erscheint, würde ich Sie sehr gerne wieder sehen. Ich dachte – ich hoffte –, wir könnten uns näher kennen lernen.«
Bestimmt höre ich mich an wie ein Zahnarzt, der den nächsten Termin vereinbart, dachte er. Aber dann, als er ihr Gesicht sah, hätte er laut aufjauchzen mögen.
»Es gibt jetzt eine sehr gute Bahnverbindung zwischen London und Cambridge«, sagte sie ernst. »In beide Richtungen.«
Und dann streckte sie ihm die Hand hin.

Pater Martin hatte seine Feuerstelle befestigt. Jetzt holte er ein Stück Zeitungspapier aus dem Leinenbeutel, knüllte es zusammen und warf es in die Kuhle. Dann legte er den Anselm-Papyrus obenauf, kauerte sich nieder und riss ein Streichholz an. Das Papier fing sofort Feuer, und die züngelnden Flammen schienen sich auf den Papyrus zu stürzen wie auf eine willkommene Beute. Als er vor der aufwallenden Hitze zurückwich, sah er, dass Raphael still neben ihn getreten war.
»Was verbrennen Sie da, Pater?«, fragte er.
»Ein Schriftstück, das schon einmal einen Menschen zum Sünder werden ließ und vielleicht auch andere in Versuchung führen würde. Es ist an der Zeit, dass es verschwindet.«
Eine Weile herrschte Schweigen, dann sagte Raphael: »Ich werde keinen schlechten Priester abgeben, Pater.«
Und der gemeinhin so vorbildlich zurückhaltende Pater Martin legte ihm die Hand auf die Schulter und sagte: »Nein, mein Sohn. Ich glaube sogar, du wirst ein guter Priester werden.«
Dann sahen beide schweigend zu, wie das Feuer niederbrannte, so lange, bis auch das letzte weiße Rauchwölkchen übers Meer davonsegelte und sich auflöste.